繁花　盛宴

月下蝶影　著

上卷

青岛出版社
QINGDAO PUBLISHING HOUSE

图书在版编目（ＣＩＰ）数据

繁花盛宴 / 月下蝶影著. -- 青岛 ：青岛出版社，
2019.9

ISBN 978-7-5552-7974-7

Ⅰ. ①繁… Ⅱ. ①月… Ⅲ. ①长篇小说－中国－当代

Ⅳ. ①I247.5

中国版本图书馆CIP数据核字(2019)第033124号

书　　名	繁花盛宴	
著　　者	月下蝶影	
出版发行	青岛出版社	
社　　址	青岛市海尔路182号（266061）	
本社网址	http://www.qdpub.com	
邮购电话	010-85787680-8015　　13335059110	
	0532-85814750（传真）　 0532-68068026	
责任编辑	贺　林	
特约编辑	崔　悦	
责任校对	耿道川	
内文排版	李红艳	
印　　刷	三河市良远印务有限公司	
出版日期	2019年9月第1版　　2019年9月第1次印刷	
开　　本	32开（880mm×1230mm）	
印　　张	15.5	
字　　数	350千	
书　　号	ISBN 978-7-5552-7974-7	
定　　价	59.80元	

编校印装质量、盗版监督服务电话40065320170532-68068638
建议陈列类别：畅销·青春文学

.CONTENTS

目 录

下卷

第一章 龙凤被

　　三月的天气乍暖还寒，破旧小楼里传来了切菜声、炸油饼的嗞嗞声，还有一个女人扯着高亢的嗓门，骂自己孩子的声音。

　　花锦推开房门，楼道里一个穿着蓝色校服背着书包的男孩子垂着脑袋站着，听到开门声连头都没有抬一下。倒是正在叫骂的女人见花锦出来，拢了拢乱糟糟的卷发："小花，这么早就去上班了啊？"

　　花锦跟她寒暄了几句。琴姐时不时用手去拉头发以及袖口的卷边，她的孩子闷不吭声地站在旁边，像颗不起眼的土豆。

　　琴姐察觉到花锦把目光投到了自家孩子身上，拢头发的手顿住，开始数落起孩子的缺点来。

　　"琴姐。"花锦打断对方滔滔不绝的话，拿出手机看了看时间，"我快赶不上地铁了，明儿聊。"她说完快步朝楼下走去，楼道里的声控灯在踢踢踏踏的脚步声中没有闪烁一下。

　　她走到楼下，听到琴姐又开始骂起孩子来。

花锦在路边早餐铺子吃完早饭，走出来的时候，见琴姐的儿子耷拉着脑袋走在路边。他走路的速度很慢，像只不愿意从壳里爬出来的蜗牛。

街道上挤满了密密麻麻的汽车，在灰蒙蒙的早晨中，带着一股有气无力却必须为生活拼搏的沉闷。

"走路小心。"花锦快走两步，拎住男孩的书包带把他往后拉了拉。就在这瞬间，街角转口处的汽车开过来，离小孩仅两三步远的距离。

小男孩抬头看着花锦，脸上的表情木讷又茫然，好半天才小声道："谢谢花锦姐姐。"

"不用谢。"花锦露出笑来，哪个二十多岁的女人不喜欢小孩子叫自己姐姐呢？

"走路的时候注意来往车辆，安全最重要。"花锦帮小孩理好翻起来的校服领子，目送小孩离开以后，揉了揉隐隐作痛的膝盖骨，转身朝另一个方向走去。

在这个繁华的都市，每个人都无法停下自己的脚步，他们想要生存，想要在这里扎根，想要得到更好的生活。有人来，有人走，唯有这座城市永远屹立在此处，变得越来越繁华，成为无数人的梦想之城。

从拥挤的地铁上下来，花锦看到有人在卖艺，但是步履匆匆的行人，无暇停下自己的脚步。花锦在大衣外套里摸了摸，摸出几块零钱，放进了对方摆在面前的盒子里。

"谢谢。"卖艺的小姑娘低声道谢。

这是一个脸上带着婴儿肥，眼神清澈又充满希望的小姑娘。花锦把手放进大衣口袋，淡笑道："不用客气，早上很多人赶着时间上班，所以其他的事情都顾不上。"

她说完指了指正朝这边走来的工作人员："这边好像不允许才艺表演，不如换个地方？"

明明只是卖艺讨生活，却被对方温柔地唤为"才艺表演"，小姑娘朝花锦感激一笑。

花锦回以微笑，顺着人流走出地铁站。

被外面的寒风一吹，她冷得抖了抖，快步朝上班的地方走去。

"小花花。"谭圆见到花锦过来，从里面拉开门，让花锦赶紧进来，"今天外面的风有些大，你冷不冷？"

"还好。"花锦搓了搓手，将大衣脱下来叠好放进储物柜里，把店里的东西整理了一遍。店里的摆设全是绣品与漆器，很多都是谭圆父母手工制作的精品，算是店里招揽顾客的招牌。

二老现在不怎么管店里的事，所以谭圆就是店里的大老板，她勉强算得上是二老板，彼此间相处得挺愉快。

"昨晚接了一个鲤鱼绣摆件定制，你知道我向来不擅长鲤鱼绣，这事只能交给你了。"谭圆趴回桌子上，懒洋洋地打个哈欠，"现在的年轻人，没事就沉迷拜锦鲤，吸熊猫。咱们蜀绣圈这么多有意思的绣品，最火的还是这两种。"

说完，谭圆扭头看向花锦，就看到她正在小心翼翼地擦锦鲤戏莲扇屏，好像上面带着神秘力量，能让人日进斗金似的。

"嘘。"花锦把扇屏摆好，扭头对谭圆道，"小汤圆，锦鲤的神秘力量，你这种庸俗平凡之人是无法体会的。"

"是是是。"谭圆点头，"其实你不该叫花锦，你应该叫花锦鲤。"

"如果警察叔叔不嫌麻烦，我更想把名字改成花锦鲤熊猫，有猫又有鱼，吉利！"花锦走到椅子旁边坐下。她们这个店面虽小，但胜在装修精致，瞧着还挺有格调。

定制品的价格较高，全是手工绣制，选用最好的彩绣线与蜀锦。只可惜现代生活节奏快，很少有人特意花高价定制绣件。为了与时代接轨，脱离贫困奔小康，她们也卖带有蜀绣风格的小挂儿、祈福袋、围巾披肩等。

部分文艺青年，对这些带着传统艺术风格与情怀的东西，还是愿意花些闲钱，买来做配饰的。

对于很多普通人而言，他们并不在乎自己买的刺绣是蜀绣、湘绣、苏绣又或是粤绣等，只要漂亮好看，价格又合心意，就有可能掏钱消费。

花锦与谭圆对眼下现状心知肚明，为了能经营好这家店，她们不仅要在审美上与时代接轨，又要尽量保留蜀绣的特色。

谭圆的父母是比较传统的手艺人，并不懂什么叫"与时代接轨"，但随着店里年轻顾客越来越多，二老也没有多说什么。

花锦坐到绣架旁，绣着之前没有完成的功名富贵图。谭圆点了熏香放在店里，勉勉强强让这家店多了几分古韵。

花锦在店里绣样，不但能够引起顾客的好奇心，而且能够让他们更加相信店里的东西都是人工手绣出来的，而不是用机器绣好，再打着手绣的旗号高价卖出。

近年随着部分年轻人对传统艺术有了关注，一些黑心商家开始贩卖情怀，将机绣的普通绣品吹嘘成人工手绣，引得一些上当的客户以为所谓的传统绣艺也不过如此。

谭圆的妈妈，也就是花锦的师父高淑兰，常常因为这些事无可奈何地叹息。然而世界这么大，很多事并不会因为个人的意志而有所改变。他们唯一能做的，就是不改变自己的初心，让自己手中的每个物件都拥有其特色。

早上八九点基本上没什么客人，花锦绣了一会儿，听到门口传来脚步声，抬头望去，一个穿着灰白色外套的中年男人站在门外朝内张望。他脖颈后缩，双臂不自然地垂在身后，看起来有些局促。

花锦放下针，起身走到门口："欢迎光临。有什么需要的，请进店慢慢观看。"

男人朝她挤出一个笑。花锦注意到他把手偷偷在裤边擦了两下，才轻轻踏进门。他的动作小心翼翼，仿佛害怕踩坏脚下的地板，蹭坏店里的东西。

他的目光在店里转了一圈，转头见花锦没有一直盯着自己，才继续看起来。店里有时尚又复古的手提包，还有精致美丽的蜀绣高跟鞋，团扇、摆件、披风、帽子应有尽有，甚至还有一套缩小版的凤冠霞帔。

"你们这里……有被套卖吗？"男人说着不标准的普通话，转头看向花锦，"就是那种红色的龙凤呈祥被套。"

现在这个年代，被套花样式样繁多，机绣能够满足各种各样的要求。像龙凤呈祥这种手工绣花被，不但绣的时候费心费神，而且在很多人眼里还是过时的老土东西。现在就连新婚夫妻的婚房里也不爱用这种被套了，店里自然也不会准备这个。花锦回复道："不好意思，我们店里没有龙凤呈祥被。"

中年男人听到花锦的回答似乎毫不意外，点了点头就要往外走。

"请等一等。"花锦见男人在三月的天气也能走得满头大汗，转身在饮水机里给他接了一杯水，"您一定要买龙凤被吗？"

男人穿得略寒酸，到了这种装潢精致的小店本就放不开手脚，见漂亮的店主还给自己倒水，更是不好意思地连连道谢。他眉眼间染着愁绪，皱纹在黝黑的额头上留下一道又一道沟壑，捧着纸杯的粗糙大手在微微颤抖。

或许是他苦闷了很久，看到一个陌生的年轻姑娘，也有了倾诉的想法。

"二十多年前，我跟娃儿他妈结婚，那时候我跟她说，以后有钱了，一定给她买床龙凤大红被子。可是这些年，我们一直为了娃儿的学费、修房钱、老人的治病钱四处奔波打工。现在她病重，我才想起当年许给她的许多承诺都没有实现。"四十多岁的男人蹲在地上，单手捂着脸痛哭起来。他哭起来的样子很不好看，甚至露出了外套里面磨破了边的长袖衫。

"我不是东西，没用又窝囊……"男人沙哑着嗓子，"好不容易凑了些钱送她来大城市看病，医生却说她癌症晚期。唧个就这样了，唧个就这样了？"

满面风霜的他，细数着妻子的好，说着自己如何没用，说他在这个城里找了好多地方，都没有找到妻子想要的那种龙凤被。

谭圆看到一个大男人哭成这样，无措地抬头看花锦，可惜花锦低着头，她看不清花锦的表情。

"听您的口音，应该是西南方城市的人吧，说不定我们还是老乡。"花锦抬起头，把纸巾递到男人面前，"如果您真的很需要，我可以帮您赶制一套。"

龙凤大红喜被，也曾是蜀绣中很受顾客喜欢的一种东西。

人世间总会发生各种不幸的事，有病就要治这个观念，是很多普通人心里的常识。但是普通人肯定不知道，一个贫穷的家庭，愿意把病重的家属送到大城市医治，是何等的不易。

感情与人性在金钱面前，有时候不堪一击。也正是这样，才显出淳朴感情的难能可贵。

"花花？"谭圆惊讶地看向花锦。最近她们接了几个高价定制单，只是绣这些就已经需要加班加点，现在还要绣这种大件儿的东西，时间怎么够用？

中年男人见谭圆神情有异样，猜到对方可能并不想做自己这桩生意。他弓着肩背搓手，小声道："我、我愿意加钱，可不可以……"

"我给您看一看图册。"花锦把图册交给男人，没有报价，而是仔细跟男人说了不同绣法，大概需要多少时间。

男人听得很认真，翻看着图册与实物照片，犹豫再三，选了一个月左右就能做好的绣法。

给定金的时候，这个男人从外套夹层袋里掏出了一个脏旧的钱夹，钱夹上印着硕大的山寨商标。男人一边数钱，一边有些不好意思道："我不会用手机支付，听说网络上病毒多，一不小心就能把手机里的钱偷走。"

听说现在大城市里的年轻人都喜欢用手机支付，连在路边买个小吃，都用手机扫一扫，他这老土的付钱方式，可能会不讨对方喜欢。

"现金挺好，拿在手里更有感觉。"花锦把定金收据单交给男人一份，"上面有我与同事的手机号码，有什么需要您可以联系我们。"

"谢谢，谢谢，谢谢你们。"男人连说三个谢谢，把收据放进钱包夹层后，快步消失在门外。

"花花。"等男人走远以后，谭圆才心疼道，"上次有人加三倍钱你都不愿意赶工，这次倒好，钱收得少，还要绣大件儿，难不成他真是你老乡？"

"就算是老乡也不值得你这么拼，你知不知道熬夜是美容的首席杀手？"她伸手趁机摸了一把花锦的脸，"可惜了这张如花似玉，连女人都要动心的脸了。"

"多谢夸奖，但我不会喜欢你的，死心吧。"花锦拍开谭圆的魔爪，把泡好的茶塞到谭圆手里，"去赶制你的描花首饰盒，跪安吧。"

"好的，女王大人。"谭圆笑眯眯地缩到自己工作台旁边。她在刺绣上没什么天分，她妈说，她学了近十年刺绣，绣出来的东西毫无灵气。若是放在以前，她一辈子都只能做个绣工，无法成为大师。花花跟她不同，十九岁就跟高淑兰学习蜀绣，短短五六年时间里，绣出来的东西已是栩栩如生，被高妈妈夸赞有灵气，是祖师爷赏饭吃。

对此谭圆非常高兴，她妈的手艺总算是后继有人了。而她本人更喜欢做漆器，所以这几年开始跟着她爸做漆器。

不管是漆器还是刺绣，都属于传统技艺，它们在艺术上有共通之处，又有很多的不同。传统技艺行业最大的问题是技艺高强的师傅年事已高，年轻一辈的技艺人才还没培养出来，以至于青黄不接，很多绣法工艺甚至已经失传。

所以花锦在谭圆的妈妈高淑兰眼里，那就是传统艺术的火种，蜀绣未来的希望，她的正统传人。花锦不是亲生女儿，胜似亲生女。

为了能让花锦有更多的时间赶制绣品，这一天大多时间里都是谭圆在招呼进店的客人。晚上关店以后，花锦还去谭圆家蹭了一顿消夜，才慢悠悠往外走。

谭庆与高淑兰想留花锦在家里过夜，但是花锦不想麻烦他们一家，更害怕高姨催婚，所以找借口溜了出来。

尽管已经过了夜里十点半，这座繁华的城市仍旧很热闹，花锦走在街道上，抬头看着大厦上的灯光，感受到了独属于繁华都市的那份热闹。

走了一段路，她弯腰揉了几下隐隐作痛的膝盖，从包里掏出手机看了眼时间。这个时间点，她不想再去等公交车，干脆网约一辆车。

这个时间段不是上下班高峰期，很快有司机接了单，手机地图显示大概五分钟内就能赶到。

放下手机，花锦发现自己正站在人行道的边缘，往后退了几步。看到无数汽车从公路上呼啸而过，而自己离这些车有足够远的安全距离，她心情很好地哼起了歌。

有几个喝醉的男人勾肩搭背走了过来，他们看到花锦，壮着酒胆吹了几声口哨。

花锦没有叫骂，也没有胆怯地后退，只是静静地看了他们一眼，伸手在包里摸了摸，然后继续低头玩手机。

见花锦没有反应，加上路边还有其他行人，几个醉鬼觉得没什么意思，歪歪扭扭地走开了。

等他们走远，花锦把手机拨号页面110三个数字删除，顺便把右手里的警报器跟仿古细头发簪放回包里。

孤身生活这么多年，谁还没点对付流氓的小手段？

文能优雅绣山水，武能撒泼吓流氓，花锦觉得自己就是新时代文武双全的奇女子。

很快约好的车到了，花锦坐上后座后，司机提醒她旁边有水，口渴的话可以饮用。花锦道了一声谢，但没有碰那瓶水。司机见花锦不说话，没有坚持跟她搭话，顺手打开了交通广播。

广播里说，某个路段出了车祸导致交通拥堵，请行人车辆尽量避开这个路段。

"幸好我们从旁边那个路口过，不然要绕好长一段路。"司机感慨了一句，想起后座的女子似乎并不喜欢说话，又闭上了嘴。他这个人别的毛病没有，就是喜欢跟人聊天，曾经有客人因为他话太多，给他打过差评，所以现在的他冷静又克制。

"嗯，幸亏我们运气好。"花锦回了一句。

"那可不是。"司机有些得意,"我这人从小运气就好,就连狗见到我,都喜欢摇尾巴。"

花锦一时间不知道该怎么接话,对方举的这个例子实在太强大了。

司机发现花锦并不是冷若冰霜的态度,就按捺不住高昂的聊天兴致,说起了近来遇到的新鲜事。花锦发现这些经常在外面接生意的师傅消息特别灵通,有些连网上都不知道的事情,他们却了解得一清二楚,还能把事情经过讲得跌宕起伏,引人入胜。

路过车祸地段时,花锦朝那边望了一眼,有救护车与警笛声传过来,其他什么都听不见。

到了住宅楼外,司机探出头看了眼外面,发现巷子又窄又小,路面还凹凸不平:"妹子,目的地已经到了,请你给我个五星好评。"

"好。"花锦推门下车,走了几步,小巷里亮堂一片。她回头看去,那位话痨师傅没有开车走人,而是开着车的大灯,照亮了她面前的这条巷子。

停下脚步,花锦向司机道了一声谢。

司机关着车门车窗,听不见花锦说了什么,见她回过头来,便朝她挥了挥手,示意她赶紧回家。

在外面打拼的年轻女孩子不容易,这种顺手为之的小事若能保证女孩子的安全,他也算是为自己积德了。

走在黑漆漆的楼道里,花锦听到了琴姐的吼叫声,又是在骂孩子?

花锦租住的这栋楼,是以前的单排老式房子,总共只有六层楼高,独立房间套着厨房与卫生间,外面是连通整层楼的大阳台。传言这里有可能会拆迁,不过消息传了两三年却毫无动静。住在这栋楼里的人,大多都是来自五湖四海的租客,彼此间维持着表面客气,但由于租户间流动性比较大,注定不会有太深的交情。

上了楼,花锦拿钥匙开启房门时,听到隔壁传来摔碗声,偏头仔细听了听,没有孩子的哭叫声。

她听楼下的陈奶奶说过,琴姐是本地人,老公赌钱出轨还打人,她

跟男人离了婚，带着孩子回娘家住了没多久，又因为弟弟的孩子欺负她
儿子，就又带着孩子搬了出来。

　　或许是因为生活压力太大，她的脾气不太好，有时候会忍不住骂孩子，
但倒是没见她对孩子动过手。花锦无法判断琴姐的对错，也没有资格评判。

　　在屋里绣了几分钟的蜀绣，隔壁的动静还没有停下。花锦无奈叹气，
起身从冰箱里装了一小碗青枣，走出去敲响了琴姐的房门。

　　"琴姐，我昨天买了些新鲜的青枣，味道还不错，你跟孩子拿去尝尝。"
等琴姐开门后，花锦没有进屋，看了眼屋内，小男孩安安静静坐在破旧
的沙发上，身上没有伤口，衣服也没有散乱。

　　"谢谢。"琴姐看了眼花锦，接过她手里的碗，很快又走了出来，
碗里的青枣没了，多了几块削好的菠萝，"这是我今天刚泡好的菠萝，
挺甜的，你拿回去吃。"

　　"谢谢。"花锦尝了一口，菠萝甜香可口，没有涩味。等她再回到
屋子里时，隔壁再也没有大的响动，没多久便彻底安静了下来。

　　这对母子应该是睡着了。

　　她打了个哈欠，把灯光调亮，开始绣龙凤大红被。

　　自己应下的事情，熬着夜也要做完。

　　一小时后，她起身在屋子里走了几步，手机某传媒软件推送了一条
消息，标题是《他的生活让你同情，而它的生活却让你流泪》。

　　她点开标题看了眼内容，原来是在说某有钱人带宠物去外地，因舍
不得让宠物在托运途中吃苦，所以带着宠物乘坐私人飞机赶到目的地。

　　"标题党！"

　　凌晨一点过，花锦困得有些受不了，把针线收起来，洗完澡给自己敷
了一张面膜。熬夜后敷一张面膜，她就可以欺骗自己熬夜的伤害不存在了。

　　这天晚上她又做梦了，梦到了老家低矮的青瓦房，还有蜿蜒曲折的
山路。她在路上拼命地奔跑，不停地奔跑，却怎么都找不到出路。

　　不愉快的梦让花锦早上起床时的心情有些糟糕，连豆浆都少喝了半

碗。就在这个时候，她还收到了一条请她去参加婚宴的短信。发短信的人是她以前的同事，这些年都没怎么联系，最近不知道用什么方法拿到了她的手机号，偶尔会互相问一声好。

一开始她以为这位几年不联系的前同事会向她推销保险，结果对方迟迟一个月都没动静。事实证明，确实是她误会对方了，对方不推销保险，而是请她参加婚礼。

到了店里，她跟谭圆提起这事，谭圆道："就知道这些以前关系很一般，好几年不联系的人，忽然找上门不会有好事。"

"婚礼还不是好事？不仅是好事，还是大喜事。最近运气不太好，我想去蹭场婚礼转转运。"花锦打着哈欠从抽屉里拿出两包零食，分给了谭圆一袋，"等运气好起来，我就能日进斗金，走上人生赢家的道路，坐拥万千美男。"

"你就白日做梦吧。"谭圆摇头叹息，"好好一个大美女，说疯就疯。你以前只是拜锦鲤、迷恋熊猫，现在竟然开始蹭婚宴喜气了，封建迷信害死人。"

谭圆低头看了眼手里的零食袋包装，说道："你可真是这家企业的忠实粉丝，零食买他家的，牙膏用他家的，就连外出住酒店，也尽量挑他家的连锁酒店。幸好你兜里没几个钱，不然他家的珠宝首饰，你也不会放过。"

"不吃你还给我。"花锦斜眼看她。

"吃吃吃。"谭圆拆开包装袋吃了两口，"不吃白不吃。"

花锦洗干净手继续绣之前没有完成的绣品，一件绣品若想做到精益求精，那么就容不得任何闪失。客户虽然分不清多一针少一针的区别，但是她自己却知道。

高姨说过，身为绣师，每件绣品都是人生的经历。你有没有荒废人生，别人不知道，绣品却看得清清楚楚。

她还无法达到高姨的境界，但是当年在她走投无路的时候，是高姨给她指明了一条路，是蜀绣让她在这条路上走得更远。她不想让高姨失望，也不想辜负自己这些年的努力。

时间一天天过去，花锦完成了两件定制，龙凤大红被也绣好了大半，前同事的婚期快到了。

最近这位前同事把她拖到了一个微信群里，里面有两三个她还有些印象的同事，大多数人她都不知道是谁，所以一直没有在群里说过话。

这天晚上，花锦听到微信有消息提示，点开一看，群里有位前同事不知道为何，突然提起了她。

看了下聊天记录，这几位同事都在吹捧新娘子，说她嫁得好。未婚夫不仅是本地人，还有车有房，以后有了小孩子，教育方面就不用担心了。

群里的气氛很好，花锦觉得不用回答自己现在结婚没有这个问题，关掉手机，继续拿各色彩线比对，找出最适合的线来绣鳞羽。

鳞甲绣是蜀绣中很常见的一种针法，学会容易，想要绣好却极不容易，无论是对绣线的选材，还是颜色的搭配渐变、针法的掌握都极其讲究。

她起身扭了扭脖子，微信软件又响了起来。那个问她结婚没有的同事见她没有回复，又特意圈了她一遍，问她结婚没有，在哪儿工作。

"啧。"

花锦快速回了一句。

繁花：没结，在这边做点生意。

谁还不会高冷地装 × 呢？

过了一分钟，问话的同事才回复了一句。

大龙：呵呵，你长得这么漂亮，现在又自己当老板，一般男人肯定看不上。

繁花：是啊。

这个回复，彻底把天聊死了，大龙支支吾吾两句后，就再也没有说话，更没有人再特意圈花锦。

花锦嗤笑一声，把手机扔到了一边。对付这种无聊的同事，要像寒风一般无情，拿话噎死他就好。

到了前同事婚礼那一天，花锦带着准备好的红包赶到酒店。前同事穿着漂亮的婚纱，因为天气比较冷，肩膀上还搭着披肩。

杨琳看着朝自己走过来的漂亮女子，心里有些疑惑，难道这是她老公那边的亲戚？

"杨姐，祝你跟你先生百年好合。"花锦把红包交给杨琳，笑着道，"几年不见，你越来越漂亮了。"

"你是……花锦？"杨琳震惊地看着眼前的女人，几乎不敢相信自己的眼睛。当年花锦过来上班的时候，才十八岁左右，整个人又瘦又黄，身上的衣服又土又丑，就连普通话都说不标准。

她记得最清楚的一件事，是某天晚上快下班的时候，有客人把一整盆汤倒在花锦身上。她见这个同事太可怜，就把自己一件不常穿的外套借给了花锦。那天晚上她以为小姑娘会偷偷哭，没想到小姑娘只是平静地向她道了谢，几天后把熨烫得整整齐齐的外套还给了她。

若不是因为这件事，她恐怕还记不住花锦这个人。前两个月无意间得到了花锦的联系方式，她想着自己在这边的亲戚朋友不多，举办婚礼时在丈夫家人面前会没面子，想多请几个人来壮声势，就抱着试试看的心态邀请了她，没想到对方一口就答应了下来。

更没想到的是，当年的干瘦小姑娘已经长成了水灵灵的大姑娘。

杨琳已经不记得花锦当年是因为什么离职，但是见到她现在生活过得还不错，心里有些感慨，有些嫉妒，又有些替对方高兴。

杨琳把喜糖放到花锦手里，笑容里多了几分真心："谢谢你能来，请到三楼用餐。"

花锦笑着摇头："应该的。"

杨琳失笑，她们两个本就没有多少交情，哪有什么应该？两个月前出于虚荣心邀请了花锦参加婚礼，她心里已经隐隐有些后悔，以她们俩的交情，凭什么让花锦来参加婚礼呢？

杨琳的丈夫看了眼杨琳手中的红包，等花锦离开以后，小声道："你的这个朋友结婚没？我有好几个哥们还是单身。"

"我不清楚。"杨琳想起丈夫那几个朋友平日的做派，摇头道，"不合适。"

见状，杨琳丈夫没有再继续问下去。杨琳把红包拆开，看清里面的金额后，略有些惊讶。

"你这个朋友挺大方的。"杨琳丈夫看了她一眼，"她竟然比你那个好闺密送的还多。"

她捏着这叠钱，觉得这些钱有点烫手，但更多的是疑惑：花锦为什么要随这么多礼钱？

杨琳丈夫这边的几个亲戚见到这一幕，暗暗惊讶。不是说新娘子是外地的，不仅家里穷，交的朋友也是没几个有钱的，怎么随便来一个，出手就这么大方？

看来传言也不能尽信，新娘子长得漂亮，人又和善，肯定是哪个亲戚羡慕人家找了个贤惠老婆，才故意把人说得这么不堪来找点优越感。

婚礼的流程大同小异，差别就在于排场的大小上。

新娘扔捧花的时候，花锦没有去抢，倒是在新郎官撒红包时，她厚着脸皮去捡了两个。说要蹭喜气，就绝对不放弃。

婚宴结束时，新郎新娘要站在餐饮厅门口送宾客。杨琳见花锦出来，连忙握住她的手："花锦，你……"她想问花锦为什么要送这么多礼钱，可是当着丈夫与其他人的面，又不知道该怎么把话说出口。

"你今天穿着高跟鞋站了很久，注意休息。"花锦笑道，"当年我刚出来讨生活，很多事都不懂，多亏了杨姐你照顾我。"

听到这话，杨琳心里有些不解，她当年有特意照顾花锦吗？

"你今天忙，我就不耽搁你时间了，以后常联系。"花锦与杨琳握了一下手，"再见。"

"等等。"杨琳道,"当年你怎么忽然就不来上班了?"

花锦脚步一顿,侧首对杨琳微微一笑:"出了点小事。"

杨琳想要再问,这个时候几个朋友走过来,拉着她说了一会儿话,等她再抬起头去找花锦时,早已经不见了人影。

走出酒店,花锦见一辆空出租车开过来,正准备招手,一个男人快步冲过去,车还没停稳就拉开门坐了进去。

花锦:"……"

她敬畏这种拿生命抢出租车的人。

"哟,美女,上哪儿,哥哥搭你一程。"一辆红得耀眼的跑车停在她面前,开车的男人穿着精致的西装,领带却松松垮垮地系着,水汪汪的桃花眼带着笑。

他开着跑车,在路边随意跟女人搭讪,还长着双桃花眼。

一看就不是什么正经好男人。

花锦没有说话,静静地看着跑车上的男人。

俊美男人在花锦的凝视下,笑容一点点僵硬,甚至还有些不自在地扭了扭屁股:"你这么看着我干什么?"

"先生,遵守交通规则,是我们每一位公民的责任。"花锦指了指旁边的路标牌,上面写着"此路段禁止停车"。

搭讪变成了交通法规宣传,气氛变得有些尴尬。

被花锦不硬不软地顶了一句,男人没有生气,斜着眼睛看了花锦两眼:"行吧。"话音刚落,他便踩着油门远去。

目送跑车消失在街角,花锦扶着背后围栏连连咳嗽。最近几天空气质量不太好,四处都是飘扬的柳絮,刚才她走出酒店大门没几步,就被柳絮弄得鼻呛眼红,差点没能喘过气来。

没想到这个路段会有这么多柳树,这对呼吸道比较敏感的人而言,简直恶意满满。

围栏后面是个巨大的人工湖，湖面倒是挺干净，没有什么塑料垃圾。她面朝湖面深吸了几口气，忽然背后有人拍了拍她的肩膀。花锦扭头回望，一对老夫妻站在她身后，拍她肩膀的，是面相带笑的老太太。

"闺女，有啥事都不要多想，这里风大，别把你吹感冒了。"老太太指了指远处的公共座椅。

"不、不用了，谢谢。"花锦勉强压住咳嗽的冲动，从包里取出一条手帕捂到口鼻间，"不好意思，我鼻子有些过敏。"

"哦哦，是过敏就没事。"老太太连点了几下头，"往年都是四月过后才开始飘柳絮，今年也不知道怎么回事，才三月底呢，就漫天都是这玩意儿。"

花锦偏头咳嗽了几声，瓮声瓮气道："是、是啊。"

"那你可别待这地儿，附近路段都栽着柳树，你怕是有些受不了。"老太太很热情，跟她的老伴帮着花锦拦了一辆出租车，把花锦塞了进去。

花锦被两位老人弄得有些不好意思，她一个二十四五的年轻人，不过是有些柳絮过敏，竟然还要老人帮着拦车："真是麻烦你们了。"

"人没事就好。"老太太笑眯眯地朝花锦摆摆手，示意司机可以开车了。

司机从后视镜里看了花锦一眼，把车开出一段距离后，忍不住道："小姑娘，人生很漫长，未来还有很多希望，可别因为一点小事，就做出伤害自己的事。"

花锦听到这话有些莫名其妙，干笑着点头称是。

车内安静下来，花锦从包里摸出补妆镜照了照自己的脸，这眼红鼻子红的女人是谁？一头漂亮卷发被风吹得乱七八糟的女人是谁？

所以刚才大爷大妈把她送到车上，是担心她想不开吗？

"前几天有个小姑娘，失恋了想不开，跳进了湖里，打捞起来的时候整个人泡得发白肿胀，她的亲人趴在湖边哭得晕死了过去。"司机叹口气，"小姑娘可怜，她的家人也可怜，呛水的滋味多难受啊。"

"哦，对了。淹死小姑娘的湖，就在你刚才上车的地方。"见花锦没有反应，司机大哥又补充了两句，"你们年轻人不是喜欢在网上说什么，没什么事是美食解决不了的，一顿不行就两顿。"

听大叔从人生意义探到美食哲学，再从美食哲学聊到网络流行，下车的时候，花锦觉得自己的身心都得到了洗涤与升华。

回到家卸妆洗澡，花锦见自己眼睛没有继续红肿下去，才稍微放心下来。

高姨说过，眼睛与手是绣师最重要的东西。她若想在蜀绣一道上走得更远，站得更高，成为真正的巧匠，就要保护好自己的双手与眼睛。

所以平时如非必要，她都会尽量避免熬夜赶制绣品，这样做对眼睛的伤害太大了。

拉开窗帘，花锦做了一套眼保健操，听到手机响起，来电显示是一个陌生号码。看清号码归属地，她按通话键的手微微停顿片刻，才接通了电话。

"您好，我是繁花蜀绣工作室的绣师花锦。"

"你、你好。"电话那头的人结结巴巴道，"我是上次定制龙凤被的人，想请问一下，可不可以提前帮我把被子赶制出来？我愿意加钱，真的，我愿意加钱，只要您愿意帮我提前赶制出来！"

"先生，请您不要着急。"听到对方声音的那一刻，花锦就想起了对方是谁，她发现对方情绪有些不对劲，尽量放缓自己的语气，"您慢慢说。"

"医生说我婆娘……没多少日子了，她最近几天已经吃不下东西，要靠着止痛药才勉强能入睡。"男人的声音带着哽咽，"我就想让她盖盖这么漂亮的被子，我……我……"

听着手机里语不成句的哭泣声，花锦抿了抿下唇，看了眼绣架上已经完成大半的绣品："五天可以吗？五天后我把龙凤被做好，给您送过来，您把送货地址发给我。"

"谢谢，谢谢。"男人不住地道谢，然而除了谢谢，他也不会说其他漂亮的话。

花锦挂了电话，看着阳光遍地的窗外，深深吸了一口气，坐到了绣架前。

关于龙凤的传说有很多，有说龙凤天生不和，只要碰面就会恶斗，所以称之为龙凤斗。但更为主流的说法，或者说在很多传统文化里面，龙凤同时出现是为大吉，又被称为龙凤呈祥。

所以在绣龙凤呈祥这种绣品时，不仅仅是绣出龙凤祥云便够了，更重要的是抓住龙凤之间的和谐神韵，让看到这件绣品的人，第一感觉是和美、幸福。

在传统认知中，凤凰的鳞羽很漂亮，而蜀绣有一个很大的特色就是绣线色彩鲜艳明丽，绣龙凤再合适不过。

这五天里，花锦大部分精力都花在绣龙凤被上。把绣被完完整整处理好时，已经是第五天早上凌晨四点。她在床上睡了两三个小时，在闹钟的连环惨叫中，艰难地从床上爬了起来。

寝食不能的重病患者，每一点清醒的时间都难能可贵，花锦浪费不起。

打车到医院，花锦给对方打电话的时候，对方过了好一会儿才接，声音疲倦又绝望。

花锦道："您好好照顾家属，不用下来，我给您送上去。"

医院的走廊上都挤着床位，生病的人，照顾病人的家人，脸上都写满了憔悴。花锦找到那个定制龙凤被的男人时，他正靠墙坐着，手里捏着几张纸，见到花锦过来，想要挤出一个微笑，却没有成功。

把绣被交给男人时，花锦看到他手中几张纸里，有份病危通知书。离他最近的病床上，一个面色蜡黄，瘦得脱形的女人戴着呼吸机昏睡着。

男人从包里掏出一叠钱递给花锦，花锦从里面抽走了两张："其他的不用了。"

"那怎么要得。"男人急得把方言都说了出来，"不得行，该给的还是要给，你们年轻人赚钱也不容易。"

"有定金与这两百块就够了。"花锦没有收其他钱，"我在外面这么多年，难得遇上老乡。剩下的钱，你留着好好照顾大姐以及还在念书的孩子。"

男人红着眼眶，半晌后重重点了点头："谢谢。"

他深深看了花锦一眼，仿佛是要把她的模样记在心里。

　　花锦没有再打扰这对夫妻，穿过带着浓浓消毒水味道的走廊，然后迷失在医院七弯八拐的楼道中。好不容易找到电梯，她进去以后才发现，这座电梯只停双数楼层，单数楼层不停。

　　到了二楼，花锦从电梯里出来，还没走出两步，听到不远处传来惨叫声："等等，等等，帮我按一下！"

　　如果不是对方正在朝这边奔跑，花锦差点以为这是一颗菠萝精：黄灿灿的外套，黄灿灿的头发，还有一双土豪金的运动鞋。

　　如此闪耀的颜色，让她不由自主就帮对方按下了电梯。然而还是来不及了，电梯已经朝楼上升去。

　　"菠萝精"喘着气站在电梯门前，扭头有气无力道："美女，谢了啊。"

　　"不用谢。"花锦忍不住多看了对方两眼，现如今还能有杀马特情怀的年轻人已经不多了，需要重点保护。

　　医院里的电梯基本上全天二十四小时都很挤，花锦找到安全通道往楼下走。通道里有股很奇怪的臭味，连续熬夜好几天的花锦闻到臭味跟消毒水的味道，顿时头重脚轻，差点直接从楼梯上滚下去。

　　"美女，看来我们很有缘，不过为了投怀送抱从楼梯上摔下来，代价有些大。"有人伸手拉了她一把，又飞快把手收了回去。

　　靠着楼梯扶手站稳身体，花锦定睛看去，望进了一双水汪汪的桃花眼中。

　　是五天前在酒店外面遇到的搭讪跑车男。

　　这次对方穿着白衬衫，蓝色西装马甲，看起来倒是正经了不少。

　　"这个代价很值得，你这不是主动送到我面前了？"花锦从包里翻出了巧克力，连续熬夜加上没有吃早饭，可能有些低血糖。

　　她把巧克力分成两半，一半放到对方手里："虽然我不喜欢太主动的男人，但是你的姿色我很满意，这是给你的奖励。"

　　都是社会人，谁还不会占口头上的便宜？

第二章 熊猫绣

.

浓香型奶白巧克力静静躺在男人的掌心，味道甜腻得钻进了鼻子。

"你、你这个女人怎么不知道什么叫矜持？""桃花眼"掌心托着巧克力，手抖得像是捧着一个炸药包。

借着楼道中略有些暗的灯光，花锦发现对方的脸颊与耳朵有些发红。她才说几句话，就气得面耳赤红了？成年人这么沉不住气，可不太好。

花锦担心对方暴起伤人，上半身往后仰了仰，趁对方还没反应过来，往下面快走几步，眼看着就要走出安全通道。

"等等！"

花锦在继续走还是回头两个选项中犹豫了一秒，扭头看向叫住她的"桃花眼"："请问，还有事？"

"巧克力过期了没有？""桃花眼"扭头看着墙，逆光站着的他，有些像油画中的贵族，好看精致却与普通人格格不入。

花锦眨了眨眼："新买的，没过期。"

"桃花眼"盯着她看了半晌，咬了一点到嘴里，满脸嫌弃："又甜又腻，难吃。"

他说完，就准备顺手扔掉，可是扭头找了半天，也没找到垃圾桶，脸色顿时变得难看起来。他幽幽看着花锦，花锦继续往出口挪了挪。

调戏需谨慎，手贱容易惹麻烦。

都怪对方长得太好看，让她犯了很多人都犯的错误。

"裴先生，你怎么在这？"一个微胖的男人出现在二楼安全通道口，三四月的天竟然满头都是汗。他看到站在门口的"桃花眼"，好像松了一大口气。

"幸好您没在电梯里，刚才二楼的电梯出了点问题，杨绍先生被困在电梯里，工作人员正在紧急维修。"微胖男人见裴先生脸色不好，以为是这位在医院里走错了路，所以心情不好，便道，"陈总的病房在八楼，请您随我来。"

"你带纸巾没有？"裴宴问。

"啊？"微胖男人愣了片刻，尴尬笑道，"对不起，我刚才下来得急，忘了带上。"

"算了。"裴先生从西装上衣袋里抽出手帕，把手里的巧克力包起来，随手揣进口袋里。

"您这是？"微胖男人疑惑地看着这一切，刚才他用手帕包起来的，是吃剩下的巧克力？外面传这位裴先生花钱如流水，很多人都喜欢找他投资，前两年很多人私下里喜欢叫他冤大头。哪知道这位运气好，乱七八糟投资的东西，竟然有一大半都赚钱了，让很多人都很意外。

没想到传言中花钱如流水的裴先生，竟然是如此节约的人，连吃剩的巧克力都要包起来。果然是越有钱的人越抠门，连半块巧克力都舍不得扔。

"走吧。"裴先生扭头看了眼站在下面，微笑着朝他小幅度摆了摆手，溜出通道的花锦。

"裴先生？"微胖男人走了几步，发现人没有跟上来，以为自己有哪里做得不对，停下脚步有些不安地看向对方。

"你说……一个走在湖边神情忧郁，眼眶通红，看起来像是要自杀的女人，突然来医院做什么？"裴先生忽然问。

"可能是生了重病，经济上出现了困难？"微胖男人想了想，补充道，"现在生活压力大，也是没办法。"

裴先生想，那个女人还有心情调戏他，应该还没到想不开要寻短见的地步。

"几年前，我有个同事毫无预兆地自杀，平时瞧着挺开朗正常一个人，等他离世后我们才知道，原来他双亲过世，妻子没多久也发生意外过世了。"他摇头叹息一声，伸手请裴先生进电梯，"平时谁都没看出来他遇到了这么多不幸的事，如果我们能早点发现，多关心关心他，也许就不会走到那一步。"

说完，微胖男人意识到自己说得太多，扭头见裴先生脸上并无异色，偷偷松了口气。

花锦没有去店里，而是回家睡了整整一下午，等她醒来的时候，外面的天已经全黑了。她起来给自己做了一碗面，打开手机刚刷了一会儿网页，就收到杨琳发来的转账。

转账金额是一千二，她盯着这个数字看了一会儿，笑了笑，回了对方一句谢谢。

杨琳：不用谢，今天发现我有了身孕，所以发个红包给你蹭喜气。

花锦无声一笑，回复了对方：谢谢。

杨琳：我记得你当年好像也喜欢蹭喜气，有次一对新人办婚宴，给我们服务员分了喜糖，你高兴地把糖吃光了，说这样能沾喜气。

花锦放下手机，把已经有些糊的面吃光，起身到厨房把碗洗干净。这栋房子太老，用过的碗如果她不马上洗干净，容易招虫子。

收拾好屋子，她把几张绣好的成品照片放到了微博上。她的微博上没有什么粉丝，偶尔会有一两个人给她点赞或是评论，但大多时候都是她自娱自乐。

两天后，花锦处理好鲤鱼绣的绣片时，收到了一条短信。

"花锦小姐谢谢你，我家属今天走了，她很喜欢你绣的这床被子，谢谢。"

看到这条短信，花锦喉咙有些难受，起身倒了杯水，连喝几大口才把那种感觉压下去。隔着透明的橱窗，她看向店外过往的行人，深吸了几口气。

"哇，没想到刺绣的包也能做得这么好看。"

花锦看向门口，一对男女走了进来。说话的女孩子穿着束腰裙，脖子上搭着围巾，笑起来时眼角微微上弯，漂亮中带着些俏皮。

她看到花锦，指了指架子上的包："可以给我看看这个包吗？"

"可以。"花锦把包取下来递到女顾客手里。

女顾客把包拎在手里，在镜子前照了好几下："这包真漂亮，上面的花纹是什么？绣得这么艳丽却一点都不俗气，真难得。"

"上面的花纹主要是桃花、莲花，还有蝙蝠纹，整幅绣图全称为福寿连年，不仅寓意好，还非常的漂亮艳丽。"花锦看了眼对方白皙的皮肤，"不过像您这种肤色白皙又长得亮眼的美女，提什么包都只能算点缀。"

女顾客听到这话，心里很高兴，忍不住又在店里挑了一条披肩，一件描漆首饰盒，才面带笑容地离开。女顾客走之前，听说花锦还会做其他的绣品，还主动加了她的微信。

没有人能够拒绝美的东西，这是天性。

男人用妻子生前轻轻抚摸过的龙凤被，把骨灰盒轻轻包了起来。来大城市给老婆治病前，无数的人跟他说，就算来大城市的医院，也只是浪费钱。就连老婆自己，都不想来。

来治病，尚有一线希望；没有来，就只能等死。

他跟婆娘结婚二十多年，没让她享受过什么好东西已经是无能，又怎么能让她为了省钱，忍着日夜的病痛等死？

在医院至少有止痛药与止痛针，至少还让她来最繁华的都市看过，还有这床他许诺过多年的龙凤被。

"大哥，你节哀。"送他来车站的年轻人，自称是网上的什么人，不知道从哪儿听说了他婆娘生病的事，非要来捐款，见他不收以后，就经常过来探望，这次还帮他用手机买了动车票。

男人摇了摇头，抱紧怀里的盒子："这样也好，她不用再遭罪了。"

年轻人看着男人满是风霜的脸，神情间满是动容："我可以把您跟您妻子的故事，告诉其他人吗？"

"我们这种人，能有什么故事。"男人脸上带着疲倦与悲伤，眼神却很亮，把妻子带回家是撑着他继续走下去的一口气。

"您为了妻子耗尽家财，每天啃馒头喝凉白开，这些事若是让其他人知道，很多人都会感动的。"

"这有什么好感动的，我们是夫妻，互相照顾不是应该的？"男人轻轻擦拭着盒面，尽管上面干净得一尘不染，"成了两口子，那就是要过一辈子的人。我对自己人好，有啥子值得说的。"

"而且生病住院虽然花销多了点，但医保还能报销一部分，我再打几年工，就能把债还清，家里的房子留着也还没卖，哪里算得上是耗尽家财。"

男人带着妻子的骨灰离开了。年轻人看着他微微有些驼着的背影，心情复杂难言。

当天晚上，他回到家把这个故事写了下来，放到了微博上。

写这个故事的时候，他平铺直叙，没有煽情，没有刻意渲染什么，因为整个故事的本身，就是一种感情。

他在现实生活中，是一个还算得上成功的白领，在网络上是有着几十万粉丝的情感博主。这条微博发上去以后，就引起了很多人的转发与讨论。

这个故事里的人物，每个都是可爱又温馨的。

贫穷却为了老婆花光所有钱的丈夫，照顾这对夫妻的医生与护士，想要帮助这对夫妻的博主，以及熬夜绣龙凤被，却没有收多少钱的刺绣店老板。

有网友说，这不是一个爱情故事，而是一个有些伤感，又有些感人的人间温情故事。

人们听过太多为了金钱摈弃道德的故事，所以原本平凡的故事，也就变得感人起来。

在这条长微博里，博主放了男人的背影照，还有他平时给妻子买的各种东西，其中就有那床龙凤被。

有网友在看到龙凤被的照片后，就提出了质疑。

质疑网友：这个故事很美好，但是掺有水分。外行可能不清楚，以为这种绣被两三天就能做好。我家里有人对刺绣感兴趣，所以我对这个多多少少了解一些。照片上的龙凤姿态优美，生动活泼，不是一般普通绣工就能做出来的。且不说这种级别的绣师会不会加班加点来绣床被子，就算绣师愿意，这床被子的价格，也不是这种家庭能够承担的。

路人网友甲：上面说故事有水分的那位朋友，看来你没有仔细阅读这篇文章。博主在文章里特意提过，龙凤被是店主特意为这对夫妇赶制出来的，只是象征性地收了一点钱。

路人网友乙：说实话，龙凤被这种东西，在我印象里一向是老土又难看，是过时的东西。但是博主照片里的龙凤被，不仅不老土，还十分华丽，有点推翻我的认知。

路人网友丙：也许……这就是传统艺术的魅力？

这条微博下，有人在感慨爱情，有些人在敬畏责任，有人提到了传统文化艺术。现代社会，生活节奏快，压力大，很多人在现实中维持着严肃正经的假面，在网络上才开始嘻嘻哈哈，无所顾忌地八卦。

他们感动于别人的爱情，却不敢轻易付出自己的感情。

社会上充满着形形色色的人，有人贫穷，也有人富有。

豪华的晚宴上，男男女女穿着精致考究的衣服，来往穿梭，寻找着更好的合作手段。现在做生意也不容易，老牌企业有民众认同度，在市场上占有优势；新生企业如雨后春笋冒出，销售手段层出不穷，逢年过节都要想尽办法取得更多消费者的注目，保证销售额。

人活在这世上，总是不容易的。

鲁嘉是跟着朋来的。他早年做废旧品处理生意，后来投资房地产赚了一些钱，就自己开了家公司，正正经经当起了老板。前段时间他投资失误，亏了不少的钱。

"兄弟，不是老哥我不帮你，只是你这个项目投资太大，又不能保证利润回报。"以前跟他称兄道弟的商场同行，听到他来拉投资，顿时满口叫苦，"我那点小资产，哪有实力投资这个？"

鲁嘉听到对方拒绝，把手里的香槟一饮而尽，强撑着笑道："我也知道，大家都不容易。"

同行见鲁嘉这样，有些过意不去，把他拉到一边，小声道："我给你说个小道消息，是不是真的我也不敢保证。听说那位有名的散财童子也要来参加这个晚宴，你这个项目如果被他看中，多少钱都只是一句话的事。"

"散财童子？"鲁嘉苦笑，"商场上哪来的散财童子？"

在这个名利场上，谁不是敲骨吸髓？

见鲁嘉不信，同行急了："就是继承了不少家财的那位，裴宴。"

身为普通商人，鲁嘉对顶尖商圈并不算了解，裴宴这个名字他听过，只知道此人命好，长辈过世以后，得了一笔几辈子都用不完的遗产。

难道因为他太有钱，所以被称为"散财童子"？

正想着，同行就拉了拉他的袖子："来了，裴散财来了。"

鲁嘉好奇地望过去，只见几个西装革履的男人，簇拥着一个面白唇润的年轻男人进来。这个年轻人走路姿势有些懒散，但因为腿长相貌又出众，与其他几个男人走在一起，犹如鹤立鸡群。

"你今晚如果能讨好他，项目肯定就没问题了。"

听到这话，鲁嘉鬼使神差地往前走了几步。

"裴先生，这是小女，她对红酒颇有研究，不如让她为您介绍一下……"

"不用了。"裴宴打断话头，"我对红酒不感兴趣。"

说话的男人神情略有些尴尬，扭头看了眼身后的女儿，带着她退出了人群。

"裴先生。"很快又有一位导演捧着酒杯走到裴宴面前，"没想到今天能有幸在这里见到您。"

裴宴看着他不说话。

"这是我新剧的男女主演，他们俩对您仰慕已久，所以我带他们过来向您敬杯酒。"导演见裴宴没有反应，赔着笑脸让跟着他一起过来的两位演员敬酒。

"这个男主演我见过。"裴宴从侍者手里接过酒，微微抿了一口，"你演的狗妖很有意思。"

导演跟女演员偏头看了眼男演员，除了微笑，什么都不敢说。狗妖是男演员十年前刚出道时的角色，剧里服化道劣质不说，他在里面的形象也很丑，所以这些年谁要是在他面前提起这个角色，他都会不高兴，这是圈内很多人都知道的事。

"能让裴先生记住我演过的角色，这是我的荣幸。"平时喜欢耍大牌的男艺人，不仅没有翻脸，甚至还露出灿烂的笑，把手里的酒一饮而尽。

裴宴脸上终于露出了笑意，对导演点了点头："演员选得不错，如果还缺投资，可以跟我的助理联系。"

"多谢裴先生，多谢裴先生。"导演连连道谢，他侧首见女演员还盯着裴宴看，忙把她挡在身后，"不敢耽搁您太多时间，您请忙。"

"嗯。"裴宴略一点头，拉了拉系得有些紧的领带，在一群人的簇拥下，走向另一个方向。

没能挤进去的人，羡慕地看着导演，竟然有人这么快就从"裴散财"手里拿到了投资。

"导演，裴先生刚答应给我们投资，您就让他走了，裴先生会不会以为我们在过河拆桥？"女演员回过神，忙开口恭维导演，"还是您厉害，好多人连跟裴先生说句话的面子都没有。"

"这位脾气不太好，对圈内那套也不感兴趣，行事风格更是六月的天，说变就变。你别给自己惹麻烦。"说完，导演伸手拍了拍男演员的肩，"这次机会难得，以后在媒体面前什么该说，什么不该说，你心里要有数。"

男演员点了点头。

在巨大利益面前，讨厌的过往，也能变成最喜欢最怀念的记忆。

鲁嘉终于相信朋友的话不是骗他了，因为自从裴宴出现以后，就一直有人围在他身边，很多人想与他说句话，都找不到机会。

宴会结束以后，他垂头丧气地走出酒店大门。为了能参加这个宴会，他费了不少的功夫，结果一无所获。

夜风习习，他快要走到停车的地方，听到砰的一声响，像是停车B区发出来的声音。犹豫了片刻，他还是往B区走过去，看到一位穿着橘色马甲的环卫工人摔倒在地，清洁车侧倒在一旁，好在里面并没有太多垃圾。

鲁嘉并不想管闲事，可是早年他刚出来靠捡垃圾为生时，饿晕在路边，是几个环卫工人把他扶了起来，还让他吃了一顿饱饭。

"你怎么样？"扶起倒在地上的清洁车，鲁嘉担心环卫工伤到了骨头，所以不敢轻易去动他，"需要我帮你叫救护车吗？"

"不用不用。"年过五十的环卫工连连摆手，"我没事，就是不小心摔了一跤。"

见鲁嘉穿着气派的西装，环卫工道："清洁车很脏，会蹭脏你的衣服。"

"穿着一身好衣服有什么用。"鲁嘉挽起袖子，弯腰扶起环卫工，帮他把地上的垃圾扫起来，"时间很晚了，回去的时候小心些。"

"谢谢，谢谢。"环卫工连连道谢，从兜里掏出纸巾，想让鲁嘉把手擦干净。

"没事。"听着环卫工接连不断的感谢话，鲁嘉心情忽然好了起来，不就是公司有可能倒闭吗？当年他捡垃圾都能活下来，现在有房有车难道还怕过不下去？

"喂。"一辆火红的跑车停到他面前，车窗打开后，露出了一张熟悉的脸，"你今晚一直在我附近绕圈，是想让我投资？"

鲁嘉不敢置信地看着此人："裴、裴先生？"

裴宴挑了挑眉，一副不愿意多说话的样子，伸手扔给他一张名片："你明天打这个电话，会有人跟你谈合作问题。"

直到火红的跑车离开，被喷了一脸尾气，鲁嘉都还没回过神来。

他在宴席上试图挤到裴先生身边的事，被裴先生看在眼里了？

明天让他去跟人谈合作，意思是说……他的公司不用倒闭了？

这几天为了做客人定制的锦鲤绣件，花锦关店铺的时间比以往要晚一个多小时。谭圆想陪她一起，可她担心高姨与谭叔两位老人在家不安全，就让谭圆先回去了。

检查完电源，花锦把店门锁好，听到不远处有人在骂脏话。

"裴宴真他妈不是东西，我弟出车祸住院，他来医院探望就跟个大爷一样，真不知道他是来探望伤患，还是来瞧热闹的。"

她望向声源处，路灯下穿着皮夹克的男人拿着手机，脸上满是愤怒与不甘。

此人看起来脾气不太好，而且不太在乎他人的目光，所以才会毫无顾忌地站在路边谩骂。

"那个傻×除了有钱跟一张脸，有什么了不起的。"

花锦默默站在角落，觉得有钱还有脸的人，其实挺了不起的。

皮夹克男还在骂，花锦靠着墙安静地听，忙碌了一天，偶尔安静地站在角落听别人说脏话，好像也能让她的心情轻松几分。更重要的是，这个男人骂出了风格，骂出了气势，大有当事人如果敢出现在他面前，他就有敢揍死对方的风范。

"哟，这不是陈家老二？"红色跑车停到了路灯下，划出一道优美的弧形。

看清车里的人后，陈森张大嘴："裴、裴先生？"他干笑着道："我在这里赏月呢。"

"哦？"裴宴看了眼黑漆漆的天空，"看来你的视力不错。"

陈森仰头望天，才发现今晚根本就没有月亮，气氛变得尴尬起来。

"今晚天很热，连汗都出来了？"裴宴走下车，把身上的西装外套脱下来随意丢进车里，走到陈森面前拍了拍他的肩膀，"嗯？"

"没、没有。"陈森赔笑道，"裴先生怎么在这？"

"右边那条路交通拥堵，我当然要换条路走。这条路行人少，我又不爱飙车，车速慢不就一眼看到你了？"裴宴仿佛没有发现陈森的不自在，"要不我也陪你在这看月色？"

"不用了，不用了。您贵人事忙，哪能陪我做这种无聊的事？"陈森听到"飙车"两个字，脸上的肌肉忍不住抽动两下，他那个弟弟就是因为飙车出了事故才进的医院，现在裴宴故意提起这个，分明就是在嘲讽他弟。可是自家的一个大项目，还有这位的投资，他心里尽管不高兴到极点，也只能忍着。

"像我这种除了花钱就没事可做的人，能忙到哪去，你说是不是？"裴宴双手环胸，懒洋洋道，"没事赏赏月，好像也还不错。"

陈森干笑两声，不知道该怎么接话，现在他满脑子想的都是，刚才骂的那些话，究竟有没有被裴宴听见。偏偏裴宴什么都不说，什么都不做，让人心里更是不安。

几个月前，裴宴还在跟某个人称兄道弟，哪知道第二天回去，就把跟这家人的合作给停了。这家人摸不着头脑，求了不少人去赔罪，最后这位大爷竟然说翻脸的原因是看不惯对方乱丢垃圾。

这个理由实在敷衍得让人无言以对，所有人都知道这只是个借口。但是从那以后，只要有裴宴在的场合，几乎没人再乱丢垃圾。

有钱人的圈子不小，脾气怪异的也不少，但是像裴宴这么奇葩的，还真找不出几个。

正常人行事有规律，奇葩做事往往让人摸不着头脑，惹不起，惹不起。

花锦想，眼前这一幕就是传说中的大型翻车现场，骂人的遇到当事人，什么谩骂、愤怒通通消失无踪，只剩下了讨好与客气。

真没看出来，脾气这么差的人，也有两副面孔呢。

"那个谁……"裴宴忽然回头，对上了花锦的双眼，抬脚走到她面前，"都快到凌晨了，你站在这做什么？"

花锦指了指天："看月亮什么时候出来。"

裴宴："……"

还没开始的聊天，就这么夭折了。两人默默对视三秒后，花锦挪了挪脚步："那我不打扰你们，你们慢慢聊。"

裴宴见她的眼睛眨啊眨，黑黝黝的眼珠子倒映着路灯的灯光，像是映着月色的湖泊。

"等等。"裴宴叫住她，"年纪轻轻的，你没事别在外面瞎晃悠，把自己保护好，很多东西都可以随便，命却只有一条。"

花锦微愣后，对裴宴展颜一笑："谢谢帅哥的提醒。"

"嗤。"裴宴抬了抬下巴，"那走吧。"

"去哪？"花锦连连后退几步，捂住胸口道，"我可是正经人。"

"神经病。"裴宴莫名其妙地看着她，"我送你回去。"

"谢谢你的好意，但不用了，我叫了车。"花锦扬了扬手机，打车软件上，已经有司机接了她的单。

裴宴绷着脸点头，转身就准备离开，走了没两步，身后的衬衫被人拉了一下。他回头看看身后这个女人，她松开拎着他衬衫后摆的两根手指。

"说话就说话，不要拉拉扯扯。"裴宴往后退了两步。

"不好意思，手误。"花锦搓了搓手，小声道，"看在你长得好看的分上，我告诉你一件事。"

"什么事？"裴宴低头挽起衬衫袖子，没有看花锦，态度有些冷淡。

"你的那个朋友，刚才在路边怒骂一个叫裴宴的人。"花锦摆了摆手，"话说完了，我的车也到啦，拜拜。"

女人离去的背影很优雅，走路的步伐不快，像是有些骄傲的孔雀，还是很花的那种。因为只有花孔雀，才那么好色。

"裴先生，那位小姐是你的朋友？"陈森凑到裴宴身边，脸上带着讨好的笑，"她长得真漂亮。"

"漂亮？"裴宴想起那双像湖水般波光粼粼的眼睛，语气淡淡，"也就那么回事吧，倒不如你在街上显眼。"

"毕竟像你这样在街头破口大骂的人还不多。"裴宴扔下这句，转身往爱车走去。

闻言，陈森心头一紧，连忙跟了上去："裴先生，你听我解释。"

裴宴没有理会他，拉开车门坐了进去，陈森趴在车沿边道："裴先生，裴先生……"

"放心吧，你家老爷子是个好人，我不会跟你计较这种小事。"裴宴轻飘飘地看了眼陈森扒着车门的手，"放手。"

陈森连忙把手收了回去。

裴宴嗤笑一声，升上车窗，开车的时候喷了陈森一脸尾气。

他就喜欢别人明明看不惯他，却拿他没办法的样子。

花锦躺在舒适的床上，伸了一个大大的懒腰。现在已经是凌晨一点了，她却睡不着。她拿出手机看了下未来两天的天气预报，难怪今天膝盖疼得厉害，原来是要下雨了。

花锦打开微博，还没来得及刷新，手机就被无数的消息提醒卡到死机。她吓得整个人从床上蹦起来，一边重启手机，一边回忆自己最近有没有在微博说一些容易引起争端的话。

好像她的微博除了放一些刺绣图，就没做过其他的事了吧？

手机重启成功后，捂着胸口点开微博，最后一条微博里竟然有几千条评论。花锦满头雾水，这是哪个做了好事不留名的人，给她买评论了？

点开评论，里面全是在夸她手艺好，或是心地善良的。

被这么多人夸奖确实是件让人高兴的事，但是……为什么这些人都叫她大师，这其中是不是有什么误会？

在这么短短几天里，究竟发生了什么？

敲门声响起，花锦皱了皱眉，这么晚了，还有谁来找她？

"花锦，你在吗？"是琴姐的声音。

花锦放下手机，隔着门缝往外看了一眼，打开门道："琴姐，这么晚你还没睡？"

"今天有些事，所以睡得晚。"琴姐身上穿着大衣，瞧着像是外出的衣服，她伸头看了眼屋内，"我能进去吗？"

"请进。"花锦让琴姐进屋，给她倒了一杯水。

琴姐跟她说了几句工作跟天气以后，终于说到了正题上："你今年有二十四了吧？"

花锦削水果的动作停下，抬头看琴姐。

"你独身一人在外面打拼也不容易，有没有想过找个人来照顾你？"琴姐撩了撩耳边的碎发，"你人长得漂亮，又会自己的手艺，若是有找男朋友的打算，肯定不少人都愿意排着队来。"

花锦把削好的苹果放进盘子里，擦干净水果刀，礼貌地笑道："琴姐你说笑了，我没车没房的，拿什么谈恋爱？"

"你没有，男孩子有不就得了？"琴姐道，"我娘家有个男孩子，是个大学生，家就在本地，父母脾气好又勤快，他本人还在大公司上班，每个月的工资听说至少有两三万。他前几天来我这儿的时候，无意间看到了你，就一个劲儿向我打听你的联系方式。我想着你还不知道这事，就想先跟你商讨商讨，没想到你今天回来得这么晚，我没打扰到你睡觉吧？"

"琴姐，我现在没有谈恋爱的打算。"花锦把水果放到琴姐面前，"你替我谢谢对方的好意。"对方仅仅是看了她一张脸，连她是什么性格都不知道，就想着让人撮合，这种看脸的感情又能维持多久？

"你们年轻人在一起共同话语多，就算不做恋人，加个联系方式做朋友也好。"琴姐见花锦没有反应，只好继续劝道，"他天天来找我，我也是头疼得不行。"

"你别嫌琴姐说话难听，外面不知道多少年轻人想找个有本地户口的伴侣，你……"

琴姐想说，你一个小地方来的姑娘，没钱没文凭，就算长得漂亮，能嫁个有车有房的本地人，也算是高攀了。可是这句话，在她看到花锦垂眸不言的模样后，怎么都说不出来。

"琴姐，你也别嫌我说话难听。"花锦垂下眼睑，"我身为一个女人生活在这个世界上，人生的意义并不是只有找个有车有房的男人。爱情婚姻需要随缘，但是人生却不是，为了不让未来的自己骂我，我除了努力外，没有其他选择。"

"你在外面拼搏奋斗，为的不还是有套房，有个家？"琴姐有些不太理解花锦的想法，她是因为打心底觉得男孩子条件不错，又觉得花锦独自一人在外面打拼太辛苦，才答应做这个介绍人。现在看花锦这个反应，她应该是好心办坏事了。

这让她心里有些不太高兴，一时间不知道该气自己多事，还是气花锦不给她面子。

"心之安处就是家。"花锦摇头道，"人多不一定是热闹，独身一人也不一定是孤单。我知道你是好意，可是我现在还没有跟人共度一生的打算，你帮我回绝对方的好意吧。"

琴姐盯着花锦看了会儿，叹口气道："好吧，可能我年纪大了，看不懂你们年轻女孩子的想法。"

她沉默片刻，用麻木的语气道："我的前夫没读多少书，长得人高马大，结果他在外面的脾气反而很好，回家就打我和孩子。那个小伙子跟我前夫完全不同，他长得细皮嫩肉，又有文化，这几天我还特意打听过，他的脾气很好，一定不会打人。"

花锦听着琴姐这席话，沉默了。关于琴姐的事，很多都是她从其他人那里听来的，但琴姐却不爱在大家面前提及自己的过往，仿佛离婚的经历对她而言，是件极为丢脸的事。

"你是个好姑娘。"琴姐抬起手挽鬓边的碎发，手腕上细细的银镯子暗淡无光，不知道戴了多少年，"那个孩子是我认识的后辈中，最优秀的一个了。我就想着，像你这么好的女孩子，就该找个跟我前夫完全不一样的男人，那这辈子肯定能过得比我好。"

在琴姐的认知中，是没有不结婚这个选择的，但是男人的好坏却能选。

"琴姐，你……喝点水。"花锦把水杯往琴姐的面前推了推。

琴姐的表情很复杂，似有恨、有怨，还有一丝惆怅。花锦以为她会哭，可是她的眼底干涸一片，毫无泪意。这种沧桑又麻木的眼神，让花锦内心产生一种对婚姻本能的恐惧。

"谢谢。"见花锦小心翼翼的模样，琴姐忽然就笑了，"你不用这么小心，我都离婚几年了，还有什么不能说的。"

花锦笑了一下，不知道该怎么接话。

"这大半夜的，我不该这么晚来打扰你，我先回去了。"琴姐喝了一口水，起身往外走。

花锦起身送她，走到门口的时候，琴姐停下脚步看她："花锦，你有没有想过，自己究竟想要什么？"

"大概就是……吃喝不愁？"花锦歪了歪头，半是认真，半是玩笑。

"挺好。"琴姐连连点头，"一辈子吃喝不愁，挺好。"

送走琴姐后，花锦把桌上的水杯跟没吃完的水果都收了起来。她没有骗琴姐，她人生的目标就是吃喝不愁，如果能让蜀绣这门技艺被更多的人喜欢，那就更好了。

被琴姐这么一打扰，花锦是半点睡意也无，想起了微博上的那些评论，拿起手机继续看，才弄明白是怎么一回事。原来她之前绣的龙凤被让一位知名博主放到微博上了。

顺着网友们的评论，她找到了那篇微博。把整篇文章看完，花锦心里酸涩难言，她知道这就是感动。婚姻有如琴姐与她前夫那样的，也有相濡以沫如这对夫妻的。

她的微博私信中，挤满了网友们给她的信息，有问她绣这种被子要多少钱的，有问她买刺绣包的，还有问她要照片的，还有找她打广告或是捣乱的。无理取闹的人她懒得理会，龙凤被的订单，她暂时也不能接，现在工作室只有她跟谭圆两个人，订单接太多她们忙不过来，也就无法保证质量了。她之前赶制那条龙凤被，已经耗去了太多精力，怕自己再这么熬夜下去会早衰。

但有位网友的私信，引起了她的注意。

这位叫"冬天不太冷"的网友，连续给她发了十多条的私信。私信里说，他的奶奶年近八十，出生于蜀省。奶奶七岁那年，她的妈妈在国家动荡飘零之时，去前线做了一名战地护士，后来妈妈在战争中牺牲了，爸爸也在战火中失去了生命，她被当地好心人收养了。

这些年来，老人常常念叨母亲临行前给她绣了一块小方帕，上面有憨态可掬的熊猫，还有某年某月赠小女的字样。可是后来随着战乱她几经搬迁，手帕也不知道在什么时候遗失了。

这些年来，老人对母亲绣的手帕念念不忘，家里的后辈为了让她高兴，买了很多与熊猫有关的绣品回来，老人嘴上说着高兴与喜欢，但仍旧时不时讲起小时候的事，还有她妈妈送她的那块熊猫绣方帕。

"冬天不太冷"跟奶奶感情很好，所以当他发现花锦微博里，有关于熊猫绣的照片后，就想请她帮着绣几块手帕，不绣别的，就绣熊猫。而且为了体现出他的诚意，在花锦还没看到私信的时候，他就已经连发了三个红包过来。

现代社会，只要肯花钱，想买到某件东西并不难。与熊猫有关的绣品不是什么珍稀物件，想买就更是容易。也许这位老奶奶不是对绣品不满意，而是对那条充满着母亲爱意的绣帕念念不忘。

在那个风雨飘摇的年代，敢于站出来走到最前线的人，一定是伟大并且充满爱的。

花锦敬仰这种了不起的人，所以控制住了自己那颗贪钱的小心脏，没有点开这位网友发来的红包，而是选择直接回复对方。

繁花：我可以尝试，但并不能保证您的奶奶会喜欢我的绣品。

她回复了没有两分钟，对方就激动地发了消息过来。她暗自猜测，对方可能一直守在手机前，等着她的回复。

冬天不太冷：没关系，您愿意尝试我已经很高兴了！谢谢你！

冬天不太冷：您是蜀绣师，对蜀绣风格可能也是最了解。我也知道没有照片，没有任何细节上的描述，就让您来做这个是一件为难人的事情。但请您放心，不管奶奶喜不喜欢，我都会高价买下。

繁花：手帕上的绣片比较小，所以价格上也会有所优惠。

冬天不太冷：绣品有价，艺术无价，您尽管放手去做。如果您有时间，可以多尝试几种不同的风格，我全都高价定制。

花锦觉得，这种买家的言行就是冤大头的现实写照，如果遇上一个黑心商，那简直就是送上门让人宰钱。得知对方跟她在同一个城市后，花锦叹了口气，把自家店的地址跟联系方式告诉了对方。

然后对方又发了一个红包过来。

花锦：……

她觉得自己那颗贪财的心脏，似乎有些蠢蠢欲动。

见花锦没有收红包，对面的人反而不乐意了。

冬天不太冷：老师，您尽管收，这只是我的一片心意。

花锦还能怎么办呢，当然只能满足对方的心愿，她就喜欢顾客们这种有钱就绝不抠门的行事风格。跟着高姨学刺绣这些年，她什么样的顾客都遇到过，甚至有人因为收价高破口大骂，说不就是几块破布几根线做成的东西，还要价这么高，真是想钱想疯了之类。

顾客愿意给钱不代表对她这份职业有多尊重，但一毛钱不想花还骂她骗钱的人，肯定是没有任何尊重可言的。

随着时代的变迁，刺绣的针法可能变化不大，但是审美风格却会产生改变。高姨说过，蜀绣之所以会有这么多年的历史，正是因为它一直随着百姓的喜好改变着。曾经流行的图样现在不一定讨人喜欢，现在受众最多的图样，在几十年前可能无法登上大雅之堂。

花锦学的针法大都是经过世代改良的，七八十年前的针法与绣图风格，她还真不够了解。

第二天早上，她起床准备去高姨家，下楼就碰到买菜回来的陈老太。

"小花。"陈老太看到花锦，伸手朝她招手。

花锦看着老太太满脸写着"我这里有八卦，你必须来听"的表情，暗暗叹了口气，走到了陈老太面前。

"昨天……你隔壁那个跟你说媒了？"陈老太神神秘秘道，"你可别听她胡说，她娘家那堆亲戚，能有什么出息的，要真够出息，还能让她住这儿？要不我给你说个我那边的，家里不仅有好几套房子，人也老实，可不比她介绍的男孩子靠谱？"

花锦："……"

她只知道陈老太跟琴姐关系不和，没想到在这方面，都要暗自竞争一把。

"陈奶奶，我还有事，先走了啊。"再待下去，老太太能跟她聊一个小时。

"哎……"陈老太没想到花锦这么急，见她走得太快，踮着脚看她的背影，"膝盖不好，你还跑这么快……"

花锦来到教她刺绣的高姨家时，高淑兰正在给阳台上的花浇水，谭叔戴着眼镜在看书。见她来了，二老都很高兴，招呼着她坐下。

二老只有谭圆一个女儿，花锦常年跟他们相处，也相当于半个女儿了。

"下次你过来要是再买东西，我就不让你进门了。"高淑兰一边数落花锦乱花钱，一边把瓜果点心往花锦面前放，"我听圆圆说，你前段时间耗费了大量心血赶制出了一床龙凤被？"

"嗯。"花锦小弧度点头，有些不好意思看她。高姨一直强调，真正的刺绣艺术是精益求精。她花了不到一个月时间赶制出龙凤被，实在称不上求精。

"事情经过我都知道了，在这件事上你做得很好。"高淑兰并没有怪她，反而十分欣慰，"艺术与生活并不冲突，你能在这件事上把握一个准确的度，我很高兴。"

花锦抬头，果见高淑兰微笑地看着她。她无奈笑道："当时那个情况，除了连夜赶制以外，确实没有其他的办法。"

高淑兰一直很遗憾，没能早点遇到花锦这个好徒弟。她相信花锦在刺绣方面的天分，会远远超过她。这些年她们两人虽是师徒，但她却不喜欢花锦毕恭毕敬叫她老师。她与花锦既是师徒，也是亲人与朋友。她在刺绣上面的理念与坚持，丈夫了解得不够透彻，女儿天分也不够，唯有花锦完完全全继承了她的理念，并且比她更能适应当下这个环境。

"善良又不迂腐，这是美德。"说到这，高淑兰就瞥了眼自己的老伴。谭庆知道自己又被嫌弃了，推了推鼻梁上的眼镜，起身到厨房做饭。

小花过来了，老婆子做的那些东西，能拿得出手？

花锦与高淑兰聊了一些琐碎小事，然后就提到了七十年前的"熊猫绣"风格。

"熊猫绣是我们蜀绣的代表之一，虽然这些年有所改变，但是针法上并没有太大的差别。"高淑兰起身到书房里翻出一本相册，"这里面有历年来精品蜀绣照片，最早作品诞生于二十世纪二十年代，只可惜当年的照片是黑白色，无法突显我们蜀绣的特色。"

花锦接过老旧却擦得很干净的相册，轻轻翻看了一遍，在里面找到了两张熊猫绣的照片，与现在年轻人喜欢的风格确实有所差别。

照片上的熊猫圆润中依稀看得出几分威猛，而现在部分熊猫绣为了迎合当下的喜好，绣图中的熊猫更憨态可掬，是"明明可以靠实力，却偏偏靠卖萌活着"的典型。

可是当年为国牺牲的护士，绣制的手帕不是自己用，而是为了给只有几岁大的女儿。她在绣熊猫的时候，会不会把熊猫绣得更符合小孩子的审美？

花锦拿不定主意，又联系了"冬天不太冷"一次，问清他奶奶祖籍后，开始查当地的风土人情资料。

不同的县市都有不同的风俗习惯，更别说蜀城那么大的地方，在爱好与忌讳上，也有不同。

查了几天资料，花锦也无法准确地下针。后来还是高淑兰看不下去，又把她叫回家，劝她道："一味地看资料是没有用的，不如你去当地走一走，去请教当地的老人，也许收获会更大。"

见花锦没有说话，高淑兰把一个地址交给花锦："这位绣师最擅长熊猫绣，我与她当年有过几分交情。她祖籍刚好就是这个城市，你如果想去当地了解情况，可以去拜访她。"

接过地址，花锦咬了咬唇："高姨，我……"

十七岁逃离那个乡村后，她已经近八年没有去过蜀城，尽管她心里清楚，她的老家只是蜀城的一个偏远小山村，但是只要听到熟悉的乡音，她就能回想起当年的灰暗记忆。

"小锦。"高淑兰温柔地摸了摸她的头顶，"人要向前看，你未来会成为最优秀的蜀绣师之一，只有攻破瓶颈，才能有进步。我想你自己也清楚，近一年来，你的绣技已经停滞不前了。"

写着地址的纸张被花锦捏成了一团，她深吸几口气，抬头对上高淑兰充满鼓励的温柔双眼："高姨，我明白了。"

"不过也不要勉强自己。"高淑兰笑，"人生短短几十年，活得开心最重要。"

花锦勉强笑了笑："您说得对。"

人活开心最重要，只有突破瓶颈，才能有进步。

几天后，一直都关注着花锦微博的"冬天不太冷"发现，这位名为"繁花"的博主终于更新微博了，这次她发上来的照片不是绣品，而是巍峨的青山，还有漂亮的蜀城国际机场。

繁花：八年后，归来的我仍旧是美少女。

蜀城国际机场位于省会城市芙蓉市，花锦站在人来人往的机场门口，瞬间被鲜活的人气给包围了。

排队上出租车后，出租车司机是个很耿直的人，告诉她不要去华而不实的店里吃东西，不仅贵，味道还一般，他们本地人都不去的。

花锦听着熟悉的蜀音，看着车窗外的高楼大厦，忆起小时候曾经幻想过芙蓉市究竟是什么样子。不过真正的芙蓉市，比她想象中要繁华很多。

"妹儿是来旅游的？"司机大叔见花锦对芙蓉市的风景感兴趣，给她介绍了几个地方，"不过你一个女孩子单独在外面，酒店要选好点的，安全嘛。"

花锦笑着道谢。

司机把她送到酒店门口，帮她把行李箱提上大门台阶，乐呵呵走了。应该说，这位大叔从头到尾笑容都没散过。

花锦走进酒店大门，把身份证递给前台。

"你是……花锦？"一个同样正在办住房手续的年轻男人盯着她看了很久，"是花锦吗？"

花锦神情平静地扭头看着他："不好意思，你认错了。"

"对不起。"年轻男人神情有些尴尬，"你跟我高中同学有些像，所以……"

"没关系。"花锦从前台工作人员手里接过房卡，笑了笑，"我大众脸，被认错也正常。"

年轻男人失笑，长得这么漂亮的女孩子说自己是大众脸，实在没有什么说服力。可是想到当年班上那个成绩格外优异，却莫名其妙没有参加高考的女生，他心里有些发闷。

在他们那种小地方，高考是很多女孩子唯一的出路。他的那位同学成绩那么好，连老师都说，她一定能考上名牌大学。可是高考那天，她却没有来。后来有传言说，花锦的家里人不想她念大学，所以不让她来参加考试。后来还有传言说花锦要嫁人了，嫁的人家里还很有钱。

传言是真是假他不知道，因为从那以后再也没有人见过她。

再看已经拖着行李箱往电梯那边走的年轻女人，年轻男人暗自摇头。

花锦长得比较黑瘦，没有这位女士漂亮。

第三章 花孔雀

走进电梯，两人刷卡以后，按下的竟然是同一楼层。

"真巧。"年轻男人似乎不擅长主动跟女人搭讪，耳尖脖子都在发红，"我叫周栋，虽不是芙蓉市人，但却是蜀省本地人，或许比你们外省人更了解芙蓉市一些，你有什么想知道的事，可以来问我。这是我的名片。"

说着，他从钱夹里取出一张名片递到花锦面前。

花锦看着眼前面红耳赤的男人，伸手接过名片，似笑非笑道："周先生，你这种搭讪方式太老套了。"

"不不不。"周栋被花锦调侃得面颊红似晚霞，"我没有其他的意思，就是……就是……"他手足无措，低着头解释："你跟我高中时喜……"

"我打扰到二位的兴致了？"电梯门恰在此时打开，电梯门外，裴宴双手环胸，微斜着眼看两人，"电梯是公用工具，二位如果想互述衷肠，可以出来后再慢慢聊。"

"多谢裴先生提醒。"花锦把周栋的名片收进手提包里，站在她身边的周栋红着脸伸手去帮她提行李箱，被花锦拦住了。

"周先生，你再这么殷勤下去，我会以为你对我有意思的。"花锦对周栋挑眉一笑，红唇轻扬。

周栋被这个笑惊得提起自己的行李箱就落荒而逃。

被周栋的反应逗得忍不住发笑，花锦不紧不慢地走出电梯，伸手做了一个请的姿势："裴先生，请。"

裴宴没有进去，而是眯着眼看她："你知道我是谁？"

"当然。"花锦笑眯眯地干咳一声，"毕竟不是谁都能像我这么好运，随随便便路过就能听到别人骂裴先生，还骂得那么激烈，那么有气魄。"

虽然那人骂完以后，转头看到裴宴就怂了，但至少他在骂人那一刻，充满了一夫当关万夫莫开的气势。

"看来你见识得还不够多，在背后偷偷骂我的人多了去，那天骂我的那个人如果想排队领号，大概要排在两百开外去。"裴宴抬起手腕，理了一下袖口，那双漂亮的眼睛流光溢彩，简直就是行走的男狐狸精。

花锦沉默片刻："骂你的人多，很值得骄傲吗？"

"被人骂不值得骄傲，但是很多人明明想骂我，却还要当着我的面夸我好，这就值得骄傲。"裴宴抬了抬手腕，微抬下巴道，"往旁边让一让，你挡着我照镜子了。"

看了眼光可鉴人的电梯门，花锦从手提包里掏出随身小化妆镜："高清镜子，免费赠送给你，不用感谢我。"

裴宴嫌弃地把镜子扔回花锦怀里，正准备嘲讽花锦两句，手机就响了。

"什么事？"裴宴看了花锦一眼，按开电梯门走了进去，"绣师？"

"电梯里信号不好，晚上再说。"

看着电梯门已经被关上，花锦有些遗憾地叹口气，长得这么好看的男孩子，不多看两眼，总觉得有些吃亏。尤其是那略带骄傲的小眼神，简直就是人间极品。

回到房间，花锦打开微博就发现那位定制熊猫绣的网友又给她发红包了。原来这位网友发现她来了蜀省，猜到她是为了查有关二十世纪熊猫绣风格而来，所以又给她发了几个大红包。

她连张收据都没有给，这位网友就不停地转钱给她，真是视金钱如粪土。

不过……她喜欢。

第二天早上，花锦在酒店柔软舒适的大床上睡到自然醒，洗漱好后，乘坐汽车赶往那位擅长熊猫绣大师的家。

八年的时间，整个蜀省的变化很大，四通八达的高速公路，水泥公路柏油马路更是通往了大大小小的村庄。高姨说，这位熊猫绣大师呼吸道不好，回了老家休养。花锦以为自己要跋山涉水才能找到大师的家，哪知道到了县城里，只需要花两块钱的乡村公交车费，就能去熊猫绣大师所在的村子。

公交车上大多是赶完集回家的农民，这些人大多互相认识，凑在一块儿说着自家养的家畜家禽，还有老人在炫耀儿女给自己买的新家电，热闹至极。

有大姐见花锦长得细皮嫩肉，打扮得时尚靓丽，以为她是哪家在外面出息了的女儿回乡探亲，还主动问了起来。

"不，我是来找宋莲女士的，我家长辈与她是故友，所以来探望一下她。"花锦用蜀省话回答了这位大姐，多年都不曾跟人说过蜀省语言，似乎连腔调都缺了那么点蜀地的味道。

"听你的口音，不像是我们本地人。"大姐想了想，问车里另一位大叔，"哎，这个女娃找的宋莲，是不是你们宋家湾的？"

"宋莲啊？"大叔回想了一下，"她要找的是不是以前在芙蓉绣品厂上过班的宋莲哦？"

"对对对，就是她。"花锦没有想到这么快就有宋绣师的消息，喜道，"大叔，您是跟宋绣师住在一个村的吗？"

"哎哟，你还不晓得啊，宋莲去年就走了。"大叔道，"去年她办丧事的时候，有不少人来吊唁，你哪里还找得到人嘛？"

大叔见花锦变了脸色，劝道："你莫急，现在她屋头还有她大女儿跟大女婿在，等哈你跟我一路走，我带你去她屋头。"

　　"谢谢您。"花锦心情有些低落。高姨提过，这位宋女士是位十分了不起的绣师，当年还曾跟高姨说，可惜她后继无人，一门手艺恐怕要荒废了。

　　不知道这么些年过去，宋绣师在西去前，有没有找到继承她手艺的人？

　　宋绣师女儿住在一栋两层小楼里，听说花锦是来找自己母亲的，已经年过五十的她，热情地招呼花锦坐下，还要去给花锦煮甜汤，被花锦拦下来了。

　　宋绣师家里墙上挂着一些绣画，都是难得的精品，花锦忍不住多看了几眼。注意到花锦的眼神，大女儿半是骄傲，半是遗憾："我妈这辈子最喜欢的就是刺绣，以前还拿过省里的大奖，后来她眼睛不好了，就常跟我念叨，喜欢刺绣的人越来越少，她的手艺没人继承。"

　　"墙上这些，都是宋绣师的作品吗？"花锦抬头看墙，这些绣品风格不一，不太像一人所作。

　　"不是，这是我妈跟她一些朋友的作品。"大女儿道，"这几年她腿脚不太好，就把朋友送的作品挂在墙上欣赏。"

　　花锦与宋绣师大女儿一起去坟地给宋绣师上了香烛，从坟地回来的路上，大女儿道："花女士，你也是从事刺绣一行的吧？"

　　"被您看出来了？"花锦有些意外。

　　"我在绣道上虽毫无天分，但是能在你身上看到属于刺绣高手独有的气质。"宋绣师大女儿苦笑，"去年我妈下葬的时候，因有重视传统艺术的领导前来吊唁，导致不少人跟着一起来凑热闹，不过近半年已经没人来了。"

　　"来之前家师说她与宋绣师曾有几面之缘，所以让我来找宋绣师拓展我的眼界。"走在田埂上，闻着金黄菜籽花的浓郁香味，花锦语气低落，"是我跟宋绣师没缘。"

　　"你如果不嫌弃的话，我这里有几本笔记本复印件可以送给你，里面是家母生前关于刺绣方面的总结。"

"这些都是宋绣师的心血，我怎么可以……"

"家母生前最遗憾的，就是没能收到一个年轻又有天分的徒弟。今天难得遇到你这个对绣道如此执着的年轻人，我把笔记本送给你，家母只会高兴，不会难过。"宋绣师大女儿笑了笑，"更何况只是复印件，不是原件。"

回到家中，宋绣师大女儿把笔记本复印件给了花锦，还给她看了很多宋绣师生前熊猫绣作品的照片，以及宋绣师收集的资料。

每位顶尖的绣师，不仅在针法上有着超越普通人的技能，同时在艺术审美上，也有其独特的天赋。而宋绣师不愧是蜀省最有名的熊猫绣大师之一，她收集的熊猫绣作品照片，最久远的一张竟然是在近一百年前。

一百年前的照片复印件清晰度并不高，但是隔着模糊的照片，她都能看到绣品上熊猫们活灵活现的样子。

灵动，鲜活，明明只是刺绣，却让人恍惚间产生那是活物的错觉。

这才是真正的大师之作。

花锦看完宋绣师的作品以及她收集的绣品照片，终于清晰地认识到自己与这些大师之间的距离有多远。

高姨总是夸她有天分，谭圆也说她绣的东西充满灵气，差点让她真的以为，自己是年轻绣师中的天才。

什么叫自惭形秽？

一张百年前模糊的照片，就足以让她羞得面红耳赤。

回芙蓉市的路上，花锦脑子里想了很多，印象最清晰的，还是那一幅幅精美的绣品。她揉了揉有些混乱的脑袋，打开手机看了一眼，"冬天不太冷"又给她发消息了。

冬天不太冷：大师，我奶奶住的地方比较远，你不要特意赶过去。如果你真的想去，可以跟我表哥一起去，他刚好要回乡祭祖。你如果不介意的话，可以加我一个微信吗？

花锦看了眼对方发来的微信二维码图片，想起他发来的那些红包，默默加了好友。

"冬天不太冷"的微信头像是个人气很高的漫画人物，两人加上好友以后，对方就连发了几条消息过来。

冬冬：您老人家辛苦了。

花锦看到这句话，立刻皱起了眉头。

老人家？

说谁老呢？

有时候生活在同一个圈子，因为婚姻或是认干亲，他们多多少少都能扯上些亲戚关系。

裴宴脾气比较怪，不太爱跟同龄人玩。商业精英他嫌太正经，纨绔子弟他又嫌这些人玩起来没有底线，所以圈内真正跟他玩得好的人并不多。

杨绍算得上是他朋友之一，两人的爷爷奶奶辈又是堂兄妹关系，所以在杨绍厚着脸皮求他带上了年纪的绣师回老家时，他答应了下来。

对作品有追求的人，值得让人尊敬。

把车停到约好的地方，裴宴在四处搜寻了一遍，拨通杨绍的电话："你跟我说说那位绣师的特征，这边人多得跟蚂蚁似的，我上哪儿找？"

"我加她的微信？"裴宴皱了皱眉，听手机那头杨绍许着各种承诺，他叹气皱眉道，"行了行了，看在表姑婆的面子上，我帮你这个忙。"

把杨绍发过来的二维码图扫描一遍，裴宴发现这位绣师的头像是某款游戏里的人物，轻笑一声，看来这位老人家还挺时髦。

好友申请很快就被通过，裴宴把定位发给了对方。能用游戏人物做头像的老人家，应该会看定位图？

对方发了一条消息过来。

繁花：谢谢，我穿着红色长裙，米色绣红纹披肩，五分钟就能赶到。

红色长裙……

裴宴隐隐觉得有哪里不太对劲。

几分钟后，他看着街道对面穿着红裙，手里拖着行李箱的年轻女人，他的眉头挤在了一起。

这就是杨绍口中的上了年纪的绣师?

什么时候年纪大的标准降到三十岁以下了?

在裴宴看到花锦的时候,花锦也发现了他。芸芸众生之中,相貌出众的人,天生就是发光体,很容易让人把目光投到他的身上。

走过人行道,花锦见裴宴还在看自己,抬起手朝他笑了笑:"嗨,好巧。"

裴宴继续面无表情地看着她。

大庭广众之下,花锦还是很要面子的。她见裴宴在面对自己时一点表情都没有,也就不再理他,转身继续找网友冬冬的表哥。冬冬说他的表哥长得很帅,人群中一眼就能认出来,可是有裴宴在这儿,她再看其他男人,通通都变成了"庸脂俗粉"。

"你去哪儿?"见花锦还在往前面走,裴宴拉开车后座的门,"上车。"

花锦捂住胸口,不敢置信地看向裴宴:"大庭广众之下,你想对我做什么?"

"我能对你做什么?"裴宴挽起衬衫袖子走到她面前,拖过她手里的行李箱,把箱子放进后备厢,拍着手掌上几乎不存在的灰尘,"我就是来接你的人。"

花锦眨了眨眼,原来冬冬没有骗她,他表哥真的是人群中一眼就能认出来的人。

裴宴见花锦还站在原地不动,拉开驾驶位门,懒洋洋地道:"上车吧,就算我们真要发生什么,也是我吃亏你占便宜,该担心的是我也不是你。"

花锦:"……"

年轻人,虽然你长得很好看,但是这么说话,也很容易挨揍的。

"那我坐副驾驶位,还是坐后面?"

网上有人说,副驾驶这个座位要留给关系亲密的人坐,但如果不管不顾直接坐后排,又有不尊重对方的嫌疑。

"随便你。"裴宴坐进车,给自己系好安全带,"从芙蓉市开到目的地,大概需要三个小时,你如果困了,就靠着睡一会儿。"

花锦想了想，拉开副驾驶位车门坐了进去。

长得好看的人，侧颜也是完美的。花锦见裴宴开了导航，小声问："你对路线也不熟悉？"

裴宴冷漠看她："我比较喜欢安静的女人。"

"那可真不好意思，可能我生来就不太讨你喜欢。没办法，天性难改，您多担待一点。"花锦从手包里拿出两根棒棒糖，手伸出一半又收了回来，"开车不吃东西比较安全，我就不分给你了。"

"谁稀罕……"裴宴发动汽车，轻哼了一声。

经过绕城高速出了芙蓉市，裴宴发现那个自称天性难改的女人一路上竟然都没说什么话，瞥了她一眼，发现对方正看着窗外发呆。

"你饿了没有？小冰箱里有些吃的，我们到服务区休息一会儿。"裴宴把车开进高速服务区，从小冰箱里取出一些饮料零食给花锦。

"谢谢。"花锦拉开易拉罐，倚着车门斜站着。今天的天气很好，瓦蓝的天空上飘着几朵白云，让人心情都不自觉开阔起来。她半眯着眼睛，拿出手机对着天空拍了一张，转头见裴宴正低头喝水，顺手按下了拍照键。

按下的那一刻，裴宴抬起头看向她，露出那双清亮的眼睛。

"你偷拍我？"裴宴看花锦。

"我光明正大地拍照，怎么叫偷呢？"花锦把手机递到裴宴面前，"喏，你可以拿去删掉。"

"我就知道你在觊觎我的脸。"裴宴嗤笑一声，"留着给你做个念想吧，反正你这辈子也不可能找到比我更帅的男朋友了。"

"谁说的，我的初恋男神比你帅一百倍。"花锦把手机收起来，"男孩子不要这么自恋，会没有女孩子喜欢的。"

"你初恋男神是谁？"裴宴挑眉，"说出来给我听听。"

"我的初恋男神无人不知、无人不晓，是位美貌与实力并重的奇男子，世界上绝对不会有比他更帅的男人。"花锦在手机上点了点，把屏幕凑到裴宴面前，"不信你看。"

裴宴看清手机屏幕上的人后，沉默了，因为照片上的人是孙悟空。

"我没有骗你吧。"花锦收起手机，把零食袋跟饮料罐扔进垃圾桶，回头见裴宴也跟着过来扔垃圾，走到半路发现地上有个别人扔掉的牛奶盒，顺手捡起来一起扔进了垃圾桶。

"原来你最喜欢的是猴子不是人。"裴宴表情微妙，"口味真是不一般。"说完，他不等花锦反应，大步走到洗手台下面，把手放在水龙头下仔仔细细洗了好几遍。

花锦盯着他背影看了两眼，弯腰坐进副驾驶位。

裴宴的老家在江酒市，当地因为盛产美酒，在全国各地都很有名。花锦跟裴宴刚过江酒高速收费站，天就开始下起雨来。裴宴只好带花锦去酒店暂时住下，准备等明天雨停了再去老家。

傍晚裴宴起床去敲花锦的房门，发现她不在房间里。

他皱了皱眉，正准备掏手机联系对方，就见花锦从电梯里走了出来。

"你出去了？"裴宴发现她白色裙边上沾到了泥点。

"嗯。"花锦点头，"我去老街那边打听了一下几十年前的刺绣风格。"

裴宴收回目光："去把衣服换了，下楼去餐厅吃饭。"

"等我一会儿，马上。"花锦回房间换了一套衣服，开门见裴宴竟然真的还在走廊上等她，于是笑着向他道谢。

"你是为了我表姑婆的事情跑腿，不用跟我道谢。"裴宴双手插兜，"我只是没有想到，你竟然是蜀绣师。"

"是不是很惊喜，很意外？"花锦走进电梯，"不过这次来蜀省这边，主要还是为了我自己，所以我还是要谢谢你。"

"为了你自己？"裴宴神情不变，内心却有些诧异。杨绍不是跟他说，蜀绣师为了绣出符合表姑婆心意的熊猫绣帕，特意赶来蜀省调查资料？

"嗯。"花锦笑了笑，"蜀绣不仅仅是手工活，也是一门艺术。若想让自己的绣艺越来越好，就要攻克无数难关，让自己的手艺与意境、色彩相融合，才能做出最好最精美的绣品。"

裴宴没有说话。对于他而言，花锦这种精神值得敬佩，但是话的内容……他不太懂。

两人在酒店住了一夜，第二天雨不仅没有停，反而越下越大了。中午吃完饭，花锦见裴宴脸色有些烦躁，提议："听说这边油纸伞做得很漂亮，刚好今天下雨，我们去买两把打着玩。"

"不去。"裴宴想也不想就拒绝了，"这里不是西湖，我也不是许仙，买油纸伞干什么，难不成用来演《白蛇传》？"

"我就是想在雨天打着油纸伞，找一找艺术的感觉，也许突然就灵光一闪，开窍了呢。"花锦一脸认真，"像我们这种追求艺术的人，是很讲究意境的。"

"你再组织一下语言，说句人话，也许我可以勉强考虑你的建议。"

"油纸伞很漂亮，我想在雨中打伞，然后拍照发朋友圈。"花锦一口气说完。

裴宴默默盯了花锦三秒："没了？"

"没了。"

裴宴放下筷子，站起身来："走吧。"

"去哪儿？"

"陪你去追求艺术，寻找灵感上的意境。"裴宴双手环胸，斜眼看她，语带嘲讽道，"等待你大脑能闪烁出灵光。"

"不愧是人帅又心善的裴先生。"花锦提起包跟在裴宴身后，"此刻的你如此高大，如此伟岸，足足有三米八。如果等下你帮我拍照的时候，能够记得开美颜，就能高达八米八了。"

裴宴脚下一顿，扭头瞥花锦。

拍照？他？？凭什么？？？

雨后的青瓦小巷，长着苔藓的青石板路，本该充满意境的画面，却因为路滑不好走，被花锦破坏得干干净净。

裴宴实在不明白花锦这样的女人，为了买伞拍照跑这么远。他见花锦撩着裙摆，一小步一小步往前挪，把手臂伸到她面前："手腕借给你扶，别碰着我的手。"

"碰到手会怎样？"花锦把手搭在了裴宴手臂上，笑盈盈地看着他。

裴宴移开自己的视线："男女授受不亲，我不能白白给你占便宜。"

听到这种解释，花锦忍不住笑出声："放心吧，我不是好色的女人。"

裴宴斜睨她一眼，语气怪异道："你见过猪上树没？"

"没有。"

"那你觉得自己这句话可信吗？"

花锦瞪大眼睛："'男人靠得住，猪都能上树'，这句话是形容你们男人的，关我什么事？"

"小姐，现在是二十一世纪了。"裴宴姿态慵懒，"男女平等。"见花锦还打算反驳，他又补充了一句："你如果再说一句，我就把手收回来了。"

花锦立刻闭上嘴。

走下长长的台阶以后，花锦把裴宴的手臂一放，轻哼道："说我的手占了你的便宜，我还嫌你的手臂占我便宜了呢。"

裴宴长这么大，第一次见识到竟然有人过河拆桥的速度这么快。他扭头看了眼身后的阶梯，双手环胸："看来你后面不需要我帮忙了。"

"裴先生，你误解我的意思了。"花锦朝他灿烂一笑，"我的意思是说，这事如果放在其他男人身上，肯定是他们占便宜。但是你不一样，你长得好看不说，还品德高尚，这肯定是我占了你的便宜。"

"你不该做蜀绣师，应该去学蜀戏。"裴宴扭头慢慢往前走，"在变脸方面这么有天分，不从事这行浪费了。"

花锦："……"

因为不是节假日，天又在下雨，路上的行人并不多。这条街还保留着二十世纪木楼的建筑风格，就连店铺都带着二十世纪的古旧味道。很多店铺挂着一些在其他风景区也能看到的劣质手工艺品，街道走了一大半，他们也没有找到哪里有油纸伞。

无奈之下，她只好在一家小店里买了两瓶水，趁机向老板打听油纸伞的下落。

"油纸伞？"店老板诧异地看了花锦一眼，"一直往前面走，靠右边有家小店就是卖油纸伞的。"现在网购这么方便，天南地北什么漂亮的伞都可以买到，特意来他们这种小地方买油纸伞的年轻人还真不多见。

"谢谢。"花锦把另外一瓶水递给裴宴，裴宴接过水，"走吧，去前面找找。"

两人又往前走了一会儿，终于找到了那家卖油纸伞的店。一位穿着藏蓝色中山装的老人坐在门后，埋着头削伞骨。他身后的一对年轻男女收拾着有些乱的店，嘴里还在抱怨下雨，刚做好的伞不能拿出去晾晒。

老人的手很粗糙，手背上还留着一道道泛白的疤痕。他见到花锦跟裴宴过来，放下手里的伞骨跟刀，拍干净身上的竹篾碎屑："二位是要买伞吗？请进来慢慢看。"

这个店不大，采光也不太好，很多伞都只能收起来摆放。花锦踏进店门后，闻到了一股很闷的桐油味。

收拾雨伞的那对男女看到花锦与裴宴进来，两人原本有些漫不经心，但是看清他们的长相与穿着以后，忍不住主动上前招呼。

男俊女美，这对情侣简直就是高颜值搭配。

"我们店是正宗的传统油纸伞手工店，从祖辈传到现在，已经近两百年了。"老人满脸沟壑，说话却中气十足。他弯腰从架子上选出一红一蓝两把伞："大红伞是我们这油纸伞里最出名的一种，不过这位先生可能更适合蓝色。二位如果喜欢的话，可以慢慢挑选。"

"谢谢。"花锦撑开红色的油纸伞，伞面上绘着白色梅花，白梅盛开在红伞上，艳中带雅，而且伞骨光滑如绸，甚至闻不到半点油味，做工十分精致，"好漂亮，您做了很多年这门手艺了吧？"

"做了很多年啦。"老大爷抚摸着架子上的伞，动作温柔得像是对待自己的孩子，"在我还很小的时候，几乎整条街都在卖油纸伞。外地人来了这边，都要买把伞回去，才算真的来过我们江酒市。"提到过去，他的语气不知是在感慨，还是在遗憾。

"爷爷，那都什么年代的事了。"弯腰扫地的男孩子无奈道，"现在市面上漂亮的折叠伞那么多，谁还会天天带一把占地方的油纸伞出门？"

听到孙子这么说，老人也不生气，反而乐呵呵笑道："天天带出门肯定是不方便，可是年轻小姑娘小伙子拿着伞拍一拍照，也是很漂亮的嘛。"

花锦笑着点头应和："您说得对。"

"科技在进步，人们生活水平在提高，像我们这种传统行业渐渐没落也是时代的必然。"老人道，"这其实是件好事，代表大家日子都在变好了。"

"虽然如此，但是这种传统手艺，还是会传承下去的。"花锦收起伞，对老人道，"就像您说的那样，它们或许从生活必需品中退出，却可以走进手工艺欣赏品中。只要有人还喜欢它们，它们就不会消失。"

老人听到花锦这席话，笑得更加开心，转身从屋里拿出一个盒子："二位看看，这两把伞喜不喜欢？"

如果说刚才看到的伞，可以被称作精品，那么盒子里这两把伞，就足以被称为顶尖的艺术品。这是两把红色伞，伞面上绘着龙凤，栩栩如生，看得花锦几乎失了神。

她当下毫不犹豫地掏钱买了下来，顺便还买了几把，让店里发快递，寄给了她几位朋友。

做一把合格的油纸伞需要九十多道工艺，历时半个月到一个月才能让一把伞完全成形，所以价格并不便宜。见花锦一口气买这么多伞，店里的两位年轻男女很高兴。

等两人离开后，男孩感慨道："可惜了。"

"可惜什么？"女孩不解地看着他。

"刚才那个男人长得挺好看，掏钱的时候却装作没看见，就等着女朋友付账。"男孩摇头，"如果我有这么漂亮的女朋友，肯定舍不得让她花钱。"

"想多了，你这辈子不可能交到这么漂亮的女朋友。"女孩懒洋洋地擦着家具上的灰尘，"更何况那个男人长得那么好看，说不定是那位美女养的小白脸呢。"

男孩："……"

"裴先生，我可不可以问你一个问题。"花锦看着手机里裴宴给她拍的照片，眼里的嫌弃几乎掩藏不住，"你……是不是没怎么交过女朋友？"

"跟你有什么关系？"裴宴脸色不太好看。

"因为交过女朋友的男人，拍照不会这么难看。"花锦小小声道，"我一米六八的身高，你却拍出了一米四五的效果，你对得起自己手里这部价格高昂的手机吗？"

"对得起。"裴宴面无表情，"如果不照了，就回酒店。"

"来，我给你拍两张，让你见识一下什么叫真正的拍照。"花锦掏出自己的手机，"你把伞撑开。"

"等等。"裴宴无意间扫到花锦的手机屏幕，表情变得严肃，"你跟别人共享地理位置？"

"咳。"花锦有些尴尬，退出位置共享，"误点了，误点。"

裴宴继续面无表情地看着她。

花锦被这么一双好看的眼睛盯着，毫无立场地撇开头："那个……女孩子单独外出，偶尔跟朋友分享一下自己的位置，会比较安全嘛。"

裴宴沉默片刻，不耐烦道："快点。"

"什么？"

"拍照。"

穿着白衬衫的青年，艳丽的红伞，在宁静的雨巷，美好得仿佛就像是一幅画。

花锦举起手机，按下了快门。

她放下手机，微笑着看裴宴，眼中星星点点："谢谢。"

裴宴凝视了她双眼片刻，把伞收起来："现在可以回酒店了？"

花锦笑着点头。

上台阶的时候，裴宴偏头看隔着袖子扶住他手臂的女人："你们传统手艺行业，生意都这么差？"

"我们还好，因为蜀绣可以融入到生活中的方方面面，衣服鞋袜箱包甚至是首饰上。"花锦道，"只是真正顶尖的绣师越来越少，愿意沉下心学习这门手艺的年轻人更是难寻。而传统手艺想要传承并发扬光大，就不能缺少继承人。"

"你天天坐在那儿绣东西，不会觉得很无聊？"

"怎么会？"花锦笑容变得温和，"让艳丽的丝线变成美丽图案，是一件很有成就感的事。"

"蜀绣于我……"她垂下眼睑，掩饰了一切情绪，"是很重要的救赎。"

"你是想夸自己是能把传统手艺发扬光大的继承人？"裴宴问。

"哎呀。"花锦抬头，眼底满是笑，"被你听出来了吗？"

裴宴嗤笑着扭头，真是一只喜欢自吹自擂的花孔雀。

花锦爬上长满苔藓的台阶，闻到一股酸香麻辣的味道，扭头在四周找了找，看到一家店的门口挂着布制招牌，上面写着"狼牙土豆"四个字。

狼牙土豆算得上是蜀省特色小吃之一，但是作为蜀省本地人，花锦只吃过一次。这段记忆太过久远，她隐隐约约只记得自己吃得很慢，很小心，连一次性塑料碗底的料汁都舍不得浪费。

"妹儿，过来尝尝正宗的狼牙土豆。"店主是个身材微胖的大姐，见花锦朝自家店里看，热情地招呼，"八块钱一大碗，保证你吃了还想吃。"

裴宴眯眼看着破旧狭小的店面没有说话。花锦走上前："来两碗，不要放太辣。"

"原来你们是外地人啊。"店主听花锦说着普通话，熟练地把切好的土豆条倒进油锅，"是来我们这里度蜜月的？我们这里有很多窖藏老酒，如果家里有人喜欢喝酒，可以买些快递回去。"

度蜜月？

花锦眉头抖了抖，谁？她跟裴宴？

"没想到你们外地人也会特意来买龙凤大红伞，现在年轻一辈结婚都有汽车，这种龙凤大红伞基本上是用不着了。"店主大姐一边给土豆翻面，一边道，"整条街就老陈家做伞手艺最地道，不过价格也不便宜。"

花锦只好笑着解释："您误会了，我们只是朋友。"

店主大姐闻言连忙道歉，随后尴尬地解释自己误会的原因："以前新人结婚，有时候会遇到阴雨天，但打其他颜色的伞又不吉利，所以家里条件好的，就会在结婚前准备两把大红色龙凤伞，寓意龙凤呈祥，红云罩顶。"

伞谐音"散"，部分人为了在新婚当天讨个好彩头，会对这些比较忌讳。

听了店主的解释，花锦哭笑不得，她怀疑刚才卖伞的大爷也误会她跟裴宴的关系了。

狼牙土豆做好，花锦分了一碗给裴宴："我让老板少放辣了，你尝一点点。"

土豆酸辣鲜香，味道还不错，但是花锦发现，它并没有记忆中那种美味。或许有些曾经没有得到满足的东西，就算后来得到很多，她也很难找回当初的心境。

她转头看裴宴，见他竟从脸红到脖子，连双眼都泛着水光，顿时吓了一大跳："你这是怎么了？"

"辣。"裴宴把手里没有吃完的土豆扔进垃圾桶，"这就是你说的少放辣？"

花锦："……"

少放辣已经是它最大的妥协了，不辣的狼牙土豆，是要被开除祖籍的。

对方的双唇殷红如血，他眼波含泪的样子，竟像是受了莫大委屈。花锦看着心软，去旁边店里买了一瓶水给他："你喝点水会好受些。"

裴宴一口气喝下半瓶："谢谢。"

"不客气。"花锦默默在心里补充了一句：为美人服务。

两人手里各拿着一把红色油纸伞，想起卖狼牙土豆店主的话，十分有默契地用手机搜到附近的快递站点，把伞寄了出去。

裴宴都不知道自己为什么要留下这个东西，在听到花锦说什么"来都来了，总不能两手空空地回去"后，就真的把伞寄了回去。

雨已经停了，凉风拂过，花锦见裴宴的嘴唇还红着："我还以为裴先生祖上是蜀省人，应该很能吃辣。"

"早在二十世纪，我的曾祖父就搬离了这里。"裴宴的语气听起来有些慵懒，刚才辣的那一下，仿佛吸走了他大半活力，"我怎么感觉你比我还要了解蜀省的文化？难道你学了蜀绣，连蜀省都爱上了？"

"我本来就是蜀省人，在蜀省生活了十几年，肯定要比你了解这边的生活习惯与方言。"前方是个斜坡，花锦走得很慢，"七八年时间没回来，蜀省的变化很大。"

"七八年？"裴宴看了眼花锦的脸，"你一直没有回来过，是因为住的地方很偏远，交通不方便？"

"是啊。"花锦漫不经心地笑了笑，"我老家在一个很偏远的小村镇，八年前交通确实不好，也不知道现在怎么样了。"

裴宴沉默着往前走了一段路，忽然开口道："如果你想回去看看，等我祭祖结束，我可以陪你走一趟。"

"谢谢。"花锦笑容一点点绽开，"但是不用了。"

"你真的不用？"裴宴看着花锦，想要确认她是客气拒绝，还是真的不用。

"嗯。"花锦笑着点头，"真的不用。"

"行。"裴宴点了点头，"明天一早回我老家。"

他没有问花锦为什么不愿意回去，也没有问花锦老家的一切，甚至再也没有提起过此事。

裴宴老家在江酒市管辖区的小县城里，两人回到村子里后，受到了乡亲们的热情接待。花锦看到，裴宴从车后备厢里拿出了很多书籍药材玩具，送给了村里的老人与小孩。他去上香的时候，花锦没有跟着去，而是留在村里，跟几位上了年纪的老奶奶打听几十年前的事。

哪知道这几位老奶奶并不想聊几十年前有关刺绣的事，只想知道花锦与裴宴什么时候结婚。即使花锦极力解释自己跟裴宴没有关系，他们只是碰巧同行，这些老奶奶也仍旧露出"我们是过来人，我们懂"的微笑。

在这种微笑中，花锦只能无奈地放弃解释，反正这里的人只知道裴宴，不认识她，这种误会还是让裴宴自己来处理吧。

村里人一个劲儿夸裴家人多么好，哪条路捐了多少钱，县里哪个加工厂是裴家投资的，就差没在裴家人脑门上贴"十全圣人"四个大字。

"裴宴的父母虽然去世得早，但是他爷爷婆婆是讲理的人，跟这样的人家结亲肯定不会受委屈。"说话的老奶奶头发灰白，看起来有些瘦，但是精神很好，"妹儿，你说是不是？"

花锦还能说什么，当然只能笑着说是。最后她想尽办法，终于把话题转到了那位为国捐躯的先烈身上。

"那个年头，日子是真的不好过。"忆起当年，一些年纪比较大的老奶奶还有印象，但是关于刺绣方面的记忆却很少。她们能够记住的，只有战争时的饥饿与恐慌。

花锦还借此机会看了一位老奶奶的陪嫁品，因为时间太过久远，白色枕面已经发黄，上面绣的鸳鸯戏水很生硬，针脚粗糙，像是普通绣工赶制出来的东西。但是老奶奶却很骄傲，因为当年能用绣品做陪嫁品的新娘子可不多。

裴宴祭祖回来，就看到花锦与几位老太太围坐在院子里，她面前的小桌上摆满了瓜子糖果，姿态惬意。再低头看自己满脚的污泥，他心情莫名有些复杂。走近了，他还能听到几位老太太在教花锦怎么让男人更听话。

都说蜀渝两地的女人在收拾男人方面很有一套，今日一听，果然名不虚传。裴宴觉得，身为男人，在此刻似乎不该踏入属于女人的绝对领域。

好在陪他一起去祖坟的村长勇敢站了出来，打断了老太太们的驭夫现场教学，招呼裴宴坐下休息。

长得好看的小伙子，向来讨老太太喜欢。裴宴一坐下，老太太们便对他嘘寒问暖，从头关心到脚。在外面威风赫赫，令无数人退避三舍的裴大少爷，竟无力招架老太太们的关心，最后以带花锦四处看看为借口，逃离了老太太们三百六十度无死角的热情关怀。

山上有很多晚种菜籽花正在盛开，金灿灿一大片，香气十分浓郁。花锦看着鞋底上的泥，叹息道："裴先生，你自己脚上沾了泥不算，还要拉我来有难同当吗？"

裴宴见花锦脚上穿着小皮鞋走得艰难，一转身就往回走："回去了。"

"别急啊。"花锦叫住他，"菜花这么漂亮，你给我拍张照呗。"

裴宴绷着脸看她："不好意思，我没怎么交过女朋友，拍照不好看。"

"没关系，我不嫌弃。"花锦双手捧脸，"快，就这么拍，显我脸小。"

最终，裴宴还是掏出了他那部昂贵的手机，给花锦拍了十几张照片，才把人给带回去。

中午吃饭的时候，村长招呼花锦坐下："这位……"他扭头看裴宴，忙活了大半天，还不知道这位漂亮女孩子叫什么名字呢。

裴宴抬头看花锦，等着她自我介绍。

"您好，我叫花锦，您叫我小花就好。"花锦笑眯眯道，"今天打扰了。"

"不打扰，不打扰。"村长憨厚一笑，"我们都很感激裴家为村里做的一切，今天你们能坐在这里，我们高兴都还来不及，怎么会打扰。你这个名字取得好，繁花似锦，一听就很有福气。"

"承您吉言。"花锦淡笑，至于未来有没有福气，谁知道呢。

离开村庄的时候，花锦与裴宴收了一大堆的土特产，就连后座椅上都堆满了。

"你老家的人真热情。"

"他们对我热情很正常，为什么对你也这么热情？"乡村公路并不算宽敞，裴宴把车开得很慢。

"可能他们以为我是你女朋友？"花锦叹口气，"可惜我维持多年的单身美少女声誉，就这么被毁了。"

裴宴："……"

闹出这种误会，究竟谁的声誉损失更大？

第四章 变色龙

车往前开了一段路，裴宴忽然踩了一个急刹，正在晕晕乎乎犯困的花锦猛地睁大眼："怎么了？！"

"前面……好像躺了一个人。"裴宴神情凝重地看着前方。花锦顺着他的视线望过去，离车不到十米远的地方，的确躺着一个人。对方趴在地上，一动也不动，不知道情况怎么样了。她转头发现裴宴准备直接下车去看，伸手抓住他袖子："等等，你别急着下去，我先打急救和报警电话。"

裴宴微微一愣，随即明白了花锦为什么要阻止他下车："车上有行车记录仪。"

"就算有行车记录仪，行事也要更加稳妥才好。"花锦打完电话，松开裴宴的袖子，"你的身份跟普通人不同，只要被有心人炒作成'富二代撞死人'之类的新闻，整个网络都会传得沸沸扬扬。就算你把监控视频拿出来，也会有人选择视而不见、听而不闻，继续拿着这种事宣泄自己的负面情绪。"

"还是我下去吧，反正我没钱没身份……"花锦还没说完，就被裴宴按在了座椅上。他脱下身上的西装马甲，挽起袖子道："你一个女孩子，就不要逞能去看这种血腥场面。我又不是明星，别人说得再多，难道还能影响我吃饭睡觉？"

裴宴走下车，从塞满土特产的后备厢里翻出医药箱，走到那个晕倒的人面前。

趴在地上的男人衣服上有血迹，看不出哪里受了伤，裴宴不敢翻动他，弯腰伸手探了一下他的鼻息，人还活着。

裴宴转身回车上找出自己的西装外套，盖在了伤者身上。

他转头见花锦面色惨白地从车上下来，起身对她道："你别过来了。"

"嗯。"花锦停下脚步，"人没事吗？"

"人还活着。"裴宴低头看了眼扔在一边的医药箱，"但是身上有伤，我不好动他。"他看着伤者身上流出来的血，对花锦说："你别过来看，我怕你受不了。"

花锦扶着车门，深深吸了两口气，抬头对裴宴道："刚才医院已经给我回复电话了，他们马上赶过来。"说完，她坐回副驾驶座位，弯腰摸着自己的膝盖，手心冰凉。

不知道过了多久，她听到了警笛与救护车的声音，交警与救护车来了以后，附近听到消息的村民也来了，围在一起七嘴八舌，议论纷纷。

交警在现场拍了照片，确认这起交通事故跟裴宴他们没有关系后，复制了一份行路监控回去。

"你怎么了，脸色这么难看？"等交警与救护车把受伤的人带走，裴宴见花锦坐在车里不停地喝水，脸色也白得不像话，"生病了？"

"可能……妆花了，没有补妆。"花锦放下饮料瓶，"现在已经是下午五点，等我们赶回酒店，天快黑了吧？"

裴宴看了她一眼，发动汽车："从这边回江酒市区的酒店，大概要两个小时，你先睡会儿。"

花锦点了点头，闭上眼后没有再说话。

一路安静，裴宴调了一下车里的温度。车开到酒店露天停车场时，天色已经暗了下来。他低头看到座位下掉了一个笔记本，顺手捡起来，哪知道里面夹了很多小纸片，掉了两张在他身上。

纸上的字很秀气，内容是各地刺绣的特点以及其独特的优势。他偏头看了眼花锦，把纸张小心地放回笔记本里。

"到了？"花锦迷迷糊糊地睁开眼，扭了扭有些发酸的脖子，低头发现身上盖了件外套，"谢谢。"

"不用客气，我怕你病在我车上，我还要照顾你。"裴宴关掉车里的空调，熄了火，"你醒了就下车吧，替我省点油。"

"有钱人也这么抠吗？"花锦把外套叠了叠，起身拉开门走下去。

"勤俭节约是我们中华民族的优良传统，再有钱也不能丢失这种美德。"裴宴下车关上门，"节约有什么错？"

花锦："……"

说得好有道理，她竟无法反驳。

晚上睡觉的时候，可能是因为酒店的床太软，她醒了好几次。迷迷糊糊间，她似乎回到了那辆拥挤的火车上，四周弥漫着怪异的味道。她又好似回到了那个雨夜，全身冰凉得以为自己再也活不了。

第二天早上，她睁开眼看着窗外的阳光，揉了揉脸，从床上爬了起来。

新的一天，阳光正好。

登上回程飞机时，花锦没有与裴宴同一个航班，她坐在临窗位置上，用微信给对方发了一个"谢谢"。直到飞机临起飞手机关机的时候，对方也没有回复她的消息。

回到居住的地方，花锦忽然来了灵感，开始绣起网友"冬天不太冷"定制的熊猫绣手帕。

那位老奶奶想要的不是那条熊猫手帕，而是怀念母亲对她的一腔爱意。都说老小孩，老小孩，老人有时候的爱好跟小孩子很相近，她该考虑的不是如何体现自己精湛的绣技，而是绣出顾客喜欢的绣品。

老奶奶的母亲不是专业绣工，绣出来的熊猫不一定精美，但一针一线都带着感情。她知道自己即将赶往前线，绣这条手帕时，不知有多少对女儿的不舍与祝福。

她想要让女儿记住所有的美好，记住她的爱，而不是分离与悲伤。

慢慢静下心来，花锦在家连绣了好几块不同的熊猫绣手帕，有精致如活物的，有充满童稚的，也有充满欢乐的。每张绣图都不同，熊猫的姿态也各异，但是花锦绣得很顺手。

这种感觉很难形容，仿佛所有身心都陷入了刺绣的世界，她不再是她，而是一位爱着祖国，爱着家庭，爱着自己女儿的伟大女性。

历时半个多月，最后一块手帕做好时，花锦收了针。

她长长呼出一口气，整个人仿佛被掏空了所有精力，懒洋洋地躺卧在了沙发上。

她拿出手机给"冬天不太冷"发了一条微信，把店的地址告诉了对方，让他有时间就过来取绣品。做完这一切，花锦觉得自己身上最后一丝力气也被抽走，在沙发上趴了很久，才点开手机刷微博。

微博首页上的消息千奇百怪，有好几位知名博主都转了同一条视频，她点开一看，才知道这是一条寻找好心人的微博。

视频里的人说，他在人烟稀少的路边出了车祸，幸好被路人发现，帮他报了警，还给他披上了衣服。视频清晰地拍出外套的样子，花锦觉得有些眼熟。

评论区下方，很多人在夸奖好心人，也有人夸奖受害者知恩图报，但是热门评论里有一条却是在说这件西装有多贵。

热心网友甲：你们知不知道这件外套有多贵！我半年的工资都买不起一件。我怀疑好心人是个有身份有地位的名人，所以才做了好事不留名，以免引来社会舆论。

这条评论下面，有人贴出了西装同款价格截图，还有人猜测好心人究竟是谁，更多的人在祝福这位有钱人以后越来越有钱，一生美满。

花锦盯着那张西装价格截图，脑子里已经想到了某个人。

热心网友乙：有钱还心善，这样的人，活该一辈子享福。

热心网友丙：受害者是不是在江酒市发生的车祸？这事我妈跟我说过。半个月前，她听说有人出了车祸，就跟着过去看了看。我妈说，报警的是对年轻情侣，男的长得特别好看，像是电影明星。他女朋友坐在车里没有出来，不过远远瞧着也很漂亮。如果博主真的是这起车祸受害者，我猜测救人的可能是一对明星恋人，他们怕恋情曝光，所以才会做好事不留名。

热心网友丙的评论，引起了很多网友的讨论，甚至还有不少人顺着这条线索，开始扒各家艺人当天的行程，试图找到蛛丝马迹。

看完这些乱七八糟的评论，花锦美滋滋地摸了一把自己的脸，原来她的长相已经达到女明星标准了吗？

"裴哥，大师已经把手帕绣好了，还绣了几块不同的，这效率也太高了。"杨绍收到绣师发来的信息，高兴地发了对方一个大红包，扭头对喝茶的裴宴道，"多亏了你这次帮忙，让绣师这么快就把手帕绣了出来。"

裴宴轻轻晃动着茶杯，垂着眼睑道："嗯。"

见他态度冷淡，杨绍也不在意。一个能在娱乐场所喝茶的奇葩男人，态度冷淡点算什么？

这时有人敲门进来，杨绍见是陈家两兄弟，忙扭头看向裴宴。他见裴宴连眼皮都没有抬，就猜到了裴宴的态度，用眼神示意其他人去招呼陈家两兄弟，自己继续陪着裴宴说话。

"走了。"裴宴站起身，看也不看往自己这边凑的陈森跟陈江，"你们慢慢玩。"

"裴哥，我送你。"杨绍连忙跟着站起身，从角落里拿了一把伞，"外面在下雨，我送你出去。"

陈森看着裴宴的背影，脸上的笑容几乎维持不住。自从他在街边骂裴宴被裴宴发现以后，裴宴就再也没有看过他一眼。他本想趁着今天人多，给裴宴赔个罪，哪知道对方竟然连这点面子都不给。

妈的，好气，可是他还要保持微笑。

杨绍拿着伞一路追了出去："裴哥，我也不知道陈家那两个今晚会来，下次我们几个单独出去玩，绝不让外人烦着你。"

"跟你没有关系。"裴宴停下脚步，拍了拍杨绍的肩膀，"下次再约。"

"行。"杨绍撑开伞，递到裴宴面前，"路上小心。"

"难道我还能学陈江夜里飙车不成？"裴宴接过伞，"你自己玩去吧，我先走了。"

杨绍看着裴宴想问一问那位蜀绣师的事，可是想到他明天就要过去取成品，没必要多此一问。以裴哥的性格，也不爱搭理这种鸡毛蒜皮的小事，上个月能帮他送绣师去老家，可能已经是他最大的温柔了。

杨绍送走裴宴，回到包间时，听到陈江在骂两个多月前害他出车祸的司机，一脚踹开半掩的门："你就消停点吧，你超速行驶，人家好好开着车，被你害得现在都没出院，你还好意思抱怨？"

听杨绍这么说，陈江脸上有些过不去，反驳道："杨绍，你别以为抱上裴宴的大腿，就能在我面前装大爷。"

包厢里的气氛顿时僵住，在座众人都是有身份有地位的人，平时就算有什么不开心，也都不会闹到明面上来。现在陈江突然来这么一句，大家面上都有些过不去。

"呵。"杨绍冷笑，"你还真说对了，老子就是抱上了裴哥的大腿，你要是不服，就给老子憋着。"

"杨绍，你别跟他见识，他喝了两口猫尿，就不知道自己是谁了。"陈森端起桌上的酒，朝杨绍赔笑道，"我敬你三杯，就当是哥哥跟你赔罪。"说完，也不等杨绍开口，立即三杯酒下肚，给足了杨绍颜面。

陈江见自家兄弟弯腰替自己赔罪，脸色变来变去，低声向杨绍道了一声歉，便走到角落里玩起了手机。

杨绍在心里冷笑，他就算是抱裴哥大腿又如何，要真论起来，在座又有几个不想去抱呢？

在家忙碌的这大半个月里，花锦很少去店里。手上的工作完成，她终于有时间到店里做事。她走进店的时候，谭圆正坐在工作台旁发呆，连她走进门都没有察觉。

"汤圆，在想什么呢？"花锦在漆器方面只懂个皮毛，所以店里大多与漆器有关的订单，都是谭圆在负责，她只能帮着做一些简单的物件，"最近订单太多，累着了？"

"哪有什么订单。"谭圆回过神来，放下手里的描漆笔，叹口气道，"漆器一个月到头也卖不出两件，再这么下去，我只能靠你绣东西养我了。"

"好啊。"花锦把店里的一些摆件换了下位置，"只要你愿意抛弃你家曹亦，我明天就娶你回家。"

"婚姻是爱情的坟墓，我不嫁给你，你愿意养我吗？"谭圆双手合十，"我吃得不多，每天也就吃一斤鲍鱼，两斤燕窝，五斤澳洲小龙虾……"

杨绍站在店门口，听着里面的交谈，迈出的脚收了回来。他抬头看了看店门口的招牌，这儿是绣师说的地方没错，可是这两个女孩子……

也许他不该进去打扰她们的感情世界？

说笑间，花锦注意到门口站着一位金色头发的年轻人，停止跟谭圆开玩笑："你好，欢迎光临。"看清来人长相后，花锦恍然，这不是一个月前在医院里遇到的那个"菠萝精"？

"你好，我来找贵店的绣师取定制的绣品。"杨绍也觉得花锦有些眼熟，但却不记得在哪里见过。美女在前，他的耐心向来格外好，连说话的语气都客气了几分。

"您是来取熊猫绣的那位贵客？"花锦瞬间反应过来，"请您稍坐。"

也许他不仅头发是金色，连钱包也是金色的，所以发红包的时候，才这么豪迈。

杨绍坐在沙发上，随手拿起桌上的一本宣传册，宣传册里全是店里做出来的成品。他没翻几页，刚才那位美女又回来了。

对方把手里的木盒放到他面前："请您看看，是不是合心意。"

放下手中的宣传册，杨绍轻轻打开了木盒。放在最上面的一条手帕，绣着一大一小两只熊猫，熊猫的眼神灵动，甚至绣出了熊猫身上毛茸茸的感觉。他忍不住惊叹一声："好精湛的绣技！"

"这条手帕上熊猫虽然生动，但是我想，也许您的长辈会更喜欢这一条。"花锦抽出放在最下面的手帕，与刚才那条精美的熊猫绣相比，这条手帕上的三只熊猫看起来简单了许多，粗看之下并没有特别之处，但再仔细看几眼，就发现这块手帕带着几分独属于儿童的天真与可爱。

杨绍愣是从三只熊猫的黑眼珠里，看到了独属于一家三口的温馨与安宁。这种安宁感不太好用语言形容，就像是它们生活的地方很安宁，没有灾祸，没有苦难，只有美味的食物与优美的风景。

杨绍翻了翻其他手帕，每条手帕给他的感觉都不同，但是每条都让他惊喜。他从沙发上起身，郑重道谢："这些绣帕我很喜欢，不知能否与绣师见一面，我想亲自向她道谢。"

"客人真会开玩笑，绣这些手帕的就是我啊。"花锦笑眯眯地看着眼前这位"菠萝精"，不符合你心目中老人家的形象，真是不好意思呢。

"你就是那位了不起的绣师？！"杨绍震惊地看着花锦，瞬间话锋一转，"你看起来不到二十岁的年龄，绣技竟如此高超，实在太了不起了。"

在美女面前，能说十句好听的话，就绝对不说半句不好的话。

花锦："……"

不到二十？

这种客套话是不是太浮夸了？不过，她喜欢。

"手帕布料采用的蜀锦，绣线由纯桑蚕丝制成……"

"大师，"杨绍激动道，"这次的绣品，我奶奶一定会喜欢，这次实在太麻烦你了。"说完，他抱起木盒，迫不及待地往外跑。

花锦看着他奔跑的背影："哎！"

杨绍回头见花锦要出来送他，对花锦道："绣师，你请留步，我就不打扰你跟朋友交流感情了。"

花锦眼睁睁看着"菠萝精"瞬间跑得没影，目瞪口呆。绣品的尾款还没付呢，跑什么跑？

"花花，这人是来……抢劫的？"谭圆从头到尾都还没反应过来，"穿着一身名牌，怎么连这种事都做得出来？"

花锦扭头看谭圆，而且她们六七年的闺密情谊，还需要联络感情？

杨绍拿到绣品后，就无法抑制心中的激动。他心里莫名有种感觉，这几条绣帕里，一定会有奶奶喜欢的，一定有。

把车开回家，杨绍把车门一甩，连车都来不及锁，抱着木盒冲进家门。奶奶近两年的身体一直不太好，变得越来越爱跟小辈们提起以前的事。杨绍担心老人心情不好会影响身体，总是想尽办法逗她开心。

"奶奶。"杨绍跑进屋，见老太太正坐在沙发上看抗战剧，把木盒放到老人膝盖上，"您快看看我给您带什么回来了。"

"你别跑太快，小心脚下别摔着。"老太太不急着打开木盒，伸手摸了摸孙子的额头，掏出手帕擦干净他脸上的汗，"汗水都跑出来了，快回房间换件衣服，别感冒了。"

"奶奶，我没事，您先看我给您买的礼物。"杨绍胡乱抹了一把脸，从帮佣手里接过老花镜替老太太戴上，"这次的礼物，肯定不会让您失望。"

"失望什么？"杨绍的父亲杨学绅从外面走进来，身后还跟了一个裴宴。

"裴哥也过来了？坐。"杨绍招呼着裴宴坐下。

"姑婆。"裴宴走到老太太身边，几句话就把老太太逗得喜笑颜开，连膝盖上的礼盒都忘了。最后还是在杨绍的提醒下，老人家才想起这件东西。

"奶奶不缺什么东西，你把钱留着自己花，别浪费钱。"老太太笑着打开木盒，见最上面放着一块绣工精湛的绣帕，笑容又灿烂几分，"这帕子绣得不错，好手艺。"一边说，她一边继续翻，翻到最后一条时，苍老的手忽然顿住，仿佛不敢相信自己的眼睛。

"这是……"她抖着手把这条手帕抽出来，轻轻抚着上面的熊猫，"像，真像啊。"

　　"奶奶……"杨绍见奶奶情绪不对劲，担心她身体受不了，连忙轻拍她的背，"您要是不喜欢，我把它拿走。"

　　老太太一下又一下抚摸着手帕，语气里满是怀念："当年妈妈给我绣的手帕，好像也是这个样子。没想到，一转眼七八十年就过去了。"

　　裴宴看着被老太太捧着轻轻摩挲的手帕，侧头去看杨绍。

　　这就是杨绍让花锦绣的熊猫图手帕？

　　弯腰捡起一条被老太太忘在一边的手帕，裴宴恍惚间觉得，手帕上那个打着滚的胖墩熊猫，好像在用一双豆豆眼盯着自己。

　　胖墩的眼珠很黑，就像花锦那只花孔雀的眼瞳。

　　"阿宴也喜欢熊猫手帕？"老太太笑眯眯地看着裴宴，"那这条就送给你了。"

　　裴宴想说，他一个大老爷们，揣条手帕在身上有什么意思。可是再看老太太的表情，就像是小朋友找到好吃的糖果，急于跟小伙伴分享。即将脱口而出的拒绝被他咽了回去，他把手帕叠了叠，放进衣服口袋里："谢谢姑婆，您怎么知道我喜欢这个手帕？"

　　"哎哟，我吃过的盐，比你吃过的米还要多，你们这些小娃娃喜欢什么，我还能看不出来？"有后辈欣赏自己喜欢的东西，这让老太太心情很好，中午吃饭的时候，不用家里人劝，就多喝了半碗养生汤。

　　吃完饭，杨绍想哄着老太太去午休，哪知道老太太今天精神格外好，拉着他跟裴宴说起她小时候的事。杨绍想起裴宴一句话都不想跟陈家兄弟说的样子，担心地看了眼裴宴。

　　老太太却不知道自家孙子的担心，她轻轻拍了拍裴宴的手背："你相貌像你曾祖父，是有福气的命。"

　　听到这话，裴宴不置一词地一笑。他幼年丧父丧母，在爷爷膝下长大。七八年前，爷爷过世后，他就过着一人吃饱全家不饿的日子，有没有福气，还真不好说。既然老太太说他有福气，那他就当自己有福气了。

　　"现在这个年代好，你们这些年轻人，安安稳稳过着日子，出门有飞机汽车，没事就四处旅游玩乐。"老太太目光渐渐变得悠远，"我们那个年代，很多人过着躲躲藏藏的生活，每天晚上都会让青壮年在村口守夜，过着惶惶不安的日子。后来在很多年里，我晚上听到飞机的声音，都会从梦中惊醒，害怕那是侵略者的空袭。"

"奶奶。"杨绍有些不安。最近奶奶总是回忆从前，身体状况也越来越差，这让他忍不住多想。

"你这孩子怎么回事，长辈跟客人说话的时候，不要总是插嘴。"老太太瞪了杨绍一眼，精神头十足。

杨绍听到这声骂，顿时放下心来，能这么骂他，说明身体不错。

老太太絮絮叨叨说了两三个小时。裴宴就坐在沙发上，陪老太太聊了两三个小时。他走的时候，老太太热情地欢迎他常来家里做客，而且还又多分了两条熊猫手帕给他。

裴宴揣着三条手帕被杨绍送出门，见杨绍垂头缩肩的模样："怎么，准备跟出来把手帕要回去？"

"裴哥，你在开什么玩笑，我是那种人吗？几条手帕才多少钱……"说到一半，杨绍突然瞪大眼，"糟了，我忘了给钱。"

脑子里不断回放自己抱了盒子就跑的场景，杨绍忽然被一种名为尴尬的气息环绕。他做出这种事，那位长得很漂亮的绣师会怎么看他？

装阔的假大款？

抢劫犯？

逃款狗？

杨绍越想越觉得脸皮在发烫，掏出手机打开微信，绣师还没有发消息给他。他毫不犹豫连发几个大红包给对方，解释了今天因为绣帕太漂亮，他激动得忘了给钱。

很快对方回复了消息。

繁花：没关系，这也代表着您对我作品的满意，谢谢，欢迎您下次光临。

回复完这条消息以后，繁花才不紧不慢地收了红包。

看着短短几句回复，杨绍想，这位绣师真是一位优雅知性又不看重金钱的奇女子，对方为了绣好手帕，特意赶去蜀省不说，还特意绣了好几个风格的成品。

这么伟大的绣师，这么不看重金钱的绣师，他怎么能让这样的人吃亏？心情一激动，他又连发了五个大红包过去。

这次对方没有收，反而表示他付的钱已经绰绰有余，不用再付钱了。

杨绍哪能接受这种说法，强硬地表示，若是不收红包，就是代表看不起他，以后不想做他生意。

等对方终于愿意收下红包，杨绍收好手机，对还等在一边的裴宴道："裴哥，我这次遇到的绣师不仅年轻手艺好，品性也是无可挑剔。不知道这样的大美人有没有男朋友，如果没有，那我就嘿嘿嘿……"

裴宴单手插兜，左边眉梢微微动了一下：花锦那种女人，品性无可挑剔？

她为了在朋友圈发张照片，来来回回拍十几遍，还要修图半小时。这种自恋的花孔雀，杨绍竟然说她无可挑剔？

"我觉得你不仅穿衣品位不好，眼神也不好。"裴宴想了下杨绍与花锦站在一起的画面，眉头紧紧皱在一起，"你们不合适。"

"啊？"杨绍看着裴宴大步离开的背影，以为裴宴是说他们身份不合适，解释道，"没事，我不嫌弃。"

裴宴拉开车门，转头看他："我担心她嫌弃你。"

"我这么有钱，她也嫌弃？"杨绍摸了摸下巴，"应该不至于吧。"

"也许……她会嫌你丑？"裴宴扔下这一句，不等杨绍反应，就坐进车里，顺手关上了车门。

杨绍：……

难怪都说一表三千里，这种远房表哥说话真是一点都不好听。他厚着脸皮蹭上裴宴的车："裴哥，今晚我请客，走走走。"

裴宴瞥他一眼："吃什么？"

　　杨绍："你随便点，都可以。"

　　高风亮节、品性无可挑剔的花锦收下杨绍发来的红包，美滋滋地哼着歌，转头见谭圆趴在桌上发呆："走，今晚请你吃豪华西餐。"

　　"那个欠钱不给的客人，把尾款付了？"谭圆抬起头，见花锦笑容灿烂的模样，就知道这次赚得不少，"不吃西餐，听说城东开了一家很不错的海鲜餐厅，我们去那儿吃。"

　　常有客人觉得花锦知性优雅还不爱钱财，这些人怎么就没有仔细想过，花锦什么时候少收过他们一毛钱？

　　"你可真是一点都不替我省钱。"花锦用手机搜了一下海鲜餐厅的位置，拿起包包，"走走走，我们现在就去。"

　　真希望多来几个这种要求少，出手大方的客人，她就算心里抱着要把传统手艺发扬光大的梦想，也是要吃饭的。

　　花锦跟谭圆赶到海鲜餐厅时，正是用餐高峰期，两人排了将近一个小时的队，才等到空桌。

　　餐厅的生意火爆，里面环境很好，顾客们小声说着话，不会让人觉得过于吵闹。

　　等到点的东西上桌，花锦与谭圆齐齐抬头看着对方。

　　"你拍照。"

　　"还是你拍吧，等下我盗你的图。"花锦笑得一脸无辜。

　　"你能再懒一点吗？"谭圆掏出手机，朝着桌上的美食拍了几张照片，"最近你绣了不少东西，暂时先休息两天，不然脖子跟腰受不了。"

　　"我知道，你不用担心。"花锦掰开大龙虾的钳壳，在肉上浇好料汁，"倒是你最近一直看着店，连个约会的时间都没有。接下来几天我来看店，你跟男朋友好好玩几天。"

　　"有什么好玩的？"谭圆低头吃鱼片，语气淡淡。

　　"这是怎么了，你们俩吵架了？"花锦有些意外。谭圆跟她男朋友谈了四五年的恋爱，两人在大学里就好上了，已经到谈婚论嫁的地步，怎么听谭圆的语气，带着几分怨气？

"没吵。"谭圆摇头，"我跟他没什么好吵的。"

没什么吵的才严重。花锦见谭圆不想谈这件事，只好道："你有什么事不要憋在心里，我愿意做你永远的心情垃圾桶。"

"我就知道，这个世界上除了我爸妈，就是你最爱我。"谭圆强颜欢笑道，"对不对？"

"对对对，这个世界上我最爱的就是你，不然我们能在一起相亲相爱五六年？"花锦举起饮料杯，"来，为我们不离不弃的爱喝一口。"

被花锦这么一调侃，谭圆心情好了很多，她端起杯子跟花锦碰了碰。

从包间出来，杨绍无意间就听到了这么一段对话。一时间他走也不是，打招呼也不是，等对方把杯子放下后，才装作恰好路过道："花绣师，真巧，没想到在这里遇到你。"

"你好。"花锦的目光越过杨绍，落到了他后面的裴宴身上，"裴先生，我们又见面了。"

裴宴看了眼她面前堆成小山的龙虾壳，又瞥了眼她的腰，肉都吃到哪儿去了？他嗯了一声，没有说话。

"我叫杨绍，花绣师以后称我小杨就行。"杨绍用怪异的眼神看了花锦与谭圆一眼，"不打扰二位用餐，我们先走一步。"

走出餐厅，杨绍哀叹一声，来祭奠自己还没发芽就夭折的爱情幼苗。

"怎么？发现对方确实对你这张脸不感兴趣，所以失望了？"裴宴把卷起来的衬衫袖子扣好，却没有管松松垮垮的领带。

"也许花绣师并不是不满意我的脸。"杨绍语气沉重，"她是不满意我的性别。"

裴宴莫名其妙地看了杨绍一眼，这是脑子出了毛病。他拉开车门："上车。"

杨绍安安静静在车里坐了一会儿，忍不住道："裴哥，你前段时间跟花绣师单独相处过，你觉得她……怎么样？"

裴宴面无表情："我在开车，别跟我说话。"

杨绍憋气了一会儿，再次忍不住："你说她这么漂亮的女孩子，怎么就对男人没兴趣呢？"

"你说什么不感兴趣？"裴宴音量提高了几度。

"就是对男孩子不感兴趣……"杨绍隐隐觉得裴宴的态度有些奇怪，但仔细一看，又看不出哪里不对。他挠头道："我本来是想追求那位姓花的绣师，没想到她跟她的那个朋友关系格外好。"

一路无话，裴宴把杨绍送到家门口，抬了抬下巴："下车。"

"谢谢裴哥。"杨绍很识趣，不等裴宴赶他就滚下车，转头趴在裴宴这边的车窗旁，"裴哥，听说陈家的那个项目，你没有撤资？"

"我是跟陈老爷子做生意，跟我看不惯陈家兄弟没关系。"裴宴拍开他扒着车门的手，"你突然来问这个事，是在帮谁的忙？"

"陈森的堂妹跟我以前是同班同学……"

"你怎么不说，她还是你前女友？"裴宴左右食指轻轻敲着方向盘，"你年纪已经不小，不要整天只想着吃喝玩乐，该跟着表叔学习如何管理公司了。"

"哥，你是我亲哥。"杨绍知道裴宴对他这行为有些不满，想说几句好听的话来缓和气氛，哪知道裴宴直接关上车窗，把车开走了。

"这古里古怪的性格，哪个女人受得了？"杨绍揉着鼻子，想着裴宴这些年的脾气，摇了摇头。

车内，裴宴一把扯下系在脖颈处的领结，打开了车里的音乐播放器。

突然落下的雨噼里啪啦打在车窗上，裴宴减缓车速，开过一个十字路口，看到路边某个熟悉的身影以后，忍不住减缓了车速。

"说下雨就下雨，车也打不到。"谭圆跟花锦躲在公交站牌下，"花花，你今晚去我家吧，这边离我家比较近。"

花锦看着打车软件上的排队时间，叹口气："走……"

"美女，需要我送你回家吗？"一辆车缓缓停到花锦面前，没有溅起一点地上的积水。等车窗打开，看清驾驶座的人是谁后，花锦沉默了。

又是裴宴这个不正经的男人。

"你还傻站着干什么？上车。"裴宴看到花锦身上被雨水打湿的裙摆，满脸嫌弃，"这么大的雨，你还真打算在外面淋雨？"

花锦见雨越下越大，拎着手里的购物袋拉开后座车门，把谭圆一起拉上了车："裴先生，谢谢你。"

裴宴抬头看后视镜，忍不住转头看了眼花锦握着同伴的手："旁边有纸巾，你自己拿。"

"哦。"花锦弯腰找出纸巾，抽出两张顺手帮谭圆擦去脸颊上的雨水。她转头发现裴宴正盯着自己看，以为他是在好奇谭圆的身份，便介绍道："这是我的好友谭圆。"

"你好。"不知道是不是接触的有钱人太少，谭圆莫名觉得这位开豪车的帅哥看她的眼神有些奇怪。

裴宴对她略点了一下头，问花锦："你们去哪儿？"

花锦报了谭圆家住址："先麻烦你送我朋友回家。"

"你们没住一起？"裴宴从副驾驶位上找出一条毛巾扔到花锦身上，发动了汽车。

"她跟爸妈住，我住过去不方便。"花锦被毛巾扔了一脸，拉下毛巾道，"你就不能温柔点吗？我的妆都被蹭花了。"

"黑灯瞎火的，谁看你的妆怎么样？"裴宴阴阳怪气道，"真不好意思，我确实不如女孩子温柔。"

花锦听他语气不太对，没有回嘴，蹭别人的车，也要嘴软的。

她把湿透的裙边卷了卷，顺手把毛巾盖在自己跟谭圆膝盖上，又把一大袋零食全都给了谭圆："拿去，没什么烦恼是一堆零食解决不了的，一堆不行就两堆。"

"你好坏心机哦，是不是故意想让我长胖？"谭圆知道自己的坏心情还是被花锦看出来了，所以才特意买了这些她喜欢的零食。

　　"这都被你看出来了？"花锦一脸震惊，"没想到你竟然这么聪明。"

　　"去你的。"谭圆抱着满满一大口袋零食，脸上终于有了几分真实的笑意，"花花，谢谢你。"

　　"说这些干什么，我们两个谁跟谁。"花锦伸手理了理她脑袋上立起来的几根头发，她们现在坐在别人车上，太过隐私的话不适合说，所以只能伸手抱了一下她的肩膀，"明天你在家休息，我看店就行。"

　　谭圆没有拒绝，低头看了眼袋子里零食的品牌，失笑道："我就知道，你肯定会买这家的东西。"

　　花锦帮她把购物袋系上："大品牌商家生产的东西，比一般的厂商更安全，我选这个有什么不好？"

　　"没什么不好，就是他们家的零食比其他家贵。"

　　花锦啧了一声："那也是我们钱包的问题。"

　　谭圆："……"

　　裴宴把车停到小区门外，花锦看到小区门口站着一个人，是撑着伞的谭叔。

　　看着谭叔不停张望的样子，花锦推了推谭圆："谭叔接你来了。"天下着雨，做爸爸的担心女儿进小区这几步路要淋雨，所以拿着伞提前在门口等着。这样的父女情，或许是很多家庭都能够拥有的吧。

　　谭圆向裴宴道了谢，推开门下车，几步跑到谭庆的伞下。裴宴的目光落到谭圆手里的购物袋上。等父女二人走进小区大门，他转头问花锦："你住哪儿？"

　　花锦报了地址，裴宴一边开车，一边道："你很喜欢圆盼食品公司的产品？"

　　"嗯。"花锦低着头玩手机。裴宴只能在后视镜里看到她光洁的额头，他呵笑一声："你们绣师，在食物品牌上，也有自己的坚持？"

　　"没有，这只是我的小爱好。"花锦点着手机，把谭圆拍的美食照发到朋友圈，"我代表不了其他绣师。"

"那我觉得，你这个小爱好应该改一改。"裴宴解开衬衫上面两颗扣子，人前经常穿衬衫西装条领带，但他本身是个不喜欢被束缚的人，"圆盼的食品质量也就那样，价格高是因为品牌效应，你没事不要跟钱过不去。"

花锦盯着他的后脑勺看了片刻："有这么糟糕？"

"拿这钱来浪费，不如多买一袋水果。"裴宴嗤笑，"现在网红食品如雨后春笋般发展起来，而圆盼高层管理混乱，生产规模已经渐渐缩小，从神坛上跌下来是早晚的事。"

花锦唇角动了动，欲言又止，半晌后道："我知道了。"

把车开到花锦说的地方，裴宴看着黑漆漆的，连个路灯都没有的巷口，眉头皱得死紧："你一个女孩子，就单独住在这种地方？"

"这边租金便宜，离地铁口又近，还是我托朋友帮忙才租下来的。"花锦把膝盖上的毛巾叠好，"裴先生，你没租过房，不知道现在的行情。那些地段好环境好的小区，连一间地下室每个月都要花上几千。"

"手工绣卖那么贵，还不够你花？"裴宴熄了火，从车上找出一把伞，拉开车门绷着脸道，"走，我送你进去。"

"这就不用了……"

"什么不用，这里黑灯瞎火的，万一闹出什么刑事案件，我恐怕就要被警方当成嫌疑人。"裴宴撑开伞，面无表情道，"到时候我的名誉损失谁来赔？"

花锦下了车，躲在了裴宴的伞下。

"人工绣品虽然卖得不便宜，可做一件绣品要花不少时间，而且不是什么时候都有人舍得把钱花在这些与吃喝无关的东西上。"花锦低头绕开地上的积水，"你小心，这里有个坑，别……"

话音未落，裴宴就一脚踏了进去，泥水溅了他一裤腿。

"裴先生，要不你把伞借给我，我自己进去吧。"花锦指了指巷子另一头，"穿过这条巷子，再往前面走几十步，就是我住的地方了。"

裴宴没有理她，而是撑着伞继续往前走："这行如此不容易，你就没想过换个工作？"

"学习蜀绣前，我做过不少工作，连给手机贴膜这种事，也干过一两个月。"花锦笑了笑，只是笑容隐藏在晦暗的夜色中，让人看不真切。

两人深一脚浅一脚穿过小巷，裴宴明显不习惯走这种路，走得比花锦艰难。

好不容易走到楼下，花锦借着手机屏幕发出的光，看清裴宴裤腿与皮鞋沾满泥水的模样，忍不住笑出声。

"很好笑？"裴宴臭着一张脸。

"确实有点好笑。"花锦诚实地点头，于是裴宴的脸更臭了。

"是小花吗？"住在二楼的陈老太听到动静，从窗户边探出半颗脑袋，"上次我给你的药酒，你擦完了没有？这两天下雨，你的腿肯定又要疼，要不你过来拿一瓶过去？"

"陈奶奶，我那里还有半瓶呢，谢谢啊。"花锦仰头向陈老太道谢，陈老太盯着她跟裴宴看了几眼，才以探出脑袋时十分之一的速度，把头缩了回去。

裴宴看了眼花锦的腿："我走了。"

"谢谢。"花锦走进楼道，很快被黑漆漆的楼道淹没。

裴宴回到车上，收到了花锦发来的一个红包，红包上备注是"汽油费"。

他点开红包，把钱收了起来。

裴：死心吧，你这种不为五斗米折腰的小手段，是不会引起我注意的。

花锦捧着手机，看着裴宴回过来的消息，忍不住笑出声来。

繁花：呵，男人，你的倔强成功地引起了我的注意。

裴宴看着手机，眉头皱成了大大的川字。

这只花孔雀，究竟对哪个性别的人更感兴趣一点？

裴宴不想回复对方这种带着挑衅与调戏的话，把车停到路边，翻开朋友圈看了一眼，有发旅游照的，发美女照的，炫耀新车新船甚至新飞机的，再往上一滑，就看到了一张龙虾照。

繁花：这家店的东西很好吃，唯一的缺点就是贵，然而这不是店的缺点，而是我钱包的缺点。

身边有钱人太多，忽然刷出这么一条朋友圈，裴宴觉得自己似乎感受到了穷人的不易。他们吃顿海鲜都要心疼钱包，这过的是什么样的日子？

他以后还是少说花孔雀两句吧，穷人不容易。这么想着，他顺手给花锦点了一个赞。

第二天早上醒来，雨势已经变小，花锦揉着发疼的膝盖，起身洗漱换衣服，谭圆电话打了进来。

谭圆："花花，你的膝盖疼不疼？今天别过来守店了。"

花锦把手机的免提打开，坐在镜子前描眉："没事，最近两年腿已经好了很多，我一个人待在家里，还不如在店里找点事做。"

手机那头的谭圆沉默片刻："花花，要不我们找个靠谱的老中医，帮你调理一下？不然照这么下去，你老了以后可怎么办？"

"所以我们现在要努力赚钱，等老了以后住最好的养老院，吃最好的美食，请最好的家庭医生。"花锦语气欢快，"工作使我快乐，你别拦着我去店里赚钱。"

"那你路上小心，有什么事给我电话。"谭圆语气低落，"我中午吃完饭，就过来跟你一起看店。"

"中午吃了饭就休息，别跑来跑去浪费精力了，有什么事我肯定给你打电话。一年到头那么多天都下雨，要是一下雨就把我关起来，那我多可怜啊。"花锦看了眼时间，"我已经准备出门了，你今天好好玩，别担心我啊。"说完，她不等谭圆继续劝说，就赶紧把电话挂断了。

从拥挤的地铁里走出来，花锦撑开伞，走到人行道路口等红绿灯。路口站满了等灯的路人，大家站得很近，但都控制着自己的目光，不让眼神落到别人身上，以免彼此尴尬。

"唉，你们看到没，网上有爆料博主说，上个月救了人不留名的好心人有可能是某小鲜肉，因为那几天他就在蜀省，而且跟某女艺人关系亲密，疑是在谈恋爱。"

"不能吧，真有这种事，工作室早就跳出来宣传了，会这么低调？"

"也许是因为不想曝光恋情吧，有网友去这位小鲜肉微博下问，他也没反驳啊。"

"说不定他想蹭热度？"

无意间听到后面两位女生的闲聊，花锦微微皱眉，她们在说上次她跟裴宴在江酒市遇到的事情？不过这事怎么变得跟艺人有关系了？

红灯变绿，她无暇多想，顺着人流一起往前走。走了几步，她忽然听到一个女孩子的惊呼声，一条金色的狗从她脚边蹿过，消失在街头。

"明宝？明宝？"穿着长裙，戴着护腕的女子伸长着手臂，脸上满是惊恐与不安，"明宝，你去哪儿了？"

花锦见她脸上戴着眼镜，手却四处乱抓，走到她身边小声问："你好，请问需要帮忙吗？"

"你看到我的狗了吗？"女孩子睁大眼"看"向花锦，眼神黯淡无光。花锦看清她的双眼，猜到这位女孩可能已经双目失明。她扶住惶恐不安的女孩，四处张望了一下："我先扶你去离车道远的地方。"

"我的明宝很乖的，刚才一定是受了惊吓，才会忽然跑远。"女孩紧紧抓住花锦的手臂，"求你帮我找找，外面车那么多，万一、万一……"

她双唇颤抖不停，不敢说出最可怕的后果。

"你先别急。"花锦轻轻拍着她的背，"不会有事的。"

花锦的安慰并没有起到什么作用，女孩子已经哭得不能自已，如果不是花锦扶着，她恐怕连站立的力气都没有。

"发生了什么事？"

花锦抬头，是两位穿着制服的交警，她连忙把事情经过说了一遍。

"明宝是我的导盲犬，我已经养了它三年了，它从来没有做过把我丢在半路的事，我担心它身体出了事，求你们帮我找到它，求求你们。"女孩茫然无助地抓着花锦的手，"它就是我的家人，我不能没有它。"她紧紧拽着手里空荡荡的牵引绳，仿佛只要抓紧了这根绳子，她的爱犬就会找回来一般。

两位交警见盲女哭得伤心，温言劝慰了几句，留下一个陪着女孩，另外一个骑着车顺着导盲犬跑丢的方向追了过去。

留下来的交警看起来不过二三十岁的样子，他用对讲机让其他同事注意丢失的金毛犬后，到附近店里借了一条凳子，让盲女坐在角落里等。

"你是她的朋友？"交警见花锦从包里拿出纸巾递给盲女，顺口问了一句。

"我只是路过，"花锦摇头，"刚好遇到这件事而已。"

交警闻言禁不住多看了花锦两眼，看了眼时间，现在已经不早了，这个女孩子应该是赶去上班的，在这里耽搁这么久，会不会迟到？可是这位眼盲的是女性，他单独陪着也不太合适。

想了想，他拿对讲机联系了附近的女同事，随后对花锦歉然笑道："不好意思，要耽搁你一会儿，我的一位女同事马上赶过来。"

"没事。"花锦见盲女情绪已经平复了很多，忍不住笑道，"看来还是警察叔叔让大家有安全感。"

年轻的交警被花锦这句话调侃得面红耳赤，拉了拉警帽："为百姓服务，应该的，应该的。"

没过一会儿，交警接到同事电话，导盲犬找到了，身上有伤口，但是没有生命危险。花锦见盲女听到狗找到后又哭又笑的样子，偷偷松口气，转身往店里赶。

"等等，请问你是……"交警见花锦偷偷走开，盲女又看不见，只好帮着问了一句。

"请叫我红领巾。"花锦扭头挥了挥手，不等盲女起身跟她道谢，就趁着红灯变绿，快速穿过了人行道。晚开店一会儿，损失的就有可能是钱，做人不能跟钱过不去。

红领巾？

交警脸上的严肃表情几乎绷不住，干咳两声。

"她走了吗？"盲女有些失落，"我还没有向她道谢呢。"她的世界本就是一片黑暗，明宝就是她的眼睛。在明宝跑丢的那一刻，她整个世界的安全感丧失殆尽，直到有人扶住她的手臂，她才从无尽恐惧中走出来。

可是她不知道她住在哪儿，叫什么名字，甚至连一句谢谢都没说，就让她走了。

打开店门，点燃熏香，花锦见没有客人，便坐在绣架旁绣锦鲤画。成品中，锦鲤绣是最好卖的绣品之一，所以平时不忙的时候，她就做一些与锦鲤有关的物件摆在店里售卖。

外面的雨又大了起来，花锦放下针，打开了店里的音响。为了让顾客觉得她们这家店低调奢华有内涵，店里买了很多轻音乐光盘。

这种雨天不会有太多客人来看绣品，花锦给自己泡了一杯茶，看着橱窗外的雨幕发呆。

"你好。"一个穿得严严实实，戴着墨镜的女人走进店，指着墙上的旗袍道，"这种旗袍，可以定制吗？"

"可以。"花锦看了眼女人的身材，对方在花锦的注视下，有些不自在地扭了扭脸。

"您身材很苗条，可以试试这件旗袍的上身效果。"花锦说着，准备去取旗袍。

"不用了。"墨镜女人递给花锦一张纸条，上面写着她需要的尺码，"三周后我来取。"

见戴着墨镜的女人转身就准备走，花锦连忙叫住她："女士，请等等。"

"还有事？"

对方脸上虽然戴着硕大的墨镜，但是花锦还是从她身上感受到了一股"不耐烦"的情绪，她笑眯眯地用食指敲了敲台子："不好意思，只要是定制绣品，本店都要收百分之三十预订费。"

"难道我还会付不起这么点小钱？"墨镜女人语气变得更加糟糕。

听对方语气变得糟糕，花锦脸上表情瞬间变得无奈又无助："女士，看您的气质与打扮，我就知道您不是这样的人，但我替人打工，实在不敢自己做主，如果让老板知道我接了预订却没有收定金，会辞退我的。"

并不存在的老板，必要的时候，总是要出来背一背锅的。

墨镜女人语气顿时软了下来："算了，你也不容易。多少钱，我付给你。"

"谢谢您，您真是太好了。"花锦一边把收款二维码交给对方，还不忘给对方一个感激又欣喜的眼神。

觉得自己帮了小员工大忙的女人，在花锦感激的眼神中，心情愉悦地离开了。

收到一大笔定金的花锦，心情同样美滋滋。

站在店外的裴宴看着这一幕，忽然觉得花孔雀并不能形容这个女人的特点。

她哪里是花孔雀，分明是变色龙。

第五章 冤大头

"这么巧？"花锦走到店门口，"你这是……路过？"

裴宴站在门口没有进去："难不成还能是专程来看你？"

花锦听到这话笑出声："外面还在下雨，你进来坐会儿，我给你倒茶。"

裴宴想说，这种小店，他怕进去后腿都迈不开。可是他不知道为什么，双腿就跟不听使唤似的，不知不觉就跟着花锦的步伐走了进去。

进了店，他发现这家店的面积虽然不大，但布置得很巧妙，让人很容易就放松身心。

靠近绣架的地方，摆着小桌跟沙发凳，裴宴的腿太长，坐到沙发凳上时，整个人蜷在一起，看起来有些可怜巴巴的。

"你坐这个。"把茶杯放到桌上，花锦把自己平时用的绣椅往裴宴面前推了推。

"没想到你的店，就在这里。"裴宴起身换了个位置坐，想起上次听陈森说他坏话时，好像就离这家店不远。

"虽然现在很多人都喜欢在网络上买东西，但是有一家实体店，会增加顾客对我们的信任度。"花锦抬头看了眼窗外，"更何况我们的店在这里，只要路过的行人多看一眼，也能加深一点路人对刺绣的了解。"

裴宴抿了一口茶，茶叶很普通，泡茶的水也很普通，平时他早就挑剔了，但今天可能是因为出门太早，口有些干，他觉得这种茶水也可口起来。

店里忽然安静了下来，裴宴偏过头，看到绣架上还没有绣好的锦鲤图，色泽鲜艳的锦鲤游弋在水中，身上的鳞甲似乎在太阳照射下，发出了璀璨的光芒。他眨了眨眼，才看清锦鲤并没有真正地反射光芒，只是看起来太过真实。

裴宴放下茶杯，站起身："我该走了。"

花锦点了点头。

裴宴站在原地等了一会儿，见花锦没有说话，反而用不解的眼神看着他，好像在问"你怎么还不走"，心情莫名变得有些糟糕，把一张邀请卡拍到桌上。

"这是什么？"花锦看着素雅的邀请卡，见裴宴的表情似乎有些不高兴，准备伸出去拿邀请卡的手，又缩了回来。

"过几天有个传统艺术展览会，因为有些展品很贵重，所以只对内部开放。你如果想去，就去吧。"反正裴宴是看不懂什么刺绣、漆器、陶器的艺术价值，早上收到主办方寄来的几张邀请卡，下意识就想到花锦可能对这种展览会感兴趣。

"谢谢。"花锦开心地捏住了邀请函，而后疑惑地看向裴宴，"要收钱吗？"

"不收。"裴宴冷着脸道，"我本来打算扔垃圾桶，没想到竟然会在这遇到你。送给你也算是废物利用了。"

听到这话，花锦也不生气，反而道："下次再有这些需要回收的废物时，你千万不要忘了我，我可以替你排忧解难。"

裴宴："……"

"哥，真的是这里？"陈江看着街对面的绣品店，有些疑惑道，"我觉得是不是你猜错了？"

"呵。"陈森哼笑一声，"那天晚上裴宴下车的时候，表情还挺正常。那个女人把他叫过去后没多久，他就变了脸，所以肯定是那个女人给裴宴说了什么。"

"不是，哥，我觉得这事儿有点不对。"陈江想了想，"如果你没在外面骂裴宴，不就没这么多事了吗？所以这也不能怪人家妹子身上吧。"

"妹子，妹子！你看到一个母的就走不动道了？"陈森怒瞪陈江一眼，"你现在还有心情说这些废话，现在家里因为裴宴冷淡的态度，对我们两个已经有了意见，你说该怎么办？"

"我脑子笨，想不到什么好的解决方法。不过那个女人如果认识裴宴，你现在跑去找她麻烦，这不是雪上加霜？哥，你这事办的，怎么跟电视剧里无脑炮灰似的？"陈江双手插兜，"要我说，还不如去她店里多买些东西，说不定她心情一好，还能帮我们说几句好听的话。"

"你就这么怕裴宴，连一个还不知道跟他关系如何的女人都怕？"陈森额头上的青筋浮起，"还有没有出息了？"

"没出息。"陈江回答得很坦然，"要去你去，反正我不去。"

"哼！"陈森抬脚就走，走了两步，又默默缩了回来，退到了陈江身边。

"怎么……"陈江正想问，发生了什么事，就看到对面的店里走出一个很熟悉的人。

裴宴？

"裴宴，谢谢你。"花锦知道这个展览会有多难得，前几天她就听高姨提过，说里面不仅有近现代大师们的作品，还有千百年流传下来的文物，若是能进去看一眼，简直就是人生幸事。可惜这次展览不对外开放，只供一些专家学者研究探讨。

很多物件虽然在网上也能看到，但是实物带来的震撼，是照片无法比拟的。

"都说了是顺手，有什么好谢的。"裴宴微微抬着下巴，桃花眼里带着几分骄傲与懒散，"行了，我忙着呢，先走了。"

"再等一下。"花锦拉了一下裴宴的袖子，飞速跑回店里，把一个巴掌大的盒子塞到裴宴手里，"谢礼。"

裴宴怀疑地看着花锦："里面不会有情书之类的东西吧？"

花锦："……"

"裴先生，你是大忙人，我就不浪费你时间了，走吧走吧。"都什么年代了，还情书呢。

"嗤。"裴宴嗤笑一声，拿着盒子回到了车上。他打开盒盖，原来里面是一条领带。

他把领带拿起来看了一眼，领带前下方绣着两条头尾相连的锦鲤，贴身的那一面，还绣着"喜乐连年"四个小字。

"喜乐连年……"裴宴把领带顺手扔到副驾驶座位上，开了一段距离后，深吸一口气，把车停到路边，把领带叠好放回盒子里，压了压上面的褶皱，把盒盖放了上去。

他松了口气，心里的烦躁不安也顺利压了下去。

"哥，还去吗？"陈江用手肘撞了撞陈森。

陈森又怒又恼，偏偏还不能发作："去，不去我是你孙子。"

陈江往后退了一大步，这话要是被他爷爷奶奶听见，他们兄弟俩会被打死的。他踮起脚看了眼裴宴车子消失的方向，若有所思，从没听说裴宴跟哪个女人关系亲密，但是看他刚才在店门口跟人拉拉扯扯的样子，难道两人……有一腿？

花锦刚把邀请函收好，就看到两个男人走了进来。她看着为首的男人，隐隐约约有些眼熟，但一时想不起在哪里见过。

"你！"陈森瞪着花锦，见花锦用一双水汪汪的眼睛回望着他，"你这里有什么好东西，拿出来让我挑两件。"

陈江默默扭头看几分钟前还扬言要找人算账的哥哥，原来买人家的东西就是算账？

"先生，店里货架上的展品都是可以出售的成品，您若是对这些不满意，我们也接受定制。"花锦把宣传图册拿出来，"不知两位需要什么？"

"你会什么？"陈森走到沙发凳上坐下，用挑剔的目光在店里转了一圈。

听到对方说话的声音，花锦慢慢想起了这人是谁，这不就是一两个月前，站在路灯下骂裴宴，被她听了全场的那个人吗？

不知道对方是真的来买东西，还是来报复她，花锦脸上的笑容不变，她把宣传册放到陈森面前："我擅长的是刺绣，对漆器会一些，但并不太擅长。"

"那就把这个还有这个给我包起来。"陈森胡乱指了两样。

"是这两样吗？"花锦脸上的笑容真诚了两分，"左边这件摆件上的图案名为'功名富贵'，绣的时候，采用了近十种针法，不管是面料还是绣线，皆取自……"

"不用介绍了。"陈森把卡递给花锦，"刷卡。"

"多谢。"花锦麻利地接过银行卡，用刷卡机扣除了金额，"先生，请您输入密码。"

陈森看了眼扣款金额，这么两个小玩意儿，竟然还不便宜。他绷着脸输了密码，等花锦把东西包好，扭头见陈江竟然还盯着一把团扇看，沉着脸道："过来拿东西。"

"哦。"陈江跑回陈森身边，对花锦咧嘴一笑，"美女，留个联系方式，以后有空约出来玩玩。"

"先生真会开玩笑。"花锦嘴角往上翘着，眼底却没有多少笑意，"像我这种天天为生活奔波的人，哪有什么时间玩。"

"竟然这么辛苦，裴……"陈江语气一顿，干笑着打哈哈。

陈森恨铁不成钢地瞪了他一眼，大步离开了店。

等兄弟两人一走，花锦就高兴地给谭圆发了一条微信。

繁花：汤圆，咱们店里摆了一年都没卖出去的摆件，终于被冤大头高价买走了！

这两个摆件寓意好，做工又精美，绣的时候花费了很多精力，所以价格也很昂贵，这一年来摆在店里，问的人很多，愿意掏钱的却没有。

就在花锦以为这两个摆件也要放在店里当镇店之宝时，冤大头终于送上了门。

没过一会儿，谭圆回信息了，说的却不是冤大头买东西这件事。

汤圆：花花，如果我做一辈子漆器，真的有未来吗？

繁花：你在哪儿？我来接你！

花锦起身关了店里的电闸，锁上店门，见谭圆没有回复消息，直接拨通她的手机："汤圆，把地址告诉我。"

"花花……"谭圆捧着手机，看着洗漱台镜子中，神情憔悴的自己，声音有些哽咽，"我没事，你别过来了。"

"屁的没事。"花锦直接道，"我跟你做了几年的朋友，你什么个性我还不知道？把地址告诉我，我马上过来接你。"

听到花锦凶巴巴的语气，谭圆原本漂浮不安的心，安定了下来，拿出粉饼压了压眼角的泪痕，把地址告诉了花锦。

"圆圆？"身后响起男人充满担忧的声音，谭圆把手机放回包里，走出了洗手间。

两人坐回椅子上，谭圆低着头不说话，她轻轻搅动着杯子里的咖啡，神情冷淡。

过了许久，坐在她对面的男友开口了。

"对不起，圆圆。"男友脸上带着疲倦，"我们三四年的感情，我刚才不该把话说得那么重，对不起。"

谭圆抬头看了他一眼，撇开头："曹亦，我伤心的不是你话说得有多重，而是你把我这些年的努力，还有我爸妈的努力，全都否定了，你明白吗？"

"我并没有这个意思。"曹亦解释道，"你明明知道我是为了你好，为什么还要曲解我的意思？你做的那些漆器，不仅费时费力，又赚不了什么钱，难道你想一辈子都过这种日子？"

"可是你知不知道现在国内会做漆器的人越来越少，若是别人不做，我也不做，以后漆器还有谁会？"谭圆捏紧手中的咖啡勺，"曹亦，这是我爸一辈子的手艺，我不想把它丢了。"

"那我呢？"曹亦情绪有些激动，"我们以后要结婚，要过日子的。还有谭叔高姨年纪也大了，若是有个头痛脑热，也要花不少钱。我很敬重你的情怀，可是情怀不能当饭吃，我们要活命，要治病，要花钱。就算做漆器的手艺没有断绝在我们这一辈手中，可是下一辈、下下一辈呢？早晚有一天，它会消失在历史洪流中的。"

谭圆苦笑："如果我身为漆器手工艺传人都不愿意做下去，其他人恐怕更加不愿意从事这个行业。曹亦，还记得当初我们是怎么认识的吗？而且我爸妈养老问题不用你操心，我家还没穷到那个份儿上。"

曹亦愣住。

"当年你在学校的手工艺大赛上，看到我做的漆器后，说我能够沉下心研究传统手工艺，非常难得。那时候让你夸我、让你追求我的东西，现在你却劝我放下。"谭圆笑得眼眶发了红，眼泪欲落未落。她闭了闭眼，把泪意都逼了回去："这四年的时间，究竟是你变了，还是我变了？"

"是我变了，可人都会变的。那时候我们都还是没有接触社会的学生，不用考虑金钱与地位……"曹亦被谭圆的目光盯得有些不自在，扭过头，"你跟花锦不同，你有父母、有学历，会有更远大的未来。像她那种从乡下来的村姑，没有学历，也没有其他发展的门路，除了抱高姨的大腿过日子，已经没有其他更好的生活方式。你天天跟她待在一起，不会越变越好，只会让自己变得跟她一样……"

"闭嘴！"谭圆沉下脸，"曹亦，花锦是我的好朋友！"

"就是因为你跟她做朋友，我才想点醒你！"曹亦见女友为了一个外人跟他翻脸，也动了怒意，"你好好一个名牌大学生，跟她一个村姑混在一起，是想拉低你的水平吗？"

"我觉得……跟你在一起，才是真正拉低了我的水平。"谭圆怔怔地看着曹亦，没想到他竟然如此看待自己的好朋友。去年曹亦跟同学聚会时，不知道给同学送什么，是她跟花花赶制了二十多个手绣卡套让他带过去。年初他妈妈过生日，花锦为了让她在未来婆婆面前有好印象，绣了一条特别漂亮的披肩让她跟曹亦带回去。平时她跟曹亦忙的时候，花锦也常常帮他们忙，曹亦嘴里对花花说着谢谢，心里却这么想她？

"你说得对，我确实需要被点醒。"谭圆苦涩一笑，"曹亦，我们……分手吧。"

"就因为我说了花锦，你就要跟我分手？"曹亦不敢置信地看着谭圆，"我们几年的感情，你却因为另外一个女人跟我分手，谭圆，你是不是疯了？"

"我没有疯，我只是清醒了。"谭圆放下咖啡勺，表情渐渐冷下来，"对不起，我给不了你想要的，你走吧。"

曹亦被谭圆的话气得发笑，把咖啡杯往前面一推，发出咔嚓的声响，引起了邻桌几个人的注意："谭圆，你够狠，几年的感情，我那么爱你，而你却说放下就放下，你的心呢？"

"你如果不够狠，又怎么会当着我的面瞧不起我爸妈从事了一辈子的传统手艺，又怎么会嘲讽我的好友？"谭圆反问，"曹亦，我喜欢你，但我不仅仅为你一个人活。你想让我为你，放弃自己喜欢的东西，放弃朋友，放弃一切，我做不到。"

"你……"

"既然你这么爱我，为什么不能理解我的职业，不能尊重我的朋友？"谭圆不管旁边有多少人看，直接站起身准备离开，"别打着爱我的旗号来伤害我，我受不起这样的爱。"

"你不能走！"曹亦一把拉住谭圆的手腕，"谭圆，你把话给我说清楚！"

"这是干什么呢？"花锦走进咖啡店，就看到曹亦面色铁青地拽着谭圆的手腕，店里其他客人，全都偷偷朝这边看，等着瞧热闹。

她上前两步，拉开曹亦的手，把谭圆拦在身后："曹亦，有什么事回去说，在这里吵，是准备让别人看笑话？"

"我跟圆圆的事，不用你这个外人插手。"曹亦冷笑，"高姨收了你当徒弟，你就真把自己当成圆圆姐妹了？"

"是啊，我脸皮厚，就爱多管闲事。"花锦在曹亦身上瞄了几眼，确定他身上没有带凶器，不会突然发疯伤人，就放下心来，"你要是不服就憋着，你一个大男人欺负我的朋友，还不让我来帮忙，真当我家汤圆后面没人了？"

曹亦气得面红耳赤，没想到花锦竟然这么不要脸，再看谭圆跟花锦的手已经牵在了一起，更加难听的话脱口而出："你自己是个嫁不出去的村姑，是不是心理变态见不得别人好，才来破坏我们的感情？"

"滚！"谭圆忍无可忍，端起桌上没有喝完的咖啡，泼在了曹亦的脸上，"曹亦，你把嘴巴放干净一点。"

曹亦被咖啡泼了脸，一点点冷静下来，抹着脸上的咖啡，连说了几个好字："谭圆，你是不是当真要跟我分手？"

谭圆不说话，低头握住花锦的手，小声道："花花，你别听他胡说八道，谁说你是村姑了……"

"我当然不会听他说这些。论姿色，我也不是一般的村姑，至少要用村花来形容我的美色。"花锦不知道谭圆与曹亦之间发生了什么，也不想让两人因为自己闹得太僵，便开着玩笑把这事含糊了过去，"我不跟这种没有多少审美水平的男人计较。"

"花锦，你不用在我面前故作大度，你这么讨好谭圆，不就是想学到高姨的针法绝学？"曹亦冷笑，"像你们这种小地方来的人，我见识过不少，没几个单纯的。谭圆，你再护着她，早晚有一天被她卖了还数钱。"

他现在还记得，有一次他来谭圆的店里，花锦为了多赚几十块钱虚伪的样子，明明学的是刺绣这种高雅东西，做的事却低俗至极。

"我愿意。"谭圆的心彻底冷了下来，"曹亦，你走吧，我们之间已经没有什么可说的了。我跟你之间的问题，与别人无关，归根结底是我们两个观念不合适。三观不合，就算勉强走下去，也只会是彼此折磨。趁你现在还年轻，我不耽误你，希望你找到合你心意的伴侣。"

"你不说，我来说。"曹亦恨恨地瞪着花锦，"花锦，我跟谭圆闹到今天这一步，有一半……"

"这是菜市场，还是喝咖啡的地方呢？"就在咖啡厅里的众人瞧热闹瞧得正津津有味时，几个年轻的男男女女走了进来。

为首的男人穿着白衬衫，头发打理得整整齐齐，一双微微上挑的桃花眼带着几分高傲。他迈着长长的腿，不紧不慢朝花锦等三人走来，领带上的钻石领夹微微晃动，像是天上的星星在闪烁，但是他的容貌，比领夹上的钻石还要耀眼。

"继续啊。"他抬起手腕，整理了一下袖口，语气里带着嘲讽，忽然一脚踢在曹亦膝盖上，曹亦应声而倒。

"骂谁村姑呢，嗯？"

他踹倒曹亦，扭头看花锦，满脸嫌弃："你在我面前嘴皮子不是挺厉害？遇到这种垃圾，你打不过难道还骂不过？"

曹亦在毫无准备的情况下，被人当众踹倒在地，正想爬起来还手，就被两个年轻男人按住了手臂。两个年轻男人一左一右站在他旁边，明明把他按得死死的，嘴上却说着："裴哥算了算了，我们都知道你是看不下去这种欺负女人的人渣，但我们不能跟这种人渣计较，对不对？"

这两人一边劝，一边死命拧曹亦的手臂，把曹亦痛得面色铁青。

现在受伤的分明是他，四周看热闹的人却纷纷说他不对，把小姑娘欺负得眼睛都红了，幸好这几个年轻人心善，不然这两个小姑娘就要挨打云云。

曹亦几乎不敢相信自己耳朵，他什么时候要去打女人了？

"裴先生？"花锦没有想到自己一天内能见到裴宴两次，看了眼帮裴宴按住曹亦的那两个年轻男人，朝他们感激一笑。

"我跟人吃个饭路过，都能看到你被人欺负。"裴宴看着花锦被人骂了，还维持着笑脸的模样，心里像是窝了一团无处可发的火。他连瞪了花锦几眼，深呼一口气，转头双手环胸，挑着眼角看了曹亦一会儿，白皙修长的手指弹了弹袖子上不存在的灰尘："旁边有座小公园，我们出去慢慢谈，就说说传统手工艺的意义。"

说完，往前走了几步，他见花锦没有跟上，停下脚步看她："走吧。"

花锦握了握谭圆的手，拉着她跟在了裴宴身后。裴宴瞥了眼两人握在一起的手，眉梢微动，转身走到收银台，从钱夹里掏出几张钱放上去后，大步跨出了店门。

曹亦也不想被咖啡店里的客人围观这场闹剧，加上他也打不过几个男人，只好沉默地被人"请"了出去。踏出店门口台阶时，他把目光投向谭圆，谭圆却没有回头看他。

"这里不错，人少空气好，又不是什么阴暗小角落，免得某些人回去就说我欺负人。"裴宴擦干公共椅上的水，坐下后拍了拍旁边的空位，对花锦道，"过来一起坐。"

花锦拉着谭圆一起坐下了，走了这么一段路，谭圆已经冷静了下来，只是垂着头，情绪十分低落。

"说吧，花锦是挖了你家祖坟，还是借了你的钱不还，能让你说出这么难听的话？"裴宴半眯着眼，任谁都看得出他不高兴。

曹亦没有接话，此刻明明他站着，这个莫名其妙冒出来的男人坐着，但是对方的气势仍旧压了他一大头。

见他不说话，裴宴并没有放过他："你读这么多年书，就学会了在别人面前秀优越感？"想起刚才在外面，听着曹亦一口一个"村姑"骂花锦，裴宴忍不住换了一个坐姿。他怕自己控制不住又去踢人："村姑怎么了，你家祖宗十八辈都是城里人？一个二十多岁的成年人，其他本事没有，拿出身去笑话别人倒是做得很熟练。就你家那点家底，你能炫耀什么？"

他抬了抬下巴，对站在曹亦左边的年轻男人道："老汪，介绍一下。"

"不好意思，献丑了。"叫老汪的男人谦虚一笑，"我家家境挺一般的，就是开了二十多家连锁超市，还跟人合伙开了一些酒店而已，上不得台面，上不得台面。"

谭圆眼中本来还有泪意的，但是在听到老汪自我介绍后，莫名觉得有些好笑。她怕自己笑出来气氛会太尴尬，伸手使劲揉了几下鼻子，才把笑意压了下去。

花锦偏头在裴宴耳边小声道："裴先生，你知道仇富是什么意思吗？"

"嗯？"裴宴挑眉看她。

"就是我这样。"花锦指了指自己的脸，"这里已经写满了嫉妒。"

裴宴仔细看着花锦的脸，皮肤白里透红，几乎看不出什么瑕疵。但是下巴贴近耳朵处，有道指甲大小的粉白色伤口……

他飞速收回目光，扭头看着另外一边在风中摇曳的小草："有什么好看的。"

花锦朝他龇牙一笑，看向曹亦后，脸上的笑意才慢慢散开："曹亦，你跟汤圆谈恋爱这几年，我跟你交集并不多。虽然我不是什么讨喜的人，但自认为从没有得罪过你，我实在想不明白，你为什么要拿我做话头，来逼汤圆。"

"情侣之间，有什么矛盾与心结，可以慢慢交流，说话太过只会伤和气。"花锦语气有些冷，"你这么欺负汤圆，有意思吗？"

"我欺负她？"曹亦忍不住反驳，"是你在害她才对，如果她这几年不跟你一起开店，早就找到有发展前景、工资又高的工作，又怎么会待在一个小店里做漆器？你不是她的朋友吗？既然是她的朋友，就该劝她好好走正道，不要浪费时间跟生命在漆器上。"

"我是她朋友，所以我尊重她的选择。"花锦越听越觉得这话不对，"什么叫好好走正道？漆器传承了几千年，是老祖宗留给我们的一种礼物，你说这不是正道？曹亦，我看你这些年读书，都读到狗肚子里去了吧。"

"你骂我是狗？"

"骂你又怎么了，有本事汪汪叫着来咬我。"花锦伸手揽住谭圆的肩膀，把她护在自己怀里，"汤圆，不要怕，以后我养你。"

"去你的，你吃得比我多，指不定谁养谁呢。"谭圆被花锦的话逗笑，"臭不要脸。"

"就算捡垃圾也要养你。"花锦趁机摸了一把谭圆软乎乎的脸蛋，"我可比某些男人靠谱多了。"

裴宴看着花锦跟谭圆的互动，神情一点点变得微妙起来。

"曹亦，你走吧。"有了花锦的陪伴，谭圆内心渐渐坚定起来，"以后会怎样我不知道，至少现在的我还不想放弃。这么多年的感情，让我们好聚好散。另外……我家花花就是最美的村花，你并不比她高级。"

说完这些，谭圆不想再跟曹亦纠缠，起身就走。花锦担心她一个人出事，赶紧跟了上去。

"裴哥，我们现在要怎么办？"跟裴宴一起过来的几个人，见花锦跟谭圆已经走了，一时间不知道该把曹亦怎么办。

"晚上的饭局我不参加了。"裴宴站起身，瞥了眼曹亦，嘲讽笑道，"什么玩意儿。"

被这样满是蔑视的眼神盯得怒火直冒，可是曹亦猜到这几个人身份不普通，不敢还嘴。

"我还以为是个多有个性的男人，在我们面前一声不吭，吼起女人时嗓门倒是不小。"裴宴哼笑一声，"不过如此。"

说完，他又是一脚踹到曹亦膝盖上，弯腰俯视趴在地上的曹亦："虽然花锦那个女人很烦人，但是你这种东西还不配骂她，明白了？"

放完狠话，他站直身体，理了理身上的衬衫："走了。"

等裴宴走远，留下的几个人才围着曹亦道："哥们，你可真能耐，欺负到裴哥朋友的头上。"

"敬你是条汉子！"

"我劝你以后还是不要再去骚扰人家女孩子了，好好过日子，比什么都重要。"

曹亦从地上爬起来，看着那几个勾肩搭背离开的富二代，脸上的表情青白交加，却没有了再去找谭圆的冲动。

花锦与谭圆走了没多远，裴宴就开着车追了上来："上车。"

这次花锦也不客气，直接拉着谭圆上了车。

"还是先送她回去，再送你？"裴宴问。

"嗯。"花锦点头，"她累了一天，该早点回去休息。"

裴宴没有再多说，车内安静下来。直到车停在谭圆家小区外，谭圆才伸手搂住花锦的脖子，红着眼眶道："花花，谢谢你，还有对不起。"

"瞎想什么。"花锦轻轻拍着她的后背，"回去好好睡一觉，什么事都没有了。你前男友说了混账话，跟你有什么关系，你是想当背锅侠吗？"

谭圆又哭又笑，松开花锦的脖子，擦干净眼角的泪痕："明天见。"

"明天见。"花锦目送着谭圆走进小区大门，才收回目光。

"你不跟着一起过去？"裴宴问。

"不了。"花锦摇头，"这种时候，她最需要的是安静，我如果在场，只会增加她的难过与愧疚感。"

裴宴发动汽车："那男人这么骂你，你不生气？"

"你想听真话还是假话？"花锦反问。

裴宴："……"

轻笑出声，花锦靠着椅背，闭上眼睛慢慢道："假话就是没什么好生气的，我不跟他一般见识。"

"真话呢？"

"当然生气，我又不是圣人。"花锦勾了勾唇角，"不过都已经习惯了，我不到十八岁就来了这个城市，什么样的骂没挨过。有时候讨生活已经不容易了，我哪还来得及为别人的言语生气。"

"不过即使日子再艰难，在我几乎快要撑不下去的时候，还是遇到了好心人。"花锦睁开眼睛，看着裴宴的后脑勺，徐徐道，"所以我仍然是幸运的。"

"好心人？"遇到红绿灯，裴宴把车停了下来，他转头看了花锦一眼。

"是啊。"花锦笑眯了眼，"遇到过很多好心人。"

裴宴觉得花锦此刻的眼神太过温柔，他避开她的视线："那你运气确实很好。"不像他身边那些人，围在他身边，只会想尽办法让他投资，有时候出门吃个饭，都要被这些人围追堵截。

"等下找个地方吃晚饭吧。"花锦看着窗外，"我请你。"

"请我？"

"嗯，请客谢恩。"花锦再次笑开。

"用不着，"裴宴绷着脸道，"我只是凑巧路过。"

"就算你只是凑巧，我也是要谢的。"

"这里是哪儿？"花锦抬头看着四合院大门两旁挂着的红灯笼，门里面很安静，没有一般饭店该有的热闹。

"一家私房菜馆，不对外接待普通客人，里面的厨子做菜手艺是一绝。"裴宴踏进门槛，"走吧。"

花锦扒着门框，眨巴着眼看裴宴："裴先生，你知道我是村里来的，对吧？"

"刚才还说要谢恩，现在难道打算后悔？"裴宴差点被花锦气笑，"我对你的恩情，还不值一顿饭钱？"

"别说一顿饭钱，就算是一个月的饭钱，也是绰绰有余的。"花锦一脸无辜，"但关键是我没多少钱，我怕等下付账的时候钱不够，丢不起这个人。"

"在门口磨蹭不进来就不丢人了？"

"这样至少是丢人不丢钱，要不我还是做牛做马来报答你吧。"

"网上有个段子说，女人对不喜欢的男人就说做牛做马来报答，对喜欢的男人说以身相许。"裴宴斜眼看花锦，"你怎么看？"

"以身相许这种事，需要双方你情我愿才行。"花锦低着头小声嘀咕，"如果以身相许后，会给报恩对象带来一堆的麻烦，那不叫报恩，叫报仇。"

"哼，你还挺会找理由。"裴宴见她还扒着门框，伸手抓住她的手臂就往里拉，"放心吧，花不了你多少钱。"

往前走了几步，裴宴忽然想起什么，低头看了眼花锦的膝盖，减缓脚速："这家私房菜馆有个厨师很擅长做蜀菜。"

花锦愕然抬头。

"以前我爷爷还在世的时候，就喜欢吃他做的菜。你是蜀省人，等下帮我尝尝，他的菜究竟是不是正宗蜀地风味。"

花锦又把头埋了下去："哦。"

在这个地方吃饭的人并不多，但并不代表没有人。当有人发现裴宴竟然带着一个年轻女孩子到这里来吃饭时，忍不住感到惊讶。

就裴宴那阴晴不定的狗脾气，除了想在他身上捞一把就走的女人，谁还受得了？如果跟他过一辈子，还不得患上心理疾病？

也有人在犹豫，要不要去打个招呼，但是见裴宴还主动拉了一下女孩子的手腕，他们就识趣地把脑袋缩了回去。如今这个世道，影响别人谈恋爱，是会倒霉的。

万一坏了这位的好事，麻烦更多。

花锦发现裴宴对这里非常熟悉，看来他是经常来这里吃饭。

穿过拱门，有人过来领路，带他们来到一个雅间里："裴先生，还是照旧？"

"今天吃蜀菜。"裴宴喝了一口开胃茶，"老吃那几样东西，也腻了。"

"好的，请二位稍等。"接待员朝两人微微一鞠躬，退出了雅间。

花锦抬头看墙上挂着的字画："鲜鲫食丝脍，香芹碧涧羹。蜀酒浓无敌，江鱼美可求。诗圣的诗，挂在这里倒是正合适。"

"哟，没看出来你对这个还挺了解。"裴宴瞥了眼墙上的画，都是近现代仿制，算不上什么精品。

"那当然，我高中的时候可是全校第一名，语文更是从未丢过前三名的宝座。"花锦端起开胃茶喝了一口，"平时就算不懂风雅，也能假装卖弄一下。"

明明成绩如此优异，却那么早出来打拼？

裴宴端茶的手微微一颤，看着神情平静的花锦，那种烦躁感又出现了。他低头摸了摸胸口，想要把那种让他不适的感觉压回去。

这里上菜的速度很快。有些费时的菜，由于裴宴没有提前预订，就没法做出来了。

花锦尝了几筷子，没法评价这些菜的味道地不地道，但是味道很好。英雄不问出处，好吃的菜也不讲究菜系。

不知不觉吃了两碗米饭，花锦摸着肚子叹息："吃肉一时爽，减肥哭断肠。"

"都瘦成这样了，还减什么肥。"裴宴倒了一杯茶给花锦，"拿去，消食茶。"

"谢谢。"花锦接过茶杯喝了一口，想起上次跟裴宴一起去江酒市发生的事，"网上好像有营销号在带节奏，暗示网友，江酒市那位做了好事不留名的好心人与某艺人有关。不过这个艺人很聪明，并没有正面回应这件事，就算你站出来说自己才是那个报警救人的好心人，他也能把自己推得一干二净。"

"只要是有点脑子的人，都不敢明着把别人做的好事套在自己头上。"裴宴拿出手机在网上搜索了一下，"这演员是谁？没听说过。"

"这些媒体也真是喜欢闭着眼睛吹嘘，拿着一张你坐在这里，模糊到看不清脸的照片，还能夸什么美艳逼人……"

花锦捏紧了手中的茶杯，好想砸过去。

"还有这里，说什么身材曼妙，气质脱俗……都编的什么东西？"

她不想砸杯子，想砸茶壶。

看完几篇报道，裴宴锁上手机屏幕："这种炒作方式，不会起太大作用，网友很快就会忘到脑后。我不跟这种小艺人计较，跌身份。"

嘴上这么说着，他随即就低头给助理发了一个消息，点名以后不跟这个艺人有任何合作往来。艺人立人设，给自己找话题度都很正常。但不管是艺人还是普通人，不该拿这种事情来炒作，这是做人的底线。

喝了一会儿消食茶，花锦跟裴宴走出雅间，院子里挂着彩灯，在夜里十分漂亮。

"这些灯……"花锦仔细看了一会儿，"有些好像是手工做的？"

裴宴盯着灯看了一会儿，实在看不出手工与非手工有什么差别，难道他们从事传统手工艺的人，对手工艺品有着天生的直觉？

"裴先生真是好兴致，陪朋友出来赏灯？"

花锦回头看去，一个穿着西装，戴着眼镜的男人朝这边走过来。待这人走近了，花锦发现对方年龄在六十岁上下，表情很严肃，让她不由得想到"正人君子"四个字。

这样的人很难让人产生恶感，但也很难生出多少亲近之意。她偏头去看裴宴的表情，这位此刻根本毫无表情，仿佛走过来的男人完全不存在一般。

气氛随着裴宴对男人的漠视产生了变化，渐渐就冷了场，空气中弥漫着挥散不去的尴尬。

这个看起来很严肃的男人，仿佛半点都没有察觉到裴宴的冷淡，反而对花锦点了点头："看你有些面生，是第一次来这种地方？机会难得，让裴先生陪你多转转。"

花锦隐隐觉得这话有些不对味，好像既有嘲笑她以前没来过这种地方，又有摆架子替裴宴安排的味道。这种看似严肃正经，实际上却最喜欢讲究什么身份地位辈分的人，花锦在工作中遇到过不少，如果不想与这种人起冲突，只需要保持微笑就好。

"听说徐先生家的宝贝独苗苗进去了，不知道放出来没有？"裴宴嘴角微微上翘，勾勒出带着嘲意的弧度，"年轻人不懂事，在里面待一段时间，说不定就长大了。"

"承您吉言。"徐先生脸上的表情几乎绷不住，就在花锦以为他会爆发的时候，这位徐先生竟然还有精力对她礼貌一笑，才不疾不徐地离开。

"这人……"

"这一家子都不是什么好东西。"裴宴话语中难掩对徐家人的厌恶，"两三个月前，徐家的这个小王八蛋，约狐朋狗友飙车，这些人胆子大，竟然在市区里纵车。闯一个红绿灯的时候，陈家老二发现不对劲，扭转方向盘撞到了防护栏上，徐家这个小王八蛋竟然直接冲了过去，害得一个过斑马线的行人送到急诊室抢救。后来命虽保住了，但是腿却没有了。"

"徐家上下对这个宝贝蛋娇惯不已，就算他做了错事也一味地包庇。如果不是之前的车祸事件闹得太大，网上舆论压不下来，受害者又不愿意签谅解书，徐家哪里舍得让家里的独苗苗被关进去。"裴宴嗤笑一声，"别看有些人穿得人模狗样，但是做起事来，一双手就脏得不能看。以后你看到这种人，自己放聪明点，有多远跑多远。"

"你脸色怎么变得这么白？"裴宴注意到花锦的脸色不太好看，"身体不舒服？"

"没事。"花锦摇头，"我就是觉得，那个被撞的路人，实在是太倒霉了。"

"当天跟徐王八玩在一起的人里有陈江，他出事后马上报了警。陈江虽然也不是什么好东西，但坏得还有底线，不会拿人命开玩笑。"裴宴意味不明地笑了一声，"当天有陈江在场，已经是他最大的幸运了。"

花锦听懂了裴宴话中未尽的意思，回头看了眼刚才那个男人离开的方向，觉得心口有些喘不过气："很晚了，我该回去了。"

裴宴看了她一眼："我送你。"

付账的时候，花锦发现吃的这顿饭消费确实不算高，她扭头去看裴宴，他正倚在门边似笑非笑地看着自己，眼中满是促狭。

等两人离开以后，负责收款的工作人员对同事道："没想到会遇到这种事，第一次带女伴来这边吃饭，明明有尊贵会员卡，还要女伴来付后面的尾款。裴先生那么有钱，用不着省这点钱吧。"

"所以他到现在都没有女朋友。"同事一边登记账目，一边道，"没有人能够拯救一个凭实力单身的男人。"

花锦坐到裴宴的车里，收到了谭圆发来的信息。

汤圆：花花，那位裴先生是你的朋友？

繁花：有心情关心我的八卦，看来人没事了。

汤圆：不久前还说要捡垃圾养我，这才过去几个小时，就开始嫌弃我多管闲事了？

繁花：我知道你在关心我，放心吧，我心里有数。

汤圆：以我看电视剧二十多年的经验来看，每个说自己心里有数的主配角，最后都会一头栽进坑里。

繁花：……

车再次开到那条有些破旧的小巷外，地上的积水未干，裴宴默默下车，陪花锦走到楼下。

"裴先生，今天谢谢你。"身后这个默默跟随的男人，在夜色下变得安静下来，眼中的骄傲，也化作湖边的月影，宁静中带着几分心安。

"谁叫我运气不好，总是遇到你这种事。"裴宴懒洋洋地挥了一下手，"走了。"

他走到巷口时停下脚步，转身见花锦还站在原地："今晚不给我转车油费？"

"不转了。"花锦笑得弯起了眉，"我们两个都已经这么熟悉，四舍五入也算得上是朋友了，坐朋友的车还给车油费，多伤感情啊。"

第一次听说做朋友还能有四舍五入的，裴宴懒得纠正她："为了不给车油费，竟然能找这么多理由，你也算是人才。"

花锦无辜一笑。

目送裴宴离开，花锦走到二楼的时候，忽然想起，裴宴让她试菜的口味，怎么出来后没问她？

正想得出神，走廊上走出一个人影，吓得她差点尖叫出声："陈奶奶？"

都快到晚上十点了，老太太不睡觉，出来吓人玩吗？

"我看到了。"陈老太笑眯眯道，"那个小伙子长得真俊，比那个谁给你介绍的男孩子好看多了，有眼光。"

花锦无奈笑道："陈奶奶，那只是我的一个朋友。"

"是是是，年轻人不都是从普通朋友开始的吗？"陈奶奶连连点头，"我都懂。"

花锦："……"

您老都懂什么呀？

"上次你送我的那瓶豆瓣酱很好吃，炒的菜特别香。"陈老太见花锦不愿意多说，只以为她是害羞了，把一瓶自己做的腐乳塞到花锦手里，"这个你拿回去尝尝，如果喜欢吃，再来我这里拿。"

"谢谢陈奶奶。"花锦没有推辞，她跟楼里的大多租户都很熟，平时彼此间会分享一些自己做的调料或是小菜，日子过得还算热闹。

走到四楼，琴姐家的灯还亮着，花锦猜想她家孩子可能还在做作业。

刚拿出钥匙准备打开家里的门，琴姐家的门就开了，走出来的人不是琴姐，而是一个剪着板寸，戴着黑框眼镜的年轻男孩。

"你、你好。"他看到花锦，眼神有些羞涩躲闪。

"你好。"花锦解开门锁，手扶着门边，朝门的开口方向退了两步，"请问你有什么事吗？"

"小花，你下班回来了？"琴姐从门后探出身，有些尴尬地看了远房侄儿一眼，把他往屋子里推了推，"你上了一天班很累了，早些回去休息。"

看琴姐这满脸尴尬的表情，花锦猜测这个男孩子可能就是上次托琴姐来说媒的远房亲戚，她装作什么事都没发生的样子，推门进屋，把门反锁好，才把自己扔到沙发上。

这都什么事啊。

完完全全安静下来以后，花锦才有精力去想今天发生的事情。良久之后，她长叹一声，如今传统手工艺已经渐渐没落，怕长此以往，很多东西会随着时间的消逝而渐渐消失。

她打开微博，前些日子热闹过几天的微博，又渐渐恢复了往日的冷清。

花锦把谭圆做的漆盘与手镯照片放到微博上，忍不住多发表了一句感慨。

繁花：漆器一行不仅仅难在找传人上，也难在漆树难找上。好友做的漆器，不仅绚丽，还光泽细润。她从小就开始学做漆器，至今已经很多年。

过了很久，寥寥几人过来点了一下赞，也有两个在评论区夸手镯好看的，就再无人关注。仿佛那次微博下的热闹，只是梦幻一场。好在她早就预料到这个情况，不然心态上恐怕不太能接受。

第二天早上，她提前赶到了店里，谭圆还没有到。她把店收拾好以后，谭圆姗姗来迟，眼眶有些红肿。花锦装作没有看到她的异样，把泡好的茶递给谭圆："上次客户定做的耳环，你做好了没有，取货日子好像就在这两天。"

"早就做好了。"谭圆接过茶喝了一大口，"你现在可以跟我说说，跟裴先生是怎么回事了吧？"

"我们俩就是纯洁的男女关系，骗你是小狗。"花锦打了个哈欠，趴在桌子上，"这种有钱还好看的男人，如果真跟我有什么不纯洁的关系，我能不连发十条朋友圈炫耀？"

"男未婚，女未嫁，两人凑在一块儿能有什么纯洁的男女关系？"谭圆怀疑地看着花锦，"你该不会是看人家长得好看，就起了邪恶心思？"

"我是那样肤浅的人吗？"花锦啧了一声，"虽然裴宴确实长得很好看，腰细腿又长，但看人不能只看脸。"

"不，你就是这么肤浅。"谭圆朝天花板翻白眼，"不用反驳了，你说什么我都不会信的。"

"其实，不知道是不是我的错觉，我觉得你对裴先生有些特别。"谭圆把杯子放回桌面，"花花，你是一个防备心比较强的人，平时除了我们这些亲近的人，对其他人尤其是男性，一直都很疏离。这种疏离感，在你跟裴先生说话时，我没有感觉到。"

"那……可能就是因为他长得好看吧。"

"切。"谭圆没有打算打破砂锅问到底，起身走到工作台边，叹息道，"我没有美男可以调戏，还是好好赶工，争取日进斗金，成为别人高攀不起的白富美吧。"

被谭圆乐观的心态逗笑，花锦终于放下心来。

还有做白富美的梦想，说明汤圆对人生还充满着希望。

后面几天，谭圆的精神一直很好。曹亦也没有来店里找麻烦。花锦终于彻彻底底放下心来。时间眨眼就到了展览会开场那天，她特意换上了一套让自己看起来优雅知性的衣服，乘车赶到展览举办地。

通过层层安检，花锦终于成功进了大门，在架子上拿了一本宣传册慢慢往里走。

靠近正大门的两排橱窗里，摆放着当下仍旧十分受人欢迎的陶器，她一件件慢慢看过去，走过摆放瓷器的长廊，发现里面的人并不多。几位老人戴着眼镜，手里拿着放大镜，趴在展柜外小心翼翼地观看，仿佛展柜里的东西，一阵风就能吹跑。

展览厅里有很多东西，木雕、骨雕、陶瓷、泥塑、编织品、木版画、木偶、刺绣，等等。来到刺绣区，花锦被展柜中那些精美的刺绣震惊了。

绣片与衣料完美结合在一起，看不出任何的瑕疵，还有花瓣上的露珠欲落未落，美得惊人。偏偏这件衣服，还是出土的文物。在土中埋了几百年的衣服，还能如此精致，可见那时候的刺绣水平有多高。

可惜展厅里有关刺绣的展品并不多，倒是漆器要更多一些。

"可惜了，可惜了。"两位老人站在漆器展览区，摇头叹息道，"有些工艺早已经失传，只剩下古籍上还有寥寥几笔记载。"

听着两位老人连说几声"可惜"，花锦有了一种英雄迟暮的感觉。展览厅里的东西越漂亮越璀璨，越让她为传统手工艺的现况感到难过。

漆器行业的漆树不好找，蜀绣也存在着不少的问题。以前蜀省很多地方都有栽桑树养蚕的习惯，甚至有个城市被称为桑梓之地。后来随着经济的发展，桑蚕养殖规模大幅度缩水，她想要买到正宗的蜀锦与桑蚕绣线，只能从为数不多的老工厂买。

光是原料上已经困难重重，更别提手工艺传承教导方面，每多想一点，她就越能感受到当下的艰难。

"真弄不明白，这些又土又丑的玩意儿，究竟有什么好看的？"两个年轻男人走了进来，其中一个她认识，昨天送上门的冤大头他弟；另外一个人她不认识，刚才那席话，就是他讲出来的。

此人说话的声音并不大，可是展览厅实在太安静了，他这话刚一出口，就感觉有无数双眼睛盯在了他身上。在场很多专家，研究了一辈子的传统工艺，对国内传承十分看重，现在听到国人说这些东西又土又丑，脸色实在称不上好看。

说话的人被这些目光怒视着，想把陈江拉到面前挡住，哪知道陈江比他动作还要快，连连后退好几步，恨不得在手上再挂一块牌子，上面写着"我不认识此人"。

陈江用目光在展厅小心翼翼扫了一遍，看看有没有什么认识的人，结果下一秒就看到了那个跟裴宴有暧昧的女人。

他倒吸一口凉气，怎么就忘了她也是做这行的，刚才孟涛的话，她听见了没有？

陈江内心翻江倒海一片，面上却堆起笑容，走到花锦面前小声道："你好，没想到你也在这里。"

"前几天得了张票，想着机会难得，就过来看看。"花锦尽量把音量压到最低，"那是你朋友？"

"刚好在门口碰见，算不上朋友。"陈江赔笑道，"没想到里面的这些展品如此流光溢彩，美不胜收，赏心悦目，倾国倾城……"

"嘘。"花锦把食指放到唇边，"安静。"

她怕再让这人说下去，对方什么乱七八糟的成语都能说出口。

陈江没敢再说话，老老实实跟在花锦背后东看西看，直到两人走到偏僻的角落，陈江才再次开口："裴先生没有陪你一起来看展览吗？"

花锦表情微妙地看着陈江，她来看个展览，为什么要让裴宴陪着？

陈江见不得女人难过，见花锦表情落寞，忙劝道："你也别多想，裴先生说不定有事，才不能陪你一起过来。"

花锦："……"

不，我没有多想，是你想多了。

第六章 朋友圈

他们两个站的地方，是草编艺术品展览区。草编技术历史悠久，随着历史的发展，技术也越来越好。随着生产水平的提高，草编手艺从一开始的实用，发展到拥有艺术欣赏价值。

近几年草编制品在网络销售渠道上，似乎渐渐回春，虽然不够火爆，但至少让人看到了希望。

"这个小人做得还不错，竟然是用草编的？"陈江仔细看着展览柜里做的草编小人，小人脸上几乎看不到草编的痕迹。他凑近了仔细看，才发现小人的裙子与脸都是用极细的草丝编织，才能让小人的脸栩栩如生，裙子飘逸生动。

"好像……还有点意思。"陈江干巴巴地评价了一句，"挺好看。"

"古代的时候，有匠人用金丝编织熏香球，还让人看不到丝毫瑕疵，现在这点手法又算什么。"一个戴着眼镜，年纪四五十岁的女性走过来，她穿着一条藏蓝色棉布裙，娴雅又亲和。

花锦见此人与展品制作人的照片很像，有些不确定地问："您是……孙老师？"

"什么孙老师，我一个做手工活的，叫我孙姨就好。"孙老师见花锦跟陈江都是年轻人，笑道，"难得有年轻人对这些老手艺感兴趣。"今天这个展览会不对外开放，能拿到票进来的，都不是普通人。可是有票的人，也不一定对这种活动感兴趣，一些人是为了任务，一些人是为了拓宽人脉。真正喜欢传统手工艺，并且还想研究它们的，恐怕只有那几位已经年迈的老专家了。

花锦刚想说话，就听到讲解员带着十余位穿着严谨的中年男女过来。讲解员说着每项传统艺术的来历与发展进程，这些参观代表时不时点头微笑致意，但是他们是不是真的对这些展品有兴趣，或许只有他们自己知道。花锦的目光在这群参观人员中扫了一遍，发现这些人中，还夹杂着一个熟人，裴宴。

与频频点头的其他人相比，裴宴称得上是面无表情，甚至都没有看讲解员一眼，但他看向每样展品的目光却是最认真的，那种目光，对展品保持着最基本的尊重。

"这边是刺绣展品区，诸位领导请往这边走，小心脚下地滑。"讲解员带着参观代表走到刺绣区，"众所周知，刺绣是我国著名传统手工艺之一，距今已有两三千年的历史，最出名的绣种有苏绣、湘绣、粤绣、蜀绣等。我们展览区里放着的绣品，主要是苏绣与湘绣……"

裴宴看着展区里的绣品，忽然就想到了花锦，不知道她今天有没有过来。

"刺绣是非常不容易的工艺，做出一件成品，需要耗费很多时间与精力。随着人们生活需求增加，机绣作品已经替代了人工刺绣的地位。但是不管机绣如何发展，人工刺绣的灵动与灵魂，是机绣永远都无法替代的。大家请看这件屏风，采用的是双面绣技术，其精巧程度，仅靠机器是做不来的。"

刺绣展区里面的展览品不少，大到屏风摆件，小到绒花手帕，都带有刺绣工艺。裴宴仔细看着这些当代大家作品，隐隐觉得，花锦绣的东西好像也不比他们差。

他微微偏头，看到远处角落里的花锦，最让他意外的是，花锦身边竟然还站着陈江。

陈江怎么凑到她身边去的？

裴宴想起陈江喜欢向美女献殷勤的臭毛病，眉头紧皱，转身走出人群，朝花锦走去。

花锦看到裴宴朝这边过来了，抬起手朝他小幅度摇了摇："你不是说不来？"结果人不仅来了，还享受贵宾级待遇。

"这栋楼都是我的，我免费提供了地方，主办方坚持邀请我来，只能给他们面子。"裴宴打了哈欠，把脖子上的牌子挂到花锦脖子上，"喏，给你，你去听。"

花锦拿起牌子看了眼，上面写着"裴宴"二字，忍不住翻个白眼，取下牌子扔回给裴宴："我又不叫裴宴。"

陈江在裴宴朝这边走时，就快速地离了花锦三四步远，免得让裴宴以为他对他的女朋友有非分之想。

裴宴对孙老师微笑致意，扭头面无表情看了陈江一眼。陈江干笑两声："不好意思，我忘了表弟还在旁边等我，再见。"

被遗忘许久的孟涛看着朝自己跑来的陈江，心情十分复杂。这个时候想起他这个表弟了？

"孙老师，我跟朋友四处去看看，您忙。"花锦见孙老师似笑非笑地看着她跟裴宴，觉得她可能误会了两人的关系，无奈苦笑。现在不婚的单身男女越来越多，但是旁人似乎变得喜欢把人凑一对了，只要是年轻男女站在一起，很多人下意识就会以为他们是情侣。

她瞥了眼还在看草编艺术品的裴宴，不好硬拖着他离开，只好对孙老师继续微笑。

孙老师温和一笑："你刚才进门后，我就注意到了你，你对传统手工艺很感兴趣？"

"您见笑了，我自己本身就是做蜀绣的，难得有这样一个机会，所以就来看看。"说完以后，她看着没有多少人的展厅，"让我增加了很多见识。"

"蜀绣？"孙老师诧异地看了花锦一眼，这么年轻的女孩子，竟然愿意从事这个行业？

"我有一位老友，家里是做苏绣的，开了家工作室，养着十多位绣娘，只能算是勉强撑得下去。"孙老师叹口气，"她本人就在这边，如果有机会，你们可以一起讨论讨论。"虽然绣种不同，风格不同，但多少有共通之处。难得有年轻人对这个行业感兴趣，她们这些前辈，能帮一把就算一把。

"谢谢孙老师。"花锦把自己的名片双手递到孙老师手里，"这是我的联系方式，欢迎您随时联系我。"

"繁花工作室？"孙老师看着名片上的工作室名字与地址，"你也是开工作室的？"

花锦不好意思地笑道："工作室其实就只有四个人，两位老师年纪大了，基本上就是我跟另外一个朋友做。"

"刺绣这件事耗时耗力，光靠两个人怎么撑得下去？"想到当下传统手工行业的现状，孙老师也不好多说什么，继续问下去不过是徒增烦恼而已。想到这，她笑着鼓励道："祝你们工作室越办越好，有你们年轻人在，我们传统手工艺才更有希望。"

"谢谢。"花锦真心道谢，传统手工艺行业，想要继续传扬下去，就必须创新，在快速发展的社会中站稳自己的地位。庆幸的是，很多从事这行的人，都意识到了这个问题，也在寻求改变。

花锦辞别孙老师，跟裴宴又走到了绣品展览区，裴宴道："我觉得这些绣品跟你绣的差不多。"

"我的针法与这位大师相比，差太远了。"花锦诚实地摇头，"他的绣品针脚密实，看不到半点瑕疵，运用的色彩灵动唯美。以我现在的绣功，不及其一半。"

"还算有点自知之明。"一个皮肤白皙，穿着衬衫的薄唇男人面无表情站在两人身后，"这把团扇上的绣纹，是有名的刺绣大师，许岩先生所作。他精通各种绣法，一件绣品能够卖出百万以上的价格。去年历史电影中的那件引起无数人惊叹的凤袍，就是他老人家亲手绣成。"

"难怪如此精美，原来是许岩先生大作。"隔着透明的玻璃柜，花锦眼中的惊艳几乎凝为实质，"只是为何这里竟没有许先生的名牌？"

男人眼中带着骄傲："家师说了，绣品虽是个人的，但是绣品带来的美，应该属于大家。绣品能给别人带来愉悦欢乐，就已经足够了，不必刻意强调他的名字。"

花锦感慨："许先生，真是高义。没想到你竟然是许先生高徒，让你见笑了。"

男人勉强笑了笑："其实把名字贴出来又有什么用，除了业内或是真心对刺绣感兴趣的人，谁会在意绣品的主人是谁呢。"

这话一出，花锦脸上的笑容微僵。是啊，从事这个行业，就不能太图名利，不然早晚都支撑不下去。

"你刚才不是说，想去木雕展区看一看？"裴宴把手搭在花锦肩上，"走吧。"

花锦：……

被裴宴强行拖走，她想扭头朝后面看一眼，裴宴的手搭在她头顶："看什么呢，还想回去听人家炫耀？"

"那可是许大师的弟子，就算是听他炫耀，也算是跟大腿挂件说话了。"花锦捂脸，"回去我就发朋友圈。"要不是这里面不能拍照，她早就掏出手机九连拍了。

"你跟我这种金大腿认识，也没见你发朋友圈炫耀。"裴宴冷哼一声，"一个大师的弟子有什么好炫耀的？"

"这你就不懂了，我如果在朋友圈炫耀跟你认识，别人羡慕嫉妒恨以后，会说我浑身铜臭味，跟有钱男人不清不楚。我如果炫耀许大师弟子就不同了，别人只会觉得我对刺绣抱着满腔热血，有着一颗追求传统艺术的赤诚之心。"花锦拍开裴宴搭在自己肩膀上的手，"我年纪轻轻，清清白白，怎么能让人误以为我跟有钱男人不清不楚。"

"你倒是分析得很清楚。"裴宴咬牙切齿道，"你就不怕炫耀许岩的弟子，会被人嘲笑抱大腿？"

"抱着名绣师的大腿，那能叫抱大腿吗？那叫追求。"花锦摇头，"艺术的世界，你不懂。"

"下个月还有个不对外开放的文物展览，里面有很多宫廷后妃以及贵族的衣饰展出，我原本还打算帮你弄两张票，但你刚才说的话提醒了我。

我这种不懂艺术的人，还是不添乱了。"裴宴比花锦高大半个头，他面无表情地盯着花锦的时候，很像是在蔑视一个凡人。

"虽然你不太懂艺术，但你对艺术的追求之心却是很美的。"花锦笑眯眯地看着裴宴，"下个月什么时候？你如果无聊，还可以叫上我陪你一起，男女搭配，做啥事都不累。"

做啥事都不累？

裴宴挑眉轻笑一声："你过来。"

花锦捂胸，小声道："先说好，我可是清清白白，卖力气卖艺不卖身的。"

"卖身？"裴宴眉梢挑得更高，"我是要花钱买吃亏吗？我们两个在一起，还不知道谁便宜了谁。"

花锦："……"

算了，看在他长得帅的分上，不跟他一般计较。

裴宴带着花锦来到贵宾休息室："这里能够拍照。"

"啊？"花锦不解地看着他。

"给你一个炫耀金大腿的机会，像我这种长得好看，还对艺术抱着追求之心的有钱人可不多了。"裴宴坐在沙发上，懒洋洋地斜靠着，"记得选朋友圈全体可见。"

"真要拍？"花锦拿出手机，靠近裴宴道，"这可是你要求的。"

裴宴眯眼看着花锦，她想干什么？

花锦把脑袋凑到裴宴身边，拿出手机开美颜，调整了几个角度，确定把自己拍得又美又有气质后，才把图放到了朋友圈。

繁花：遇到一个有钱又帅的美人，求问怎么才能成为美人大腿上的挂件，在线等，挺急的。

毫不犹豫点了发送，花锦扭头看裴宴："下个月的展会，你可千万别忘了叫我。"

裴宴看着花锦那双亮闪闪的眼睛，觉得有些憋屈，偏偏他还不知道这种憋屈感从何而来。

他拿出手机，打开朋友圈一看，脸色有些发黑："我是你才遇到的美人？"

"啊？没有啊。"花锦满脸无辜，"我们今天不是第一次见面吗，难道这句话有歧义？裴先生，你不要跟我一般见识，你也知道，我连大学都没上过……"

"你高中全校第一名。"

"那都七八年前的事了，我学的东西都还给老师了。"花锦笑得更加无辜，摇着手机道，"我的朋友都在夸你帅呢。"

裴宴往花锦手机上瞥了一眼，模模糊糊看到一句："人间极品，花姐儿，努力扑倒他！扒了他！吃了他！"

他把花锦往旁边推了推："离我远点。"

花锦的朋友，都是些什么人？

他清清白白一个大老爷们，生出几分同情心帮几个小忙，还要担心自己的清白问题？

想起花锦跟她朋友之间的亲密，裴宴心里就像是打翻了调料盒子，又烦又躁。

这个女人好歹也是从事传统手工艺行业的，能不能正经一点？

还有他刚才脑子出了什么毛病，竟然非让她拍自己照片发朋友圈？

难道是因为……展厅空气不够流通，影响了他的智商？

"陈二哥，你这事办得真不厚道。"孟涛小声抱怨，"我们今天来，就是为了跟裴宴巧遇的。你倒好，看到人就跑，那我们今天来干什么的，欣赏艺术品？"他们来这里，就是因为打听到裴宴会来参加这次的展览会，结果人家确实是来了，就是他们一句话都没搭上。

"我哪儿知道，他来这里把女朋友也带上了。"陈江搓了搓手，"说出来不怕你笑话，自从上次我出了车祸，裴宴特意跑来医院看着我冷笑不说话，我心里对他就有些犯怵。"

"他……"孟涛的表情变得一言难尽，"这么无聊？"

"我如果像他这样，上面没有老子管着，手里的资产又多，做出的事可能比他还无聊。"陈江认怂认得很痛快，"反正我现在只要看到他露出不高兴的表情，就想离他远一点。"

"那我们今天白来了？"孟涛有些不甘心。

"要不再等等？我看他跟女朋友进休息室了，等他出来。"

休息室内，裴宴见花锦在回复朋友的消息，用怀疑的目光看着她，她跟她的那些朋友又在谈什么？

"突然想起来，还有好多展品没看。"裴宴觉得自己不能再给她发消息的时间，"走。"

"你看展品，为什么要拉上我一起？"花锦正在应付几个朋友的追问，见裴宴从沙发上起身，正往她这边走来，把手机往包里一塞。

"所以你走还是不走？"裴宴看她。

"当然……走。"花锦站起来，"裴先生帮过我这么多忙，我如果连这点小忙都不愿意帮，那怎么都说不过去嘛。走走走，我肯定当个称职的陪客。"

两人走出休息室，就看到守在了门口的陈江跟孟涛，裴宴连个多余的眼神都没有给他们，径直往外走。

孟涛与陈江见状，心里有些着急，却不敢直接喊住裴宴。无奈之下，陈江只能把求助的目光投向花锦，都说女孩子心软，说不定裴先生的女朋友，愿意帮他们说句好话呢？

接收到陈江求助的眼神，花锦扭过头，快步上前拉了一下裴宴的袖子："等一下。"

陈江与孟涛心中一喜，有戏。

"你别走这么快，我腿没你长。"

目送着花锦与裴宴走远，陈江与孟涛终于体会到什么叫给了希望，却只能得到失望的感觉。

这次的展会安保级别很高，邀请来的专家学者，有真的对这些感兴趣的，也有只是走过场的。但是组织者愿意花这么多金钱与精力来办这种展会，已经代表了他们对传统手工艺的重视。

花锦陪着裴宴看完榫卯结构家具，已经走到了展会出口。她回首看了眼这些静静躺在展览柜里的工艺品，这些在时光洪流中留下来的东西，已经经历了几千年的岁月，最后会不会在未知的岁月中消散？

"小心台阶。"

花锦回过神，对裴宴笑了笑："谢谢。"

裴宴注意到她下台阶的时候会格外小心，想起那天晚上送花锦回去时，有个老太太让她去拿药酒擦，忍不住问："你的腿不好？"

花锦抬头看了他一眼，黑黝黝的眼瞳中，清澈见底。

"几年前受了点腿伤，没什么大事，就是有时候在阴雨天会疼。"花锦走在平地上时，姿势很好看，"不过都已经习惯了。"

她几年前受了伤，现在还有后遗症，这叫没什么大事？

裴宴还想说什么，但是看见花锦神情淡淡，满不在乎的样子，一时间又不好多说，便道："我爷爷生前有位从小学医的好友，他小时候学了中医，成年后去了国外修习西医，医术还不错。过几天我带你去拜访他，也许他能有办法。"

"看来我是抱上你的大腿了。"花锦忍不住笑，"谢谢。"

"你就不能正经点？"裴宴忍不住皱眉，"年纪轻轻，就这么不爱惜自己的身体？"

花锦没有说话，低下头看着裙摆上的绣纹。

裴宴以为自己的话让花锦不高兴了，在心中暗自嘀咕，这女人怎么如此小气？可是见她埋着头失落的样子，裴宴又一阵气短，连重话都说不出来："我请你吃好吃的，去不去？"

"去！"花锦抬起头，笑眯眯道，"我们上哪儿吃？"

裴宴："……"

他怀疑自己刚才想多了，这女人身上哪里有失落的影子？

到了吃饭的地方，花锦看着装修豪华的雅间，摸了摸包里的手机。

"想拍就拍，你都说我是金大腿了，金大腿不展示一下自己的实力，怎么好意思做金大腿。"裴宴把菜单递到花锦面前，"看看有什么想吃的。"

"还是你来吧，我也不知道他们家什么好吃。"花锦拿出手机，拍了一张桌上的摆件，见裴宴低头看菜单的样子，忍不住多看了两眼。

眼睫毛长这么长，是要用来荡秋千吗？

裴宴招来守在门口的服务员："这几样都可以来一份，再来一盅女子养生汤。"

"请问您需要酒吗？"

"不用。"裴宴把菜单交给服务员，见花锦正在看自己，有些不自在，"你看我做什么？"

"看你好看啊。"花锦单手托腮，歪着头看裴宴，"人类对美，有着本能的欣赏。这不能怪我，只能怪你长得太好看。"

裴宴被她这种歪理气得无言以对："好好说话。"

"我说的是实话啊。"花锦发现裴宴耳朵尖儿都红了，忍不住笑道，"裴先生，你这么容易害羞，以后可怎么办？"

"屁的害羞，我这是被你气的。"几乎从不说脏话的裴宴，终于被花锦逼得忍不住说脏话了，"我以后找女人过日子，绝对不能找你这种不正经的。"

"你说得对。"花锦赞同地点头，"裴先生配得上更好的女孩子。"

"呵。"裴宴冷笑，"别以为说这种话，我就能消气。"

花锦仍旧是笑，她笑起来的样子很好看，眼睛弯弯的，露出脸颊旁两个若隐若现的小酒窝。若不是见识过她这张不正经的嘴，任谁都想不到，这张讨喜又漂亮的脸下，性格是如此讨厌。

"裴先生，您点的养生汤到了。"服务员敲门进来。

"给她。"裴宴指了指花锦坐的方向。

"汤有些烫，请您小心食用。"服务员把汤盅端到花锦手边，忍不住多看了花锦一眼。裴先生是店里的常客，为人虽然高傲又冷淡，但从未为难过服务员。店里的同事闲暇时，偶尔也会聊些贵客的小习惯，谈到裴先生时，几乎没人说他哪里不好。

"有哪里不对吗？"裴宴敏锐地发现了服务员动作比平时慢了一些，于是抬头看了她一眼。

"没事。"服务员连忙收回自己的目光，安静地退出门去。

吃完饭，裴宴准备付账时，服务员告诉他，陈先生已经帮他付过了。

裴宴挑了挑眉角，带着花锦走出饭店，就看到蹲在旁边的孟涛与陈江。见裴宴出来，两人不敢靠过去，露出了一脸讨好的笑。

花锦被这两人的笑弄得倒吸一口凉气，往裴宴背后躲了躲，辣眼睛。

"说吧，你们两个有什么事？"裴宴把玩着手里的车钥匙，"再跟下去，你们是打算陪我回家？"

"裴先生好。"陈江搓着手道，"我们就是看到您在这边吃饭，想要过来打个招呼……"

"直接说正事。"裴宴看着陈江强挤出来的笑，实在有些看不下去，扭头见花锦居然躲在他背后，伸手把人捞了出来。不能他一个人被辣眼睛，有难要同当。

花锦：……

"其实我们是为了这次的环保工程来的。"陈江知道裴宴脾气有多怪异，不敢再说废话，"我表弟家准备做一个环保工程项目，但是这项工程时限长，投入大，利润低，很难找到合作商。但是我外公的脾气，您可能也有所耳闻，他觉得这是利国利民的好事，不能没人做。他老人家还说，这事如果沉了，他到死都不能瞑目。我们这些小辈也没办法，只能尽力完成老爷子的愿望……"

说到这，陈江有些脸红，其他人都不愿意投资的项目，他跟孟涛跑来找裴宴，这不是明着说人家是冤大头嘛。可是面对裴宴，他偏偏还不敢撒谎，因为谎言被拆穿的后果很可怕。

孟家老爷子的行事风格裴宴确实听过，这位老爷子一生节俭，作风十分正派，最看不惯那些歪门邪道的事情。陈江这个纨绔子弟，活得还能有几分底线，全靠这位老爷子盯着。

他没想到老爷子竟然还有这样的理想，更难得的是，孟涛与陈江这种纨绔子弟，能为了家中长辈的理想，舍下脸面跟了他一路。

"明天把项目策划书交给我的助理，等我的顾问团审核过后，我再给你回复。"裴宴终于愿意用正眼看陈江，"孟老爷子是个非常了不起的人。"

听到这话，陈江有些脸红，他知道裴宴这话的意思是在说，他外公是个了不起的人物，而他却整天吃喝玩乐。他低下头，小声道："谢谢裴先生。"

"不用这么早就谢我，事情成不成，还要等我的顾问团评估。"裴宴转头见花锦还傻愣愣地站着，忍不住笑了，"行了，都回去，不要再跟着我了。"

他朝花锦勾了勾手指："跟上。"

花锦对传统手工艺方面还比较了解，但是什么环保项目之类的，她根本就不知道他们在说什么，但是隐隐觉得，这种项目可能不赚钱，不然为什么都没有人愿意投资？

坐上车，她见裴宴脸上的笑意还没有散，有些好奇地问："这个项目，有问题吗？"不然那两个看起来挺有钱的年轻人，何必在裴宴面前低声下气。

"不，这个项目不仅一点问题都没有，反而还非常好，利国利民还有利于生态环境。"

"那为什么……"

"因为做这种事，投资大，回报少，只要是聪明的商人都不会蹚这种水。"

花锦内心有些震颤："那为什么那位老爷子还要做？"

"有些事，总是需要人去做的。"裴宴语气平静，"所以这样的人，才值得我们去敬仰。"

有些事，总是需要人去做的。

花锦怔怔品位着这句话，公益如此，传统手工艺又何尝不是。要想一样东西传承下去，总要有人去做才行。她生来平凡，更无让人羡慕的身家，但能把刺绣这个手艺坚持下去，也算是有意义了。

"我明白了。"花锦弯了弯嘴角，"裴先生，你真的是一位非常了不起的人。"

"胡说八道什么呢。"裴宴耳朵尖再次红了起来，"在我开车的时候，你不要跟我说胡话。"

"没有胡说，我是认真的。"

"你还说，闭嘴。"裴宴面无表情瞪了她一眼，"再说我就把你扔半道上，让你自己回去。"

花锦看着他不说话。

裴宴不高兴地问："你这是什么意思？"

"不是你让我别说话的吗？"花锦满脸无辜，小声道，"万一你把我扔半道怎么办？从这里打车回家很贵的。"

裴宴："……"

他究竟作了什么孽，才会认识了这个女人？

要是当初他没有误以为花锦要跳湖自杀，没有故意去搭讪就好了。

要是当初杨绍让他陪绣师下乡，他选择拒绝就好了。

要是他没有脑子发热，送展览票给她就好了

要是看到她被人骂村姑，没有多管闲事就好了。

千错万错，就错在他今天不该神经短路，跑来展览馆看他根本不感兴趣的传统工艺品。

他是上辈子杀了人，这辈子才被花锦气得心口疼吗？

前面两次送花锦回家都是在晚上，裴宴还没有完整看过花锦的生活环境。当他发现小巷又破又旧，路面东一个坑，西一个凸起时，忍不住皱起眉头：花锦每天晚上回家，都要走这种路？

小巷过后，是一块不大的空地，空地上堆积着厚厚的尘土，几乎看不到水泥地板的原貌。几根杂草长在地缝中，歪七扭八活得十分顽强。空地后的那栋房子，墙体斑驳，上面还有暗灰色的纹路，不知道是长的苔藓，还是多次被雨水冲刷后留下的痕迹。

每层的阳台上都乱七八糟挂着衣服，楼顶上花花绿绿的被子在迎风招展。

"你就住在这种地方？"裴宴怀疑这栋房子的年龄比他还要大。他瞥了眼三楼，那里竟然还有男人站在阳台角落旁抽烟。瞬间他的眉头皱得死紧："你一个人住在这里安全吗？"

"我在这里住了很长一段时间了，房东为人厚道，不乱涨房租，邻居们也都好相处……"

　　花锦话音刚落，就听到二楼的陈奶奶扯着嗓子骂，谁偷了她晾晒的菜干。

　　要不是化了妆，这会儿花锦很想捂脸，她眨了眨眼："我不喜欢跟人合住，这里房子虽然有些旧，但租户都是各住各，租金又不高，挺好的。"她见裴宴一脸难以置信的样子，忍不住笑道，"像我这种单身在外打拼的女孩子，住这种房子已经算得上奢侈。还有更多的人为了省钱，与人合租几平方米大的地下室、小窝棚。有句话叫'贫穷限制了穷人对富人生活的想象'，我觉得富裕也会限制你们这些有钱人对贫穷的想象。"

　　"阴阳怪气骂谁呢？"琴姐站在四楼阳台上，右手叉腰，左手指着楼下，"好像谁稀罕几块又臭又烂的烂菜叶子似的，别什么东西丢了就骂人，你不烦，别人都听烦了。"

　　看到这个女人，裴宴想到鲁迅先生所作的《故乡》中，那位豆腐西施杨二嫂。想到这，他忍不住有些担心，虽然花锦嘴皮子还算利落，但是跟这两位相比，恐怕只会被骂得毫无还口之力。

　　就在他出神的短短瞬间，陈老太与琴姐的争吵已经从烂菜叶升级到人身攻击，裴宴活了二十七年，已经算得上见多识广，不过这种毫无保留的吵架场面，他还没遇到过。

　　一时间竟听得惊叹连连，目瞪口呆。

　　"呸，我可不像某些黑心烂肺臭不要脸的女人，自己嫁了个嘎杂子，糊了一身臭跑出来，还要把自己娘家人介绍给人家漂亮姑娘。自个儿娘家是什么东西，心里没点数？干什么还要祸害别人？"

　　"你家儿女都是好东西，都是好货，可惜都不愿意跟你住一块儿。我娘家是什么东西，跟你有关系？"琴姐呸了一声，"看看你那老缺样，我呸！"

　　花锦拉了拉裴宴的袖子，小声道："裴先生，我们还是走吧。"再不走，这把火就要烧到她身上了。

　　正听得津津有味的裴宴，被花锦拉了一下袖子才反应过来。他小声问："她们会不会打起来？"

　　"不会。"花锦肯定道，"她们两个有时候会吵架，但打不起的。陈奶奶年纪一大把了，琴姐哪敢跟她动手，她们就是瞎吵吵，我们这一栋楼的人都习惯了。"

不幸的是，花锦拖着裴宴没走两步就被陈老太发现了。

"小花，你等等！"陈老太看到花锦，整个人像是有了助力，她指着花锦身边的裴宴道，"还想介绍亲戚给小花，你看看人家男朋友是什么样子，模样比你家亲戚好，腿比你家亲戚长，连穿的衣服都比你家亲戚好看。"

花锦与裴宴面面相觑，在这个瞬间，他们终于心意相通，看懂了彼此眼神中的意思。

裴宴：男朋友？她在说我？

花锦：这都是误会……

裴宴：我送你回个家，不仅要费油，还要败名声？

花锦：……

她转身朝陈老太尴尬一笑，正准备向陈老太解释，裴宴只是她的朋友，就见巷口走出一个穿着运动套装的年轻人。

年轻人看到花锦后眼神一亮，但是当他看到花锦身边的裴宴时，踏向花锦的脚又缩了回来。

琴姐正准备还嘴骂陈老太多管闲事，但是看到娘家侄儿出现，只好把这口气咽了下去。再吵下去，不仅她侄儿尴尬，花锦跟她的男朋友也要跟着一起尴尬。

陈老太看到琴姐侄儿，也选择了偃旗息鼓。她最看不顺眼的人是琴姐，这个年轻小伙子长得眉清目秀，也没得罪过她，她怕自己再骂下去，人家小伙子难堪。

两人十分有默契地选择休战，但是为了面子，都站在阳台上不离开，好像谁先回屋里，谁就输了似的。

"你好。"花锦朝对方微微点头。

裴宴微微侧首，目光在花锦身上扫过，他感觉到了花锦对这个男人的疏离。

"你好。"剪着板寸的年轻男人笑容很勉强，他结结巴巴道，"真巧啊。"

"你是来找琴姐的吗？"花锦指了指楼上，"琴姐刚好在家，你快上去吧。"

"哦……哦，好。"年轻男人仿佛才回过神来，不舍地从花锦身边走过，走了几步有些不甘心地问，"这位……是你的男朋友吗？"

花锦笑着不回答。

年轻男人眼神一点点黯淡下来，他脸上的笑容几乎撑不住："不好意思。"他垂头丧气地走进没有路灯的破旧楼道中，花锦看了眼他的背影，面无表情地收回了自己的眼神。

"我送你出去吧。"花锦抬头对裴宴笑了笑，"这样的生活氛围，你不会习惯的。"可怜高高在上的裴先生，被这场争吵吓得话都变少了。

"我把你送进来，你又把我送出去，这不是瞎折腾？"裴宴看了眼后面这栋有些破旧的小楼，二楼的老太太跟四楼的女人不知道什么时候已经进了屋，他问花锦，"你住几楼？"

"四楼。"花锦回完这句话，就见裴宴表情变得纠结，笑着道，"你别想太多，我跟她们相处得挺好。琴姐有时候炖了汤，还会分我一碗。陈奶奶也常常拿菜干、药酒给我。她们或许有很多不讨喜的缺点，但都不是恶人。我跟她们一样，都是芸芸众生的一员，或令人讨厌，或讨人喜欢。"

"你跟她们不一样。"裴宴脱口而出。

"哪里不一样？"

哪里不一样？

裴宴也不知道花锦究竟与她们哪里不同，说她比她们文雅讨喜，裴宴又觉得自己说不出口，这不是明晃晃地夸奖她？要真这么说了，这个花孔雀那还不翘尾巴？

"你比她们年轻一点，好看一点。"

"每个人都会老去，每个人都会变得不那么漂亮。"花锦见裴宴一脸"不想夸你，但必须勉强夸你两句"的表情，忍不住笑开，"她们也有最年轻最美丽的时光，只是有些东西，被生活消磨了。"

裴宴沉默下来，他身边经常接触到的女人，大多过得精致优雅，就算遇到丈夫儿子不争气，也会用华服美饰当作战衣。

当着众人的面，为了几句话、几片菜干歇斯底里这种事，是永远不可能出现的。

"到了。"走出巷口，花锦看到停在不远处的豪车，笑眯眯地看着裴宴，"回家的路上小心。"

"你还有一点跟她们不一样。"看着花锦的笑颜，裴宴犹豫了几秒，还是把心头的那句话说了出来，"你的眼睛里有希望。"

"谢谢。"花锦愣了愣，随即笑着道，"我可是承担着蜀绣未来的继承者之一。"

"为了给自己脸上贴金，连脸都不要了。"被花锦这么不要脸的话惊呆了，裴宴忍不住叹气。刚才某个瞬间，他怎么就会觉得，需要说点什么来安慰花锦呢？

坐进汽车启动发动机，裴宴发现后视镜中的花锦还站在巷口，脸上带着淡淡的笑意，温柔得不可思议。电光石火间，他忽然很想看清花锦的表情，于是熄了火，解开安全带，打开车门起身往巷口看去。

花锦已经没有站在那里了。

在这个瞬间，裴宴有种难言的失落。

接下来的几天，花锦与谭圆都没有接到什么订单，倒是店里的成品卖出去了几样。早就习惯了这种冷清，两人在店里除了喝茶聊天，就是刺绣做漆器，日子还算惬意。

中午两人吃饭的时候，谭圆聊到了娱乐圈一位不算出名的女艺人："她也是真可怜，家里重男轻女，弟弟欠了高利贷，父母闹着让她这个姐姐还。两个月前走红地毯，有人嘲讽她穷得穿几百块的山寨货。两周后有个重要活动，现在已经有网友在猜测，这次她又要穿哪条山寨裙子了。"

花锦看了眼谭圆手机屏幕上的图片，女艺人长得很漂亮，只是眼神透着疲态，她放下筷子："这种病态的家庭关系，如果她不想办法解决，就会一辈子陷在里面无法解脱。"

"她的爸妈也真狠心，女儿好不容易有点成绩，就这么折腾她。儿子不好好教育，反而一味娇惯，长大了不是害人害己吗？"谭圆看不惯这种重男轻女的行为，"这都什么年代了，还有重男轻女的事情，恶心。"

"重男轻女，或是偏心幼子幼女，让长子长女受委屈，这种事并不算奇闻。"花锦垂下眼睑，语气疏淡，"世界上从来不缺这种不公平的事。"她用纸巾擦干净嘴，"对了，上次我接的旗袍定制基本已经完成了，但是我做的旗袍花扣没有高姨做得好，今晚你把旗袍带回去，让高姨帮着弄一下吧。"

"你那个还叫不好？"谭圆无奈道，"你知不知道，我妈常常遗憾，你不是她的女儿。"

花锦伸手捏了捏谭圆柔软的脸蛋："我也想有高姨谭叔这样的父母，但是谁叫我最爱你呢，所以做不出抢你父母的事。"

"人生遇绝色，奈何为同性，此乃一大遗憾啊。"谭圆叹息一声，把快餐盒收起来扔进后面的垃圾桶里。

"不好意思，打扰了。"一颗黄艳艳的脑袋出现在店门口，"花绣师，您最近有时间接定制吗？"

"杨先生？"花锦一见来人，笑着招呼他进来。像这种有钱大方还不挑三拣四的客人，她不热情点都对不起自己的钱包。

"没想到花绣师还记得我。"杨绍目光在花锦与谭圆身上转了一圈，"是这样的，一个多月后是我奶奶的生辰，我想着她人家很喜欢你绣的熊猫，就想拜托你帮我定制一个熊猫绣屏，价格方面好商量。"

绣屏要采用两面绣工艺，一个多月的时间紧了些，好在谭圆会做屏架，又能帮着她做一些辅助工作，两人一起赶工的话，还是没有问题的。

花锦听明白杨绍的需求，把制作工序给杨绍简单说了一遍，把杨绍听得头晕眼花，当场转了一大笔定金给她们。

"实在太感谢你了。"花锦愿意接下这个订单，让杨绍非常高兴。现在家里的老太太，谁送来的绣品都不喜欢，就喜欢花绣师做的手帕。他爸妈为了哄老太太开心，就把他赶来这里下订单了。

"是我谢杨先生照顾我们的生意才对。"花锦把定金发票开给杨绍，杨绍随手揣进外套兜里，"花绣师您太客气了，以后您有什么需要帮忙的地方，打个电话就好。"

"谢谢。"花锦把杨绍送出门，谭圆感慨道，"这些有钱人真是大方。"

"对于这些有钱有身份的人而言，事情能快速完美地解决是最好的，能用钱解决的事情，都不算事。"这位杨先生对她处处客气，说话做事都很周到，但那是人家本身带来的习惯。如果她真把人家随口一句"有什么需要就打电话"当真，那就是自讨没趣。

"不过，我喜欢。"花锦笑眯眯道，"最近我要去财神观去拜一拜财神爷爷，感谢他老人家助我财运。"

"又来了……"谭圆叹口气，"这位杨先生的订单，什么要求都没有提，我们要怎么做？"

"时间范围内的最高标准来做。"花锦掏出手机，给"菠萝精"的微信发了一条消息过去，"一分价钱，一分货嘛。"

两分钟后，对方果然按照她预想的那样，要求她们在时间允许的范围内，按照最高标准来做绣品。

"看来你天天迷信还是有用的，都有预知能力了。"

"什么预知，我这是全方位了解顾客心理。"花锦晃了晃头，"要成为一个成功的手艺人，必须手艺与市场两手抓。"

"花姐说得有道理，小妹佩服。"

又过了几天，谭圆在家里给漆器上漆，店里只有花锦一个人在。之前定制旗袍的女顾客，提前两天来取衣服了。这次她仍旧把自己包裹得密不透风，甚至比上次还要小心，连口罩都用上了。

"您的旗袍已经做好，若是有需要修改的地方，可以与我联系。"见这位顾客不想让人看清她的脸，花锦也没有提让对方在店里试一试衣服的话，只是简单地提了几句洗涤收藏方法。

"谢谢。"女顾客刷了卡，注意到货架上有个刺绣手包，"这个包，是别人预订好的，还是准备售卖的成品？"

"是店里准备售卖的成品。"花锦戴上细绒手套，把手包取下来递到女顾客面前，"您可以试一试手感。"

"不用了，帮我包起来。"女顾客见花锦靠近，有些不自在地往上拉了拉口罩。

注意到她这个动作，花锦往后退了几步："好的，请您稍等。"

交易刚完成，女顾客还没来得及出门，一对男女走了进来，男的肩上扛着摄像机，女的手里拿着无线收音话筒，直接朝花锦走来。

花锦注意到这两人进来时，把自己包裹得严严实实的女顾客有些慌乱，把身体转了过去，装作在店里看商品。

"你们好，请问有什么需要吗？"花锦装作没有看到女顾客的反应，微笑看向刚进门的男女。

"您好，我们是《人间真情》栏目组的记者。我们在网上看到了一个很感人的故事，联系到当事人后，才知道您就是那位帮助过当事人的绣师，请问可以简短采访您两句吗？"女记者很年轻，笑起来非常有亲和力。

花锦有些疑惑，什么感动的故事？

她做了什么连电视台都要关注的好事吗？

望着摄像机黑洞洞的镜头，花锦脑子里乱成一团：她早上化的妆没有乱吧？身上的衣服在镜头里应该还不算难看吧？

花锦内心在咆哮，面上却对记者努力露出一个优雅又不失礼貌的微笑："当然没问题，请到这边坐。不过我不太清楚事情的经过，您可以给我讲讲是什么事吗？"

高姨，您的乖徒弟要上电视啦！

第七章 旗袍秀

　　把泡好的茶端到记者面前，花锦看了眼门口，那位把自己包裹得严严实实的女顾客已经离开，看来刚才记者进来以后没有再招呼她的决定是对的。

　　在这个繁华的城市里，每个人都拥有着自己的秘密。身为店主，太过好奇顾客的隐私，是违反职业道德的。

　　"您好，这是我的记者证。"孙雅来之前，已经做好了各种准备。她入行不到两年，已经接触到了各种各样的被采访者——言语极端的，对着镜头说不出一句话的，还有打死也不愿意上镜头的，或者问他们可以给多少钱的。

　　她见到的人越多，面对各种人各种事时就越淡定，端起茶抿了一口："很抱歉如此冒昧地打扰你，我们栏目是为了宣传社会正能量，扬社会新风而创办的。我们在网上了解到郭先生跟他亡妻的故事，于是帮他一起料理了后事，并且对他孩子进行了教学资助。在他那里我们了解到，在他最难熬的时候，受到了两位好心人的帮助，一位是网络名人，还有一位就是您。您能谈一谈当时为何愿意付出那么多心血与精力，为一个贫穷的人，绣出如此漂亮的龙凤被？"

花锦这才知道，原来他们是为了龙凤被而来。几个月前发生的事，对她而言已经有些模糊，她没想到会有记者为了这件事专程来采访她。

面对着镜头，她沉默了几秒钟后，才道："可能因为我本身就来自贫穷的乡村，所以更能体会到，经济条件不太好的夫妻，丈夫愿意为妻子花那么多钱来大医院求医，是多么难得的事。"

孙雅以为花锦会说，感动于夫妻之间的感情，又或是趁机抬高自己的品格，没想到她开口会是这样一句话。

"人心无法用金钱来衡量，但一个男人愿意为妻子舍弃所有金钱，甚至愿意为她负债累累。而且夫妻二人即便吃尽苦，受尽累，也坚持培养孩子读书，让他增长见识。孩子心疼父母，为了减轻家庭负担，放假就四处打工攒钱。"花锦笑了笑，"我不是感动这份感情，而是敬佩这个家庭。在这个世界上，还有无数这样的家庭，也许不够富裕，但很温馨。"

"我敬佩他们，也羡慕他们。"

身为记者，孙雅对别人的情绪比较敏感，听着花锦的话，她下意识猜测到，这位女士的原生家庭可能不够美好，或是亲情缺失。

她没有抓住这条线继续挖下去，而是说："郭先生说，他之前不知道龙凤被真正的价格，后来情绪渐渐稳定，出去了解了一下后，才知道您收的所谓本金，只是一床被子的零头。如果不是郭先生特意去了解，那么您做的好事，一辈子都不会被人知道，这样值得吗？"

"没什么值得不值得的，电视剧里不是有句话叫……做人，最重要的就是开心嘛。"说到这，花锦自己先笑了起来，"我生活压力小，父母已逝，又不养孩子或宠物，赚来的钱足够花就好。有时候能帮到别人，我其实还是挺开心的。也许我不是为了帮助别人，而是为了让自己心灵上得到满足吧。"

孙雅没有料到，采访对象竟然是个无父无母，单独在外面打拼的人。她担心对方情绪受影响，赶紧问了几个轻松的问题，最后问："节目播出的时候，可能会用到一些您的绣作，您介意我们取一些影像吗？"

"当然不介意。"花锦起身道，"您请。"

摄像有些意外，原计划里，他们并没有帮繁花工作室宣传的意思，但是既然搭档开了口，他还是选了几个角度不错的景，把店内的绣品拍了进去。

"非常感谢您支持我们的工作。"孙雅从背包里取出一个三指宽的礼盒，"这是我们栏目组的纪念品，希望你不要嫌弃。"

"您太客气了。"花锦双手接过盒子，起身从抽屉里取出两个木盒，"夏天快要到了，我没有什么可以送的，送两条手帕给二位擦擦汗吧。"

"这怎么好意思。"孙雅知道手工绣品价格昂贵，推辞不接。

"绣手帕费不了太多的精力，只是这两块手帕的寓意好，祝二位事事如意，工作顺利。"花锦解释道，"手帕上的绣纹不多，很多都是我闲暇时做的，手艺不精，二位不要嫌弃。"

她是个庸俗之人，在听到栏目组有可能在节目中剪入绣品的镜头，就忍不住动了心。多一个人看到蜀绣的美，对刺绣整个行业都是好事，对工作室也是好事。

最终孙雅收下了花锦送的手帕，坐上回电视台的采访车，打开了礼盒。手帕折叠放在盒中，触手顺滑，她轻轻展开手帕，忍不住惊叹了一声。

好漂亮的富贵牡丹图。

把手帕翻了一个面，绣图竟然与另一面不相同，上面绣着的是红梅绽放。这是何其精湛的手艺，她居然看不到半点不妥之处。这让她想到了姑妈家里挂着的一幅仙鹤送桃苏绣图，听说那是姑妈好友在她五十大寿时送的，当时她看到那幅绣图时，也是如此惊艳。

工作结束，孙雅疲惫地回到家，见爸妈还坐在沙发上看电视喝茶，姑妈与姑父也在，她一边换拖鞋，一边跟长辈们打招呼。

"小雅回来了？"姑妈看到她，露出温和的笑，"快坐着休息一会儿。"

孙雅挨着姑妈坐下，把背包顺手扔到旁边，靠着姑妈撒娇："姑妈，我好累啊。"她从小就跟姑妈亲近，在她很小很小的时候，姑妈就经常给她编一些很有意思的小动物，拥有这些小动物的她，是整个小区孩子都羡慕的对象。

"早就跟你说了，女孩子做什么记者，整天风里来雨里去，都快三十岁的人了，连个男朋友都没有。"孙爸爸见女儿没大没小的样子，就忍不住责备道，"让你跟我回来做生意你不听，现在知道累了？"

"哥，你这话怎么说的？"孙姑妈轻轻拍着孙雅的肩，不让她跟孙爸爸发生矛盾，"当年爸爸的手艺，你不也不愿意学？孩子有自己的想法，只要他们不走那些违法乱纪的歪路，我们做长辈的就不该多插手。再说女孩子怎么了，妇女也能顶半边天。"

孙爸爸一听妹妹这话，顿时硬气不起来了。当年他爸要把草编手艺传给他，他怎么都不愿意，还是妹妹站出来，才没让他们老孙家传承了四五辈的手艺丢干净。面对妹妹的话，他哪敢反驳。

"我这是心疼她……"

"心疼女儿就去厨房削水果，别打扰我们女人看电视。"孙雅妈妈嫌弃地看着丈夫，"瞧不起我们女人，你自己一个人待着去。"

孙爸爸彻底不敢再说话，乖乖去厨房洗水果。

"姑妈，我今天去采访的时候，收到一份礼物，你肯定喜欢。"孙雅知道姑妈从事传统手工艺行业，对传统艺术非常感兴趣，所以把花锦送的手帕拿了出来，"你看，这条手帕两面的绣纹竟然不同。"

"这是双面异色绣，几十年前由苏绣师创造出来的。这种绣法，非常考验绣师的针法，并且多用在苏绣上，你这块手帕的用料是蜀锦，用色习惯也偏向蜀绣风格，倒像是集了二者之大成。你运气好，不知是得了哪位大师的绣品？"孙姑妈把手帕翻来覆去看了好几遍，毫不掩饰自己的欣赏之意，"用色大胆，针脚细腻，图案寓意也好。这么好的东西，你要好好保存起来，别浪费了好东西。"

"不是大师，是一位非常年轻的绣师作品。"孙雅把事情经过大致说了一遍，拿出临走前，跟对方交换的名片，"这是她的联系方式。"

"花锦……"孙姑妈忽然想起来，前段时间她在传统手工艺品内部展览会上，似乎也遇到了一位名为花锦的后辈。她拿出当天收到的名片与孙雅手里这张对比，果然名字与联系方式都相同。

"原来是她。"孙姑妈忆起自己曾许诺，要把花锦介绍给自己那位擅长刺绣的好友，结果这几天忙起来就忘了，忽然觉得有些不好意思。

她都是五十多岁的人，竟然还说话不算数。想到花锦才二十多岁，就能绣出这么精美的双面异色绣，孙姑妈心中有些欣慰，这么有天分的后辈，她的那位好友一定很愿意见到她。

为了完成"菠萝精"的定制，花锦跟谭圆连着忙了好几天。晚上做梦的时候，花锦梦到绣架上的针在自己动，很快就绣好了整张绣图。

然而梦就是梦，第二天早上醒来，她还是要面对无情、残酷又繁忙的世界。

在她忙得晕头转向的时候，手机响了起来，她想也不想便拿出手机："你好，这里是繁花工作室，请问您是哪位？"

手机那头沉默了几秒，一个冷漠的声音响起："裴宴。"

"原来是裴先生。"花锦停下手里的活儿，起身坐到沙发上伸展了一下腰，"不好意思，我刚才太忙了，没注意到电话号码。"

"你是根本没存我的号码吧。"裴宴语气里的冷漠，已经顺着手机爬了出来。花锦干笑两声，转移话题道："您今天怎么有空给我电话？"

谭圆在一边挤眉弄眼，见花锦瞪她，捂着嘴往旁边一躲。她这种不纯洁的人，就不去影响这对纯洁男女联系感情了。

"是谁跟我说，想要去展览的？"

"啊！"花锦这才想起，上次裴宴说过，要带她去参观文物展览，这几天她忙来忙去，竟然把这个给忘了，"去去去，下冰雹我都去，什么时候啊？"

"明天早上八点我在巷口外面接你。"说完，裴宴又补充了一句，"当然，如果下冰雹，你就别等我了，我是不会来的，下刀子也不会来。"

花锦："哈哈哈哈，裴先生您真幽默。"

不，一点都不幽默，这种笑话好冷。

"比不上花小姐幽默，求人办事还不存手机号码，多幽默啊，是不是？"

花锦："……"

"裴先生，您有所不知，我习惯了用微信。在我心里面，加了微信好友就是最亲密的挚友，无可替代。"花锦觉得自己还能再抢救一下。

"那你微信上，有多少好挚友？"

"挚友再多，·也比不上裴先生你一半的风采。"花锦干咳一声，"身为蜀绣未来传承人之一，我最大的优点就是诚实，真的。"

"呵。"裴宴冷笑一声，挂断了电话。

"朋友圈所有人都比不上裴先生一半风采哦。"

"无可替代的挚友哦。"

谭圆摇头叹息："花花，真没看出来，你撩起男人来，如此地不要脸。更不要脸的是，你都说人家无可替代了，竟然还好意思说你们是纯洁的男女关系。你说这种话的时候，有没有考虑过纯洁的感受？"

"考虑过了，纯洁说我说得对。"花锦把手机放到一边，"你不懂，对于我来说，微信上所有的好友，都是无可替代。"

晚上回到家，花锦又做了一个梦，梦里很多人哭着喊着要买绣品，无数的人举着横幅，横幅上写着"以维护传统手工艺为荣，以践踏传统手工艺为耻"。

花锦美得笑出了声，醒来打开窗户一看，外面确实没有下冰雹，但是下雨了，不知道裴宴还会不会来？

挑出一条露肩裙换上，花锦想，不管他来与不来，自己先准备上吧。

换好衣服化好妆，顺手绣了会儿东西，她的手机才响起来。

"我到了，你下来。"

下来？

花锦走出门，在阳台上往下面看了一眼，穿着白衬衫黑西装裤的裴宴站在那，他的脚下是泥水乱流的脏地，他的四周是破旧不堪的建筑与在风雨中飘扬的杂草。唯有他与手中那把藏蓝色大伞，是雨幕中最闪耀的存在。

"你站在那儿干什么,是要准备从上面跳下来吗?"裴宴忽然抬头,对上了花锦的视线。

花锦叹息,奈何如此佳人,嘴巴却这么毒:"我倒是想跳,怕把你给砸死。"

裴宴往后退了几大步,然后仰头沉默看她,眼神似乎在说:现在砸不到我了,你跳吧。

花锦:……

算了,求人嘴软,她忍了。

花锦下了楼,两人一个撑着藏蓝色雨伞走前面,一个撑着粉色雨伞走后面,都不说话。

"哦哟。"买菜回来的陈老太从巷子里走出来,看着裴宴满脸嫌弃,"小伙子长得挺好看,咋这么不懂事呢。打着这么大一把伞,不跟女朋友走一块,竟然还各打各,这像什么话嘛?"

"陈奶奶,我跟你说了,我们不是……"

"你说得有道理。"裴宴收起自己的伞,走到花锦伞下,抬了抬下巴,"把伞撑好。"

"呵呵。"花锦把伞柄塞进裴宴手里,"亲爱的,这把伞好重哦,人家手酸,你快给我揉揉。"

来啊,互相伤害啊,看谁恶心谁。

"这才对嘛。"陈老太见状,感到十分欣慰,露出深藏功与名的微笑,快步从两人身边走远。她虽然年纪大了,但也知道做电灯泡讨人嫌这种事。

花锦与裴宴齐齐扭头目送陈奶奶远去,随后互相怒视对方。

"幼稚!"

"臭不要脸!"

"伞还你!"

"我不,你来打!"

"我一个大男人打小花伞不好看。"

"胡说,打什么伞那是别人的自由,谁规定男人就不能打小花伞了?

那是对广大男同胞的性别歧视，身为新时代继承人，我们要破除旧风俗，打破狭隘的性别观念！"

　　经历过历史的变迁，终于有机会再出现在人前的文物，都带着其独有的美。

　　隔着厚厚的玻璃墙，花锦看到的是一件凤袍仿制品。仿制出来的衣服，尚且如此美，不知千百年前，那件真正的凤袍，又是何等的夺目？

　　"很喜欢这种衣服？"裴宴见花锦盯着凤袍出神，笑着道，"原来凤袍上也有龙纹，我还以为只有皇帝才能用这种花纹。"

　　"不同朝代有不同的规制。"花锦感慨，"这件凤袍的原件，据说由几十位顶级绣娘，历时近两年才完成，不知耗费了多少心血。虽然我从事手工艺行业，但必须说，生活用品机械化生产是件好事，它让曾经华丽美好却又昂贵的东西，变成普通人也有资格拥有的寻常物件。"

　　"我还以为你在遗憾没能见到原物。"裴宴有些意外，"你不想更多的人买手工艺品？"

　　"在当今这个时代，机械自动化代替手工，那是生产力发展的必然经历。我们能做的，只是保留这项手艺，不断创新，不让它消失在时代洪流中而已。"为了不打扰其他人的观赏，花锦说话的音量很小，裴宴必须弯着腰，把头偏过去才能听清她说了什么。

　　"没想到你还有这样的思想觉悟？"

　　"我们传统手工艺者，是想让更多的人看到手工艺品的美，而不是为了让这个行业壮大，恨不得整个世界的发展脚步都慢下来。"花锦轻笑一声，"我们是传承者，而不是拉倒车的讨厌鬼。"

　　裴宴沉默下来。

　　"是不是觉得我此刻特别伟岸高大？"花锦见裴宴不说话，捂着嘴角得意一笑。

　　裴宴："……"

　　这个女人永远都能在他对她改观时，再把他一脚踹回去。

　　花锦看完整场展览，累得腿都在打战，奄奄一息地靠在副驾驶座上，感觉自己半条命都没有了。

　　"天天就知道坐在那绣花花草草，体力这么差。"裴宴把车内的空调温度调高，把毛毯扔给花锦，"找时间锻炼锻炼身体，比什么都强。"

　　"人家一个纤纤弱女子，体力差点也是没办法嘛。"花锦把毛毯往上拉了拉，"你怎么可以酱紫说人家？"

　　"把舌头捋直了再说话。"裴宴摸了摸手臂上的鸡皮疙瘩，"不然我就把你扔下去。"

　　花锦瘪了瘪嘴："送我回去？"

　　"现在是下午两点，你不饿，我都饿了。"裴宴发动汽车，"先去吃饭。"

　　吃饭的地方花锦一点都不陌生，还是那次做私房菜的四合院。上次天黑没来得及看清，花锦发现这个院子里竟然有个小莲池，里面还有漂亮的锦鲤在游弋。

　　她坐在池边凉亭里的围栏边，拿出手机对着锦鲤拍了一段视频。

　　"你在干什么？"裴宴觉得自己可能永远都无法理解花锦的脑回路。

　　"你知不知道，见锦鲤会有好运？"花锦把视频保存，"长得这么漂亮，还这么健壮的锦鲤，我还没见过几次呢。"对于绣师来说，多看一看这些漂亮的实物，在下针的时候，就更能抓住神韵。同一张花样图，不同绣师能绣出不同的风格，这就是针法与灵气的差别。

　　"这么喜欢，买两条回去养？"裴宴从旁边桌子上取了一小把鱼饲料扔进池中，无数锦鲤从四面八方游了过来，就像是在水中搭起了一条彩虹。

　　"分我一点。"花锦抓了一小把，学着裴宴的样子把饲料扔了进去，无数锦鲤涌过来，争夺着鱼料，"我怕带回去养，会委屈了鱼。"

　　"外面雨这么大，怎么来这里玩？小心别把衣服淋湿了。"一个年约三十的男人走了过来，他穿着剪裁合身的西装，撑着一把伞，周身写满了社会精英的味道。

　　花锦把手里剩下的鱼料全都扔进了水里，一条巨大无比的锦鲤甩了甩尾巴，溅起来的水拍到了她的脸上。

"别擦。"裴宴幸灾乐祸道，"这可是幸运锦鲤送给你的礼物。"

花锦："……"

她甩了甩头，从包包里取出手帕，轻轻擦干脸上的水，趴在栏杆上继续看锦鲤，不想搭理他。

见花锦不理自己，裴宴伸了伸腿，扭头看向来人："这么巧，平时醉心工作的人，也有闲情来这里吃饭？"

"不巧。"男人收起伞，走进凉亭，"我是听人说你在这儿，所以特意来找你的。"他在裴宴对面坐下，瞥了眼花锦，便把目光收了回来，"我想单独跟你说几句话。"

花锦听到这句话，就知道自己不适合在这里，刚准备站起身，就被裴宴一把拉了回去："外面下着雨，你去哪儿，乖乖坐在这看你的锦鲤。"

"哦。"花锦又趴了回去。

男人对裴宴此举有些不满，他凌厉的眉峰微微一皱："你想这么荒唐过一辈子？"

"荒唐？"裴宴把石桌上放着的鱼料碗塞给花锦，漫不经心道，"我觉得现在这样挺好的，有钱，有时间，还有自由，不知道多少人羡慕我。"

"羡慕？"男人不赞同道，"你知不知道外面都怎么说你的？"

"不知道啊。"裴宴嗤笑一声，"谁再说我，让他来我面前慢慢说。"

男人见他懒散的样子，叹了口气："我听说你给孟家的那个环保项目投资了？你知不知道那是吃力不讨好的事情，你就算有钱，也不能这么糟蹋。你这么做，对得起你爸妈，还有你爷爷奶奶吗？"

裴宴半眯着眼看他："那要怎么才能对得起，把钱投到半死不活的圆盼企业里面？裴存海，当初你家把圆盼副食拿过去管理的时候，可没有操心过我怎么做事？现在公司经营得不好，就想起我了？"

"裴宴，你别跟我斗气。圆盼旗下的副食行业交给我管理，是二爷爷的意思。这些年属于你的股权，我半分都没有动过。"裴存海反驳道，"酒店跟餐饮你请了专业代理人，与我有什么关系？"

"你这话的意思是嫌我爷爷不够大方，没把酒店跟餐饮也交给你？"

裴宴似笑非笑地看着裴存海，"我家的东西，愿意给你，那是我爷爷念旧情；不给你，你就别瞎惦记。"

被裴宴用这种看跳梁小丑的眼神盯着，裴存海脸色越来越难看："裴宴，我们是一家人，你非要把话说得这么难听吗？"

"不爱听，你就别听了。"裴宴叹口气，"何必跑到我这里来受委屈？"

"裴宴，我们公司遇到危机，你……帮帮我吧。"裴存海沉默了许久，看着裴宴终于开口说了实话，"如果你不帮忙，这次的事情恐怕会承受不小的损失。你就当是看在二爷爷的面上，帮我这一把。"

"圆盼副食出了什么事？"

雨滴打在水面上，发出唰唰声响，花锦看着水中的锦鲤，没有回头。

"公司一批已经上市的产品被检验出有害细菌超标……"

"闹出这种事，你好意思来求我？"裴宴冷笑，"当初建立公司时，给消费者承诺的是什么？"

被一个比自己小几岁的弟弟教训，裴存海脸上有些挂不住，但他现在却不得不低头："做良心人，做良心食品。"

"你做到了吗？"裴宴看着裴存海，脸上漫不经心的笑容一点点消失，厉声问道，"我问你，你做到了吗？"

"我……"裴存海道，"这是生产线上监管不力，我也没有料到会发生这种事。"

"消费者也没有想到，他们信任的品牌，吃进肚子里的东西，会发生这种事。"裴宴冷笑，"这种话你跟我说没有用，向消费者解释去吧。"

"裴宴……"

"裴哥，吃饭了。"花丛后，杨绍探出头来，"我们几个兄弟就等你了。"

裴宴站起身，冷眼看着裴存海："你好自为之。"说完，不再听他的解释，对花锦道，"走了。"

"哦。"花锦起身，伸手就要去拿放在角落里的小花伞。

"你别动，我来。"裴宴快步上前，撑开自己的藏蓝色大伞，"走。"

"哎呀，"花锦歪着头笑眯眯道，"雨这么大，两个人撑一把伞走路不方便，我还是打自己的伞吧。"

裴宴："……"

他究竟是作了什么孽，才遇到这个女人！

杨绍目瞪口呆地看着眼前这一幕，裴哥亲自撑伞，却惨遭美人拒绝。花绣师，真是厉害了……

裴宴不再理花锦，大步朝杨绍走去，走到一半，发现花锦加快步伐跟在他身后，深吸一口气，扭头盯着花锦，声音几乎是从齿缝里挤出来的："膝盖不好，你还走这么快？"

"你是金大腿嘛，我不走快点，怎么能跟上你？"

两人隔着几步远的距离，因为有伞的遮挡，裴宴只能看到花锦大半张脸。那勾起的唇角，明晃晃地表明，她又在故意气他了。

他再度深吸一口气："走吧。"

这次他放慢了走路的速度。

"裴哥，你看我机智不机智，就知道裴存海会缠上你。"杨绍向花锦打了招呼，对裴宴小声道，"这次的事情你可千万别管，食品安全问题不是小事，万一到时候把你也牵扯进去，又会惹一堆麻烦事。"

"我管他做什么，当年他那一家子处心积虑把副食公司谋夺过去，我没找他麻烦已经算我大度。"走到长廊上，裴宴收了伞，"吃进肚子里的东西，管理时也敢马虎，那么受到任何惩罚都是活该。"

"裴哥你说得对。"杨绍搓着手干笑道，"我们几个兄弟在西间订了一桌菜，不过陈江也在，要不……"他也没有想到裴宴今天会来这边，刚才有朋友说，看到裴存海缠上了裴哥，他才急匆匆跑过来解围。

裴宴扭头看了眼花锦："我不过去了，等下在你们隔壁开个包间就行。"

一看裴宴这个眼神，杨绍瞬间明白过来，原来是怕陌生人太多，会让花绣师不自在，他点头道："行，我让他们去安排。"

刚到西院，杨绍见几个人在那边探头探脑，打手势让他们不要过来，转头对花锦道："花绣师，你喜欢什么口味的菜系，我等下要顺路过去，好跟厨师提前打声招呼。"

"让他们做几道拿手的，再加几道蜀菜。"裴宴也看到了那边探头探脑的几个人，带着花锦进了包间。

杨绍：……

他问的是花绣师啊。

见裴宴与花锦去了另一个包间，其他几个人同情地看向陈江。看来裴先生虽然愿意帮他外公家的项目，但还是不待见他，连多看他一眼都烦。

"不是……"陈江左看右看，"裴先生不过来，真的不是因为我，是因为别的……"

"是是是，你说得对。"旁边的人拍了拍他的肩，"我们都懂，你不用解释，我们都相信你。"

"你们都懂个屁！"陈江推开放在肩膀上的手爪子，长长叹息一声。裴先生不是嫌弃他，分明是嫌弃他们这里所有人。谈恋爱的人，怎么会喜欢一堆电灯泡扎在旁边？

在包间的洗漱间洗干净手，花锦出来的时候，见裴宴斜靠在椅子上，那副懒洋洋的样子，简直像是不愿意动弹的蚕宝宝。她走到裴宴对面坐下："你不开心？"

"你觉得，自从我遇到你以后，哪次你没惹我生气？"裴宴伸手把一只空杯子拿在手里把玩，"也不知道是不是上辈子欠了你的债没还。"

"说不定是我欠了你的债，需要我来还呢？"

"那我这个收债的人可真不容易。"

花锦从包里取出一个软布包："辛苦裴先生今天陪我这么久，这是我的谢礼，请你给个面子收下。"

"这是什么？"裴宴拿起软布包，"又是领带？"

花锦笑而不语。

"我可以拆开吗？"裴宴把软布包翻来覆去看了一遍，看向花锦。

"当然可以。"花锦点头。

裴宴打开包，里面是条折得工工整整的围巾，围巾上绣着祥云纹，但是摸上去没有任何凸起感，乍一眼看去，这些花纹像是印染上去的一般。

　　"这都快夏天了，你送我围巾？"裴宴把抖开的围巾叠好，放回软布包里，"你可真有创意。"

　　花锦笑了笑："这条围巾很多人都压不住，我思来想去，认识的人里面，可能只有裴先生最适合它了。绣这条围巾的时候，我还在向师父学艺，利用闲暇时间绣了将近半年才全部完工。若是不能帮它找到合适的主人，我那半年的休息时间就浪费了。"

　　裴宴沉默片刻，嗤笑一声："你说了那么多话，就这句顺耳。"

　　"我也不是故意送反季节的礼物给裴先生，只是到了冬天的时候，也许我们早已经断了联系。"花锦端起茶轻轻抿了一口，浮起的热气为她眉眼添上了几分温柔，"所以还是早点把它送出去比较好，漂亮围巾配帅哥，才不浪费。"

　　一个是无数人都不敢招惹的豪门客，一个只是在生存与艺术中挣扎的普通人，就算有一时交集，未来也不可能成为无话不谈的好友。

　　花锦内心很清醒，她想，坐在对面的裴宴肯定也明白这个现实。

　　"我什么时候说过不再跟你联系了？"裴宴皱眉看向花锦，"你都把我气成这样了，我都没嫌弃你，还不够大度？"

　　"裴先生说得对，是我小气。"花锦捧着杯子轻笑出声，水润的眼睛亮闪闪一片，很好看。

　　吃了饭，裴宴送完花锦回家，刚把车停到车库，就接到杨绍的电话："裴哥，今晚有个大片首映发布会，你要来玩玩吗？"

　　"没意思。"裴宴熄了火，下车的时候，看到了副驾驶位上装着围巾的软布包。

　　"杨绍，我问你一个问题。"

　　"啥？"杨绍那头，有些吵闹。

　　"如果有人送你围巾、领带，这代表着什么意思？"裴宴抠着软布包的边，眼神不住地往软布包上瞟。

　　"那是我妈啊。"杨绍在手机那边吼道，"除了我妈，还有谁给我准备这些东西？"

裴宴："算了，你还是闭嘴吧。"

"不是你问我的吗。"杨绍委屈道，"还有种可能，那就是对方喜欢你。如果送你的围巾，还是对方亲手织的，那更是百分百喜欢……"

"嘟嘟……"

听着电话那头的忙音，杨绍满头雾水，裴哥这是啥意思？

故意打电话过来，嘲笑他没有女人真心送他东西？

"喜欢……"裴宴打开软布包，围巾顺滑的手感，似乎在一点点平复着他汹涌的情绪。

难道……花锦那个女人在暗恋他？

想到这，裴宴把手里的围巾一扔，就知道那个女人居心不良，原来是看上了他的帅气容貌。

不对，她跟那个叫谭圆的好朋友，关系不是也挺暧昧？

这个花孔雀，难道还有脚踩两只船的心思？

他拍了一下方向盘，拉开车门下车，走到客厅沙发上坐下。家里请的帮佣给他端了一盘削好的水果："裴先生，外面天气热，吃点水果消暑。"

"这日子过得真快，昨天好像还在穿冬衣，现在就夏天了。"帮佣话未说完，就见裴宴走了出去，"裴先生，你去哪儿？"

"车上落下东西了，我去拿。"

裴宴晚上做了一个奇怪的梦，梦里他被一条长长的围巾包裹得严严实实，怎么都挣脱不开。睁开眼，他深吸几口气，起身把扔在桌上的软布包塞进衣橱最里面，重重关上橱柜门，心里那种忽上忽下的不踏实感，随着关上的橱柜门安静下来。

起身到楼下接了杯水，裴宴靠坐在沙发上，不想开灯。黑暗给别人带来恐惧，但有时候又让人格外有安全感。不知道从何处投射进来的灯光，在屋子的墙壁上闪烁游移，有点像……会发光的鱼？

他想起了花锦拿鱼料喂锦鲤的样子。

"啧。"裴宴低头喝口水,彻底没了睡意。他打开手机看朋友圈,不耐烦地往下翻着,看到了花锦发的朋友圈。

繁花:见锦鲤,有好运。

这条朋友圈下面,杨绍给点了赞。

杨绍早晚要倒霉在喜欢美色这个毛病上。裴宴把手机往沙发上一扔,打开了电视。深夜节目不好看,竟然重播一个颁奖典礼的开幕式,上面的男星女星争奇斗艳,他看了没多久就感到了不耐烦。

失眠,真的很烦人。

大清早挤地铁到店里,花锦还有些不清醒。

"花花,你来了?"谭圆表情有些不太好,"我刚才整理店的时候,发现有一样东西不见了。"

"什么东西丢了?"花锦放下包,回忆起这两天接触到的客人,"要不要把店里这两天的监控调出来?"

谭圆有些愧疚,昨天花锦不在店里由她看店,结果东西就丢了,而且丢的还是花锦刚学会刺绣后绣的,很有纪念意义的东西。

"就是你绣的祥云纹围巾,我记得你一直放在这边的小抽屉里……"

"那条围巾我前天关店的时候带回家了。"见谭圆不相信自己的说法,花锦笑了,"我拿去送人了。"

"送人?"谭圆低落地走到旁边坐下,"花花,你不用为了减轻我的负疚感,就说东西已经拿走了。当初你绣那条围巾有多用心,我一直都记得。"

当年花锦拜她妈妈为师,她妈常夸花锦有灵气又努力,她还有些不高兴,后来发现花锦在刺绣方面真的有天分,而且对她爸妈也很尊敬,她才渐渐跟花锦做了朋友。

她记得五年前,刚学习刺绣不到一年的花锦,已经熟练掌握了好多种针法,平时除了学刺绣,就是看书准备自考大学。那时候她读大二,自以为比花锦懂得多,准备挽起袖子教她解题时,才发现花锦解题思路很清晰,对高难度题型的解答程度,称得上是学霸。

成绩这么优异的人，怎么会没考上大学？那时候她不明白，后来两人成为无话不说的好姐妹才知道，原来不是所有人从出生开始，就拥有幸运。

"那条围巾，代表着你的成长，你怎么可能拿去送人？"

"什么成长不成长的？"花锦被谭圆这么文艺的说法逗笑了，"那条围巾样式是男款，但是绣的花纹又偏花哨，我又没有什么男朋友可以送，就一直留着了。"

"你现在有男朋友送了？！"谭圆的失落瞬间消失得无影无踪，双目灼灼地盯着花锦，"谁？"

"重点不在于男朋友，而在于围巾没有丢，而是被我送人了。"花锦失笑，"如果我有了男朋友，难道还会瞒着你？"

"那倒是。"谭圆点头，"以我们亲如姐妹的交情，你如果有了男朋友，第一件要做的事，就是请我吃饭，庆祝你终于脱单。"

"那……"谭圆凑近花锦，"你把围巾送给谁了？"

"送给裴宴了。"花锦感慨道，"这么好看的男人，如果冬天用上我绣的围巾，会让人心中生出满足感。我忽然有些理解，为什么有些时尚设计师或者摄影师，有时候会格外青睐某个模特了。人性的本质，还是喜欢自认为美的事物，逃脱不了动物追求美的本能。"

"你说得……也有道理。"谭圆点头，"这要是有个极品帅哥，愿意把我做的漆器摆在家里，我也是很乐意的。"

"咦……"

两人互看一眼，齐齐道："庸俗！"

上午卖出去一把绣团扇，以及一个描金漆盒，谭圆看了眼最近几个月的入账，神情凝重地看着花锦："花花，我发现了一件事。"

"什么事？"花锦低头绣着熊猫，没有看谭圆。

"我觉得你拜锦鲤也许是有用的，今年才过去一半，收入已经是我们去年的两倍。"谭圆激动道，"下半年我们再努力一把，说不定就要走向成功的康庄大道，未来一片坦途。"

"不如先考虑把熊猫绣屏做好？"花锦换了一根针，细细勾勒熊猫皮毛绣纹上的光泽感，"做完这个，我们又能向成功迈进一大步。"

"你说得有道理。"谭圆用平板电脑打开视频播放网站，"最近几天为了赶工，我连昨晚上有个明星颁奖典礼都忘了。"

谭圆工作的时候，常有开着视频的习惯，就算保持全身心的投入，也会开着视频增加气氛。花锦早就习惯她这种小爱好，拿着针继续绣自己的。

不知道过了多久，花锦听到谭圆忽然小声惊呼，她扭头看向谭圆："怎么了？"

"花锦，你看这个女艺人身上穿的旗袍。"谭圆把视频按了暂停，把平板拿到花锦面前，"这是不是你绣的那件？"

花锦看向视频，屏幕上的女明星穿着剪裁合身的旗袍，手里还拿着一个手工绣制的手包。她点了继续播放，仔细看了好几眼，才缓缓点头道："是我们店里做的没错。"

在制作旗袍手包这道流程上，花锦她们有固定的合作方，全都是匠人手工制作。这些年，从事手工艺这一行的，大多日子都不太好过，所以能够合作的时候，大家都选择一锅吃饭。

有时候裁缝遇到要求高的客人，会来找她们绣一些漂亮图样，而她们也会把一些有漂亮绣纹的旗袍或是鞋子摆在店里，招揽客人。

不同的传统手工艺合作起来，更容易让客人感受到传统手艺独有的美。

看着屏幕里，女星在无数摄像头下走过，花锦摸着下巴沉思："她穿着这身，非常漂亮。"这件旗袍既有种东方古韵美，又显出窈窕有致的身材。在众多穿晚礼服的女艺人中，她算得上是独树一帜。

"她就是我跟你说过的那个女艺人。"

"哪个？"

"被父母吸血，无限填补弟弟窟窿的那个。"

"原来是她。"花锦恍然，难怪来店里的时候，会把自己包裹得严严实实。在她提到定金时，她反应很大，还态度非常强势地表示她不是买了东西不付账的人。有些在不公平环境下长大的人，心思会特别敏感，有时候一句简单的话，都会让她以为别人在故意针对她。但是往往这类人，在别人诉说自己多惨时，会愿意表现出自己的大方，这种"宽宏大量"会让她心灵得到满足，产生一种"我很厉害，很被人需要"的感觉。所以在她说自己会被老板辞退时，这位女星便当场掏钱付了定金。

花锦把进度条往后拖了一点，看着这个笑容完美无缺，时不时朝红地毯两旁挥手的女艺人，轻轻叹息一声。风光的红地毯，完美的笑容，谁又知道，背后掩藏着多少疲倦？

把平板还给谭圆，花锦问："这个女艺人叫什么？"

"赵霓。"

赵霓早上醒来，就接到了助理的电话，助理高兴地跟她说，她昨晚的造型被网友评为"女艺人最美搭配"。自从她被网友接二连三扒出穿山寨礼服后，网上对她就是嘲讽一片。

有人嘲她又村又土，还有人嘲讽她是乌鸡装凤凰。网上嘲得越厉害，她就越拉不到赞助，出席这种活动时，竟然没有一个上得台面的时尚品牌愿意给她提供服装。可是她又不敢再穿山寨礼服，只好咬牙去了一个看起来还算靠谱的刺绣店，定做了一件旗袍。

她以为网友这次会嘲笑她穷酸，连牌子货都穿不上，没想到竟会得到一片赞誉。

挂了助理的电话，她打开网页，网上有人在夸她身材好，还有人夸她身上的旗袍剪裁好，更多的人在夸她旗袍上的绣纹。有网友把绣纹截图放大，肯定地表示，旗袍上的绣纹肯定是手工绣成，并且绣师的水平很高云云。

水平很高吗？

赵霓想起那家刺绣店接待她的小姑娘，那个女孩子看起来还没有她年纪大，这旗袍……应该不是她绣的吧？

当天下午，就有网络视频媒体来采访赵霓。谈到最后，记者问赵霓，为什么会一改以往的穿衣风格，选择了刺绣旗袍与绣包。

"其实传统手工艺也带着其独有的美，只是有时候我们把它给忘了。我穿的这件旗袍，不仅剪裁全是手工，上面的绣纹，也是绣师一针一线亲手绣出来的。之前我不知道这种刺绣是什么，还是对方跟我说，这种刺绣是蜀绣风格，我才知道原来刺绣也有不同的种类。"

"身为一个公众人物，我觉得自己也有义务宣传传统手工艺，让更多的人看到它的美，欣赏它的美。"

这个时候，赵霓自然不能说，自己实在没有钱请设计师为她定制礼服，所以把话题引到关注传统艺术，不仅掩盖了她窘迫的现实，还能趁机提高公众的好感度。还有一点就是，那家店让她一雪前耻，她多说两句，也算是投桃报李。

事实不出赵霓的意料，当采访视频播出去以后，圈内几个跟赵霓关系不错的艺人，就来向她打听，她旗袍上的绣纹，是哪位大师绣的。

赵霓没有藏着掖着，把工作室的名字告诉了对方。

看到有这么多人喜欢她们店里做的绣旗袍，花锦跟谭圆虽然很高兴，但也不可能迫不及待地跑出去说，旗袍是她们店里的。更何况网络上的热门事件一天三变，没过几个小时，热门娱乐消息已经变成了某某艺人谈恋爱了。

一两天后，店里生意也没有什么变化，她们也把这件事放下了。中午吃饭的时候，谭圆好奇多问了一句："花花，裴先生最近两天好像没有来找你？"

"这很奇怪？"花锦喝了一口汤，点外卖送的免费紫菜汤，喝起来有些像涮锅水，她放下塑料碗，"本来就是两个世界的人，难不成真要成为无话不谈的好朋友？"

"可是……"谭圆咬着筷子，"我觉得裴先生为人挺好的。"

"如果他为人不好，又怎么会在看到我们两个女孩子被曹亦欺负时，站出来阻拦。"花锦瞪了谭圆一眼，"不要咬筷子。"

"哦。"谭圆乖乖把筷子放下。

"但我总不能因为他人好，就真的忘了自己是谁。"花锦微笑，"不管怎样，认识过这样的人物，他还帮我们揍过人渣，够我们得意很久了。"

"没有那个'们'字，只有你。"谭圆捧脸，眨巴着眼调侃，"裴先生可没有请我去看内部展会。"

"那也是没办法的事，谁叫我美呢。"

"算了，我还是选择跟你割袍断义，打死算完。"

两人斗嘴的间隙，两个男人走进店里，走在前面的男人三十多岁，穿得很时尚，跟在他身后的男人拎着相机与包，像是他的跟班。

谭圆一看这两个客人，就知道是难搞的角色，推了推花锦，让她去接待。

应付这些挑剔的客人，还是花锦比较有经验。

"你是店里的帮工？"中年男人看了眼花锦，仿佛在挑剔一件不够完美的作品，"不知贵店的绣师有哪几位？"

"客人您好，我就是店里的绣师之一。"花锦露出标准的微笑。

"你也是绣师？"中年男人看了眼花锦还很年轻的脸，有些意外，"听说赵霓旗袍上的绣纹，就是贵工作室的绣师所作。不知道这位绣师是哪位，我想与他谈一个合作。"

"承蒙贵客看得起，赵霓女士旗袍上的绣纹，由我绣制。"

看到对方惊讶地看着自己，花锦脸上的笑容更加灿烂了。

这种让人震惊加意外的感觉，实在太让人愉悦，她很喜欢。

"没想到绣师年纪轻轻，竟有如此手艺。"中年男人震惊过后，便是敬重，"实在让人意外。"

"先生您谬赞了。"花锦与对方握了握手，侧首就看到站在橱窗外的裴宴。她正准备朝对方微笑一下以示礼貌，哪知道裴宴转头就走，好像店里正在放恐怖片似的。

这是什么毛病？

"绣师？"中年男人注意到花锦的眼神，偏头往橱窗外看了一眼，并没有看到什么奇怪的东西，礼貌笑道，"这边采光不错。"

"铺子坐南朝北，顺风又顺水嘛。"花锦说笑了一句，招呼二人坐下。谭圆泡好茶端过来，中年男人端起茶杯喝了一口，他的助理捧着茶杯道谢，却没有动杯子里的茶水。

"二位是看到赵霓女士的旗袍，准备来定制绣品？"花锦捧起茶杯歉然一笑，"如果您赶时间，请恕我短时期内无法接单。一是因为刺绣很耗时间，二是近期已经有了工作安排。"

"我这次来，是找绣师谈合作的。"中年男人这话说完，他身后的助理把名片双手递给花锦，花锦接过来看了一眼，这位是国内某时尚服装品牌设计师，名叫马克。

"贵品牌的衣服很漂亮，我跟我的朋友都很喜欢，不过它还是有一个缺点。"花锦把名片收了起来。

中年男人脸上的笑容不变，倒是他的助理有些沉不住气，脸上的礼貌性微笑几乎维持不住。

"贵公司的新款太受欢迎，我常常忍痛奉上钱包都抢购不到。"花锦无奈笑道，"对我来说，就是最大的缺点了。"

"绣师真会开玩笑。"很多时尚品牌为了维持自己高端产品的地位，所以部分商品走的是高价格、少生产量路线。昂贵的高端设计，上市便被抢购一空，这不仅是对品牌的恭维，更是对设计师的肯定。

因为工作，马克接触过一些传统手工艺继承人，这些人手艺精湛，但大多沉默寡言，并不像眼前这位年轻女士擅长说话的艺术。

花锦不知道马克这个名字，是对方的英文名音译，还是姓马名克，便决定选一个比较稳妥的称呼："是马克先生您太谦虚了。"

三言两语间，花锦与马克之间，就进行了一场友好而又亲切的商业互捧交流，直到半杯茶下肚，话题才终于转到正事上。

"马克先生的意思是，希望与我合作？"听明马克的来意，花锦有些惊讶，"请恕我直言，在刺绣界，我只能算一个初出茅庐的小辈，以您的身份地位，就算邀请大师来与您合作，也不是没有可能。"

"你说得对，大师们的针上功夫，确实比你厉害很多。"马克缓缓点头。

花锦低下头默默喝茶，内心嘀咕，这话也太直接了，就不能给她留点面子？

"不过在绣师您的作品中，我看到了属于青春独有的灵动与味道。"

花锦：青春的灵动与味道是什么东西，她怎么不知道？

"比你绣技好的，没有你年轻灵动；比你年轻的，绣技没有你好。所以对于我而言，你是最好的选择。"马克直言不讳，"国内时尚品牌在国际上地位并不高，我也没本事以己之力，就抬高国内时尚圈在国际上的地位。但求明年的时尚大会上，能够展现出属于我们的美。就算做不到争气，至少也不能丢脸对不对？"

这话花锦不知道该怎么接，她对时尚圈的东西不了解，也不知道马克究竟是在自谦还是说实话。

"我想打破国际上对我国传统文化的刻板印象，并不是大红大绿或是把龙凤、汉字绣在服饰上，就代表着华风美。真正的华风美，在于内涵，在于灵动，而不是粗暴的元素堆砌。"马克自嘲一笑，"当然，这可能是我的野心。"

"守人文之礼，遵循天地自然，包容而又坚定……"花锦认真想了想，"马克先生想要的是这种感觉？"

"对，就是这种。"马克有些激动，放下茶杯，双目灼灼地看着花锦，"为了这次的时尚大会，我们团队一共邀请了五位绣师。但我觉得，六才是吉数，六六大顺。所以还请绣师帮我这个大忙。"

"马克先生您还没仔细看过我的绣品，这样邀请我，是不是太过冒险？"花锦在马克身上看到了属于创作者的疯狂与追求。她垂下眼睑，看着自己的手腕笑了笑。

"不，从进门的那一刻开始，我就看了。"马克指了指右边摆着的那排绣件，"第二排摆在中间的绣团扇，应该不是绣师您的作品吧？"

花锦有些惊讶，那把仕女图团扇确实不是她绣的，而是高姨近几年的绣作："马克先生您好眼力。"

"每件用心制作出来的东西，都带着其独有的灵魂。那把团扇上，没有绣师您身上的那种青春感，但多了几分稳重与包容，绣这把团扇的人，一定是位十分了不起的大师。"

听到这话，花锦脸上的笑容灿烂几分："这是家师的绣品，她近几年动针的时间没有以前多，但是绣技却是我拍马都不及的。"

马克的助理原本有些瞧不上这家小店，不仅店寒酸，就连招待客人的茶叶也算不上多好。但是听着她与马克先生的交谈，助理觉得自己可能犯了不能换位思考的错误。尤其是看到花锦因为马克先生夸了她师父，连脸上的笑容都变得更加灿烂后，他对这位年轻绣师，有了些许好感。

"听马克先生您说的话，您不像是设计师，更像是一位艺术家。"花锦再度笑开，"身为一名绣师，我当然希望有更多的人看到刺绣的美。"

这话便是同意与他合作了，马克心中一喜："那接下来的时间里，就要劳烦绣师受累了，时尚大会在半年后举行。三天后请绣师到我的工作室参观，看过我的设计作品，也许能够帮助绣师您找到灵感。"

"好。"花锦站起身，与对方握了握手，把自己的名片交给对方一张，"马克先生称呼我的名字就好。"

"花锦。"马克亲手接过名片，仔细看过花锦的名字，感慨道，"'晓看红湿处，花重锦官城'，真是一个好名字。"

"不过一个普通的名字，被马克先生用诗圣的诗句来形容一下，眨眼间就美了很多。"花锦笑了。

"是花锦小姐太客气，锦是丝织物的一种，而您恰好又是绣师，这不就是缘分？"马克温和一笑，"三日后，我来贵店接花小姐。"

"好。"花锦点头。

把马克与他的助理送走，谭圆凑过来，激动地抓住花锦的手："花花，跟这种大设计师合作，对你来说，可是千载难逢的好机会。接下来半年你少接点定制，全心全意把这件事做好。"

"不接定制，你不赚钱啦？"花锦失笑。

"赚钱算什么，你的光明未来才最重要。等你走上人生巅峰后，我还能跟其他人吹嘘！'知道这个最年轻，长得最美的蜀绣师是谁吗？那可是我的好姐们，能睡同一张床的那种！'"谭圆见花锦要去收桌上的杯子，忙伸手去阻拦，"你放着别动，从今天开始，你要好好保护自己的手，易碎的东西不要碰，利刃还有太烫的东西都不要碰。我抱大腿的希望，就在你身上了。"

花锦："……"

万里长征第一步她还没迈出腿，好姐妹就已经看到了她成功的未来，这真是人间无人能及的真情了。

"不过那位马克先生可真有文化，把你的名字解释得这么美。"

花锦笑了笑不说话。

其实她的名字哪有那么讲究，她听家里人讲过，当年她出生后，家里长辈为了图个吉利，就给她取了一个名字叫"金子"。后来上户籍，他们到村办事处那里登记的时候，帮忙填表的小姑娘是个刚毕业的学生。这个毕业生见她的性别为女，加上蜀话很多口音不准，她就以为金是锦，把户籍申请表交了上去。

很多看似美丽的东西下面，并没有想象中美丽。

不过花锦没有跟谭圆解释这件事，连名字都被家人当作招财招弟弟的东西，又不是什么值得得意的事。

因为受了马克的邀请，所以晚上花锦特意去了谭圆家，把这件事告诉了高姨。

听完以后，高淑兰很高兴，连连点头："好机会都是留给有准备的人，这次的机会十分难得。不仅对你的未来有很大帮助，对传统艺术也是一个很好的宣传。谭圆说得对，接下来你少接一些商业订单，这些订单虽然能让你多赚一些钱，但是它们会消磨你的精力与灵气，还能有多少时间去琢磨其他的事？"

"有空就去参观一些其他大师的作品。"高淑兰想了想，"我去联系联系那些不怎么再动针的老朋友，带你去拜访一下他们。他们的一些创作理念与心态，也许对你能有帮助。"

"嗯。"花锦鼻子有些发酸，"谢谢高姨。"

"有什么好谢的，你是我教出来的徒弟，你出息，我面上也有光呢。"高淑兰想了想，"等你跟那位设计师签好合作约条，我带你去见刘芬，酸死她。"

听到这话，花锦无奈失笑，师父与刘绣师之间的恩怨情仇，到现在还没消散呢？

临走前，高淑兰把一个保温桶塞到花锦怀里："这些甲鱼汤拿回去喝，以后每隔几天，你就跟圆圆一起过来吃饭，吃好喝好才有精神干大事。"

花锦抱着一桶爱心甲鱼汤，走出小区，用打车软件叫了一辆车。

安静下来以后，花锦渐渐从与大师合作的兴奋中走出来，取而代之的是压力与责任。她抬头看着天上的皎洁月亮，这座城市的月色不够美。小时候她躺在外婆搭的凉席上，看到的月亮格外亮，星星格外闪，在月亮的照耀下，地上的树木花草都穿上了一件朦胧的衣裳。

后来她上了小学才知道，月亮不会发光，它所有漂亮的光芒都来自太阳。从那一天开始，她就有了一个模模糊糊的想法，她不想做月亮，就算不能成为耀眼的太阳，也要做一颗靠自己发光的恒星。

"裴哥，这大晚上的，你跑来这里钓鱼，图啥？"杨绍拼命往身上喷驱蚊水，"这都一个多小时了，连鱼尾巴都没有见着。要咱们还是先回去，有个哥们开了家店，我们去瞧瞧。"

"不去。"裴宴盯着水面上纹丝不动的浮漂，"你一直这么唠叨，鱼都被你吓走了，哪还有鱼上钩？"

"不是，就算你想钓鱼，咱们也可以去钓鱼场。蹲在这荒郊野外的，有点瘆人。"杨绍见裴宴还是没有反应，掏出手机玩了一会儿，忽然捂着肚子道，"有点饿了。"

"两个小时前你才吃了东西。"裴宴长长的腿搭在草丛上，整个人靠在椅背上，姿态慵懒得像是在沙滩上晒月光。

"这也不能怪我。"杨绍指了指手机屏幕，"怪只怪花绣师在朋友圈放美食图片，也不知道这甲鱼汤怎么熬的，看起来格外好喝。"

听到"花绣师"三个字，裴宴坐直身，皱眉道："这个女人有什么值得你特别关注的？"

"她漂亮啊。"杨绍道，"你有没有觉得，这位花绣师不仅长得漂亮，还有一股特别的味道。"

"什么味道？"裴宴垂下眼睑，月光在睫毛下投下一片阴影，"香水味儿？"

"不不不，裴哥你不懂女人。"杨绍摇头，"不同的美人有不同的味道，有些是庸脂俗粉，有些就很特别。花绣师属于后面那一种，她身上的那种气质，对很多男人来说，都是一种难言的吸引。"

"就像是……历经万千终于盛开的花，称得上完美的美丽，后面还带着一股劲儿，这种劲儿很吸引人。"杨绍揉了揉鼻子，"说句实话，大多数男人，都很难对这种女人产生厌恶感。"

"呵。"裴宴嗤笑道，"事实上，大多数人本性里就是喜欢长得好看的异性，但是为了标榜自己不是以貌取人，就给欣赏的异性贴上各种性格标签，好像就能显示出自己品位特别不一般。"

杨绍："……"

"裴哥，你这话说得确实也有些道理，但花绣师确实……"

"我们坐在这儿是为了钓鱼，而不是为了陪你聊女人。"裴宴脸上没有笑意，"虽然我对这个女人没什么感觉，但是身为男性，在这里对一个女人评头论足，似乎也不是那么合适。她有多好看，有多吸引人，与你都没有关系。"

"那倒也是。"杨绍尴尬一笑，这事细究起来，确实有些不厚道。

"不过我看你跟花绣师还挺熟的，没想到你竟然不喜欢她。"杨绍有些感慨，"裴哥，你这种男人可能真要单身一辈子的。"

"虽然不喜欢，但也不讨厌。"解释的话脱口而出，裴宴愣了一下，弯腰去整理吊钩，"姑婆的大寿，你准备好送什么礼物没有？"

"早就想好了，我上周去找过花绣师，在她店里订一件绣屏，我奶奶肯定会喜欢。"杨绍心情很好，"我奶可喜欢花绣师做的手帕，跟个小孩儿似的，天天放在衣兜里，但又舍不得用。"

"花绣师是真厉害，年纪轻轻就能有这样的手艺。"

"前几天我奶奶还说，让我把花绣师娶回来，老太太幼稚起来，谁也拿她没办法。"

"你今晚的话题，除了花锦就没什么说的了？"裴宴不耐地扭头瞪杨绍。

"我这不是赶巧了嘛。"杨绍笑嘻嘻道，"原来花绣师叫花锦，这名字真好听。"

裴宴又瞪了他一眼。

　　"我不说了，不说了。"杨绍低头，偷偷在花锦的朋友圈消息下，点了一个赞。他闲得无聊，就打开花锦的朋友圈，往下面翻了翻。

　　他看到花锦与裴宴的合照时，以为自己看花了眼。他看了看手机，又看了看裴宴，嘴上说着不喜欢，但是两人的合照都有了，而且还点了一个赞。

　　他跟花锦微信共同好友就只有裴宴，所以点赞表上的裴宴格外显眼，存在感无比强烈。

　　"裴哥，你上次在手机里说，有人给你送围巾，那个人……是谁啊？"杨绍把手机塞回口袋里，神情有些微妙地盯着裴宴。

　　"不记得了。"裴宴面无表情盯着黑漆漆的水面，"我又不像你，没有女人追。"

　　"裴哥，兄弟一场，人身攻击就不对了。"杨绍悻悻道，"虽然我长得不够帅，但是我的心很温柔啊。"

　　"你自己都喜欢美女，还想要求美女透过你平凡外表看到你的心？"裴宴语速不疾不徐，但说出来的话格外气人，"你清醒一点吧。"

　　杨绍："……"

　　过了十多分钟，安静不了多久杨绍忍不住再次开口："我还以为，送你围巾的是花绣师呢。"

　　裴宴厉声道："你还钓不钓鱼了，安静点！"

第八章 太可怜

半夜，在杨绍靠在椅子上睡着，全身被咬了几个蚊子包后，裴宴终于钓起了第一条鱼，三指宽的鲫鱼。

"鲫鱼好，鲫鱼熬汤补脑。"杨绍迷迷糊糊从椅子上坐起身，"就是少了点。"

"送给你。"裴宴把鲫鱼扔进杨绍的鱼箱，收起鱼竿，"回去睡，走了。"

"送我？"杨绍挠着手臂上的蚊子包，晕晕乎乎跟着站起身，"裴哥，你还真是来钓鱼的？"他有些不解，这么小一条鱼，他拿回去能干什么，炸小鱼干吗？

收起钓具，上了车杨绍才反应过来，裴哥这是说他脑子不好，需要补脑。一时间，杨绍心情十分复杂。

裴哥嘲讽他的方式，越来越隐晦了。更难得的是，他竟然能反应过来裴哥在嘲讽他，这也是智商上的进步嘛。

这座繁华都市，是个不夜城。凌晨两三点，街道上也有川流不息的车辆，还有在路边散步的行人。但是在繁华的角落里，还藏着低矮破旧的小楼，垃圾遍地的巷子。

路过一家酒店时，坐在副驾驶位的杨绍突然道："裴哥，我记得六七年前，这座酒店还很热闹，现在竟然要转让了。"

裴宴把车停到红绿灯路口，随意看了眼："不记得了。"

杨绍还想继续说，忽然想起当年他们来这里吃饭，是因为裴哥爷爷过世，裴宴心情一直不好，他们哥几个为了让裴宴开心，把他从屋子里强行拖了出来。

本来吃完饭，他们还打算带裴哥去别的地方玩，哪知道裴哥转眼就不知道跑去了哪儿，他们打电话一问，才知道他已经回了家。

牵扯到裴老爷子过世的往事，杨绍反而不知道该怎么说了，他干笑一声："六七年前的事，你不记得也正常。"

红灯还剩下五十多秒，裴宴食指轻轻抠着方向盘，偏头又看了眼路边那家酒店。装潢还是三四年前的风格，灯光暗淡，这种样子，生意做不下去也很正常。

他皱了皱眉，脑子里隐隐对这家酒店有了些印象。不是这家酒店的菜有多特别，而是他想起当年在这里发生的一件小事，也不知道那个偷偷躲在树丛子下，抱腿痛哭的干瘦小姑娘，有没有在这座城市留下来。

杨绍见裴宴敛眉沉思的样子，以为他想起了裴老爷子，深恨自己嘴贱："裴哥，快绿灯了。"

裴宴偏头看了他一眼，发动汽车开过红绿灯路口："前几天杨叔跟我说，希望你学着管理公司的事，还让我劝劝你。"

杨绍苦笑："裴哥，我不是那块料，我怕家里好不容易攒下来的家业，被我祸害光了。"

"但你整日游手好闲，没事就是开车泡游艇，让杨叔怎么能放心？"裴宴道，"就算你不想管理公司，也该每天跟着杨叔去公司学一学，哪怕请代理人帮你看着公司，你至少也能弄清楚，对方有没有糊弄你。杨叔现在年轻，还能管着公司，难道你让他七老八十还为你公司操心？"

"我知道你说的有道理，但我……"

"你连做做样子，哄长辈高兴都做不到？"

杨绍彻底没有话说了，沉痛地点头："你说得对，我奶奶生日要到了，我至少要摆出个姿态，让她老人家高兴。"

裴宴满意地点了点头，有事情做的人，总不能每天东游西逛，四处看美女了。

可能是因为情绪有些兴奋，花锦晚上没有睡好，第二天早上醒来的时候，连连打哈欠，靠着洗冷水脸才完全清醒过来。

朝着镜子拍了拍脸，让脸色看起来红润一些，花锦满意地拿出牙刷挤牙膏，忽然听到隔壁琴姐尖叫一声，她扔下牙刷，跑到隔壁："琴姐，你怎么了？"

"小海不见了。"琴姐穿着一条洗得发白的睡裙，带着浮肿的脸上满是焦急，"他不会无声无息单独出门的！"

小海是琴姐儿子的小名。在花锦的印象中，这是一个非常老实的孩子，从不会做让琴姐担心的事。现在他忽然不见，肯定是有什么事。

"琴姐，你先别急。"花锦一边安慰琴姐，一边趴在阳台上叫小海的名字，但是没有应答声。

"琴姐，报警吧。"花锦伸手轻拍琴姐的背，"你先别急。"

"对、对，报警……"琴姐跑回屋里找手机，嘴里不断念叨，"手机呢，我的手机呢？"她在乱糟糟的茶几上找到手机，抖着手半天才拨通报警电话。

四楼的动静，引起了整栋楼的人的注意，他们趴在阳台上往上看："楼上发生什么事了？"

"琴姐的孩子小海不见了，大家有没有看到？"花锦没有时间打理自己的头发，把事情说了一遍，回屋拿了根头绳把头发全部扎了起来，带上手机钥匙包包关上门，对声嘶力竭叫着小海的琴姐道："琴姐你别担心，小海这么懂事，说不定只是出去买个早餐，等下就回来了。"

楼下其他住户也赶了上来，七嘴八舌劝着琴姐，家里有车的人，已经拿上车钥匙上车，帮琴姐找孩子。就连前两天跟琴姐吵过架的陈老太，也在屋前院后边喊边找。她嗓门大，对四周熟悉，指挥着几个年轻人去四周有水沟的地方找找。

"琴姐，你这里有小孩的照片吗？发给我们一张，我们好拿着照片去问路人。"花锦拿出手机，"你再找找屋里，看看少了哪套衣服，弄清小海今天穿的什么衣服出门，也方便我们寻找。"琴姐经济不宽裕，小海平时穿的衣服也就那么几套，找起来也方便。

急得已经失去理智的琴姐，听花锦这么说，像是一台终于被唤醒的机器，开始在屋子里翻找起来。花锦看她精神状态有些不对，可是这种时候说什么劝慰的话，都是没有用的，除非孩子能够找回来。

"小花，你还要去店里，这边我来看着吧。"说话的女人是三楼一位住户，她跟她老公在这边打工，两人收入还不错，但是日子过得很节约，大部分钱都寄回老家了。刚好她今天放假，准备多睡会儿懒觉，哪知道被吵醒了。

"没事，我先等警察过来。"花锦叹口气，"最近好好的，怎么会……"

最近她没怎么听到琴姐骂孩子，前几天早上，她还看到小孩在外面高高兴兴啃牛肉包吃。当时他看到她，还准备分她一个，怎么会突然离家出走？

事关小孩子失踪，派出所的警察很快就赶了过来，不仅查了现场，连琴姐的手机都查了一遍。最后得出的结论是，孩子是自己出门的，而不是受到外力的控制。

琴姐情绪忽然就崩溃了，她坐在沙发上号啕大哭，仿佛要把这些年的委屈全部哭出来。

一位女警留在旁边安抚琴姐的情绪，另外一位较为年长的男警察走到花锦等几人面前："我想询问几位一些问题。"

花锦与其他几位邻居点了点头，跟着男警察走到外面阳台上。男警察问的问题很普通，比如孩子平时的生活习惯，以及琴姐对孩子如何。

尤其是听说花锦就住在琴姐隔壁后，男警察还多问了她几个问题。

不过花锦也不清楚究竟是怎么回事，所以不能提供什么有用的线索。

没多久，男警察接到了总部的电话，说他们在某条街的监控中，发现了疑似小海的男孩。

那条街离这边有十多公里的距离，小海究竟是怎么过去的？

整栋楼的住户中，花锦与琴姐比较熟，琴姐情绪不稳定，只好由她陪着琴姐一起过去认人。

坐在警车中，琴姐一直死死抓着她的手，害怕警方找到的那个孩子根本不是小海。夏天温度高，车窗开着，风把琴姐乱糟糟的头发吹得四处乱舞，平时从不愿意在人前显得狼狈的她，却完全没有心情打理头发，就连自己还穿着洗得发白的睡裙都没注意到。

杨绍坐在他爸的车上不断打哈欠，趁着车子在等红绿灯，他赶紧喝了两口咖啡提神。昨天晚上陪裴哥钓鱼到半夜，一大早就被他爸叫起来，说带他去公司，他能怎么办，亲爹的话能不听？

"哎？"他注意到旁边车道停了一辆警车，靠右边窗户坐着的人还挺眼熟。

这不是花绣师吗？这大清早的，头发没梳，妆也没化，坐在警车里是怎么回事？

左想右想都想不通，他顺手给裴宴发了条消息："裴哥，我看到花绣师坐在警车里。"发完这一条，他想起裴哥好像不爱听他说花绣师这些事，想来想去，打开车窗准备去问一声，哪知道还没来得及说话，就被他爸发现了。

"你在看什么？"杨学绅知道杨绍有喜欢看美女的习惯，但是万万没想到，他连坐在警车上的女孩子，都敢起调戏的心思，当下气得一巴掌拍在他肩膀上，"老子怎么就生出你这么个种。"

"爸！"杨绍捂着肩膀，"你干什么呢？"

"干什么，打死你！"杨学绅气急攻心，"免得你出去祸害别人。"

"我干什么了我。"杨绍嘀咕道，"种再不好，那也是你播的，能怪我吗？"

"你！"杨学绅深吸两口气，"以后我再看到你乱跑，就打断你的腿。"

杨绍缩了缩脚，他到底做什么了他？但是见他爸被气得差点喘不上气的样子，他哪里还舍得顶嘴，忙伸手抚着他爸的胸口："行行行，你说什么都行，年纪一大把了，该学着修身养性了，别为了一点小事就气成这样，多不划算。"

杨学绅虽气儿子不争气，可是看他这样，又不忍心继续骂他："你给我少招惹点是非，我就能长命百岁了。"

"好好好，我保证你跟我妈都能长命百岁。"

"裴先生，你醒了？"帮佣见裴宴从楼上下来，把做好的早餐端出来，"喝牛奶还是豆浆？"

"牛奶。"拿起茶几上的报纸翻了两下，没什么有意义的消息，他坐到桌边，对帮佣道，"你也坐下吃吧，不用忙了。"

帮佣把牛奶端到他手边，笑着道："裴先生，您手机忘在客厅沙发上，没有拿去房间里。"

"我知道。"裴宴是个对手机没有多少依赖的人，所以手机有时候不在身边，也不会引起他的注意。

"那我帮您拿过来？"帮佣道，"我刚才听手机响了一下。"

"谢谢，麻烦了。"

接过帮佣递来的手机，裴宴一看是杨绍发来的消息，几乎不想点开，这个闲不住的话痨，平时给他发消息，就没有一件是正事。

把香嫩的煎蛋吃完，半杯牛奶下肚，裴宴才顺手点开了杨绍发来的消息。

帮佣刚把自己的早餐从厨房里端出来，见裴宴匆匆往外走，疑惑道："裴先生，您的早餐还没用完……"

看着空荡荡的房门，她默默闭上了嘴。

裴先生大概是有什么急事吧。

警车在派出所门口停下，琴姐一下车就匆匆往里跑，花锦跟着追了几步，脚下一个趔趄，幸好旁边有位女警扶住了她，不然她已经摔倒在了地上。

还没走进屋，花锦就听到了琴姐哭着在说："你是想急死妈妈吗？"

花锦松了口气，看来孩子已经找到了。她揉了揉膝盖，拿出手机给邻居们打了个电话，说孩子已经找到了，让他们不要担心。

走进屋，小海缩着头坐在椅子上，任由琴姐抱着他号啕大哭。见到她进来，小海头埋得更低了。

"琴姐，有什么事回去再说，孩子找到了就好。"花锦怕琴姐缓过劲儿来以后，在派出所里骂孩子，开口劝道，"小海今天受到不少惊吓，先让他好好休息。"

很多大人觉得，小孩子不懂得什么叫颜面，不懂得什么叫尊严，所以有时候当着很多人的面，也肆无忌惮骂着孩子。可是他们不知道，孩子不仅有自尊心，并且非常在乎别人怎么看他。这种击碎他们自尊心的行为，不会随着他们年龄的增长而淡去，只会在他们心中存留很久，甚至影响他们的性格。

她记得小时候，家里丢了十块钱，家人追到学校，逼问是不是她偷拿了钱。那时候她的感觉，就像是四周所有人都在看着她，盯着她，甚至默默嘲笑着她。那种感觉，就像是被人扒光了衣服，露出衣服下并不好看的皮肤。

花锦安抚好琴姐与小海的情绪，手机响起来，来电显示是个陌生号码。

"你好，我是繁花工作室绣师花锦。"

"孙老师？"听清对方是谁后，花锦有些意外，"今天下午三点？"

"有空有空。"没想到上个月在展会上遇到的草编大师，竟然真的联系自己，还要把自己介绍给了不起的苏绣大师认识，花锦高兴道，"太麻烦您了，我一定准时到。"

挂了电话，花锦觉得自己最近运气特别好，难道是上次跟裴宴在一起的时候，喂锦鲤喂出来的好运气？

"小花，今天谢谢你了。"琴姐牵着小海的手，肿着眼睛向花锦道谢。

"没事，没事。"花锦伸手摸了摸小海的头顶，没有问他为什么会离家出走，而是朝他温柔一笑，"走，我带你去买好吃的。"

小海胆怯地低下头，不敢说话。

花锦也不在意，朝琴姐笑了笑，牵起小海另一只手，朝派出所门外走去。

"我还以为你做了坏事，才被警车带走。"刚走到门口，她的手臂被人拽住。

花锦侧首看去，抓住她的男人，耳尖潮红，胸口不断起伏，满脸不高兴。

"裴先生？"

他怎么在这儿？

裴宴喘着气，目光扫过花锦全身，确定她没有受伤，才有精力去看她手里牵着的孩子，扯了一下嘴角，转身就走。

见他离开，花锦松开小海的手，跑到裴宴身边："裴先生，你别走这么快。"

"干什么？"裴宴把靠近花锦这边的手臂抬起来，"有什么话直接说，别碰我。"

花锦赶紧把手背在身后："你怎么来这了？"

"我路过，不可以吗？"裴宴快步朝停在路边的车走去，走近了，他看到车头上有一张罚单在迎风招展。撕下罚单，他拉开车门坐了进去。

裴宴关上车门，偏头看向站在副驾驶窗外的花锦，又再次拉开车门走下车，对花锦道："你吃早餐没有？"

花锦摇头，大大的眼睛朝他眨了眨。

"先上车，我带你去吃早餐。"他转头看了眼还站在派出所门口的琴姐与小海，"把你的朋友也叫上。"

他对琴姐还有些印象，那场别开生面的吵架，他短时间内，恐怕是忘不了了。

花锦去叫琴姐，琴姐牵着儿子的手，摇头拒绝："今天已经很麻烦你，我带小海回去吃，不麻烦你跟你的这位朋友了。"她虽然不知道这个年轻人的身份，但是现在急匆匆跑过来，显然是以为花锦出了什么事，嘴巴能骗人，眼神却不会骗人。小花一个人独自在外打拼多年，逢年过节从没见她回过老家，想也知道原生家庭不好。若是能遇到一个处处关心她的男人，那挺好的。

她低头看了眼闷不吭声的儿子，伸出干枯粗糙的手，轻轻摸了摸他的发顶，内心涌出无限酸涩。她这一生，不受期待出生，不为爱而结婚，活得糊里糊涂，连自己的孩子也没有养好。若不是小海这次失踪，她永远不知道自己该怎么生活。

花锦跟她，是不一样的。

"小海，跟妈妈回家了。"琴姐吸了吸鼻子，抬头对花锦笑道，"过两天我在家里摆桌子菜，大家一起到我家来吃饭。"

花锦愣了愣，随即笑开："好。"

琴姐是个不太好相处的女人，可能是因为离婚加上娘家人对她不好，她的心思非常敏感，有时候别人抱怨什么，她都会觉得别人在说她，所以跟整栋出租屋的人关系都不算好。她现在主动请大家吃饭，是件挺难得的事。

怕花锦还要邀请她过去，琴姐牵着小海的手就走。这次她把小海的手牵得紧紧的，片刻也不想松开。

看着母子俩的背影，花锦有些愣怔，良久后笑了一声，转身发现裴宴不知何时站在她身后。她吓得往后仰了仰。

裴宴盯着她看了两秒："我很吓人？"

"有个成语叫'惊为天人'，你长得太好看，我也会特别吃惊的。"花锦跟着裴宴上了车，放在包里的手机响了一声，她拿出手机一看，是"菠萝精"发过来的消息。

冬冬：花绣师，你没事吧？早上我看到你坐在警车上，里面是不是有什么误会？

花锦把事情原委简单回复了一遍，收起手机看裴宴："是杨先生告诉你，我在警车上？"

"你别多想，我只是听杨绍这么说，就过来看看热闹。"裴宴双眼看着前方，"没有想到你出来得这么快，我什么热闹都没有看到。"

车厢内响起了花锦的笑声。

裴宴红着耳朵："有什么好笑的，没见过别人看热闹？"

"见过，但是没见过你这么帅的人看热闹。"花锦笑得双眼浮起一层水光，"如果早知道你要来，就算我这里没有热闹，也提前表演热闹给你看。"

"你这个女人，对所有人都这么说话吗？"裴宴把车停在红绿灯路口，瞪着眼睛看花锦，"真是……真是……"看着花锦那双好看的眼睛，裴宴说不出重话，只好把头扭到一边，不搭理她。

"对不起，其实我想跟你说的是谢谢。"花锦双眼笑得弯成月牙，"谢谢你能来。"

"我只是来看热闹。"

"我知道。"

"来看热闹你也高兴？"

"在我出事的时候，有人能急着赶过来，就很高兴。"

"你……"裴宴扭头看着花锦，她的笑容很暖，很好看。但是裴宴却觉得自己的胸口闷得发痛，还有点酸，他甚至觉得自己有种伸手摸摸她的头的冲动。

嘀！

后面响起汽笛声，裴宴回过神，发现不知什么时候，红灯已经变成了绿灯。

裴宴带花锦去了自己喜欢的早餐铺，现在已经不是早餐高峰期，店里人不多。

花锦看着造型精致的早餐包，拿出手机拍了一张，感慨道："把包子做得这么可爱，我真不忍心吃。"

然后，她就吃了一整份包子。

裴宴放下勺子，看着花锦面前空荡荡的食盒："不忍心吃……还吃光了？"

　　"谁知盘中餐，粒粒皆辛苦。"花锦擦干净嘴角，"这些食材为了变成漂亮的包子，经历了千辛万苦，吃掉它就是对它最基本的尊重。身为高贵的人类，我怎么能浪费它们的一片苦心。"

　　裴宴："……"

　　原来有人可以把"能吃"解释得这么好听。

　　"吃完饭，我送你去店里？"

　　"不，我要回家化妆换衣服。"花锦想起早上为了帮着琴姐找孩子，她头发没梳，妆没有化，就连衣服也选得普通。下午要跟孙老师一起去见刺绣界的老前辈，她不能太随便。

　　"这么郑重，是要去见谁？"裴宴低着头，用筷子戳着一个做成小鸭子形状的奶黄包。几筷子下去，小鸭子就变成了几块面团。

　　"见一个很重要的人。"花锦双眼染上神采，"至少不能让她对我产生不好的印象。"

　　"用不着那么麻烦，我有个朋友开了一个造型工作室，我带你过去做造型，中午吃了饭以后，我开车送你过去。"裴宴放下戳奶黄包的筷子，"这样更方便。"

　　"那怎么好意思。"花锦摇头，"而且用不着那么郑重，又不是去参加什么重要宴会，我回去挑件合身的衣服就行。"

　　裴宴抬头看花锦："难道你不想让这个重要的人，对你产生更好的印象？"

　　"想啊。"花锦很诚实，"不过那种特意弄造型化妆的方式，不适合我们。"

　　我们？

　　她跟谁是"我们"？

　　听到这两个字，裴宴心里升起一丝躁意。他扬起嘴角做出微笑的模样："我知道了。"

　　把花锦送到那条破旧的小巷外，裴宴侧首看着解安全带的花锦："你下午真的不需要我送？"

"不用了，今天谢谢你。"花锦仰头对裴宴笑，"我总是麻烦你，挺不好意思的。"

"无所谓，反正我闲着也是闲着。无聊的时候就容易善心大发，帮谁都是帮。"裴宴左手食指轻轻摩挲着方向盘，"更何况这种小事，算不上什么麻烦。"

花锦歪着头笑了笑："真好。"

"什么？"裴宴不解地看着她。

"我说这样挺好的。"花锦抿了抿嘴，"善良的人，应该遇到最好的人，过最好的生活。"

裴宴眉梢微微皱了皱，花锦这话，听起来跟"你是个好人"有什么差别？

"几个月前的那次湖边的巧遇，你故意出言调戏我，是不是以为我要跳湖自杀？"

"不然还能因为什么，难不成你真以为我看上了你的姿色？"裴宴把视线从花锦脸上移开，"我什么样的美人没见过？"

"是是是，裴先生见多识广，阅尽千帆。"花锦笑着点头，"世界上再也没有比你更棒的人啦。"

"你又开始胡说八道。"裴宴嗤了一声，"以为我是幼儿园小朋友，夸得这么敷衍。"

"其实……我是一个诚实的人。"花锦做严肃正经状，"夸你也是真情实意的。"

"你还是下车吧。"裴宴指了指窗外，"我的顾问团队，随便一个人，拍马屁都比你有水平。"

"任他们舌灿莲花，不如我一片真心嘛。"花锦拉开车门走下去，弯腰对裴宴招了招手，"裴先生，真的很谢谢你，再见。"

车门关上，车内安静下来。

裴宴目送着花锦走进小巷，良久后："口花心花的女人，哼！"

下午两点二十左右，花锦就赶到了与孙老师约好的地方，等了不到二十分钟，孙老师就骑着一辆小黄车过来了，见到花锦便朝着她招手："没想到你比我来得还要早。"

见孙老师额头上带着汗，花锦把包里的手帕拿出来："孙老师，您擦擦汗。"

"这么漂亮的手帕，我都舍不得擦呢。"孙老师接过手帕看了看，仔细叠好还给花锦，"我这个年纪，出点汗好，排毒。"

"您喜欢，就留着，我平时不太忙的时候，就会绣些手帕放着。这条手帕还没有用过，只是布料用的是一般蜀锦，您别嫌弃。"花锦帮孙老师把小黄车放好，"我们现在是打车过去吗？"

"那我就厚着脸皮收下了。"孙老师把手帕贴身放好，"她就住在离这里不远的地方，我们走过去就行。"

"好。"花锦陪着孙老师慢慢走。这边是个闹市，附近有卖花鸟虫鱼的，小店挤挤挨挨排在一起，什么十字绣店、床上用品店、水果店，五花八门。

穿过闹市，一栋有些老旧的楼上，挂着块褪色的牌子，牌子上简简单单写着"苏绣"二字。花锦跟着孙老师上楼，隔着门，花锦听到屋内有说话声。

"炮打翻山，你这枚棋子保不住了。"

"不走这步，不走了……"

"落棋无悔。"

孙老师敲响门，很快有人来开门，是个年约四十的妇人。花锦注意到这位妇人拄着拐棍，一条腿空荡荡地悬着。

"孙老师，您来了。"妇人很热情，招呼着孙老师跟花锦进门。花锦进屋后，顺手关上门，看到客厅里，有三四个老人坐在一起，对着一个木棋盘争论不休。

"师父，孙老师来了。"妇人虽然拄着拐棍，但是动作却很利落。花锦看到客厅另一边放着几个绣架，坐在绣架旁边的几个人，大多身带残疾，花锦甚至看到，有个独臂男人正在绣关公图。

"孙妹子，你过来了？"从里间走出个高挑的老太太，她身上穿着深色短袖旗袍，头发梳得工工整整，看起来是个十分讲究的老太太。

"周姐，这就是我跟你说过的那个有天分的年轻人。"孙老师跟这位老师看起来很熟，所以连表面的客气都没有，"我带她过来见一见你。"

"好标致的小姑娘。"老太太笑得很和气，招呼花锦坐下，"刚好今天几个老同行都在，大家坐在一起聊聊。"

有个年轻女孩子端了一盘水果出来，老太太道："这是我孙女，还在念高中，今天周末，就过来看看我。"

花锦看了小姑娘一眼，小姑娘朝她笑了笑，圆圆的苹果脸上，露出了两个酒窝，天真又可爱。

花锦坐在孙老师旁边，陪老太太聊了一会儿，才知道这位老太太姓周，叫周芸，年轻的时候在绣厂上班。后来绣厂倒闭，她就出来独自打拼，这些年赚得虽然不多，但日子还能过得下去，还帮助几位残疾人找到了新的生活方向。

难怪这里会有几个残疾人，原来是这么回事。花锦对周芸肃然起敬，能够坚持自己的理想，还能想着帮助他人，这样的人，值得敬佩。

听到花锦说她主要学的是蜀绣派针法，周芸没有失望，反而感慨道："这些年蜀绣的发展也不容易，能有年轻人沉下心来学习刺绣，不管是学的哪派针法，都很难得。"

几个正在为下棋争吵的老爷子老太太也收起了棋盘，走过来围观刺绣界的年轻后辈。尤其是当孙老师把花锦送给她的手帕拿出来以后，这些老前辈更是一个劲儿夸，恨不能把花锦夸出花来。

老人们的热情，让花锦有些脸红，她不过才学五六年的刺绣，哪有这些前辈夸的这样好？

"我们这几个老家伙，有两个是苏绣派的，有个是粤绣派的，还有个是湘绣派的。刺绣虽然都是针上功夫，但各家的针法与用色上又各有差别，要说指导，倒也谈不上。"周芸仔细看过花锦绣的手帕，先是把花锦夸了又夸，才道，"我看你的针脚问题不大，劲气也足，倒是用色上，不像传统蜀绣那般鲜艳，反而更符合时下年轻人的审美。这样其实很好，未来是属于年轻人的，只有让年轻人接受了咱们刺绣界的东西，刺绣才会继续流传下去。"

花锦有些脸红，周芸老师说得没有错，她的刺绣风格，确实有迎合年轻人审美的意思。与这些一直坚持本心的老艺术家相比，她还是市侩了些。

"传统中带着时尚，却又没有丢掉蜀绣本来的特色。"周芸赞叹道，"你虽然年轻，但是你的绣品中，却有了刺绣大师才有的特质，那就是活气。历代了不起的刺绣大师，他们的作品，美得都有灵魂。难怪孙妹子会特意带你过来，只可惜你已经有了师承，不然我怎么也要把你收为亲传弟子。"

这天下午，花锦听这些前辈说了很多，他们说起了刺绣当年的辉煌，说起了刺绣的未来，还有刺绣师不能忘却的本心。

离开周芸老师家以后，孙老师见花锦神情有些愣怔，笑着道："他们太热情吓着你了？请不要怪他们，只是因为像你这样的年轻绣师太难得了，他们以为只要多夸夸你，多说一些好听的话，你就会在这条路上走得更坚定，更远。"

"他们只是想要刺绣这门手艺，传承得久一些……"

孙老师的这句话，让花锦愣神了很久。花锦看着她那双因长年累月坚持草编，变得粗糙甚至有些变形的手，微笑道："没有，老师们都很好。"

"没被吓着就好。"孙老师有些高兴，"今天晚上，采访你的节目就要播出了。可惜现在太晚了，你看不到首播，明天中午记得看一看重播。"

花锦诧异地看着孙老师，她接受电视台记者采访的事，孙老师怎么会知道？

孙老师见到花锦露出这样的表情，失笑道："我忘了告诉你，上次采访你的记者，是我的亲侄女。回来以后，她对你送给她的手帕爱不释手，后来看到你给她的名片，我才知道她那天采访的人是你。"

花锦也没有想到世上还有这么巧合的事，难怪孙老师会把她介绍给那几位前辈。她伸手招了一辆出租车："孙老师，您住哪儿？我先送您回去。"

"不用，我骑共享单车回去就成。"孙老师摆手道，"打车太贵了，不能浪费。"

"车费有价，您带我来增加见识是无价的。"花锦扶着孙老师坐进车里，"您这么辛苦地陪我过来，这大晚上的，不把您老人家安全送回家，我怎么能放心？"

两人并排在车后座坐了，孙老师给司机报了地址，忽然一拍大腿："嘿，刚才周姐还让我把你拉进群，怎么一出门我就给忘了。来来来，我们加个微信好友，我把你拉进群。"

花锦乖乖掏出手机，点开二维码跟孙老师加了好友，随后就被拉进一个名为"万年青"的微信群，群里人不多，加上她也才十多个人。

本宫姓周：孙妹子，你把小花拉进来了，我还以为你忘了。

真没想到，周芸老师看起来那么优雅的人，取名却这么霸气。

繁花：周老师好。

本宫姓周：群里都是自己人，不用太客气。群里有捏面人的，捏瓶瓶罐罐的，编草的，还有雕树根子的，年龄都比你大，我们都不讲究，聊得开心就好。

周芸这个消息发出来，群里就有人出来说话。他们取的名字也都很有意思，什么"雕树根子的唐""捏罐儿的沈""朕的糖画江山""面人儿钱"，等等，风格活泼，还容易辨认他们的身份。

花锦还发现，这些老爷子老太太刷屏的速度特别快，表情包运用得十分熟练，甚至好多有趣的表情包，连她这个年轻人都没有。

这是一群从事着传统手工艺，却又很时髦的老爷子老太太。

花锦默默保存了几个有意思的表情图，跟这些老人聊了几句，然后就收到了一串好友申请。花锦把申请全部通过，给他们备注的名字是"糖画江老师""面偶钱老师""树雕唐老师"等等。坐在旁边的孙老师无意间看到她的备注，摇头道："什么老师不老师的，我们不过是守着旧东西不放的老顽固而已。"

"谁说的，你们明明是守护传统美的大师。"花锦把新增好友们的备注一一填好，对孙老师笑道，"如果你们是老顽固，那我不就是小顽固？"

孙老师被花锦哄得眉开眼笑，看着花锦这样的年轻人，似乎看到了传统艺术未来的希望。

把孙老师送到家门口，花锦拒绝了对方邀她进门休息的邀请，转身下了楼。

顺着人流挤进地铁，花锦在地铁上，看到了很多玩着手机，神情疲惫又麻木的年轻人。这个路线的乘客不算多，花锦找到了一个座位，刚坐下不久，不远处一对情侣开始吵架。

两人的争吵声引起不少乘客的注意，注意到众人的目光，女孩子可能有些不好意思，背过身面对窗外，肩膀微微抖动，应该是在哭。

"哭哭哭，就知道哭。"男孩子还在气头上，"可是我们现在的收入，根本没法一直生活在这里。我老家那边物价低，工作岗位也有家人帮忙，你究竟有什么不满意的？"

女孩子仍旧不说话，肩膀抖动的幅度大了起来。

花锦把视线收了回来，这样的事情，几乎每天都要上演。生活的压力，足以消磨所有感情与耐性，很多人都在为生活挣扎。

过了一会儿，等她再抬起头时，那对情侣已经没有再争吵了，男孩子陪在女孩身边，手里拿着两张纸巾。两人都没有说话，花锦在女孩子的脸上，看到的是茫然。

地铁到站，花锦下了地铁。地铁里冷气太足，她打了个寒战。走到出口，冷热交替的感觉，让她整个人都精神起来。走了一段路，来到了出租屋楼下的小巷外，她看到离这里十多米的地方，停着一辆红色的跑车。

她忍不住多看了一眼，想起裴宴送她回家时，也爱把车停在那儿，忍不住勾了勾嘴角。

看到花锦进了巷子，趴在方向盘下面的裴宴，缓缓探出头来，想起刚才自己莫名其妙躲藏的行为，裴宴伸手拉了拉脖颈上的领带，叹了口气。

偏头看着黑黝黝的巷子，他发动汽车，把车开离这个地方。

他不知道自己在躲避什么，甚至不明白自己为什么要在这个破巷子外面坐两三个小时，简直就像是……就像是恶心的变态。

回到家，裴宴打开花洒，把水调到冰凉，朝着自己的脸冲了冲。

冷水也许能让他清醒。

"裴先生，您回来了？"帮佣在外面敲门。

用毛巾擦干脸，裴宴拉开房门："嗯，有什么事吗？"

"下午的时候，孟涛先生送了一份礼物过来。"帮佣把一个木盒拿了过来。

"孟涛？"裴宴接过木盒，对帮佣道了一声谢，转身把木盒放在桌子上。把毛巾搭在头顶，他顺手打开了盒盖。看清盒子里装了什么东西后，他的动作僵住了。

盒子里是一幅十分精美的仕女绣屏，上面还有落款，是国内大师级刺绣师的作品。

绣屏上，还有一张精美的卡片，上面写着："偶得此美物，不忍明珠蒙尘，特赠予裴先生。"

明珠蒙尘？

呵，送给他就不算明珠蒙尘了？他什么时候说过，他喜欢这种玩意儿了？

盖上盒盖，裴宴把搭在脑袋上的毛巾扔到一边，怎么跟花锦认识以后，他跟刺绣也扯上关系了？

手机响起，裴宴收到一位助理的消息，说是有位做传统乐器的大师过世二十周年，他的后人想把他生前做的乐器以及资料展览出来，希望能在租借展馆时，价格有所优惠。

看完助理发过来的资料，裴宴想起花锦说起过，传统手艺在当下已经越来越艰难，不知多少手艺已经失传。

看着屏幕上，面容慈祥老人的黑白照片，裴宴捏了捏鼻梁，回了助理消息："免费借给他们。"

传统手艺是一家，他这也算是支持传统行业了。

再次与马克先生见面是在他的工作室里，参观完马克先生的工作室，花锦不得不承认一个残酷的现实，她的工作室只能算小作坊。这种装潢气派、面积大，有不少助理的工作室，才叫高大上。

签好工作协议，马克起身与花锦握了握手："不知我有没有荣幸邀请花锦小姐用一顿便饭？"

"马克先生您太客气了。"花锦松开手，朝马克颔首微笑道，"怎么好麻烦您。"

"与花锦小姐用餐，是心灵上的享受，怎么会是麻烦。"马克笑着道，"请。"

"那就多谢您了。"花锦应了下来，两人一起走进电梯，马克的助理替他们按好了电梯。他们一行三人来到了一个环境优美的西餐厅，找了一个僻静的角落坐下。

"其实刚见到花锦小姐时，我非常意外。"马克替花锦倒了一杯红酒，"你比我想象中年轻很多。"

"马克先生您这么年轻，就成为如此厉害的设计师，我这样的还有什么值得惊讶的？"花锦接过红酒杯，擦了擦嘴角。

"我今年已经三十四了，在我念大学的时候，你还在上小学。若是我们那时候认识，你恐怕还要叫我一声叔叔。"马克笑了笑，"不年轻了。"

花锦笑了笑，没有接话。今天的马克戴了一副金丝边眼镜，笑起来的时候有几分儒雅的味道，单从外表看，他不像是与时尚打交道的设计师，更像是学校里的教授。

马克是个很容易让人产生好感的人，不仅说话讲究分寸，并且言行间处处都显示出他对女性的尊重。这样一个男人，几乎称得上完美。

吃完饭，马克提出要送花锦回去，被花锦拒绝了，她半是认真，半是调侃道："请马克先生放心，在完成您需要的刺绣前，我是不会跑路的。"

马克轻笑出声，没有再坚持送花锦回去，伸手招来一辆出租车，送她上了车。

"花锦，下次见。"马克站在车门外，俯首朝花锦微笑。

花锦对马克颔首微笑，扭头平视前方，向司机报了店的位置。

"老师。"助理看了眼马克脸上的表情，"需要我订花吗？"

"不，不需要。"马克摇头，"这位花锦小姐，是位值得人尊重的女士。"

"我明白了。"助理不再开口。

回到店里，花锦把包往沙发上一扔："汤圆，店里的泡面放哪儿了？"

"你这是怎么了？"谭圆从柜子里翻出一盒泡面扔给花锦，"拿去，还没过期。"

"谢谢亲爱的，你是我的救命恩人。"撕开泡面桶盖子，花锦一边撕调料包，一边道，"快快块，把电视开开，今天中午有我上电视节目的重播。"

"这都下午两点了。"谭圆打开电视，"哪还有重播？不过我妈对着电视拍了几张照片，晚上我回去让她发你几张。"

"我就知道高姨最爱我。"花锦往泡面桶里接好开水，盯着电视看了好几眼，果然节目已经结束了。她有些遗憾，可惜店里安装的不是网络电视，不然还能回放，晚上去谭圆家里看。

"马克先生这么抠门吗？邀请你去合作，连午饭都不请？"谭圆换了一盘味道比较浓的香点燃，"我包里还有两袋豆干，我去给你拿。"

"请了，是我没吃饱。"花锦苦笑，"早上为了跟人交谈的时候不太失礼，我就喝了点没啥味道的稀粥，肚子早饿了。我可是蜀绣传人，在外人面前，必须绷住知性又优雅的那一面。"

"吃得比猪多的人，还好意思说自己知性又优雅呢。"谭圆把豆干递给她，"要不我给你点份外卖吧。"

"不用，中午吃饭的时候垫了肚子，现在再吃桶方便面就够了。"

正当方便面泡好，花锦拿着塑料叉子准备下嘴时，忽然听到门口一声尖叫："花绣师，你怎么能吃这种东西？"

右手拿塑料叉，左手捏着豆干的花锦茫然地看着门口的人，她吃什么了，不就是一桶方便面吗？

杨绍快步走进门，神情沉痛地道："我把尾款先支付给你，绣屏你慢慢弄，不急的。"

"不是，等等……"

杨绍拿手机转账一气呵成，花锦咬着塑料叉子，看着手机上的转账提示，半天才道："杨先生，您今天过来，是有什么事吗？"

"哦。"杨绍拍了一下脑袋，把一张印着"寿"字的请柬放到花锦面前，"我奶奶听说我在你这里订了一个绣屏，就想请你一起来参加她的寿宴，我是来跑腿送请柬的。"

花锦用纸巾擦了擦手，拿起请柬翻开："承蒙老太太看得起，到时我一定来。"

杨绍闻言顿时笑开："那就太好了，谢谢你，花绣师。"

"老太太高寿，我能去参加她的寿宴，那是我的福气。"花锦把请柬收好，"杨先生你这话就说得太客气了。""菠萝精"的审美虽然非主流了一些，但是对长辈倒很孝顺。

"哪里哪里。"杨绍挠头笑了笑，低头看了眼花锦面前的泡面，"花绣师，你可要好好保重身体，注意补充营养。"

"好。"花锦失笑，此刻她在杨绍眼里，恐怕跟冬天的小白菜差不多了。

"那我走啦。"杨绍怕自己说太多，会让花锦面上过不去，只好三步一回头地离开绣品店。谭圆看着他的背影，对花锦道："这个富二代心眼还是蛮好的。"

"出手还大方。"花锦点开手机，看了眼转账金额，真是一颗可爱的"菠萝精"。

"我敬佩他们，也羡慕他们……"

看着电视上微笑的花锦，裴宴靠在沙发上，等节目结束，又把节目回放了一遍。

电视屏幕中的花锦，笑容温和又包容，那双眼睛就像是碧波潭，美而幽静。她说她来自贫穷的乡村，说她羡慕美好的家庭。那么她的家庭，是什么样呢？

她成绩优异却没有机会上大学，年纪轻轻腿上却有伤，明明只是一个普通人，却想让更多的人喜欢蜀绣，甚至为了绣好一幅作品，跑很远的地方去问询，做笔记。

还有那张能够气死人的嘴……

他拿出手机，拨通了一个号码。

"张爷爷，您最近还好吗？"

"我有个朋友腿上有旧伤，到了阴雨天就容易发痛，您能不能帮她看一看？"

"好，到时候我一定陪您老人家喝一杯。"

挂了电话，裴宴看着镜头中精美的绣品，靠在了沙发上，就当他又多管闲事一回，为传统行业做贡献了。

手机响起，他按下接听键，杨绍的大嗓门从听筒传出来。

"裴哥，我来找你玩，你在不在家？"

"不在。"裴宴无情地拒绝。

"我跟你说，花绣师过得太惨了。"

"她怎么了？"裴宴皱着眉，坐直了身体。

"她连饭都吃不起了，干这个行业实在是太可怜了。"

第九章 谁是狗

"花花，有你的快递。"

谭圆站在门口，朝正在刺绣的花锦大喊："好大三个箱子。"

"快递？"花锦有些疑惑，她最近好像没有在网上买东西，在蜀锦厂订的布料，那边还没有准备好，应该没有这么快就寄过来。

还没走到门口，快递先生就把三个大纸箱放到花锦面前："花小姐，您的快递，请签收。"

花锦看了眼单子，地址没错，手机尾号与前缀没错，收件人名字也是她，她签了名字："谢谢你。"

"东西有些沉，我帮你搬进去吧。"快递先生见店里只有花锦跟谭圆两个女孩子，弯腰抱起纸箱放到店里，三个硕大的纸箱在他手里，轻巧得像是顺手抱了两本书。

花锦从小冰箱里拿了一瓶没开封的水递给快递先生，对方没有收，开着小车像一阵风一样跑远。

"花花，你这是要振兴网购平台吗？"谭圆看着三大纸箱，"买这么多？"

"不是我买的。"花锦用裁纸刀划开纸箱，里面是整箱即食燕窝，她更加疑惑了，这个牌子的燕窝非常贵，这么一大箱，要花多少钱？

打开第二个箱子，里面全是各种据说营养又好吃的零食，她甚至在里面翻出几袋切好密封的熟肉制品。第三个箱子里装的东西更奇怪，竟然是各种巧克力还有女士营养奶粉。

"这是……"谭圆看了下这些东西的品牌，在心中暗暗算了一下价格，忍不住为自己的贫穷瑟瑟发抖，"花花，这是你哪位追求者这么有才，抓不住你的心，竟然先开始抓住你的胃了？"

"我最近有追求者？"花锦盯着三大箱东西摇头，"我怎么都不知道？"

"还记不记得半年前那个小白领，三天两头主动给你买早餐，买饮料？"谭圆问，"我记得那个小伙子长得眉清目秀，唇红齿白的，结果你怎么对人家的？"

"吃人嘴软，我把钱付给他，还多给了他一笔跑路费，不是挺正常？"花锦对着三箱子食物拍了张照片，随后把它们都放到了后面库房里。这种来历不明的食物，看起来虽然诱人，但她不敢吃，也不敢送人。

"可怜人家一个刚毕业不久的小嫩草，芳心瞬间碎了一地。"

"那么好的男孩子，我既然不喜欢他，又何必浪费他的青春。"花锦拍了拍手上的灰，"那种青嫩可口的男孩子，需要一个跟他差不多环境出来的女孩子，我不适合他。"

听到这句话，谭圆心里有些难受，在她看来，花花哪里都好，配哪个男孩子都绰绰有余。可是现实的感情与婚姻牵扯太多，再纯真的感情，都有可能被外物影响。花花比她看得更清楚，但就是因为这份清楚明白，才让她如此心疼。

"你说会不会是中午过来的那位杨先生买的？"谭圆怕继续聊这个话题，花锦会难过，连忙岔开话题道，"今天中午他过来的时候，看到你吃方便面，还说对身体不好。他走了四五个小时，吃的东西就送到了，除了他还有谁？而且这么土豪的作风，除了他也没人干得出来。"

"你说杨绍？"花锦皱着眉摇头，她对杨绍并不太了解，但是直觉告诉她，杨绍绝对不是这么细心的人，就算他真的有这份细心，也不太可能用在她身上。

"要不你问问呗。"谭圆把货架上一个歪了的绣屏扶正，"不然这么大一堆不明不白的东西，谁敢吃？"

杨绍坐在会议室里，看着投影上那堆他看不懂的数据，拼命喝了半杯咖啡，才撑起自己那双不断打架的眼皮。杨学绅看着儿子明明看不懂，却还拼命去听的样子，心里总算有点满意。

虽然烂泥扶不上墙，但至少这团烂泥乖乖躺在自家墙角，没有去祸害别人。与徐家那个闯祸不断的浑球比，他内心已经满足了。

散了会，见儿子迫不及待掏出手机出来，杨学绅倒也不生气，反而在他肩膀上拍了拍："晚上跟我一起去见见几位长辈，他们待人接物的手段，你能学去一半，我就放心了。"

杨绍心中一苦，他最怕参加有长辈的饭局了。可是对上他老爸那一脸"我知道你是好孩子"的表情，杨绍深吸一口气，艰难地笑道："好。"

这是他老子，除了顺着，还能怎么办呢？

不过花绣师发来的这个消息是什么意思？有人忽然给她送了很多好吃的，但是不知道是谁送的？他听说娱乐圈里有明星收到别人送来的食物，吃进去后才发现有毒，最后紧急抢救才抢回一条命来。

他赶紧回消息让花锦注意，千万别吃来历不明的东西。

"不是杨绍。"花锦放下手机，摸着下巴道，"难道在我年幼无知的时候，无意拯救了一位田螺公子、鲤鱼公子什么的，现在他们来找我报恩了？"

"天还没黑，别做梦了。"谭圆看了眼渐渐黑下来的天幕，"今天晚上应该没什么生意了，你今天中午没吃好，晚上去我家，我妈炖了排骨猪肚汤，回去好好给你补一补。"

"好，等我收针。"刺绣的时候，花锦不敢有半点马虎，怕影响针脚的距离。这种双面绣，对针脚压线要求特别高，绣错一两针，整个绣品就会有瑕疵。

"你们这里，就是电视节目上的那个繁花蜀绣工作室吧？"三位大姐进来，她们手上脖子上戴着玉料，说话的嗓门很是响亮。

"你好，我们这里就是繁花蜀绣工作室。"谭圆招呼三位大姐进门，"请三位姐姐进店慢慢看。"

"哎哟，什么姐姐，我们仨都能当你阿姨了。"大姐们嘴上虽然这么说，但是语气却很欢快。走在最前面的大姐烫了卷发，头发也染成深咖色，与身上大红的裙子配在一起，格外喜庆。她注意到坐在绣架边刺绣的花锦，小声对两位同伴道："看到没，那个漂亮妹子就是受记者采访的那个。绣花的样子可真好看，她人美心善，不知道有男朋友没有。"

她们自以为的小声，被谭圆听得清清楚楚，不过她早就见识过各种客人，面对如此场面，可以全程维持最完美的微笑。

另外两位大姐小心翼翼地凑过去看了几眼，同样小声道："绣得真好，那熊猫爪子是爪子，脚是脚的，瞧着怪稀罕。"

三位大姐小声夸奖了花锦一番后，花锦收好针，起身对三人道："三位姐姐，有什么喜欢的吗？"

"我们不太懂这个，你给我们介绍介绍，有合适的我们就买。"为首最胖的那位大姐十分豪迈，挥手间露出了手腕上几个明晃晃的大金镯。

"好。"花锦温柔一笑，"几位姐姐皮肤好，白皙又有光泽，买亮色的披肩比较适合你们的肤色。披肩携带方便，实用价值也高，平时出门跟姐妹聚会，不仅上档次还显年轻，出去旅游拍照也好看。我们蜀绣的花纹，都讲究寓意吉祥，不过姐姐们通身气派，气度不凡，一看就是有福气的人，这些绣纹对你们来说，也不过是锦上添花，凑个趣。"

谭圆站在旁边，看着花锦把几位大姐夸得眉开眼笑，忍不住感慨，她要自己这张嘴有何用。最后这几位大姐不仅买了几条披肩，还买了手包，以及两条带给家里小孩的五福辟邪兜肚。

大姐们出手很阔绰，因为买的东西太多，花锦给她们每人送了一块手帕，她们更开心了。她们出门时拎着大包小包，笑得见牙不见眼。

"哎哟，平时这种客人比较挑剔，没想到这次遇到的这么大方好说话。"谭圆瘫坐在沙发上，"还是花花你厉害，让她们掏钱掏得这么高兴。"

"我觉得她们挺可爱的。"花锦笑了笑，"而且我说的是实话，她们一看就是有福气的人。"

对于大多数普通女性来说，在五十岁过后，身体健康，不用为生活焦虑，笑口常开，闲暇无聊时就跟朋友约在一起，买自己想买的东西，不让自己委屈，挺好的。

两人刚坐着休息没多久，又有顾客上门，虽然大多顾客只看不买，但也卖了几件绣品出去。

两人忙到晚上十一点多才闲下来，花锦也不想去喝排骨猪肚汤，更不想去看节目重播了，只想回家洗个澡就睡觉。

"都这么晚了，花花你今晚干脆去我那儿睡吧。"谭圆翻了翻账单，"照今天这个行情，我怕店里的绣品不够用，明天早上我把放在家里的存品也拿过来。"

"没事，我那屋里也还有些绣品，趁着这几天大家对电视节目有些印象，尽量多卖点出去，等热度过去，生意就会淡下来了。"花锦不敢妄想靠着一档不算红火的节目，就让自己日进斗金。大家的生活都很繁忙，再感人的故事，再漂亮的绣品，都会慢慢从脑海中忘记。她跟谭圆能做的，就是趁着这次机会，让更多的人喜欢上刺绣，知道她们工作室的名字。

"是哦。"听到花锦的提醒，谭圆激动的心情渐渐平复。人们都有凑热闹的心理，当这股热闹过去，她们店里大概又会恢复往日的平静。如果她们有很多的钱，还可以趁此机会多宣传一下，吸引更多的人关注。

可惜……

"不过，总是在慢慢变好的。"花锦打了个哈欠，"至少我们店也是上过电视台的，以后跟同行在一起，说起来也有面儿。"

好像……也挺有道理的。

花锦见谭圆困得连眼睛都睁不开了，就让她先回去，自己收好店里的垃圾，就打车回去。

等谭圆离开，花锦整个人都瘫在了沙发上，一动也不想动。十几分钟后，她才勉强打起精神，把店收拾了一下，坐到沙发上拿出手机准备叫车。

"花锦。"

花锦揉了揉额头，看来她困得产生幻觉了。

"你在发呆吗？"一双长长的腿停在她面前，她抬头一看，裴宴正弯腰看着她，两人的脑袋只隔着十几厘米的距离。

"裴先生，你怎么在这里？"花锦往后仰了仰。

注意到她这个动作，裴宴站直身体，双手插在裤兜里："路过。"

"裴先生你是不是住在附近，所以才总是从这边路过？"花锦看了眼停在外面的车，是辆宝蓝色的车，她脑子里忽然浮现昨天晚上停在巷口的红色跑车。

"你说的是哪套房？"裴宴在她旁边坐下，"这大半夜的，我进门你都不知道，万一是个坏蛋或是小偷，你怎么办？"

花锦：是她多嘴犯的错，怎么就忘记有钱人的世界跟她不一样呢？

"坏蛋小偷哪敢这么大摇大摆地进来？"花锦指了指饮水机，"裴先生如果要喝水，请麻烦你自己倒一下，杯子在饮水机下面。"

见她累得几乎不想动弹的样子，裴宴眉眼都柔和下来："把店门锁好，我送你回去。"

"怎么好意思麻烦你……"

"麻烦一次也是麻烦，麻烦两次也是麻烦，你都麻烦过我好几次了，又何必计较多一次？"裴宴帮花锦把旁边的垃圾袋提起来，扔到店外的大垃圾桶里，回来后对花锦道，"这么晚了，你一个女孩子打车不方便，我总比那些陌生男人安全一些。"

花锦诧异地睁开眼，不知道是不是她的错觉，她总觉得裴宴今天说话的语气有些不对劲。

"还有没有什么需要收拾的，我帮你弄了。"裴宴站在店里东看西看，"免得以后传出去，别人说我一个大男人，眼睁睁看着一个女孩子吃苦受累，都不愿意搭把手。"

"请裴先生放心，这里就只有我们两个人，绝对不会传出什么闲话的。"为了显示自己说的话很有信誉，花锦重重点了两下头。

裴宴看了她两眼，轻呵一声，弯腰把地上几张废纸捡起来。

看着那白皙修长的漂亮手指，捡着地上的废旧脏纸，花锦的良心瞬间受到强烈谴责："你别……"

"累了就好好坐着。"裴宴瞪她，把脏纸扔进垃圾桶，"留点精力不好吗？"

"其实我今天挺高兴的。"

"嗯。"裴宴没有回头，不过声音很温柔。

"今天卖了很多绣品出去，我终于有时间慢慢钻研刺绣，尽量减少接商品订购了。"花锦趴在小沙发上，"裴先生，有机会再带我去那个四合院喂一喂锦鲤吧，说不定我运气能够更好呢。"

"就没有……发生其他高兴的事？"裴宴扭头看她。

"还有一件。"花锦想了想，"我上电视啦。"

裴宴盯着她足足看了好几秒钟，才扭头背对着她，语气平淡："我知道了。"

"你也知道？"花锦眼神一亮，"难道你看了电视，我在电视上好不好看？"

"不是你说上电视了？"裴宴用纸巾擦了擦柜台，"我没有那么多空闲时间看电视。"

"哦。"花锦有些失落，"我以为你看了，还想问问你我在镜头里的表现怎么样。"

"走，回去了。"把纸巾也扔了，裴宴看她，"还走得动吗？"

"还行。"花锦把包背上，"卖出那么多的绣品，给予了我精神上的力量。"

下台阶的时候，裴宴见花锦走路摇摇晃晃，忍不住伸手扶了一下她的手臂。光滑细腻的触感，从指尖传到心底，他收回自己的手，喉咙有些发干。

替花锦打开副驾驶的门，在她脑袋快要撞到车门顶上时，他连忙伸手罩在她头顶上："看着点，本来就不聪明，是要把自己撞成傻子吗？"

"哦。"花锦实在太困，没有精力跟裴宴吵，她找到安全带给自己扣好，就闭上了眼。

她嘴巴那么厉害，却不长脑子。他可是一个男人，她就这么睡过去，难道没想过他……

他……

裴宴手心渗出薄汗，不敢再看花锦。

车子开到巷子外，花锦还在睡，裴宴侧首看着她的睡脸，伸手扶了扶她睡偏的头。

"到了？"花锦晕晕乎乎睁开眼就准备下车，"谢谢啊，裴先生。"

"你等一下。"裴宴下了车，把手伸到花锦面前，"我扶你上去。"

"这样……算不算我占你便宜？"花锦把手伸出去，又犹豫着收回来。

"走不走？"裴宴皱眉问。

"走。"花锦扶住了裴宴的手，谁不想有极品大帅哥的贴心服务呢？

夜风一吹，再走了几步凹凸不平的巷子路，花锦彻底清醒过来，她悄悄地，悄悄地把自己的手从裴宴的掌心抽出来："裴先生，今晚谢谢你。"

"看来脑子已经清醒了？"把空荡荡的手握了起来，裴宴道，"钱是赚不完的，以后不要忙到这么晚了，回家不安全。"

"好。"花锦迅速点头。

看她这副模样，就知道她没把这句话放在心上，裴宴仰头看天："如果缺钱，可以向朋友借，别把身体累垮了。"

"啊？"花锦茫然，她虽然不算富裕，但日子还算过得去，还不用靠借钱度日吧？

"如果你的朋友没钱，我还能勉强借给你。"裴宴继续看天，"我买给你的那些东西先吃着，别吃垃圾食品了，对身体不好。"

"今天那些食物，是你送的？"花锦瞪大眼看裴宴。

裴宴听到这话，顿时也不看天了，神情严肃地看花锦："不然你以为是谁？"

难道还有其他男人送？

"我没以为是谁，就是感到有些意外，没想到会有人给我送吃的，还送了那么多。"花锦道，"我思来想去，都想不到有谁会这么大方，连杨先生都去问过。"

"所以你以为是杨绍送的？"裴宴挑起了眉。

"我没这么想啊。"花锦摸了摸肚子，她今天忙了一晚上，连晚饭都没吃，刚才只顾着犯困，现在裴宴提到吃的，她肚子就开始饿了，"主要是我认识的朋友里面，又没什么有钱人，所以才问一问他。"

"合着我累死累活送你回家，还不属于你认识的范围？"裴宴眉毛挑得更高，扭头哼道，"小白眼狼。"

花锦："……"

怎么感觉越描越黑了？

她拉了拉裴宴的袖子，清了清嗓子："那个什么，我不是这个意思，就是觉得你长得这么帅气高雅，没想到也能贴心给女性朋友送零食，有点出乎我意料了。"

"我这是怕你被饿死了。"走到楼下，裴宴看着黑漆漆的楼道，拿出手机照亮楼梯，"我送你上去。"

"不用了，这里我很熟的。"花锦笑盈盈地看着月色下的男人，"谢谢你的零食。"

那些零食很昂贵，可是东西已经寄到了她那儿，她再矫情地说不要，或是太贵了不收，就显得尴尬了。以裴宴的个性，恐怕又要大爆发。

"我怕你困晕了头，从楼梯上摔下来。"裴宴单手插兜，姿态很是高冷，"走吧。"

破旧的楼道里，墙皮斑驳脱落，在手机微光的照射下，很有拍摄恐怖片的气氛。裴宴看着走在前面的花锦，伸手扶了一下栏杆，摸到了一层灰。

收回手，裴宴怀疑自己手心肯定全是脏灰，但是花锦就在前面，他只是把手握起来，装作什么都没有发生。

路过三楼转角处，他听到了有人在说话，好像是女人在抱怨蔬菜贵，这个月工资又没有按时发。

这里的隔音也不好？再看花锦习以为常的模样，裴宴没有多话，跟着花锦来到了她门口，不等花锦拿钥匙开门，便道："你好好休息，我回去了。"

花锦想要挽留他，可是现在夜深人静的，家里又只有她一个人，确实不适合邀请他做客。

想到这，花锦笑了笑，趴在阳台上听着脚步声渐渐往下，随后出了这栋楼。

走在空地上的裴宴，回了一下头，但是四楼漆黑一片，借着微弱的月光，只能看到花锦站在阳台上的模糊影子。

他停下脚步，忽然想对花锦说，他有很多空房子，随便哪一套都比这破地方好，她可以挑着住。可是他觉得这样太奇怪了，他并不是花锦的谁，实在没有资格插手别人的生活。

月下看绝色，越看越美。

花锦长长叹息一声，多可爱的一个男人，嘴硬心软，对待女孩子从不越雷池一步，不知以后会跟怎样的女孩子生活在一起呢？

"小花？"隔壁房门打开，琴姐探出头来，小声问，"今天下班这么晚？"

"今天生意比较好，就拖得晚了些。"花锦朝琴姐笑了笑，"小海睡了？"

"睡了。"琴姐犹豫了片刻，"送你回来的，是那天早上来派出所接你的那位先生吗？"

花锦点了点头。

"挺好的，这个年轻人不错。"琴姐点头，"这么大晚上的送你回来，说明为人贴心。送你回家，却不趁机进门，说明他尊重你。"

"琴姐，你真的误会了。"花锦失笑，"我跟他只是朋友关系，更何况我们不合适。"

"哪里不合适，他长得好看，你也长得好看，走在一起就是俊男美女，天生一对，哪里不好了？"琴姐倒是很看好，"感情这种事，来了就别犹豫，错过了就是一辈子的事，到时候再后悔也来不及了。"

听琴姐语气感慨，花锦抬头看着天空的月色，笑道："没有想到，琴姐你竟然有这样的感悟。"

"谁都年轻过。"琴姐走到花锦身边站定，脸上的笑容带着几分回忆，"当年我也有个喜欢的男孩子，人长得精神又上进，对我也好。"

"后来呢？"

"后来我家里嫌他不是本地人，对他各种刁难。他想带我走，我拒绝了他。"琴姐自嘲地笑了笑，"后来我跟他南北各一方，再也没有见过面。听说他几年前跟一个很好的女人结了婚，日子过得还不错。"

花锦看着琴姐面带微笑说起这样一件事，忍不住想，她是已经把这件往事放下了，还是已经接受了自己的命运，把过往那段甜蜜恋情当作人生中的阳光，偶尔翻出来回忆一番，借以纪念自己的青春？

人生多短啊，短得让人来不及想清很多东西，青春便过去了。

"不过你跟我不一样。"琴姐看着花锦，"你身上有种我没有的东西，如果我是你，也许当年就不会嫁给小孩他爸，走了这样一段人生。"

"不，琴姐你很勇敢。"花锦摇头，"不是所有女人都有你那样的勇气，尽管娘家不支持，也奋力从泥潭挣脱出来。"

听到这种话，琴姐笑出声来："在我娘家人看来，我是瞎折腾，让自己变成了带着拖油瓶的离婚嫂，只有你觉得我是挣脱出了泥潭。"

"不过，你说得对，我觉得我是爬出了泥潭。"琴姐笑起来的时候，眼角有两条皱纹，这让她看起来比实际年龄老了一些，"我这辈子胆子小，性格窝囊，不敢为了自己的感情反抗，不敢为了自己的婚姻反抗，但是至少在男人家暴我，家暴孩子的时候，勇敢了一次。"

"一不小心就跟你说了这么多。"琴姐失笑，"早点休息，我不打扰你了。"

花锦笑了笑："晚安。"

月色依旧皎洁，在这个人世间，命运是不公平的，但是看到的风景，却是一样的。

她想起那个逃离老家的月夜，她躲在玉米地里，吓得瑟瑟发抖。那一声声脚步声，就像是催命的钟，她以为自己马上就会被抓回去。

抬起头时，她就跟村里帮着大伯找她的两位叔叔视线对上了。

在那一刻，她翻涌着无尽的绝望。

可是让她没有想到的是，两位叔叔竟然齐齐扭过了头，装作没有看到她一般，在裤兜里掏来掏去，掉出几张钱在地上，然后慢慢走远。

那天晚上，她拿着那几张钱，还有偷出来的身份证跟户口本，一路捂着嘴哭一路走，走出了那座大山。她到现在都还记得，那晚的月色格外亮，为她照亮了出山的路。

电视节目让花锦与谭圆的工作室生意好了不少，就在她们以为热度快要过去时，不知哪位网友发现，之前赵霓在红地毯上穿的那套旗袍，就是来自繁花工作室。

在网络时代，只要大家有心，很多秘密都无所遁形。

很快网友们发现，原来繁花蜀绣工作室不仅给赵霓绣过旗袍，之前感人至深的爱情故事中，那床龙凤被也是繁花工作室以超低价绣出来的。

网友1：传统艺术行业真的很不容易，这家工作室不仅手艺好，心也这么善良，真的很让人敬佩了。

网友2：难道只有我想知道繁花工作室的地址？

网友3：这家工作室就在我家附近，里面的东西特别好看。有时候从店外路过时，我经常偷看小姐姐刺绣，我跟你们讲，刺绣的那位小姐姐特别漂亮，美得让女人都想弯一弯。

网友4：楼上说小姐姐，绣出这种级别的绣品的，竟然是小姐姐？

网友3：是的，工作室只有两个漂亮小姐姐，一个擅长刺绣，一个擅长制作漆器，里面的绣品与漆器都特别美，有钱的大佬可以去看看，买了绝对不吃亏。

花锦与谭圆还不知道网上的热闹事，尤其是花锦，最近忙得连吃饭睡觉的时间都没有，她不仅要赶制杨绍订的绣品，还要时不时与马克那边商讨绣样，更要招呼店里的客人。不少客人得知工作室可以定制绣品后，还想定制几样绣品。她忙得脚不沾地，恨不得自己能多长几只手。

"花花，这跟我们预想的不一样啊，怎么这两天客人越来越多了？"

谭圆看了下订单，"你说，我们要不要聘请几位绣娘？"

发展得比较好的工作室，都会聘请绣工，繁花这几年一直不温不火，所以她们才没这个打算，但是照现在这个情况，仅仅靠她们两个，格局就太小了。

"我也有这个打算。"花锦翻了一下有意向定制的客人统计表，"高姨那边有合适的人推荐吗？"

"恐怕难。"谭圆摇头，"我妈这些年一直生活在这边，几乎没有回过蜀省那边。跟她常常联系的那些绣师，有些比她年纪还要大，哪还适合这个工作。"

"我给高姨打个电话，问问她有没有相关的人推荐。"花锦拨通高姨的电话，问起了这件事。

"有倒是有一个。"手机那头，高淑兰语气有些犹豫，"我认识一个比我小十几岁的绣娘，她绣工好，人也勤快，只是……"

"只是什么？"

"她前些年遭了火灾，皮肤受伤严重，现在跟她家人生活在一起，不爱出门。如果你们准备聘请她的话，她可能不愿意来店里。"

"我明白了。"花锦挂了手机，跟谭圆把这事说了。

"花花，你是怎么想的？"谭圆有些犹豫。

"能被高姨夸绣工好，手艺肯定不错，我觉得挺好。"花锦道，"在哪里刺绣都一样。"

"那让我妈找时间跟她谈谈？"

"好。"花锦从后面货物间里拿了两盒巧克力，分给谭圆一盒，"先吃点巧克力补充一下能量。"

"这个你不是说，不敢吃来历不明的东西？"谭圆一脸坏笑，"老实交代，是不是知道是谁送的了？"

"是啊是啊。"花锦吃了一块巧克力，忽然想起自己曾分给裴宴半块巧克力。他这是用实际行动告诉她，哪种巧克力更好吃吗？

"是哪个追求你的美男子啊？"

"是美男子没错，但不是追求我的人。"花锦叹息，"美人如花隔云端，我是凭可怜得到的零食。"

"世上竟有如此善良的男人？"谭圆摇头，"我不信。"

"因为贫穷限制了我们的想象。"巧克力味道太好，花锦吃得很开心，"有钱人的世界，谁知道呢。"

"哦！"谭圆脑子里灵光一闪，"有钱，还是美男子，这些一定是裴先生送的，对不对？"

花锦挑着眉笑，不回答她的猜测。

"我就说，他这几天怎么没来找你，原来人虽然没有到，但吃的已经到了。"谭圆啧了一声，"如果这都不算……纯洁的友谊，还有什么配得上这个词呢？"

花锦伸手捏了一下她的脸："你又皮，信不信我……"

"抱歉，打扰了。"一个年轻男人走进来，他看清花锦的脸，眼中露出诧异之色，"是你？"

谭圆小声问花锦："他是你认识的人？"

花锦对谭圆笑了笑："您好，请问您有什么需要吗？"

周栋见花锦已经不记得自己，羞涩一笑："我跟你在芙蓉市的酒店里见过，你还记得吗？"

"您是……周先生？"花锦露出恍然大悟之色，"真巧，没想到会在这里遇到您。"

"我也没有想到。"周栋挠了挠头，"我上个月从分公司调到了这边总部上班，我妹妹下个月结婚，我不知道买什么合适，在网上看到有人提到繁花工作室，就想过来看看，没有想到店主会是你。"

"结婚图的是个吉利，您送鸳鸯戏水，或是龙凤呈祥都合适。"花锦礼貌笑道，"店里有很多精美的漆器，也很适合送给新娘子新郎官。"

"那、那你能带我看看吗？"周栋脸色更红，偷偷拿眼角看花锦。

"请随我来。"花锦带周栋往里面走，"店里所有的漆器与绣品，花纹寓意都很好，完全不用担心有忌讳，周先生尽管挑自己喜欢的。"

　　"这里面，有你亲手做的吗？"周栋结结巴巴说完这句话，整张脸都布满了红潮，仿佛说出这句话，已经用尽了他的勇气。

　　花锦停下脚步，回身看他，随即笑开："这里很多绣品，都是我绣的。"

　　"花绣师，你还在忙呢？"杨绍在店门口探进一颗脑袋，"今晚有个好玩的聚会，听说有几位特别厉害的绣师也会到场，你要来吗？"

　　"你姓花？"周栋惊讶地看着花锦，眼中涌起怀念与忐忑，"你……真的不是花锦吗？"

　　问出这句话以后，周栋看到了对方的微笑。

　　礼貌、疏离。

　　激动万分的脑子，就像是滚水中被倒进了一大桶雪，骤然冷静下来。他忽然想起了当年那些传言，有说花锦父母重男轻女，对她不好的；有说花锦一家出了事，全家只剩下她一个的；还有说，她不参加高考，是因为她大伯家，给她找了一个家里有钱的夫家，让她嫁了。

　　如果眼前这个漂亮的女孩子，真的是花锦，他的出现，是否成了唤醒她痛苦记忆的钥匙？她好不容易从那种生活中爬出来，拥有了新的生活，他为什么一定要当着别人的面拆穿？

　　在这个瞬间，周栋整个人像是溺水，难受得不能呼吸。他低下头，颤抖着声音道："对不起，我认错人了。"那时的他，知慕少艾，但是在发现花锦没有来参加高考时，他除了在心中担心外，甚至没有去找她的意思。后来高考结束，他仍旧各种顾忌，直到听班上女生在聊天群说，花锦要嫁人了，他才叹息一声，把心中那份不算暗恋的暗恋藏了起来。

　　在她苦难的时候，也许他在高考，在为自己考上好大学高兴，从不曾想过，去帮她一把，拉她一把。现在他乡相遇，她不想再忆起往事，他又何必再提起？周栋觉得自己很难过，为花锦的过往难受，为自己曾经的懦弱无能而后悔，他眼眶微红，声音颤抖道："对不起。"

　　说完，他转身朝店外跑去，连回头多看一眼的勇气都没有。

　　"这人怎么回事？"杨绍看了眼周栋狼狈奔走的背影，"花绣师，你认识他？"

花锦笑着没有说话，转头看到了站在橱窗外的裴宴。

他是跟杨绍一起过来的？

难怪杨绍这么马虎的性格，会想到带她去参加有刺绣大师的聚会。刚才的事，他也看到了？

花锦抬头对裴宴笑了笑，她以为这次裴宴还是会扭头就走，没想到他竟然朝她颔首。

"那晚上你们可以过来接我吗？"花锦道，"现在我不能走，店里忙不开。"

"没问题。"杨绍点头，"那花绣师你慢慢忙，我跟裴哥先去做别的。"

"嗯。"花锦笑了笑，转身走回绣架旁，从股线中抽出一根线，穿针引线继续绣没有完成的绣屏。

"晚上我过来接你。"裴宴不知什么时候走到花锦身边，"顺便把你穿衣尺寸告诉我。"

"你是要替我准备晚礼服？"花锦仰头看裴宴，轻笑一声，"不用了，店里有合适的衣服，保证上得了大场面。"

"嗯。"裴宴看了眼绣架上还没有完成的双面熊猫绣，熊猫身上纤毫毕现，甚至看得清毛发上的光泽，他忍不住多看了两眼。

花锦刺绣的时候特别认真，就算身边有其他人看着，也不会影响她的状态。倒是裴宴看着花锦刺绣的样子有些不想走，要不是杨绍在旁边挤眉弄眼，他差点忘记等下还有事要做。

出了繁花工作室大门，裴宴坐进车，对最近总是蹭他车的杨绍道："你最近怎么回事，连自己的车都不开了？"

"我现在是领工资没零花钱的人。"杨绍嘿嘿一笑，"这不是想跟着裴哥你省点油钱嘛。"

裴宴："……"

"你长大了，终于知道什么叫抠门了。"

"我本来也没那么穷的，不过你也知道我这个性格，最见不得美人受苦，前几天看花绣师惨得吃泡面，我一个于心不忍，就转了一笔钱给她。我爸为了让我上进，现在都不多给钱，只按时给工资，如果没有裴哥你，我快要活不下去了。"

"呵。"裴宴冷笑一声，"既然敢英雄救美，还怕什么受穷？"

"话不是这么说，"杨绍苦着脸道，"谁叫花绣师长那么好看，那眼睛多水润，皮肤多白，让这样的女孩子吃苦，谁舍得啊。"

裴宴瞪了他一眼不说话。

车开出一段距离，等红绿灯时，裴宴看到路边有个男人扶着路灯柱子哭，若不是这边路段偏僻，肯定会引来不少人围观。

开过红绿灯路口，裴宴找到一个掉头区，把车往回开去。

"裴哥，你这是干什么？"

回到刚才那个地方，痛哭的男人还没有离开，裴宴把车停到路边，开门下了车。快要靠近那个男人时，裴宴脚步一顿，忽然又不想再往前走了。

偷偷痛哭的周栋，并不知道这种偏僻的路段，也会有人注意到自己。此刻的他被后悔、懊恼、心疼种种情绪包裹，沉重得喘不过气来。

直到脚步声离他越来越近，他才匆匆擦了擦脸上的泪，准备朝相反方向走去。

"你认识花锦？"

听到来人提到花锦的名字，周栋脚下一顿，警惕地回头，发现问话的是个男人，他不仅相貌出众，一身穿戴也价值不菲："你在说什么，我听不懂。"

"我是她的朋友。"裴宴注意着周栋脸上的表情，对方脸上的慌乱与不安，在他的视线下无所遁形。

"我认错人了。"周栋猜到，可能是自己刚才在店里的行为，被这人看到了，他微微扭头，避开裴宴的视线，"我不认识你的这位朋友。"

"是吗？"裴宴靠着路灯杆，"你可以跟我讲讲你那位同样姓花的朋友吗？"

"抱歉，这位先生，我并没有对陌生人讲故事的兴趣。"周栋知道这样的男人他可能得罪不起，但是这辈子他已经窝囊过一次，不想再窝囊下去，"告辞。"

看着周栋匆匆离开的背影，裴宴没有动怒，垂下眼睑看着脚下的地砖。

他记得这个男人，几个月前在芙蓉城的酒店里，花锦与他一起在电梯里出现。到了今天，他才问花锦的名字，说明当时花锦没有告诉他。

她不想让这个人知道她叫花锦，说明她过去跟他是认识的。这个男人知道花锦有可能就是曾经认识的那个人以后，不是重逢的欣喜，反而是愧疚与难过，所以他一个二十多岁的男人，才会忍不住在街角痛哭。

花锦的过去，究竟经历了多少苦难，才会让曾经认识她的人，露出这样的反应？

裴宴捂住胸口，那里密密麻麻针刺般疼。他面无表情看着朝自己跑过来的杨绍，眼中露出几分茫然。

"裴哥，你这是怎么了？"杨绍见裴宴捂着胸，面色苍白，记得掏出手机，"你先忍一会儿，我马上叫救护车。"

"我没事。"裴宴按住他，站直了身体，"走吧。"

"真没事？"杨绍有些不放心，裴哥这个样子，不像是没事的样子。

"嗯。"裴宴解开袖口，把袖子挽起来。

"那你坐后面休息，我来开车。"

"行。"裴宴看了他一眼，没有反对。

这下杨绍更不放心了，平时跟裴哥在一起，裴哥从不让他开车，今天……这是撞邪了？

上了车以后，杨绍觉得车里的气氛有些沉闷，他又不敢让裴宴睡过去，万一出什么事怎么办？

"裴哥，听说你前几天投资了一部网络古装剧，怎么想起投这个玩意儿了？"

"随便投一投。"裴宴道，"怎么，你也想跟着投一笔玩？"

"那就算了，这行水深，我手里那点钱，扔进去都不够吐个泡的。"杨绍小声道，"前几天跟我爸出去谈生意的时候，我看到裴存海跟徐毅在一起。"

"徐毅不操心他那个还关着的儿子，怎么跟裴存海凑在了一起？"裴宴嗤笑了一声。

"据说裴存海把圆盼的股份，卖给了徐毅百分之二。"杨绍摇头道，"裴存海那点手段，恐怕被徐毅玩死，都不知道怎么回事。"

"商场如战场，他自己走的路，别人没资格管。"裴宴语气冷淡，"随他去。"

"他把圆盼副食弄成那样，你……"

"所谓把财富当作情感的寄托，其实都是人性贪婪的借口。"裴宴语气仍旧淡淡，"我爷爷留给我最重要的东西，是爱与关怀，还有他对我的教导，不是那些财产。我名下那么多产业，不缺一个圆盼副食。"

"你倒是看得开。"

"唯一不太方便的，不能把圆盼旗下的副食送给某个人了。"

"谁？"杨绍以为自己耳朵出了毛病，"送谁？"

然而他的好奇心被提起来以后，裴哥竟然不说话了。

他瞪大眼睛，不敢置信地看着裴宴，这是什么套路？

"花花，你最近好像都不买圆盼家的零食了。"谭圆打开冰箱，发现里面的雪糕牌子全都是跟圆盼无关的，她挑了个花锦喜欢的口味递给她，"终于换爱好了？"

"嗯，以后再也不买圆盼家的食物。"花锦起身伸了伸懒腰，拆了包装袋靠到沙发上，边吃雪糕边偷懒，"我换爱好了。"

"那……挺好的。"谭圆在她身边坐下，"你晚上去参加聚会的服装，准备好了吗？"

"不是有现成的吗？"花锦道，"旗袍加披肩，上次我给自己做的旗袍，还没穿过呢。"

谭圆笑了笑："唉，裴先生问你尺码，你都不说，竟然穿自己做的旗袍，真是……"

"出淤泥而不染，不为金钱所迷惑？"花锦轻笑出声，"人，认清自己身份，不妄想不属于自己的东西，就最好了。"

"那个，今天的那位男顾客……"

花锦捏着雪糕棒的手微微一颤，她垂下眼睑："他是我的高中同学，那时候我是班上第一名，他好像总是在二三名徘徊。好几年不见，他看起来比那时候帅了很多，真是男大十八变，越变越好看了。"

谭圆握住她空着的那只手，小声道："花花，以后有我陪着你。"

"你别想太多，我只是不想再与过去牵扯上而已。"花锦对她笑了笑，"从我走出山里，坐上来这边的火车那天开始，过去一切就与我无关了。"

"嗯，你可是蜀绣未来的继承人之一，责任重大。"

"是啊。"花锦笑弯了眉，"蜀绣的未来之星就是我。"

吃完雪糕，花锦洗干净手，又卖出一件绣品后，才去后面的小杂物间换衣服化妆。

花锦刚进去，就有新的顾客进门，谭圆刚上去接待，对方就开口了："花绣师是不是在这里？"

这句话问得不算客气，谭圆看了眼问话的女人，这个女人穿着连身工作套装，看起来有些像是秘书或是助理，走在她前面的男人穿着西装，看起来不太好相处。

"你好，花绣师有些事，请两位稍坐片刻。"

"你好，我姓陆，这是我们公司的总裁，有些事我们想跟花绣师谈一谈。"

总裁？

谭圆看了眼那个微扬着下巴不说话的男人："二位如果想要预订绣品，恐怕要等一段时间，小店的定制单，已经排到了明年。"

"绣品？"裴存海看了眼店里那些东西，语气中的高傲没有丝毫掩饰，"不用了，只要花绣师替我办妥一件事，我帮你们把这家店面买下来都没问题。"

谭圆："……"

她只能静静看着这位总裁装 ×。

花锦从后面的小杂物间走出来，看到店里的人，拉了拉身上的披肩："裴先生？"

这个人也姓裴？谭圆忍不住多看了眼裴存海，看来也不是所有姓裴的男人都是美男子，这位裴先生与那位长得特别好看的裴先生相比，真是差太远了。

"花绣师。"裴存海注意到花锦身上的打扮，"看来花绣师有场重要的约会？"

花锦取了样品册放到裴存海面前："裴先生是裴宴的家人，如果有什么喜欢的，我们这边可以提前给您赶制出来。"

"呵。"裴存海冷笑一声，不过是几块绣了花的破布，他也要靠裴宴的面子，才能排到前面？推开厚重的样品册，裴存海跷着腿，靠着沙发道："我来这里，不是为了花绣师的绣品来，而是为了跟你谈一桩生意。"

看了眼被推开的样品图册，花锦把样品册捧在手里，礼貌浅笑："裴先生真会说笑，我一个开蜀绣工作室的人，除了跟你谈绣品以外，就没什么可谈的了。"

"我听说你跟我的那位堂弟关系很好？"裴存海意味不明地笑了一声，这声笑里，带着一股轻蔑，"听说我那位堂弟，不仅为你特意去参加一个什么传统艺术展览，还常常陪你出去吃饭，接你下班。花绣师出身贫寒，却能让我那个性格怪异的堂弟为你做这么多事，跟我怎么就没什么可谈呢？"

"可能因为你没有他有钱，也没有他长得帅吧。"花锦笑盈盈地看着裴存海，白皙的手指轻轻搭在腮边，带着几分妖娆，"就算出身贫寒的女人，也喜欢长得好看的男人嘛。"

裴存海眼神一冷，嘴里却笑出声来："可是男人再好看，也比不上钱重要。我想花绣师你也明白，以你的身份，是不可能嫁给裴宴的，何不想办法多赚点钱？"

"呵。"花锦手指轻轻在样品册封面上画圈，说出的话却讽刺不已，"可您有裴宴那么多钱吗？"

"虽然我没有，但是……"裴存海伸出手，准备握住花锦放在样品册上的手，却被花锦轻巧绕开。

他嗤笑一声，收回手："可是你只要帮我办到一件事，我能给你更多的东西。房子、车子、这里的户籍，还有刺绣界的名气，我都可以给你。"

"可是，"花锦歪了歪头，语气温柔至极，"我是个十分有原则的人，比如说……不帮生性贪婪又丑陋的男人。"

她轻笑出声，如花的容貌娇俏可人："裴先生，希望你有自知之明。"

从小到大，因为家里人要靠着裴宴一家，裴存海总能听到别人夸裴宴。家里那些堂兄弟表兄弟，也爱围着裴宴打转，尽管所有人都知道裴宴喜怒不定，不务正业，做事全凭兴趣，但没有一个人敢当着裴宴的面，说他半点不好。

就连他爸妈，为了夸耀裴宴，也总是压他这个亲生儿子一脚，来抬高裴宴。

但是近些年来，不管是谁，当着他的面也要夸一句青年才俊，商界精英。像花锦这种女人他见多了，嘴上说着不为金钱折腰，但心里想着的却是怎么捞一笔，上不得半点台面。

这样的女人，拿来玩一玩都嫌拿不出手，嫁进豪门更是不能妄想。但他怎么也没有想到，这样一个女人竟然也敢如此羞辱他。

她以为自己是什么东西，能嫁给裴宴当裴家太太吗？

裴存海怒不可遏，抬手就想打人。

"裴先生，鄙店虽小，不过安装监控的钱还是有的。"花锦起身往后一躲，"裴先生威胁我不算，还想动手打人？真没看出来，裴先生瞧着一表人才，却是个喜欢对女人动手的……"

她张了张嘴，没有说出那两个字，但是她的口型却已经说得明明白白。

废物。

裴存海气得喘气："给你脸不要脸，等裴宴对你不感兴趣的时候，我要让你在这里待不下去。"

"裴先生这么厉害，干吗要等到那个时候。"花锦嗤笑一声，"不如现在就让我混不下去。"

"你以为我不敢？"平时在圈子里，大家就算互相看不顺眼，也很少撕破脸面，像花锦这么说话气死人的，还非常少见。裴存海气得连连喘气，伸手指着花锦："好，很好，我看你能嘴硬到什么时候。"

"总裁。"秘书见向来冷静的总裁被气成这样，小声道，"我们该去试礼服了，晚上您还有场宴会要参加。"

她真怕总裁被裴宴先生的女人气得失了理智，做出无法挽回的事情来。不管裴宴先生能对这个女人维持多久的兴趣，但在裴宴先生没有厌弃她之前，总裁就不能真的伤害这个女人，不然就是打了裴宴先生的脸。

裴宴先生多怪异的脾气，向来软硬不吃。事情闹大了吃亏的只会是他们总裁。更何况这种买通男人身边女人办事的做法，说出去本就对他们不利。本以为是个捞一把就跑的女人，没想到竟是个为了裴宴先生敢这么说话的女人。

秘书看了眼穿着旗袍，搭着刺绣披肩的女人，貌美肤白，身材窈窕，有长相有气质，是个难得的大美人。只可惜把有钱人看得太简单，她就算为了裴宴捧上一颗真心，也不可能嫁给他。

什么情啊爱的，坚持这些有什么意义？不如找机会捞一笔，比什么都靠谱。她在这种小破店，整天绣花穿针，能挣几分钱？

"花小姐，我们总裁说话直了些，请你不要往心里去。"秘书朝花锦礼貌一笑，"不过也请你再多考虑考虑，裴宴先生那样身份的人，如果有了结婚的想法，肯定会考虑门当户对的女孩子，到时候你怎么办？我们做女人的，总要多为自己考虑考虑，跟什么过不去，也不能跟钱过不去对不对？"

"这位女士你说得对，谁不爱钱呢？"花锦笑了笑，"不过君子爱财，取之有道。我胆子小，如果赚来路不正的钱，我会害怕的。"

"花小姐的意思我明白了。"秘书笑容里带着冷意，她看了看这家店，转头对裴存海道，"这家店位置不错，老板您可以考虑买下来。"

裴存海讽刺一笑："你的建议很好。"

秘书转头去看花锦的脸色，让她失望的是，对方脸上毫无慌张之色。

难道她就不怕，他们把这个铺面买下来以后，她的店就只能搬地方了吗？

繁花工作室刚闯出一点名气，店铺地址就要更换，还能留下多少老顾客？

"我也觉得这个建议好。"裴宴大步从外面走了进来，目光冰冷地扫了裴存海一眼，"明天我就找助理联系卖家，你要跟我竞价吗？"

裴存海脸色变了变，裴宴怎么会在这里？他刚才那些话，裴宴听到了没有？

"以后想要在我这里拿好处，不要玩这种小手段，直接来讨好我就行。"裴宴走到花锦身边，说出的话毫不客气，"没事就学学猫叫，学学狗摇尾巴，说不定我一高兴，就答应你的请求了。"

裴存海被裴宴的话气得面色潮红，等着裴宴不说话。

"宴宴，这个人好坏呢。"花锦抱着裴宴的手臂摇了摇，嗲着嗓子道，"他想收买人家去陷害你，人家不愿意，他就威胁人家，说要让人家在这里混不下去。"

被花锦抱住的手臂僵了僵，裴宴抽了抽嘴角："那你跟我说说，要怎么才能让你高兴？"

"人家不管，你现在就把他赶出去。"花锦做足了小人得志的模样，"看到他瞪人家的样子，人家的小心脏就吓得扑通扑通直跳。还是宴宴你好，长得好看，又有钱，还对我温柔体贴，人家最喜欢你了。"

一口一个"人家"，时不时还跺脚嘟嘴，裴存海的秘书看着花锦的这番做派，艰难地咽了一下口水，没想到裴宴竟然好这一口，这爱好……还挺特别的哈。

"裴存海，打狗也要看主……"裴宴忍不住倒吸一口凉气，他一把按住花锦拧在腰间的手，面色有些扭曲，"裴存海，看来你对她不满得很，不过我身边的人如何，用不着你来说三道四。好好经营你的公司，别来烦我身边的人。你知道我脾气向来不太好，有时候发起疯来，就不太能记得你姓什么了。"

"好好好。"裴存海连说三个好字，起身怒笑道，"我惹不起你，我走。"

"等等。"裴宴叫住裴存海，扬了扬完美的下巴，"幼儿园小朋友都知道，做错了事要道歉，你就这么走了，很让我怀疑，你是不是真的合适做圆盼副食总裁。"

裴存海盯着裴宴看了足足近十秒，咬着牙从齿缝中挤出"对不起"三个字，带着秘书大步离开繁花。

等裴存海一走，花锦放开裴宴的手臂，把手包往桌上一放，似笑非笑地看着裴宴："打狗看主人，谁是主人，谁是狗，嗯？"

"你这个女人还有没有良心了，我来替你解围，你还拧我的腰，我的腰都被你拧青了！"

"你还好意思怪我，我有这种麻烦是谁惹来的？"花锦一脚踩在裴宴脚背上，"你还想当我主人，我干脆打死你这个不要脸的。"说完，她就要去揍裴宴。

"哎哎哎，你还是不是个女人，怎么说动手就动手？"裴宴连忙抓住她的手腕，"我错了，我错了，是我一时口快说错了话，你别动手行不行？"

花锦哼了一声："松手。"

裴宴乖乖松开手，干咳一声道："这事是我这边的问题，连累你了。"

"明白就好。"花锦理了理身上的旗袍，"我拒绝他的态度有些强硬，我不怕连累，但是这家店是我师父还有谭叔多年的心血，我怕他们被我连累。你如果处理不好，就赔他们一家店吧。"

"行。"裴宴笑了笑，刚才在外面听到了，那哪里是态度有些强硬，分明是想把裴存海气死。他帮花锦把手包拿着："既然害怕连累朋友，怎么不答应他，还能拿不少好处。"

"你也是我的朋友，我不会做那种事。"花锦把手包从裴宴手里拿过来，翻出小镜子照了照脸，确定自己妆没有花，才继续道，"而且我知道，就算得罪他也不用担心，还有你这个金大腿在，我无所畏惧。"

裴宴笑出声："你都这么说了，那我这个金大腿，今晚就介绍几个刺绣界的大师给你认识，不然对不起这个称呼。"

"大腿，大腿，你是世界上最帅的金大腿。"

从头至尾都站在角落里的谭圆："……"

眼看着暴风雨将至，最后却化作晴空万里，这就是人世间最好的戏曲。

论魄力，还是花姐排第一。

上了车，裴宴偏头看了花锦一眼，别别扭扭道："你今天的打扮很好看。"

"是吗？"花锦调整了一下披肩，"上面的绣纹都是我自己绣的，旗袍是老师傅量身定制的，去年做好后一直挂在店里，准备留着重要场合穿，今天终于派上用场了。"

裴宴笑了笑，没有再说话。

想起刚才花锦抱着他的手臂，一口一个"人家"的模样，他的心情有些异样。其实被她那样抱着手臂，感觉好像挺不错的。围在他身边的人很多，但是愿意为了他，如此直白翻脸的人，却没有几个。

"花锦，以后别叫我裴先生了。"他绷着脸，双眼平视前方，"以后有其他裴家人在场，你一句裴先生，谁知道你在叫谁。"

花锦想，有很多裴家人的场合，她又不可能在。但是见裴宴如此严肃的模样，她挑眉道："那我叫你名字？"

"嗯。"裴宴道，"杨绍他们都叫我裴哥。"

"作为你大腿上最特别的那个挂件儿，我还是叫你名字吧。"花锦低下头玩着手机道，"挺好的。"

裴宴唇角动了动，却什么都没有说。直呼名字哪里有裴哥这个称呼亲近？他心里隐隐有些说不出的不舒服。

车子里安静下来。

开了一段路后，裴宴道："这次聚会，是孟涛爷爷办的。老爷子喜欢书法、钓鱼，所以跟几位传统手艺行业的老大师关系不错。昨天我打听过，这次来的几位大师里，有两位是国内知名刺绣大师。两位大师都已经年过八十，精神头还很好，晚上我带你到两位大师跟前认个脸熟。"

"谢谢。"花锦对裴宴感激一笑，"为我特意安排了这些。"

"谁为你特意安排的？"裴宴脸颊微烫，"我只是顺手帮个忙而已。"

"顺手帮忙我也很感激。"花锦道，"最近我刚好要与马克先生合作，能与刺绣大师多聊一聊，可以增加我的见识。"

"什么合作？"裴宴眉峰微皱，"马克又是谁？"

"马克先生是国内有名的先锋时尚设计师，今年底有个时尚大会，他设计的服装品牌也会在大会上展出，我是参与他服装设计的绣师之一。"花锦笑了笑，"这样的展出机会很难得。"

裴宴板着脸点头："有什么需要帮忙的地方，可以来找我。"

"裴先生总是这样，嘴硬又心软。"花锦轻笑出声。

裴宴嗤笑道："你想太多了，从没人说我心软。"

孟家在整个圈子的地位算不上最顶尖，但由于孟家老爷子德高望重，所以大多人对孟家有着三分敬畏。据说二十世纪的战争年代，孟家为了国家与百姓，偷偷捐出很多药材与粮草，家里还有人牺牲在战场上。这些年孟家虽然不比往年显赫，但是只要有些良心的人对孟家都抱着几分善意。

这次孟家办的聚会，虽然是以邀请大家玩一玩的名义，但是大家都知道，孟家的晚辈孟涛订婚了，这个聚会是为了给孟涛未婚妻做脸面。

很多小辈原本不打算凑这个热闹，但是听到消息说，就连裴宴都要出席，他们也只好歇了花天酒地的心思，乖乖来了宴会场所。

很多年轻辈的客人到了以后，发现裴宴还没到，就跑去向已经到场的杨绍打听消息。杨绍是孟老爷子外孙，忙着帮孟家接待客人，见不少人都来问他有关裴宴的消息，他烦不胜烦。

"裴哥肯定来。"

"他去接一个朋友去了，一会儿就到。"

裴宴接人去了？

听到这个消息的人，都觉得杨绍这话说得不太老实。裴宴那种混不吝的性格，会专程去接谁？天又没开始下红雨。

该不会是裴宴不想来，孟家这边为了面上过得去，还在想办法把人请过来吧？

没过一会儿，大家听说裴存海也到了，更是议论纷纷。

这几年有小道消息传出来说，裴宴与裴存海关系不太融洽，所以一些有心交好裴宴的人，都不敢与裴存海走太近。如果消息属实的话，那么今天裴宴来的可能性就更小了。

正这么想着，外面就传来一阵骚动。

"好像是裴宴来了。"

"听说这次他带了女伴来。"

混迹在人群中的鲁嘉听到大家的谈论，忍不住朝大门口望了望。自从他得到裴宴先生的投资以后，公司的生意就慢慢活了过来，公司里养着的那些员工，也不用失业了。对他而言，裴宴无异于他的再生父母，尽管对于裴宴先生来说，恐怕连他是谁都记不住。

很快，备受众人关注的裴宴就出现在了门口，与往日不同的是，他手臂上还挽着一个穿着旗袍的年轻女人。这个女人身材窈窕，陪伴在裴宴先生身边，像是朵半开半合的花朵，独具韵味。

"不要紧张。"裴宴拍了拍花锦搭在他手臂上的手，"拿出你羞辱裴存海的气势来。"

"我只是一个没见过大世面的村花，你这个要求太严格了。"花锦挤着笑，头微微倾向裴宴，小声道，"你老实跟我说，你究竟是什么样的人物，为什么进门后这么多人盯着我看？"

"也许……他们是被你的美貌惊艳了？"裴宴挑眉笑了笑，"爱美之心，人皆有之。"

"谢谢哦，你终于承认了我的美貌。"花锦重重捏了裴宴手臂一把，"等下记得保护好我，别让我丢人，像我这样的大美人，很看重脸面的。"

裴宴："……"

我看你挺不要脸的。

第十章 闹宴会

"裴哥，花绣师。"帮着孟家接待客人的杨绍从人群中挤了过来，身后还跟着孟涛跟陈江二人。在这个圈子里，谁都能扯上几段亲戚关系。杨绍的奶奶跟裴宴的爷爷是堂兄妹；杨绍的妈、孟涛的父亲还有陈江陈森的母亲，是亲兄妹关系。不过杨绍跟孟涛、陈江、陈森不常在一块儿玩，反而跟裴宴走得更近。

陈江心里也明白，如果不是看在杨绍的面子上，上次他哥骂裴宴，却被裴宴听见的事情，没那么轻易就揭过去。他这个时候厚着脸皮凑过来，也是想在裴宴面前讨个好。

"杨先生，晚上好。"花锦朝杨绍笑了笑，顺便朝陈江、孟涛二人微微颔首。

陈江与孟涛二人受宠若惊，连忙挤出一脸笑来。

裴宴微微点了一下头，对杨绍道："那两位绣师到了没有？"

"到了到了，我带你们过去。"杨绍看了花锦一眼，朝裴宴道，"刚才徐家的那位还在问我你会不会来。"

"他最近不是跟裴存海关系亲近，问我做什么？"

"我说的哪是徐毅，是徐……"杨绍回头看了眼，见裴宴注意力根本没在自己这边，很识趣地闭上了嘴。

裴宴注意到花锦穿着高跟鞋，所以走得很慢，在踏上台阶时，单手握拳虚扶着她的腰，小声道："腿上有旧伤，怎么还穿高跟鞋？"

"这种场合，穿上高跟鞋走路会比较有气场。"花锦注意到腰间若有似无的暖意，低头看了眼，裴宴的手根本没有挨到她的腰，但这个动作，刚好能护着她，不让她摔跤。

"死要面子活受罪。"裴宴小声道，"你长得又不矮，就算穿平底鞋也不难看。"

"树活一张皮，人活一张脸，请你满足我这点爱美的小虚荣。"花锦笑眯眯道，"再说了，我今天可是跟你一起出来的，我丢人不就等于是你丢人？"

"我从来不怕丢人。"裴宴嗤笑一声，"不知道在场有多少人，在心里偷偷骂我，你偶尔丢一下人，算不上什么问题。"

"不要难过，反正他们只能在心里偷偷骂你，身体与嘴巴还是要讨好你的。"花锦安抚般地拍了拍裴宴手背，"这种感觉仔细想想，好像……还不错。"

在前面带路的杨绍差点憋不住笑出声来，他干咳一声，转头对裴宴道："裴哥，中午的时候我已经跟外公说过这件事，外公听说花绣师的职业后非常高兴，说等花绣师到了，就带她去见两位刺绣大师。"

"你费心了。"

"小事一桩。"杨绍笑了笑，"再说，我这是帮花绣师的忙，哪用得着你……"

裴宴轻飘飘看了他一眼。

杨绍立马改口："这边走。"

孟家的别墅很大，单单是一楼到二楼的旋转楼梯宽度，都跟她的卧室差不多宽。二楼的走道上铺着地毯，她踩在上面轻飘飘的。但就是这份轻飘感，让花锦一点点清醒过来。

这里的奢华与喧嚣，与她是没有太大关系的。

"身体不舒服？"走在她身边的裴宴，低头看花锦微笑的嘴角，"不要紧张，我陪着你一起过去见他们。"

"没事。"花锦微微摇头，看着裴宴的侧颜，理了一下耳边的卷发，遮住了半面脸颊。

裴宴跟花锦在杨绍的带领下，进了一个房间，房间里坐着三位老人，这三位老人穿着朴素，看上去与街边普通老人无异。

"裴先生来了？"穿着白色对襟短衬的老人站起身，本就慈和的脸上多了几分笑，"快请坐。"他看了眼花锦，说："这位小姑娘长得真标致，都快坐。"

花锦想着自己二十四五岁的年龄，还被称作小姑娘，忍不住露出一个甜笑。

"花绣师，这是我的外公。"杨绍小声介绍。

"孟爷爷好。"花锦唤了一声，看起来乖巧无比。裴宴摸了摸自己被拧出淤青的腰，对孟老爷子笑道："一段时日不见，孟爷爷的气色更好了。"

"这全靠你投资了那个环保项目，心情好，气色自然就好了。"关于外界对裴宴的传言，孟老爷子也听过，但是在他看来，裴宴年纪轻轻的，既不好女色，又不喜欢在外面惹是生非，比他那两个姓陈的外孙省心多了。从没见过他带女孩子一起出席人多的场合，今天难得一见，年迈如孟老爷子，也忍不住多生出几分好奇心，偷偷打量了花锦好几眼。

她模样好，笑起来的样子也亲和，就是不知道受不受得了裴宴那阴晴不定的性格。

"两位老兄弟，这位小姑娘就是我跟你们提过的后辈，小小年纪不得了，绣出来的东西，连我外孙的亲奶奶都赞不绝口。"孟老爷子虽然没有见过花锦的绣品，夸起来的时候，却连眼睛都没有眨一下。

坐在旁边一直没有说话的两位老人闻言，脸上露出笑意，问了花锦关于刺绣上的一些问题。他们见花锦回答得头头是道，便点头称赞道："你小小年纪，就有如此成绩，未来不可限量。"

"光说这些有什么用。"孟老爷子笑道，"你们天天感慨从事传统手工艺行业的年轻人越来越少，现在难得见到一个有天分又肯钻研的，还不赶紧留个联系方式，以后年轻人有什么不懂的，也好向你们请教。"

"你说得有道理。"两位刺绣大师掏出自己的手机，加上了花锦的微信。

"加微信好，这两个老头儿现在不爱动针，就喜欢玩微信，天天转些什么养生文章。"孟老爷子对花锦道，"你有事就在微信上问他们，准能找到他们。"

花锦听得出这位孟老先生是在暗示她，平时在微信上可以多跟两位大师联系交流。她笑着点头，满眼都是对孟老先生的感激。

"说起来，这位小姑娘的名字我好像在哪儿听过。"头发雪白的刺绣大师把花锦的微信备注好名字，有些不太确定地问，"前几天，有位邀请我做绣纹顾问的设计师跟我说，团队里新加入了一位年轻蜀绣师，名字好像就是这个。"

"老师您说的可是马克先生？"在这两位大师面前，花锦态度十分尊敬。事实上，放眼整个刺绣界，只要是知道这位刺绣大师身份的绣师，都会是她这个反应。

这位看起来很普通的老人，就是整个刺绣界都很有名的大师许岩。许岩大师九岁开始学习刺绣，擅长把各种风格的刺绣融合在一起，自成一派。另外一位大师名为张培业，几乎与许岩大师齐名。两人都是刺绣界德高望重的老师，所绣的作品驰名海内外。

花锦做梦都没有想到，自己竟然有幸得到这两位大师的联系方式，她捧着手机，整个人都被一种不真实感包围。

"就是他。"许岩微笑着点头，"你年纪轻轻，能加入这个团队，说明在刺绣方面确实有不俗的造诣。我有位徒弟也在这个团队里，以后有机会，你们可以在刺绣方面多交流交流。"

花锦笑着称是。

两位老先生年纪大了，加上楼下还有聚会，花锦不好意思打扰太久，聊了一会儿后，就很识趣地提出告辞。

走出房门，她晕乎乎地看着裴宴："裴宴，外面天黑了没有？"

"黑了，不过你没有做梦。"裴宴伸出食指弹了一下花锦的额头，"清醒一下，我带你去楼下吃东西。"

走到楼下，花锦有些惊讶地发现，现场竟然还有几位演艺圈非常出名的明星。

"我还以为你看到明星后，会比刚才激动。"裴宴态度冷淡地应付了一位主动上来说话的男明星，俯首在花锦耳边道，"听说刚才那个男明星，十分受你们女孩子欢迎。"

"其实我还是很激动的，不过这里人多，我要绷住气场。"花锦手里端着香槟，小声道，"更何况这里有你作参照，我觉得这位明星也就一般帅。"

裴宴挑了挑眉，面颊有些烫，他好像又被这个女人调戏了。

一拨拨主动上来搭话的人来了又走，走了又来，花锦道："来这里之前，我以为你只是普通的有钱，现在我知道了，你肯定是非常有钱。"

裴宴带着她到草地上桌边坐下："今天过后，你是不是要后悔对我态度不够殷勤了？"

"如果我以后对你态度殷勤一些，你会拿金钱砸我的脸吗？"花锦反问。

裴宴挑眉："你觉得呢？"

"那还是算了，就这样吧。"花锦挺了挺胸，"我可不是那种会为了五斗米折腰的女人。"

我最多只会为五斗金子折腰。

"呵。"裴宴往椅背上一靠，懒洋洋道，"原来花小姐竟是如此清高的人，我竟然没有发现，失敬失敬。"

"你眼神不好，我原谅你。"花锦摇头叹息，一脸大度道，"谁叫我生来对长得好看的人宽宏大度呢。"

裴宴："……"

如果有比谁更不要脸这种活动，花锦肯定能拿第一。

他指了指不远处的食品区："那边有吃的，你自己去取感兴趣的。"

"你不去吗？"花锦把手包放到裴宴面前，"包包帮我看好。"

"你看到有几个男人在食品区？"裴宴顺手把花锦的包拿到手里，"操心好你自己就行，别管我。"

"哦。"花锦点了点头，起身去了食品区。

食品区没什么人，花锦刚拿着餐盘随意挑选了几样，身边就多了一位穿着晚礼服的女士。见她盯着自己的手，花锦以为她对自己面前的食物感兴趣，就往旁边让了让。

"小姐看起来有些面生。"晚礼服女士象征性地放了两片水果在盘里，"您身上的旗袍很漂亮，方便给我留个您的联系方式吗？我也想定做两身这样的旗袍。"

"谢谢夸奖。"花锦无奈笑道，"不过这家店的名片在我包里，而我的包又在男伴手上，不如等下我给你。"

"如果您不介意的话，请允许我陪您一起过去拿。"晚礼服女士温和一笑，"希望您不要嫌我这个行为太失礼，因为我实在是太喜欢这种漂亮的旗袍了。"

花锦看了眼对方从头到脚的大牌高定，笑容不变："当然不介意。"

她捡了两盘食物，走回裴宴身边，把餐盘放到桌上。

裴宴看着两盘食物，半点都不客气地端过其中一盘："少吃一点，我帮你分一半。"

"我就知道你会干这种事。"花锦分了一份餐具给他，"说什么没几个男人在食品区，分明就是自己偷懒不想动。"

"坐在你面前的，可是你的恩人，态度客气点。"裴宴用干净叉子，叉走花锦盘里的一块水果，咬了口尝道，"还挺甜。"

花锦没想到他这么不要脸，从他盘子里连叉了三块水果回来："懒就懒了，竟然还抢我的水果。"

"幼稚。"裴宴见花锦把餐盘抱在怀里，放下餐叉不屑道，"小白眼狼，不就是吃了你一块水果。"

花锦低下头，轻哼道："你才幼稚。"

小时候，她跟弟弟去别人家做客，主人家给她跟弟弟做的肉丝面或是鸡蛋面，她总会被弟弟夹走肉丝跟鸡蛋。她只要不高兴，爸妈就会苦口婆心地对她说，弟弟是男孩子，饭量大，让她不要跟弟弟一般见识。

她至今还记得，十一岁那年，弟弟抢走了外婆夹到她碗里的鸡腿，她想抢回来，被她妈训斥了几句。那一刻她不知道自己是怎么想的，竟然不顾长辈的训斥，把鸡腿夺了回来，不顾她弟的号哭，把鸡腿塞到嘴里。下一秒她就挨了她妈重重一耳光，鸡腿骨戳破了嘴巴，满嘴都是血。

那时候她一边哭，一边把鸡腿肉死命地往嘴里咽。带着血的鸡腿肉又腥又咸，其实一点都不好吃，但她吃得干干净净，半点肉丝都没剩。

"喏，拿去。"裴宴把一只剥了壳的虾放到了她的面前，随后又把几片水果放到了她餐盘里，"还想吃什么，等下我去帮你拿。你别皱着眉呀，不知道的还以为我欺负你了。"

花锦眨了眨眼，抬头看向裴宴。

黑夜里，灯光为裴宴周身染上了一层光晕，就连黑色的头发也仿佛铺上了一层浅金。

她怔怔地看着他，半晌后弯起嘴角："已经够了。"

"真的够了？"裴宴见她露出笑容，用纸擦了擦手，为了哄这个小白眼狼高兴，他连虾都剥了，她如果再皱着眉，他也不知道该怎么办了。

"那个……"站在两人身边的女士微笑着开口道，"不好意思，裴先生，打扰您了。"

花锦这才想起，她刚才答应了这位女士给她拿名片。不过看对方的神态，恐怕向她要名片是假，找机会与裴宴说话才是真。

"这桌已满，不拼桌。"裴宴头也不抬道，"旁边有空桌，谢谢。"

花锦默默瞥了裴宴一眼，她终于明白裴宴有钱有地位为什么还没有女朋友了，这真的是凭实力单身。

"裴先生，您误会了，我是来找花小姐拿名片的。"

花锦脸上的笑容微淡，刚才这位女士还一副不认识她的样子，现在却又称她"花小姐"？

她伸手戳了戳裴宴手臂："我的包呢？"

裴宴把包递给花锦，仍旧没有看站在旁边的年轻女人。

"裴先生，几年不见，你可能不记得我了。"年轻女人接过花锦递来的名片，"我是你的高中同学徐思。"

裴宴终于抬起了头："哦。"

气氛凝滞。

裴宴终于用他强大的语言能力把这个天聊死了。

看到徐思脸上略显僵硬的笑，花锦觉得，自己可能对人性了解得不够透彻。

"裴先生对人还是这么冷淡。"刚才那瞬间的尴尬仿佛不存在一般，徐思微微弯起嘴角，含笑看着裴宴，"看来时间对你格外厚爱，这么多年都没什么变化。"

裴宴看了眼徐思顺手放到桌上的餐盘，食指点了几下桌面，端起徐思的盘子递到她面前："徐小姐，抱歉，我们这里真的不接受拼桌。"

嘎吱。

餐叉不小心戳到盘子，花锦感觉这位徐思女士盯着自己的目光快要让她发顶起火了。她抬头对上徐思的眼神，勾唇微笑。

徐思愣了愣，没有想到这个女人竟然敢对上她的眼神。几秒钟后，她才勉强扯出一个微笑，接过裴宴手里的盘子："裴先生误会了，我只是想与你叙叙旧而已，并没有拼桌的意思。"

裴宴注意到徐思刚才看花锦的眼神，嗤笑一声，吊儿郎当道："不好意思，我们以前好像也没什么交情，哪有旧可以叙？"

花锦默默捂脸，这种大型尴尬现场，她觉得自己应该缩在桌底偷偷看，而不是坐在这里看。

即便徐思的心理再强大，也忍受不了裴宴一张毒嘴。她瞪了花锦一眼，转身踩着高跟鞋摇曳多姿地离开。

花锦觉得自己有些冤枉，裴宴不给徐思面子，跟她有什么关系？

"裴大腿，你竟然对女孩子这么不客气？"从进门开始，就有不少男女主动找裴宴说话，他的态度虽然冷淡，但还不至于把刁难放在脸上，他对这个徐思的态度似乎格外恶劣。

"你以后也离这个女人远一点。"裴宴毫不掩饰自己对徐思的不待见，"这个女人跟她堂弟一样，不是什么好东西。"

裴宴不是个喜欢在背后说别人坏话的人，但是想到花锦对这些人并不了解，他不得不打破自己平时的原则："在高中的时候，因为她家里条件不错，有些愿意拍马屁的同学跟着她。她常常欺负她不喜欢的同学，对那些同学做出的事，我给你讲一遍都嫌恶心。"

花锦忍不住扭头看向打扮得精致漂亮的徐思，心头有些发凉。这么漂亮的女孩子，怎么狠得下心做出这种事？

"离这些玩意儿远一点，免得让那些脏的臭的恶心到你。"裴宴起身给花锦端来一杯果汁，"吃完喝完，我带你去四周逛一逛。"

"我怎么觉得，你就是带我来吃吃喝喝的？"花锦喝了口果汁，纯天然鲜榨果汁，口感很好。

"不来吃吃喝喝干什么？"裴宴擦了擦嘴角，"我从小就不喜欢假客气那一套，人生短短几十年，别为了不必要的人委屈自己。"

花锦笑出声，她垂下眼睑，忍不住多嘴问一句："那些被欺负的同学，后来怎么样了？"

"没怎样，这事我看不下去，就给徐家人打电话，让他们好好管教女儿。"裴宴语气冷漠，"又不是全世界皆她妈，触犯了法律校规，就按规矩处理。"

心里的失落感去了大半，花锦抬头看裴宴："幸好有你。"

"啧。"裴宴不自在地扭了扭头，"我才懒得管闲事，就是这些人吵来闹去影响到我学习了。"

"明白明白，我懂的。"花锦点头，端起果汁，"为你的不多管闲事喝一口。"

"你幼稚不幼稚？"看着端到自己面前的果汁杯，裴宴无奈地端起杯子与她碰杯，"你之前说的那个时尚大会，是怎么回事？"他之前好像听花锦提过两句，但是没有想到刺绣界的大师也有参与。花锦这么年轻，加入这个团队会不会被人欺负？

"你是说跟马克先生的合作？"见裴宴好奇，花锦把事情经过简单说了一遍。

"你说的这个人，我好像有些印象。"裴宴表情有些微妙，"有不少贵妇千金都喜欢请他私家定制礼服。"最重要的是，这个人很擅长哄女人，很多女人都吃他这一套。不过在有钱人的圈子里，男人喜欢嘴甜又漂亮的妞，女人同样也喜欢能逗人欢心的男人，归根结底就是花钱买高兴。

这些话裴宴不好说得太多，花锦是个成年人，与马克是工作上的合作，如果他对花锦说别人的私生活，有多管闲事之嫌。想是这么想，但是裴宴还是管不住自己的嘴，忍不住多说了一句："听说这个人喜欢流连花丛，对待感情不太认真。"说完后，他看了眼花锦的脸色，发现她不喜不怒，他心里又有些说不出的别扭了。

"你怕我被他占便宜？"花锦见裴宴盯着自己不说话，忍不住笑道，"像他这种有名气的设计师，恐怕更喜欢讲究你情我愿。再说我是有金大腿的人，怕他干什么？"

"这个时候就知道我这个金大腿有多重要了？"裴宴被花锦理直气壮的态度气笑，"我怎么就遇到你这种女人了？"

"这就是命运的指引……"花锦语气一顿，看向游泳池旁边，脸上的笑容一点点淡下来，"那个站在游泳池旁边，与徐思说话的男人叫什么名字？"

裴宴顺着花锦的视线望过去，眉头皱了起来："那是徐毅的儿子徐长辉，他竟然这么快就出来了？"

"徐长辉……"花锦轻轻念着这个名字，似笑非笑道，"长辈给他取这个名字时，肯定对他抱着无限期待。"

"期待？"裴宴讽笑道，"徐家孙辈就他一个孙子，一家人把他宠得无法无天，现在什么事都敢做，什么都不怕。"

花锦抿了抿嘴没有说话。

"你怎么忽然问起他了？"裴宴疑惑地看着花锦，"不会是见他长得好看，就起别的心思吧？"

"不要想太多，有你这样的美男子在，其他男人在我眼里就是庸脂俗粉。"她端起果汁喝一口，"我哪还能看到其他男人的美色？更何况这个人满脸猥琐，跟好看有什么关系？"

"这话听着怎么就这么不对味。"被花锦气到的次数太多，裴宴已经懒得跟她计较，"那你怎么还对他有好奇心？"

"可能是因为他看起来有些眼熟吧。"花锦垂下眼睑，"这个徐长辉，就是我们那次在四合院里遇到的徐先生的儿子？"

"你说的是徐毅？"裴宴点头，"就是他儿子。"

"那他们父子长得还真不太像。"花锦擦了擦嘴角，看到徐长辉朝这边走了过来，嘴角微勾对裴宴道，"他来了。"

裴宴面无表情道："你不用理他。"

"裴先生，真是巧，难得见你带女伴出来。"徐长辉手里端着一杯酒，笑容放荡不羁，"多日不见，我敬裴先生一杯。我也希望这位大美女能赏脸，跟我碰个杯。"

裴宴看也不看他，低头认真地剥虾壳，没有理会他。

从小被宠到大的徐长辉涵养没有他的堂妹好，见裴宴这个态度，恼怒地把酒杯往桌上一搁："裴先生这是什么意思，瞧不起我？"

"你知道还多问？"裴宴懒洋洋地抬起眼皮，"徐先生这话真有意思。"

旁边有人注意到这边的动静，听到这话忍不住轻笑出声。

"你！"徐长辉面上挂不住，口不择言反讽道，"我还以为裴先生能有多大能耐，结果就找了这么个女人在身边，看起来也不怎么样。"

花锦："……"

这就过分了，你们男人之间的争吵，把她这个无辜女人牵扯进去做什么？

"徐先生，作为社会主义接班人，世界非物质文化遗产传人，我觉得你这话有些不对。"花锦仰头，"你跟裴先生有什么矛盾，我尚不清楚。但是你因为争辩不过裴先生，就拿我这个无辜旁人撒气，这种行为就叫蛮不讲理。听说你出身豪门，年纪也不小了，没想到言行却……"

她摇头叹息："啧啧啧，我为你的涵养感到遗憾。"

社会主义接班人，世界非物质文化遗产传人？

这都什么跟什么？

裴宴心头汹涌的火气，被花锦这席话浇灭了一半。

"你是个什么玩意儿？我跟裴宴说话，没你插话的份儿！"徐长辉没想到花锦竟然敢这么跟他说话，气得脑门都要充血，"上不得台面的玩意儿，滚一边去！"

"嘻嘻。"花锦轻笑出声，小声嘲讽道，"徐先生，现在已经是二十一世纪，封建王朝已经亡了。您这一口一个命令的，是拿自己当奴隶主了吗？"

她声音越说越小，音量小得只有他们两人才能听见："再说，就算我骨子里犯贱，想跪着赚钱，那也挑裴宴做主人。人家比你有钱，比你帅，比你有修养，就连声音都比你好听。我就算瞎了眼，也瞧不上你。有他在，你算什么狗东西，来我面前吠？冷血残忍的人渣，以为有钱有势就能高人一等吗？畜生就是畜生，披着一张人皮，也不是人！"

徐长辉什么时候听过这么难听的话，当下气得就想扬起手打人。

花锦忙后退一步，拿起桌上的饮料泼到徐长辉脸上，随后把杯子一扔，转身扑进裴宴怀里，假意嘤嘤哭泣道："裴先生，他骂我不说，竟然还想打我，人家好害怕！"

裴宴抱着花锦转了一个身，把她护在自己身后，一脚踹在徐长辉肚子上，不让他靠近花锦。

整天花天酒地的徐长辉哪里受得住裴宴这一脚，当场就撞倒桌子，滚到了草地上。

这下草地上所有人都注意到了这边的争端。

与裴宴交好的年轻人，上前按住徐长辉，嘴里劝道："徐哥，你这是怎么了，喝太多路都走不稳了？"

"来来来，我们扶你起来。"

"酒这种东西，还是要少喝一点，多伤身啊。"

"呜呜呜……"徐长辉想破口大骂，却被人捂住了嘴，他瞪着被裴宴护在怀中的女人，拼命往前冲。可是此刻也不知道是谁趁机踹了他一脚，疼得他流出了男儿泪，也没力气去报复花锦了。

跟徐长辉关系好的，都是些无所事事的二世祖，哪里敢去得罪裴宴，一个个缩得远远的，恨不能当场消失，装作不知道有这么一回事。

"没事。"裴宴颤抖着手拍了拍花锦的后背，他的心抖得比手还厉害。那颗不听使唤的心脏，几乎要从胸腔里跳跃而出。

他不敢低头去看花锦的脸，偏过头冷笑看着被摁在地上的徐长辉："徐家可能是习惯了仗势欺人，所以对我的女伴也这么不礼貌。你们家如果对我有不满的地方，可以冲着我来，牵扯无辜的女孩子，就太不要脸了。"

"呜呜呜！"徐长辉听到这话气得瞪红了眼，他被这个女人骂，还被她泼了一脸的饮料，究竟谁欺负谁？

由于花锦是裴宴亲自带来的女伴，在场众人对她有几分印象。在他们与裴先生说话时，这位女伴从来不多话，也不刻意彰显自己的存在感，在旁边安安静静地保持微笑，看起来非常文静知礼。至于早就恶名在外的徐长辉，做出什么奇葩的事都不让人意外。

徐家真是把徐长辉惯得无法无天，连裴宴的女朋友都敢调戏，难怪裴先生会被气成这样。哪个男人，能容忍徐长辉这种人来欺负自己的女朋友呢？

想到这，众人再看趴在裴宴怀里瑟瑟发抖的花锦。这小姑娘也是倒霉，怎么就遇到徐长辉这种人渣了？要他们说，徐家就不该把徐长辉弄出来，让他躲在局子里关几个月，说不定脑子会正常一点。

听裴宴话里的意思，是要把徐长辉个人行为当作徐家对他的挑衅了。

"怎么回事？"徐毅从大厅出来，看到自己儿子被几个人摁在地上，面沉如霜，"你们这是什么意思？"

但是这些按着徐长辉的人没有松手，反而看向裴宴。徐毅转头对上裴宴双眼："裴先生，犬子性格冲动不懂事，有什么得罪的地方，还请你高抬贵手。这里是孟老先生的聚会，这么闹起来，对我们大家都不好。"

"他知道这里是孟老先生的聚会，还跑来欺负我的女伴。"裴宴搂着花锦往前走了两步，当着徐毅的面踢了徐长辉膝盖一脚，"徐毅先生知道我的个性，谁让我不高兴，我就让他日子过得不痛快。令郎酒驾伤人，好不容易出来，是觉得外面的空气不够好，想回去继续劳动改造？"

徐毅这才注意到裴宴把一个女人护在怀里，他想到自己儿子平时的行为，看到漂亮女孩子上前调戏几句是有可能的。这个女人能让裴宴带到这里来，在他心里的地位肯定不凡，他儿子如果真做出这种事，也难怪裴宴气成这样。

想到这里，徐毅既恨裴宴做事不给徐家留面子，又恼这个儿子不争气，深吸几口气后，才赔着笑向裴宴致歉："这事是他做得不对，回去以后我一定给裴先生你一个交代。都怪我们惯坏了他……"

"又不是只有你儿子有人疼，我的女伴……我也会心疼。"裴宴耳朵红成了火烧云，面上却是一片冷漠，谁惹谁死的样子。

徐长辉趴在地上，恨不得以头抢地，明明这事是裴宴跟他女人做得过分，为什么就连他爸都不问事情经过，开始向裴宴道歉了？

一个个都没脑子吗？

花锦趴在裴宴肩膀上，抓着他领带的手，缓缓松开再慢慢拽紧。她微微偏头，眼角余光对上了徐长辉不甘的眼神。

"呜呜呜！"徐长辉注意到花锦的眼神，情绪变得更加激动。

"依我看，令郎似乎并无愧疚之心。"裴宴拍了拍花锦的头，"不怕，我带你回去。"

裴宴把杨绍叫了过来，让他代自己向孟老先生致歉，也不再听徐毅的废话，带着花锦就离开了孟家。

"谢谢。"车内很安静，花锦坐在副驾驶位上，食指无意识抠着安全带，"对不起，我给你惹了麻烦。"

"就算没有你，我早晚也想收拾他。你今天这是在给我帮忙，不是惹麻烦。"

裴宴发动汽车。"你会说这种话，说明还不够了解我。等你足够了解我以后，才能见识到什么叫真正的惹麻烦。"他挑眉看着花锦，"不过，我倒是没想到你那么讨厌他。"以花锦的性格，如果不是特别讨厌这个人，不会做出这么冲动的事情。

"也许……"花锦看着裴宴，黑黝黝的眼瞳中满是翻涌的情绪，"他长得太猥琐了吧。"

花锦笑了笑，偏过头看向了车窗外。

裴宴望向她，只看到她完美的侧脸，恬静得像天边的弯月。他沉默片刻，嗤笑道："那倒是，这种人不仅做事恶心，长得也欠揍。"

花锦收回望向车窗外的目光，看着裴宴淡淡笑开。

第十一章 香囊绣

"真的不需要我送你上楼？"把车开到小巷外，裴宴替花锦打开车门，看了眼她脚上的高跟鞋。

"这条路我闭着眼都能走回家，不会摔跤的。"花锦摇了摇头，夜风带着她的发香，偷偷躲到裴宴的鼻子里。他的视线绕过她洁白的脖颈，润泽的红唇，最终停在了她的手腕处。

"逢年过节，店里要趁着好日子做活动，我跟谭圆为了吸引顾客的注意，会换上手工刺绣的服装加高跟鞋。"花锦抬了抬脚，"这双鞋的高度，还算好。"

"那你走路的时候小心。"裴宴送花锦走到巷子里，没有再继续往前。

嗒嗒嗒。

花锦的每一步都走得不快不慢，极富节奏感。快要走出巷子时，她停下脚步，转身看了看巷尾，裴宴还站在那。

在这条昏暗的巷子里，她看不见他脸上的表情，他也看不清她。但是花锦知道，裴宴在看她。

她弯了弯嘴角："裴宴，晚安。"

巷尾的男人沉默了两秒："晚安。"

这次花锦没有再回头，走出昏暗的巷子，进入布满月光的院子。

高跟鞋声音渐行渐远，直到再也听不见，裴宴才转身回到车里，手机里有无数条没有看的信息，以及十多个未接来电。

"裴哥，你放心，我外公不会为这点小事生气。我们都知道徐长辉是个什么货色，这次是我们想得不够周到，让花绣师受委屈了。"这是杨绍发过来的消息。

"裴先生，很抱歉让您与花绣师遇到这种事，招待不周，请裴先生与花绣师多多见谅，日后我一定登门拜访。"这是孟家人发来的消息。

至于徐家发来的消息，裴宴看也不看，直接选择了删除。他可没有徐长辉这样的儿子，不用惯着他。

回到出租屋里，花锦卸去脸上的妆，坐在床上看杨绍发来的消息，她回了几句客气话，便把手机扔到一边，躺倒在床上。

躺了没一会儿，手机响起，花锦看了眼来电显示，马克？

她按下接听键："马克先生？"

"抱歉，花小姐，这么晚给你电话，没有打扰到你吧？"马克的声音很好听，温柔的腔调仿佛饱含着无限深情。

"没有。"花锦看了眼墙上的钟，晚上九点五十三，这个时间算不上早，但是对于很多年轻人而言，也不算晚，但绝对不是聊工作的绝佳时间。

"没有打扰到你就好。"马克在手机那头轻笑一声，"我刚有了灵感，便迫不及待给花小姐打电话，拨通以后就后悔了，幸好没有打扰到你。"

"马克先生有什么灵感？"花锦直抓重点。

马克的笑声再次传出："我忽然想，我们很多华风服装都爱在花鸟虫鱼上做文章，为什么不转变一下思维？"

花锦没有插话，等着马克的下文。

"比如说，我们传承了几千年的璀璨文化，甚至是神话故事传说，每一样都是民族瑰宝。"马克道，"花小姐可看过《淮南子》？"

　　"抱歉。"花锦语气柔和，"马克先生可能不知道，我很早就开始出来工作，文化水平并不高。"

　　马克似乎没有料到话题会以这种方式终结，他愣了片刻后道："那我把图样画好以后，再发给花小姐。对美的欣赏，与文凭无关，在我眼里，花小姐并不需要那些证书来证明自身魅力。"

　　花锦笑了笑："我很期待马克先生的奇思妙想。"挂断手机，她意味不明地笑了一声，起身给自己敷了一张面膜。

　　刚见面时，马克嘴里虽然在说不敢妄想艳惊四座，但是在花锦看来，他是个很有野心的男人。他的野心不在他口中，而是在他的行动中，而且胆子还很大。《淮南子》中的各种奇诡传说，对于外国人来说，或许真有别样的吸引力。但是要把这些元素灌入时尚设计，是非常冒险的决定。

　　跟有野心的人合作，也不是坏事，她至少可以趁着这个机会，能让更多的人了解到刺绣。

　　花锦坐到绣架旁，抚着上面的绣纹，她翻涌的心一点点平静下来。

　　对于别人来说，刺绣只是非物质文化遗产，是一种传统手艺。但是对她而言，刺绣是救赎，也是希望。

　　在她最灰暗的时候，彩色的绣线，就是她生命中的光。

　　谭圆回到家的时候，爸妈还坐在沙发上看狗血家庭伦理剧，她往沙发上一趴："今天花花不在，可累死我了。"

　　"锅里有你爸炖好的汤，自己去舀。"高淑兰瞥了女儿一眼，"你现在知道独自看店有多累了？你以前跟那个谁约会时，花花单独看过多少次店？"

　　有气无力地去厨房盛了一碗汤，谭圆笑嘻嘻地夸了几句谭庆的厨艺："爸，你这厨艺可以开餐馆了。"

　　"要知道我当年就靠着这手厨艺，把你妈给哄回家的。"谭庆有些得意，"你的那些叔叔伯伯，做饭都比不上我。所以说，男人长得好看有啥用，能拿来吃还是拿来喝？会做饭才是硬道理。"

　　"嗯嗯，老爸你说得很有道理。"谭圆连连点头，"我以后也要找个像你这样的男朋友。"

　　"那个曹亦，最近还有没有再找你？"高淑兰一直以来对曹亦都有意见，那么大个小伙子，饭不会做，劲儿也不大，以后结了婚，家里的家务难道要让她女儿一个人做？

　　"他联系过我，不过我没有理。"谭圆并不想谈论这个人，想起他说花锦的那些话，谭圆就觉得自己眼神儿有问题，不然也不会有这么个前男友。

　　"感情上的事，我们做父母的不想多插手，你心里有数就行。"高淑兰叹口气，"再不济，我跟你爸还能做你的避风港。我最担心的不是你，而是……"

　　她现在还记得六年前的那个冬天，干瘦憔悴的小姑娘拄着拐棍站在店门外，眼睛直愣愣看着墙上挂着的绣图，一张脸冻得发白。

　　那时候她不知怎么想的，就起身拉开门，招呼着她进店："小姑娘，外面冷，进来看吧。"

　　干瘦的小姑娘艰难地借着拐杖进了店，站在店门口却不敢走进来："我脚上脏，不过去了。"

　　她的发梢有些湿，大概是积霜遇到暖气，化成了水。

　　"喜欢这幅刺绣？"这幅刺绣的原图是一幅名为《竹报平安》的古画，憨态可掬的稚童捂耳点爆竹的样子，十分温馨有趣。

　　"对不起。"小姑娘垂首摇头，"我没有钱。"

　　"没有钱，也可以看。"到了冬天，店里没有几个客人，高淑兰见小姑娘双手冻得发青，给她倒了一杯热水，"喜欢这些东西的年轻人越来越少了，难得有个小姑娘愿意欣赏它们，我高兴都来不及呢。"

　　后来这个小姑娘总是拄着拐棍过来看她刺绣，高淑兰看得出她经济不宽裕，可她过来的时候，总是带着水果鲜花等物。

　　有一次，遇到个不讲理的客人，在她准备赔钱了事的时候，竟然是这个看起来很沉默的小姑娘站出来，把客人说得面红耳赤，连连败退。

　　再后来她就收了这个小姑娘做助手加徒弟，哪料她在刺绣方面格外有天分，短短五六年的时间，就把各种针法运用自如。

想到这些过往，高淑兰叹口气，对谭圆道："她没有家人，在这里又没有住房，对追求她的男孩子也没兴趣，也不知道以后该怎么办。"

"妈，你不要瞎操心，她还有我呢。"谭圆把喝了一半的汤碗放到茶几上，"她没有房，我有啊。"

"你啊。"高淑兰叹息一笑，"我相信你现在说的是真心话，但人心是会变的。等你以后有了喜欢的人，与他有了宝宝，你的重心就会渐渐转移到家人与孩子身上。花花那样的性格，肯定不忍心给你增添麻烦，到时候就算她吃了什么苦，你也来不及察觉。"

"我才不会。"谭圆肯定道，"我们可是要做一辈子姐妹。"

高淑兰笑着摸了摸她的头："好。"她很庆幸，自己的孩子不用吃那么多苦，又心疼花锦遭遇那么多事。

她这个没吃过多少苦的女儿，怎么会明白，世间太多的无可奈何。更何况她把花锦当姐妹，花锦同样看重她，真有那么一天，花锦又怎么舍得打扰她安宁的生活。

只有年轻无畏时，才能肯定说出"不"。年纪越大，才越明白，很多事情并不会因为人的意志而转移。

她既希望女儿变得成熟，又想女儿一辈子都不用体会这种无奈与痛苦。

孟家聚会上的事，并没有影响到花锦的生活。扬言要买下店铺，让繁花工作室开不下去的裴存海也没有付诸行动。花锦每天绣东西，卖东西，日子过得还算宁静。

为了做好杨绍定制的绣屏，花锦最近几乎没有跟其他朋友约过饭。

随着日期越来越近，花锦到店的时间越来越早，几乎每天她开店的时候，临近几家店铺都还没开门。

天气越来越热，早上六七点都没有多少凉意，花锦打着哈欠给自己灌了几口茶，勉强让自己打起精神来。

"你好，打扰了。"

　　花锦抬头，看向店门口的年轻女孩子，瞬间露出笑意："你好，请随意看。"

　　"谢谢。"女孩子走进店，看起来有些不自在，"请问，店里有比较小的挂件儿卖吗？"

　　"有的。"花锦起身把一盒锦囊跟平安符搬出来，"这些都是。"

　　女孩在盒子里挑了一会儿，扭头看花锦："我、我能定制一个这种小锦囊吗？"

　　花锦看了她两眼："我能多嘴问一句，你是想自己用，还是送人？"

　　"送人。"女孩苦笑，"我想送给我的前男友。"

　　花锦看了她一眼没有再说话。

　　"我跟他是同班同学，从大一到现在，我们相恋四年了。"女孩子声音有些发抖，但是没有哭，"我在这里找到一个很好的工作岗位，可是他不愿意留下来。他说这里生活压力太大了，他想回老家找工作。"

　　"也许我是个骨子里很冷血的人，我不想为了嫁人生子放弃现在的发展机会。"女孩眼眶有些红，"他买了回老家的机票，说以后不会再来这座城市。我不想送他走，也不想强行留下他。我们从此天南地北，各自一方，我只盼未来有个适合他的女孩子，与他幸福一生。"

　　花锦对这个女孩子有印象，那天晚上，在地铁上见过她。女孩与她男朋友在地铁上因为要不要留在这个城市而争吵，最后那场争吵以女孩子低声啜泣而结束。她以为那只是人生中，无数次的路过之一，没想到今天会在这里再次见到她。

　　年轻时期的爱恋是美好的，尽管结局不一定圆满。花锦微笑着问："你想绣个什么？"

　　"这里可以定做吗？"

　　"当然可以。"花锦邀请女孩坐下，"客人的满意，就是我们最大的成功。"

　　"绣只老鼠，在它旁边绣上元宝跟食物。"女孩子吸了吸鼻子。

　　"看来你的前男友属鼠。"花锦把要求记下，"三天后就可以完成，您是要同城快递，还是亲自来取？"

"同城快递。"女孩交了钱，"谢谢你。"

"不客气。"花锦看着她，笑着道，"欢迎你下次光临。"

女孩再次道谢，走出店门后，忍不住回头看了眼这家店。

繁花……

愿你前程繁花似锦，一片坦途。

她擦去眼角的泪意，缓缓笑开。

三天后的早上，花锦刚走到店门口，就发现门口有个女孩子抱膝蹲在那儿，吓了一跳："你好？"

"你好。"女孩子抬起头，双眼红肿，是三天前那个女孩子。

"你定做的香囊已经做好，我去给你取。"花锦在心底叹息一声，看这女孩子的样子，恐怕又出了什么变故。

果不其然，等她打开店门把香囊交给对方后，女孩盯着香囊看了很久："已经用不上了。"

花锦怕她想不开，拉着她在沙发上坐下，给她倒了一杯甜甜的葡萄糖水。

甘甜的葡萄糖水进入口腔，女孩子苦涩的心似乎也多了一分甜意。她抬头对花锦道："谢谢。"

"不客气。"

"他昨晚提前乘车离开了，走得干干净净，不留一点痕迹。"

店门被推开，裴宴走了进来，手里拎着一个食盒。

花锦抬头与他的视线对上。

女孩捂着眼眶，并不知道有人进来："也许，两个不同世界的人，从一开始就不该在一起。"

"没有开始，就没有结束，也就不会有难过……"

见到裴宴在这个时候过来，花锦有些意外。最近为了完成客人的订单，花锦开店的时间，比平时早一两个小时。按照往常开店时间，她这会儿还不在店里。

看了眼情绪不太稳定的女孩子，她给裴宴做了一个手势，示意他先在柜台那边坐一会儿。平时爱跟她抬杠的裴宴竟然看懂了她的意思，一言未发地坐在了收银台后面。

"感情与生活，有时候很难分出对错。"花锦抽出两张纸巾放到女孩手中，"你们选择的路不同，对未来的期望不同，勉强在一起，也有可能因为种种矛盾分开。现在各自分别，至少还保留着一份美好的回忆。"

"抱歉，我是不是说得太多了？"花锦笑着把杯子端到女孩面前，"你喝点水。"

"没有，谢谢你。"女孩子怔怔地接过杯子，"有你陪着我说话，我心情好了很多，是我麻烦你了……"

想到自己竟然在陌生人面前说了这么多，她有些不好意思，低着头喝水，掩饰心底的羞意。也许是因为这家店的氛围太舒适，又或者是因为眼前这位漂亮店主眼神太多温柔，让她在不知不觉间，就有了倾诉的欲望："你有喜欢的人吗？"

坐在柜台旁的裴宴，扭过头看向了这边，又飞速扭了回去。

"我吗？"花锦轻笑出声，"对于我而言，最重要的就是刺绣，让更多的人喜欢它，欣赏它。"

"这样也好，感情这种事，太伤人了。"女孩子止住了哭泣，精神好了很多，"男人有可能会离开，但是事业与金钱不会，就算拥有了爱情，也不能放弃自己。你长得这么漂亮，不要被那些臭男人耽搁了。"

没想到这个女孩子竟然会说出这样一席话，花锦半开玩笑，半是认真道："谢谢你夸我漂亮，请你放心，我不会随便便宜其他人的。"

女孩被花锦的话逗笑，她捂住有些红肿的眼："对不起，让你看笑话了。"

"每一场爱情都是美丽的，无论它的结局如何，都不是笑话。"花锦微笑道，"祝你未来一切顺利，爱情事业双丰收。"

"谢谢。"女孩把尾款结付了，注意到花锦漂亮白皙的手上，有一道白色的伤痕。这道伤痕很深，留在食指上，破坏了这只手的完美，"你，真的没有喜欢过人吗？"

问完这句话，她就意识到自己的失礼。

做人最忌讳交浅言深，她与这位店主只是主客关系，连名字都不知道，问这种问题实在太过私密。她不该开口问这种问题。

"抱歉……"她红着脸道歉。

"不算有吧。"花锦没有介意这个女孩子的唐突，回忆片刻温柔地笑了笑，"不算有。"

听到她这种似是而非的回答，女孩子愣了片刻，起身道："我明白了。"世间有很多事，比情爱更重要，世间的情感，也不单单只有爱情。

她以前看得还不够明白。

"店主，谢谢你。"女孩真情实意道，"祝贵店生意越来越好，还有越来越多的人喜欢刺绣，祝你愿望成真。"

愿望成真……

花锦笑颜如花："谢谢，会的。"

把女孩子送出店门外，花锦回头见裴宴趴在柜台上，忍不住笑道："困了？"

"什么困了，我是怕她看到我会尴尬，我一个大男人，可没兴趣听你们女人这些私房话。"裴宴把早餐盒推了推，"给你顺手打包的早饭，快拿去吃。"

花锦走到沙发边坐下，尝了一口："味道有些像那家收费很高的早餐厅奶黄包。"琴姐儿子离家出走的那天，裴宴带她去这家吃过。

"不是你说，那家的东西好吃吗？"裴宴跟着走到沙发边坐下，漫不经心道，"我早上刚好顺路经过那边，所以才给你买了一份。"

"谢谢。"花锦喝了口鲜榨豆浆，"你吃了没有？"

"我每天早上都会起床跑步，这个时间点早就吃完了。"裴宴拿起桌子下的宣传册有一下没一下地翻着，"你最近开店的时间好像都比较早？"

"嗯，杨先生的奶奶大寿快到了，他订的绣屏还没有完成，加上最近客人比较多，所以要早点开店。"一个奶黄包下肚，她空空的腹部终于有了踏实感，"做我们这行的，生意好的时候，就不能偷懒，错过好时机，不知道什么时候才能赚回来。"

"钱是赚不完的，你晚上十点才关店，早上七点就开店，身体受得了吗？"裴宴忍不住道，"从你那里乘坐地铁到这边，还要转两次车，你五六点就要起床，晚上才睡几个小时？"

"没想到你懂地铁路线。"花锦睁大眼睛，对裴宴笑道，"看来你还是一个很接地气的大富豪，失敬失敬。"

"我……"被花锦这种反应弄得毫无脾气，裴宴深吸一口气，"你脑子里就不能装点正常的玩意儿？"

"我知道你是什么意思，但有时候除了咬紧牙关硬拼，再无其他办法。"花锦笑了笑，"谢谢你特意给我送早餐过来。"

"谁特意送了，我只是顺路。"裴宴皱了皱眉头，"吃完早餐再说，店里有没有什么我可以帮忙的？"

"昨晚我先下班，汤圆已经把店收好了，现在没什么事做，你坐着休息就好。"花锦继续低头吃早饭，散着热气的粥，让她眼睛有些发痒，她忍不住多眨了几下眼睛，才把这股痒意压下去。

"我觉得刚才那个女人说得不对。"裴宴在屋子里走来走去转了好几圈，等花锦吃得差不多以后，一屁股坐在她旁边，"都是一个村儿的，哪来的不同世界？"

"一个村？"花锦诧异地看着裴宴，"你怎么知道他们是一个村的？"

"不仅仅是他们，我跟你也是同一个村的。"裴宴抬了抬下巴，"十年前，有首世界闻名的歌的歌词，就是这么唱的。"

花锦："……"

"我和你，心连心，共住地球村。"裴宴看着花锦，"看吧，都是一个村口的，还分什么世界不世界。说到底，其实就是彼此不够相爱。如果爱得够深，相隔千万里都在一起；不够爱，就算一个在东城，一个在西城，那也是异地恋，不同的世界。"

"你说的……是奥运歌曲啊。"花锦目瞪口呆，好半晌才找回自己的语言，"我怎么觉得，你这话有些歪理？"

"什么歪理不歪理，反正感情这种东西，就是没有道理。"裴宴弯腰收桌上的空餐盒，"别人的感情经历，不能变成你的。感情结局，也不是你的。你不要听别人的胡话，影响了自己。"

花锦："……"

她看着这个穿着昂贵衬衫的男人，帮她收着桌上的餐盒，觉得自己就像那可恶的董永，把仙女拉下了凡尘："你别动，这个我来收吧。"

"收什么收？你趁现在没有什么客人，坐着休息一会儿。"裴宴瞪她一眼，拎着餐盒出去扔垃圾，"你真以为自己身体是铁打的？等你忙过这几天，我带你去见一位老医生，让他看看你的腿。"

花锦盯着他的背影，缓缓垂下眼睑，伸手揉了揉膝盖。

那个雨夜，她躺在地上，鲜血源源不断流出身体。污水流过她的手，她的脸，还有她的伤口。

撞了她的那辆车，就那么停在那，司机不屑地看着她，那眼神仿佛在看一只蝼蚁。

在车灯再次亮起来时，她以为那个司机会选择从她身上碾过去。

就在那个瞬间，有另外一辆车靠了过来……

"花锦。"穿着白衬衫的男人走了过来，俊美的脸上，带着微微的笑意，"给你。"

浓郁的花香传入鼻间，花锦看向他的掌心，那里放着一束洁白的栀子花。这都六月了，竟然还有栀子花？

"好香。"花锦接过花，把花摆在了果盘上，"谢谢。"

看着摆成一排的栀子花，裴宴叹了口气，没想到他人生第一次送花给女人，送的竟然是十块钱一大包的栀子花："刚才有两个小孩子在外面卖，说是在参加义卖活动，我就顺手买了一包。"

"我很喜欢。"花锦对裴宴展颜一笑。

"几朵不值钱的栀子花而已……"裴宴干咳一声,"杨绍的那个绣屏,如果时间赶不及的话,你晚点做好也没关系,杨绍那边我去说。"

花锦笑了笑:"好。"

看着花锦脸上礼貌的笑,裴宴就知道,她嘴上虽然说着好,但是肯定会按时完成杨绍的要求,他叹了口气:"算了,我明天还要从这边顺路经过,到时候给你买早餐。"

花锦手里捏着朵栀子花,低头笑着:"谢谢。"

有脚步声响起,裴宴回头看了眼,是花锦的朋友来了,他干咳一声:"我走了,你注意休息。"

谭圆看着朝自己矜持颔首的俊美男人,再扭脸看花锦,这两个人……

等裴宴一走,谭圆扑到花锦面前:"花花,你把这个美男子……拿下了?"

"你想什么呢?"花锦手疾眼快地把栀子花换了个方向,没让谭圆压着它,"我不是早跟你说了,我们只是纯洁的男女关系。"

"大清早的,孤男寡女待在这里,哪里纯洁了?"谭圆坐了下来,看了花锦两眼,"其实我觉得这位裴先生挺好的,长得好看又有钱,你要不考虑考虑?"

"考虑什么?"花锦忍不住笑道,"人家凭什么让我来考虑?你啊,少八卦,多做事,新员工那边,谈好了没有?"

"已经谈好了,今天下午我妈去跟她签员工合同。"谭圆看出花锦不想谈这个话题,她走到自己工作台坐下,"现在暂时先请一个绣工,以后如果生意还是这么好,我们再多请几个。"

"嗯。"花锦把目光从栀子花上收回来,缓缓点头。

"裴哥。"杨绍看到裴宴现身,激动地迎了上去,"你终于来了,这两天徐家人天天跑来我家,我都要被烦死了,只好搬来新家暂住几天。不过这里地方小,我连脚都转不开,能不能在你那儿借住几天?"

裴宴看了眼簇新的四室两厅房子,面无表情道:"不行。"

"为什么？"

"我怕别人以为我性取向有问题。"裴宴往沙发上一坐，"你对待感情不认真无所谓，我可是要好好过日子的人。"

"裴哥，你又人身攻击……"杨绍沮丧了两秒，忽然脸色一变，"不对，裴哥，你刚才那话是什么意思？"

"我说了什么？"裴宴打开电视，看也不看杨绍。

"你是不是有喜欢的人了？"杨绍怀疑地看着他。

"没有！"

他否认得这么快，那肯定是有了。

杨绍坐到裴宴身边，用手肘撞了撞他："我虽然没有女朋友，但是我泡妞的技术高超啊，说出来给我听听，我帮你出主意。"

嗤笑一声，裴宴往旁边挪了挪："她跟你那些女人不同。"

"当然当然，能让裴哥你看上眼的女人，怎么可能是凡人？"杨绍连连点头，开始细数最近与裴宴有过交集的女人，想了半天也只有花锦与徐思，他半惊半疑地看着裴宴，"裴哥，我昨天才刁难了徐长辉，你不会告诉我，你喜欢上他的堂姐了吧？"

"他堂姐哪位？"裴宴皱眉。

"徐思啊。"杨绍道，"听说这位回国后，一直在打听你的联系方式。要不是大家都知道你煮不……不好女色，不方便把联系方式告诉她，说不定她早就主动联系你了。"

"这种喜欢校内霸凌的女人，跟我哪里合适？"裴宴站起身，语气淡淡，"你还是住在这里修身养性吧。"

"裴哥，你是我的亲哥……"

"我没有你这种弟弟……"

杨绍："……"

你可不可以不要嫌弃得这么明显？

"裴哥，你是不是……对花绣师有那个意思？"杨绍小心翼翼地看着裴宴。

　　裴宴沉默了片刻："我不知道。"

　　他父母早亡，跟着爷爷长大，不知道正常家庭是哪种相处方式，更不懂得什么是情爱。

　　"就是，有没有看到她，你就面红心跳，恨不得把她搂进怀里？"

　　裴宴仔细回想许久，摇头："没有。"

　　花锦只会把他气得呼吸急促，面红耳赤。

　　"那有没有觉得她是世上最好看的女人，天下所有女人都比不上？"

　　裴宴仔细回想："她确实长得还不错。"

　　杨绍觉得，裴哥这种态度，怎么看都不像是情根深种的样子嘛。难道是他跟花绣师相处的次数比较多，让他产生了一种爱情的错觉？

　　"男人对女人，其实就是那么回事嘛。"杨绍猥琐一笑，"想吃了她，扒了她，还有……"

　　"你别说了。"裴宴眉头皱得死紧，平时杨绍说这些，他可以当作没有听见，但是这个"她"代指的是花锦，就让他难以忍受，"说点正经的。"

　　"男欢女爱，食色，性也，哪里不正经了？"杨绍摇头叹息，"裴哥，感情这种事太复杂，可能不适合你。"

　　裴宴没有理他，只是皱起了眉头。

　　他看不得她吃苦，即使被她气得半死，也不想她难过，更希望她一帆风顺，不喜欢别人对她有亵渎的意思。这原来不是动心吗？

　　"马克先生，这就是您的设想图？"花锦看着设计稿，不得不承认，年仅三十四岁的马克在时尚界能有这种地位，靠的还是才华。

　　她对时尚并不了解，但是身为女人，看到这张设计图的第一个想法，就是忍不住幻想，它穿在自己身上会是什么样子。

　　"你觉得怎么样？"马克温柔地问。

　　"很美。"花锦道，"现代时尚与古风化元素相融合，美得像是很多女孩子的梦。"

"花小姐能够喜欢它，我很高兴。"马克脸上的笑容更加温柔，"这条裙子上的绣纹，我想交给你来绣，我相信你能让这个梦变得更加美满。"

花锦微微一愣，没有谦虚："我会努力一试。"

"难得约花小姐出来，我们不要只谈工作。这里的手磨咖啡味道很好，你尝尝。"马克端起咖啡杯，"前几天偶然在电视上，看到了有关花小姐的采访。"

花锦端起咖啡喝了口："您说的是那栏电视节目？"她这几天太忙，如果不是马克说有工作上的事跟她商量，她是不想赴约的。

"对。"马克点头，"看了那档节目，花小姐在我心中的形象，更加高大了。"

"没想到马克先生也会看这种节目。"花锦放下咖啡杯，"只是巧合而已，其实没有电视里说的那么好。"

马克看了眼她手里的咖啡，招来服务员，点了几份蛋糕。等蛋糕上桌以后，他柔声道："这家店的蛋糕也很好吃，蛋糕的甜味，刚好能化解咖啡带来的苦涩，苦中带甜，就像是人生感悟。"

花锦笑了笑，没有说话。

她确实不喜欢咖啡的苦味，没想到马克竟然看出来了。

她用勺子舀了一块蛋糕，甜甜的奶油入口即化，冲刷了口中的苦。

"花绣师，真巧啊。"

听到有人叫自己，花锦扭头，看到陈江就站在她身后不远的地方。

她莫名觉得，陈江看她的眼神，仿佛在看与西门庆约会的潘金莲。

繁花 盛宴

月下蝶影 著

下 卷

青岛出版社
QINGDAO PUBLISHING HOUSE

第一章 女朋友

在这家咖啡厅看到花锦，陈江内心是震惊的。这家店是有名的情侣店，因为消费高，口碑好，很多情侣喜欢在这里约会、拍照。

有时候他泡妞，把妹子带来这边，她们能对着咖啡蛋糕派拍出十几种不同风格的照片。参加过他外公家聚会的人都知道，裴宴冲冠一怒为花锦，当着诸多人的面，半点颜面都没给徐家人留。

很多人都在好奇花锦的身份，不知道她有什么本事，能把裴宴迷到这个地步。陈江也觉得，花锦这个女人挺厉害的。裴宴那种鬼脾气，能被她迷得五迷三道，特意安排出知名绣师与她见面，还开始资助起传统艺术发展了。

可是这个把裴宴迷得不知东南西北的女人，竟然跟别人在约会，而且还是和有名的恋爱高手约会！

这才是真正的人才啊，敢于直面裴宴的发疯性格，给他戴了一顶绿油油的帽子。

由此可见，老天爷是公平的，给了一个人财富与相貌，还不忘给他一个织绿帽的女朋友。

"真巧。"花锦看了眼被陈江半搂在怀里的漂亮女人，没有邀请他一起坐。

两人客气几句，陈江特意挑了一个能看到花锦这边动静的座位，让女伴自己挑喜欢的东西，掏出手机就准备给他哥消息，让他过来看绿帽。可是想到他哥那管不住嘴巴的性格，陈江犹豫了一下，把消息发给了表兄弟孟涛。

"没想到花小姐与陈家的二少东也认识。"马克用手帕擦了擦手，说得很随意。

"几个月前，为杨绍先生做了件绣品，一来二去就认识了。"花锦继续低头戳蛋糕。

马克轻笑一声："冒昧问一句，不知道花小姐可有恋人？"

戳蛋糕的手微顿，花锦抬头："马克先生这话是何意？"

"我与花小姐合作的这款裙子，名为'梦'。"马克微微含笑，"少女的梦，美好而又甜蜜，花小姐如果有爱恋的人，也许能更好地掌握这种感觉。"

花锦笑出声："不知道为什么，在很多男性想象中，少女的梦总是与情爱有关。然而在我看来，少女的梦不仅仅是爱恋，还有很多诡丽的东西，比如美丽、成功的人生，神奇的异世界，又或者是自由、强大。"

自由与强大？

马克沉默片刻，笑着道："花小姐的话，让我惊奇，也让我茅塞顿开，看来我也被这种刻板印象影响了。"

他放下手里的帕子，把手递到花锦面前："多谢花小姐的提醒。"

"马克先生客气了。"花锦看着眼前这只手，骨节分明，保养得很好，食指上戴了一枚样式简单大方的戒指，简单得不像是一个时尚设计师的风格。她伸出手与马克握了一下，松开手道："这只是我的个人看法，希望不会影响马克先生的灵感。"

"灵感有时候就是在谈笑间，我觉得这条裙子应该再改一改。"马克道，"梦不应该属于少女，而是属于所有人。我要让这条裙子，成为所有女人都想拥有的，成为所有男人都想让心爱女人穿上的。"

"我很期待。"花锦微笑，"以马克先生的能力，一定不会让大家失望的。"

陈江看着花锦与马克又是握手又是相视而笑，觉得裴宴脑袋上的头发都要变成绿色了。他拿出手机，疯狂地给孟涛发消息，分享着现场。

长江不是大河：涛子，花绣师对着马克笑了十下，还握手了！最近我们少去裴宴面前晃悠，我怕他被女人绿了，心情不好。

长江不是大河：马克把自己面前的蛋糕端到花绣师面前了，那个笑，简直满脸写着"勾引"两个字！

"孟涛，你的手机怎么回事，怎么一直响个不停，难道是女朋友催你回去的消息？"杨绍拉了拉帽子，把球杆递给球童，单手叉腰道，"太热了，不打了。"

"没事。"孟涛勉强维持着微笑，看着不远处长身玉立的裴宴，"我陪你过去喝水。"难道他要跟杨绍说，陈江在给他现场直播裴宴女朋友跟其他男人约会？

两人走到休息区，杨绍把帽子一扔，取下墨镜放到旁边："你也别硬撑，女人撒娇的时候，该哄的时候就要哄，你连消息都不看，就过了啊。女人如花似水，是需要我们呵护的。"

孟涛干笑，在心里花式暴打陈江无数遍："烦人得很，懒得惯着她。"

"啧啧啧。"杨绍摇头，"男人啊，真没几个好东西。"

孟涛："……"

说得你好像是个女人似的。

可惜陈江想要分享八卦的心情实在太迫切，见自己发了十多条消息都没有得到孟涛的回复，就直接拨通了孟涛的手机。

孟涛盯着手机屏幕上的来电显示，一点都不想按下接听键。可是面对杨绍看热闹的眼神，他咬着牙接通了手机。

"孟哥，裴宴脑袋上的头发绿了！"

那欢快的小嗓门，充分显示出他看热闹的心情有多强烈。孟涛手一抖，不小心碰到免提键。

"我跟你讲,那个马克特别会逗女人开心,花绣师被他哄得有说有笑,笑容不断。可惜裴宴虽然有钱,长得也好,但要论哄女人的手段,他连马克的……"

孟涛赶紧挂断手机,对杨绍扯出一个笑:"陈江又在胡说了。"

"胡说什么?"裴宴站在他身后,一张俊美的脸上半点表情也无,桃花眼中寒星点点。

杨绍与孟涛齐齐被吓了一跳,两人连忙摇头:"没、没什么。"

手机再次响起,孟涛看着桌上的手机,后悔刚才只是挂断手机,而不是把手机砸了。

"接。"裴宴接过服务人员递来的毛巾,擦去脸上的汗,"我对陈江说的事,也很感兴趣。"

在裴宴利如刀子的眼神下,孟涛抖着手按下接听键。

"你怎么挂我电话?"陈江正在八卦的兴头上,根本没有察觉到不对劲,"这可是千载难逢的好机会,裴宴的头发绿了哎,这事传出去,够咱们圈子里讨论一年了。"

孟涛默默捂脸,生死有命,他不强求了。

"你在哪里?"裴宴垂下眼睑,神情平静无比。

"表哥,你的声音怎么不太对劲?"

"我不是孟涛,我是裴宴。"

"裴裴裴……裴先生?!"陈江舌头禁不住打结,"我表哥的手机怎么在你这儿?"

"这个问题不重要,你只需要告诉我,你现在在哪儿。"裴宴接过服务员递来的饮料,饮料里加了冰块,令他一点点冷静下来。

记下陈江报的地址,裴宴把手机扔给孟涛,转身大步往外走。

"走,我们快跟上。"杨绍看着裴宴大步离开的背影,愣了片刻才回过神,"快快快。"

"我们现在过去,干什么?"去看裴宴怎么被绿的吗?孟涛觉得,不过去围观，可能还好一点。

"能干什么，当然是给陈江收个全尸。"杨绍啧了一声，"谁说裴哥跟花绣师是一对了？他那个大嘴巴四处嚷嚷裴哥被戴绿帽子，裴哥能饶过他？"

想起裴宴那说风就是雨的性格，孟涛坐不住了："那、那我们还是去看看吧。"

"完了。"陈江抱着手机，绝望地趴在桌上。他只是想看个笑话而已，为什么会捅到当事人面前？以裴宴那破脾气，看到花绣师跟其他男人在一起，那还不炸？

"小陈总，你这是怎么了？"女伴巧笑倩兮道，"身体不舒服？"

"你说，嘲笑一个人被戴了绿帽，结果被当事人听见，这事严不严重？"在此时此刻，再美再性感的女人都不能讨陈江欢心了。他怕等会儿裴宴找过来以后，舍不得找花绣师麻烦，转头把他揍一顿。

"那还是挺严重的。"女伴同情地看了陈江一眼，这个人如果死了，那就是活活作死的。

"每次跟花绣师在一起，总会让我充满新的灵感，你真是个神奇的女子。"马克的眼睛很漂亮，看人的时候总是含情脉脉，当他认真看着某个人，仿佛眼前那个人就是他的全世界，"我觉得我们不仅是默契的合作对象，也是朋友，对吗？"

花锦看着他双瞳中，清晰印出了自己的脸："马克先生，对每个女孩子都是这么温柔吗？"

"对每个女孩子温柔，是我的本能，但你是特别的。"马克对花锦眨了眨眼，"我觉得你就是长满鲜花的迷宫，让人着迷又好奇。"

"以前有人夸我是一本书，现在马克先生夸我是迷宫。"花锦笑了笑，"看来我性向很多变。"

马克温声一笑，准备再次开口时，店外走进一个俊美的男人。这个男人他认识，有名的裴宴先生，是个钱多得任性，花钱全凭心情，投资全看缘分，有名又得罪不起的冤大头。

两人的视线在空中交会，直觉告诉马克，裴宴的心情非常不好，并且对他有敌意。

"裴先生。"犹豫了半秒，他主动向裴宴问好。

跟着进来的孟涛与杨绍看到这个场面，心头一紧，两人在四周找了一遍，终于看到缩在角落里的陈江。

陈江见孟涛跟杨绍都跟了过来，心里暗暗叫糟，裴宴的脸色这么难看，该不会当场打起来吧？

"裴宴？"花锦看到裴宴非常意外，"你也来喝咖啡？"

"嗯，陈江给我发消息说，这里的咖啡不错，所以我准备过来尝尝。"裴宴盯着花锦看了几秒，眼中的冷意一点点消去，"没想到这么巧，竟然会遇到你，介意多加一个人吗？"

"好呀。"花锦往里面挪了一个位置，注意到裴宴身上穿着 T 恤衫，戴着球帽，"刚从健身房出来？"

"跟朋友打了一会儿高尔夫球。"裴宴看了眼面前喝了一半的咖啡，把咖啡杯挪到一边，"你不喜欢这个，点来做什么？我让服务员给你换了。"

以为会有一场激烈战争的陈江："……"

裴宴没有掀桌子，没有争执，甚至连个怒容都没有？花锦这是给裴宴下了什么药，帽子都绿了，他还舍不得给她一个脸色看？

牛，实在是太牛了。

"这种奶昔要不要？"裴宴指了指单子上的照片，"看起来很好喝。"

"要。"花锦探头去看，"还有这种冰激凌蛋糕也要一份。"

"这么多甜的，你不怕胖？"裴宴嘴上这么说，手却乖乖把花锦要的东西点了下来。

"我靠手艺吃饭，又不是靠颜值。"花锦轻哼一声，"再说了，我是天生吃不胖。"

"上一个这么说的人，已经胖成了球。"裴宴嗤笑道，"话说得这么满，你小心被打脸。"

"打脸就打脸，反正我长得再胖再丑，又不来祸害你。"

　　"就算你想祸害，也要看我给不给你这个机会。"裴宴把甜品册翻来覆去看了好几遍，"这店里有几种蛋糕糖脂低，适合给老人吃，等下回去的时候，可以给你师父带一份。"

　　"哦。"花锦点头。

　　坐在两人对面的马克笑容不变，看着两人相处自在的样子，拿出手帕擦了擦嘴角。他以为花锦只是普通的绣师，没想到与裴宴关系这么好。

　　有魅力的女人，对男人的吸引力是无穷的。

　　"我没有打扰到二位的交谈吧？"点好需要的东西，裴宴合上甜品册，"要不，我还是换个位置？"

　　"你换什么？"花锦瞪了他一眼，示意他好好坐着，"我跟马克先生只是聊了一会儿合作上的事情，现在已经谈完了。"

　　听花锦提到自己，马克抬头对花锦温柔一笑。

　　看着马克脸上的那个笑，裴宴皱了皱眉，心头缭绕的郁闷久久不散。好不容易等花锦吃完蛋糕，听到马克说要送花锦回去时，裴宴开口道："不用了，我载她过去送蛋糕。马克先生不熟悉路线，还是让我来比较方便。"

　　"原来是这样。"马克歉然一笑，"约花小姐出来，却不能送你回去，是我失礼了。"

　　"马克先生不用这么客气。"花锦扭头看了眼裴宴，"裴宴送我也是一样的。"

　　裴宴勾起唇角，心头郁闷瞬间少了一半。

　　马克还是坚持把花锦送到了裴宴车上，微笑道："谢谢花小姐赠予我的灵感，下次见。"

　　花锦笑了笑："下次见。"

　　裴宴关上了车窗，挑着眉："你……很欣赏这样的男人？"

　　"他年纪轻轻，就在时尚界有这样的地位，确实值得人敬仰。"花锦扣上安全带，"至于其他的，与我没有多少关系。"

"我还以为你看他长得好……"

"你在说胡话呢？我如果是看脸的女人，会看上你，也不会看上他啊。"花锦笑眯眯地看着他，"你长得比他好看多了。"

裴宴怎么都想不到，他竟沦落到跟一个男人比美的地步。更可耻的是，他竟然会因为这句话，产生一种名为愉悦的情绪。

他这是脑子出问题了吧？

"那你如果选喜欢的人，会看他什么？"提出这个问题时，裴宴想也没有想，就这么脱口而出。

"不知道。"花锦微微偏头看了眼裴宴的侧脸，"如果是喜欢的那个人，就算长得一般，也没有关系。"

裴宴听到这句话，心被酸涩淹没，酸酸麻麻，空荡得找不到落脚点。他从未像现在这一刻清醒，那颗心太酸，酸得他没有力气转头去看花锦。

"是吗？"他听到自己说，"反正你也找不到我这么好看的男朋友。"

像我这么好看的男人，你会不会喜欢？

"我找男人，又不能光看脸。他没有你好看，就没有你好看呗。"花锦沉默了几秒，笑着问，"你只有一个，我上哪儿去找处处都比你好的人？"

这句话分明是在夸奖自己，但是裴宴却觉得自己心里堵得难受。他冷笑一声："看来你也知道我这样的男人不好找，只能退而求其次。"

"是是是。"花锦点头，一脸无奈道，"你是天上的白云，我是地上的蛤蟆，不敢妄想。"

裴宴张了张嘴，想说自己不嫌弃她是只蛤蟆，可是看着她脸上漫不经心的笑，这句话再也说不出口。

她根本不在乎他。

清醒地认识到这个问题后，裴宴如坠冰窟，从头凉到了脚。他紧紧握着方向盘，表情淡漠地平视前方，不再开口说话。车内安静异常。

路途中，裴宴偏头看了花锦一眼，她靠着椅背闭着眼，不知道睡着了还是在假寐。

裴宴缓缓收回视线，把车内的温度调高了一点。

把车子开到谭圆家小区门外后，裴宴开口叫花锦："花锦，到了。"

花锦睁开眼，眼神清澈，没有半分困意。她对上裴宴的眼睛，双眼笑弯成月牙："谢谢。"

"下去吧。"裴宴不再看她，下车把放在后座的蛋糕拎出来放到花锦手里，"记得看膝盖，我会提前给你电话。"

"好。"花锦接过蛋糕，"再见。"

"下次见。"目送花锦离开，裴宴靠着车站着，拿出手机看了眼上面的未接来电，拨通回去，"喂，有什么事？"

"我知道了。"

到了杨绍的住处，裴宴看了眼缩在游戏室角落里的陈江，没有理会他，对杨绍道："你不要每次搞游戏直播，就把我叫上。"

"裴哥，这次的游戏可是你跟我家联合开发的项目，马上就要公测了。咱们趁着这个时候，多宣传宣传。"杨绍把镜头调整好，"还是老规矩，你只需要露手就行。"

近几年，为了在网上造势，杨绍偶尔会直播一下游戏，让网友有了"富二代也玩游戏"的印象。他有时候还会叫上一帮"富二代"朋友加盟助威，极大地满足了网友们对有钱人生活的好奇心。

在一堆朋友中，裴宴是最受欢迎的，因为他声音好听、手好看，尽管他总共就帮杨绍直播过两次。

"营销号那边也已经打好了招呼，这次的直播视频会剪辑一段出去炒热度。"杨绍打开电脑，"可惜这次的直播没有提前预告，你的那位死忠粉可能不会出来打赏了。"

有时候为了创造话题度，裴宴会特意大方地打赏别人。但是万万没有想到，居然会有人大方地打赏他，还特意说明是打赏给他的。

两次直播，那位死忠粉总共给裴宴打赏了好几万。这点钱对他们而言，并不算什么，但是对于很多普通人而言，已经算不少了。他记得当时有不少网友刷屏嘲笑那人，说那人是傻子，明明是吃地沟油的命，却有一颗打赏富二代的心。

听到杨绍的打趣，裴宴皱了皱眉，握住鼠标没有说话。

谭圆家里，花锦喝完高淑兰炖的鸡汤，舒舒服服地躺在沙发上，见谭庆又端了一大盆水果过来，忍不住道："谭叔，高姨，你们这不是在养徒弟，是在养猪啊。"

"谁家的猪像你这样，光吃不长肉，早被杀了。"高淑兰推了推鼻梁上的老花镜——早年用眼过度，她现在还不到六十，眼睛已经不太好使了，"我看你最近好像瘦了，是不是工作太忙？"

"还好，不算太忙。"花锦嘴里说着谭庆把她当猪养，手却很诚实，忍不住就叉了一块蜜瓜到嘴里。

"你还年轻，身体为重。"高淑兰打开电视，里面放的节目是她平时常看的一档民生新闻节目。

比如东家水管爆了，楼下要求赔偿；又或是西家掐了谁家的花，被主人发现，开始吵架之类。

今天的节目同样精彩，说的是某个老人刮花了一辆豪车，豪车主人心善，不让老人赔了。但是老人很生气，觉得豪车主人瞧不起他，非要闹着赔，于是事情闹上了新闻。

"豪车欺负人的新闻看过；不遵守交规的人，撞了别人的车，说自己穷不愿意赔偿的我也见过。但是，像这种的新闻，我还真没见过。"高淑兰津津有味地看着电视上的老大爷把一叠钱拍出来，忍不住感慨，"花花，我跟你说，这个台的新闻特别好看，里面的人特别逗。不过像这样心善的豪车主人，还真是难得一见。"

花锦："我见过。"

"你见过？"高淑兰惊讶地看着花锦，"世上还有这样的活人？"

花锦笑："是啊。"

那时候她刚来这个城市不到一个月，在饭馆里打小工，中午帮老板送外卖时，自行车的刹车不知道怎么坏了，她连人带车撞到一辆停在路边的豪车上。

她虽然刚来大城市一个月，但是听店里的同事说过，那种车特别特别贵，很多人一辈子都赚不了那么多钱，刮花一丁点都不够他们赔的。

当她爬起来，看到车上长长一道划口时，整个人如遭雷击。她蹲坐在地上，愣了许久，伸手小心翼翼擦干净溅到车上的油滴，然后就双腿酸软地准备等车主人回来。

"我说，你蹲在这里，是准备碰瓷吗？"车窗忽然打开，一颗脑袋探了出来。

她吓得连眼泪都不敢掉，连连摇头："我不碰瓷，我一定会赔的，你别报警抓我。"

"你……赔得起？"探出脑袋的那个人，把她从头到脚打量了一遍，皱着眉道，"多大了？"

"十七……十八！"她不敢让人知道自己还没满十八岁，"我十八了。"

"拿去。"车里的人扔出一包纸巾到她怀里，"你把脸上的油擦干净。不知道的人看见了，还以为是我在欺负你。"

她捏着纸巾不敢说话。

"我说你这根火柴棍是不是傻？你知道赔不起还不赶紧走，傻站在这干什么？"那人摆手，"走走走，我不欺负小姑娘。"

她摇头："我一定赔……"

但她话还没说完，就被豪车喷了一脸尾气，那个人开车离开了。她抹去脸上的灰，记下了车牌号码。

忆起这件好几年前的旧事，花锦脸上带着笑："那时候我所有身家加起来都不超过五百块，以为会因为赔不起钱被车主刁难，然后丢掉工作。

没想到他竟然嫌我傻，知道自己赔不起还不跑。"

听到这事，高淑兰心里十分难受。那时候的花锦才多大，遇到这种事，不知道会怕成什么样子。幸好她遇到了一个心善的人，若是遇到……

"幸好遇到一个大方心善的人，幸好，幸好。"高淑兰暗暗庆幸，又是心疼又是无奈地看着花锦，"花花，再过两个月，你就二十五了，真的不考虑找个人来照顾你？"

"高姨，我这种一人吃饱全家不饿的，哪需要请保姆？就算想请，我也没那么多钱啊。"花锦摆手，"那还是算了。"

"你明知道我说的不是这个。"高淑兰被她气笑，"算了，你不愿意找就不愿意吧。"

"高姨，我的蜀绣事业还没壮大，哪有心力去谈恋爱？"花锦搂住高淑兰的手臂，"汤圆自从跟曹亦分手以后，就一直没有跟其他男孩子接触，我觉得我们可以考虑为她找个合适的男朋友。"

死贫道不如死道友，花锦出卖谭圆出卖得很干脆。

"花花！"谭圆从厨房里出来，就听到花锦在陷害自己，扑过去捏她的脸，"我还是掐死你算了。"

"别别别。"花锦捂住脸，"我错了，错了。"

看着两个二十好几的人打闹成一团，高淑兰无奈摇头，嫌弃地把两人赶到一边："要闹去房间闹，别影响我看电视。"

直播结束，杨绍取下耳机，转头对裴宴道："裴哥，这次你的金主没有出现。"

裴宴冷冷瞥了他一眼："没事的话，我先走了。"

"你别走啊，这都快晚上了，我们先把饭吃了。你家里一个人都没有，现在回去有什么意思？"杨绍一出口，就意识到不对，可是说出的话等于是泼出去的水，总不能收回来，只好干笑一声，岔开话题，"有件事忘了问，裴哥，你跟花绣师究竟是怎么回事？"

这话刚出口，杨绍觉得裴宴刚才还能看的脸色，瞬间变得铁青，吓得他往后连退了两步："裴……裴哥？"

"回去了。"裴宴没有理他，转身出了门。

"杨绍，你脑子没毛病吧？"刚才一直不敢出声的陈江见裴宴走了，走到杨绍身边坐下，"有眼睛的人都看得出来，裴先生对花绣师的感情。今天花绣师跟其他男人约会，他心情能好？"

"花绣师跟裴哥，不是朋友吗？"杨绍有些发蒙，不久前跟裴哥在一起钓鱼时，自己说起花绣师，裴哥还说不喜欢她呢。

"不能吧，裴哥跟我说过，他对花绣师没那个意思。"

"男人说的话，也能信？"陈江跷着二郎腿，一副高人模样，"我敢打赌，他们两人之间，绝对不是普通男女之情。孟哥，你说是不是？"

"什么？"正在玩游戏的孟涛抬头，"你们说裴先生跟花绣师？他们两个是恋人关系？"

杨绍："……"

难道他不是裴哥最好的朋友？所有人都知道的事，唯独他不知道？

离杨绍奶奶大寿还有三天的时候，花锦把杨绍要的绣屏终于做了出来。在成品做好的那个瞬间，花锦与谭圆齐齐松了口气。

找到一个浮雕木盒把绣屏放进去，花锦又另外准备了一个礼盒，装了一条披肩进去。

谭圆道："等你以后名声大噪，这些东西就升值了。"

"我做梦的时候，也常常这么想。"花锦伸手弹了一下她的额头，"大白天的，别做梦了。"

谭圆捂着头："如果真能梦想成真，还不如求老天赐我一个有钱又帅的男人……"

"圆圆。"突然响起的男声，把谭圆拉到了现实。她转身看着来人，觉得老天可能看不惯她白日做梦，所以给了她一个教训。

一段时间不见，曹亦看起来瘦了很多，身上的衬衫有些皱，看起来落魄又可怜："圆圆，你可不可以跟我谈谈？"

"我们之间没有什么可谈的。"谭圆别过头，"曹亦，我们好聚好散，不要把彼此弄得那么狼狈。"

"尽管我愿意你继续从事漆器这个行业，你也不愿意再与我在一起？"曹亦朝谭圆走去。花锦拦在谭圆的面前："曹先生，有话慢慢说，请你离我朋友远一点。"

曹亦红着眼眶看花锦："花锦，拆散我跟谭圆，你就那么开心？"

花锦看着他不说话。

"曹亦，你还不明白吗？我跟你分手不是因为别人，而是因为你。"谭圆怕曹亦发疯伤害花锦，拉着她的手往后退了几步，"我们都是人，凭什么我做什么事，要你愿意，要你让？明明属于我自己的东西，被你说出来就好像恩赐一般，你不觉得可笑吗？如果我对你说，我愿意让你去上班，你听到后，心里会舒服吗？"

"圆圆，那不一样……"

"哪里不一样？"谭圆讽笑，"说到底，你还是想让我做你的附属品而已。"

被谭圆用这种眼神看着，场面实在有些难看，曹亦既是难堪，又是不甘："圆圆，你一心护着花锦，知不知道她其实早就找了一个有钱的男人？只有你傻乎乎地把她当作好友，说不定人家在心里偷偷嘲笑你是傻瓜。等她嫁入豪门，你却没钱没事业没家庭，难道要靠着这种无人关注的破手艺过一辈子吗？"

花锦："……"

这个曹亦到底有多恨她，恨不得把各种黑锅都给她背？

"花花如果真能嫁入豪门，我更要踹了你，对她好。"谭圆拉着花锦的手，"等她有钱了，我还能跟着一起享福，有什么不好的。"

"你……你……"曹亦气得说不出话来，"好，看来在你眼里，我们几年的感情，比不上你这个能够嫁入豪门的朋友，我总算看透你了。"

"你看透就看透吧。"谭圆疲倦地摆手，"我就是这样的人，让你失望了。"

　　曹亦失魂落魄地看着谭圆，几年的感情，闹到这个地步，他心里是难受的。可是他也很清楚，谭圆不会再与他在一起了。

　　想明白这一点，曹亦瞬间心如刀割，恨恨地看着花锦："花锦，你坏人感情，会有报应的。"

　　"你胡说八道！"谭圆拿起柜台上的宣传册砸在曹亦脸上，"滚，我以后不想再看到你。"

　　"圆圆，不用你骂，我自己会走。"曹亦没有躲砸过来的宣传册，弯腰捡起宣传册，"圆圆，你会后悔的。"

　　"花锦。"曹亦冷笑看着花锦，"你这种心机深沉的女人，一辈子都不会有人真心爱你，你看着吧。"

　　说完，他头也不回地离开。

　　"花花，你别听他胡说八道。"谭圆握住花锦的手，急道，"你长得这么漂亮，又这么有才华，喜欢你的男人，加起来都能组成一个排。那种狗嘴里吐不出象牙的臭男人，我们不要理他。"

　　"我当然不会理。"花锦捏了捏谭圆的脸颊，"只要你不要受他影响就好。"

　　"你……"听到花锦这么说，谭圆既想哭又想笑，明明是花锦受了她的连累，才会听到曹亦这些胡说八道的话，可花锦却反过来安慰她。

　　她心里又酸又感动，红着眼眶，伸手抱住花锦："花花，你如果是个男人，我一定会嫁给你，世界上没一个男人能比得上你。"

　　"男人哪有香香软软的美女好？不过，算你有眼光。"花锦知道谭圆心里难过，伸手把她揽在自己怀里，"没事，没事，我给你算过了，好男人还在后面等你。"

　　谭圆靠在花锦肩膀上没有说话，热泪浸透布料，落到了花锦的肩膀上，哽咽道："花花，谢谢你。"

　　"你啊，嘴硬心软。"花锦轻轻拍着谭圆的后背，语气温柔道，"我们之间，说什么谢。"

"那个……"杨绍与陈江推开门,看到店里深情相拥的两个女人,齐齐回头看向身后。

男人被女人戴了绿帽子,就不算是绿帽子吧?

裴宴看着花锦抱着另一个女人,眉眼都是柔情的样子,脸忍不住绿了。

"发生了什么事?"裴宴推开挡在面前的陈江与杨绍,"有人来店里找麻烦?"

"没事。"花锦拍了拍谭圆后背,小声道,"汤圆,你去休息一会儿。"谭圆无声地点头,不想让别人看到她狼狈的样子,转头进了里面的杂物间。

"你们是来拿绣屏的?"花锦把刚装好的绣屏拿出来,"没想到我刚给杨先生发了消息,你们就过来了。"

杨绍接过盒子道了声谢,拉了拉想看热闹的陈江,很识趣地一起出去了。

两个女孩子开店,再加上最近生意又不错,难免会遇到一些找麻烦的人。裴宴看到谭圆趴在花锦怀里哭,就担心有人欺负了她们。进了店后,他才慢慢冷静下来,店里的东西没有乱,花锦的神情虽有些低落,但不像是被人恶意找碴儿的样子。

"今天有时间吗?我下午想带你去看医生。"涉及花锦朋友的私事,裴宴没有多问,说明了来意。

"下午?"最近几天的生意,已经慢慢恢复了正常,不像前半月那样,让人忙得脚不沾地,可是她担心谭圆情绪不好,摇头道,"要不下次吧,今天有些不方便。"

"好。"裴宴点了点头,把手里的东西放到桌上,是一个粉色保温食盒。长得好看的男人就是不一样,即使拎着少女粉的东西,也只会让人觉得赏心悦目。

"花花。"在杂物间的谭圆道,"你跟裴先生忙去吧,这里有我就行了。"

"可是……"

"别可是了,早点把腿看好,以后阴雨天也少受点折磨。"谭圆探出头来，眼眶有些红，但精神看起来还不错，"你快走快走，别留在这儿妨碍我给漆盒描花。"

花锦被谭圆连人带包赶了出来，抱着粉色饭盒坐到副驾驶位，沉默半晌看着裴宴："我要在车里把它吃掉吗？"

"不用，留着你晚上拿回去吃，我带你去吃别的。"裴宴拿过她手里的饭盒，放到车后座上。

花锦看了眼车后面："杨先生与陈先生不一起？"

"不了。"裴宴发动汽车，"他们有饭局。"

车里安静下来，裴宴有些不敢看花锦，总觉得一看她，心里就会发慌。

"你觉得今天的天气怎么样？"沉默许久以后，裴宴憋出了这么一句。

"挺好啊。"花锦疑惑地看着裴宴，觉得他今天有些不太对劲。

"那你觉得……我这个人怎么样？"裴宴把车停到路边，扭头看着花锦，表情严肃道，"我要听真话，不许打马虎眼！"

"有车有房，有貌有才，剑眉星目红润嘴，脖子以下全是腿。"花锦夸完以后，见裴宴还盯着自己看，又补充了几句，"皮肤白，手也美，做你女友不后悔。"

"嗤。"裴宴撇过头去，"我看你有写打油诗的天分。"

"怎么会，这都是我的肺腑之言，句句真心，假一罚十……"

"既然你觉得我这么好，那我可以再好点。"裴宴抬了抬下巴，骄傲道，"我勉为其难收你做我女朋友，怎么样？"

他的表情很轻松，只是握着方向盘的手，格外用力，像是拼命抓住了一样东西，就不想再放手。

"嗯……"花锦以为自己耳朵出了问题，"嗯？！"

"刚才是谁说，句句真心，假一罚十，做我的女朋友不后悔？"裴宴微微俯身靠向花锦，一双漂亮的眼睛静静看着她，"还是说，刚才的那些话，你都是在骗我？"

花锦抱着随身带的包，食指抠着安全带："妾身乃蒲柳资质，出身平凡，怎敢生出攀附之心，让郎君受众人嘲笑？"

　　"说人话。"

　　"我们不太配。"

　　裴宴盯着花锦看了两秒："我的长相配不上你？"

　　花锦摇头。

　　"我的财富配不上你？"

　　花锦继续摇头。

　　"我的学历配不上你？"

　　花锦的脸黑了，哪壶不开提哪壶。

　　"那你有什么顾虑的？"裴宴双手松开方向盘，视线一直没有离开花锦的双眼，"跟我在一起，你可以做任何你喜欢的事。我不会质疑你。我会学着欣赏你，甚至最大力度地支持你。像我这么好的男人可不多，过了这个村，就没有这个店，你真的不考虑考虑？"

　　花锦抬起头，看到了裴宴红通通的耳朵，还有不自觉抖动的喉结。

　　他是这么好的一个男人，她当然知道，过了这个村，就没有这个店。

　　"可是……"她抿了抿唇，移开目光，"是我的身份配不上你。"

　　"配不配得上，不是我跟你说了算？"裴宴道，"你觉得我从身到心都配得上你，我觉得你也勉强合我心意，那就没有什么配不配了。"

　　"还是不行。"花锦倔强摇头。

　　"哪里不行？"裴宴眉头皱了起来。

　　"你看啊。"花锦扳起手指头，"你给我送过花吗？"

　　"送了。"裴宴理直气壮地点头，"前几天的栀子花，你不是很喜欢？"

　　花锦："……"

　　"堂堂豪门有钱人，送几朵栀子花你也好意思拿出来说？！"

　　"栀子花怎么了，又香又好看。"裴宴干咳一声，"那你说说，还有哪里不行？"

　　"从我们认识到现在，我就没觉得你喜欢过我。"花锦轻哼一声，"该不会是你们这些有钱人，故意打赌追女人，拿我开玩笑吧？"

"花锦！"裴宴咬牙切齿道，"我是那样的人吗？"

"那你现在说，我就相信你。"花锦掏出了手机。

"咳。"裴宴眼神不自在地飘来飘去，"我说了，你就做我女朋友？"

"你先说。"花锦双眼亮晶晶地看着他。

"你们这些女人真难伺候。"裴宴扭头不理她，几秒钟过后，又扭了回来，"那我……说了？"

"嗯嗯。"花锦点头。

"我喜嗯你。"

"这么不情不愿，喜嗯是什么，听不懂。"花锦撇嘴，"一看就不是真心的，我就知道你们这些有钱人，最喜欢玩弄我这种长得漂亮，心思单纯，如荷花般高洁的美少女……"

"我喜欢你，我喜欢你，喜欢你，最喜欢你！"裴宴被花锦气得头顶生烟，低吼道，"我就是眼瘸心瞎喜欢上了你，行了吧！"

花锦看着面红耳赤的裴宴，嘴角弯了起来："嗯，虽然你眼瘸心瞎，但是看在你长得好看的分上，我不嫌弃你。"

"那你以后就是我的女朋……"裴宴的笑容僵在脸上，指着花锦手中的手机，"你竟然录像？！"

"你口说无凭，这就是证据。"花锦把手机藏到身后，歪头看着裴宴，笑眼弯弯，"是你说的喜欢我，这个我要保存一辈子。"

想到自己刚才面红耳赤告白的样子被录了下来，裴宴伸手去拿手机："你快删了。"

"不要。"花锦摇头，把手机往后面藏，"你让我删我就删，那多没面子。"

一个伸手去夺，一个往后藏，裴宴环开双臂，就像是把花锦环在了胸口。

她像云朵般的柔软。裴宴在接触到她胸膛的那个瞬间，脑子嗡嗡作响，什么视频，什么丢脸，什么愤怒全都忘光了，整个人就像是一座石化的雕像。

"你还说要做我男朋友，连一个视频都不愿意让我拍。"花锦趁机在裴宴脖颈处蹭了两下，假哭道，"嘤嘤嘤，我就知道你根本不喜欢我，玩弄我的感情，渣男。"

"行……行了，你要留就留着吧。"裴宴觉得整个胸膛都在燃放着火苗，烧得他脑子都是糊的，色厉内荏地瞪了花锦一眼，"不能给别人看。"

"不给。"花锦把手机放进包包里，"谁也不给看。"

"哼。"裴宴别扭地轻哼道，"把安全带理一下，我们去吃饭。"

车开到红绿灯路口时，裴宴忽然说："可以给我们的孩子看。"

"什么？"花锦迷惑地抬头。

"我说那段视频，你好好留着，等我们老了，可以给孩子看。"裴宴一脸高冷，"看完这个视频，他们就会知道，你有多么难缠不讲理。"

花锦怔怔地看着他的侧脸，手轻轻捏住装手机的包，半晌后笑着道："嗯，留一辈子。"

裴宴扬了扬好看的下巴，终于满意了。

世界上有几个女人，会在男人告白的时候，偷偷录像？等以后他们有了儿孙，他一定要好好教育他们，千万不能学他眼盲心瞎，看上这样的女人。

如果能有女儿……也别学她妈妈这样糟心，毕竟世界上像他这样审美异常的男人已经不多了。

一场本该轰轰烈烈又浪漫的告白，就这样硬生生被花锦与裴宴弄成了幼儿园过家家的幼稚版本。

等他们吃完了午饭，再次坐回裴宴的车上，花锦才渐渐找到真实感。

"所以，我现在算是抱大腿成功，灰姑娘成功上位？"

裴宴高傲一笑，眼珠子里的喜意却怎么都掩饰不住："哼。"

花锦扭头看他，按照正常的"霸道总裁爱上我"流程，这个时候，裴宴应该带她去买各种珠宝各种名牌才对，这个"哼"是什么意思？

可能、也许……找的是个假男朋友吧。

跟着"假"男朋友的步伐，花锦来到了一栋四合院外。四合院门虚掩着，看裴宴直接推门走了进去，花锦在他身后拉了拉他的袖子："宴宴，你认识的人，都是大别墅、四合院这种大佬吗？"

"不要叫我宴宴。"裴宴扒下她拉袖子的手，红着脸把她的手握在自己掌心，"不要羡慕，我们也有。"

"是你有。"花锦小声念叨。

"你已经是我的女人了，就要有灰姑娘翻身做王后的意识。"裴宴停下脚步看她，"我别的什么不多，就是钱多房子多。你要记住，我的就是你的，以后如果遇到别人在你面前炫富，不要自卑，我们炫耀回去。"

花锦："……"

这种霸道土豪式的宣言，她听得真是……太爽啦！

到了院子里，裴宴没有继续往前走，扬声道："林医生，我来了。"

"知道你来了，自己进来。"不远处的屋子里，传来一个年迈的声音，听起来与裴宴关系很亲近。

花锦有些紧张，刚成为裴宴的女朋友，就要去见他家亲友？她扯了扯自己的手，在长辈前面还牵着手，是不是有些不太好？

可惜裴宴一点都不了解她焦虑的心情，不仅不松开手，还牵得更紧了。他扭头看花锦，明明是很高冷的模样，却让花锦从他眼睛里看出了几分委屈。

算了吧，花锦不再挣扎。

这段感情，能够维持多久，她不敢去猜测，如果她能在拥有的时间内多保留一些美好的记忆，又何必在意外人的眼光？

裴宴察觉到花锦不再打算把手抽出去，还反握住了自己的两根手指，嘴角不能自抑地翘了起来。

他把花锦带进屋，对屋内的老人道："林医生，打扰了。"

林医生看了眼两人握在一起的手，意味深长地看了裴宴一眼，招呼着两人坐下："来都来了，我难道还能赶你出去？小姑娘，坐这边来，我给你把把脉。"

"谢谢林医生。"花锦坐在了雕花木椅上，把手伸了出去。

裴宴低头看了眼空荡荡的掌心，厚着脸皮拖了一条椅子，陪坐在了花锦身边。

林医生没有理他，过了一会儿，又给花锦另一只手把了脉，叹口气道："你年幼时应该有营养不足的问题，对身体发育有些影响，不过问题不大，现在注意饮食就行。"

裴宴皱起眉，营养不足，花锦以前究竟过着什么样的日子？

"她膝盖以前受了伤，现在一到阴雨天，就容易疼，您帮她看看。"裴宴道，"现在年纪轻轻就这样，以后老了该有多受苦？"

林医生站起身，瞪了他一眼："你站远一点，别挡着我的视线。"

花锦把裙摆撩起来，露出自己的膝盖。裴宴缩到她身后，顺手帮她按住裙边。

林医生检查了一遍后，神情严肃地看着花锦："你这伤，是受到重击后留下的？"

花锦没有抬头去看裴宴，只是轻轻点了一下头。

"这伤应该有五六年的时间了，你旧疾未去，在修复期没有得到很好的治疗。"林医生遇到过很多患者，也无意探寻别人的过往，"年轻人，要多爱惜身体。你这膝盖再这么下去，到了年老以后，恐怕连路都走不了。"

裴宴面色一白，把手轻轻搭在花锦肩上："所以才需要您老帮她看看，有您出手，肯定病痛全无。"

"不用给我盖高帽子。"林医生道，"她这个是旧疾，需要慢慢养。我开两服药方给你，药材你自己去找最好的。这里还有我自己做的膏药，你拿些回去给她慢慢贴着。如果膏药有效的话，我再慢慢改进药方。"

"谢谢。"花锦轻声道谢。

"医生父母心，你们年轻人好好顾惜自己的身体，就是对我们医生最大的感谢了。"林医生看着花锦道，"你的这个腿，不能受寒，不能淋雨，也不能承重物。你没事可以泡泡热水，不然疼起来没人替你。"

"我记住了。"花锦乖乖点头。

"等你把前面两个疗程的药吃完，我再给你做个针灸。"林医生对花锦的态度很满意，于是道，"你好好养着，稍微再多长点肉。"

虽然还没有戳针，但是听到这话以后，花锦觉得膝盖一麻。

林医生把药膏跟药方给了裴宴："你好好照顾她，切记不要让她运动过量。如果她不小心二次受伤，会非常麻烦。"

裴宴把林医生的话暗暗记下了，顺便还拿走了几个养腿的药膳方，被林医生忍无可忍地赶了出去。

坐到车上，裴宴盯着花锦的膝盖看了半晌："林医生可说了，你的腿不能过量运动，也不能受到二次伤害，明不明白？"

花锦："所以呢？"

"你有没有考虑换个近一点的地方住？或是让你家优秀的金大腿，顺路接你上下班？"裴宴干咳一声，"你家金大腿不仅有车，还有房。"

"我天天让你送太麻烦了，而且油费不划算。"花锦摇头，"你每天来回多出来的油费钱，都能吃一份小龙虾了。"

"那你换个地方住，反正有些房子空着也是空着。"

"暂时不了吧，等你以后向我求婚，我倒是可以占你这个便宜。"花锦摇头，"我们才当了几个小时的情侣，这么早搬，很容易影响我贫贱不能移的高贵形象哎。"

裴宴若有所思道："你这是在提醒我，要早一点向你求婚吗？"

他们这样会不会太快了一点？不是都说，现在很多新时代新女性非常享受恋爱状态，不想步入婚姻的坟墓吗？

难道他看到的消息有误？

"我不是，我没有。"花锦扭头，"我这句话的重点明明是，我那贫贱不能移的美德！"

裴宴挑眉看她："我倒是想移到你那儿去，可是你那儿太小了，住不下。"

"臭流氓，想都别想！"他们才确定关系，他就想为爱鼓掌？就算他长得好看，也不能这么为所欲为！

裴宴："……"

他怎么流氓了？担心她一个女孩子独居，想住在一起照顾她，哪里流氓了？

这女人实在是太不可理喻了。

把花锦送到楼下，裴宴拉住她道："药膏要记得抹。"

"我知道。"花锦点头，"一定不会忘。"

"晚上我会打视频电话来监督，你不要蒙混过关。"

花锦继续点头。裴宴不就是想找理由跟她视频嘛，她懂的。男人别扭起来，真是让人无法抗拒。

裴宴抬头看了眼这栋有些破旧的小楼，叹了口气："晚上记得关好门窗，不要随便给陌生人开门。"

"好好好，裴叔叔，我都记得。"花锦笑眯眯点头。

"那……那我走了？"裴宴捏了捏花锦的手，以前没发现，原来她的手握着这么舒服。

"嗯，走吧。"花锦挥手。

裴宴默默看着花锦，这个小白眼狼，半点舍不得的意思都没有。他俯下身，在她额头上轻轻一吻："明天我来接你。"说完，他转身大步离去，十分有气势。

只是，那红红的耳朵，出卖了他的心。

花锦看着裴宴离去的背影，良久后拍了拍有些发烫的脸，扭头发现二楼三楼站着好几个人。

她："……"

这些人，吃了晚饭没事干，都来瞧她的热闹吗？

第二章 送鲜花

"哦哟，我就说嘛，什么朋友……"陈奶奶趴在阳台上，剥着花生笑眯眯道，"年轻人就是脸皮薄，咱们这些过来人，什么没见过。"

"可不是嘛，小伙子长得真俊，唇红齿白的，花花儿你可别错过了。"三楼的一位大姐接话，"比电视上的明星还好看呢。"

"是本地人吗？家里父母好不好相处？我跟你说哦，你跟男人结婚，可不能只看他怎么样，还要看他家人怎么样，万一遇到刻薄婆婆，你这小身板要吃亏的。"跟陈奶奶做邻居的大姐道，"这些你一定要打听清楚。"

"对对对……"

听着邻居们的七嘴八舌，花锦捂着脸冲进楼，跑进自己的屋子。她怕自己再站下去，这些大姐就要教她驭夫一百零八式了。

把自己整个人扔到床上，花锦盯着天花板，良久后轻笑几声，抱着被子在床上打了几个滚。

"啊啊啊啊……"

她竟然就这么答应了裴宴的追求，连半点矜持犹豫都没有，简直就是失策。

打完滚，她点开录下来的视频，起床打开桌上的笔记本电脑。笔记本已经用了两三年，散热不太好，开机就发出苟延残喘的呼呼声。

把视频存了好几个地方，甚至还用U盘备份，花锦才笑眯眯地看着电脑上放大的视频。她没有骗裴宴，在她眼里，他确实是世上最好看的男人。

他好看得整个人都在发光。

把车开进车库里，裴宴打开顶灯，靠着椅背打开手机，发了一张美食的照片。

裴：这么能吃，只有我不嫌弃你。

美食图的右上角，露出一只白皙纤细的手，手上没有任何首饰。但是任谁都看得出来，这是一只女人的手。

这条暗搓搓秀恩爱的朋友圈没有分组，只要是与裴宴互加好友的人，都能看到。短短几分钟内，这条朋友圈得到了无数赞与留言。

那可是裴宴，情绪阴晴不定的裴宴。他竟然在朋友圈秀恩爱，这是微信账号被盗了吗？

他关上车门，回到客厅，就看到杨绍把电话打过来了。

裴宴看着来电显示，靠坐在沙发上，按下了接听键。他今天心情好，可以多说几句话。

"嗯，我谈恋爱了。"

"你猜得没错，就是她。"

"为什么？"裴宴挑眉，"喜欢，就在一起了。"

听到这个解释，杨绍心情有些复杂，当初他说花绣师很迷人时，裴哥说没什么特别的。哪知道两人转头就凑成了一对，而自己仍旧孤身一人，凄凄惨惨戚戚。

男人啊，都是大猪蹄子，说的话没一句是真的。

"没想到你动作这么快。"杨绍笑嘻嘻道，"祝你们百年好合，早生贵子。"

"嗯。"裴宴满意地勾起嘴角,"谢谢。"

挂了电话,裴宴低头找到花锦的微信,发出了视频通话请求。等了好一会儿,通话才被接听成功,他看着视频里空无一人的天花板,人呢?

"你等等啊,我在贴面膜,马上过来。"花锦的声音有些远,裴宴只好等着。

没一会儿,花锦顶着一张湿漉漉的脸出现在视频中。她拍了拍脸:"你到家啦?"

"嗯。"裴宴小心打量了一眼视频中的屋子,屋子看起来很小,也有些旧,但是收拾得很整洁,还摆着几个可爱的动物玩偶,"药膏用了吗?"

"马上就敷。"花锦找到手机支架,把手机放了上去,对裴宴道,"宴宴,你家的灯光好亮。"

"跟你说了,不要叫我宴宴。"裴宴咬牙道,"换个称呼。"

"裴裴?"

"花锦,你就不能正经一点?!"

"嘤嘤嘤,你对我好凶,是不是把我追到手,就不珍惜我了?"

"我……"裴宴深吸一口气,提醒自己,这个女人已经成了他的女朋友,是他女朋友,不能生气,一定不能生气。

"随便你吧。"他绷着脸道,"快去擦药膏,不要闹。"

可是当他看到花锦撩起睡裙,露出洁白的小腿时,忍不住面红耳赤地移开目光。为什么她的腿这么白?

"好了。"听到视频里传来花锦的声音,裴宴赶紧回头,看到花锦笑眯眯的脸。卸妆后的花锦,看起来比平时温软,笑起来有些甜。

裴宴觉得自己喉咙有些干,赶紧端起桌上的柠檬水喝了一口:"今晚你早点休息,明天早上我过来接你。"

"嗯。"花锦靠近镜头,指了指脸。

看到她这个动作,裴宴有些疑惑,以为花锦要听他夸奖的话,便道:"虽然卸了妆,但是你皮肤还是这么白嫩。"

"我知道啊。"花锦笑盈盈地看他，指了指脸，"我要晚安吻。"

"隔着手机，又亲不到。"裴宴手抖了一下，"无聊。"

"身为男朋友，就是要陪女朋友玩这么无聊的游戏。"花锦又指了指自己白嫩的脸颊，"那你亲不亲嘛？"

这个"嘛"字说得软软的，甜甜的，裴宴整颗心都麻了。

他凑近视频做了一个亲的动作："可……可以了吧？"

"没声音，不合格。"花锦歪头看他，摸了摸自己的唇，"我教你。"

"教什么……"裴宴还没说完，就见花锦忽然靠近镜头，"啾——"

"晚安哦，男朋友。"

看着系统提醒视频通话结束，裴宴好半晌都回不过神来。心口扑通扑通直跳，他把手放在心口，这是心律不齐了吗？

"裴先生，您怎么了？"帮佣阿姨从厨房出来，看到裴宴面红耳赤，连脖子都红得充血了，吓了一大跳，"您喝醉了还是发烧了？我马上去叫家庭医生过来。"

"不用了。"裴宴站起身，"我没事。"

帮佣担心地看着他，走路都同手同脚了，还没事？

单身汉就是单身汉，再有钱也不会好好照顾自己。

第二天早上，花锦按照以往的作息起了床，给自己化好妆后，准备从冰箱里拿面包片时，忽然想起裴宴说，今天要给她带早餐。

看了下时间，花锦有些怀疑，他起得来吗？

她正想着，手机就响了起来，来电人是裴宴。

花锦一接通手机，裴宴好听的声音就传了过来："起床没？"

"起啦。"花锦把包包挎在身上，"你到了？"

"下楼。"

花锦走出房门，看到了站在楼下的裴宴。他穿着洁白无垢的衬衫，仰头站在那里，美好得像是画中人。

她朝裴宴挥了挥手："我马上下来。"

看到她，裴宴想让自己看起来高冷一些，可是上扬的嘴角，怎么都压不下来。

见花锦小跑着下来，他忍不住道："跑慢点，小心膝盖。"

"没事。"花锦理了一下单肩包带子，"没想到你来得这么早。"

"你平时不是这么早起床吗？"裴宴走在她旁边，"明天你可以起晚一点，多睡会儿觉，对身体好。"

"好。"花锦拒绝不了赖床的诱惑。

看到她脸上的笑，裴宴朝她挪了挪，又挪了挪，然后装作若无其事的样子，轻轻牵住了她的手。他见花锦看过来，赶紧扭过头去，看天看地就是不看花锦，但是手却牢牢抓着，没有松开的意思。

两人走出巷子，来到车边，花锦低头看着两人的手："你还不松开呀？"

裴宴松开她的手，一脸严肃道："嗯，我就是怕你摔着。"

花锦笑眯眯点头："我知道，你最好了。"

裴宴的脸更红了。

上了车，他把保温盒给花锦："早餐是我让家里的帮佣做的，虽然你很喜欢那家早餐店的东西，但家里做的，怎么都要比外面放心些。每周我给你买一次店里的早餐，其他时候吃家里做的。"

"你也吃家里做的？"花锦抱着保温桶问。

"我也是这样。"总是在外面吃饭的裴宴，回答得没有丝毫心虚。

"谢谢啊。"把安全带扣上，花锦笑着道，"其实我挺喜欢家里做的东西。"

裴宴："那你搬过来跟我一起住？"

花锦："好好开车，不要说话。"

两人到了店，花锦坐在沙发上吃早餐，见裴宴坐在那里不走："你没事做？"

"有。"裴宴看了看手机，"但要等一等，你好好吃饭。"

"哦。"花锦继续低头吃饭，裴宴抽了两张纸巾放在她的手边。

坐在柜台边的谭圆双手托腮，两眼平视门口，偶尔偷偷瞥一眼角落的沙发方向。她只不过是回家睡了一觉，怎么感觉整个世界都变了？

大清早的，裴先生送花花来上班，连早饭都准备好了。这怎么看都不像是单纯男女关系做出来的事嘛。

早上八点半，一辆车停在店外，从上面走下来几位工作人员。这些人手里都捧着扎好的鲜花，齐齐朝店里走来。

"请问花锦小姐在吗？这是裴先生送您的鲜花，请您签收。"

花锦从工作人员手里接过大束的玫瑰花，扭头看裴宴，这是干什么呢？

随着进来的人越来越多，整个屋子几乎堆满了各种代表爱语的花。花锦木着脸道："裴宴，你这是要我改行卖花吗？"

"你昨天不是说，我没有给你送花？"裴宴拿出手机拍了一张照片，"这个我也要留着当证据。免得我们的孩子长大以后，你造谣生事，说我对你抠门，一朵花都舍不得送。"

孩子？

在旁边看热闹的谭圆有些怀疑自己的耳朵。一晚上过去，他们不仅确定了恋人关系，连孩子都计划上了吗？

成功人士就是不一样，从计划到付诸行动的速度就是快，比不上比不上。

花锦看着满屋子的鲜花，把怀里的玫瑰放到桌上："把拍的照片发给我。"

"干什么？"裴宴怀疑地看着她。

"炫耀我有一个土豪男朋友啊。"花锦挑眉，"让你发照片，又不是删照片。我不是你，没那么小气。"

"一般说自己不小气的人，比谁都小气。"裴宴把照片发给了花锦。

花锦一看照片，咬牙切齿道："裴宴！你拍照片不开美颜的吗？我的腿那么长，你怎么拍成了萝卜腿？"

点开照片看了看，裴宴道："这不是挺好的？"

"我不管，你马上删了，重新开美颜拍。"花锦跳出被鲜花包围的圈，把手伸到裴宴面前，"快删了，删了，重新拍。"

"不删，就给咱们孩子看你的萝卜腿。"

"你才是萝卜腿。"

"你昨天才说我腿长。"

裴宴比花锦高，把手机举起来，花锦就拿不到了。她扯着裴宴的袖子，原地跳了几下，见实在拿不到后，忽然在他下巴上亲了一下，眨眼道："你重新拍一张，好不好嘛？"

裴宴："好……"

他乖乖把手机递给了花锦。她只是亲一亲而已，为什么他就没底线了？

把手机美颜效果调整好，花锦指了指地上："蹲在这里拍，多拍几张，等下我们挑两张好看的。"

裴宴忽然想起了几个月前，跟花锦去江酒市时，花锦也总是嫌弃他拍照的技术不好。那时候他还想，要求这么高，哪个男人会有那个耐心？

没想到，短短几个月过去，这个男人就是他自己。

他按照花锦的要求把照片拍好，花锦留了一张最漂亮的，其他全都删除干净。

"我觉得这几张照片都差不多，为什么都不留着？"裴宴不明白。

"因为……我想在你心里，永远是最美丽的样子。"花锦笑着说。

裴宴瞬间红了脸：这个女人说话，怎么老是这么不正经？

他弯腰在她脸颊旁留下一个吻："好吧，你在我心中，就是最美的女人。"女孩子喜欢听好听的话，身为男朋友，他还是勉为其难哄她开心吧。

花锦笑弯了眉："我记住了。"

裴宴不自在地握了握她的手："那我先走了，晚上我过来接你。"

"好。"花锦目送着他离开，转身朝看戏的谭圆道，"来帮我把花搬到杂物间去。"

"纯洁的男女关系哦。"谭圆挑眉看她。

花锦："……"

"只是朋友哦。"谭圆继续看她。

"从今天开始，我们就不是纯洁的男女关系了。"

"那是什么？"

"我们是污污的恋人关系。"

谭圆："……"

她刚变成单身狗不久，为什么要吃狗粮？

会议室里，裴宴时不时打开朋友圈，都没有刷到自己想要的内容。

花锦说要把他送花的照片，发到朋友圈里，为什么还没有发？

难道他送的花，还拿不出手？

"花花。"谭圆终于跟花锦一起招呼完客人，累得不轻。一屁股坐在花锦旁边，靠着她的肩膀有气无力道，"刚才那个大妈，骂我们黑心烂肺，几块布用几根线戳上就卖那么贵。你竟然还能微笑着跟她讲道理，真是服了……"

"人生百态，什么样的人都有。开店迎客，跟她吵起来就是我们输。"花锦看着手机屏幕上的照片，叹口气道，"事情如果闹大了，在不知情的人眼中，就有可能变成我们自命清高，拿着传统手艺的情怀来骗人。我们的工作室越出名，就会有更多的人把我们言行跟传统刺绣行业挂钩。所以为了整个的手工刺绣传统行业，能忍就忍了吧。"

"而且……"花锦偷笑，"刚才不是有客人把那位客人撒泼刻薄的样子拍下来了？我们做人嘛，看得要长远一点，有些时候，千万不能逞一时口快。"

谭圆扭脸："上次有个人来找你麻烦，给钱让你坑裴先生时，你可不是这样表现的。"

"那能一样嘛？上次丢的是我一个人的脸，这次是不能让咱们刺绣界丢脸。公私分明、忍辱负重是我的优良品德。"花锦起身倒了一杯水给谭圆，"你不要太夸奖我，我脸皮薄。"

"万万没想到，你竟然已经不要脸到这个地步了。"谭圆叹为观止，

"你不就是舍不得别人坑害你家的美男子嘛，找这么多冠冕堂皇的理由，真是……啧啧啧。"

花锦捧着脸嘿嘿一笑，拿沙发上的抱枕拍谭圆。

"哎哎哎，一言不合就动手。昨天以前，我们还是生死不离的好姐妹，如今有了裴先生插足，我就沦落到被灭口的地步。"谭圆伸手挡住抱枕，"我的心好痛好痛。"

"你这么皮，我原本打算等不太忙就请你去吃大餐，看来你是不需要了。"

"不不不，花花你是绝世大美女，与裴先生天生一对，地造一双。对我这种凡夫俗子来说，大餐还是很重要的。"谭圆搂住花锦的胳膊，"爱你哦，么么哒。"

"你不要爱我了，我已经变心了。"花锦嫌弃地扭头，"谁叫我见色忘友呢。"

"这是谁在胡说？我们家花花明明人美心善，对朋友最好了。"谭圆嘿嘿一笑，"身为你最好的小姐妹，我可以做证。"

两人笑闹成一团，谭圆捧着杯子，笑容很满足："花花，看到你跟裴先生在一起这么开心，我其实挺为你高兴的。"

抿了抿唇，花锦低下头，笑道："我以为你会提醒我，裴宴是有钱人，不要被他骗了。"

"虽然……我是有这种担心，但是男人好或者坏，不能全用金钱来衡量。我对裴先生不了解，对你们的感情也不了解，说什么骗不骗、合适不合适，都是对你感情的不尊重。"谭圆轻轻握住花锦的手，"只要你能在这段感情中获得快乐就好。不管未来如何，我永远都是你的小姐妹，我的家也是你的家。"

花锦看着谭圆笑："嗯。"

"当然，如果你跟裴先生修成正果，我也就成功地抱上了豪门贵妇大腿。"谭圆笑呵呵道，"为了我能抱上豪门大腿，我也要祝你跟裴先生百年好合，恩爱美满。"

花花不会知道，与裴先生在一起的时候，她就像是一个无忧无虑的少女。谭圆对花花的过往越是了解，就越是希望她能过得幸福。

"没事，就算我以后不能嫁入豪门，也努力把自己变成豪门，让你来抱。"花锦拍了拍谭圆的肩膀，笑得脸颊都染了粉意。

"好。"谭圆起身把一团绣线放到花锦手中，"来，为了我们的未来努力吧。"

"有福同享，有难同当。"花锦拖着谭圆坐在另一个绣架旁，"你再不练习绣技，我怕你以后连针都不会拿了。"

"你又不是不知道，我在刺绣方面真的没什么天分，还是觉得漆器比较有意思。"谭圆坐在绣架旁，只敢给一些图样做最基础的绣活，其他考验针法的都只能留给花锦。

"你跟裴先生成为情侣，我挺意外的，感觉毫无预兆……"

花锦偏头看了她一眼，笑容有些复杂，小声道："大概，是命运赠予的礼物吧。"

"什么？"谭圆没有听清。

"可能是我的美貌让他无法自拔了吧。"花锦抽了单股彩线出来，把线穿过针孔，眼波流转，如星辰变幻，美得谭圆都愣了片刻。

她愣愣点头。拥有这么一双充满魅力眼睛的女人，别说男人喜欢，她这个女人也很喜欢的。

直到会议结束，裴宴都没有刷出花锦的朋友圈。会议结束，他看了眼时间，已经到吃午饭的时间段，当下毫不犹豫地拨通了花锦的号码。

电话接通，他不管身后跟着的顾问团队，直接开口："午饭你吃了没有？早上拍的照片，你是不是又拿去美颜了，修好了发给我。"

"照片？"花锦从外卖小哥手里接过快餐盒，"早上我忙着招呼店里的客人，忘记修了。"

"哦。"裴宴情绪有些低落，"那你早点吃饭，我挂了。"

把饭放到桌上，花锦见通话还没有结束："你不是说挂电话了？"

"你先挂。"裴宴坐进车里，司机见他在讲电话，只好目光投向助理：裴先生这是准备去哪儿？

"我们先去吃饭的地方，再去慈善中心，下午裴先生要亲自看一眼他的捐款使用流程。"助理小声道，"车不要开太快。"

司机点了点头。平时裴先生用不上他这个司机，只有外出谈工作的时候，才有他发挥能力的时候。每个月领着高工资的他，总是担心哪天裴先生忽然对他说，以后不需要司机了。

"为什么一定要我先挂？"花锦单手打不开快餐盒，坐在一旁的谭圆殷勤地为她打开盒盖，顺便把筷子塞在她手里。

"女士优先。"裴宴是坚决不会承认，自己舍不得挂电话这个事实。

"好吧，那我挂电话吃饭啦。"花锦轻笑出声，挂断了电话。

听着电话里传来的忙音，裴宴盯着手机看了两秒钟："嘁。"

"最近老吃外卖，我觉得什么都一个味儿了。"谭圆见花锦还在玩手机，"你别玩了，吃饭玩手机对眼睛不好。"

"我发条朋友圈。"花锦把手机收了起来。虽然裴宴别别扭扭什么都不说，但她已经猜到了他的用意。

不就是想她在朋友圈里炫耀一下男朋友嘛，满足他。

"你发了什么，笑得这么欠？"谭圆好奇心被吊了起来，打开手机刷朋友圈。

"哇，花花，你这个恩爱秀得，太讨厌了。"

繁花：昨天说他没给我送花，今天就送这么多来，店里快放不下了，真愁人。

"我觉得你的这个措辞，太有女二号风范了。"塞了一嘴狗粮的谭圆把手机扔到旁边，"女主角干不出这种事。"

"嗯，我要做霸道总裁的白月光，女主角的心头刺。"花锦勾起嘴角道，"让这样的男人记得我一辈子，也挺好嘛。"

"出息，有本事跟这种男人过一辈子才是白月光的最高境界。"谭圆微愣，随后开玩笑道，"我们的花姐这么有才又有貌，让裴先生为你痴心一辈子，那还不是小事一桩？"

花锦笑看着她："你有精力八卦这些，不如今天下午跟我学绣双面异色绣？"

谭圆："……"

呵，女人。

吃完饭，花锦把饭盒收起来，出门扔进垃圾桶，免得整个店里都是饭菜味儿。

她刚扔完垃圾，就有位头发花白的老人朝她走来："小姑娘，我听说附近有家刺绣店，请问应该朝哪个方向走？"

看清这位老人的面容，花锦脸上的笑容变得真诚了几分："大爷，您说的可是繁花工作室？"

几个月前，她去参加以前同事的婚礼，出来后因为对柳絮过敏，弄得眼红鼻塞，样子十分狼狈。她路过人工湖时，不仅遇到了裴宴，还遇上一对以为她要跳湖自杀的年迈夫妇。这对夫妇担心他们走了以后，她就会跳进湖里，还亲自把她送上了出租车。

眼前这位大爷，就是那对夫妇中的老大爷。她没想到时隔这么久，还能再和他遇见。虽然这位老大爷已经不记得她，但花锦还是有些开心。

"对，好像就是这个名儿。"老大爷点头，"姑娘，你知道地方？"

"我就是这家店的主人之一，请您跟我来，店就在前面不远的地方。"花锦走上台阶，转身扶了老大爷一把，推开店门道，"大爷，您先坐着，我把画册给您拿来，您可以慢慢挑喜欢的东西。"

"不用，我有想买的东西。"老大爷从裤包里摸出一张纸，"我想订一双绣鞋，鞋底要软一些，这里能不能做？"

"当然可以。"花锦道，"您在绣样上有要求吗，还有鞋码是多少？"

"我把她的鞋印子带来了。"大爷把纸递到花锦手里，"我家里那个老太婆脚特别大。年轻的时候，稍微有些花样子的女士鞋，她都穿不上。现在她已经七老八十了，还羡慕人家电视剧里女主角的鞋漂亮。"

　　老大爷嘴里满满都是嫌弃，但是眼睛却是在笑着："她临老了又爱俏，我也是拿她没办法。鞋匠那里定做的鞋子样式又不好看，所以我就想来这里问问，你们能不能帮我做一双漂亮的绣鞋，我好拿回去堵她的嘴，免得她在家天天唠叨。"

　　"好。"花锦笑着点头，展开画着鞋印子的纸，鞋印画得很清晰，确实宽大得像是男人的脚。

　　"年轻的时候，我们为了把孩子养大，我在外面拉船，她在村里拼命做农活挣工分，累得脚变了形。你们做鞋的时候，一定要按我画的鞋样来做，不然她穿着脚会难受。"老大爷拿过纸，特意指了几个地方，"这里不能做得太小太矮。她跟了我一辈子，可不想临老被她冤枉，说我做小鞋给她穿。"

　　"好的。"花锦连连点头，"请您放心，我一定会把绣鞋做得舒适又漂亮。"

　　"好嘞，谢谢你了啊，姑娘。"老大爷满意一笑，抬头看了眼店里的绣品，"这些东西绣得真漂亮，小姑娘年纪轻轻真了不起。"

　　"谢谢夸奖。"花锦给大爷泡好茶，端到他手里，"大爷，您住得离这里挺远吧？您坐着休息一会儿，我等下叫辆车送您回去。"

　　"我家是挺远的。我看电视的时候就发现了你们这家店，为了给那个老婆子一个惊喜，我特意挑了她跟老姐妹们出去旅游的时候过来。"大爷摆手道，"我自己叫车就行，怎么能麻烦你。"

　　"不麻烦，我用手机叫，很方便的。"花锦在图册里挑了几双图样寓意长寿安康的成品绣鞋，翻给大爷看，"您瞧瞧，喜欢哪些？"

　　"都漂亮，老婆子肯定喜欢。"大爷认认真真看了好几遍，指着其中一双凤穿牡丹样品图道，"这个大红大绿的。她现在就喜欢这些玩意儿，拦都拦不住。"

　　"这个图样好，富贵又平安。"花锦把图样备注好，起身在柜子里取出一个装着福包的小盒子，"大爷，这是我送给您跟大妈的，祝二老身体康健，延年长寿。"

"这哪儿成，我来买东西，怎么先拿你的东西了？"大爷连连摆手，"不成不成，我年纪一大把了，可不能占你们年轻人的便宜。"

"这都是我闲暇时做的小玩意儿，不值钱。"花锦笑，"您忘了，几个月前，我对柳絮过敏，还是您跟大妈送我上的出租车呢。"

"你……"大爷盯着花锦看了许久，才不太确定道，"你是几个月前，在湖边红着眼睛的小姑娘？"难怪她知道自己住的地方离这里远。

"对，是我。"花锦知道两老误会她想自杀，不过事情过去了这么久，没有必要再解释。但是两位老人的好心，她却记下了，把盒子放到大爷手里："难得有这个缘分，您就收下吧。"

大爷看了看店，又看了看花锦，想起电视节目里还夸过这家店的主人心善，高兴地点头道："好好好，年轻人愿意好好过日子就好。"

他打开盒盖，里面装着两个福包，福包正背两面各绣着福与寿，正面还绣着飞翔的仙鹤。

仙鹤有长寿的寓意，他看得出这个小姑娘是用心了。

"谢谢。"这一次他没有再推辞，把盒子收了起来。

"不客气。"花锦笑着道，"等我把大妈喜欢的绣鞋做好，您再来谢我也不迟。"

大爷连连说好，又把花锦称赞了一番。等花锦叫好车，把大爷送上车后，打开手机，就发现朋友圈沸腾了，无数人给她最新一条朋友圈点赞，评论也有不少。

朋友甲：厉害了，我的花姐，你真把那个帅帅的金大腿弄到手了？

朋友乙：说好一起做单身狗，你却偷偷有了男朋友，我没有你这样的朋友。

朋友丙：我看到的不是满屋子的花，而是满屋子的钱。这么多不同的名贵花，要花多少钱啊？！苟富贵，勿相忘。

朋友丁：啊啊啊啊，花好漂亮，恭喜花妹脱离单身狗行列。

裴：哼。

看着裴宴这个"哼"字，花锦忍不住笑出声。

繁花回复裴：么么哒，给你比心。

嘭。正在吃饭的裴宴把手机往桌上一扔。

"裴先生，怎么了？"助理担忧地看着他。

"没事，手滑。"裴宴把手机捡了起来。

这个女人，真是太不正经了。

下午三四点，是生意最冷清的时候。谭圆戳着手里的针，困意连连，偏头看了眼花锦绣了一半的仕女图，忍不住叹息：花花的手艺真是祖师爷赏饭吃。明明谭圆从小就接触刺绣，但是绣出来的东西，无论是针法还是灵气都比不上花锦。

放下针，她起身伸了个懒腰，准备去倒两杯茶。她转身见两位上了年纪的老太太走进店，忙上前招呼："欢迎光临。"

"你们就是那个上过电视的繁花工作室吧？"说话的老太太精气神十足，"请问，能不能在你们这订一条长命百岁红腰带？"

"长命百岁红腰带？"谭圆心里暗暗疑惑，她们店里只做过女士喜欢的时尚腰带，这位客人口里说的"长命百岁红腰带"是什么意思？

"抱歉……"

"可以的。"花锦从绣架旁起身，揉了揉有些酸涩的眼睛，走到两位老人面前，"您要的，是那种本命年系的腰带吗？"

"对，就是那个。"老太太点头，"明年是我家老爷子的本命年。最近看电视的时候，我发现他偷偷按了好几次倒放节目，那期节目里正好有你们这家店。我思来想去，你们店跟我们家又没什么关系，他看这么久，肯定是想要你们家的东西。姑娘，我跟你说，腰带一定要用大红的布，其他的颜色都不能要。"

小时候在乡下，花锦听过一个传统：亲人在老人本命年的时候送他红腰带，是为了拴住他的寿命，祈求他长命百岁、无病无灾。她记得很清楚，村里有位老人收到儿子送的金腰带，特别得意，特别高兴，站在洗衣的池塘旁，高声吹嘘了一下午，惹来很多同乡羡慕。

那时候她蹲在外婆身边，很认真地跟外婆说，她会好好读书，考上大学以后，就给外婆买一条最漂亮的红腰带。那时候的外婆很高兴，夸她是好孩子，肯定能考个好大学。

"姑娘，我瞧着你好像有些眼熟？"发现有人能够理解自己的意思，老太太很高兴，但是她越看花锦，越觉得自己在哪里见过她。

老太太的同伴白了她一眼："人家小姑娘接受过记者采访，当然看起来眼熟。"

"是这样吗？"老太太皱了皱眉，觉得有哪里不对，但究竟哪里不对，也说不上来。

"大妈，您跟我几个月前，确实见过。"花锦也没有想到，上午才接了老大爷的订单，下午大妈就来了。当着老太太的面，她把几个月前，大爷与大妈在人工湖旁边，送她上出租车的事情说了。

"原来是这样。"老太太面上露出喜色，"你最近过得还好吗？"

"很好，谢谢您的关心。"花锦扶着两位老人在沙发上坐下。她没有告诉大妈，大爷偷偷给她订了一双绣鞋的事，而是根据大妈的意见，把腰带的样式与绣图确定下来。

老太太对最终方案很满意，叹气道："如果我能再年轻二三十岁，就自己给他做一条。可惜岁月不饶人，我不仅手不利索，眼睛也不好使了。"

花锦笑着哄了几句好听的话，老太太被哄得眉开眼笑："我这次出来，骗他说是跟朋友出来旅游，偷偷过来的。你们年轻人不是经常说，生活要有什么……仪式感？对，就这个词儿，咱们老年人，也能准备个惊喜什么的嘛。"

"我从年轻那会儿开始，性格就比较要强。他包容忍让了我一辈子，我买条红腰带回去哄他高兴高兴。我跟你说，男人啊，不管年纪多大，有时候也跟小孩子一样，需要哄一哄，逗一逗。"老太太笑了笑，"男女在一起，如果要美满甜蜜过一辈子，生活再苦再累，该有的仪式感还是要有的，该说甜言蜜语的时候，那也不能少。"

"你啊。"同伴哈哈大笑，对花锦道，"小姑娘，快把她的驭夫经验记下。她跟她老伴在一起五十年，她把家里的那个弄得服服帖帖，她说往东，她老伴绝对不会往西，他们年纪一大把了还常常给我们秀恩爱。"

花锦在老太太的脸上，看到了甜蜜的微笑。她点了点头，装作认真的模样："我记住了。"

"你别乱教孩子。"老太太拍了拍花锦的手背，脸上的笑容慈祥极了，"孩子，这家店很好，以后有机会，大妈再来照顾你生意，别……"

店里还有她的好友与另一位店员在，老太太不好说太多，只是又多拍了几下她的手背："你要好好的，未来的路很长，满路都会盛开多姿多彩的繁花，你千万不要错过。"

"谢谢您，我记下了。"看着老太太温和的面容，花锦想到了外婆。那时候外婆的病已经很重了，躺在一翻身就会吱嘎作响的木床上，紧紧握住她的手，说："锦娃子，一定要好好念书，多读书才有出息。外婆没什么放不下的，只担心你……"

她记得自己答应了外婆，一定好好念书，考上大学，接外婆去城里享福。

可是没多久，外婆病逝了。花锦作为外孙女，只能头戴孝帕跪在孝子贤孙队伍的最后面，连给她捧照撒土的资格也没有，墓碑上更是没有她的名。

送走老太太跟她朋友，花锦情绪有些低落。谭圆担忧地走到她身边："花花，你怎么了？"

"我想我外婆了。"花锦想挤出一个笑，却没有成功，"她临走前，让我好好读书，考上一个好大学，我却让她失望了。"

"那不怪你。"谭圆伸手抱了抱花锦，"你已经很努力做到最好了，前几年你一边刺绣，一边熬夜自学考上大学，我都看在眼里。"

"不一样的。"花锦摇摇头，自从高三那年，家里人意外身亡，住到大伯家里以后，命运就改变了。

高考那天，大伯一家把她锁到屋子里，无论她怎么求，怎么哭，都不愿意放她出去。就算她说，她考上大学，不花他们一分钱，他们也不同意。

大伯说："女孩子读那么多书有什么用？"

大伯母说："万一你高考的成绩太好，却传出我们不想让你去念大学的事情，那不是让整个村的人来戳我们家脊梁骨？"

他们为了不被人戳脊梁骨，让她不读书乖乖嫁人。她的未来在他们眼里，是可有可无的。

她每次只要想起被关在屋子里，叫天天不应、叫地地不灵的那一天，都觉得自己像是一只挣扎的怪兽，恨意滔天。而一路走来遇到的那些好心人，就是把她的恨意关回去的笼子，让她一点点抓住命运的尾巴，挣扎又不甘地活着。

"来，我们吃个甜甜的冰激凌。"谭圆从冰箱里拿出一个冰激凌，"夏日炎炎，我们吹着空调，吃着冰激凌，快活似神仙。"

冰凉甜香的冰激凌入口即化，花锦被冷意刺得吐了吐舌头："好冷。"

"冷才好。"谭圆见花锦情绪恢复正常，"今天的这两个订单，你准备留着自己做，还是与新请的那位同事一起做？"

"今天这两个我自己做吧。"想起这对有趣的夫妻，花锦的脸上露出了笑，"我跟他们曾有一面之缘。"

"好。"谭圆没有意见，"但是你要注意休息，最近你有时候要跟我妈去拜访同行，还要与马克那边交流沟通。而且店里也不轻松，现在你又多了一件日常，我担心你身体吃不消。"

"什么日常？"花锦微愣，店里还有其他需要天天做的工作？

"跟裴先生谈恋爱啊。"谭圆眨了眨眼，"那么好看的男人，你舍得让他日日独守空房？"

花锦："……"

"亲爱的，我觉得你现在越来越不正经了。"

"没办法。"谭圆叹息一声，"我天天跟你在一起，近墨者黑嘛。"

　　在慈善机构的工作人员眼里，裴宴是个出手大方却又很闲的慈善家。他每年会捐不少的金钱与公益包到他们机构，但他不像其他人一样，捐完就不管了。他几乎每个季度，都会亲自过来，查看他的善款使用流程。

　　这种行为已经持续了六七年，他们几乎已经习惯了。大家陪他看完善款使用流程，以为他会像往常一样，拒绝他们的吃饭邀请。然而在准备坐车离开时，这位裴先生忽然问了一个奇怪的问题。

　　"这边有扶持传统艺术文化的慈善项目吗？"

　　"传统艺术文化扶持？"负责人微微一愣，随后解释道，"这种项目是有的，但不是专项长期扶持。非物质文化遗产这块儿，国家与政府每年投入并不小，但是效果并不算好。老手艺人年纪越来越大，年轻人对这些不感兴趣，传统艺术行业想要长期发展下去，需要整个社会的努力，我们机构没法做这个。"

　　"我明白了。"裴宴点了点头，合上善款使用流程数据图，对负责人道谢，"多谢。"

　　"不用客气，是我们该代那些山区失学儿童，向您道谢才对。"这句话负责人说得真心实意，这些年来，裴先生在慈善方面的付出，是一笔十分巨大的开销。

　　裴宴不置一词，这些对他而言只是一件很小的事。他只是想做自己想做的事情而已。

　　裴宴离开慈善机构的大门，问自己的助理："如果我打算成立一个扶持传统艺术方面的项目，需要花多久的时间，才能把前期准备做好？"

　　助理："如果资金充裕，我们大概在三个月到半年之间，就能做好前期的准备工作。"

　　他们家老板谈恋爱，就是这么与众不同。别的富豪都是送钻石送跑车，为她疯，为她狂，为她哐哐撞大墙。而他家老板不一样，跟女朋友聊个微信，时不时脸红心发慌，甚至愿意为了她，爱上整个传统艺术行业。这种爱是伟大的、高尚的、令人敬佩的。

　　"裴先生，这件事，需不需要跟您的伴侣商量一下？"他准备花钱做这么大一件事，怎么也要说给女朋友听一听，讨她欢心吧？

"为什么要跟她商量？"裴宴不解地看着他，"我成立这个项目，是因为看到了传统艺术的不容易，跟她有什么关系？"

助理微笑："我明白了。"

老板能把喜欢的姑娘追到手，全靠他这张好看的脸吧。

裴宴不管助理是怎么想的，打开手机，找到花锦最新的那条朋友圈，反反复复看了好几遍，然后戳开杨绍微信号聊天框。

裴：花锦今天新发的那条朋友圈，你看到了没有，你觉得她是什么意思？

跟在自家老爸身后，忙得晕头转向的杨绍好不容易坐下来休息，就看到了裴宴这条消息。他好奇地打开朋友圈一看，整个人都崩溃了。

什么意思？！

这还能是什么意思，这是逼着自己看秀恩爱的意思啊！

他以前怎么不知道裴哥这么无聊，这种幼稚的事情都做得出来？

他咬牙切齿点开聊天框，噼里啪啦回复了裴宴。

冬冬：我觉得花绣师好像很高兴，应该是很喜欢你送的玫瑰花，顺便在暗暗炫耀她找到了一个很好的男朋友。

杨绍有气无力地趴到办公桌上。被硬生生塞了一嘴狗粮，还要笑嘻嘻地说狗粮真好吃的人生，简直比黄连还苦。

长得不够帅的男人，难道就没人权么？

看到杨绍的回复，裴宴嘴角勾了勾。他就知道那个女人对他很满意，她嘴上说着送这么多花好麻烦，心里肯定喜欢得不得了。

"小郭，明天要送的花，还是在今天那家店里订。"

助理："好的，裴先生。"

昨天晚上老板让他订花的时候，没说明天也要送的事啊。

花锦与谭圆吃完冰激凌后，又开始刺绣的工作。不过今天可能是注定故人再见面的日子，花锦刚拿起针没绣多久，又来了一位与她认识的人。

再次踏进这家店，周栋做了很久的思想准备。当他看到绣架旁低头安静刺绣的花锦那个瞬间，他后悔了。

也许他不该出现在这里，打破她的宁静。她为什么会失踪，为什么不参加高考，为什么再也没有跟班上任何一个同学联系，已经不那么重要了。

他停下脚步，转身准备往外走。

"周栋？"

周栋全身一怔，转身望去，与花锦四目相对。花锦的眼神很平静，仿佛这些年，就这么平静地过去，而他只是她人生中偶然出现的过客。

在花锦叫出他名字的瞬间，他不知道自己是何种心情，似乎有些激动，又有些释然，缭绕在心头多年的结，仿佛一下子解开了大半。

"我……"周栋手足无措地站在门口，"对不起。"

放下针，花锦站起身对谭圆道："汤圆，我出去一会儿。"

"好……好的。"谭圆点头道，"店有我看着呢，不用担心。"

花锦拿起包包，走到周栋面前道："请跟我来。"

周栋木讷地跟在花锦身后，来到附近一家休闲饮吧坐下。花锦把饮料单递给周栋："前几次的事情，对不起。"

"没关系，没关系。"周栋连连摆手，笑着道，"你现在过得好，其实挺好的。"那时候太多关于她的传言，但每个传言都那么不好。他很庆幸，花锦比传言中的她幸运。

面对曾经暗恋过的小女生，周栋有些束手束脚。而花锦在高中的时候，跟周栋本来就没有太多交情，所以两人坐在一起，相隔了七八年的时光，竟不知道该从何说起。

点好饮品，花锦问："这些年，同学们还好吗？"

周栋点头又摇头："有些好，有些不太顺利。"他没有问花锦，之前为什么装作不认识他，而是顺口提起一些同学的近况。

这些名字，在花锦的记忆中，有些已经模糊。但她却没有打断周栋的话，直到她的手机响起。

"这么快就想我了？"花锦脸上露出了笑，整个人都鲜活起来。

周栋看着这样的她，低下了头。

"谁想你了，我是担心你晚上不好好吃饭，把我女朋友饿瘦了。"裴宴干咳一声，"所以我决定等下带你去吃晚餐。"

"好啊。"花锦轻笑出声，"那你等下过来接我。"

"我现在不在店里。"花锦把这个休闲饮吧的地址报给裴宴，"你来这里接我，我在跟一个老同学聊天。"

"老同学？"裴宴微微皱眉。花锦跟他说过，没有上过大学，又不太想提以前的事。现在她突然跟他说，跟一位老同学在喝饮料，难道是有什么意外？

"你在那里不要走动，我马上过来，有事就给我打电话。"裴宴用手捂住通话孔，"开快一点。"

"好的，裴先生。"司机见裴宴脸色有些不对劲，马上提快了速度。

花锦不解地看了看手机，裴宴这个语气，听起来怎么像她被绑架了一样？挂了电话，花锦对周栋歉然一笑："不好意思。"

"没关系。"周栋喝了一口茶，"电话里是……"

"他是我男朋友。"花锦笑得眉眼都弯了起来。

看着花锦这个灿烂的笑容，周栋想起了当年那个扎着马尾的瘦弱小姑娘，眼睛水汪汪的，看得让他心疼。

"挺好的，挺好的。"他低头又喝了一口茶，茶水苦涩难耐。

"嗯，我也觉得他很好。"花锦偏头看着窗外，眼底眉梢皆是笑意。

第三章 真心话

"当年……你为什么没有参加高考？"周栋至今都还记得，当年他站在阳台上装作看风景，其实是在偷偷听花锦跟女生们谈话。花锦说过，想要考上一所好大学。

花锦在学习上的努力，他看在眼里，怎么都无法相信，她会主动放弃高考。

听到这个问题，花锦笑了笑，没有回答他的问题："以前的事情我不想再提，谢谢你还记得我。"

周栋端着杯子的手微微一颤："当年，你是不是……真的被长辈逼嫁，所以才不能参加考试？"

花锦静静地看着他："周栋，这些问题，已经没有意义了。"

"你说得对。"周栋喉咙有些发涩，"抱歉，我不该问这些。看到你现在过得好，我已经安心了。"

他勉强笑了笑："以后，我不会再来打扰你。"

说完这几句话，他终于放下了这么多年的坚持："花锦，祝你余生安康。"

　　曾经萌芽的那份暧昧，那份还没生长便已经夭折的暗恋，终于在这一刻消失得无影无踪。这份感情，生于他的年少懵懂，死于他的成熟世故。他暗恋过的那个小姑娘，干瘦坚韧、有双美丽生动的眼睛。眼前的她，眼睛仍旧那么漂亮。但这些年的时光，早已经把她变成了一个陌生人。

　　一份无缘开始的暗恋，就让它偷偷消逝而去。

　　周栋放下茶杯："我的工作还没做完，该告辞了。"

　　"我送送你。"花锦跟着站起身，对周栋笑了笑，"祝你宏图大展。"

　　"谢谢。"这个有些腼腆的男人，笑起来露出了一颗虎牙。花锦忽然想起，高中的时候，这个男生曾满脸通红地问过她想要考哪个大学。可是那天她忙着赶回去帮大伯一家割猪草，没有回答他。

　　"那个时候，我本来想考医科大学的。"花锦笑着开口，"做一个帅气的女医生，救死扶伤。"

　　周栋怔怔看着她，良久后也跟着笑了："如果是你的话，一定会做得很好。"

　　"我也这么觉得。"花锦送周栋走到门口，"周栋，再见。"

　　周栋回头深深看了她一眼："花锦，再见。"

　　他知道，以后他们不会再见了。

　　裴宴坐在车里，看着街头对面的花锦与周栋，没有下车。

　　助理担忧地看着他，老板不会生气吧？直到那个年轻男人往西走，而花小姐却站在原地没有离开时，他默默松了一口气。

　　"你走吧。"裴宴转头对他道，"我与女朋友有事，打车回家的费用，我给你报销。"

　　"好的。"助理看了眼驾驶座的司机，二话不说，拉开车门就走。走出一段距离后，他忍不住回头看了眼，就看到高傲的老板，走过人来人往的斑马线，来到了花绣师面前，轻轻牵住了她的手。

　　看到这一幕，他赶紧收回了自己的视线，明明只是很简单的一个动作，怎么就觉得甜腻腻的呢？

"电话里说得不清不楚，我还以为你被绑架了，没想到竟然是跟其他男人喝茶聊天。"裴宴走到花锦面前，握住她的手道，"我的心，凉飕飕的。"

"那你想要怎样？"花锦仰头看他。

裴宴红着耳朵，微微低头："我……我要你亲一亲，才能让心暖和起来。"

花锦惊讶地看了裴宴一眼，进步很快嘛，连这种撒娇的话，都说得出来。

"看着我做什么？"裴宴见花锦盯着自己不动，耳朵红得快要滴血，"还不快亲。"

轻笑一声，花锦踮起脚亲在他脸颊旁："心口有没有暖一点？"

"暖了一点点，还有些冷。"裴宴嗓音喑哑，偏了偏头，"这边也要。"

"我真是拿你没办法。"花锦在他另外一边脸也亲了一下，扯了扯他的衣角道，"我们还在外面呢。"

裴宴往四周看了看，发现果然有人偷偷望向他们，握紧花锦的手："他们这是在羡慕你有我这么好的男朋友。走，我带你去吃晚餐。"

"我觉得他们是在羡慕你有我这么好的女朋友。"花锦笑哼哼道，"你说是不是？"

裴宴看她。

花锦瞪了回去："难道我不好，不漂亮？"

裴宴："……"

"你说得有道理。"虽然她不够温柔贴心，但……但确实很漂亮，那双眼睛仿佛羽毛似的，天天挠得他心口发痒。

见花锦露出得意的笑，裴宴无奈叹气："晚餐我们去吃海鲜，要不要走？"

"要要要。"花锦抱住裴宴的胳膊，"美男与美食岂可辜负。"

吃完丰盛的海鲜大餐，花锦摸了摸肚子，发愁道："天天这么下去，我肯定要长胖十斤。"

"你胖点好，我看你就是太瘦了。"裴宴捏了捏她手腕，"你个儿又不矮，结果连一百斤都没有，要再多吃点。"

"我是你女朋友，又不是你养的猪。"花锦反手捏回去，结果捏到了一层薄薄的肌肉。

"你有肌肉啊？"花锦撩起裴宴的衬衫袖子，发现这条手臂有力又不粗壮，肌肉既没有多得给人攻击感，又不会像没力气的白斩鸡。

这是一条……让人看一眼，就想把衣服全部扒光的手臂。

"你矜持点，这是大街上呢。"裴宴扯下袖子，拉着花锦大步走进车里，扭头一脸严肃地看着她，"花锦，你怎么能在大庭广众下，扒男人的袖子？"

"我又没有扒别的男人。我自己的男人，看一眼手臂都不行？"花锦干咳一声，扭头看向窗外，"你不给看就算了。"

车内安静几秒后，一条卷起袖子的胳膊伸到她面前。

"干什么？"花锦扭头看裴宴，看到了他脖子上，微微颤抖的喉结。

"我又没说不给你看，只是外面人太多，不方便而已。"裴宴双眼平视前方，满脸正直。如果他的脸颊没有红，可能更加有说服力。

花锦一把抱住他的胳膊："裴宴宴，你怎么这么可爱，这么好？我真是越来越喜欢你。"

什么裴宴宴，这都是什么乱七八糟的称呼？

原本只是脸颊有些红的裴宴，在听到这句话以后，整个人都红了起来。他伸手环住扑在他身上的花锦，抬了抬下巴："你既然做了我的女朋友，我就会尽力满足你的要求。这都是小事，你不用撒娇。"

靠着手臂的温热与柔软，快让他心跳紊乱了。

"让女朋友撒娇，也是身为男友的职责嘛。"花锦把头靠在裴宴的肩上，"裴宴，你真的很好。"

裴宴偏头，只能看到花锦的头顶以及小半边侧脸："我不对你好，还能对谁好？"

花锦轻笑出声，抱住裴宴胳膊的手，用力了几分。

司机把车开到花锦住处的小巷外，看清这里的居住环境，有些意外：老板的女友竟然住这种地方？

"你在这里等一会儿，我送她上楼。"

"好的，老板。"司机看着两人下车，牵着手慢慢走进破旧的小巷，把目光收了回来。

"今天晚上你早点休息，明天早上我带你去挑礼服。"裴宴把花锦送到楼下，"我表姑婆的寿宴要办整整一天，你明天恐怕不能去店里了。"

"这事我已经跟谭圆说好。不过之前杨先生说过要去店里接我，你如果忙的话，让杨先生过来也一样。"

"怎么会一样，我是你的男朋友，来接你天经地义。"裴宴挑眉，"杨绍最喜欢向漂亮女孩献殷勤，你离他远一点。"

"连你朋友的醋也吃？"花锦笑眯眯看他。

"谁吃醋了？"裴宴梗着脖子道，"我这是提醒你而已，你去睡觉吧，我回去了。"

"哎，等一下。"花锦抓住他的衬衫下摆摇了摇，眼波盈盈地看着他。

"怎么？"裴宴回头看他。

"晚安吻，不要啦？"花锦眨了眨眼。

裴宴全身僵硬地愣住，盯着花锦看了一秒钟："要。"

花锦上前一步，踮起脚在他嘴角亲了一下："晚安。"

裴宴搂住她的腰，低头吻住她的唇，哑声道："这是回礼。"

他松开花锦的腰："晚安，上楼去吧。我在这里看着，等你上去再走。"

摸了摸嘴角，花锦转身走上楼，爬上四楼站在阳台上往下面看，看到裴宴还站在那里。

尽管夜色昏暗，但是花锦就是觉得，裴宴在看着她。

她拿出手机，点开聊天框。

繁花：回去吧，早点休息。

站在楼下的裴宴挥了挥手机，转身缓缓走进巷子里。花锦看着他慢慢离去的背影，不自觉笑出了声。

直到裴宴的身影再也看不见，她才伸手摸了摸自己的脸，嘴角扬起的幅度，还没有降下去。

裴宴回到家，打开某个情感论坛，搜索"在相处中如何逗女朋友开心"这个问题，答案五花八门，点赞比较高的一个答案竟然是"对不起，我没有女朋友"。

裴宴挑了挑眉，这个网友没有，但他有啊。

杨绍熬过一天工作的摧残，躺在床上跟朋友打游戏，打到一半忽然微信提示他被裴宴拉进了一个群里。

裴哥这样的人，竟然主动建群拉人了，是出去约会喝到了假酒吗？杨绍顾不上游戏，直接点开微信，点进了群里。

群里除了他跟裴哥外，还有两三个从小到大一起长大的伙伴。

冬冬：裴哥，你是看到七夕节快到了，建个群秀恩爱给我们看吗？

裴：嗯。

冬冬：……

一百万太少：……

绝世大帅哥：……

我的女儿是天才：太好了，今年七夕节终于有人跟我一起为难送什么礼物了。

杨绍沉默。所以他们三个单身狗，为什么要在这个群里接受精神上的摧残？

冬冬：@我的女儿是天才，沈哥，你说这种话，有没有考虑过我们的感受？

我的女儿是天才：没有。

裴宴去楼下倒杯水，再回来的时候，这个仅有五人的小群已经有几百条聊天记录。他打开群看了一眼，表哥沈宏正在群里秀孩子，杨绍跟其他两个在聊明天有哪些客人。

明明是鸡同鸭讲，也难为他们能聊这么多。看着他们发着各种乱七八糟的表情包，裴宴忽然有些后悔，他就不该建这个群——三个单身汉和一个炫娃狂魔，能出什么好主意？

这厢花锦洗完澡，想到明天要以裴宴女朋友的身份去参加长辈寿宴，于是翻出一张价格昂贵的面膜敷在脸上，打开电脑看综艺节目。

节目中，一个选手为了卖惨，说自己最穷的时候天天吃泡面。花锦看了以后，忍不住拿起手机，点开裴宴的聊天框。

繁花：刚才看综艺节目，有个选手卖惨，竟然说自己最穷的时候吃方便面，这也太假了。

裴：都已经吃泡面了，还不穷？

繁花：真正穷的人，谁舍得吃几块钱一包的方便面？他们到副食店买一把挂面，能吃好几顿，还没有一包方便面贵。

这次的消息发出去以后，裴宴过了将近一分钟才回复。

裴：那没钱的人，一般都怎么过？

繁花：挂面加馒头白米饭，管饱又实惠，偶尔加一把小青菜或者一颗鸡蛋，还能补充营养。

跟裴宴吐槽完这个卖惨的选手，花锦把手机往旁边一扔，继续看节目。过了一会儿，等她拿起手机时，发现裴宴竟然连续给她发了几十个红包。

繁花：？

裴：有了我，你以后不会再过这样的日子。

花锦哭笑不得，没想到裴宴会想这么多。她揭下脸上的面膜，洗了一个脸后点开视频通话，那边很快就接通了。视频里，裴宴穿着浴袍，头发湿漉漉的，应该是刚刚洗完澡出来。花锦偷瞄了几眼他胸口露出来的锁骨，努力让自己的表情看起来正经一些："你快去把头发吹干。"

"没事。"裴宴起身拿了条毛巾盖在头发上，"你刚才在看什么？"

花锦把镜头移到笔记本屏幕上："就是这个。"

裴宴看了眼，视频里台上的选手在哭，评委也在哭。他皱起眉："什么乱七八糟的节目。"

"用来打发时间的。"花锦把镜头调回来，目光不自觉又移到了裴宴的脖子以下，忙干咳几声，"这么早，你准备睡了吗？"

裴宴擦着头发："没有。"

"那你陪我聊一会儿天吧。"花锦拿着手机站起身，走到床边坐下，"我睡不着。"

"好。"裴宴把毛巾扔到一边，顺手拨弄了几下头发，"你想听什么？"

"不知道。"花锦盘腿坐着，"随便说说。"

裴宴没有跟女孩子单独聊视频的经验，看着视频里的花锦，一时间竟不知道说什么。

"你可以跟我说说，你什么时候开始学刺绣的吗？"

"那是五六年前的事了，我被师父绣出来的绣品吸引，后来师父见我对刺绣感兴趣，就收我为徒，教我各种针法。"安静的夜晚，很容易让她放下防备，跟恋人聊一些不对外人言的事情，"我师父就是谭圆的母亲，你应该知道的。她总是说，传统手艺行业越来越不受重视，能收到我这样的徒弟，是她的幸运。其实真正感到幸运的人，是我。"

"你很喜欢刺绣？"看着花锦脸上的笑，裴宴柔声问。

"喜欢。"花锦打了个哈欠，"能把这种美让更多的人喜欢，是一件很有成就感的事。有时候我觉得自己绣的不是花，而是一个个美丽的梦。"

裴宴安静地听着，花锦絮絮叨叨说了很多，说谭圆家人对她有多好，说她曾经绣过哪些东西，说她与马克的合作，但由始至终都没有说过学刺绣以前的人生。

裴宴看着捧着手机已经睡着的花锦，失笑，声音温柔如水："晚安。"

不过已经睡着的花锦，没有回应他。

第二天早上，花锦被裴宴带到造型工作室，看了眼工作室里面带微笑的工作人员，偷偷对裴宴道："亲爱的宴宴，按照偶像剧原理，我等下换好衣服、化好妆，是不是就该艳惊四座，让所有女人都自惭形秽了？"

裴宴："……"

"你平时看的都是什么东西？"

"《霸道总裁跟他的小娇妻》。"

裴宴若有所思地看着花锦，难道她是在暗示想嫁给他，与他成为夫妻？

"你这种眼神是什么意思？"花锦捂着自己的胸，"好不正经哦。"

"你还是去换衣服吧。"裴宴忍无可忍地把她牵到更衣室外，"再胡闹，我就亲自给你换衣服，你信不信？"

花锦默默后退一步："没想到，你人长得这么好看，思想却这么……邪恶。"

裴宴忍不住揉额头，无奈道："进去换礼服。"

"等等。"花锦再次笑嘻嘻地抱住裴宴手臂，"虽然我很喜欢惊艳全场，但是这么花你的钱，别人会误以为我为了钱才跟你在一起的，那多不好。明明我是为了你的颜值……"她看了眼裴宴铁青的脸色："还有你的爱，才跟你在一起的。"

"既然你爱我，那就要明白什么叫爱屋及乌。"裴宴把花锦推进更衣室，懒洋洋道，"钱是我人生的一部分，你连我的钱都不喜欢花，又怎么谈得上是爱我？"

花锦："……"

这话……好像有些道理？

但又好像哪里都不对。

花锦换上量身定做的礼服，就开始被工作人员弄头发弄皮肤，就连指甲都重新弄了一遍。

花锦靠坐在躺椅上，侧头看坐在沙发上的裴宴，感觉自己此刻度日如年，变美真是不容易。

"无聊了？"裴宴注意到花锦百无聊赖的表情，走到她身边，"你要不玩一会儿游戏？"

"还好。"花锦忍住想要打哈欠的欲望，"现在几点？"

"还早，时间来得及。"裴宴看了眼手表，"要不我给你讲个笑话？"

花锦注意到给她做美甲的女员工在偷笑，拉了拉他的袖子，让他弯下腰。

"怎么了？"裴宴弯腰靠近她。

"你讲的笑话，给我一个人听就好。"花锦在他耳边悄悄道，"才不给别人听。"

"好。"裴宴觉得自己靠近花锦的那只耳朵有些发烫，"只给你一个人听。"

自己的女朋友都这么说了，他能怎么办，还不是只能宠着。

做完所有造型，花锦终于能够站起来了，看着镜中的自己，果然比平时更好看。她扭头看裴宴。

不等她问，裴宴就道："很漂亮。"

花锦皮肤白，肩膀又好看，很适合这种一字露肩红礼服。为了配花锦身上这件礼服，他特意选了一条红色的领带。

他虽从未跟人谈过恋爱，但是在这些小细节上，却无师自通。

杨家老太太过大寿是件不小的事情，与杨家沾亲带故的人都来了。平时吊儿郎当的杨绍今天打扮得格外正经，为了招呼客人忙得脚不沾地。原本想向他打听一些消息的人，都找不到一个合适的机会。

"森哥，你怎么一个人在这里？"徐长辉走到陈森身边，笑着道，"我还以为你像陈江一样，去帮杨绍招呼客人去了。"

陈森瞥了他一眼，摇晃着杯子里的香槟，没有说话。

见他不搭理自己，徐长辉也不生气，反而在他旁边坐下："上次带陈江出去玩，害得他出了车祸，这事是我做得不对，还请森哥不要放到心上。"

陈森嗤笑一声："徐长辉，有事就直接说，不用这么拐弯抹角。我脾气差，耐性也不好，听不来这些弯弯绕绕的话。"

"瞧您这话说的，我只是见你独自一个人坐在这里，想要过来陪你说说话……"

"我如果是你，今天就不会过来。"陈森直接打断徐长辉的话，"你得罪裴宴的事情还没过去，就不怕今天他看到你，直接下你的面子？"

前些日子，徐家一直托人帮忙向裴宴说他们的好话，前几天还求到了裴宴爷爷面前。可是裴宴是什么样的性格？说不高兴就是不高兴了。除了他，谁有那么大的面子？

徐长辉脸上的笑容几乎维持不住。陈森当着他的面说这些话，分明就是把他面子放在地上踩。

"我还以为森哥跟其他人不一样，根本不会把裴宴的怪脾气放在眼里，没想到……"徐长辉呵呵一笑，"没想到不过如此。"

"老子生来就欺软怕硬，用不着你用激将法来刺激老子。"陈森哼笑一声，"你是不是觉得，老子脸上刻着'蠢货'两个字？"

徐长辉面色铁青，没有说话。

"挑拨离间这种手段，徐毅那个老狐狸来用还差不多。就你这脑子，还是不要出来惹人笑话了。"陈森冷笑，"我陈森虽然不入裴宴的眼，但还没到碍他眼的地步，你自求多福吧。"

看着陈森得意离开，徐长辉气得一口喝完杯中的香槟，就要摔了手中的杯子发泄怒火，却又想起这是杨家老太太的寿宴。他如果摔坏杯子，恐怕要把杨家也得罪了。意识到这一点，他只好把心头那团火压了下去。

自从上次他在孟家闹出事情以后，那些常与他约在一起玩的兄弟，就不怎么跟他来往了。这个说要跟着打理生意，那个说生病要休养，他不是傻子，当然知道这些人是什么意思。

他爸说，徐家行事要谨慎，不像裴宴那样一个人吃饱全家不饿，发起疯来就不管不顾。像裴宴这样的人，只要稍微正常一些，就不想招惹。

有时候他忍不住想，凭什么裴宴就能活得不管不顾？最后得出的结论，就是对方有钱还没爹妈管着，就算发疯也没人能拦着。

"你怎么还在这里坐着？"徐思看到徐长辉脸色阴沉地坐在角落里，便坐在他身边，神情温柔道，"长辉，你不要跟二叔生气，他也是为了你好。等裴宴来了，你就向他赔个不是。今天是杨家老太太的生日，又有这么多长辈在场，他就算不给我们徐家面子，也要给杨家的面子，不会让场面闹得太难看。"

"思姐，让我当着这么多人的面向他道歉，我以后哪还有脸出去跟人玩？"徐长辉见来的是徐思，脸色好看了一些。

"我知道你感到委屈，但你是为了二叔，为了我们徐家未来，你的不容易我们都看在眼里。"徐思拍了拍他的肩，"如果裴宴还带了那个女伴来，你就向她道歉。女人心软，只要你姿态放低一点，把平时哄女人的殷勤笑意拿出来，肯定能获得她的原谅。"

想起那个叫花锦的女人，徐长辉眉头皱了皱，那天如果不是花锦，事情也不会闹到这个地步。想到这点，徐长辉摇头："思姐，不是所有女人都像你这样温和大度，那个花锦不是什么好东西。"

弯了弯嘴角，徐思小声道："花绣师的来历我请人查过了，来自偏远的穷山村，做过服务员、外卖员，甚至还在天桥底下贴过手机膜。这几年跟着一个没什么名气的蜀绣师学刺绣，倒是学着文雅讲究起来。恐怕连裴宴都不知道，这个女人以前做的是饭店服务员。"

"平时裴宴眼高于顶，谁都看不上，却被一个做过服务员的女人哄得团团转。"徐长辉心头快意万分，"等所有人都知道，他的女人是个服务员，看他的脸往哪儿放。"

"长辉，你不要这么说。"徐思叹息道，"她从穷乡僻壤来到这里也不容易，虽然文化程度不高，但一路走来也是靠自己。你把这些事情闹大了，虽然能让裴宴面上无光，可她的未来也会受到影响，算了吧。"

"思姐，你怎么就这么傻？"徐长辉道，"这个女人能把裴宴哄到手，又怎么会是个简单的女人？也就只有你以为她是单纯无辜、自立自强的小白花。这些事你不要操心，我心里有数。"

徐思愁得皱起眉来："这些都是小事，我们当务之急，是先让裴先生不再记恨我们徐家。"

"要不是那个女人挑衅我，我又怎么会发火？"徐长辉骂道，"那个女人，一看就是个臭婊子。"

徐思眉头皱得更紧。花锦故意挑衅长辉？她为什么要这么做？难道……

她看了眼徐长辉，难道是因为她那天故意靠近裴宴，引起花锦不高兴了？她靠近裴宴时，花锦看不出有半点不对劲，谁料到转头就用这种阴狠的手段。

她没想到裴宴竟然会栽在这样一个女人手里。

花锦与裴宴的出现，几乎称得上是万众瞩目。自从裴宴发了那条朋友圈以后，他谈恋爱的消息，就传到各家男女老少耳中。很多人都在猜测他的女朋友是谁，会不会是孟家聚会上的那个蜀绣师。但裴宴没有发过她的照片，与他交好的人又不露口风，所以谁也不敢肯定。

当他们看清挽着裴宴手臂的女人时，都忍不住多看了几眼。

这是个跟裴宴走到一起，却不被映衬得暗淡无光的女人。他们看裴先生在下台阶时，细心扶着她腰肢的样子，就知道两人感情极好。

仅一眼，所有人都心知肚明，看来这确实是女朋友没错了。

裴宴带着花锦去见坐在主座上的杨家老太太的时候，花锦对他小声道："每次跟你走在一起，我都觉得四周的目光格外耀眼。"

"以后你会慢慢习惯的。"裴宴对她道，"杨绍的奶奶，与我祖上同出一宗，是我的远房姑婆。虽然已经隔着好几辈，但这些年我们一直没有断来往，你随我叫她一声姑婆就好。"

花锦点了点头。

杨学绅看到裴宴与花锦过来，笑着招呼两人落座。他对花锦的态度亲近又不谄媚，让花锦自在了很多。

"是小宴来了？"杨家老太太听到裴宴的声音，忙把放到桌上的老花镜戴上，高声问，"小宴有没有带他女朋友来？"

"妈。"孟颖哭笑不得地起身招呼已经进屋的裴宴与花锦，"裴先生、花绣师请坐。"

她对花锦特意解释道："我妈听说裴先生交了女朋友以后，就很高兴，一直念叨着想见见你，你不要介意。"

"不会。"花锦回以一笑，看了眼说话的女人。她穿着得体的礼服，保养得很好，凭外貌很难判断出真实年龄，应该是杨家老太太的女儿或是儿媳。

"这是杨绍的母亲，孟姨。"裴宴牵着花锦的手，对孟颖道，"孟姨，这是我的女友花锦，姑婆很喜欢的熊猫绣手帕，就是她绣的。"

"原来你就是那位非常了不起的绣师，快请坐。"孟颖亲切地握了握花锦的手，"你绣的熊猫手帕，真是活灵活现、栩栩如生，家里人都很喜欢。"

"您谬赞了。"花锦察觉到杨家人明显的亲近之意，笑容真诚了几分，跟着裴宴在杨家老太太面前坐下来。

"你就是小宴的女朋友？"杨家老太太年纪已经很大了，但是相貌很慈祥，笑起来的样子更是让人觉得亲近，"你长得真标致。小宴这孩子有本事，这么好的姑娘，都能哄回来做女朋友。"

"姑婆，这是我用真心求来的女友，可不是哄骗来的。"裴宴把准备好的寿礼双手捧到杨老太太面前，"祝您老人家福如东海，寿比南山。"

花锦也把自己准备好的手绣披肩拿出来："姑婆，祝您松鹤年年，岁在千秋。"

"谢谢，谢谢。"老太太拿着两位小辈送的礼物，脸笑成了一朵花，抓起桌上的零食，一个劲儿往花锦手里放，"小宴是我看着长大的，我还是第一次见他对女孩子这么温柔。你来了这里不要拘谨，当作自己家就好。"

花锦扭头看裴宴，裴宴红着耳朵偏过头去。

"裴宴对我很好，能遇到他，是我的福气。"花锦把手里的零食放到裴宴的西装口袋里，对杨家老太太甜甜一笑，"不知道我前段时间绣的熊猫绣屏，您老可喜欢？"

"喜欢，非常喜欢。"提到熊猫绣屏，杨家老太太脸上的笑意更浓，"我已经把它摆在房间里了，早上起床就能看到。"

"您能喜欢就好。"花锦眯起眼睛笑，显得腼腆又温柔。

杨家老太太越看越觉得喜欢，转头看向裴宴："带花绣师去四周转转，老陪着我这个老婆子有什么意思？"

"陪着您怎么就没意思了？"裴宴笑道，"我跟花锦都没有亲近长辈在身边，跟您说话可有意思了。"

"我虽然年纪大了，还是知道破坏小年轻谈恋爱的叫电灯泡。你们自己玩去，不要在这里影响我。"杨家老太太把花锦跟裴宴赶了出去，转头对儿媳孟颖道，"看到小宴有女朋友，我也放心了。"

孟颖失笑："这就是缘分，你喜欢这个小姑娘的刺绣，小宴喜欢小姑娘这个人。"

"等下你们把红包准备好。小宴没有长辈，人家小姑娘第一次以他女朋友身份上门，按规矩我们是要给红包的。"杨家老太太道，"不要让人家小姑娘以为，我们对她不满意。"

"好，您放心，我已经准备好了。"孟颖扭头看了眼丈夫杨学绅。

夫妻二人走出房间，孟颖道："看来妈很喜欢这位花绣师。"

杨学绅闻言苦笑，就连裴宴都交女朋友了，也不知道他那个不争气的儿子，要玩闹到什么时候才能懂事。

杨家的庭院比孟家的大，来往的客人花锦一个都不认识，好在她有一个金大腿男友，不管谁过来说话，她只需要做一个完美的金大腿挂件就好。

可惜她的好心情，在她看到徐长辉出现的那瞬间，顿时消失殆尽。

"裴先生，花小姐，上次我喝多了酒，有得罪的地方，请多多见谅。"徐长辉拦在花锦面前，"这些日子，我一直很后悔自己的所作所为，不知道该怎么才能得到二位的原谅，对不起。"

上次的闹剧，很多人都有所耳闻，见徐长辉主动道歉，都忍不住把注意力放到三人身上。

花锦靠着裴宴没有说话，看样子像是被徐长辉吓到了，瞧着有些楚楚可怜。众人忍不住怀疑，徐长辉的言行究竟有多荒唐，才把人家一个好好的女孩子吓成这样。

"我说过了，以后不希望你出现在我眼前。"裴宴看了眼站在不远处的徐毅，冷笑一声，"世界上最廉价的话，就是对不起。"

"我……"徐长辉把目光投向花锦，"花小姐……"

"亲爱的，人家害怕。"花锦抱着裴宴的手臂，像是只受到惊吓的兔子。

十几步外，徐思看着花锦矫揉造作的模样，眼中露出冷意。她打开振动了几下的手机，查看了最新一条消息。

【六年前的深夜，徐先生酒驾闯红灯，让一位行人受伤严重，受害者名为花锦。】

"让开。"裴宴不顾四周人的目光，面无表情地看了徐长辉一眼，"我的耐心不太好。"

听着四周的偷笑声，徐长辉忍了忍，往旁边退了一步。

不再看徐长辉做戏，裴宴拉着花锦的手，在众人注目下走向杨家的小花园："孟姨种的花很漂亮，我带你去看看。"

"好。"花锦跨上台阶，回头看向身后众人。正在偷看的人们见她忽然回头，连忙收回自己的视线，与身边人攀谈起来。花锦的目光扫过众人，最后与徐思的双目对上。

身为女人，她一眼就看得出，这个与徐长辉关系很亲近的女性，并不太喜欢她。

不过这又如何呢？她又不是金钱万人迷，何必让所有男人女人都喜欢？想到这，她勾起唇角朝对方清浅一笑，就像是祸国殃民的妖妃在即将登上女王宝座时，嘲讽她的手下败将。

这个带着挑衅意味的微笑，让徐思再也维持不住脸上的笑。她想撕烂花锦的脸，就像当年欺负那些她看不惯的同学一样，狠狠地欺负他们，把他们的自尊踩到地上。

她深吸一口气，准备回以花锦一个同样完美的笑容，可是等她再次抬起头时，花锦与裴宴已经手牵手地离开，连一个多余的眼神都没给她。

在这个瞬间，徐思觉得花锦比那些装模作样的塑料姐妹可恶多了。

"我不喜欢那个徐思。"走在杨家的花圃里，花锦的手指勾着裴宴的手指，慢悠悠地走着，"你说得对，一个喜欢霸凌其他同学的人，本性不会好到哪里去。"

"你怎么忽然有这种感悟？"裴宴扭头看了她几秒，"难不成……你吃醋了？"

"我吃醋怎么了？"花锦瞪他一眼，"不能吃？"

"吃吃吃，随便你吃，想吃什么口味我给你买。"裴宴连连摆手，"以后看到她，我保证绕得远远的，好不好？"

"我是那么霸道的人吗？"花锦轻哼一声，"恋人之间最重要的是信任，我相信你肯定不会跟其他人眉来眼去，对吧？"说完，她看了眼裴宴腰部以下的各个部位。

裴宴："……"

到了中午寿宴的时候，花锦发现跟裴宴坐一桌的大多不是晚辈，而是四十岁往上走的中年男人。她坐在裴宴身边，收到同桌女士们的友好微笑。

菜肴精致，每道菜的摆盘就像是艺术品。花锦看了眼同桌的人，发现他们几乎没怎么动筷子，也只得优雅地保持微笑。

裴宴扭头看了眼花锦，把她喜欢的一道菜夹到她碗里："尝尝合不合胃口。"

看着碗里的菜，花锦也不再装模作样，埋头就吃。

坐在她另一边的女士见了，笑道："裴先生真是个贴心的好男人。"

她的丈夫闻言，赶紧夹了一只虾放在她碗里，对裴宴道："今天有裴先生在，我们这些男人都被比下去了。"

其他男士纷纷附和，女士们也趁机捧了裴宴几句，也有夸花锦身材好、长得漂亮的，态度友好得让花锦开始怀疑，那些豪门电视剧都是骗人的。按照电视剧套路，灰姑娘跟有钱人出席重要场合，总是会被其他人说闲话或是故意挑衅，到了她这里，就全是恭维了。

裴宴又给花锦夹了两道菜，微微笑道："不对自己喜欢的人好，还能对谁好？在座各位长辈就不要打趣了，我们家花花脸皮薄，都来夸我就好。"

在座众人哪会听不出裴宴话里的意思，这是把女伴当作自己人护着了。一位跟裴宴关系还不错的男士当下便道："看来裴先生好事将近，到时候我们还要厚脸来喝杯喜酒。"

"届时还请各位赏脸。"裴宴放下筷子，举起酒杯，当着众人的面，轻啜了一口。

这是连结婚的打算都有了？

同桌众人暗暗吃惊，他们可是听说裴宴的女友身份非常普通，没想到……

在座诸位都是人精，哪还不明白花锦在裴宴心中的地位？众人对花锦的态度更加亲近，几位女士甚至主动跟她交换了联络方式。

为了应付同桌之人的热情，花锦的脸都快笑僵了。眼看着这顿饭也吃得差不多，她在桌子下戳了戳裴宴的腰。

"我去趟洗手间。"花锦在他耳边小声道，"一会儿就回来。"

"我送你过去。"裴宴站起身来。

"不用了。"花锦把他按了回去，"我又不是三四岁小孩子，连去个洗手间都要你陪。"

在座诸人看着裴宴被女友推回座位，而他的女友头也不回地走远，差点没忍住笑。世间果然是一物降一物，裴宴多大脾气的人，在他女友面前，乖得跟个什么似的。

自古英雄难过美人关，真是千百年都不变的道理。

洗干净手，花锦拿出包包里的口红，打算给自己补一补妆。洗手间外走进来一个人，看了她一眼，站在了离她一步远的地方。

"花小姐皮肤白，涂什么色号的口红都漂亮。"徐思看着镜中妆容精致的自己，偏头对花锦笑了笑，"不过人的青春只有短短几年，要跟人相处一生，最重要的还是修养与眼界，你说对不对？"

抿了抿唇，让口红看起来自然一些，花锦回以一笑："谢谢夸奖。"

徐思脸上的笑意微僵，这话不是在夸她长得漂亮！

"花小姐可能不太熟悉这个品牌的口红，抿唇只会影响它的色泽与自然度，以后还是不要用这种方法了。"徐思似笑非笑道，"不然让别人看见，会笑话你的。"

"竟然是这样吗？"花锦叹息一声，幽幽道，"家里的口红太多，我这个人又马虎，总是懒得记它们的用法。好在我皮肤白，嘴唇够润，随便涂一下就好看，不然还真要闹笑话，多谢徐小姐提醒。"

"花小姐对自己很自信？"徐思拧开自己的口红，看镜子里的花锦，眼中露出嘲讽之意，"所以才能勾引到裴宴，借他的手来替你报仇？"

"徐小姐这话是什么意思，我怎么听不懂？"花锦收起口红，挑眉笑道，"还是说，你对我与裴宴之间的恋情有什么不满？"

"山鸡嘛，总是想要变凤凰的。"徐思冷笑，"人之常情。"

"有句话说得好，感情是当事人自己乐意的事，哪容得其他妖魔鬼怪来反对？"花锦勾唇一笑，"可惜有些出色的人，就喜欢山鸡，也不知道哪只凤凰被气死了。在凤凰窝里出生的凤凰多了去了，可惜总有那么一两只凤凰发瘟不争气，最后只能被气死咯。"

徐思脸色彻底沉下来："花锦，如果让裴宴知道，你是为了报复徐长辉，才与他在一起，你觉得他会容忍你的欺骗与隐瞒？"

"我为了报复徐长辉？"花锦脸上的笑意慢慢消失，冷冷地看着徐思，"发瘟的畜生，配得上'报复'这两个字吗？"

说完，她猛地靠近徐思，吓得徐思往后退一步："你想干什么？"

花锦握住徐思拿口红的手，往她脸上狠狠一划，留下长长的口红痕迹。

"抱歉，手滑。"花锦后退两步，看着气得发抖的徐思，妖娆笑道，"你如果敢还手，我就出去跟裴宴说，你仗着家世比我好，在洗手间欺负我。"

"花锦，你竟然这么阴毒……"

"嘘。"花锦把食指比到嘴边，"小声一点，像我这种费尽心机想嫁入豪门的女人，最擅长搬弄是非。到时候吃亏的可是你。"

花锦顺手抽了两张纸巾塞到徐思手里，温柔一笑："徐小姐可真不小心，补口红怎么补到脸上去了？快擦擦。"

徐思气得面色苍白，看着故作温柔的花锦，恨不能伸手将她掐死。

"徐小姐，请人查到别人的隐私，是不是很有成就感？"花锦在徐思耳边轻声道，"我啊，最大的缺点就是特别记仇。"

温热的气息在耳边环绕，徐思看着笑意盈盈的花锦，莫名的恐惧从脚底蹿到头顶。她往后退了一步，直到碰到冰冷的洗手台，才冷静下来："花锦，你不要得意，等裴宴甩了你，我让你好看。"

"有本事你现在就来找我麻烦呀。"花锦嘻嘻一笑，"可惜你不敢，真可怜。"

眼见徐思快要被自己气得失去理智，花锦拎起自己的小包，朝徐思做了一个飞吻："下次我们再一起玩，拜拜。"

"啊！"看着花锦扭着腰肢离开，徐思又看了自己的脸，把口红扔进垃圾桶里，气得双眼充血。

世界上怎么会有这么贱的女人，这么贱！这么贱！

"你怎么去了那么久？"裴宴注意到花锦的表情有些不对劲，"是不是遇到了什么事？"

"没事。"花锦勾起嘴角，在他耳边小声道，"刚才借着你的势，狐假虎威了一回。"

"是谁找你麻烦？"裴宴显然不在乎事情的经过与结局，只想知道事情的开头。

"还能是谁，当然是那位可能对你有些意思的徐思小姐。"花锦朝裴宴翻个白眼，"人家还等着我这只山鸡被你一脚踢开，好来报复我呢。"

"胡说八道，谁说你是山鸡了？"裴宴道，"你明明是只孔雀。她一只灰毛乌鸦，有什么资格说你？"

花锦："……"

她怎么觉得，这句话把她跟徐思都骂进去了呢？

"以后遇到这种人，让她来找我，我来收拾。"裴宴给她舀了一碗汤，"不用你来麻烦。"

"人家可是对你有意思，你舍得？"花锦斜着眼看他。

"什么舍得舍不得，我又不是中央空调，要温暖每一个人。"裴宴哼一声，扭头道，"要哄你一个人，我已经很头疼了。"

"我们才交往几天，你就嫌弃我了？"花锦挑眉瞪他。

"我说你这个女人，怎么每次听我讲话，都抓不住重点？"裴宴气道，"我这句话的重点，是这个意思吗？"

"我文化水平低，抓不住重点。"花锦撇嘴，"那你跟我说，重点究竟是什么？"

裴宴："……"

"不说算了。"花锦垂眉敛目，"反正我这只山鸡，能跟你在一起，在别人看来，已经是用尽手段了。"

裴宴等了一会儿，见花锦竟然真的安静喝汤，不再多说一个字。他干咳一声，往她身边靠了靠。

花锦不理他，继续小口喝汤。

"这么小碗汤，你准备喝半小时吗？"裴宴问。

"不要你管。"

"我不管你，你要管我啊，我可是你男朋友。"

"哼。"

"我那句话的重点，是……"裴宴干咳一声，在花锦耳边小声道，"重点是，我的眼里心里只有你一个人，除了你，再也没有人能让我动心。"

"真的？"花锦放下碗，嘴角弯了弯。

"真的。"在这个喧闹的寿宴上，裴宴认真地点头，"我活了二十七年，就喜欢你，只喜欢你。"

"我也一样。"花锦在桌子下，偷偷勾住他的无名指，笑颜如花，"只喜欢你。"

"裴哥，花姐，你们吃好了没？"杨绍跑过来，"那边场子已经准备好了，就剩你们还没过去了。"

他注意到裴宴与花锦的脸颊都有些发红，疑惑道："你们的脸怎么红成这样？今天的冷气开得很足啊。"

裴宴瞪他一眼："你知道什么妖精最讨厌吗？"

"哈？"杨绍满头雾水。

"电灯泡精。"裴宴牵着花锦站起身，走在了杨绍前面。

杨绍："……"

他错了。他就不该出现在这里。

"我们去哪里？"花锦坐进裴宴的车里，看了眼厚着脸皮蹭上车的杨绍，"我还打算下午去绣两三个小时呢。"

"花姐，难得大家凑一块，都想在你这儿拜个码头，等你以后帮我们吹吹枕头风，让裴哥对我们好一点。你如果走了，下午的聚会还有什么意思？"杨绍道，"你可是结束了裴哥二十七年单身的女神，就给我们一个膜拜你的机会。"

花锦忽然明白了裴宴的用意。他是想借着这次的机会，让所有人看清她在他心中的地位，让所有人尊敬她，接受她，这也是为了让她安心。

她转头看裴宴，裴宴也正看着她。

"吹枕头风是不可能吹的。"花锦粲然一笑，"我是他的女朋友，当然要助纣为虐。"

"花姐，你可不能被裴哥带坏啊！"杨绍惨叫一声，"你就救救我们这些孩子吧。"

　　"孩子？"裴宴好心情地挑起眉毛，"巨婴吧？"

　　花锦笑得扑进裴宴怀里，一边笑一边心疼自己的妆："我的妆都笑花了，你们可真有意思。"

　　"嘿嘿。"杨绍挠头一笑，"花姐，裴哥是个不太会说甜言蜜语的男人，但是你要相信他的真心。我跟他从小一起长大，还从没见过他对谁这么好过。"

　　他不会说甜言蜜语？

　　花锦偷偷看裴宴，虽然有时候喜欢脸红，但他明明很擅长说好听的话嘛。

　　仿佛看明白了花锦这个眼神的意思，裴宴俯身在她耳边道："那不是甜言蜜语，都是我的真心话。"

　　花锦捂了捂耳朵，耳朵它怎么那么不听话，竟然开始烫起来了。

　　裴宴轻笑一声，扶住花锦的腰："等下我们去的地方是个休闲山庄，里面风景不错，游戏项目也不少，不会让你无聊的。"

　　花锦玩着裴宴的手指："有你这么好看的男人陪着，就算让我数蚂蚁，也不会无聊的。"

　　裴宴闻言笑了，就连手机有新信息提示，也没有看一眼。

第四章 我乐意

裴宴所说的休闲山庄，与花锦想象中满是纸醉金迷的山庄完全不同。这里没有美酒加美人，更没有遍地都是的奢华摆设，而是一个……纯天然生态山庄。她在里面看到了孔雀、鸵鸟，甚至还有鳄鱼。

"这座山庄的老板，是特种经济养殖的爱好者吗？"花锦蹦来蹦去，想要吸引雄性孔雀开一下屏，可惜这只孔雀十分高冷，拖着尾巴冷漠地转身踱步离开。

"唉。"花锦失落地放下手机，"看来今天是看不了孔雀开屏了。"

"你如果喜欢，我去让人办养殖许可证，找地方养几只。"裴宴道，"后山有跑地珍珠鸡，可以捉几只给你师父带回去。"

"要我们自己去捉？"花锦脸皱成一团。

"不用担心，里面有防护服穿。"裴宴道，"不会把你身上的衣服弄脏。"

"不去。"花锦拼命摇头，"你们城里人真会玩，抓鸡也能当娱乐活动。"以前农忙的时候，她早上起床要放鸡出圈，放学回家还要喂鸡，把所有鸡都从外面召回来入圈。

她记得小学的时候，有次放学回家，柴火锅里正炖着肉。她要看着柴火，要做作业，要帮着切猪草，还要把鸡全都召回来，忙得团团转。

一个月吃不上几次炖肉，她馋得直咽口水，做饭的时候，忍不住多放了一把米。不过等她刚把砍好的干柴放进灶膛里，就听到同村的人叫她，说她家的鸡好像吃了打过农药的东西，死在了田埂边。她吓得连话都说不出来，害怕挨打，连忙跑出去边哭边捡药死的鸡。回来的时候，她就看到她妈面色铁青地站在门口，手里握着两指粗的棍子，还没来得及说话，棍子就劈头盖脸打来。

她性子倔，挨打的时候不爱求饶，只拼着一股劲儿，心里念叨：打就打，我不怕，有本事就打死我。

从她妈咒骂的话语中，她才知道，原来在她出去找鸡的时候，灶膛的火太大，把锅底烧坏了，加上她在家里切了一半的猪草，被调皮的弟弟弄得乱七八糟。她妈气她没有好好做家务，又听说鸡被药死了，哪里还能忍得下去？自然就是对她劈头盖脸一顿狠揍。

花锦挨过很多打，拇指粗的棍子被打断是常有的事。有时候她疼得实在受不了，在地上打着滚躲到床底下，她妈就会拿棍子狠狠戳她，威胁她：若是不出来，就滚出家门。

那时候的她胆子很小，害怕没有书读，害怕没有饭吃，更害怕被其他人欺负，只能哭着从床底下爬出来，跪在地上继续挨下一轮的打。

每次属于她的家庭惩罚，都是以挨打挨骂再跪上一两个小时作为结局。鸡被药死的那天晚上，她跪在地上，看着她妈时不时扭头观察她有没有跪端正的脸，无数次对自己说，这辈子无论如何都要逃离这种生活，就算是死，也要死在外面。

从记忆里回过神，花锦浅笑道："我不喜欢抓鸡，也不喜欢养禽类。"

"那我们以后不捉也不养。我带你去捞鱼，去不去？"裴宴握住她微凉的手，"大夏天的，手指头怎么还这么凉？"

他趁机揉了两下花锦的指尖："等下捞到鱼，我带回去让帮佣做好，明天给你带过来。"

"好。"花锦小时候很羡慕村里男孩子们，可以穿条小裤衩，在鱼塘边摸黄鳝抓小虾，而她只能蹲池塘边洗衣服。

生而为女，她在童年失去了一些乐趣。但是现在有机会补回来，她也不会觉得自己幼稚。

两人来到池塘边，换上工作人员给他们的防水服，就下了池塘。池塘里的淤泥不深，他们进去以后，迈步还不算艰难。

"哇！"一条比手掌还宽的鱼从面前游过，花锦忍不住低声惊呼，鱼被吓得摇尾巴游走，还甩了花锦一脸的水。

"你是不是傻？捉鱼要悄悄地，就你这种水平，只有又聋又瞎的鱼，才会落到你手上。"裴宴手里拿着一个竹编罩鱼筐，在水里盖来扣去，抓到了条一斤多的草鱼，得意地对花锦道，"你看到没有，这就是智慧与手艺。"

"那是因为我心地善良，不忍杀生。"花锦扭脸，把罩鱼筐往水里一放，喘着气道，"我不跟你一般见识。"

裴宴走到她面前，花锦扭头不看他。他又走了几步，失笑道："这就生气了？"

花锦哼了一声："对不起，我脑子笨，不知道生气是什么意思。"

"给你给你。"裴宴把挂在腰间的鱼篓打开，把抓到的草鱼放进花锦的鱼篓里，"这是你抓的，是我脑子笨，手不灵活。"

"你以为是在哄两三岁的小孩子吗？"花锦扣上鱼篓盖子，用手轻轻拍了一下两人面前的水，水溅了裴宴一脸。

两人的手都不干净，没法擦脸。裴宴瞪了花锦两眼，忽然俯身用脸蹭花锦的脸："身为恋人，要有福同享有难同当，分你一点水。"

"裴晏，你幼稚不幼稚？！"花锦埋头蹭了回去，这次蹭的是裴宴脖子。

"你慢点，别摔水里去了。"裴宴一边忍着脖颈间的痒意，一边伸手去扶花锦，结果两人一块儿跌坐在了池子里。

"哦嚯，摔跤了吧。"池塘不远处的小楼上，杨绍跷着二郎腿，看着池子里"幼儿园小朋友打闹现场"，扭头对裴宴的表哥沈宏道，"沈哥，恋爱中的男人，都这么无聊幼稚吗？"

他们在池塘里摸个鱼，都能打闹起来，简直……辣眼睛。

看了眼池塘里的裴宴与他女友，沈宏笑了笑："小宴跟他女朋友都还年轻，在一起玩得开心，那是好事。"

"可是裴哥这样，变化也太大了。"杨绍把剥好的松子放在碗里，"花姐平时挺优雅的人，也被裴哥带坏了。"

听到杨绍这话，沈宏笑出声来。他端起茶杯，偏头看了眼池塘方向，暗暗叹息一声，到底没再说什么。

"你没事吧？"裴宴从水里爬出来，拉着花锦站起身，"水漫进防水服里了没有？"

"好像……没有？"花锦甩了甩手臂，有些不确定。

"你别动。"裴宴想起花锦受过伤的膝盖，有些后悔带她来玩这个。他弯腰打横抱起花锦："我带你去洗澡。"

忽然被裴宴抱起来，花锦有些不好意思，看了眼站在池边的几位工作人员，缓缓伸手搂住了裴宴的脖子。

"你瞧着挺瘦，抱起来还挺沉，你是属王八的吗？肉都长在骨头下面？"裴宴走得很慢，一步一步踩稳，走到了池塘边上。

工作人员见他抱着人出来，还以为花锦受了伤，忙上前围住裴宴："裴先生，我们马上叫医生过来。"

"不用。"裴宴看了眼把头埋在自己胸口的花锦，失笑道，"我带她去换身衣服。"

"好的。"工作人员有些茫然，直到裴宴抱着人走远，才缓缓回过神来：他们这是在……秀恩爱吧？

"你知道王八脑袋是什么色的吗，就说我是王八？"见没有工作人员围观，花锦抬起头来，柳眉倒竖，"还是说，你想给我戴绿帽子？"

　　"我身边有没有其他女人，你还不知道？"见花锦凶巴巴的模样，裴宴无奈叹息，"你不是绣师吗？怎么跟写小说的人一样，喜欢胡思乱想。"

　　"哼。"花锦学着他平时的样子，高傲地冷哼一声，不再说话。

　　裴宴把花锦抱到女更衣间外面，放她下地："你进去洗澡，我在外面等着你，顺便让女工作人员送干净的衣服过来。"

　　花锦点头进了更衣间，朝镜子看了一眼，发现自己脸上的妆花了，忍不住低吼一声："裴宴，还是你去做王八吧！"

　　他竟然弄花了她的妆！

　　"我让人送卸妆化妆品过来了。"裴宴在关键时刻，求生本能超越了极限，"这里还有很多有趣的地方，等你洗澡出来，我们陪你一起去玩。"

　　花锦看着镜中顶着一张大花脸的自己，捂着脸偷偷笑出声来。

　　这么可爱的男人，她哪里舍得让他做王八呢？

　　男更衣室里，裴宴换上干净的衣裤，手机从脏衣服堆里掉在了地上。他捡起手机，解锁屏幕看到有条陌生号码发来的短信。

　　【花锦早已经有喜欢的人，接近你是为了报复她的仇人。】

　　裴宴嗤笑一声，把消息删除，顺便把这个号码也拉黑了。这都什么乱七八糟的，演狗血剧呢？

　　等了一下午都没有得到回复的徐思打开手机，又发了一条消息过去，哪知道系统提示她，消息发送失败。

　　这个号码被裴宴拉黑了？

　　"妈的，这些男人都是猪，跟女人在一起脑子都没了，被玩死都活该。"徐思把手机砸在地上，手机在地上蹦了几下，坚强地保持住了身体完整度。

　　盛怒过后，徐思开始怀疑自己的眼光——裴宴虽然长得好看，但眼光也就那样。她究竟是哪只眼睛不对，竟然暗恋他近十年？

　　看了眼墙上的照片，徐思顿时泄气，可他……真的好看。她玩过的那几个小美男跟裴宴比，简直就是鱼目与珍珠的差别。

　　可惜这颗极品珍珠，竟然让一个处处都不如她的女人夺走了，这让她怎么咽得下这口气？她现在抢的不是男人，而是女人的脸面！

徐思弯腰把地上的手机捡了起来，打开抽屉，重新放了一张手机卡进去。

【这里面有你想知道的一切，网址：×××】

裴宴皱起眉头。他这部加密高级商用手机，怎么也会收到这种垃圾病毒短信？他顺手把这个号码拉黑，并且还点了举报。

花锦换好衣服补好妆出来，见裴宴正皱眉看手机："怎么了，是不是工作上的问题？"

"没有，刚才收到几条垃圾短信……"

"看来搞电信诈骗的那些骗子，做事还挺讲究公平，不管有钱还是没钱，都是他们撒网的对象。"花锦道，"现在短信诈骗的内容五花八门，什么'我喜欢你，我对你的话都在某个网址里'，还有什么'你想知道她的秘密吗，点开这里就知道'，等等，他们为了骗人简直无所不用其极。"

"感悟这么深，你以前被骗过？"裴宴把她手里的脏衣服拎到手里，"这些骗子做事已经没有底线了，只可惜了那些被骗的老百姓。"

"我以前被骗过一次。"花锦抬头看了眼裴宴，移开视线道，"那时候没有什么社会经验，不过幸好我比较穷，只被骗走几十块话费。"

"你呀。"裴宴揉了揉她的发顶，"先去喝点水，休息一会儿。"

"好。"花锦咬了咬唇角，预感到去喝水的时候，会遇到很多裴宴的朋友。

她以为自己会被当作观赏物，被裴宴的朋友围观。但是真正见到这些人以后，花锦才知道，对这些从小学习礼仪的人来说，只要他们想让人感到宾至如归，那就绝对不会让人有半点不自在。

坐在他们中间，花锦没有感到半分不自在，反而有种与他们认识已久的感觉。不管男女，言行都让人觉得恰到好处。跟他们聊天，实在是件非常愉快的事。

"喝点茶。"裴宴把一盏茶放到花锦面前，"这是蜀省的盖碗茶。

休息聊天的时候，喝这种茶最有感觉。"

蜀省的人热爱生活，享受生活，连他们爱喝的茶，都有几分懒散闲适的味道。

花锦喝了口茶，面前又被放了小半碗剥好的松子，这是刚才裴宴在花锦聊天的时候，慢慢剥出来的。

"啧啧啧，果然恋爱让男人变得贤惠。"沈宏的妻子，也就是裴宴的表嫂姜雨彤对花锦道，"小锦，还是你会教男人，以后也教我两招，让我来对付你表哥。"

花锦刚准备把松子仁分姜雨彤一半，就被裴宴一把按住了："这种献殷勤的机会，还是留给表哥吧，我剥的给你吃。"

众人哄堂大笑，有人让沈宏赶紧剥松子，不然连裴宴都看不下去了。还有人说什么嫁出去的男人，泼出去的水。众人笑闹成一团，就连空气中都是欢乐的氛围。

被他们打趣，平时脾气算不上好的裴宴也不动怒，反而笑着揽住花锦的肩："知道我家花花地位最高，以后你们这些要借钱的、借车的，都不要找我了，我们家花花说了才算。"

"花姐，我现在抱你的大腿，还来得及吗？"

"花姐，求您的微信号、手机号，以后我就是您的小弟，您叫我往东，我绝对不往西。就是裴哥家里的那辆限量炫红跑车，能不能借我玩两天？"

"不借，不借。"花锦笑眯眯摇头，"你都说是限量车了，我哪里还舍得，胳膊肘都是朝内拐的嘛。"

一时间，众人又是笑，又是闹。沈宏笑出眼泪来："有小锦在，小宴是保不住'散财童子'这个称号了。"

"散财童子？"花锦不解地看裴宴。

裴宴干咳一声，不敢让花锦知道自己花钱大手大脚。潜意识告诉他，如果花锦知道这事，肯定会在私下里收拾他。

"就是夸我很有钱的意思。"

花锦："……"

　　男人说甜言蜜语时是无师自通，那说谎话时，是不是也这样？

　　笑闹过后，裴宴为了让花锦跟大家更熟悉，就让她跟其他几个女同伴一起去做面膜，集体活动有益于促进感情。

　　看着几个女人笑笑闹闹走远，裴宴手机又响了起来，这次他收到了一张图片，一张日记截图。

　　2012年12月9日，阴。

　　寒风很冷，但他的外套却很暖。我一生中，从未见过这么好看的人。他就像是天上的暖阳。

　　裴宴被陌生号码接二连三发意味不明的消息过来，脸色有些不太好看。已经拉黑了两个号码，此人还要坚持不懈地发消息，他就算是傻子，也知道对方想干什么。

　　他把这个号码拨通，对方接起电话以后，却不敢说话。

　　"你有胆子发消息，却没胆子说话？"裴宴冷笑，"我没有时间陪你这种跳蚤玩，希望不要有下次。"

　　"裴先生不用发这么大的火，"电话那头的人说话了，音色听着像是男人，但有些失真，让裴宴怀疑对方用了变声器，"有些东西，就是要眼见为实才有意思。您不愿意点进网址里面去看，我只能好心帮您截图发过来了。"

　　裴宴冷笑一声，就准备挂电话。

　　"你的女朋友，心里一直有着一个男人。那个男人是她的救赎，是她心灵的寄托。可惜裴先生不知道这件事。"变声器里的人，可能预料到裴宴想挂电话，便直接开口道，"想到裴先生真心一片，换来的却是那个女人的利用，我都替你感到不平。你知道……"

　　裴宴听不下去，忍无可忍把通话挂断了。

　　"怎么了？"沈宏年长，看出裴宴脸色不好，低声问道，"裴存海为了副食公司的事情又找上你了？"

　　圆盼副食近几年利润大幅度缩水，最近又爆出质量问题，销量断崖式下跌，裴存海为了解决这些问题，不知道求了多少人，求到裴宴头上来并不奇怪。

"他？"裴宴把手机放到桌上，嗤笑道，"在圆盼副食交到他手里那一刻，这家公司跟我就没什么关系了，我管他做什么？我早就跟他放过话，做食品不注重质量安全问题，跟害人有什么差别？我如果帮他，就等于助纣为虐。"

"你这点像你妈。姑妈在上大学的时候，看不惯一些人猎杀保护动物，就把所有钱拿出来成立一个野生动物保护组织，揭发这些违法行为不说，还花钱宣传野生动物保护法。"沈宏跟裴宴妈妈感情很深，裴宴他妈生孩子的时间比较晚，所以对沈宏这个侄儿就像对亲生孩子一样。

听沈宏提起他妈，裴宴笑了笑："有的人说我像我爸，你又说我像我妈，看来我是取了他们两个的精华。"

沈宏无奈一笑，而后感慨道："这些年你做事随性，对圆盼旗下的产业也不上心，花钱又……"

说到这，他停顿了一下，抬头见裴宴毫无反应，摇头叹道："有个人陪你开开心心过日子，我瞧着也放心。"

"宏哥，你就比我大个七八岁，怎么说起话来，跟我爸似的？"裴宴往后一靠，"你放心吧，我不会把家产败光的，以后还要养老婆孩子的。"

"嗯，你记得这点就好。"沈宏觉得有些好笑，"养老婆很花钱的。"

"那倒不至于。我们家花花很厉害的，长得漂亮，花也绣得好。我如果真破产了，说不定她还会养着我。"裴宴趴到桌上，对沈宏道，"她喜欢的又不是我的钱。"

见裴宴得意自豪的模样，沈宏恍然点头："原来弄了半天，我们裴先生喜欢的是女孩子养着你？"

"拉倒吧。"坐在旁边玩手机的杨绍抬头道，"她确实不喜欢裴哥的钱。她喜欢裴哥的脸。"

"她喜欢脸怎么了？"裴宴坐直身体，瞥了杨绍一眼，"脸长在我身上，她喜欢我的脸，就是喜欢我的人。"

被裴宴那冷飕飕的眼神一吓，杨绍扔掉手机，鼓掌道："裴哥说得有道理。"

躺在美容床上，花锦一边任由漂亮小姑娘在自己脸上敷来抹去，一边听姜雨彤讲裴宴与沈宏兄弟间的趣事。

"我跟他表哥认识的时候，他还在念初中，每次考试都拿年级前三名，很招长辈喜欢。"姜雨彤叹口气，"后来姑妈与姑父意外过世，他性格就不如小时候活泼。这几年他做事虽然随性了些，但从不荒唐，也没带哪个女孩子来跟我们见过，你是第一个，我猜也会是最后一个。"

花锦睁开眼，美容液溅到眼里，刺得眼睛发疼。她赶紧闭上眼，小声道："他……一直一个人吗？"

"他说一个人更自在，所以裴爷爷过世以后，就一直单独住。"姜雨彤是女人，知道哪些话更能打动女人的心，"但是他现在有了你，就不是一个人了。"

花锦闭着眼低低嗯了一声。

做完美容，花锦跟裴宴玩了一会儿，就赶回了杨绍家。到了晚上，宾客少了很多，大家说话做事也随意了很多，不像上午那会儿端着仪态。

"现在都是杨家这边的自己人。"吃饭的时候，裴宴给花锦小声解释道，"孟姨是孟涛的姑妈，杨绍、孟涛还有陈江都是表兄弟。"

"你们有钱人的关系真复杂。"听了一大串亲戚关系，花锦觉得自己还算灵光的脑袋有些发晕，"怎么感觉你们跟谁都是亲戚似的。"

裴宴笑道："没关系，反正有我陪着你，以后见面你记不住他们关系我就提醒你。"

"那倒是，反正除了跟你在一起的时候，我也很难跟他们碰面。"花锦小声道，"明天早上你不要过来接我了。"

"为什么？"裴宴眉梢忍不住挑了一下，今天跟花锦发生什么不愉快的事了？

见他挑眉，花锦就知道他想歪了，解释道："明天我要去马克工作室跟其他绣师见面。刺绣用的绣布、绣线，色彩明暗变换，都会影响成品的最终效果。虽然我们各自负责不同的服装，但是风格差别太大，会影响走秀效果。行程是早已经安排的，工作室那边会安排车过来接我。"

"马克？"裴宴垂着眉道，"那你离他远一点。"

"好好好。"花锦勾了勾他的手指，"自从有了你，其他男人在我眼里，就是浮云。森林里草木茂盛，我只挑你这一棵。"

裴宴听着这话有些不对劲："这话怎么很像渣男哄女人时，常说的'弱水三千，只取一瓢饮'？"

"什么渣男？"花锦捏了捏他的腰，"你见哪个渣男外出时，会给伴侣报行程的？我比渣男靠谱多了。"

"嗯，渣男不敢对别人说，只喜欢某一个人。但你说过，只喜欢我一人。"裴宴漂亮的双眸看着花锦，"我信你。"

花锦笑得眉眼弯弯："你这么好，我不喜欢你，喜欢谁？"

"是啊。"裴宴把她的手包裹在掌心，"我这么好，眼里心里都只有你，你如果不能只喜欢我一个，我会……"

"会什么？"

"会对你死缠烂打，让你最终只喜欢我一个。"

"出息。"花锦被他的话逗笑，"我还以为你会说，会把我囚禁起来，不让其他男人靠近我。"

"现在这个社会，只是不让男人靠近，也不够安全。我不得不再提醒你一句，非法囚禁是违法的，会被警察叔叔带走。"裴宴看着她带笑的双眼，轻声道，"更何况，我怎么舍得？"

花锦心头一颤，总觉得裴宴这句话里藏着千言万语。可是她再看他的脸，除了满满的笑，什么都没有看出来。

杨家老太太的寿宴结束，花锦跟裴宴离开时，被孟姨塞了一个大大的红包在手里。

"孟姨？"花锦不好意思收，想要把红包还回去。

　　"收着吧，没事。"裴宴笑着握住花锦的手腕，"你第一次见长辈，他们给你红包是应该的。"

　　"对，你安心拿着，这红包是他们该给的。"杨绍道，"你如果不拿，我们才不放心呢。"

　　在杨家人热情的劝说下，花锦只能把红包收下来。她在心里偷偷感慨，有钱人的世界真复杂，竟然喜欢给人塞红包。

　　上了车，花锦才对裴宴道："好像其他人，没有拿红包哦？"

　　被她不解的小眼神逗乐，裴宴忍不住笑出声来："我就说你傻，你还不承认。我第一次带女朋友正式到长辈家拜访，长辈们给你红包，就代表他们很喜欢你的意思。"

　　花锦脸颊有些发烧："原……原来是这么回事。"

　　"等我们订婚，就可以收到一堆红包。到了结婚后第一次上长辈们家中拜访的时候，你还能再收一堆。"裴宴算了一下关系或远或近的亲戚，"你能赚不少红包钱。看在红包的分上，你要不要考虑一下，先订个婚？"

　　花锦："……"

　　"我像为钱嫁人的女人吗？"花锦挺了挺腰，粉颊带笑，"还是说，我在你眼里，就是如此肤浅的女人？"

　　"不不不，你一点都不肤浅，是我错了。"裴宴握了握花锦的手，"我们还是谈谈明天去哪儿接你吃饭的事吧。"

　　"出息！"花锦伸出食指戳了戳裴宴的额头，"我明天给你发消息。"

　　"好。"裴宴也不躲，任由花锦戳他的额头。

　　花锦忍不住笑骂："傻子。"

　　裴宴挑眉："能把你追到手，我还傻？"

　　花锦笑："你能追到我，靠的不是智商，是脸。"

　　在前面开车的司机听两人互相埋汰了一路，等裴先生送花小姐回了家，再次坐回车里后，小声提醒他："裴先生，刚才您的手机忘在车里了，好像有消息提示。"

　　裴宴打开手机，脸上的笑容瞬间消失——又是一个陌生号码。

这次的消息仍旧是一张截图，还有一个网址。

2012 年 12 月 12 日，小雪。
外套洗干净了，不过我可能永远都不能把它还给它的主人了。

裴宴盯着这张截图看了近一分钟，颤抖着手点进了这个网址。
网址跳转到一个很老旧的页面，排版十分糟糕，是十年前流行过的
电子版网络记事本，很多人喜欢在这种网络记事本上记录一些喜怒哀乐。
但随着空间、博客的兴起，这种老土的网络记事本早已经被年轻人抛弃，
没想到有人在 2012 年还用这种东西。
这个账号上，最早的一条随笔在 2011 年 7 月。

2011 年 7 月 18 日，晴。
第一次来网吧，我好紧张。

2011 年 8 月 11 日，晴。
大城市的线路好复杂，我送外卖差点找不到地方。不过明天就要发
工资，同事老请我喝水，我能请回去了。

2011 年 8 月 15 日，雨。
好多钱，我是资产上两千块的富婆啦，大城市真好！

2011 年 8 月 23 日，小雨。
手机能打开这个网页真方便，可是流量包好贵，十五块才那么一点
流量，我要节约！

看着这些内容，裴宴忍不住露出了一个笑意，直到他看到 2011 年 8
月 29 日那天的记录。

2011 年 8 月 29 日，晴。

我记住了他的车牌号码，世上为何会有这么好这么大方这么善良的人？

自从 8 月 29 日以后，记录便一天比一天少，大多内容都是同事很好，或是哪个客人心地善良，还有她送外卖累得满头是汗，还给她倒水之类。记录下这些的人，似乎会的东西还挺多——会贴膜，会做家务，会自己做饭，还会修水管、自己换灯泡。

2012 年 12 月 9 日，阴。

寒风很冷，但他的外套却很暖。我一生中，从未见过这么好看的人。他就像是天上的暖阳。

看到这条熟悉的内容，裴宴脸上的笑容渐渐凝固。尽管不想承认，他也知道记录下这些内容的是谁了。

2012 年 12 月 15 日，雨夹雪。

感冒终于好了，我知道了他叫什么名字，明天晚上是不是可以把衣服带到他的公司楼下？

记录到了这里，忽然断了几个月，最下面一个记录的时间，却是 2013 年 3 月。

2013 年 3 月 2 日，阴。

他的衣服丢了，那天晚上救下我的，是他吗？

我一生不幸，但求他平安幸福。

"裴先生？"司机担忧地看着裴宴。车已经停在别墅门口很久了，但裴先生一直盯着手机没有动静，让司机觉得气氛有些不对劲。

"什么？"裴宴抬头看他。

"您的家已经到了。"司机被路灯晃了一下眼睛。刚才是他看错了吗，为什么会觉得裴先生眼眶发红？

裴宴走下车，头也不回地离开。

司机心中担忧更甚，以往若是他深夜送裴先生下班，裴先生都会特意说一句路上小心，今天裴先生怎么看起来……有些不对劲？

踏进大门，裴宴手机再次响起，是花锦发起了视频通话请求。

裴宴按下通话键，脸上浮出笑意："你是不是又看了什么不好看的电视剧？"

"不是，我就是问你有没有平安回家。"花锦在视频里笑得眉眼弯弯，"看你平安到家，我就放心了。"

"怎么忽然变得这么贴心了？"裴宴走到沙发上坐下，"难道……你做了什么对不起我的事，现在心虚了？"

"什么嘛，我又不是渣男。"花锦靠着床头，看着裴宴身后空荡荡的大屋，想起姜雨彤今天说的话——房子这么大，裴宴一直一个人住着，难过的时候，有没有人陪着他？想要说话的时候，有没有人陪他说话？

"嗯，我记得你说过的话。"裴宴轻笑出声，"你只喜欢我一个。"

"知道就好。"花锦单手捧脸笑了，盯着裴宴的脸看了一会儿，忽然面色大变，"你的眼睛怎么了？"

"什么？"裴宴揉了揉眼睛。

"有些发红。"花锦从床上坐起身，"眼睛有没有哪里不舒服？"

"哦。"裴宴随意道，"可能是今天捉鱼的时候，眼睛碰到脏水有些过敏，没什么不舒服的地方。"

"真的没事？"花锦盯着屏幕看了几眼，"那你靠镜头近一点，让我再看看。"

"我靠镜头太近显脸大，不好看。"裴宴扭过头，"真的没事，你别瞎担心。"

"好啦好啦，你天生丽质，怎么拍都好看。"花锦哄道，"快靠过来，让我看看。"男人幼稚起来，跟小孩子没什么差别。

裴宴无奈地叹口气，朝镜头靠近了几秒："真的没什么事，你早点休息。"

确认他眼睛没有受伤，花锦打个哈欠："红成这样，不知道的还以为你偷偷哭过。"

"你脑子里究竟在想什么……"裴宴站起身，"我去洗澡，挂了。"

"那……晚安。"

"等等！"

"怎么了？"花锦举高手机，平躺在床上。她看到的，是裴宴温柔的双目。

"没……没什么，做个好梦，我以后会对你很好很好的。"裴宴看着花锦，想伸手把她拥进怀中，"安心吧。"

花锦愣了一下，随即笑开："晚安。"

挂断视频，裴宴仰头靠在沙发上，伸手捂住了自己的眼睛。他不知道花锦曾经经历过什么，也不知道她受过哪些欺负，那些寥寥几句的记录，已让他心如刀割。

七年前的花锦，还不到十八岁，从偏僻的小山村来到这座城市，该有多么的不安与彷徨。她甚至没有几个交心的同龄朋友，所以才会把情绪写在冷冰冰的网络日记上。

"裴先生？"帮佣阿姨见裴宴仰靠在沙发上，以为他喝醉了，走近问，"您没事吧？"

"我没事。"裴宴嗓音沙哑，没有放下捂在眼睛上的手，"你去休息吧。"

"那我让厨师给您做一碗消夜？"帮佣阿姨有些不放心，裴先生这个样子，是跟女朋友吵架了？裴先生不太会跟女孩子相处，惹得女孩子不高兴，也是有可能的。

"不用了。"裴宴缓缓摇头，"我吃不下。"

帮佣不好再多说什么，只好道："裴先生，有什么事不要闷在心里。情侣之间，最怕的就是赌气，本来两三句话就能说清楚的事情，只要赌上气，就都下不来台了。感情这种事，不一定要争个输赢，若是感情没了，赢了也是输。"

"我知道，谢谢，你去休息吧。"裴宴放下捂在眼睛上的手，手机恰在这个时候响了起来。

眼睛红成这样还说没事，帮佣阿姨见裴宴盯着手机脸色非常难看，识趣地走开了。她怕有她这个外人在场，裴先生会下不来台，跟女朋友吵得更厉害。

裴宴没注意到帮佣已经离开，按下接通键，那个经过变音器处理的声音再次从手机里传出。

"裴先生，被女人欺骗的滋味如何？"

"滚！"裴宴面无表情，"看来是我最近太好说话，让你这种阴沟老鼠，有了玩手段的机会。"

挂断电话，裴宴把这个号码，发给了助手。

徐思把变音器、手机通通砸碎扔进垃圾桶，把手机卡冲进马桶，才用颤抖的手，点开自己的好友聊天群，假装跟大家聊天聊得正开心的样子。

这件事她办得很小心，裴宴是不可能查出来的。更何况这个时候，他最关心的应该是花锦那个心上人，而不是告诉他真相的人。

想通这些，徐思一夜好眠。但是这种好心情，仅仅维持到她早上出门，见到裴宴之前。

看着拦在她跑车前的黑色车辆，徐思以为遇到想要绑架自己的人，握紧方向盘不敢下车。

"徐小姐，今日阳光正好，请您移步跟我们谈谈。"黑色汽车里走出一个人，笑容温和，言行有礼，但是徐思在看清他容貌的那个瞬间，就忍不住全身颤抖起来。

裴宴的助手怎么会在这里？难道裴宴已经发现……

徐思气得咬牙，裴宴是不是有病，被女朋友戴了绿帽子不追究，却跑来找她麻烦？她心里恨得咬牙切齿，面上却不得不挤出笑。她拉开车门，神情自然道："不知是你找我，还是……"

"当然是裴先生。"助手礼貌笑道，"徐小姐请随我来。"

"我们徐家与裴家有过多年的生意往来，小辈们虽然没有多少交情，但是裴爷爷在世时，我还跟他老人家一起吃过饭……"

助手没有理会徐思说的这些，带着徐思走进一家茶坊。茶坊里静寂无声。徐思跟在助手身后，跨过大堂，来到了一间雅室的门口。

雅室的门虚掩着，徐思不自觉往后退了一步，抬头看到雅室上挂着名牌，上写"勿言"二字。明明只是简单雅室名字，她却觉得暗含深意，吓得手心渗出冷汗。

"徐小姐？"助手对她温和一笑，推开门微微躬身，"请吧。"

雅室的门徐徐打开，徐思抬头就看到坐在主位的裴宴。屋内茶香缭绕，两位茶博士跪坐在蒲团上斟茶，看到她，起身放下茶具，退出了雅室。

"裴……先生。"徐思全身发凉。两位穿着职业套装的女士越过她，走到两边坐下来。

"我的女朋友不喜欢我跟其他女人独处，所以我请了两位助理做陪客，徐小姐不介意吧？"裴宴抬起头，指了指下首的座位，"徐小姐，请坐。"

徐思挤出一个僵硬的笑容，在裴宴指的位置坐下。她不知道裴宴究竟查到了多少，不敢贸然开口。

"我听说很多长寿之人，都有一个特质，那就是他们从不爱多管闲事。"裴宴转着手里的茶杯，看也不看徐思一眼，"不知道徐小姐明不明白这个道理？"

徐思的身体控制不住地颤抖，用手抠住裙边，才勉强压住恐惧感："我不太清楚裴先生这话里的意思。"

一杯茶放到她面前，是坐在她右边的女助手端过来的，这个女助手相貌冷硬，身上有种杀手的感觉。徐思伸出去端茶的手，又缩了回来。

　　"不知道我家花锦哪里得罪了徐小姐，让你如此费尽心思来对付她？"摩挲着茶杯，裴宴嗤笑一声，"嗯？！"

　　"我听不懂裴先生的意思。"徐思咬牙顶住压力，"我跟花小姐无冤无仇，为什么要对付她？"

　　"是啊，她跟你无冤无仇，你这么费尽心思图什么？"裴宴忽然沉下脸，把手里的茶杯往桌上重重一搁，早已经害怕得不行的徐思忍不住尖叫出声。

　　"徐小姐胆大心细，又在害怕什么？"裴宴冷笑，"徐思，十年前你仗着家里的权势霸凌同学，没想到十年后你还死性不改。我的女朋友，好不好我心里很清楚，用得着你来指手画脚？"

　　"你以为我为什么要欺负那些同学？"无边的恐惧化为愤怒，徐思抹了一把脸上因为惊吓落出来的泪，"明明我们门当户对，可是你对那些寒酸的女同学比对我还要好。班上那个又丑又土的女生给你写情书，被别人发现，所有人都在嘲笑她，你却说嘲笑她的人是错的，还让其他同学不要欺负她。我究竟有哪些地方比不上她们，你连多看我一眼都不愿意？"

　　"你不要以暗恋我的借口，来粉饰过去的错误。"裴宴面无表情道，"那些同学除了家世没有你好外，处处都比你强，你拿什么跟她们比？"

　　"是，我在你眼里就是一文不值。"徐思抽泣道，"可惜你看上的女人，心里却装着另一个男人，你又比我强到哪里去？"

　　裴宴看着她不说话。

　　被裴宴这个眼神看得情绪崩溃，徐思推开拦在她面前的女助理，破口大骂道："裴宴，你就是个窝囊废，被自己的女人戴绿帽子，也只敢找我麻烦。街边的地痞无赖被人抢了女人，也知道去拼命，而你连地痞流氓都不如！"

　　这么多年的不甘与恐惧攒在一起，让徐思情绪失了控："你就算有无数家财又怎么样？花锦心中最重要的男人，仍旧不是你！"

　　"徐思。"裴宴站起身把手背在身后，神情冷漠，"我今天叫你来，是想通知你一件事。"

徐思睁大眼，理智一点点回笼，双眼渐渐被恐惧侵占。

"你好自为之，接下来徐家的生意可能会不太好做。"说完这些话，裴宴不再看她，转身朝外走。

"你不能这么做。"徐思要伸手去抓裴宴，被两位女助理拦住。

裴宴转身看她："徐小姐，我很遗憾，在我昨天警告你的时候，你没有听我的话。"

看着徐思拼命伸向自己的手，裴宴往后退了几步："男女授受不亲，徐小姐请自重。"

助理打开门，仿佛没有看到屋内的一切："裴先生，您订的鲜花送过来了。"

"嗯。"裴宴拉了拉身上的衣服，"你把车安排好，我去接女朋友。"

"裴宴！"徐思撕心裂肺地叫喊着裴宴的名字，"如果花锦一辈子都不喜欢你，你难道就不会觉得不甘心吗？"

"我乐意。"裴宴头也不回地大步离开。

"乐意……他乐意……"徐思怔怔地坐到地上，良久后又哭又笑，眼泪弄花了妆容。

花锦早就猜到，能跟马克合作的绣师，肯定是刺绣界鼎鼎有名的人物。但是当她真的见到这些绣师后，才忽然发觉，是她的想象力太贫瘠了。

这些绣师都是大佬中的大佬，花锦与他们坐在一起，恨不能当场掏出手机跟他们来几张合影。

刺绣名师们也没想到，他们中还有个这么年轻的小姑娘。

湘绣大师笑道："你们都说许老头的徒弟严柯是我们当中最年轻的。今天小花同志一来，最年轻的宝座就要交给她了。"

几位大师都笑了起来，并没有因为花锦年轻就摆架子，反而态度亲切地问她学的哪个绣派针法。

"家师以前是蜀绣厂的绣师，后来绣厂倒闭，就自己开了工作室，便开始融合各家针法之长。我有幸学了她老人家一些针法，所以主要学的是蜀派针法，对其他绣派的特长只略懂皮毛。"说到这，花锦对众位大师谦逊一笑，"还请各位大师多多指导，若是我有做得不妥当的地方，请你们尽管批评。"

"小小年纪，怎么能如此谦虚。"坐在湘绣大师旁边的粤绣大师是位五十多岁，身材微胖的女性，穿着宽松的长裙，皮肤白皙，笑起来格外和气，"我们年长的多些经验，而你们年轻人脑子活泛，这叫老少搭配，干活不累。"

严柯刚走到门口，就听到休息室里欢声笑语一片，心中暗自生疑，难道人都到了？

推门进去，他看到与粤绣大师坐在一起说笑的花锦，以为自己看花了眼："你怎么在这？"

花锦坐直身体，看清来人，起身打招呼："严老师。"

"严柯快过来坐，这是花锦绣师，最擅长蜀绣针法。你们都是年轻人，在一起会比较有共同语言。"粤绣大师看到严柯，招呼他坐下。

"老师，我跟花绣师有过一面之缘。"严柯皮笑肉不笑道，"没想到时隔几个月，我们还会再见面。"

花锦尴尬地扯扯嘴角，怎么会料到，几个月前的传统艺术文化展览会上，裴宴随口说她绣的东西不比许大师差那些话，会被许大师的弟子听到呢？想到这，她朝严柯笑了笑。

"原来你们认识？"粤绣大师笑道，"那就更好了，以后你们在合作上，也能有商有量。"

严柯瞥了花锦一眼："您说得是。"

花锦想趁此机会多恭维严柯几句，哪知道马克带着助理走了进来，只好把话咽了下去。

"今天麻烦各位老师辛苦走这一趟，真是太麻烦大家了。"马克进门客气了几句，与花锦的视线对上，朝她微笑着点了一下头。

严柯注意到了马克的眼神，转头看了花锦一眼。

　　"展服的打样在隔壁屋，请各位老师随我来。"马克很看重这次时尚大会，所以对在座的绣师也很尊重。

　　花锦走在几位大师的后面，走在她旁边的严柯忽然笑道："花绣师果然很厉害。"

　　花锦莫名其妙地看了他一眼，突如其来的夸奖，总是让人不安的。

　　但是严柯并没有解释的意思，迈着长长的步子，越过她走到了前面。

　　花锦："……"

　　男人心，海底针。

　　看完服装打样，花锦选了一件露肩曳地晚礼服，专门负责这款的绣样。但为了刺绣能达到最好的效果，花锦向马克提了一个建议，就是服装的主要布料最好选用蜀锦，这样才能让衣服与绣纹完美融合在一起。

　　"我相信花绣师的判断。"马克并没犹豫太久，"我会安排人去收购最好的蜀锦，不知道花绣师在这方面，有没有什么建议？"

　　"最天然的蜀锦，由桑蚕丝织成。只有最健康，并毫无瑕疵的蚕茧，才能抽丝织成锦缎。"花锦道，"蜀锦有不同的织法，成品也皆不同，有些薄如蝉翼，有些如暗夜流光，还有些华贵非常，恐怕只有马克先生您自己才知道，什么样的锦缎适合你心中的礼服。"

　　"如果花绣师不介意的话，不如中午我们一起吃个便饭，在服装布料上，再详谈一番。"马克温柔笑道，"还请花绣师，能给个薄面。"

　　"抱歉。"花锦回以一笑，笑容很柔软，但是话却拒绝得毫不留情，"中午我已经有约了。"

第五章 一辈子

　　没有料到花锦会这么直接地拒绝，他微愣片刻，随即笑道："那真是不巧了。"

　　"关于礼服的绣纹，我已经有一种想法。"花锦道，"这套礼服裙摆很长，我想把它绣成鸟尾。"

　　"鸟尾？"马克略思索一番，"我这一系列的服装，主题都围绕着传统神话展开，花绣师想绣什么样的鸟？"

　　"《山海经》里有记载，有种鸟名为鸾，它长着五彩的纹路，只要一出世，就代表着天下安宁。再延伸一点，就是在说这种鸟代表着世界和平的意义。不管从美观度，还是寓意上，都很合适。"花锦看了设计打样后，脑子里想到的第一种绣纹，就是这种鸟。

　　"当然，还有一种鸟也不错，就是神话传说中的青鸟。但是从刺绣角度来看，鸾鸟绣出来的视觉效果更强。"花锦笑了笑，"当然，这一切都由马克先生你来做主。如果你心中有更符合的绣纹，就全按你的意思来办。"

如何尽量完整地展现一件设计品的美，只有设计师自己最清楚。外人可以提友善的建议，却不宜指手画脚。

"《山海经》？"马克看了花锦一眼，笑着道，"多谢花绣师的建议，我会仔细考虑的。"

花锦看了眼时间："如果没有其他事的话，我先告辞。"

"我送你下楼。"马克起身替花锦移开了挡在她前面的凳子。

"不用这么客气。"花锦失笑，"你工作忙，不要在这些小事上浪费时间。"

"送女士下楼，又怎么会是浪费时间。"马克躬身做了一个请的姿势。

两人走到电梯门口，花锦转头看马克："送到这里就好，请你留步。"

马克按下电梯，对花锦笑道："好吧，路上小心。"

"谢谢。"花锦道了一声谢，神情自如地往左迈了一步，离马克更远了一点。

严柯过来的时候，看到的正是这一幕。他走到两人中间站定，与马克寒暄了几句，电梯门开了。

"两位绣师慢走。"

"再见。"花锦跟马克道了一声别，扭头见严柯正看着自己，疑惑地往后退了一步，"严老师？"

严柯收回目光，语气不咸不淡道："马克虽然非常有设计天分，但这个人在感情上非常不专一。"

花锦愣愣点头："哦。"

见她无动于衷的模样，严柯不想再多说，单手插着裤兜："我看过你的微博，绣得很好。如果你真想在刺绣界大放异彩，就不要只接商业订单。那些东西只会耗光你的灵气，让你的绣品变成庸俗又毫无灵气的花哨之物。"

"多谢严老师提醒。"花锦笑了笑。

"任何艺术品，在创作中太过与金钱挂钩，都不是好事。"

"可是每个创作艺术品的人，都是凡人，吃饭穿衣住房喝水都要花钱。"花锦笑容不变，看了眼严柯身上的名牌服装，"严老师可能不知道，对于很多普通人来说，让自己吃饱饭又坚持艺术与爱好，已经是一件非常不容易的事了。不是每个人都能像您这样，出身优渥，又能拜名师学艺。所以，希望您能容忍别人的庸俗与对金钱的追求。"

电梯门打开，花锦走了出去。严柯看着她离去的背影，忘了从电梯里走出去。

"先生，餐厅位置已经订好……"

"不用了。"马克脱下身上的西装外套，往椅子上一靠，"如果有个女人在你提起某本书的时候，直言没有看过这本书，然而事实上对书的内容十分了解，这是什么意思？"

"我觉得这有两个可能。"助理道，"第一种可能就是她对话题不感兴趣，所以直接说没看过；第二种可能是她确实没有看过，但是为了提起这本书的人，特意看完了全篇。"

"是吗？"马克双手交握，脸上露出了笑意，"那你觉得，花锦是哪种可能？"

"花绣师？"助理有些惊讶，"您对花绣师……"

"我很久没有看到这么有趣的女人了。"马克声音温柔，仿佛在说世界上最动听的情话，"她就像是包装精美的礼盒，表面完美无缺，但是真正让人感兴趣的，是礼盒里面的东西。"

他想做那个拆开礼盒的人。

助理沉默片刻："先生，您对上任女友，也是这样形容的。"

"不同礼盒装的礼物也不相同，也许她能给我带来惊喜。"马克从笔筒中抽了一支笔玩耍着。他见识过无数女人，不管她们喜不喜欢他，但是面对他时，都表现过害羞、喜悦等方面的情绪。

唯有花锦不同。她脸上在笑，嘴里说着谢谢，眼神却平静如幽潭。她看他的眼神跟看那些上了年纪的绣师一模一样，他的才华、温柔、外貌仿佛从未被她看进眼里。

花锦远远就看到裴宴的车停在路边，上前敲了敲车窗。车窗打开，裴宴坐在驾驶座上。

"上车。"裴宴探身给花锦打开车门，"吃完饭我再送你回工作室。"

"等下，我看看你的眼睛。"花锦坐进车，靠近裴宴身边，伸手撩起他的眼皮，"看来真没事，就是血丝有些重，你昨晚没睡好？"

"你是要看我的眼睛，还是想戳瞎我？"裴宴闭上眼，揉了揉眼皮，"昨晚水喝多了，有些失眠。"

"睡前一个小时，你喝点牛奶会好些。"花锦扣上安全带，"我们去哪吃饭？"

"放心，肯定不会让你失望。"裴宴发动汽车，"今天的工作顺利吗？"

"刺绣大师们为人亲切又和蔼，对后辈也很照顾。"花锦笑着点头，"只是跟他们坐在一起聊天，都让我觉得眼界大开。"

"看来我这个男朋友比不上刺绣大师们有魅力，你见到我也没高兴成这个样子。"裴宴叹气，"我这个男朋友，连个刺绣都不如。"

"别撒娇。"花锦失笑，"好好一个人，跟刺绣争什么宠。"

"那你说，我还是不是你最爱的男人了？"裴宴把车停下，看着前方的交通指示灯，"我现在不高兴，必须你说好听的话，才能哄回来。"

"是你是你还是你，最爱的只有你。"花锦无奈地看着裴宴，"裴宴宴，你今天怎么回事，年纪一大把还向我撒娇？"

"你没听说过一句话？"绿灯亮起，裴宴继续开车，"撒娇的男人最好命。"

"那还真没有。"花锦有些怀疑地看着他，"裴宴宴，我跟你讲，千万不要乱看那些什么恋爱指导书，那都是坑人的。"

裴宴嗤了一声："我用得着看那些？"

花锦："……"

还好还好，他这种自得语气还是原汁原味，看来没被不明人士穿越了。

两人吃完饭，裴宴把花锦送回繁花工作室。车子停在繁花门外，裴宴看着花锦道："晚上我来接你。"

"好。"花锦见裴宴眼巴巴地看着自己，在他脸颊上亲了一下，"那我去上班了。"在这个瞬间，花锦突然觉得，自己是赶着上班的一家之主，而裴宴就是在家乖乖等着她回去的小可爱。

这种感觉……挺爽的。

谭圆正在整理货架，见花锦进来，忙开口道："花花，今天有个自称跟你认识的漂亮女人，在我们店里买了五六件商品，还说什么上次喝多了酒，言行上有些失态，请你能够原谅她。"

"谁啊？"花锦打开电脑，看了眼出售记录，竟然是几件价格昂贵的绣品与漆器。

"她自称姓徐，没有跟我说她的名字。要不我把监控调出来，让你认一下人。"谭圆皱了皱眉，"她该不会跟你有什么过节吧？"

"不用，我已经猜到是谁了。"花锦关掉记账表格，对谭圆道，"如果她下次还来，你就给她介绍最贵的商品，不用替她省钱。"

她们看来是真有过节，而且还不小。谭圆摇头道："有过节还来买我们店的东西，是想炫耀她有钱？有钱人的世界真复杂，让人看不懂。"

花锦没有说话。在杨家老太太寿宴上时，徐思对她的态度还带着高高在上的味道，今天忽然就过来买东西服软，难道一晚上的时间，能让她改邪归正，良心受到了谴责？

世上哪有这么好的事，她又不会给徐思下蛊。难道是被裴宴知道了？

以裴宴的性格，如果知道徐思来找她麻烦，肯定会偷偷帮她找回场子。想明白这点，花锦无奈失笑："不用管她。"

看花锦这个表情，谭圆瞬间明白过来："哦，我知道了，肯定是裴先生帮你出了气，所以她才吓得跑来示弱服软。不过话说回来，你会不会责怪裴先生插手你的私事？"花锦看似温和好相处，但性格向来好强。她有些后悔把这事告诉花锦了，万一两人因为这个产生矛盾，那就太伤感情了。

"他舍不得我受委屈，帮我找回场子，我高兴还来不及，为什么要生气？"花锦不解地看着谭圆，"你这是什么奇怪的想法？"

"那就好。"谭圆松口气，"我还以为你会像有些小说里的女主一样，嫌弃男主多管闲事，不尊重你隐私与人格呢。"

"汤圆啊，小说虽然来源于现实，但又高于现实。"花锦感慨，"更何况我不是女主，只是一个肤浅的女人。我的男朋友帮我出气，我不仅不生气，还会感到得意，嘻嘻。"

谭圆被她这声"嘻嘻"吓得全身发麻，嫌弃地抖了抖："拒绝吃狗粮，你离我远一点。"

得罪裴宴后的那几天，徐思一直吃不好睡不好，发现家里的生意并没有出现什么问题后，偷偷松了口气。

当她真的把这口气松下来以后，就出了大事——徐家生产的餐具被查出不符合产品规格。有网友发现，徐家企业现任总裁徐毅与圆盼副食公司总裁关系密切。这件事爆出后，就有无数消费者在网上严厉谴责，说什么物以类聚，人以群分。圆盼副食闹出的食品安全问题几乎全国皆知，最近一个月热度刚降下去，因为这件事又热闹起来。

尽管徐家并不生产食品，但在消费者眼里，徐家旗下的企业跟圆盼副食就是一丘之貉，不值得信任。

徐思的父亲跟徐毅为了解决这些事忙得焦头烂额。网上那些人就像是打了鸡血般，把徐家企业开创至今发生的安全事故还有质量问题全都爆了出来。就连电视新闻也开始播报这件事。短短一周之内，徐氏企业的产品销量极速滑坡，无数产品遭到抵制与退货。

"事情怎么会闹到这个地步？"久不管事的徐老爷子知道这件事后，把两个儿子叫到自己的书房，把两人大骂了一顿。

"徐毅，企业是交给你掌管的，事情闹得这么大，你责无旁贷。"徐老盯着两个不争气的儿子，疲倦地叹息道，"我常常跟你们说，人在商场，能不得罪人，就尽量少惹事，可是你们是怎么教育孩子的？"

"徐思在学校欺凌同学，你们不好好管孩子，只知道把她送到国外去。现在已经二十七八岁的人，除了吃喝玩乐什么都不会。还有长辉也是，整日里吃喝嫖赌，玩车玩女人，几个月前去拘留所关了一段时间也没学老实，在孟家调戏人家的女朋友，你们好意思去求裴宴原谅，我这张老脸都不好意思去见他。"越说越生气，徐老差点喘不过气来，吓得徐家两兄弟又是捶胸，又是抚背，才渐渐让老爷子缓过气来。

"子不教，父之过啊。"徐老痛心疾首道，"就算徐家有百年的基业，也经不起你们这样折腾。你们好好想想，最近究竟得罪了哪个大人物？还有徐毅，你以后离裴存海远一点，这种不记他人恩情的白眼狼，随时都有可能咬人。"

"爸，近期除了长辉得罪裴宴，我实在是想不出别的了。"徐毅的兄弟徐强抖着腿道，"要我说，这事儿也不能全怪我们兄弟，长辉小时候，您老不也挺溺爱他嘛。"

"你少说几句。"徐毅瞪了徐强一眼，"爸，不管这事跟裴宴有没有关系，我明天都带着长辉亲自上门道歉，您别气坏了身体。"

"好。"徐老叹口气，"这段时间，你带着长辉好好接触公司的事，不能再任由他胡闹下去了。"

徐强暗地里撇嘴。老爷子就是偏心，嘴上说着长辉不好，但公司上的事，还是交给了二弟一家。

"爷爷。"徐思顶着一双哭得通红的眼睛敲门进来，话音还未落，就跪了下来，"对不起，爷爷，这事是我惹出来的。"

"怎么回事？"徐强怎么都没想到，这事竟然跟自己女儿有关系。

"那天我看到花锦对长辉不礼貌，心里很不高兴，就找了她一点小麻烦。哪知道被裴宴知道了，所以他就……他就……"徐思捂着脸痛哭失声，"爷爷，爸爸，二叔，我知道错了，我以后再也不敢了。"

徐老又是气，又是无奈，半晌后才道："裴宴脾气向来不好，你去招惹他女朋友干什么？"

"我并未做得多过分，只是多说了几句话而已。哪知道花锦手腕高超，让裴宴费尽心思护着，连我们两家的脸面都不顾。"徐思抽噎道，"早知道会这样，那天花锦在洗手间嘲笑我，我就该忍下来的。"

"汤圆，空调你开的多少度，为什么我后背有些发凉？"花锦停下绣腰带的手，看了眼时间，还有一个小时，就该下班了。

不知道她家可爱的裴宴宴，晚上会带她去吃什么？

绣长寿腰带时，花锦绣得很慢。谭圆看了很久，才发现花锦用与正红颜色相近的暗线，在腰带上绣了几乎看不见的'寿'字。

"花花，他们又不懂，你绣这个上去做什么？"谭圆见"寿"字是用老式暗针手法与腰带布料融合在了一起，"就算客人看见了，也只会以为这是印染在布料上的。"

"这是一条祈福的腰带，年长的妻子希望丈夫身体康健，福寿延年。"花锦笑了笑，"我绣的不是腰带，而是祝福。"

谭圆愣了愣，没有说花锦多此一举，反而点头："原来是这样。"

"小时候，我外婆对我特别好，会偷偷攒钱给我买漂亮的袜子、头绳。"花锦刺绣的手未停，语气却带上了怀念，"我成绩好，几乎每次期末考都拿班上第一名。每当这个时候，外婆就会去县城里给我带好吃的东西。"

对十那时候的她而言，五毛钱两三个的花卷、五毛钱二两的瓜子，都是无上美味。现在她吃过无数有名的零食，但记得最清楚的，还是等待外婆从县城回来时的那种期待与雀跃。

咸咸的瓜子，她吃掉瓜子仁以后，还要拼命吮吸壳上的盐味，才会不舍地吐掉。

外婆生病时，如果她有钱，又足够强大，就能送外婆到最好的医院接受治疗，让她老人家长命百岁。她这一生，爹不亲，娘不爱，唯有外婆把她当作宝贝疙瘩，可她却只能眼睁睁看着外婆受尽病痛折磨而死去。

谭圆心里有些难受，把手轻轻放在花锦肩膀上："花花……"她不知道该怎么安慰花锦，终于明白，为什么花锦对某些客人会格外有耐性。

"没事，我只是瞎念叨。"没想到谭圆比自己这个当事人还要难过，花锦反而忍不住笑了，"你又不是不知道，大爷跟大妈跟我有过一面之缘，我当然希望他们两人都长命百岁，无病无灾。"

"也不知道你是什么气场，来店里的那些上了年纪的顾客，都很喜欢你。"谭圆摸了摸自己的脸，"不都说圆脸比较讨长辈喜欢嘛，这个定律在我身上，怎么就失效了？"

"你也很讨老人喜欢嘛，也不想想有多少老人见你讨喜，买了漆器回去？"花锦停下刺绣，伸手捏了一把谭圆又软又滑的脸，"每年你家那些亲戚，给你多少红包？哪像我这个孤家寡人，每年靠着蹭你的红包收入吃大餐。"

"谁让你喜欢蹭喜气呢？我收了红包，请你吃饭，也算是让你蹭喜气了。"谭圆摸着自己软软的下巴，"看来你蹭的喜气很有用，等你跟裴先生结婚，一定要给我封个特大红包，让我蹭回来。"

花锦愣了一下，随后笑开："好啊。"

"正说着，他就来了。"谭圆朝橱窗外抬了抬下巴，"裴先生时间卡得可真准，刚到下午六点就出现了，一秒钟都没有晚。"

"这几天辛苦你看店了。"花锦拿起包，朝谭圆做了一个飞吻，"过两天请你去吃大餐。"

"快去吧快去，店里有我看着，不要担心。"谭圆挥手赶她出门，"以前你老是帮我看店，现在我终于有机会帮你了。以后我妈批评我的时候，我也能挺直腰杆了。"

谭圆看着小跑出去的花锦被裴先生皱着眉扶住，还被瞪着膝盖说了几句什么，就忍不住露出了一个笑。如果能让花锦找到一个爱她、关心她的人，别说让自己多看几天店了，让自己瘦几斤肉下来，谭圆都愿意。

想到这，她双手合十，朝一个锦鲤绣屏小声道："锦鲤锦鲤，求你保佑花花感情顺遂，如果愿望成真，我愿意瘦五斤。"她摸了摸腰间的肉，这个愿望……简直就是一举两得。

"花锦，我跟你说了多少次，穿着高跟鞋，不要跑，不要跑。"裴宴一边念叨，一边弯腰给花锦扣上安全带，"你是不是想把我气死，去当寡妇？"

"你想多了，"花锦小声道，"我还没嫁给你呢，做什么寡妇。"

裴宴："……"

"看来你是真的很想把我气死了。"

"这也不能怪我。"

"难道怪我？"

"对啊，要不是你魅力太大，我看到你就想靠近你，又怎么会跑起来？"花锦理直气壮地伸出食指戳着裴宴的胸口，"你知道什么是蓝颜祸水吗？就是你这样儿的。"

裴宴被她戳得满脸发红，不知道是被气的，还是因为别的。

他捏住花锦的食指："别闹，我准备开车了。"

"哦。"花锦把手指从裴宴掌心抽出来，放到膝盖上，坐端正，"今天晚上哪儿吃饭？"

"前几天我请了一个厨子，做菜的手艺非常好，还很擅长煨汤。他做出来的汤，鲜香味美，让人满口生津，你要不要去尝尝？"裴宴扭头看着她。

"去你家？"花锦扭头看着裴宴漂亮的双瞳，"你现在住的地方吗？"

"嗯。"裴宴见花锦没有立刻回答，就道，"当然，如果你不喜欢，我们可以去……"

"好啊。"花锦打断裴宴还没有说完的话，"我还没去过你家呢。"

裴宴没想到花锦会这么快答应，眼底的笑意溢了出来："家里有座花园，我们可以在上面露营或是烧烤。家里还有健身房、游泳池、书房、游戏房，以后我们可以一起健身、玩游戏、看书、种花……"

裴宴絮絮叨叨说了很多，像是迫不及待地把所有宝贝捧在她面前，告诉她，她值得被爱，而自己有能力对她好。

他没有说"我家"，而是"家里"，还有"我们"。在他未来的生活计划中，有他还有她。

在这段感情中，花锦一直以为，会没有安全感的是她自己。可是她现在才突然发现，原来裴宴也在害怕，也在担心。

是她的态度，影响到了他，让他不安了吗？

车开进裴宴的家，花锦看着绿绿葱葱极富文艺气息的花园，感慨道："这里真漂亮。"

"花园是我妈设计的。她跟我爸过世以后，我也没有修改过格局。"裴宴把车开进车库，"你若是不喜欢，以后可以请园艺师修改。"

"很好，我很喜欢。"花锦停顿了片刻，"阿姨在设计花园时，一定花了不少的心思。"

裴宴笑了笑，下车替花锦打开车门："你不愿意修改也没关系，以后我们重新买套房，花园全部按照你的标准来修建。"

走出车库，花锦看着这个陌生的地方，想起自己住的老破楼，莫名觉得，自己现在的样子有点像刘姥姥进大观园，忍不住笑出声来。

"笑什么？"裴宴牵起她的手，"你怎么看着这么傻？"

"我想到自己找了一个这么厉害的男朋友，就高兴得笑出了声。"花锦晃着裴宴的手臂，"高兴。"

"那确实该高兴，像我这么好的男人，你要紧紧抓着，千万别丢了。"裴宴紧紧握着花锦的手，一步步朝家里走，"如果你自己不小心丢了，就要站在原地，等着我回来找你。"

"好。"花锦低着头笑，"如果我不小心把自己弄丢了，你一定要来找我。"

晚餐如裴宴所说的美味，吃完饭，两人端着帮佣阿姨拿过来的水果到影视房，准备看电影。花锦发现这间专门用来看电视的屋子里，放着很多正版影碟，有小孩子喜欢看的动画片，也有世界经典电影。

"你有没有喜欢看的？"裴宴把水果放到桌上，看花锦盯着放碟片的柜子发呆，"你如果没喜欢的，可以去视频网站看看。"

花锦顺手翻了一张碟片，放进播放器里。

这是一部名字很美，但是故事却很悲哀绝望的文艺片。向往自由的少女，被禁锢在封闭的山村中，眼神越来越麻木，言行越来越粗鄙，最后变成了自己曾经最讨厌的样子。

故事的结局，是几个年轻的背包客路过村庄，向满脸沧桑的女主问路。看着背包客慢慢走远，女主眼中忽然出现了一丝光彩，最终又黯淡了下去。

"外面，是什么样子？"

看着已经黑下来的投影墙，花锦喉咙里堵得难受，看了眼时间："时间不早，我该回去了。"

"我送你。"裴宴知道她心情不好。其实在电影开场后不久，裴宴就想换张碟片看，可是花锦不同意。

帮佣见花锦要走，忍不住道："这么晚了，花小姐就住这边吧，我已经把客房收拾好了。"裴先生也真是的，哪有大晚上还把女朋友往外面送的？

"谢谢，不过我家里有些东西，明天上班的时候需要用。"花锦婉拒了帮佣的好意，走到门口换上鞋子，"再见，今天麻烦你了。"

"没有没有。"帮佣阿姨道，"裴先生第一次带女孩子回家，我们没有招待的经验，如果有招待不周的地方，还请您不要放在心上。"

听到这话，花锦扭头对裴宴笑了笑，感觉整个世界的人，都恨不得告诉她，她是裴宴第一个女朋友，是裴宴唯一带回家的人。

身为一个抱有钱人大腿的普通人，她的待遇比偶像剧女主好多了，都没有哪个跟裴宴关系比较亲密的人跳出来，指着她的鼻子大喊：我反对这段恋情。

车开出裴家以后，花锦道："我以为你会像帮佣阿姨那样，想我留下来。"

"我想你留下来，但我知道你不会留下来。所以让你为难的话，我就不说了。"裴宴哼笑一声，"你是我的女人，你眉头一挑，我都能猜到你想干什么。"

"那你猜猜，我现在在想什么？"

"你在想……世界上怎么会有这么好的男人？能有这样的男朋友，是我十八辈子的福气，我一定要牢牢看紧他，不给其他女人半点机会。"

"好好一个孩子，说不要脸就不要脸了。"花锦被裴宴的话逗笑，"我是在想，我怎么有这么厚脸皮的男朋友，这个世界上除了我，恐怕就没有人受得了他了。为了不让他孤独一生，我只能做好事行善心，把他收留在我心中一辈子。不让他无处可依，无地可靠。"

"这里，"花锦指了指自己的胸膛，"太小，只能装下一个不要脸的男人了。"

裴宴把车停到路边，一把解下身上的安全带。

"你怎么……"

嘴唇被温柔的双唇覆盖，花锦缓缓闭上眼，反手环住了裴宴的后背。

"花锦，看过《霸王别姬》吗？"裴宴声音沙哑，吐出的热气轻轻吹拂着花锦，让她忍不住有些酥麻，"说好一辈子，差一个月，差一天，都不是一辈子。身为非物质文化遗产传人，你说话要算数，不然我跟你没完。"

花锦笑了笑："好，说话算数。"

裴宴："拿你非物质文化遗产传人的身份发誓。"

"好，我发誓。"花锦埋在裴宴胸口笑出声来，"我这辈子最喜欢裴宴宴，只喜欢裴宴宴，永远都不会变心。"

"我……信你。"裴宴紧紧拥住花锦，"等我们老了，等你成为世界知名的蜀绣师，我希望别人提起你的时候，都会知道，这位大师的丈夫名为裴宴。"

夜凉如水，花锦摸着裴宴软软的耳垂，却觉得自己的心比他的耳垂还要软。若是可以，她想陪伴他一生，陪他走过人生每一段时光，陪他看花开雪落，看尽世间美好。

那一定是世间最美好的事。

　　第二天早上，花锦很早就赶到了店里，发现谭圆有些感冒，就赶她去看医生："在养好病前，你不要回来，敢回来我就揍你。"

　　上午客人并不多，花锦一边刺绣，一边招呼客人，也不算忙。中午裴宴安排人送了营养餐过来，她刚吃了没几筷子，就有一位年迈的客人上门。

　　"欢迎光临。"她连忙盖上饭菜盖子，用水漱了漱口，才快步上前招呼客人，"请问您有什么需要的？"

　　"我想绣师为我绣几个字。"老人手里拄着拐杖，穿着很普通，眼神却很清亮。

　　"字？"花锦笑道，"当然可以，请问是哪几个字？"

　　"和、仁、善。"老者打量着花锦，"与人相处，最重要的是和气；做人，最重要的就是仁义善良。花绣师，你说对吗？"

　　原来是认识她的人？

　　花锦确定自己没有见过这位老者，礼貌笑了笑："人以善待我，我以善回之，这是人之常情。客人请坐，我去给您倒茶。"

　　"不用了。"老者见这家店面积不大，绣品却很精致漂亮，便对花锦少了几分偏见，多了几分欣赏，"听闻家中不争气的晚辈与花绣师发生过不愉快，我是来代他们向你道歉的。"

　　"不知先生贵姓？"花锦脸上笑容渐淡。

　　"敝姓徐，是徐思跟徐长辉的爷爷。"徐老一把年纪，却不得不为孙辈犯下的错，舍下老脸向一个年轻晚辈赔罪，"是我们做长辈的管教不严，让花绣师受委屈了。"

　　"委屈？"花锦意味不明地笑了一声，"徐公子与徐小姐出身名门望族，又怎么会让我受委屈？徐老先生言重了。"

　　"不知花绣师怎样才愿意原谅他们两个犯下的错？"徐老叹气道，"千错万错，都是我们做长辈的错，把他们惯坏了。"

　　花锦冷笑。是啊，他们犯下了错，不过是一句长辈惯坏了。而那些被他们伤害过的人，就活该吗？

"徐老先生，您的道歉我收下了。"花锦礼貌一笑，刚好有客人来，就道，"我这里店小人少，不能招待您。"

今天站在这里的如果是徐家的年轻人，她不会这么客气。只是她向来敬老，最重要的是，老人禁不得气，她穷，气出问题来赔不起。

来的客人是老顾客，见徐老先生堵在门口，悄悄问："小花店主，这是怎么了？"这老头看起来年纪一大把了，难道还来这里碰瓷？

"没事，这是我男友那边一位认识的长辈，听说我在这里开店，就过来看看。"花锦转身去招呼客人，"您这次想买什么？"

"买两个你绣的福包，我拿去道观开光，给两个孙女戴上。"老顾客脸笑成了一朵花，看上去心情极好。

"两个？"花锦喜道，"难道是双胞胎？"

"对，双胞胎。"老熟客高兴地点头，"生这两个臭丫头的时候，可把我儿媳妇给折腾得够呛。上次她看我在这里买的披肩漂亮，还问我在哪儿买的。等下你帮我挑一挑，看看有没有适合年轻女孩的披肩，给我也拿两条。"

"好。"花锦取了几个做成葫芦或是花生状的小福包，"两位小千金不大，像这种福包就刚刚好。福包我做得很结实，沾水也没关系。"

老熟客拿起拇指大小的花生福包，感慨道："小花店主，你的手艺真是越来越好了，这么小的福包，上面的绣纹不仅清晰，还栩栩如生，了不得，了不得。"

"您上次来，也是这么夸的。"花锦笑着取下几款披肩，"嫂子刚生完孩子，用颜色太素淡的披肩不合适，但我又担心她不喜欢颜色太艳丽的，要不您来选选？"

"那就挑一条大红，挑一条浅色的。"老熟客叹口气，"过去的时候，女人生孩子就是过鬼门关。现在虽然医疗条件好了，但她受的罪也不少。当年我生完孩子，还要被婆婆说娇气，我现在有了儿媳妇，总不能让她受我从前遭过的罪。"

"您真是位不错的婆婆。"花锦笑着把老熟客挑好的东西包好，"祝两位小千金茁壮成长，你们全家幸福。"

"小花店主可真好。我每次来你店里，都要得你几句祝福。好听的话听多了，我最近几年日子都越过越顺了。"老熟客心里高兴，"谢你吉言，等孙女再大一点，我带她们过来看你。"

"好，您可千万别忘了。"花锦算好账，抹去零头，"我也想见见这两位有福气的小千金呢。"

老熟客乐呵呵地应了，转头见徐老还没走，伸手拉住花锦的袖子，对花锦小声道："我看这个老头不是个好相处的，是不是你男朋友那边故意来刁难你的亲戚？"

花锦愣了愣，这位老熟客最近是不是看了什么狗血电视剧？

"我最讨厌这种对年轻人指手画脚的老东西了。"见花锦表情有些愣怔，老熟客以为自己猜对了，"你是年轻人，跟老人对上，有理都能变成没理。你不要怕，在他没离开前，我就不走了。"

说完，老熟客走到沙发上一坐，双目灼灼地盯着徐老。

徐老先生本来还想跟花锦多说几句软话，哪知道这个来买东西的市井妇女像是有毛病一般，瞪着铜铃大的眼睛看他。

"花小姐，闹出这样的事，我十分……"

"哼。"老熟客不阴不阳地冷哼一声，提高嗓门道，"小花店主，听说你最近店里生意特别好，不仅给明星做衣服，还上了电视，是不是很忙啊？"

花锦忍笑道："是挺忙的。"

"就是说嘛。"老熟客斜眼看徐老，"这位大兄弟，年轻人工作忙，你可别耽搁她的工作。咱们这些老年人帮不了年轻人什么，至少不能给他们拖后腿嘛。你过来坐，我们俩唠一唠。"

徐老看着她手上明晃晃的大金镯还有脖子上半个拳头大的玉佛，忍不住皱了皱眉，这都是些什么粗鄙女人？他板着脸道："不用了，我跟花小姐说几句就走。"

"哦。"老熟客把玩着自己红艳艳的指尖,"我见你在这里站了这么久,还以为有什么要事,原来只是说几句话。"她最讨厌电视剧里那种一脸高傲的男方亲戚,对女主挑三拣四,好像他家的娃是纯金制品似的。

人生在世,从巴掌大长到成人,谁还不是个宝贝咋的?

有本事瞧不起人家小姑娘,那有本事就把金娃娃教好,让他不要喜欢人家小姑娘啊。但凡能让人真心喜欢上的小姑娘,就算没有耀眼的家世与绝美容颜,也一定有她的闪光点。一个行将就木的老人,嘴里说着为孩子好,其实就是为了满足自己的掌控欲而已。

在这个瞬间,老熟客觉得自己是打破封建伦理,支持恋爱自由的战士。

事实证明,像徐老这种做事留三分余地,说话喜欢端着的老男人,不是凶悍大妈的对手。只要他开口说话,这位大妈就时不时冷笑、挑眉又或是冷哼,弄得徐老非常尴尬。

最后他只能勉强压住心里的怒火,维持着体面离开。

"呵。"老熟客得意地挺了挺腰,"都是老人,谁怕谁?"

"谢谢您。"花锦对老熟客感激一笑,"如果不是您,我今天还要费好些口舌,才能把他送走。"

"嗨,都是小事。就这种老头儿,我一口气收拾十个都不在话下。"老熟客很是淡定地摆手,"下次他如果还敢来,你就给我打电话。如果连他都搞不定,我还有什么脸面做广场舞带头大姐?"

花锦顿时肃然起敬,原来是广场舞圈的大佬!

送走广场舞大佬,花锦继续吃午饭,幸好裴宴送来的饭盒有保温功能,不然饭菜早冷了。

打开手机,裴宴发来一条消息。

裴:饭菜合胃口吗?

繁花:好吃,不过我最近胖了三斤,三斤!

裴:才三斤?我的目标是把你养胖十斤。

繁花:你养猪呢。

裴：胡说，猪没有你好看。

两人聊了一堆废话，热恋中的人，似乎总是这样，一件小事都能聊出几百条记录。

繁花：刚才，徐家的老先生过来找我，说是向我道歉。

裴：你想原谅他？

繁花：我接受了他的道歉，但他孙子孙女犯下的错，又跟他没关系。

看着"孙子"两个字，裴宴心里隐隐有种不安。当天在孟家的时候，花锦虽然与徐长辉有过矛盾，但是以花锦的性格，应该不会记恨到这个地步才对。

徐思跟他说，花锦与他在一起，是为了报复。所以徐长辉到底做了什么对不起花锦的事？想到徐长辉的品性，裴宴忧心更甚。

裴：那我帮你出气。

繁花：抱大腿的感觉，真是太幸福了。爱你哦，么么哒。

裴宴红着脸，回了几个字。

裴：嗯，么么哒。

每次看到裴宴回"么么哒"这三个字，花锦就忍不住想笑。她这是走了什么样的绝世好运，才能遇到这样一个人，并且还牵住了他的手？

可惜今天她可能出门的时候，没有注意看黄历，刚送走老的，下午又来了小的。

看着站在她面前的这对堂姐弟，花锦没有请他们到屋里坐，而是站在靠门口的地方。好女不吃眼前亏，万一徐长辉发疯要打人，她能拔腿就跑。

"二位，有什么话请直说，我这里开门做生意，没有太多时间招待你们。"花锦靠着门框，"如果是来找麻烦，我只能选择报警了。"

"花小姐，请您不要误会，这次我们来，是向您道歉的。"徐思按住脾气不太好的徐长辉，"长辉当年年纪小，犯下了大错，我们愿意赔偿。"

徐长辉臭着脸，递给花锦一张填好的支票。

　　"一百万。"花锦接过支票，笑着看向两人，"看来我的命还挺值钱，这么大笔钱，都够在这座城市买个厕所了。"

　　"嫌少？"徐长辉冷笑一声，又朝花锦扔了一张支票，支票在空中打了一个旋儿，掉在了地上。

　　花锦手微微一抖，手里的支票也掉在了地上，似笑非笑地看着徐长辉："不好意思，刚才被徐小先生吓着了，手有些抖，麻烦你帮我捡起来。"

　　"你做梦！"徐长辉咬牙道，"你算是个什么东西？"

　　"我什么都不算，但是我男朋友厉害啊。"花锦笑眯眯看他，"你不服啊，那就憋着。"

　　"长辉，注意你的态度，犯了错就要接受惩罚。"徐思按住徐长辉气得发抖的手臂，弯腰捡起地上的支票，递到花锦面前，"花小姐，请。"

　　"两百万……"花锦伸手弹了弹支票，没有伸手去接，"我还以为徐家多有钱呢，原来也就两百万，连我男朋友零头都没有，啧啧啧。"

　　"算了，看在你们这么穷酸的分上，这个钱我不要了，赏给你们买药吃吧。"花锦勾唇讽笑，"免得徐家破产的时候，你们气出毛病没钱治病。"

　　"花锦，你不要欺人太甚。"徐长辉面色铁青，"惹急了我，你也不会有好下场。"六七年前，他确实撞过人，但是当时他也掏了一把钱扔在她面前。事情过去了那么久，他哪还记得清事发经过？现在徐思跟他说，花锦就是他当年撞的人，跟裴宴在一起，就是为了报复他。他简直觉得可笑，真以为现实生活就是一出报仇记？等裴宴腻她以后，她倒霉的下场可以有一百种。

　　"欺人太甚？"花锦轻笑出声，"没想到这句话能从徐小先生嘴里说出来，那可太有意思了。"

　　花锦不想去探究徐家姐弟究竟是怎么查出当年那些事的，敛住笑容："那个雨夜，徐小先生差点倒车反复碾压我，难道是在做游戏？"

　　徐思惊讶地看着徐长辉，当年竟然还有这样一段，为什么长辉没有跟她说过？难怪花锦会故意针对他们徐家，若她是花锦……

但如果当年花锦真的死了，该有……多好。

"今天徐老先生来向我道歉的时候，语气倒是云淡风轻。"花锦挑眉，"也不知老先生清不清楚这件事，若是不知道，只能说你们徐家的家教不好。若是他知道，说明你们徐家上梁不正下梁歪，都是一丘之貉。这样的人，难怪会生产出劣质商品。你们赚着卖良心的钱，高高在上地睥睨普通人，肆无忌惮地玩乐，触碰法律底线，就该想到，会有得到报应的那一天。"

"花小姐，长辉他真的知道错了。他后悔了……"

"他后悔的不是做错了事，伤害了无辜的人。而是他做错事后，惹到了不能得罪的人，让你们徐家利益受到损害，所以你们突然愧疚了，后悔了，愿意弯下头颅道歉了。"花锦嗤笑，"你说你们贱不贱啊？你们欺负我的时候高高在上，转头又对我点头哈腰，像摇尾乞怜的狗，骨头这么软的吗？"

左一句贱，右一句狗，花锦每一句话都在狠狠踩徐家人的脸，没有留半点余地。

徐长辉差点动手打人，却被徐思硬生生按住了："花锦，你究竟要怎么才能放过徐家？"

"放过你们？"花锦的目光落到神情狰狞的徐长辉身上，回忆起六七年前的那个雨夜。她趴在地上，看着一张张徐长辉扔在地上的被污水弄脏的钱，忍着强烈的剧痛想要给自己打急救电话，却发现手机已经四分五裂。她除了绝望又不甘地看着徐长辉开走的车，别无他法。

"不要害怕，我已经叫救护车过来了。"一个男人走到她面前，撑着一把巨大的伞，弯腰蹲在了她面前，给她盖上一条柔软的宽大毛巾，"你受伤严重，我不敢动你。如果你觉得难受，可以跟我说说话。"

那时的花锦想，自己满身泥水与腥臭的血，一定非常难看。她趴在地上，盯着身旁那件脏污的外套，泪水再也忍不住从眼眶里流了出来。

她期待与他见面，却不想以这种方式见面。

她会死吗？

她不想死。

她想伸出手臂，把那件已经脏污的外套抱在怀里，可是手臂一点力气都没有，脑子里嗡嗡作响，四周仿佛有很多人在笑，有很多人在说话。她的全身疼得厉害，好像看到了她妈用棍子在狠狠抽她。

"短命死女娃子，你怎么不去死？我当年怎么会生下你，你怎么不去死？！"

"我……我不想死。"她喃喃道，"不想死。"

"你不会有事的，不要害怕，救护车马上就来。"说话的男人，表情很淡漠，但声音却很温柔。他把伞的大部分空间让给了她，干净的裤腿上满是污水。

她拼尽全力，终于让自己的手，往前移动了一点点，指尖触到了他的鞋边。

可是看到自己的手让他的鞋边也染上了污血，她又颤抖地缩回了指头："谢谢你。"

谢谢你，在我最贫穷又撞坏车的时候，没有追究我的责任。

谢谢你，在我以为在这个城市活不下去的时候，赠给我一件温暖的外套。

谢谢你，在我最绝望即将面临死亡时，出现在了我的面前。

她吃力地抬起头，看到了浑身湿透的他——漂亮的桃花眼微微上挑，他一点都不像好男人。可是今晚的路灯那么亮，亮得让他身上都染上了一层金光。

第六章 是你吗

　　救护车很快赶到，她被抬上担架时，听到交警问为她撑伞的那个人：
"事故责任人你认识？"

　　"我认识。"

　　"受伤者呢？"

　　"不认识。"

　　她昏昏沉沉睡了过去，在混沌的意识里，好像听到了医生与护士们
对话的声音。

　　"失血严重……"

　　"胫骨断裂，关节软组织受伤严重。"

　　"麻醉师准备！"

　　再睁开眼时，她孤零零躺在病床上，麻药效果还未退，忍不住想吐，
可是干涸的胃什么都吐不出来。

　　后来还是临床的病人家属见她难受，帮她叫了护士过来。

　　护士给她换了一瓶药水，似乎知道她没有陪护，还特意嘱咐，有事

就按铃叫她们。然后，花锦就等到了交通肇事者的代理律师带来的交通谅解书。

代理律师看到病床上又黑又瘦的花锦，坐在她病床边，给她讲了一堆利害关系。无非是她一个无权无势的外地人，真的得罪这些有钱人，不会有什么好下场。

"你还年轻，有些事能忍就忍了吧。"代理律师脸上露出几分不忍，"昨天晚上有好心路人报了警，你如果不签这份谅解书，肇事者的确会受到法律的惩罚，但是等他出来以后，你……"

"好心路人是不是姓裴？"花锦打断代理律师的话，双目灼灼地看着他，"是不是？"

"抱歉，我只是当事人的代理律师，与此案无关的人，我不太清楚。"代理律师叹口气，"不管好心路人身份如何，他已经帮你报了警、垫付医药费，难道你还要把他卷进这些事情里面来？"

"我知道。"花锦表情一点点平静下来。她本就是无依无靠的浮萍，如何与狂风巨浪做斗争，"只要你们愿意把医药费帮我还给好心路人，并且支付后面的医疗费用，我……签。"

在谅解书上签下自己的名字，花锦闭上眼："你走吧。"

"对不起，这是我的一点心意，你留着。"代理律师叹息一声，弯腰在她枕头边放下了什么东西，转身离开了。她睁开眼，看着那几张红艳艳的钞票，紧咬着牙关，不让自己哭出声。

然后她缓缓地，伸手死死握住了这些钱。

她不会死。她要好好活着，哪怕是卑躬屈膝，也要活着。

被花锦黑黝黝的双眼盯着，徐长辉忍不住往后退了一步："不要以为攀上裴家，你就可以为所欲为。"

"当年徐小先生撞了我，准备反复碾压死我的时候，不就是为所欲为吗？"花锦歪了歪头，"怎么，难道你姓徐的天生高人一等？"

反复碾压？

徐长辉喜欢玩车，闹出车祸也不是一次两次。他怎么可能想得起来，花锦究竟是哪起车祸的受害人？但是花锦在他面前提了两次碾压，又是六七年前，他终于有了印象。

他对这件事有印象，不是因为愧对受害者，而是因为那次他倒霉，遇上了裴宴。裴宴脾气又臭又硬，不仅当场把他的车撞开，还报了警，害得他在看守所关了大半个月才被放出来。后来裴宴更是与徐家疏远了来往，有人在私底下问原因，裴宴竟然说"我不跟品性与家教不好的人来往"。

忆起这段往事，徐长辉变了脸色："是你？！"

徐思跟他说，花锦是为了报复他，才与裴宴在一起。现在他突然明白过来，花锦哪里是为了报复，恐怕是为了报恩。

当年如果不是裴宴硬生生用车撞开他的车，花锦早死了。如果不是因为裴宴多管闲事，举报他肇事逃逸，只要花锦签了谅解书，他根本就不会被关进看守所里。

"徐小先生花生仁大小的脑袋，终于想起这段陈年往事了？"花锦鼓掌，"真是可喜可贺。"

当年她签过谅解书以后，肇事者这边就再也没有安排过人出现，倒是那个代理律师，让人给她送过几次水果营养品。

"不知道花小姐咄咄逼人的样子，裴先生见过没有？"徐思见徐长辉忽然白了脸色，以为他被花锦唬住了，拦身站在徐长辉面前，"万事留一线，日后好相见。裴先生已经知道你爱的人不是他，你再如此嚣张下去，就算他真的对你情深似海，也会被你消磨殆尽。到了那时，你又该如何自处？"

"你说什么？"花锦扭头看向徐思，"再说一遍。"

被花锦满眼煞气的样子吓得往后退了一步，徐思在背后偷偷抓住徐长辉的衣服："我说，裴先生已经知道……你爱的人，根本不是他。"她有些害怕，花锦看她的眼神，仿佛要把她千刀万剐，活活撕碎她。

但是花锦没有动。她盯着徐思看了很久，声音沙哑："你们徐家，真是没一个好东西。"

"你又比我好到哪里去？"徐思反驳道，"你欺骗别人的感情……"

"你别说了。"徐长辉抓住徐思的手臂，"回去。"

"长辉？"徐思不解地看着徐长辉，以他的个性，应该无法忍受花锦才对，为何要拦着她，不让她说下去？

"你先别问。"徐长辉看了花锦一眼，捡起地上的支票，"花小姐，只要你愿意开个条件，我都愿意满足你。"

"好啊。"花锦冷笑，"挑个雨天，让我也开车撞一下你。如果你运气好，没有死，我们就算扯平了。"

"花锦！"徐思后悔自己招惹了这个疯女人，不仅她疯，连喜欢她的裴宴也跟着一起发疯。

"不愿意就算了。"花锦指向门外，"你们滚吧，我不想跟你们废话。"

"你利用别人的感情，良心能安吗？"徐思知道，除了打感情牌，已经别无他法。

"你们不用在我面前装正义使者，滚！"花锦一把把徐思推了出去，"都给我滚！"

被徐长辉扶了一把，徐思勉强站稳，转身看到了站在不远处的裴宴。

"裴……裴先生。"他什么时候来的，听到了多少，会不会又开始发疯？

听到"裴先生"三个字，花锦愣了愣，转头看向不知何时出现的裴宴，张了张嘴却不知道该说什么。

徐思还想说什么，却被徐长辉伸手捂住嘴，并拖着强行塞进车里。

"你干什么？不趁着他们有矛盾挑拨他们关系，难道还真等着花锦吹枕头风，让裴宴来对付我们？"徐思对徐长辉的猪脑子绝望了。

"挑拨个屁！"徐长辉烦躁地朝徐思吼，"当年救花锦的，就是裴宴！"

"你说什么？"徐思怔住，"怎么可能？这怎么可能？"

"她运气就是好，认命吧。"徐长辉眼中露出几分狠意，"当初真该把她给弄死。"

徐思安静下来，抬头看着繁花门口，相隔几步距离对立而望的花锦与裴宴，牙齿咯咯打战。裴宴发起疯来有多可怕，她是知道的。

如果裴宴弄清楚了事情所有的前因后果，整个徐家就完了。

"长辉，你现在马上走，去国外。"徐思面色煞白，"在裴宴与花锦分手前，不要回来。"

"什么意思？"

"以我的推断，裴宴还不知道当年救下来的受害者就是花锦，也不知道花锦口中最重要的人就是他。如果让他知道了前因后果，你就完了。"

当年裴宴还不认识花锦，就因为看不惯徐长辉肇事逃逸，向警方检举了他。现在如果让他知道，当年那个人就是花锦，那他……

"你说你也是，为什么要多此一举地跟裴宴说那些陈年旧事？"徐长辉有些埋怨徐思，"你如果不说，也许事情还闹不到这个地步。"

"我哪里知道，花锦随笔里的那个'他'就是裴宴？而你竟然会心狠到想撞死花锦。"徐思不高兴，"你有这个精力责备我，不如想想去哪个国家避难。"

徐思恨得咬牙，可是一时间，不知道该恨自己，恨徐长辉，还是恨花锦。

难道世间，真有那样的巧合与缘分？

裴宴没有理会匆忙离开的徐家堂姐弟，走到神情恍惚的花锦面前："外面热，你站在门口，是想体验冷热交替的感觉？"

花锦看着他不说话。

裴宴牵住她的手，把人拉进屋，掩上店门不让冷空气跑出去："你以后遇到这种事，打电话让我来处理，就算你嘴皮子利索，但是万一徐长辉跟你动手，吃亏的还是你。"

"你怎么来了？"花锦抬头看他，声音有些发哑。

"我听说徐家老头子来找你，就过来看看。"裴宴对花锦这家店已经非常熟悉。茶叶放在哪儿，花锦的杯子在哪儿，都记得清清楚楚。他帮花锦泡了一杯茶，放到她面前："你看《西游记》里，孙悟空打妖怪，打了小的来老的，打了老的来少的，我这不是怕你吃亏？"

花锦捧着杯子轻柔地笑开："有你这个金大腿在，徐家人不敢惹我。"

"这是我身为金大腿的荣幸。"裴宴见花锦笑了出来，微微松了口气，"今天谭圆不在？"

"嗯，她今天生病，我让她回去休息了。"

"那我陪你看店，扫地拖地收钱都交给我。"

"裴宴，刚才徐思的话，你听见了吧？"花锦缩在沙发里，捧着茶杯仰头看他。

裴宴脸上的笑容僵住，移开自己的目光："没有听见。"

"也许徐思说得对，以前的事，我不该……"

"我不在乎你以前喜欢过谁！"裴宴打断花锦的话，语气有些急切，"我不管你跟徐长辉有什么恩怨，不管曾经有谁在你心中占据过重要位置，我只知道我现在是你男朋友，而你是我的女朋友。"

裴宴蹲在花锦面前，眼睑微微颤动："我只记得你说过，最喜欢的人是我，要一辈子在一起的人是我。你不喜欢徐长辉，不喜欢徐思，我会帮你。但是……你以前的事，我不想听，也不感兴趣。"

听着向来骄傲的人，对着自己说出这样的话，花锦想哭又想笑。她想弯起嘴角，却发现自己早已经泪流满面。

裴宴捧住花锦握杯子的手："未来那么长，那么远，我可以陪你走过春秋四季，陪你吃美食，陪你去所有想去的地方。你放下那个人，只爱我，好不好？"

"你是傻子吗？"花锦泣不成声，茶杯里的水溅湿了她跟裴宴的手。她把杯子一扔，反手抱住裴宴脖子，哭着拍他的肩膀："你是猪吗，是猪吗？怎么会这么蠢？"

"爱情使人愚蠢，你说我有多爱你，才会变得这么傻？"裴宴反手把花锦拥进怀里，垂首亲了亲她的发顶，"所以你要为我的智商负责，好好陪我一辈子。"

"对不起，虽然你不想听，可是我还是想告诉你，那个人的故事。"眼泪不受控制地往眼眶外流，嘴角却已经扬了起来，花锦想让自己笑得尽量好看一些，"他是我灰暗人生中，最暖最好的光。"

裴宴听到这句话，心一点一点地沉了下去。他紧紧环住花锦，仿佛这样就能抓住这段虚无的感情。

"第一次遇到他的时候，我还不满十八岁。明明是我犯了错，他却凶巴巴地对我吼，犯了错还不走，是想留下来赔偿吗？我赔不起，他也知道我赔不起，所以对我没有半点为难。"

"第二次遇到他的时候，是在一个十分寒冷的夜晚，在我以为自己逃脱不了被人欺辱的命运时，他出现了。他把外套扔在我的身上，陪我坐在冰冷的花坛上说，我还以为是闹鬼了，原来是个人啊。"说到这，花锦哭着笑了，抹了一把脸上的泪，"他的眼睛很好看，特别特别好看，像天上最亮的那颗星星，笑起来的时候，可以照亮心。"

裴宴忽然忆起，花锦也曾夸过他的眼睛好看。他摸了摸自己的眼角，苦涩地笑了，没想到他爱上的女人，只是拿他当另外一个男人的替代品。

"第三次遇到他，是在我最绝望最无助的时候，他像英雄般降临，帮我赶走了恶龙，为我撑起了一把抵挡风雨的伞。"花锦离开裴宴的怀抱，与裴宴的双眼对上，"可是那时候的我，既狼狈又无能，甚至连伸手摸一下他的勇气都没有。他那么好，那么耀眼，如此平凡的我，有什么资格靠近他？"

花锦伸出双手，轻轻摸着他的脸颊，却发现自己的手，颤抖得厉害："学会刺绣后，我为他绣了一条领带，领带里面，全是我对他的祝福。但是我知道，那是一条永远都不可能送出的领带。"

"就像我跟他一样，身在不同的世界，永远都不会有交集。"

"我偷偷给他绣了领带，绣了福包，绣了手帕。每年他的生日，我都为他绣了一份礼物，然后向锦鲤许愿，希望他平安一生，有良人相伴，无忧无虑。"花锦嘴角的笑容越来越大，眼泪模糊了她的视线。她觉得自己现在一定很丑，可是却又那么开心。

"我没有什么可以给他的东西，除了那颗希望他安好的心，便一无所有。"花锦笑了笑，"不过老天是怜悯我的。它让我用前面二十年的不幸，换来再次遇见了他。"

"尽管他不知道我是谁，不知道我欠了他多少，也不知道……"花锦靠近裴宴，在他唇角轻轻一吻。

这个吻，带着淡淡的咸，那是眼泪的味道。

"他不知道，其实我有多爱他。"

裴宴怔怔地看着花锦，这个颤抖的吻太咸，咸得他心脏不住地抽痛。他觉得自己是一条被暴晒的鱼，被风刮在了岸上，以为没有前路时，又被人捧到了甘甜的水中。

美好得几乎不真实。

"裴宴宴，谢谢你赠予我的温暖。"花锦起身取出一个木盒，放到裴宴手里，"谢谢你让它们找到自己的主人。"

他颤抖着手打开这个盒子，里面放着福包、手帕、腰带还有一双红色的袜子。盒子并不沉，裴宴却抖得几乎抱不稳它。他看着花锦，声音轻飘得几乎听不清："那个人，是我？"

"七年前，那个撞坏你的跑车，弄得自己全身都是油的人是我。六年前，躲在树下偷偷哭的人也是我。后来，你在徐长辉车轮下救走的人，还是我。"花锦笑了，"在我少女年代，几乎从未做过童话梦，你是唯一的例外。"

这些过往，在裴宴的脑子里，只有零星一点印象。他只记得躲在树下哭的少女干瘦如柴，被徐长辉撞伤的女孩子满身血污，十分可怜。

至于七年前撞车的事，他更是毫无印象，就算花锦现在提起，也仍旧回忆不起来。

"对不起，那天晚上我本来想去还你送给我的那件外套，没想到后来不仅弄丢了你的外套，还又麻烦到了你……"

裴宴伸手把花锦拥进了怀中，红着眼道："对不起，我该早一点认识你。"那个时候的他，不该把花锦单独留在医院里。若是他能多关心一下她，好好照顾她，不让她留下旧疾，该有多好？

听到花锦喜欢的人，竟然就是自己时，裴宴还没来得及高兴，就被无尽的恐慌与后悔包围。如果那晚上他没有突发奇想地与杨绍约好去郊区的别墅度假，就无法救下花锦，那么花锦还会遇到什么样的事？

而他与花锦明明有过这么多次巧遇的机会，可他却一次次错过了她。如果他早一点认识她，爱上她，她就不会遭受这么多年的磨难与艰辛……

"不要说胡话。"花锦把脸埋在裴宴的胸口，"六年前的你，不会爱上六年前的我。而六年前的我，也从不敢妄想会与你在一起。"

裴宴紧紧拥着花锦，没有说话。在这个瞬间，他什么都说不出来，只想好好抱着她，把世间所有美好都捧给她，把所有她曾经错过的，都补偿给她。

"你不知道，半年前你开着跑车，轻佻地问我要不要坐车时，我有多么失望。"花锦道，"就像是看到心目中最珍贵最完美的珠宝，忽然有了一道裂缝。我心中的小太阳，原来也躲不过时光的摧残，变成了一个轻佻不正经的男人。"

"我不是……"

"我知道，你不是这样的人。"花锦在裴宴胸口蹭了蹭，耳朵贴在他的心口，听到了他有些急促的心跳声，"后来我就明白过来，原来你是担心我想不开去跳湖自杀，才故意说那种话。"

"你有没有想过，如果我真的跳湖自杀了，外面的人会怎么说你？他们不会称赞你好心想帮我，只会说'妙龄女子因不堪富二代骚扰，走投无路之下，只好选择跳湖'。"花锦笑了笑，"这些年的脑子，你都白长了吗？"

"没有白长。"裴宴红着眼眶笑了，"不然，我怎么能追求到你？"

花锦靠着他的胸口，轻轻浅浅笑了。

这一天里，裴宴没有再问花锦过去的事。他陪花锦用了晚饭，把她送回了家，才抱着装满绣品的木盒，回到自己的家中。

打开曾经属于花锦的网络记事本，裴宴把几十篇短短的随笔翻来覆去看了很多遍，直到凌晨两三点，才勉强睡了过去。

裴宴做了一个梦。他坐在跑车里跟杨绍打电话，忽然车子发出一声巨响，打开车窗看去，一辆破旧的自行车倒在车旁，满地都是撒出来的饭菜油水。一个干瘦的小姑娘趴在旁边，正满脸惊恐地用她身上的衣服擦他车上的饭菜油。她头上脸上都沾上了地上的灰，右边裤腿膝盖处摔了个大洞，露出渗着血珠的膝盖肉。

他认出了这双眼睛，这是花锦。这个穿着旧衬衫、破牛仔裤、满身是灰的小姑娘就是花锦。此刻的她，是如此惊恐与无助。他想下车告诉她，不要害怕，他带她去看医生，买新衣服。可是身体却不受自己的控制，他听到自己语气淡漠地让花锦快点离开，然后把车开走。

"不要走，送她去医院，送她去医院！"裴宴看着自己把车开走，想要回头看花锦怎么样了，梦境却变成了黑夜。他看到自己从喧闹的包厢走到酒店外面的空地上。

外面寒风习习，他在门口站了一会儿，就准备回去，却听到压抑的哭声。爷爷刚过世不久，他心情并不好，也不想多管闲事，可是听着呜呜呼叫的寒风，叹了口气，还是朝哭声传来的方向走去。

跨过茂盛的花丛，他看到一个女孩子穿着不合身的半旧大衣抱腿蹲在地上，身体时不时抽搐一下，哭得伤心至极。裴宴看到自己的嘴动了动，可是听不清说了什么，却看到女孩子抬起了头来。

那是花锦，裴宴一眼就认了出来。尽管这个女孩子看起来又瘦又干，但他仍旧一眼就能认出，这就是十八岁的花锦。

走近了，他闻到了花锦身上的油味。她的头发还没有干，看起来油乎乎的。她仿佛被人从头到脚倒了一身的油。

他看到自己脱下了身上的西装外套，披在了她身上，陪她坐在了有灰的花坛上。

"你不是本地人？"

"嗯。"她抓着西装的手，在微微发抖。

"看你年纪不大，怎么不上学了？大城市也不是那么好待的，要不我给你一些钱，送你回去读书……"

"我不回去，我不能回去。"她猛地摇头，"如果我回去，这辈子都被毁了。"

"好吧。"女孩的眼神亮得吓人，他盯着这双眼睛，失神了片刻，"你不要误会，我只是觉得，你小小年纪不读书，有些可惜了。"

"谢谢，我……"女孩想要再说什么，听到有脚步声传来，又合上了嘴。

"裴哥去哪儿了？"

"他该不会一个人走了吧？"

他听到同伴来找他，起身对女孩道："以后天气冷的时候，别一个人躲在外面偷偷哭，冻出毛病没人替你心疼。谁欺负了你，就想办法欺负回去，不然吃亏的永远都是你自己。"

"祝你好好在这个城市活下去。"

"谢谢……"她抱着西装袖子，小声道，"谢谢你。"

可是他已经快步走远，没有听见她的谢语。

裴宴觉得自己就像是一个无关的旁观者，想伸手把花锦搂紧在怀里，想替她擦去头发上的油迹。可是现在的他，好像就是一团空气，只能静静看着这一件件一桩桩不能插手的过往。

风一吹，他就来到了另一个地方。

刺目的灯光，还有撞在一起的两辆车，让他瞬间明白了这是什么时候。

他看到自己把徐长辉从车里拖出来，狠狠踢了一脚，然后从车厢里取出一把伞，撑在倒在地上的人头顶上方。

这个人倒在污水中，血与雨汇在一起成了一条小溪，蜿蜒出一道长长的红线。他看到这个人吃力地，一点点地伸出手，触到了他脚边，然后触电般地缩了回来。

雷声隆隆，裴宴忽然头疼欲裂，整个人仿佛被撕得四分五裂。

他想弯下腰，握住那只颤抖的手，可是心脏却如针扎般的疼，疼得他喘不过气来。

"花锦……花锦……"

"裴先生，裴先生，您还好吗？"

裴宴缓缓睁开眼，看着墙上的光，那是从窗外照进来的朝阳吗？

昨晚……没有下雨？

他想撑起身坐起来，被帮佣与家庭医生按了回去。

"裴先生，您高烧还未退，需要静养。"家庭医生给裴宴换了一瓶药水，"我先下楼坐一会儿，半小时后我再上来。"

帮佣帮裴宴压好被子，把屋内冷气调高了一度，叹口气道："裴先生，您是不是跟花小姐吵架了？"

裴宴情绪还沉浸在梦里，晕晕沉沉的没有理会她。

"您刚才一直在叫花小姐的名字，还……"帮佣看了眼裴宴红肿的双眼，"牙齿跟舌头关系那么好，也有咬到的时候。男人嘛，生病了就需要人照顾，有时候撒撒娇，示个弱，喜欢你的人就会心疼舍不得了。"

所以你遇到装可怜的好机会，千万不要错过了。

裴宴看了帮佣一眼，让她帮自己把手机拿过来。

帮佣见状欣慰地笑开，还知道向女朋友撒娇，看来裴先生在感情这条路上，还是有救的。

等帮佣离开房间后，裴宴拨通了助理的手机。

"徐家那边的生意，加快吞并的速度。还有徐长辉的各项犯罪记录，收集好以后，就交给相关部门。"

"越快越好，不要让徐长辉有逃离出国的机会。"

"你问为什么？"

裴宴看着一滴一滴往下落的点滴，面无表情道："他长得太丑，做事太缺德，恶心到我了，我这是为民除害。"

挂断电话，裴宴揉了揉自己僵硬的脸，拨通了花锦的手机。

"花小锦，生病的男友需要你爱的安慰。"

"花花，昨天我不在，谁把你欺负哭了，眼睛这么肿？"谭圆因为生病，早上来得比较晚，进门就看到花锦像金鱼一样的眼睛，吓了一大跳。

"昨天半夜太渴，忍不住喝了杯水，早上起来就这样了。"花锦摸了摸眼睛，"你身体怎么样了，没事吧？"

"我没事，吃饱喝足睡好就又是一条好汉。"谭圆不放心地多看了花锦两眼，"我看你昨天半夜喝的不是一杯水，是一桶，不然能肿成这样？等裴先生来了，看到你这个样子，还不得心疼死。"

听到谭圆提到裴宴，花锦脸上的笑容灿烂了几分："胡说八道。"

看到她笑得这么开心，谭圆放心了，看来不是跟裴先生起了矛盾："花花，现在我们店里的定制是供不应求，就算多请了一位绣娘，也跟不上顾客的要求。你说，我们要不要再多请几名绣师？"

她有预感，等马克先生的那个时尚大会结束，花锦会变得更加有名。到时候工作室就她们几个人，恐怕就算二十四小时不吃不喝不睡，也忙不过来。

花锦点头："是该去找几位品性手艺都好的绣师了，说句往咱们自己脸上贴金的话，能多让一位从事手工艺行业的人吃上饭，就能让传统行业壮大一分。"

听到这话，谭圆心有感触。她听她妈说过，当年绣厂倒闭后，很多绣娘绣工失业，很多人为了活下去，只能转行做别的，还坚持做这一行的，大多也就勉强把生活应付着。像她妈这样，靠着手艺在大城市里扎根的，只是极少数的幸运儿。

在一些不知情的人眼里，传统手工艺行业大师们的作品价格昂贵，一定能赚很多钱。实际上，能有这种待遇的手艺人只是沧海一粟，更多传统手艺人面临的是家人的不理解、一身本事后继无人的窘境。

花锦与谭圆都知道，自己能做的很少。可是只要她们能为传统手艺行业多做一点事也是好的，至少对得起她们学的这身手艺。

两人正在商议招工的事，谭圆见花锦接了一个电话后就变了脸色，便担忧地问："怎么了？"

"裴宴生病了，我想去看他。"花锦起身，拿起了放在柜子里的包，"汤圆，我先过去看看。"

"你快去吧，裴先生没有家人陪着，你过去陪着他，他心情好能康复得快些。"谭圆看花锦焦急的样子，"你先别急，我看天气预报说，今天有雨，你把……"

话还没说完，她就见花锦跑出了店，忍不住拉开店门朝外吼道："你不要跑太快！"

花锦朝她挥了挥手，就坐进了一辆出租车里。

花锦赶到裴宴家的时候，家庭医生正坐在沙发上喝茶。帮佣阿姨看到花锦，热情地招呼她："花小姐，你来了，裴先生生病昏睡的时候，还在念叨你的名字呢。"

"他现在怎么样了？"花锦换好鞋，把买来的水果跟蔬菜递给帮佣阿姨。

"这是……"帮佣看到花锦眼睛也有些肿，看来两个小年轻还真是吵架了。裴先生这个病生得好，两人都有台阶下了。

"这些蔬菜水果，都是对病人身体有好处的。"花锦没有时间跟帮佣阿姨寒暄，匆匆往楼上走，"阿姨，我先上楼去看看他。"

"哎，好呢。"帮佣阿姨笑眯眯地答应了。

家庭医生疑惑地看着帮佣。他给裴宴做了五六年的家庭医生，从未见过裴宴生病后，帮佣喜笑颜开的样子，忍不住有些好奇："刚才那位……"

"我们家裴先生的女朋友，两个小年轻感情好着呢。"

"她就是裴先生生病做梦都念叨的那位花锦女士？"家庭医生了然地点头，"那我等会儿，还是等他们叫我再上去。"

免得讨嫌。

正靠坐在床头看书的裴宴，听到外面传来脚步声，连忙把书往床头一扔，整个人缩进被子里，只露出一张带着病容的脸，朝着门口露出虚弱孤单又寂寞的样子："花花，是你吗？"

花锦推开门，就看到裴宴可怜兮兮地躺在床上，水汪汪的眼睛望着门口，像只无依无靠的小奶狗。她的心瞬间软得不行，快步走到床边，伸手探了探他的额头："还有点烫，脸色这么差，早上你吃东西没有？"

"我没胃口，不想吃。"裴宴抓住花锦的手，"我本来头晕想吐，还觉得天旋地转，可是看到你，就好多了。"

"你生病了还不老实，说什么甜言蜜语。"花锦看了眼药水瓶，里面的液体还剩下三分之一，叹口气，看了眼他扎着针的手，"我去给你熬水果粥，你先休息一会儿。"

"不要走。"裴宴抓住她的手，"就坐在这里陪我一会儿好不好？"

花锦见他眼巴巴地看着自己，坐回了床边，给他理了一下被角："那我等这瓶水输完，再下去。"

"好。"裴宴看着花锦的侧脸，把脸贴到她的掌心，"我本来打算明天带你去林医生那里看看，给你换一种药膏的，看来只有晚过去几天了。"

"我的膝盖那是老毛病，早一天晚一天没什么区别。"花锦叹气，"先把你自己的身体照顾好，我才能放心。"

裴宴精神不太好，强撑着与花锦说了一会儿话，就昏昏沉沉地睡了过去。花锦起身摸他的额头，上面冒出一层细汗。

出汗是好事，他等下应该就能退烧了。

花锦下楼让医生给裴宴换了药水，顺便让帮佣阿姨带她去了厨房。裴宴家的厨房很大，厨具应有尽有，有些厨具花锦甚至没有见过。

厨房里有位厨师正在炖汤，见到她进来，先是有些意外，但发现是帮佣阿姨陪着她进来的，便露出了笑容。

花锦的厨艺算不上多精湛，但她从小学着洗衣做饭，至少能达到正常家常菜的水准。或许是因为小时候每天都要做饭，做不好还要挨骂，她来到这个城市，独自生活以后，反而变得不太热衷下厨了。

小时候生活条件不好，她感冒发烧以后胃口差。若是刚好在水果丰收的季节，外婆就会用冰糖加水果给她做饭，她吃在嘴里，感到满口的甜香。

年幼的时候，冰糖的甜都能甜入心扉，即使十几年过去，她也难以忘怀。

把水果粥材料准备好，花锦开始用砂锅慢慢熬粥，后面加水果时，问厨师："厨房里有糖吗？"

"糖？"厨师愣了一下，帮花锦找出好几个罐子，每个罐子里都放着不同的糖，"有的，不过裴先生不太喜欢太甜的食物。"

"我知道了，谢谢告知。"花锦用糖勺舀起一粒冰糖，投进不断冒着气泡的粥里。冰糖很快被粥汤淹没，再也看不见。

用木勺轻轻搅动砂锅里的粥，花锦把火关到最小："十分钟后，请你帮我关一下火，我去楼上看看。"

"好的。"厨师连忙答应下来，等花锦离开后，疑惑不解地看了眼冰糖罐子。只是加一粒冰糖而已，这位小姐表情为何如此郑重，仿佛终于完成了最重要的步骤？

花锦回到楼上，见裴宴还没有醒，找了条干毛巾，拍了拍裴宴："你的睡衣被汗打湿了，我用毛巾帮你擦一下。"

裴宴迷迷糊糊地坐起身，乖乖让花锦把毛巾塞到他后背，然后抓着花锦的手继续睡过去。

烧退下去以后，他的脸终于不红了，却多了几分不健康的惨白。花锦陪他坐了一会儿。裴宴直到医生进来给他取针的时候，才再次缓缓醒过来。

"醒了？"花锦摸了摸他的发顶，"还想不想再睡一会儿？"

裴宴摇头，微笑着看花锦："花花，你还在啊。"

"看到我还在，你很失望？"花锦帮裴宴按住压针孔的止血棉签，"别乱动，不然我收拾你。"

裴宴乖乖躺好不动："我只是看到你还在，太高兴了。"

正在收拾针头跟药瓶的医生听到两个小年轻的交谈，笑着把自己医药箱抱下去，对帮佣阿姨道："真没想到，裴先生在女朋友面前，乖得跟猫似的，真是一物降一物了。"

"那你瞧着，这两人……能不能成？"帮佣阿姨瞧了瞧楼上，压低声音道，"这可是裴先生第一次带女孩子回来。"

"年轻人的事不好说，不过看裴先生对这位小姑娘的态度，差不离的事。"家庭医生笑眯眯道，"有事打我电话，我先走了。"

医生刚走，帮佣阿姨就看到花锦下楼，以为她要走，马上道："花小姐，午饭已经做好了，您看要不要先吃了饭再……"

"我还不饿，先把水果粥端上去给裴宴吃了，我再下来。"花锦去厨房把熬好的水果粥端出来，"你跟其他人先吃吧，不用等我。"

花锦端着水果粥上楼，发现裴宴已经换了件干净上衣，靠着床头坐着。她把粥放到旁边："吃饭了。"

"啊。"裴宴张大嘴。

"裴小少爷，你多大的人了，还要人喂。"花锦无奈失笑，端着碗喂裴宴，"你先尝尝合不合胃口，我已经好几年没有熬过这种粥了。"

粥吃到嘴里，带着淡淡的果香与酸甜，裴宴点头："好吃，绝世大美味。"

看到裴宴笑眯眯的样子，花锦想起了自己的小时候："以前生病的时候，我最期待的就是外婆熬的水果粥。可惜那时候交通不像现在这么便利，家里舍不得一年四季都花钱买水果吃，只有水果成熟的季节，我才能吃得到。"

"外婆家有很多果树，梨树、李子树、桃子树、杏树，还有柑橘树。每次去外婆家玩，都是我最高兴的时候。"花锦提起自己在外婆家的童年，脸上露出笑容，"我小时候特别皮，暑假的时候在外婆家的柑橘林里找蝉蜕，捡掉在地上的嫩柑橘果晾干，然后去县城里的中药铺换钱，每次赚到钱，就特别高兴。"

一碗水果粥不知不觉喂完了，裴宴看着空空的碗："我吃光了，你吃什么？"

"我又不是病号，当然是去楼下吃大鱼大肉。"花锦拍了拍裴宴的脑袋，让裴宴觉得这个姿势很像是在拍一只狗，"乖，等我吃完饭再来陪你。"

裴宴："……"

他该感谢她，没有当着他的面吃大鱼大肉。

裴宴吃完午饭，精神好了很多。花锦陪他看了一部甜蜜蜜的电影，外面忽然狂风大作，雷光闪烁，看起来像是要下雨了。

"要下雨了？"花锦看着窗外闪过的雷光，皱了皱眉，"裴宴，我……"

"你刚才还答应陪我吃晚饭，现在就要食言？"裴宴顿时变成了奄奄一息的样子，"我的头好晕，全身都难受。"

花锦："……"

男人不要脸起来，真是什么话都说得出口。

"我怕等会儿雨下大了，我回去不方便。"

"那你就不回去了，留在这里。"裴宴靠近花锦，漂亮的眼睛眨啊眨，"我又不会吃了你，你怕什么？"

花锦捂了捂胸口。这人不仅不要脸，还要用美人计，她如何能抵挡这种诱惑？

"我一个人睡在二楼，家里请的工人都睡在一楼。万一我半夜发烧，雷声太大他们又没听见，孤零零又病弱的我，该有多可怜？"裴宴拉了拉花锦的小手，"今晚，你就住在我隔壁，陪陪我，好不好？"

"好。"在美色面前，毫无底线的花锦，瞬间丢盔弃甲。

"那我们再看一部电影？"刚才还奄奄一息，有气无力的裴宴，瞬间从沙发上站起身，跑到柜子旁翻找碟片。

花锦："……"

他就不能再装得像一点吗？

手机响起，她看了眼来电人，按下通话键："马克先生，你好。"

裴宴听到马克两个字，装作若无其事地继续翻找碟片，耳朵尖儿却竖了起来。

马克站在落地窗前，看着窗外天际翻滚的乌云："花小姐，关于鸾鸟的图样，我有了一份初稿，不知明日你是否有时间，我们一起吃个午餐，详谈有关绣纹的事。"

"明天？"花锦看了眼裴宴那双在柜子里翻来翻去，毫无章法的双手，"抱歉，我明天恐怕没有时间。如果您不介意的话，晚饭后，我们可以在视频上谈论这件事。"

"哦？"马克眉梢微动，"若是明天中午没有时间，明天晚上也可以。"

"明天晚上恐怕也没时间，我的男朋友生病了，我要照顾他。"花锦道，"马克先生对刺绣有什么要求，尽管在视频里提出来。就算你没有请我吃饭，我也会尽心完成您的作品，所以请不用担心。"

"花小姐做事，我当然是信得过的。"听出花锦的拒绝之意，马克有些遗憾，如此有趣的女士，竟然被其他男人先一步夺走了，"既然你不方便，那么等以后有机会，我们再约。"

花锦跟他客气几句后挂断电话，抬头见裴宴正在偷听，忍不住笑了："想问就问吧。"

"有什么好问的，我又不是那种女朋友出个门，就要再三打听无数次的男人。"裴宴把碟片放进播放器里，大大方方道，"放心吧，我不会这么小心眼的。"

花锦看着播放器，似笑非笑道："碟片放反了。"

嘴硬的男人，还真是一点都不小心眼。

晚饭后，花锦借用裴宴的书房，跟马克接通了视频会议请求。裴宴捧着一本书坐在角落里，一脸"我不是来听你说话，只是恰巧坐在这里看书而已"的表情。

外面风雨飘摇，屋内却有种难言的美好。花锦靠着舒适的椅背，看了眼沙发上时不时朝这边偷看的裴宴，忍不住露出了笑。

视频接通，马克看到花锦脸上还没有散开的笑意，端起咖啡喝了一口："花小姐，晚上好。不好意思，为了我的工作，到晚上还要麻烦你。"

"您客气了。"花锦收敛起笑意，调整好坐姿，"工作上的事，我会尽全力配合马克先生的要求。"

马克注意到花锦的书房很大，在她身后的书架上，有很多珍贵的书籍，不像是普通家庭能够拥有的。不过他只看了一眼，就收回了自己的视线："关于蜀锦的问题，我安排人打听过了，蜀省有几位织布大师，但他们已经年迈，恐怕无法达到我的要求。"

机器代替大部分人工，是社会发展的必然性。身为一个顶级设计师，他了解每一块布料做成衣服后会有怎样的视觉效果，但却不一定能够了解，布料的生产过程。

听到马克这种说法，花锦并不意外："现在的机织蜀锦与人工编织的差别并不大，只是有些传统织布手艺，是机器现在还不能做到的。我不知道马克先生您想要这条裙子达到什么效果，但是身为绣师，我仍旧觉得，只有特定的布料，才能让绣纹在衣服上，发挥出最好的效果。"

"不知道花绣师可有合适的织师推荐？"马克知道花锦说的是实话，看着视频里的花锦，"或者说，你有没有合适的购买渠道？"

"抱歉，我平时采用的布料大多是机织蜀锦，只有少量的昂贵绣品用的人工织品，但那也是普通织工做出来的，还达不到那个标准。"花锦摇了摇头，"所以我并没有合适的购买渠道提供。在这方面，也许几位刺绣大师比我更加了解。"

"那花小姐这边，可曾听说过哪些厉害的织工？"马克问了这句话以后，发现花锦的表情，变得有些奇怪。

"在我还没有接触刺绣时，见过一位很厉害的织师，能够织出如蝉翼如薄雾的蜀锦。"花锦垂下眼睑，"不过她并不是什么有名的大师。"

马克闻言心中一喜："她在哪儿？"

"蜀省的一个偏远县城里。"花锦勾了勾唇角，"佚名县。"

"佚名县？"大概这个县城实在太过偏远，马克连听都没有听说过。

"一个无名的小地方。"花锦回过头，看着坐在沙发上还在偷看自己的裴宴，"如果马克先生需要的话，过几日，我愿意去那里看看。"

看看那座她曾经拼命逃离，近八年不再踏足之地。

她曾经不愿意面对的，不愿回忆起的，午夜梦回时惧怕的，似乎在此刻变得不再那么重要。

她想带着裴宴去外婆的家乡看一看，给她老人家上一炷香，好让她老人家知道，逃离噩梦八年的外孙女，终于有了足够的勇气，去面对一切。

裴宴见花锦扭头看向自己，咧嘴朝她绽放出一个大大的笑容。

第七章 归故乡

躺在柔软的大床上，花锦以为自己会睡不着，但是没想到的是，这一觉她睡得格外香甜。早上醒来的时候，她习惯性地在床上打了一个滚，才想起这不是自己的床。

浴室里有没有拆封的洗漱用品，花锦洗漱完后，打开衣橱，里面挂着满满当当的女士服装，尺码与她平时穿的相同，就连设计风格，也恰好符合她的审美。这是裴宴特意为她准备的？

他什么时候偷偷准备的这些？

换好衣服，花锦走到裴宴房门外，正准备敲门，就看到裴宴从书房里走出来。他看到花锦，露出了笑："你醒了，下去吃了早饭，我再送你去繁花。"

"你感冒怎么样了？"花锦走到他面前，伸手探他额头。

"我听说人的嘴唇，比掌心敏感度更高。"裴宴弯下腰，看着花锦的嘴唇，指了指自己的额头，"要不要，换个方法？"

"有精力不要脸，看来没什么毛病。"花锦收回手，朝他翻个白眼，转身往楼下走。

"有你在，当然是神清气爽，病痛全无。"裴宴跟着花锦下楼，餐桌上已经摆好了早餐。裴宴替花锦拉开椅子让她坐下。

花锦看了他一眼："虽然你烧已经退了，但还是需要多休息，等下我自己打车过去就行，你今天不要出门了。"

"那怎么行……"

"你如果乖乖在家里休息，我晚上下班后，就过来陪你。"花锦挑眉看他，"选一个吧，亲爱的男朋友。"

"我选二。"裴宴道，"我可以不送你，但我会给你安排司机。"

"行。"花锦指了指粥碗，"那你现在好好吃饭，吃完饭把药吃了，就去躺在床上休息。中午的时候，我会给帮佣阿姨打电话，问她你到底有没有乖乖听话。"

"这么严格啊。"裴宴做出一脸害怕的样子，"花花，再这样下去，我会变成'妻管严'的。"

说完这句话，他见花锦柳眉倒竖，睁大眼瞪着自己，连忙改口道："不过，为了你，我愿意变成'妻管严'。"

所以，你什么时候才能与我成为夫妻？

中午，徐家人正在吃饭，忽然徐毅推开大门走了进来，满面寒霜地把厚厚一叠资料扔到桌上："裴宴已经疯了，竟然明着和我们撕破了脸皮。现在整个圈子的人都知道，裴宴跟疯狗似的跟我们徐家过不去，短短一天内，我们公司的市值蒸发了几个亿。长辉、小思，是不是你们又去招惹这只疯狗了？"

徐思跟徐长辉被吓得不敢说话，徐思放下筷子："二叔，你先不要急，有什么话慢慢说，长辉他已经知道错了……"

"你不用帮他说话，如果不是他当初不长眼，去招惹裴宴的女朋友，哪里会惹出这么多事来？"

徐思看了眼在徐毅面前，连大气都不敢喘的徐长辉："二叔，当务之急不是去计较对错，而是要想办法，让裴宴收手不再对付我们家。我最担心的是，裴宴性格暴烈，万一想针对长辉做什么，那就麻烦了。要不先安排长辉去国外避一避风头，等裴宴消了气后，再让他回来。"

徐毅看了眼徐思没有说话，转头问徐长辉："你给我老实交代，究竟做了什么，让裴宴闹出这么大的动静来对付我们？"

"爸……"徐长辉偷偷往楼上看一眼，希望爷爷能下楼来救他。

"眼睛不要四处乱看，今天谁来为你说情都没有用。"徐毅见徐长辉这个样子，就知道他果然惹出了祸事，一时间又气又是失望，怒拍桌子道，"你还不把事情原原本本说出来！"

徐强见徐毅大动肝火，也不好意思吃饭看热闹了，放下筷子道："二弟，有话慢慢说，你这么吓孩子，他哪里还敢说实话了？"

"他现在如果还不说实话，以裴宴的疯劲儿，谁还能救得了他？"徐毅神情疲惫，"裴宴行事全凭心情，有时候谁的面子都给，有时候又谁的情分都不看。这次为了长辉的事情，前前后后我们找了这么多人说情，你看他有没有改变过想法？"

他们惹谁都行，就是不能惹疯子。

"那我们现在要怎么办？"徐强有些害怕了，他虽然不太满意公司大权都在徐毅手上，但公司如果真的倒闭了，他也过不了悠闲的富贵日子了。

"长辉，你老老实实、一五一十地跟我说，你跟裴宴之间，到底发生了什么事？"

徐长辉支支吾吾不敢开口。

"小思，你来说。"徐毅看向徐思，"你最近常跟长辉在一起，肯定知道是怎么回事。"

徐思看了看徐长辉，再看了眼把目光全都投向自己的家人，咽了咽口水："六七年前，长辉酒后飙车，把一位行人撞成重伤，长辉不仅没有打急救电话，还……还……"

"他还想怎样？"徐老爷子拄着拐杖从楼上走了下来。

徐思缩了缩脖子，不敢去看徐长辉："他还意图倒车去碾压伤者，事发时刚好被裴宴碰见，伤者被裴宴救下来了。"

"当年因为这件事，长辉还被关进过看守所，你们也许还记得这件事。"徐思声音有些发抖，"最近我们才知道，当年差点被长辉二度碾压的伤者，就是裴宴现在的女朋友花锦。"

"你说什么……"徐老爷子靠着扶梯栏杆，气得喘不过气来，"当年你们不是跟我说，长辉是因为驾驶的车有问题，才会不小心撞到行人吗？"

"他哪有那么多不小心？六七年的事情是不小心，半年前又是不小心……"徐强撇了撇嘴，还想再多说几句，见老爷子竟然被气得往地上晕了过去，吓得连忙跑上去扶起他，"快叫救护车。"

"小思，把你爷爷的救心丸拿来。"

徐家老爷子生病住院的消息，很快就传了出来。大家探完病回来，都绝口不再提徐家与裴宴之间的恩怨。

有与徐裴两家关系不错的长辈，见徐老爷子躺在病床上虚弱的样子，忍不住动了恻隐之心，想在裴宴面前帮徐家说两句好话。然而向来敬老的裴宴，这一次连长辈们的面子都不给，只要有谁在他面前提到徐家，就找借口离开。

一来二去，大家也都看明白了，裴宴这是下了决心与徐家过不去。

沈宏没有想到，徐家最后会求到他们沈家头上来。看了眼坐在自己面前的徐毅、徐强两兄弟，他给两人倒了茶："两位叔叔想必也知道，我虽然与裴宴是亲表兄弟，但他从小行事都有原则，他决定了的事情，谁也改变不过来。二位的请求，恕晚辈无能为力。"

"我知道这个请求让你为难了。可是我们实在是没有办法，我们想亲自去给裴先生请罪，可他连见也不愿意见我们。"徐毅起身朝沈宏鞠躬，"千错万错，都是我们徐家的错，我们不奢求裴先生能原谅我们，但求能见他一面。"

沈宏微微侧身，避开徐毅的鞠躬，脸上的笑意淡去："徐叔叔，我只是个晚辈，您的礼我受不起。至于徐家与我表弟之间的恩怨，我听闻过些许。但有一件事，我想不明白，徐长辉当年差点害死我未来的表弟妹，你们不去向她道歉赔罪，只一个劲儿说对不起我弟弟，这是不是有些本末倒置？"

看在徐老爷子的分上，他多这几句嘴，算是提醒他们了。

"这事最终不还是要由裴先生做主？"徐强道，"花锦一个普普通通的绣师，能做什么？"

听到这话，沈宏扯出一个客气的微笑："既然如此，我也帮不了二位长辈，请吧。"

说到底，徐家从头到尾都没把花锦看在眼里。所以他们服软的对象、道歉的对象，也只有他们得罪不起的裴宴。

为人其心不正，这样的人家，实在没有什么来往的必要。

送走徐毅徐强二人以后，沈宏给裴宴打了一个电话，说了一下刚才发生的事。

"你不用去管他们。"裴宴左手拿着手机，右手牵着花锦，心情很好道，"我现在没时间去管他，有更重要的事做。"

"什么事？"沈宏道，"徐家老爷子还躺在医院呢。我看在你松口见徐家人之前，他是不会从医院里出来了。"

"徐老年纪大了，多在医院里住几天，对他身体好。"裴宴道，"我要陪我家花花回老家祭祖，没时间搭理他。"

"你去谁家祭祖？"沈宏从裴宴这句话里，听出了淡淡的炫耀味儿。

"当然是去花花家，给花花外婆上香。"裴宴嘴角的笑意，压都压不住，"四舍五入，这就是见家长，准备结婚了。"

沈宏："……"

他听明白了，这确实是在炫耀。

挂了电话，裴宴对花锦道："走，带你去看看我们的飞机。"

和裴宴通过特殊通道，花锦看着停机坪上的飞机，竭力控制住自己想要拍照的手："这是……你的？"

"什么我的你的，我的就是你的。"裴宴拉着花锦的手上了飞机。花锦看着飞机内部的装潢构造，忽然明白了什么叫"贫穷限制想象"。

"佚名县隶属的市区有飞机场，我本来前几天就准备飞去那儿，可是申请航线耽搁了一些时间。"裴宴带着花锦参观了一下飞机内部构造，里面竟然还有供人睡觉的床。

"家里只有我一个人，所以这架飞机不算大。"裴宴带着花锦在座位上坐下，跟着他们一起来的几个助理与保镖也跟着坐下。花锦再也忍不住，从包包里掏出手机，拉过裴宴的脑袋，两人凑在一起，来了张自拍。

"人生第一次乘坐私人飞机，有些激动。"花锦多拍了几张照片，对裴宴道，"可惜我朋友圈加了太多你现在的朋友，不然我就发朋友圈炫耀了。"

"管他们干什么？"裴宴道，"想发就发。"

"那可不行，我要做你朋友们眼里的知性美女。"花锦连连摇头，"不能让别人觉得，你眼光不好，找了一个肤浅的女人。"

裴宴默默瞥了她一眼，眼神意味不明。

"你能不能跟我解释一下，这个眼神是什么意思。"花锦伸手拧裴宴耳朵，"我给你一个解释的机会。"

"裴先生，飞机即将起飞，请问您还有什么需要吗？"空乘走过来，微笑着站在两人旁边。

花锦飞快松开手，朝空乘礼貌微笑，仿佛刚才的凶悍只是幻景。

"没有。"裴宴用毛毯盖住花锦的膝盖。

"好的，那祝您与您的朋友旅途愉快。"空乘笑容更加完美。只是在她转身离开时，花锦莫名觉得，好像在她眼中看到了一种名为"敬佩"的东西。

不不不，其实自己是个温柔体贴善解人意的美少女……

"你这是什么表情？"裴宴见花锦垂头丧气，以为她是在吃自己跟空乘的醋，俯身在她耳边道，"不要多想，在我眼里，只有你最好看。"

"说什么呢，我才没那么无聊。"花锦道，"我只是在想，你刚才那个眼神是什么意思？"

"意思就是，你怎么越来越傻了？"裴宴道，"我那些朋友，你把他们单独放一个组，这条朋友圈不让他们看见就行了。"

"对哦。"花锦愣住，"跟你在一起待太久，我都跟着傻了。"

"花小锦，说这种话，你良心不会痛？"裴宴抢过花锦的手机，把他跟花锦的合照放在第一张，再把手机还给花锦，"你炫私人飞机可以，但是不要把它的两位主人给忘了。"

"幼稚。"花锦没有把这张照片删去，也没有继续放其他的照片，在朋友圈编辑了一段话。

繁花：历时近八年，我想与他一起回去。

点击按了发送，花锦扭头对裴宴道："我觉得，炫耀私人飞机，没有炫耀我俊美无双的男朋友有意思。"

简简单单一句话，让裴宴整个人仿佛泡在了蜜罐里，不想再爬起来。

花锦并不怎么在朋友圈发自己的照片，而裴宴这个男朋友，也只在她朋友圈露过一次正脸——还是两人不是情侣关系的时候拍下来的。

这条朋友圈一发出去，花锦的朋友们都疯了。

他们都知道花锦有了男朋友，但是很多人还不知道，花锦的男朋友，就是她曾经晒过照片的极品美男。

朋友1：厉害了，我的花姐儿，竟然真的把这个极品帅哥拿下了。社会我花姐，佩服佩服。

朋友 2：单身狗默默捧起这碗狗粮。

二狗的猫：你真的要回去吗？

看到这条留言，花锦偏头看了眼身边的裴宴，回复了对方。

繁花回复二狗的猫：嗯，中秋节快要到了，我想给外婆上一炷香。

二狗的猫，是当年花锦逃离老家时，在火车上结识的女大学生刘秋。刘秋得知她是第一次出远门后，不仅在火车上给她买了盒饭，还一路上跟她讲了很多大城市里需要注意的骗术。分别前，刘秋又把自己的联系方式交给了花锦。

这些年花锦一直没有跟刘秋断过联系。前两年刘秋回佚名县当了公务员，有时候会给花锦寄老家的特产，花锦也会给她寄自己做的围巾披肩之类，但两人从不提回佚名县的事。

刘秋知道花锦逃出佚名县时有多狼狈，所以从未想过，花锦还有回来的那一天。

飞机抵达序构市的时候，是下午一点左右。序构市的机场很小，但是花锦在下飞机后，发现不仅有人来送花，还有跟拍的电视台记者。

花锦微笑着接过他人捧来的花，说了声谢谢。

几位穿着工整的中年男人，礼貌又不失热情地上前与裴宴握手，小声跟他谈着序构市这几年的经济发展，教育建设，等等。没想到事情会这样发展，花锦慢走了几步，小声问裴宴的一位助理："这是怎么回事？"

"前几年裴先生得知序构市经济发展水平落后，又听闻当地官员一心为百姓的事迹，所以做了些对当地经济发展有帮助的事。当地官员对裴先生一直非常感激，这次听闻他要来考察工作，就特意安排了接待。"助理小声回答道，"我们也没想到当地会有这样的安排，所以没有提前跟您沟通，这是我们的失职。"

"没事没事，有人接机是好事。"花锦看了眼这几位官员，神情有些恍惚。刚才她在飞机上看到，序构市高楼林立，车辆在高架桥上川流不息。跟八年前相比，这里变化实在是太大了。

"麻烦各位百忙之中，还来接待我。"裴宴跟接待人员寒暄了几句，往身边看了看，发现花锦竟然在离自己好几步远的地方，于是朝她招了招手，"这次来贵地，并不为公，而是为了一些私事。"

几位接待人员有些惊讶，这位帮助序构市良多的裴先生，能有什么私事需要来他们这种小地方？

"这是我的伴侣花锦。"裴宴见花锦没有走到自己身边，干脆回身走到她面前，牵住了她的手，"她在贵地出生，中秋节快到了，我这次是来陪她回乡祭奠先祖的。"

接待人员早就注意了花锦，但是没想到两人会是这样的关系。他们先是一惊，随后便是大喜。裴先生的伴侣是他们序构市的人，以后他们想要招商引资，为当地百姓增加工作岗位，岂不是又多了一层助力？

中午吃饭的时候，花锦看出接待人员想要拉拢两边的关系，却又不敢随意开口，只好一个劲儿招呼他们吃序构市当地的特色菜。

为了推广序构市的农产品，接待人员也是费劲了心力。桌上的菜，是当地老百姓种的；水果是当地果园采摘的；肉类食材是当地养殖场的；就连送给他们的土仪，都是当地打造出来的农产品加工食品。

与那些为了拉投资舌灿莲花、用尽手段的商人相比，序构市的接待人员这点小手段，显得朴实又笨拙，但是裴宴从头到尾都没有露出半点不满的神色，反而在饭后谈了一些合作上的事，让接待人员高兴得满面红光。

下午的时候，接待人员又安排了一些参观工作，或许是考虑到花锦的身份，还特意安排了两位与花锦年龄相近的女接待员。

参观途中，一位五十多岁的接待人员听闻花锦是蜀绣师，感慨道："以前我们这里跟几个沿江而建的市，有很多人家养桑蚕。近些年随着经济的发展，大量青壮年外出务工，养蚕的家庭是越来越少了。"

"地方小，经济发展水平有限，想要留住人才也不容易。"接待人员叹息道，"一座城市，如果没有足够的青壮年与人才，又如何保留住它的活力？"

花锦看着车窗外宽阔整洁的街道："序构市变化很大，我几乎快认不出来了。"

接待人员谦虚了几句，但言语中，仍旧对家乡有所发展而感到自豪。

听着这些，花锦发现，记忆中的佚名县是灰暗的，序构市的火车站是拥挤又可怕的。可是她相隔八年再回来，这里的阳光是灿烂的，街道是宽阔的，人是热情的，就连街道两旁的绿化树，也是生机盎然。

她想，也许是她成长了，变得强大了。又或者说，过往对她已经不再重要，所以她才会有这么平和又愉悦的心态。

裴宴跟花锦在序构市待了一天，第二天一早就出发去了佚名县。序构市这边担心他们遇到什么麻烦，会影响对当地的印象，所以特别安排了两位工作人员陪行。

"市区到县城，已经有了直通高速路，原本行车要花一个半小时，现在四十分钟就能到，大大缩短了运输时间。"陪行人员见缝插针地夸序构市，"我们辖区的几区几县，都是交通便利、风景秀丽、人杰地灵的好地方。如果裴先生与花小姐的时间充裕，我们热烈欢迎两位多到四处看一看。"

花锦笑道："有机会一定会去的。"

"佚名县这几年的变化很大，花小姐多年没有回过家乡，恐怕对家乡已经不太熟悉了吧？"陪行人员问，"可否冒昧问一句，花小姐家乡在哪儿？"

"我老家在佚名县的乡村，高中的时候，父母弟弟因为意外身亡，就跟着大伯一家住了近半年，后来因为没机会参加高考，就去外地谋生了。"花锦像是开玩笑般加了一句，"高三的时候，我还是年级第一名，有点可惜了。"

陪同人员听到这话，有些尴尬，但是见花锦似乎不太在意的样子，便道："确实可惜了。"

家里长辈过世，她跟着亲戚却没机会参加高考，内里有哪些猫腻，不用明说大家都能猜出来。

想到这，序构市的工作人员有些担心，花小姐以前经历过这些，会不会因此对序构市产生什么不好的印象，影响裴先生对序构市的投资？

裴宴握了握花锦的手，在她耳边小声道："放心，我帮你出气。"

花锦温柔又不失凶悍地在他腰间拧了拧。

裴宴："……"好好的，她又拧他的腰干什么？

"对不起，我又想起你曾经说的那句'打狗要看主人'了。"花锦扬了扬自己的手指，"手它不听使唤了。"

裴宴："……"

天还没亮，佚名县下树镇九村的村支书，就从床上爬了起来。昨天晚上他接到通知，说是有大城市来的投资商要来他们这边参观，让他们村里的这些工作人员准备好接待工作。

最近这几年，村里的日子还算不错，常有商人过来说要投资，可惜最后也没有落到实处。他当然想让村子发展得更好，只是最近村子里闹出了一件事，如果投资商过来的时候，刚好遇到这个……

想到这，他愁得蹲在田埂边猛吸了两口烟，对着已经割了谷子，只剩下谷桩的田发呆。

"花书记，你蹲在这儿干啥子哦，嘿死个人。"一位准备进县城做土工的村民吓了一大跳，站在原地看了好一会儿，才认出他来，"大清早的，你不在床上睡瞌睡？"

"睡啥子瞌睡，老子愁得脑壳都痛了。"花书记分了一支烟给这个村民，"今天有上面领导带投资商来我们这里参观，我怕等他们来的时候，花成忠跟花成国两家又跑到我这里闹。这一闹出来，投资商会哪门看我们嘛？"

村民把烟点上，学着花书记的样子蹲了下去："要我说，花老三留下来的宅基地跟田土，就不该花成忠跟花成国两个拿。花老三家里不还有个女娃？这些都该是人家屋头娃儿的，跟他们哥俩有啥子关系嘛？最不要脸的还是花成忠，当年人家女娃儿成绩那么好，他们竟然不让人家读书，要她嫁给一个三十岁的老光棍，把人家女娃娃逼得跑外地，也不知道这些年过成了啥样子，你说缺德不缺德？"

他们都是九村花家沟的人，严格论起来，只要村里姓花的，祖上几代多多少少都要扯上点血缘关系。就连花书记，跟花成忠他们家往上数几代都是一个祖宗下来的，算得上是亲房。

提到花老三一家，花书记叹了口气。花老三一家子活着的时候，虽然重男轻女，但至少愿意让家里的女娃娃上学念书。后来花家两口子带着儿子出门时发生意外，家里就剩下一个女娃娃，还被亲大伯苛待，谁不在背后说几句花成忠缺了大德？

"你忙去，我再在这里待一会儿。"花书记把烟头扔在地上，使劲踩了踩，"你说得对，花老三家里的东西，就算烂了那也是人家娃儿的。"

只是花家女娃儿当年跑走的时候，她还不到十八岁。现在过去了七八年，连个联系方式都没有，他们上哪儿找人去？

当年花成忠在村里闹，说花家女娃儿不听话，偷了家里的钱偷偷跑了。他们帮着花成忠家一起找，他跟一个同村其实已经看到蹲在玉米地里的女娃儿，可是看她吓得全身发抖、满脸是泪的模样，他们两个大老爷们心软了。

花成忠要把侄女嫁给老光棍的事，村里人都知道。谁都觉得他做事缺德，花家女娃儿不愿意是正常的，只是他们这些外人，不太好管人家的家里事，除了劝花成忠几句外，别无他法。

他也不知道，当初假装没有看到花家女娃儿究竟是对是错，万一她在外面遇到什么意外……

越想越觉得心里堵得慌，花书记回家换了身干净衣服，见天色已经不早，便去了村办公室。

花书记刚在办公室坐了没多久，就看到花家两兄弟来了，一个说三弟留下的宅基地应该兄弟两人平分，另一个说他帮着三弟养了留下来的娃儿，东西就该是他家的。

"你要多不要脸，才能说得出这种话？"花成国朝地上唾了一口，"你当年是哪个养的金金，村头哪个不晓得？你把人家金金关在屋头，不让人家去高考，还想让她嫁给一个老光棍。这些事你做起来不嫌丢人，我说起来都觉得烧脸皮。"

"你要脸，那你当年怎么不养她？"花成忠回嘴道，"她一个女娃娃早晚都是要嫁人的，读那么多书有啥子用，难道还能考成状元？"

"话不能那么说哦，你当初如果让金娃子考试，说不定我们村还真的要出个状元呢。"一位看热闹的村妇阴阳怪气地插了一句嘴，"人家花老二虽然没有养金娃子，那也没有害她。"

"我屋头的事，关你屁事。"花成忠瞪了插嘴的女人一眼，"讨人嫌。"

"花成忠，你个短命龟儿，你敢骂老子婆娘？"村妇的丈夫站出来，把手里的锄头往地上一插，"你信不信老子弄你？"

"你们都不要吵。"花书记走出办公室，看着挤在外面的众人，瞪着花家两兄弟，"你们两个在这里吵了几天，家里的农活不管了？"

"不是我们要吵，只是这东西该哪个就是哪个的……"花成忠梗着脖子道，"总不能让别人占了便宜。"

"既然该哪个就是哪个的，那你们两兄弟还有啥子争的？"花书记把手背在身后，"东西都该花老三女儿的，跟你们有啥关系？"

"金金都七八年没回来过了，谁晓得她做啥子去了。"花成忠道，"还不如把宅基地跟填土分给我，也不会浪费了。"

"胡说八道，如果啥都照你嘴皮子说，还要什么法律？"花书记沉下脸道，"不要再闹了，反正东西是花金金的，你们两兄弟哪个都别想争。今天有领导要来，你们不要在这里闹，事情闹大了，对我们整个村都有影响。"

"有领导来才好，我就要让领导来说，看东西该是哪个的。"花成忠的老婆声音尖厉道，"花金金那个短命死女娃子，这么多年不回来，说不定早就跟着野男人跑了，连家里的门朝哪个方向开都不记得。你还想把宅基地留给她，开啥子国际玩笑？"

农闲时节，村里人没事做的时候，就喜欢看热闹。花成忠老婆这么一说，旁边看热闹的村民们开始议论纷纷，有人说花金金被人贩子拐走了，有人说花金金肯定是在外面嫁人了。无论怎么讨论，反正大家心里都清楚，她是绝对不会回这个村子了。

"你们没事回去看电视，不要围在这里，走走走。"花书记看到公路上有几辆车朝村办公室这边开过来，心里有些紧张，投资商跟领导这么早就过来了？

村办公室的其他工作人员也都围拢了过来，见村民们都不愿意走开，便小声叮嘱他们千万不要乱说话，这是大城市来的投资商，若是他们运气好，能让投资商在本村做投资，他们每年能多不少的收入。

村民们虽然喜欢看热闹，但也知道利害关系，都往后退了几步，准备鼓掌欢迎。

对于花锦而言，整座村庄都是陌生的。她记得离开这个村子去县城，需要爬过很高的两座山，但是现在山不见了，只有宽敞的公路，还有整齐的梯田。她坐在车内，甚至不知道哪里是自己曾经生活过十多年的村子。

"各位领导，前面就是花家沟的村支处。"司机小声道，"开到村支处的一段路还没完全修好，所以车子会有些颠簸，请领导们小心。"

随着车离那栋两层小白楼越来越近，花锦的心……毫无波澜。

车在小白楼外停了下来，陪同人员帮她打开了车门，她听到了热烈的掌声。

"欢迎领导莅临检查。"

"热烈欢迎。"

"请到里面喝杯热茶，你们远道而来辛苦了。"

"来，我陪你下车。"裴宴走下车，弯腰把手伸到了花锦面前。

花锦扭头对他笑了笑，把手放在裴宴的掌心，走出了车内。放眼望去，她看到的是满脸微笑、热情鼓掌的众人。

三

这一张张的脸，是如此地熟悉，又是何等地陌生。

"裴先生，花女士，你们好。"花书记见投资商下了车，上前招呼两人，"我是九村的村支书，敝姓花，二位一路过来辛苦了。"

上面领导早给他打了招呼，说两位投资商是大城市来的，财力雄厚人脉广，若是愿意在花家沟投资一星半点，就能让不少人过上好日子。

花锦静静看着花书记。七八年不见，他看起来老了很多，不到五十岁的年龄，头发已经花白。

"那可真是巧，花女士也姓花，跟你们花家沟还挺有缘分。"佚名县这边安排的陪同人员有心拉近投资商与当地的关系，"老花，快带大家进办公室坐一坐，顺便介绍一下你们花家沟的农产品特色。"

"对对对。"花书记反应过来，连忙请裴宴跟花锦进办公室坐着喝茶。这位花女士人长得漂亮，穿得也时髦，虽然也姓花，他却不敢攀亲戚。万一他弄得人家不高兴了，那不是连累大家伙儿？

花锦对花书记笑了笑，进门的时候，停了一步，让花书记走前面。花书记哪里会让贵客走在后面，连连拒绝。

"花书记，今天有大领导在，我也不想闹事，但宅基地的事情，当着领导的面，非要掰扯清楚不可。"花成忠见领导们开始进办公室，再也坐不住，扯着嗓门喊，"做书记的不为我们这些老百姓做主，你不如回家卖红薯去。"

他这一声吼，市里县里安排的工作人员都在心里暗暗叫苦。在场众人都做过基层工作，知道基层调解工作非常不好做。有时候东家为了一根南瓜苗，西家为了一棵菜，都能闹得不可开交。

想到这，他们偷偷打量裴宴与花锦以及他们的助理团队，见他们神情如常，心里更加忐忑，也不知道这两位大城市来的投资商会怎么想。

"裴先生，花女士，这……"

"没事，既然村里有事，你们就先解决了再说。"花锦看了眼说话的花成忠，对市里安排过来的陪同人员笑了笑，"都是老乡，没什么不能说的。"

市里陪同人员知道花锦老家就是这边，所以便笑着点头没有再说话。只是县里的工作人员还在暗暗替当地百姓着急，得罪投资商对他们能有什么好处？

花书记朝花锦尴尬一笑："也不是什么大事，以后解决也一样。"

"那可不一样。"花成忠几步走到花书记面前，忍不住多看了花锦几眼——这么年轻的女孩子竟然是投资商，又是拿了哪个老汉的钱出来装阔的？

"花书记，今天你不说清楚，我是不会走的。"花成忠见这么多领导都在，得意扬扬道，"你可是我们村的父母官，有领导们在，莫要欺负我们这些老百姓。"

"这到底怎么回事？"市里的领导走到花书记面前，"这位老乡有什么困难需要我们解决的？"

当着这么多领导与投资商的面，花书记把事情的前因后果都讲了一遍，最后强调道："花成民家里又不是绝了户，屋头还有个女娃娃在，就算土地要确权，也不该认到他们两兄弟的头上。但是这两兄弟不听，说是我们村上想占便宜，不把东西分给他们。这些田土都是国家的，我们村上能占什么便宜？再说了，这些年花成民家的田土一直都是花成忠在用，村里也没人说啥。但不管做什么事，都要讲究个法律法规嘛。"

"花书记，我那个侄女好多年前就偷钱跑了。她一辈子不回来，难道这些东西就一辈子荒在那儿？"花成忠可不管什么法律，在他看来，兄弟家没人了，东西就该是他的。

"话我也不多说，你们要是有本事把花金金那个死女娃子找回来，我绝对不会再找你们闹。"讲法律法规花成忠不懂，但是耍赖的功夫却炉火纯青，"你说东西都是那个死女娃子的，你把她找回来嘛。"

花书记脸一黑，这个花成忠是存心想在这个时候闹？他正想严厉说上两句话，忽然站在一边，始终微笑的花女士开口了。

"那就没什么可说的了，我们走吧。"花锦对花书记道，"花书记，您给我们介绍一下，九村这几年主产什么。"

"怎么就没什么可说的了？"花成忠见城里来的漂亮女老板准备走，忙大声道，"你们是有钱人，就不管我们农民死活了？"

"不是你自己说，只要花成民的女儿来，你就不闹了？"花锦冷漠地看着花成忠，这么多年不见，她这个大伯还是厚颜又贪婪，不占便宜就觉得是吃亏。

"你……你这话是什么意思？"花成忠吓得往后退了两步。这个城里来的女娃儿，看起来年纪不大，瞪眼的样子怎么吓人得很？

"意思就是，花成民的女儿就在这，该属于她的东西，就是她的。"花锦勾了勾唇角，"花大伯，你知不知道，侵占他人财产，不仅要罚款，还要坐牢？"

被对方似笑非笑的样子唬住，花成忠竟然一句话都不敢说。等花锦一行人全都进了办公室，他被老婆摇了几下肩膀，才在恍惚间回过神。

"你哪门回事，看到人家漂亮女娃，连话都说不清楚了？"花伯母伸手去挠花成忠的脸，"你是老不要脸的，老娘打死你。"

"花嫂儿，话莫乱说哦！人家那么大的老板，这话传到人家耳朵里，不晓得要惹多大的麻烦。"看热闹的村民把两人拉开，"有啥子事回去说，让人家领导看到了，像个啥样子嘛。"

村民见这次的投资商过来，不仅有领导陪同，还有电视台的记者跟随，便猜到投资商的身份不简单，也不想花成忠两口子办事情不带脑子，坏了村里的好事。还是花成国两口子讲点道理，虽然也想分花老三家里的东西，但至少在投资商面前，像个人样儿。

花锦等一行人回了办公室，从裴宴助理手中接过一份文件，递到花书记面前："关于花家沟开发方案，裴先生的助理团队在昨晚做了一个粗略的设想。相关的后续工作，还需要村里与我们这边相关工作人员沟通，您先看一看吧。"

"这……"花书记接过文件，大致看了一遍，有些怀疑自己的眼睛。他虽没有见过大世面，但这个合作方案对他们村里也太优待了，这哪里是寻求合作，分明就是拿钱来扶贫。

"花女士，我不太明白。我们花家沟的土质虽然还不错，但还没有好到让你们如此优待的地步。"花书记很心动，但更多的是不解，"你为何要这么做？"

听到这话，花锦侧首看向裴宴。在上车之前，她也不知道有这份合作计划书，问裴宴为什么要这么做。

裴宴说：你的长辈都已经过世，我无法给他们买见面礼，只能用这份合作书当作他们生养你的回报。

听到这个回答的瞬间，花锦沉默了很久，知道裴宴真正的用意并不是这个。他知道她的童年过得并不好，所以他想拿这份合作计划，让她风风光光地站在这里。他想让整个村的人都知道，当年她虽然狼狈逃走了，但是过得比谁都好。

她什么都知道，所以既舍不得他的这份心意，又舍不得这么多的钱。

"我无父无母，能给你的，只有这些钱还有这颗心。你连我的心都要了，也就顺便帮我分担一下钱。"裴宴握着她的手，"一个人花钱，太寂寞了。"

"花书记，"花锦从回忆中收回神，看着他道，"这次我来花家沟的主要目的，并不是为了合作，而是回乡祭祖。"

"回乡祭祖？"花书记怔怔地看着花锦，几乎不太敢相信自己的耳朵，"您祖上……是我们这的？"

"七八年前，谢谢您偷偷放我离开。"花锦笑了笑，这个笑轻松又释然，"我是花锦，我回来了。"

"你是金娃子？"花书记惊诧道，"你是花老三的女儿，花金？"

"对，我就是花金金。"透过花书记震惊的双眼，花锦似乎又看到了七八年前的场景。当年她又饿又怕地蹲在玉米地里，透过玉米秆的空隙，对上了花书记的视线。

花书记与同行的同村叔叔已经看到了她。她想过各种可能，却没有想到的是他们两位叔叔偷偷放过了她，还给她留下了几百块钱。

那几百块钱成了花锦的救命钱。她到了大城市后，才发现什么都要花钱，全靠着花书记与另一位叔叔"掉"在地上的钱，才撑过最开始那几天最难熬的日子。

"当年，谢谢您。"花锦站起身，朝花书记鞠了一躬。

"哎，别别别。"花书记被弄得有些反应不及，伸手去扶花锦，又想起男女有别，只好让村里的妇女主任把花锦扶着坐下。他看了看花锦，又看了看跟她在一起的裴宴等人，好半晌才感慨道："没想到你变化这么大，我都认不出来了。这些年……你过得还好吧？"

"好。"花锦点头，把手伸到裴宴面前，把他的手握住，"这是我的男朋友，我想带他去见见我外婆。"

花家沟有九村一组，花锦的外婆住在九村四组，和花锦家离得不远。农村里没有秘密，村里人都知道花锦的父母重男轻女，但是她的外婆却很喜欢她。花锦小时候，外婆担心她吃不好，常把她叫到自己家里去玩。中考的时候，花锦考了全校第一，那时候全村的人都说，花锦外婆要享福了。哪知道没多久老太婆就生病过世，什么福都没享到。

"要得要得，下午我带你过去。"花书记有些不好意思，"前几年村里修路，你舅舅家拿了上面的赔偿款，把你外婆的坟墓换了个位置，不在原来那个地方了。"

花锦眼睑颤了颤，点头道："谢谢您，花书记。"

县里的陪同人员没有想到事情会这样发展，都感到十分意外。最后还是裴宴的助理团对他们说，要在村里处理些私事。他们与市里的陪同人员交换了个眼神，只留了一个与花家沟工作来往比较多的人员陪行，便让其他人先行离开了。

上面的领导离开以后，花书记跟村里的办事人员自在了许多。他们看着打扮时髦、皮肤白嫩得能掐出水的花锦，还是有些不太敢认。

"这几年你的变化太大了，当年你在屋头的时候，又黑又瘦，瘦得眼窝子都陷进去了……"话未说完，花书记忽然想起，花锦的男朋友还在这，不该说花锦以前长得丑，于是转口道，"裴先生，多谢你在外面照顾我们村的女娃娃。金娃子读书的时候，成绩一直是几个村里最好的。前几天我在县里遇到她的高中班主任，说她当年如果能参加高考，说不定是上北大清华的好苗子呢。"

这话有些水分，但是花书记见裴宴通身贵气，还带着什么司机、助理、保镖的，担心他看了花家沟这样子，会瞧不起花锦的出身，所以就想帮花锦多说几句好话。

"我知道。"裴宴笑了笑，"我们家的花花，做什么事都很厉害。"

花书记见裴宴这样，微微放下了一些心："按照老规矩，你们结婚前是要给两边过世的祖辈上坟烧纸。金娃子你还记得这些，是好事。"

结婚前给祖辈上坟？

花锦十七岁就离了家，哪知道这些规矩？她刚想解释她不是要跟裴宴结婚，裴宴却先她一步开口了。

"我们也是这么想的。"裴宴笑眯眯地看着花锦，"等我们结婚时，我们会安排人来接您参加我们的婚礼，还希望您老能赏脸。"

办公室外，一些看热闹的村民还没走。

"市里跟县里的领导好像都已经走了，投资商还留在这，是不是还要考察一下？"

"那位姓花的女老板人可真年轻，长得又漂亮，好洋气哦。"

"人家有钱，当然洋气。"花成国的老婆说话细声细气，撞了撞自己丈夫的手肘，"成国，你觉不觉得，那位花老板的眼睛，有些像金金？"

花成国蹲在晒坝里，听到老婆这话："那哪门可能？金金就算再有出息，也不可能当这么大个老板。"

"我们要不还是算了嘛！花成忠想要那些田土，就让他拿去，天天这么争下去，也没啥意思。我们儿子媳妇都住在县城里，农村这种房子，也看不上。"花成国老婆看了眼还在骂骂咧咧的花成忠夫妇，"他们两口子，早晚要遭报应的。"

话音刚落，他们就见办公室的门打开，几位西装笔挺的高个男士走出来，分别站在大门口两边。这个架势看起来，很像是电视剧里的保镖。

"花成忠，花成国。"花书记走到门口叫兄弟二人，"花老三家里的宅基地与田土已经交给他们家女娃娃了，你们两个以后不许再争，听到没有？"

"花书记，金娃子人都不在，你哪门给她的？"

"大伯，谁说我不在？"花锦站在花书记身边，似笑非笑地看他，"我这不是回来了吗？"

花成忠吓得退后两步："啥……啥子，你是金金？"

"是啊。"花锦扬起唇角，"对不起，让你失望了，我又回来了。"

看热闹的村民惊呆了：这是金金？花金金？

花成忠两夫妻想起自己当年做的那些事，又看了眼跟在花锦身后的那些助理保镖，吓得好半天都说不出话来。

"我听说堂哥前段时间跟人打架，伤了别人的腿？"花锦走下台阶，踩着高跟鞋一步步来到花成忠面前，"这可不太妙，故意伤人是要坐牢的。"

"金金，过去的事，就让它过去了，你……你……"花成忠面色发白，

"你现在发达了，也不能把我们这些长辈不放在眼里。"

"哦？"花锦挑了挑眉，轻笑一声，"长辈？"

花成忠被她的眼神看得心里发虚，往后退了两步。

花锦厌恶地看着夫妻二人，就是这样贪婪又胆小的两个人，断绝了她上大学的希望，甚至还想毁了她一辈子。

真是可笑，太可笑了。

花锦转身对裴宴道："裴宴，我带你去四周看看。"

裴宴走到花锦面前，握住她的手："好。"走了几步，他回头看了眼瑟瑟发抖的花成忠夫妇，眼底冰冷一片。

"金金，有话好好说……"花成忠见花锦与裴宴走远，想要往前追几步，却被职业保镖拦下。

"这位先生，鉴于你有非法软禁我当事人的前科，请你不要靠近我的当事人。"戴着眼镜的助理对花成忠微笑道，"关于其他相关事宜，请您等待法院的传票。"

什么法院，什么传票？

第八章 蜀锦美

对于很多普通村民而言，去法院打官司是件非常可怕的事情。花成忠夫妇在听到这句话以后，吓得双腿都软了。

他们忽然想起了很多的旧事，顿时变得惶惶不安，不知该如何是好。

其他看热闹的村民，这才慢慢回过味来，花成忠两口子怎么对金娃子的，村里人都心里有数。刚才花成忠闹着要花老三家里的宅基地跟田土，被金娃子听在耳里、看在心里，她能没什么想法？

当年金娃子离开花家沟的时候才多少岁？一个十七岁的小姑娘，一无所有地在外面打拼，无亲无靠，连个诉苦的人都没有。现在她终于出息了，发达了，心里对花成忠两口子肯定是有怨气的。

"成忠叔，你跟姨先回去休息。"花书记的儿子见两口子吓得面色煞白，一句话都不敢说，上前对他们夫妻二人小声道，"莫要让外人看了笑话。"

花成忠这才回过神来，瞪了看热闹的众人一眼，拉着老婆匆匆往家里跑。

"哦哟，他们脾气还挺大的哎。"刚才被花成忠吼过的村妇，见花成忠吓成这样，扬高声音道，"他屋头不就是仗着生了两个儿子，在村子头说话的声音都比人家大。那时候想把金金嫁给老光棍，不还是因为想给他家里老大攒结婚钱。所以做人，不要做缺德事，要遭报应的。"

"金金这些年在外头，硬是出息了。我看刚才跟在她后面那几个男的，有点像是保镖。"

"我如果是她，有个花成忠这样的大伯，回家也是要带保镖的。万一大伯又把人家关在屋头，逼着她嫁人怎么办？"

众人七嘴八舌，有人感慨，有人好奇，但是提起当年那些事，谁都要骂两句花成忠做事不地道。村里人这些年跟花成忠一家关系也不太好，只是碍于花成忠有两个脾气不好一言不合就要跟人动手的儿子，都抱着惹不起躲得起的态度。

现在看到他家可能要倒霉，大家都在暗地里叫好，谁会喜欢村霸呢？

"我们九村的土地肥沃，种出来的蔬菜水果口感也好。"花书记介绍着九村的一些现状。

裴宴看了眼花锦脚上的高跟鞋，又转身看了眼前方不太好走路的土坡，拦腰把她抱到一块石头上站好，走到她前面指了指自己后背："上来。"

"你扶着我，我能走好的。"花锦看了眼四周，有几个小孩子老人在往这边张望，花书记见他们忽然不走了，也疑惑地看了过来。

"扶什么扶，这里坑坑洼洼的，万一摔到你膝盖怎么办？"裴宴二话不说，把她背到自己背上，"等到了平地上，我就放你下来。"

花锦看了眼花书记震惊的眼神，默默把头埋在裴宴的脖子后面，缓缓伸出手，环住了裴宴的脖颈。

"这边是镇上技术人员规划的经济果林，这几年已经开始挂果了。"花书记扭过头，当作没有看到裴宴与花锦之间的亲昵。他年纪大了，不懂城里情侣之间的相处方式。

等走过土坡，来到比较平整的小路上，裴宴放下花锦，牵着花锦的手道："抱歉，花花她前些年膝盖受了伤，走不了太崎岖的山路，希望大家不要介意我的行为。"

村办公室的工作人员大多是九村的人，听他说花锦腿受过伤，都忍不住多看了花锦几眼。花书记更是忍不住道："怎么会受伤？严重不严重？"

"很严重，当年差点连命都没有了。"裴宴沉着脸，"花花当年运气好，熬了过去，但还是留下了旧疾，只要阴雨天，就会腿疼。"

众人沉默下来，这些年花锦变化这么大，肯定在他们不知道的地方吃过很多苦。

"这些年，花花一直念着村里照顾过她的人，所以我们才会回来，为村里的发展做出一点贡献。"裴宴看着众人的脸色，"虽然当年在这里发生过很多不愉快的事情，但是花花还是想让大家过上更好的日子。我尊重她的想法，所以陪她来了这里。"

众人回忆着花锦生活在这个村子里时的过往——因为出生的时候是个女孩，被她的奶奶厌弃。好在她是头胎，虽然爷爷奶奶父母不喜，但也没被送走。

后来随着她的弟弟出生，花锦日子越来越难过，才六七岁大时，就要背着小竹篓出去割猪草，帮着家里做事。幸好她自己争气，成绩好，每次花成民两口子去开家长会，都会被老师点名表扬。

花锦她妈是个十分爱面子的女人，因为花锦成绩好，几个村子提起她，都是交口称赞，所以在读书上学方面，花锦并没有受到为难。可惜这份好运气，也在夫妻两人意外身亡后结束了。

时间过去近八年，每到要高考的时候，村里都会有人感慨一句：当年花金金如果能去参加高考，一定能考个非常好的大学。

只可惜万事没有如果，看着现在站在他们面前的花锦，村里的诸位长辈都有些脸红。

裴宴却没有准备停下："我听说花成忠一家在村里十分霸道，对于这种村霸，上级早有批示，必须严厉打击村霸行为，还老百姓一个平静的生活。"

花书记闻言心中一颤，对上裴宴平静的双眼。这个年轻人的眼神太凌厉，让他几乎不敢与之对视："裴先生说得对，做得不好的地方，还需要改进。"

裴宴没有再多说什么，转头看花锦："你家的土地，在哪里？"

花锦目光往四周看了一圈，指向鱼塘下面的一块水田："那块田，好像是我家的，对吗？"她看了眼花书记。

"对，这块田是你家的。"花书记点头，一行人走到鱼塘边上，发现水田里还有谷桩，显然这块田一直有人用，只是不久前才把田里的水稻割走。

村办公室的人有些尴尬，虽说田荒着不如有人种着好，但是村里老规矩是：种别人暂时不用的土地，是要给主人打招呼的。

花锦察觉到村里人的尴尬，但只当没看见："这几年雨水可够？"

"前段时间雨水太多，影响了稻谷的收成。不过好在我们这里排水沟弄得好，没有让庄稼受到太大影响，不过靠河边的那些瓜田才是亏惨了。"提到最近的雨水问题，花书记心里的尴尬感消去很多，总算有了话题可以聊。

说来也奇怪，明明花锦是他们当年看着长大的，但是现在在她面前，大家却都有着几分不自在的感觉。或许是因为当年花锦被花成忠关起来时，他们没有帮一把而心虚；又或是花锦现在太发达，他们村里白拿了她给的好处，却又不能帮到她太多，觉得有些不好意思。

但不管是为什么，他们心里很清楚：现在的花锦，已经不是当年的花金金了。

中午饭是在花书记家吃的，花锦看着满满一桌子农家菜，朝花书记一家道了谢，再落座吃饭。饭吃到一半的时候，花成国拎了两块熏干的腊肉来，放到裴宴助理面前，转身就准备走。

"二伯。"花锦叫住花成国，"一起吃点吧。"

"不了，你二妈在家里做好了饭，我回去吃就行。"面对花锦，花成国有些心虚，手在裤边来回擦了好几下，"我记得你小时候喜欢吃腊肉炖干菜。今年雨水多，干菜都发霉了，只剩下两块腊肉，你拿回去吃。"

花锦看了眼助理脚边用塑料袋装好的腊肉："谢谢你，二伯。"

花成国嘴唇动了动，没有再多说什么。当年他家穷，花锦不能参加高考的事，他虽没有参与，但也没有帮过她。现在她发达了，他也没脸去攀亲戚。

"那……那你日后好好的。"花成国偷偷看了几眼跟着花锦走出来的裴宴，"日后有空，就回来看看。"

能说的都说完了，花成国佝偻着背，沿着来时的小路，匆匆走远。

花锦站在门口，看着花成国的背影越来越远，神情有些恍惚。

"花小锦，"裴宴轻轻握住她的手，"走，我陪你回去吃饭。"

花锦怔怔地看着裴宴，缓缓露出一个笑来。

今天站在这里，她无比清晰地认识到，自己其实是个没有亲人的人。在花家沟生活了十几年，她对这里的一草一木熟悉到闭眼都能走路的程度，可是时隔八年再回来，曾经熟悉的路，熟悉的水，甚至是熟悉的人，都变了。

中午吃完饭，花锦从车里取出一双平底鞋换上，拿出早已经准备好的香烛元宝等物，去给外婆上坟。

花锦跟在花书记身后走了很久，终于来到了外婆的墓前。这座墓修得很简陋，坟头用石块简单地堆砌起来，四周长满了茂盛的野草。

花锦低头看着已经长到膝盖以上的草，弯下腰，拿过花书记手里的镰刀，沉默地割起来。

"我来。"裴宴按住花锦的手腕，"我第一次见外婆，就让我在她老人家面前，献一次殷勤，也好让她老人家知道，我对你是真心的。"

花锦眨了眨微红的眼眶，把镰刀递给他："那你好好献殷勤。"

前几天刚下过雨，天气有些湿热。从小连镰刀都没有摸过的裴宴，割了没一会儿草，就开始满头大汗。助理们想要去帮忙，都被他喊退了。

"这种事，要我这种晚辈来做，才叫孝心。"裴宴用手擦了擦额头上的汗，朝花锦咧嘴笑了笑。

花锦看着他这副傻乎乎的样子，忍不住笑了笑，从包里拿出手帕，擦去他脸上的汗："小心点，别把手割了。"

他花了一个小时，终于把坟墓上以及四周的杂草清除干净。裴宴理了理身上的衣服，点上香烛后，然后扑通一声跪了下去，把扎好的元宝扔进火盆里。

花锦怔怔地看着他这个动作，也跪在了他身边。

外婆，您不孝的外孙女回来了。

花锦眼睑颤了颤，转身看了眼裴宴：傻乎乎跪在我身边的这个男人，叫裴宴，是我这辈子遇到的最好的男人。

您老人家一定要好好记着他的脸，保佑他身体健康，一切顺遂，平安无忧，这可是有可能成为你孙女婿的人。

外孙女这辈子，得到的偏爱并不多，您是第一个，他便是第二个。在您过世后，终于有人注意到我喜欢吃什么，他会把我喜欢吃的东西，放在我的碗里；我吃得再多，他都觉得我吃得少，长得不够胖。

这样一个男孩子，您也是喜欢的吧。

花锦笑了笑，朝着坟墓磕了三个头，裴宴也跟着她结结实实磕了下去。

你看，这个笨蛋就是这么傻，也就是这么好。为了我，跑来待不习惯的乡村，迫不及待向您磕头，想做您的孙子。万一……万一日后我们没有在一起，您可千万不要怨他。

他这么这么的好，我只求他一世幸福，求您保佑他。

等到元宝燃尽，花锦从地上站起来。裴宴连忙伸手去扶她，等花锦站稳后，才从地上爬起来。

"你刚才在心里，默默跟外婆说了什么？"回去的路上，两人走得很慢，裴宴牵着花锦的手，小声问，"你有没有告诉外婆，我是你的男朋友，是你未来的先生？"

"你猜？"花锦笑眯眯地看他。

"我不猜,反正就算你没说,我也在心里自我介绍了。"裴宴抬了抬下巴,略显得意道,"我给她老人家说,我是她未来的孙女婿,以后一定会好好照顾你,跟你过一辈子。"

一辈子。

一辈子太长,花锦几乎不敢奢望,但是与裴宴在一起的每时每刻,都让她很珍惜。偶尔,她也会奢求,两人真的有一生一世不相离的未来。

"你这是什么眼神?"裴宴看着花锦脸上的笑,"难道你不想跟我过一辈子?"

"花小锦,我跟你说,做人不能三心二意的。我连你家祖宗都跪了拜了,四舍五入那就等于是你家的人了,懂了没有?"裴宴伸手把花锦的腰一揽,"回去后,我们去领结婚证吧。"

"什么?"花锦恍惚地看着裴宴,有些不敢相信自己的耳朵。

"难道你不想对我负责?"裴宴瞪大眼。

花锦:"……"

这话听着,怎么这么像她对他做了什么似的?

就连走在前面,假装听力不好的花书记,都转头用谴责的眼神看了花锦一眼,仿佛她是一个吃了不认账的渣女。

"沉默就等于同意。"裴宴在她脸上偷了一个香,"那我们就这么说定了。"

花锦无话可说,但是在她的内心深处,其实有那么一点小雀跃的。也许,她也想把裴宴绑在自己身边,但总是故作清醒,装作随缘自在。

祭拜过外婆,花锦带着裴宴去父母坟前上了一炷香,但是这一次花锦没有跪。她看着并排的三座坟,把纸元宝扔进火盆里。

纸元宝越烧越旺,很快就燃烧殆尽。

农村有种说法:祭祖的时候,纸钱烧得越旺,就代表亡故的人越高兴。

花锦自嘲一笑。在他们生时,她在这一家三口面前,活得像个外人。现在他们死了,难道还会更喜欢她一些不成?

等到火星散尽,花锦对裴宴道:"我们走吧。"

两人沉默地走着，路过一块只剩下枯秆的玉米地时，花锦停下了脚步。她看着这块地，对花书记道："叔，当年谢谢您。"

花书记愣了愣，盯着这块地看了许久，才想明白花锦说的是什么。当年花锦就躲在这里，他偷偷给花锦丢了几百块钱。

"过去的事就让它过去吧，你回去跟你婶儿说一下，证明当年那几百块钱是给了你就行。"花书记开玩笑道，"这样就能洗刷我藏私房钱的冤屈了。"

花锦笑了："好，我回去就跟婶儿说清楚。"

"这里……"裴宴不解地看着这块地。

"当年我从大伯家逃出来的时候，被发现了，就躲在了这块地里。"对于无数次在噩梦中浮现过的画面，现在的花锦，终于可以轻松地说出来，"那时候的玉米长得很高，很茂盛，把我掩藏得很好，但我还是被发现了。"

花锦朝花书记笑了笑："花叔当年发现我以后，不仅没有告诉大伯，还偷偷给了我几百块钱。"

看着这块地，裴宴几乎不敢想象：如果那天晚上，花锦没有逃出来，那么迎接她的，会是什么样的命运？

他转身看向花书记，郑重地朝他鞠了一躬："谢谢。"

谢谢他帮助了花锦，才让她拥有新生活，才能让他们在人来人往的大都市相遇。如若不然，此生他们便是天南地北，永不会相遇。

"小秋姐，你要的资料。"同事把一份报告放到刘秋面前，对她道，"今天有上面的领导来视察，但这都快十一点了，是不是不来了？"

"你还是回你岗位上去吧，我怕你一闲聊，他们就来了。"刘秋打开局域内网，把资料上的数据往系统里面录入，"我不陪你聊了，这堆活干不完，晚上又要加班。"

"没趣。"同事小声嘀咕了一句，转身回了自己的位置。在办公室的几个年轻职员中，刘秋是学历最高、办事能力最强的。他们都听说主任准备培养她当接班人，但另外一个领导却觉得刘秋是个女人，压不住事，更想培养另外一位男同事，而男同事家里有点关系。对此，大家都挺为刘秋感到可惜。

这位男同事抬头开玩笑说了句："你干吗去招惹她？谁不知道她是我们部门有名的上进人士。"

其他人盯了男同事一眼，没有说话。部门里女性比男性多，内心多少有些为刘秋抱不平的意思，只是大家都不想得罪人，才勉强维持着办公室的和气。

男同事也不在意其他人的态度，拿起杯子在饮水机下接了一杯水："我跟你们讲，这次并不是上面的领导下来视察，而是有位大投资商过来。据说这位大投资商是个有名的慈善商，近两年在序构市投了不少项目，又有亲戚住在我们佚名县，所以才特地过来看看。县里的领导很重视这件事，才特意安排接待工作。领导带他来我们部门，是想让我们介绍一下农产品科学开发计划。"

"能让领导亲自接待的投资商，肯定很厉害吧。"听到这种小道消息，其他同事都有些惊讶，"如果真能让他在我们佚名县多投资一些项目，帮老百姓多创一些收，那还真是好事。"

"哪有这么容易？"男同事嗤笑，"听说邻近几个县，已经在偷偷接触这位投资商，想把人引到他们县里去。"

"不是说这位投资商有亲戚在我们县？"同事小声道，"跟其他几个县比起来，我们还是有优势的。"

"一表三千里的亲戚，能起多大的作用？"男同事见同事们都认真地听着自己的分析，忍不住有些得意，"先看着吧，等下你们千万不要出岔子，领导们很看重这次合作，不管事情能不能成，至少不能坏在我们手里。"

刘秋听着同事们的对话，偷偷拿出手机看了一眼。花锦今天早上发消息过来，说她人已经在佚名县，上午就过来找她。现在都已经十一点多了，怎么还没见到人影？

"来了。"男同事接了一个电话，挂断后对众人道，"大家注意一下形象，记住不要乱说话。"

刘秋有些担心花锦。她这么多年没有回县城，会不会是迷路了？刘秋左思右想，发了一条消息给对方，让她有事就给自己打电话，注意安全。

繁花：不用担心，我已经快到了。

刘秋微微松口气，人没事就好。

"刘秋，把手机收起来。"男同事见刘秋还在玩手机，"你不要影响我们部门的形象。"

"大家都是平起平坐的同事，说话的时候，不要用命令语气。"刘秋收起手机，瞥了男同事一眼，"我每天看手机的时间，还比不上你十分之一，你急什么？"

"你……"男同事被刘秋挤对得满脸通红，正准备还嘴，却听到外面传来主任说话的声音，以及各种脚步声。

"裴先生，花小姐，这就是我们部门的办事处。为了贴近老百姓生活，使服务更加年轻化，最近两年我们招了几位高学历的年轻人。现在他们都是我们部门的中流砥柱。"部门主任见裴宴与花锦都很年轻，就特意表扬了几位年轻人。

"贵部门服务百姓向来抱着认真细心的态度，这我是知道的。"花锦看着部门外挂着的牌匾，"我有位相交多年的好友，正是这两年考核到这个部门工作的。"

陪行的工作人员们闻言一喜，正愁不知道该怎么跟隔壁几个县抢人，现在却知道花小姐有好友在这里上班，那是好事啊。

众人纷纷夸这是缘分，又说考入这个部门多么不容易，花小姐的朋友是位才干出众的年轻人云云。看着这些工作人员带笑的脸，花锦想，为了给当地招商引资，让老百姓的日子好过一点，他们也都不容易。

听着脚步声谈话声越来越近，部门里的众人有些紧张，等领导们带着投资商出现时，他们都有些吃惊：两位投资商男帅女美，看起来比他们还年轻，这是什么样的人生赢家啊？

刘秋惊讶地看着走在前面的花锦，以为自己看花了眼——花锦怎么会跟投资商一行人走在一起？

花锦与刘秋的视线对上，朝她笑了笑。

听花锦说她有朋友在这个部门上班以后，陪行人员就在偷偷观察她的表情，见她朝坐在里面的刘秋笑了一下，在场的谁还不明白她的朋友是谁？

部门主任对还没从震惊中回过神来的刘秋道："小刘，你跟花小姐是朋友，过来跟花小姐介绍一下我们县近两年农业方面的工作。"

刘秋眨了眨眼，起身走到花锦身边，强压着好奇与震惊，带他们去楼上陈列馆参观。

留下的一众同事面面相觑，好半天都没回过神来。为了让男同事在领导面前露脸，主任早就安排他做讲解员。尽管大家都知道，对这项工作最熟悉的人是刘秋。

但是谁也没有料到，刘秋竟然与投资商是朋友。这实在让人太意外了，有这么厉害的朋友，怎么他们没听刘秋提起过？

佚名县的陈列馆不像大城市的那么华丽，甚至连设备都缺少了科技感。但是刘秋却把这些无聊的数据讲解得趣味横生，时不时穿插一些佚名县的小趣闻，引得参观人员时不时露出微笑。

参观工作结束，市里的领导特意对部门主任道："这位小刘同志，工作能力非常出众，一定要好好培养，让她为更多的百姓服好务。"

"领导说得是。"部门主任扭头朝刘秋看去，见她正在与投资商说话，便没有过去打扰。

"花花，你今天可是吓了我一大跳。"刘秋看了眼离她们俩几步远，陪着领导说话的裴宴，小声问，"这就是你朋友圈提到的那个男朋友？"

花锦点了点头，在她耳边小声道："我今天这是在狐假虎威，真正的投资商是他，我是来给你撑面子的。"

"姐们儿，你这可真是做到了苟富贵，不相忘。"刘秋有时候跟花锦在微信上聊天时，会向她吐槽一下部门里的那位极品男同事，"我代表组织感谢你。"

"我可真是谢谢你了。"花锦拉着刘秋往旁边又走了几步，"你刚才给我们讲解工作的样子好帅，好御姐。"

"那有什么办法呢？我没有遇到完美的爱情，只能沉迷事业了。"说到这，刘秋忍不住又多看了裴宴几眼，犹豫片刻后道，"他……对你好吗？"

她到现在还记得，当年在火车上遇到花锦时，花锦的样子有多狼狈——花锦明明已经十七岁，却干瘦得像十四五岁的孩子。这些年刘秋见花锦越过越好，却不愿意踏进佚名县一步，就知道她还是没有从当年的阴影走出来。

但是今天出现在她面前的花锦似乎变了。她变得更有自信，变得更有活力，像是一朵精致的假花终于变成了一朵盛放的玫瑰，迷人又美丽。

花锦重重点头："小秋，他就是当年救过我的人。"

"竟然是他？"刘秋讶然，随即又笑了，"难怪，你居然会在朋友圈秀恩爱。"她印象中的花锦，有着对男性理性到近乎冷漠的态度。她第一次看到花锦放陌生帅哥照片时，就觉得哪里怪怪的，原来是这样。

"你是出于感激，才与他在一起的？"刘秋知道花锦对曾经帮过她的人，都抱着格外友善的态度，所以害怕花锦分不清感激与爱情的区别。

"不，我爱他。"花锦摇了摇头。

爱，这个字似乎并不是那么难以开口。花锦看着不远处的裴宴，露出温暖的笑："小秋，我现在过得很开心，你不要担心。"

或许是因为当年刘秋见过她最无助的一面，所以尽管两人年龄相差不大，但刘秋对她总带着姐姐的心态。花锦知道，如果不说清楚，刘秋是不会放心的。

"人生在世，过得开心就好。"刘秋是个有些理想主义的人，所以她支持逃离包办婚姻的花锦。为了建设家乡，她放弃了在大城市发展的好机会，回到了这个小县城里。别人怎么看，她不在乎，只要自己开心就好。

"那你以后，还要坚持刺绣吗？"刘秋心里清楚，能让领导亲自陪同的投资商，肯定是家缠万贯的大人物。在他面前，花锦现在的职业就太不起眼了。

"我当然要坚持。在我人生最灰暗的时候，是刺绣让我一点点找回了人生自信。"花锦眼神坚定，"制成绣品的每一针每一线，都是绣师的心血。身为非物质文化遗产的继承人，我是不会轻易说放弃的。"

"那下次再见，我是不是要叫你花大师？"刘秋失笑，"还是蜀绣派传人？"

"你如果提前叫一声，我也是不介意的。"花锦朝刘秋咧嘴一笑。

"年纪不大，脸皮却比谁还要厚。"刘秋伸手捏了捏她的腰，忽然笑道，"花大师，祝你早日把蜀绣发扬光大。"

花锦拉着刘秋的手："我只会在这边待几天，在下周一就要回去了。你在这边多多保重，别为了工作，忘记照顾身体。"

"我知道。"刘秋扬唇笑了笑。这里虽是花锦的出生地，但是她却把离开这里称为"回去"。也许对于花锦来说，此处只是一段回忆，一段过去，但却不是她的家。

心安处则是故乡。

刘秋转头看向裴宴，有这位裴先生在的地方，就是花锦的家吗？希望裴先生能够好好珍惜这份情谊，不要让花锦的心颠沛流离，无处是故乡。

最终裴宴与佚名县当地签订了一些合作项目，花锦不太懂这方面的事，所以没有多问。在佚名县的第四天，她去了佚名县古建筑保护街，去找那位曾惊艳过无数人的纺织师。

可是来到那栋木楼前，花锦发现曾经的蜀锦店变成了一家纪念品店，店里摆着几乎各个风景区都有人卖的劣质工艺品。

她随意买了两个绳结，开始向店主打听纺织师的下落。

　　"你问的可是曹大妈？"中年店主听花锦提到"会织布"这三个字，立刻明白了过来，"这个年代，还有几个人买布匹做衣服？前几年街上的裁缝都做不下去了，连布匹店也没法开了。现在这个店就是她的，只是被我租了下来。你如果要找她，可以去问问她女儿，她女儿在下街卖麻花。"

　　"谢谢。"花锦向店主道了谢，把买来的绳结放到裴宴手里，"来，把你绑住。"

　　"幼稚不幼稚？"裴宴嘴上说着嫌弃的话，却反手把花锦牵住，"这里的建筑风格，有些像我们去过的江酒市那条街。"

　　"都是当地的风景保护街道，这些木楼有不少年的历史了。"花锦抬头看了眼屋檐下挂着的红灯笼，"我们去找那位曹阿姨的女儿。"

　　他们找到纪念品店店主说的麻花店，花锦见麻花店外围着几位客人，便上前问道："请问，这里是曹阿姨女儿开的店吗？"

　　"谁找我？"内屋传来一个声音，很快就有个女孩子坐着轮椅出来。

　　"你好，我是一名蜀绣师，听说曹阿姨擅长织蜀锦，所以想要请她合作。"为了不让对方觉得被冒犯，花锦仿佛没有注意到女孩子腿脚的问题，神情如常，"不知道她方便不方便？"

　　"蜀锦？"女孩子嘲讽一笑，"现在这个年代，手工织布又慢又不赚钱，更比不上机织花样多，谁还弄这个？"

　　花锦注意到对方有些尖刻的态度，道："机器确实能做到很多我们人类不能做到的事，但有些事只有我们人能做到，机器做不到。希望您能让我跟曹阿姨见一面。至于报酬方面，一定会让您满意的。"

　　女孩子面上的嘲讽之色减少了些许，扭过头不看花锦："我妈这几年已经不太碰织布机了，你走吧。"

　　"半年后，有一场世界瞩目的时尚大会，我想让更多的人知道蜀锦与蜀绣，见识到独属于我国传统文化的美。"花锦对这个二十多岁的女孩子道，"小时候我见过曹阿姨织布，她织出来的蜀锦，像烟霞一样，很美。"

"可是这么美的烟霞，却连我们的生活都维持不下来，又有什么用？"女孩冷笑，"你说有什么用？"

她妈妈会织那么漂亮的蜀锦，可是却被她爸嫌弃不能赚钱。身为女人，不在家好好带孩子照顾老人，织什么没用的布？

再后来，她爸爸出轨了，离婚后在外面大肆宣扬她妈有多没用，说她妈不会生儿子，不会照顾家里，只会像个绣楼小姐一样，织一堆卖不出去的布。

那些年几乎整条街的人都在嘲笑她妈：明明是丫鬟的命，却有一颗小姐的心。

想到这些过往，她狠狠瞪了花锦一眼："你不用跟我说这些，我不关心什么时尚大会，什么传统文化艺术，这些通通跟我们没关系。"

"抱歉。"看着女孩紧紧握住轮椅的手，花锦愣了许久，"是我打扰了。"

看着女孩发红的眼眶，花锦渐渐从找到织师的喜悦中回过神来。她忘了在这种小地方，人言有多可畏。

近几年在大城市受到推崇的传统手工艺，在小地方却是实用价值不高的奢侈品，并不会受到推崇。经济水平决定了消费观念，她在大城市待得太久，差点忘记了小城市的消费习惯。

花锦不知道在织师与她女儿身上发生过什么事，但是对方反应这么大，说明那段记忆对她们而言是痛苦的。花锦没有资格去揭开。

见花锦准备离开，裴宴不解："你不想再努力争取一下？"

花锦摇头，对裴宴道："旁边山上有座财神观，走，我们去拜拜财神爷，求他老人家保佑我们发大财。"

"花小锦，你不是很看重这次的时尚大会？"

"我确实很看重，也希望借着这次机会，能让更多的人见识到传统手工艺的美。但这都是我的想法、我的野心和欲望。"走在青石板路上，花锦听到了风吹起来的声音，"艺术与美存在的意义，是为了让人开心，而不是让人痛苦。如果本末倒置，就没有存在的必要了。"

一家传统乐器店，传来悦耳的乐声。店主为了招揽客人，坐在店门口敲着手鼓，叮叮咚咚十分热闹。

然而路人们大多用看热闹的眼神看他几眼，然后慢悠悠走开。看起来生意并不好，店主也不在意，自个儿拍得高兴。

看到这一幕，花锦忍不住笑了："有些事不能太过强求，强求就是对他人的不尊重。"

"我明白了。"裴宴道，"那剩下两天，你带我在序构市四处走一走？"

"好啊。"花锦笑，"我也想知道，整个序构市现在变成什么样了。"

"等一等。"

"等一等！"

听到身后传来焦急的呼唤声，花锦停下脚步往后看去，是那个坐在轮椅上的年轻女孩。青石路面不太平坦，她的轮椅摇来晃去，吓得花锦朝她的方向走了两步，帮她扶住了轮椅。

女孩子紧紧握住了她的手臂，看着她，喘着气道："我……我带你去见我妈。"

"你……"花锦没想到她会忽然改变主意。

"我妈愿不愿意跟你合作，我不敢保证。但合作上的事，你跟她商量就好。"女孩子别过脸，"我是不会帮你们说好话的。"

"谢谢。"花锦看了眼跟在她跟裴宴身后的保镖与助理，对裴宴小声道，"她们母女俩应该是独居，等下让助埋先生与保镖先生在外面等一等吧。这么多成年男性进去，我怕引起她们的不安。"

"好。"裴宴明白花锦的顾虑，转身跟助理说了几句，让他安排下去。

曹阿姨母女就住在这条街上，因为要维持街道原貌，所以这里的房子全是低矮的木楼与青瓦房。穿过一条昏暗的小巷，花锦看到了一座低矮的青瓦房，一个五六十岁的妇人正在翻捡晾晒在外面的菜干。

"妈。"年轻女孩唤了一声。妇人回过头来，面色看起来有些憔悴。似乎没有想到有外人来，曹阿姨半眯起眼睛看向花锦与裴宴身后，发现后面跟着好几个人高马大的男人，扔下翻菜干的筷子，三步并作两步跑到年轻女孩身边，拦着她道："我跟那个男人早就离婚了，他在外面欠的债不关我的事。你们马上走，不然我就报警了。"

"妈，他们不是来要债的。"年轻女孩按住妇人苍老的手，"这位女士是大城市来的绣师，她想拜托你织蜀锦。"

"蜀锦？"妇人怔怔地看着花锦，眼神变得明亮，但很快又黯淡了下去，"对不起，我已经好几年不做这个行当了，你们去找别人吧。"

"曹阿姨您好，我是繁花工作室的绣师，这些年一直从事蜀绣方面的工作。"花锦注意到曹阿姨的眼神，双手把自己的名片递到她面前，"这次来，我是真心求合作的，希望您能考虑一下。"

曹阿姨眼神有些慌乱，没有接花锦的名片，反而扭过头去："兰兰，你好好接待客人。锅里炖的鸡汤要干了，我去看看。"

看着曹阿姨匆匆离开的背影，花锦在心底叹了口气。

"几年前我爸在外面欠了很多钱，债主找上门时不小心把我推倒，造成我下半身瘫痪。为了照顾好我，我妈跟我爸离了婚，关了布匹店，再也没有碰过织布机。"年轻女孩眼中充满了泪，"我妈熬更守夜织出来的蜀锦，被当作便宜货处理给街坊邻居，还被人嫌弃不耐脏。"

"我妈说，她祖上好几辈都是蜀锦师。到了外曾祖母那一辈，因为身份不好，被人烧掉了织布机。知青下乡后，外曾祖母嫁到了这边一个贫农家庭。"女孩抹了抹眼泪，"小时候妈妈跟我说过，她很喜欢织布。外婆也说她很有天分，会是曹家最杰出的蜀锦师。"

"可是外婆却不知道，这个时代已经不太需要这个行业了，再好的天分也没用。"年轻女孩咧嘴自嘲地笑，"你们过来坐吧。"

"既然如此，你为什么还要带我们过来？"花锦把轮椅推到树荫下，又拖了一张长条凳，跟裴宴一起坐下。

助理与保镖们，在确定这里没有其他人后，便已经退出了小巷。所以只剩下他们三个人的小院很安静。花锦看着院子里挂着果子的石榴树，走着神想，石榴成熟了没有？

"我知道她喜欢织布，尽管家里那台织布机已经放在杂物间积了厚厚一层灰。"年轻女孩垂下头，良久后道，"这辈子，她被我爸祸害了几十年。我不想我这个做女儿的，是第二个祸害她的人。"

没想到会得到这个答案，花锦以为这个双腿残疾的年轻姑娘，是厌恶蜀锦的。

"我恨的不是妈妈喜欢的职业，而是恨她为这个职业付出了这么多，却没有得到回报。"年轻女孩看着花锦，"如果你没有骗我，我妈织的蜀锦真有机会去参加国际时尚大会，她会高兴的。"

花锦把曹阿姨没有收的名片，放到这个女孩子手里："十岁那年，我跟外婆上街，偶然间发现了曹阿姨开的布匹店。说出来不怕你笑话，那时候我以为店里的布匹会发光，而曹阿姨就是天上来的仙女。"

年轻女孩怔住，看着眼前这个漂亮的女人，忍不住问："真的吗？"

"真的，我来县城的次数并不多，但是每次进城都会偷偷来店门口看几眼。"花锦道，"所以在服装布料选材上，我想到的第一个人，就是曹阿姨。"

"我明白了。"年轻女孩紧紧握住手里的名片，抬头看向正屋大门，抬高声音道，"妈，你答应她吧，我也想看会发光的锦缎。"

屋内没有动静。

良久后，曹阿姨红着眼睛出来，手里还端着茶，往四周看了眼："其他几位客人呢？"

"他们对贵地的风景很喜欢，所以出去赏景了。"裴宴接过她端来的茶，道了一声谢。

这样的风景街，很多城市都有，实在没什么稀奇的。曹阿姨猜到这两位年轻人是不想给自己带来麻烦，才让其他人先离开了。她抬头看了眼裴宴与花锦，犹豫了片刻问："时尚大会，是你们组织的？"

"不是这样的。"花锦把事情经过解释了一遍，等曹阿姨彻底听明白后道，"这次大会对时尚界，对我们传统手工艺术行业都很重要，希望您能跟我们合作。"

　　曹阿姨没有说好与不好，看了眼女儿，对花锦道："你跟这位先生，请跟我来一下。"

　　花锦与裴宴跟在曹阿姨身后进了屋，屋里有些昏暗，还能闻到一股木头受潮的味儿。曹阿姨带他们来到一扇低矮的木门前，用钥匙打开了上面的锁。

　　门一打开，花锦就被灰尘呛得忍不住咳嗽，随后她发现，这间小屋里空空荡荡，只有一架布满灰尘的织布机。

　　"我已经五年没有摸过它了。"曹阿姨擦去织布机上的灰，织布机吱嘎作响。她拿起一个梭子，苦笑："这台织布机，已经坏了。"

　　"我会给你安排最好的织布机。"裴宴开口道，"如果你愿意，会有基金会对当地蜀锦行业进行扶持，帮你拓展蜀锦销售渠道。"

　　曹阿姨没有说话。

　　"坚持了一辈子的事，既然舍得放下，为何没有勇气再次拿起来？"裴宴道，"如果有人说你坚持一辈子的事，既拿不到钱，也得不到利，那你就更应该借这次机会，狠狠打那些人的脸。就算你不在乎这些，也要为你的孩子争口气。你要让所有人都知道，传承这么多年的手艺是瑰宝，是祖辈们留给我们的珍贵遗产。"

　　"为了兰兰……"曹阿姨有些失神。

　　"为了她，更是为了你自己。"花锦接过话，"至少你要证明，你这么多年的坚持，是有意义的。"

　　"我明白了。"曹阿姨点了点头，"报酬什么的，我不在乎，但我只有一个要求。"

　　"请说。"

　　"如果需要我去大城市，我要把兰兰一起带上。她腿脚不方便，我担心我不在，她会受到别人欺负。"

　　"应该的。"花锦脸上露出一个灿烂的笑，"非常感谢您愿意跟我合作。"

工作室内，接到消息的助理对马克道："先生，花绣师那边已经找到了一位合适的蜀锦师，两天后就赶回来。"

马克点了点头："等下你去餐厅订好位置，我要感谢花绣师这几日的奔波。"

"先生。"助理犹豫道，"万一花绣师找的织师并不靠谱，那该怎么办？"是她说什么蜀绣要搭配蜀锦更能凸显衣服风格，也是她找来的蜀锦师，谁知道是不是她故意找的理由？

"你知道为什么大多合作对象，跟我合作过后，都愿意跟我合作第二次吗？"马克放下设计稿，看了助理一眼，"用人不疑，疑人不用。"

"是。"助理变了变脸色。他知道，自己刚才这句话，让马克先生不高兴了。

"花小姐是位对自己作品负责的人。她找到的蜀锦师，肯定不会让人失望。"

人生第一次乘坐个人专机，兰兰整个人都有些恍惚。这次为了邀请她妈参与合作，花小姐这边不仅为她们安排了居住地方，还特意请了两个人照顾她们的饮食起居——听说其中一个人对医理十分了解。

对方的诚意，她是见识到了，唯一没想到的，是他们竟然这么有钱。

来之前，亲友们都担心她们会上当受骗。现在上了飞机，她忽然觉得，如果有私人飞机的富豪是骗子，应该也懒得费精力骗她们。

曹阿姨也没想到这对年轻人如此有钱，有些拘谨地坐在女儿身边，看着窗外滚滚白云发呆。

此去，真的能让更多的人欣赏她织的蜀锦吗？

这厢花锦与裴宴心想事成，徐家人却愁云惨雾，求助无门。

这个星期徐家的生意连连受挫，想要帮徐家求情的人却发现裴宴根本不在。他陪女朋友去外地旅游去了。

众人顿时明白过来，裴宴哪是去旅游，分明是摆明态度告诉大家，谁来求情都没有用。徐家老爷子就算病死在医院，裴宴也不会改变决定，就是要跟徐家过不去了。

徐家老爷子尴尬地在医院里住了好几天，见裴宴当真半点情面都不愿意留，只好回了家。

他刚回家没多久，准备出国的徐长辉就被警察带走了，理由是酒驾、毒驾，以及故意伤害罪。

一年前，徐长辉跟人在酒吧发生冲突，把一个人打成重伤。没想到时隔这么久，这件事又被翻了出来。

徐家人这才彻底明白，裴宴是不可能放过徐长辉的。徐老爷子再次被送进医院，这一次他不是在演戏，而是真的被送进了急救病房。

打听到裴宴周一就要回来，徐毅徐强两兄弟当天一大早就守在了裴宴家门口。事情闹到这个地步，他们除了抛下所有脸面向裴宴哀求以外，别无他法。

两人在裴宴大门口等了整整几个小时，才终于等到裴宴的车出现。

"裴先生！"徐毅在商场上打滚多年，知道有时候颜面这种东西毫无用处。他张开双臂，拦在了裴宴的车前："裴先生，请您给我几分钟时间。"

看着拦在车前的徐毅，花锦忽然想起，当初在四合院第一次看到徐毅时，他看向自己的眼神。

他像是在看地上的瓦砾，多余的杂草，仿佛她坐在那里就是多余。

多么优雅的人，多么高高在上的人，然而在求人的时候，他的姿态，并不比当年重伤躺在地上的她好到哪儿去。

裴宴看了眼身边沉默的花锦，对司机道："不用理。"

见车子再次开动，徐毅心一狠，竟趴到了挡风玻璃上："裴先生，你究竟要怎样才愿意放过徐家？"

隔着挡风玻璃，徐毅看到裴宴的车里，还有一个女人——一个让裴宴不顾众多宾客在场，跟他们徐家翻脸的女人。

花锦与徐毅的眼神对上，勾起嘴角朝他笑了笑。

"徐家就是徐家，什么不要脸的手段都能用出来。"裴宴嗤笑，"论不要脸，谁能比得过他们家？"

裴宴打开车窗，对徐毅徐强道："行了，你们都进去，免得别人以为我请了杂耍班子在门口唱大戏。"

这句话极度傲慢与无礼，花锦看到徐毅脸上的肌肉颤了颤，却愣是没有露出半点不满。

她眉头皱了皱。这样的人，比把喜怒表露在脸上的人，可怕多了。

一行人回了别墅，裴宴拉着花锦的手，在主位坐下。他往沙发上一靠，懒洋洋地看着徐强徐毅两兄弟："不知徐家两位叔叔，找我有何贵干？"

"请裴先生饶过我们徐家。"徐强性子直，当下便开口道，"你我两家多年交情，何必为了一个女人闹到这个地步。"

"饶？"裴宴眯了眯眼，嗤笑道，"徐叔这话是什么意思？贵公司生意上出了问题，跟我有什么关系？晚辈不过是个游手好闲、不事生产的散财童子，哪有本事跟商界精英相比？"

听到这话，徐强忽然想起，几年前徐毅在背后评价过裴宴几句话：

不事生产，游手好闲，裴家的祸害。

难道这些话，被裴宴这个当事人知道了？想到这，他扭头去看徐毅。当老子的得罪裴宴，做儿子的得罪裴宴的女朋友，二弟这对父子，可真是把裴宴得罪得彻底。

"关于两位叔叔家里的事，我也略有耳闻。对贵公司的遭遇，我深表遗憾。"裴宴叹口气，"只可惜我没有经商的天分，对二位的遭遇无能为力，两位请回吧。"

徐强：……

去你的深表遗憾，人都要被你整死了，还无能为力？

昔日高高在上的人在自己面前变成点头哈腰的落水狗，是一件很容易让人变得虚荣的事。

靠在柔软的沙发上，花锦脑子里闪过很多念头，印象最深的竟然不是躲在玉米地里的无助，也不是做酒店服务员时被人羞辱的愤怒，而是躺在地上时，裴宴给她撑开的那把伞。

裴宴为了一个女人闹到这个地步？

听到这句话时，花锦觉得既荒唐又好笑。到了现在这个地步，在这些高高在上的大人物眼里，她仍旧只是一个女人、一个符号。她唯一存在的意义，就是影响了裴宴的决定。

或许在这些人眼里，没有身份没有地位的普通人与不起眼的动物无异——只是她这只动物有些讨厌，竟然让一个比他们更厉害的人给他们为难。

难怪会生养出视人命为无物的徐长辉，难怪徐思会在学校霸凌其他同学。这是他们放在骨子里的傲慢，普通人在他们眼里，不是人。

"真有趣。"在屋里气氛变得越来越尴尬时，花锦突然开口了，"我这个女人如果是外人，你们又是什么？"

裴宴皱眉，对花锦道："你不要听他们胡说八道，我没这个意思。"

"我知道，你永远都不可能说出这样的话。"花锦朝徐家两兄弟笑了笑，"按照年龄来说，我该敬称两位叔叔。不过想必二位不想我称呼这一句，我也就不为难彼此了。有个问题，在我心中埋藏很久了，不知徐毅、徐强先生能否给我一个答案？"

徐毅与徐强没有说话。

在这种场合，裴宴不仅让花锦随意插话，甚至当着他们的面，言明他的立场，这已经证明了花锦在裴宴心中的地位。

但是这种猜测的结果，对徐家非常不利。

"现在是二十一世纪，究竟是谁给了你们勇气，让你们高高在上，瞧不起普通人？"花锦脸上的笑容一点点散尽，"是小学的思想课不及格，还是你们全家脑子都有问题？"

"你……"徐强气得面色赤红，可是对上花锦冷漠的眼神，全身像是被泼了一盆冷水，慢慢冷静了下来。

他从未像现在这一刻清醒：只要有花锦在，裴宴就绝对不会放过徐家。

"两位叔叔，请回吧。"裴宴冷着脸道，"我们刚从外地赶回来，需要休息了。"

见徐强耷拉着脑袋不再开口，徐毅盯着花锦看了许久："裴先生，犬子犯下大错，我愿意让他接受该得的法律惩罚，徐家绝不包庇他半分，请裴先生与花小姐监督。"

花锦愣住，这话的意思是要抛弃徐长辉，保住整个徐家？这话如果是徐强说出来，她还不至于如此惊讶，可说话的是徐毅，徐长辉的亲生爸爸。

裴宴嗤笑道："徐长辉触犯法律，得到严惩是应该的，而不是条件。你们徐家的事，该怎么处理就怎么处理，不要再闹到我面前。"

裴宴把徐家两兄弟送走，花锦道："徐毅……"

"在绝对利益面前，有些人能做出抛弃妻子的事，并不奇怪。"裴宴道，"不过越是这样的人，越是要小心，因为他做事是没有底线的。"

"那徐毅以后报复你怎么办？"花锦皱起眉来，"不管是电视剧还是小说，那些有智商的反派，往往特别能蹦跶。"

"所以就不能让他再蹦跶。"裴宴伸手揽住花锦的肩膀，"我不是说了，一切都按照法律法规来办事，徐家自己违法，能怪谁？"

几天后，徐毅因操纵股市，接受相关部门的调查。徐家股市一跌再跌，还爆出许多豪门负面秘闻。短短几天内，几乎所有网民都知道徐富豪家的八卦。

徐强已婚，却喜欢泡夜店。徐毅看似正人君子、商界精英，与妻子感情和睦，其实在外面偷偷养了两个情人，其中一个情人还怀了孕。

两个长辈这样，小辈也好不到哪去，一家子人没个干净的。

徐家人做过的事，引起了很多人的讨论。一些与徐思、徐长辉关系比较好的狐朋狗友，都不敢再露面，怕这把火烧到自己头上。

所有人都知道，徐家完了。

徐毅牵涉到经济案件，被警方带走了。徐长辉因为窝藏毒品，加上有过犯罪的前科，至少要在牢里待上好几年。徐强没有经商天分，徐毅被抓后，管不了这么大的公司，导致决策上连连出错，最终公司易手，风光不再。

曾经不可一世的徐家，在短短两三个月内，就这样轰轰烈烈地倒塌了。昔日众星拱月的徐思，搬出被查封的别墅，住进了一套小公寓里。

一夜之间，她的好友、曾经向她示好的男人，全都消失得无影无踪。

甚至有人对她说，早就受不了她的矫情与缺德，徐家落到现在的下场，全都是报应。

风光时，花团锦簇；落魄时，门庭冷落。这就是现实。

徐思被以前看不惯她的人，羞辱过好几次。她躲在屋子里不甘过，恨过，骂过，最后不得不接受现实——她不再是那个高高在上的徐家大小姐了。

时近秋末，天气已经凉了下来。马克设计的时装还在一次次修改配饰与细节，绣师们为了让服装达到最好的效果，聚在一起商量过无数次。

花锦绣的鸾鸟裙已经快要完工，但是马克又给这条裙子的设计上加了条披帛。为了突出披帛的飘逸与美，花锦需要把绣纹与披帛融合在一起，这对针脚的细密程度与色彩搭配，都有新的要求。

"服装在灯光下，会呈现出不同的视觉效果。我想让鸾既有东方的神韵，又有张扬的美感。"马克把3D投影效果图放大到墙上，对花锦道，"花小姐，能在裙子与披帛上加上暗金纹吗？"

"可以。"花锦盯着效果图看了几眼，"我跟我的工作室，能够达到这种视觉效果。"近几个月，工作室的发展非常顺利。他们工作室已经新增了五名绣师。这些绣师都很有经验，让与他们合作的花锦很轻松愉快。

"那就好。"马克对花锦感激一笑，"这几个月来，辛苦花小姐了，今晚我做东……"

　　"抱歉，马克先生，今晚不太方便。"花锦摇头，"我已经跟男朋友约好了共进晚餐。"

　　"好吧。"马克闻言笑道，"看来是我提出来的时机不太凑巧。"

　　等花锦离开以后，马克的助理道："先生，今天日子特殊，花绣师肯定不会跟您一起用晚餐的。"

　　"今天怎么了？"马克看了眼手机，十一月十一日，不年不节的，有什么特殊？

　　"今天是单身狗买买买，情侣们秀恩爱的好日子。"助理关掉投影仪，"您需要的，是一位同样还单身的女士。"

　　马克叹了口气，摘下鼻梁上的眼镜，捏了捏鼻子靠在椅背上："年轻人玩闹的节日，我就不去凑热闹了。"

　　"您才三十四岁，年轻着呢。"

　　"到底比不上了。"想起花锦那双漂亮的眼睛，马克闭上眼睛，"我先休息一会儿，半小时后你叫我。"

　　助理见马克神情疲倦，放轻了收拾的动作，让马克多休息一会儿。最近为了时尚大会上的那几套设计服装，整个工作室的人，都忙得不可开交，先生更是常常熬夜到凌晨。

　　都累成这样了，今天花锦小姐过来，先生还亲自接待，也不知道是什么心思。

　　"听说按照双十一的规矩，男朋友要给女朋友清空购物车？"裴宴凑到花锦面前，用手肘撞了撞她，"你有什么想买的，我给你买。"

　　"买什么？"花锦打了个哈欠，看了眼坐在前面的司机，把头靠在裴宴肩膀上，"我最近忙得头都晕了，哪还有时间在网上看东西。最近冷落了你，还是我来补偿你，我给你清空购物车。"

　　裴宴调整了一下坐姿，让花锦靠得更舒服一点："花小锦，我听这话，怎么就不太对味？"

　　"哪里不对？男女平等嘛，你给我清空购物车，还是我给你清，都是一样的。我们过节嘛，重在参与。"花锦睁开眼睛，摸出裴宴的手机。

知道解锁屏幕密码是她生日，她熟练解开，点开裴宴的购物车。

盯着看了几秒后，花锦默默把手机塞回裴宴手上："其实吧，我觉得这种节日也没什么好过的，我还是想一想晚上吃什么，去吃情侣火锅怎么样？"

为什么购物车里，会有卖几十万的东西？连一口锅都要卖七八万？找了一个有钱男人的悲哀，她就是想要豪气一把，都满足不了他。

惨，实在太惨了。

"吃什么情侣火锅，你感冒刚好，火锅不能吃。"裴宴把手机扔到一旁，"我已经订好座位了，吃点养生的。"

"又是养生餐。"花锦苦着脸扎进裴宴胸口，赖在他身上不想起来，"裴宴宴，我是你女朋友，你就不能宠着我点？"

"花小锦，说这种话你良心不会痛吗？"裴宴护着她的头顶，不让她脑袋撞到车门上，"我对你还不够好？"

"你对我好，就带我去吃火锅。"花锦哼唧道，"我已经一个月没吃火锅了。"

"不行。"裴宴毫不犹豫地拒绝，"等你咳嗽的毛病彻底好了，才能吃这个。"

"好吧。"花锦悻悻地趴在裴宴怀里，故作凄凉道，"人家都说爱情保质期只有两三年，我们两个在一起才四五个月，你就对我不好了。我好伤心，好难过，只有火锅才能弥补我的悲伤。"

裴宴看了眼怀里戏精上身的人，不为所动："一个月前，你已经用过这一招了。"

那次她肠胃不舒服，偏偏还想吃水煮鱼。他耳根子软没有坚定住立场，让她吃了水煮鱼。之后她拉了一整天的肚子，好不容易养起来的肉，又瘦了回去。所以这次裴宴怎么都不会妥协。

花锦："……"

"呵，男人。"

裴宴："哼，女人。"

听着两人幼儿园水平的争吵，司机拿出最高的职业素养，才没有让自己笑出来。

到了餐厅，嘴上说不吃养生餐的花锦，却吃了不少。吃完饭，两人手牵手走在步行街上。今天晚上外面的情侣似乎格外多，时不时有捧着花卖的小姑娘。

"我都分不清这是光棍节还是情人节。"花锦吸了一口冷气，这才十一月，天气已经好像开始凉起来了。

"哥哥，给这位漂亮姐姐买几朵花吧。"一个穿着校服的小女孩站在花锦面前，胸口戴着一块牌子，上面写着"义卖活动"四个字。

花锦笑了："怎么不是让姐姐给哥哥买花？"

小姑娘眨着眼看花锦。

花锦从钱夹里拿出钱递给小姑娘，挑选了九朵玫瑰："谢谢你，小妹妹。"

小姑娘把钱收起来，笑眯眯道："祝姐姐跟哥哥百年好合，再见。"

"现在的小孩子，真是古灵精怪。"花锦从手包里拿出一根手绳，把九朵玫瑰束在了一起，然后放到了裴宴手上，"虽然不能给你清空购物车，但是玫瑰我还是送得起的。"

"今天是十一月十一日，你送我九朵玫瑰，是一生一世长长久久的意思吗？"裴宴接过玫瑰，俯头在花锦额头上印下了轻轻一吻。

"谢谢，我很喜欢。"

尽管这只是十块钱一朵的花。

"马克先生，那个……好像是花小姐跟她男朋友？"助理看到了路边的花锦。

马克闻言，打开车窗看过去。光华闪烁的景观灯下，一个年轻男人正俯头亲着在他怀里的花锦的额头。

这种青涩美好的感情，大概只有年轻人才有了。

关上车窗，马克收回自己的视线，语气平淡道："走吧。"

他从未尝试过，在寒冷的夜晚，与恋人行走在人来人往的街道上，只要一束廉价玫瑰花便能满足的滋味。

或许对他而言，豪华的酒店、讲究的装潢，还有从外国空运回来的高级玫瑰更让他喜欢。

只是可惜了这么有意思的女人。

他忍不住再次往花锦所在的方向看了一眼，发现花锦牵着那个男人的手，走到了一家棉花糖店的门口。

真是……幼稚的感情啊。

裴宴与花锦度过了一个愉快的光棍节，唯一的不愉快就是花锦不愿意陪他回家，而是回了出租房里。

他把玫瑰插在水晶瓶里，拿出手机拍了几个角度不同的照片，然后把照片发到了朋友圈，并且选择了所有人可见。

裴：哪有女人非要送男人玫瑰的，真是拿她没办法。

冬冬：裴哥，我劝你做人要善良一点，给我们单身狗留条活路。

发完这条朋友圈，裴宴看着点赞数与评论数快速增长，嘴角露出了一个满意的微笑。

他有女朋友送玫瑰，这种快乐，朋友圈里那些单身狗是无法体会到的。

第九章 鸾裙绣

聊天群热闹起来。

杨绍在好友群里不断地圈裴宴的名字，想让他出来说话。

冬冬：@裴裴哥，这大过节的，你就不能心慈手软一点？

裴宴看着群里这几个人乱七八糟的名字有些眼花，干脆全部备注好，免得他看到名字不知道是谁。

裴：嗯，知道你要过光棍节，所以今天不打扰你。

杨绍：……

杨绍：都说男人有钱就变坏，没想到男人恋爱后，也是有可能变坏的。

裴宴没有理他，点开沈宏的聊天框，给他发了消息。

裴：宏哥，我拜托你办的事，进展得怎么样了？

沈宏：这都快冬天了，效果不会太好，要不你等到明年开春？

裴：哥，你这种有老婆有闺女的男人，怎么能体会我的苦？

沈宏：……

沈宏：你如果不是我亲表弟，我就拉黑你了。

裴：别，你帮我把事情办完以后，再拉黑吧。

沈宏：滚！

看着这段聊天记录，裴宴笑了。他拿着小喷壶，在玫瑰花瓣上喷了一些水，伸手摸了摸还鲜嫩的花瓣，轻笑出声。

双十一被女朋友送花，这种感觉……挺好的。

为了让设计服达到最好的视觉效果，花锦一直在高强度工作，晚上卸了妆洗完澡以后，就爬到床上睡了。直到第二天早上醒来，她才看到裴宴发的朋友圈。

她顺手点了一个赞，还在评论区留了一个红心。几个加了她又加了裴宴的好友看到了，纷纷来开她的玩笑。她还没来得及说什么，就看到这几个人被裴宴调侃回去了。

花锦捧着手机，在床上笑着打了一个滚，又想起等下还要跟工作室的几位同事安排工作，叹了口气，从床上爬了起来。

她收拾好，刚出门就被琴姐叫住了。见琴姐神情有些低落，她担心是琴姐的孩子出了事："琴姐，怎么了？"

"我看你最近很忙，很早出门，很晚才回来。你还年轻，工作上面的事，也要循序渐进。"琴姐看了眼花锦瘦了一小圈的脸，"前几天房东过来跟我们说了一件事，你忙着工作，可能还不知道。"

"这栋房子马上要拆迁了，房东让我们在月底前搬出去。"琴姐道，"现在离月底还剩下大半个月，你早点去找房子吧。"

花锦想起前几天房东给她打了一个电话，当时她正在马克工作室跟其他几位绣师开会，所以没有接电话，只给他回了一条短信。难道房东那天打电话过来，就是为了这件事？

大家都在一栋楼里一起住了好几年，已经有了些感情。现在忽然得知需要搬迁的消息，花锦竟有些愣神。

"城市这么大，以后大家想要再见面就难了。"琴姐勉强一笑，"不过你早就该搬了，工作上发展得那么顺利，住在这边也不方便。"

"那你跟小海，准备搬去哪儿？"花锦担心道，"小海已经上六年级了，换学校恐怕不合适。"

"现在换个学校多难啊。"琴姐失笑，"你没有孩子，不知道为孩子在一所好学校报名有多难。我就在附近找好了房子，虽然每个月房租要贵几百块钱，但是离小海以后要上的中学比较近。"

"那也挺好。"花锦恍惚地笑了笑，看着这栋灰扑扑的小破楼，竟生出了几分不舍的情怀。

"我们楼上楼下商量了一下，过几天在下面的空地摆几桌酒席，算是为我们各自践行。"琴姐看花锦，"你要来吗？"

"来。"花锦点头，"这事儿是谁在牵头？我把份子钱给他。"

"楼下的陈老婆子跟王柱儿两口子。"提到陈婆婆，琴姐神情有些不自在。她跟陈婆婆住在一栋楼里，吵过好几次架，谁也看不顺眼谁。但是上次小海离家出走时，为了帮她找孩子，陈老婆子把附近的小沟小河都走遍了，后来还因为劳累过度，生了几天的病。

琴姐心里过不去，跑去照顾了她两天，一来二去的，两人最近这几个月，再也没有吵过嘴了。

"那我晚上就去找陈奶奶……"

"等等，你把你那位男朋友也带上吧。我们虽然没见过什么大世面，但也能帮着你看看。"琴姐笑了笑，"恋爱婚姻，都不是小事，你慎重些没错。"

"好。"花锦应了下来。

都说天下没有不散的筵席，可是真正等到这一天时，花锦才缓缓回过神来。她一直住在这里没有搬走，除了房租比较便宜外，还有一点就是，在她独自打拼生活时，这些人格上并不完美的邻居，让她的生活没有那么孤单。

每当夜深人静，她走在昏暗小巷子里，只要抬头看到这栋楼里还有灯亮着，就会安心一点。有时候她受了顾客的委屈，偷偷躲在被子里生闷气时，听着隔壁琴姐唠叨孩子的话语，会让她觉得生活还有几丝活气。

陈老太虽喜欢多管闲事，还有点碎嘴，但是见花锦一个人打拼，总是把做好的小菜分给她，还让她少在外面吃饭，说万一吃到地沟油对身体不好。

三楼的那两对夫妻，虽然有时候喜欢占点小便宜，但是在她忙的时候会帮她买菜买水果，春节从老家回来还给她带土特产。

秋风吹在脸上有些冷，花锦才慢慢清醒地认识到，不管是琴姐、陈奶奶还是住在这里的其他人，他们都是有家人的，但这里并不是他们的家。

只有她，没有时刻挂念着她的亲人，也没有家。

走出小巷，她看到了停到外面的黑色汽车，司机站在车边正在等她。见她出来，司机对她憨厚一笑："花小姐，早上好。"

"早上好。"花锦微笑着对他点头。然后后排的车窗打开了，一瓶牛奶从车里被裴宴递了出来："花小姐，这是你订的牛奶跟男朋友，请签收。"

她接过牛奶瓶，牛奶还是热的，暖意从手掌一直传到心底。她坐进车里，对裴宴道："不是说今天要去参加个慈善发布会吗，怎么突然过来了？"

"因为天气，活动要延迟一个小时，我想过来看看你，再去活动现场。"裴宴把蛋糕包装盒拆开，把蛋糕喂到花锦嘴边，"再说只是个发布会，我去露个脸就行。"

她就着裴宴的手咬了一口蛋糕咽下："有钱人的世界，我是不太明白的。"

"等你不忙后，我带你一起去。"裴宴道，"有没有什么喜欢的明星？我去给你带签名回来。"

"明星？"花锦不怎么追星，但喜欢看长得好看的明星，于是随便说了几个名字，"这些明星都要去？"

"嗯。"裴宴点了点头，"我刚才看你从巷子里出来，脸色不好，出了什么事？"

"啊？"花锦愣了一下，随后叹口气，"房东说，我现在住的房子，即将面临拆迁问题，要我们所有租客月底前搬出去。"

搬出去？

裴宴嘴角往上翘了翘，但是见花锦情绪低落，又把翘起的嘴角压了回去："你最近忙成这样了，哪有时间去找什么房子。你要不干脆先把东西搬到我那里住着，等你空闲下来以后，再慢慢找？"

"搬去你那儿？"花锦喝了口热牛奶，一脸怀疑地看着他，"搬进你那儿，我还能搬出来？"

"难道我还能软禁你？"裴宴把蛋糕放到花锦手里，轻哼一声，"自己拿着吃。"

"你就算想，也不敢。"花锦把蛋糕又放回去，"别闹，喂我。"

"如果你不想跟我住在一起，也可以搬到我其他的房子里去。"裴宴垂下眼睑，不让花锦看到自己的情绪，"不过你到其他地方住，我也不能放心。"

"看来你不是真心邀请我去你家住。"花锦似笑非笑地看着他，"我都还没认真拒绝呢，你就开始提第二个建议了。"

裴宴抬眸，两只眼睛亮晶晶地看她："那你跟我一起住？"

"好啊。"花锦笑眯眯地看他，"过几天我们出租楼里有个离别宴，你跟我一起参加，然后帮我搬东西。"

"离别宴？"裴宴道，"要不要我安排厨师跟食材……"

"你别瞎凑热闹，大家就是凑些份子钱，自己做饭摆上几桌。你们平时聚会用的那一套，在我们这里不合适。"花锦埋头在蛋糕上咬了一口。

嗯，很甜。

娱乐行业的慈善发布会上，男女艺人在红地毯上争奇斗艳才是普通人关心的重点。至于什么影视公司负责人又或是投资商，都是直接入了内场，也不被大家关心长什么样。

慈善发布会内场摆着宴席，裴宴坐在投资人这一桌。他年纪最小，但整桌人都客气地捧着他。

裴宴与同桌的这些投资商并没有太多交情，甚至不算这个圈子里的人，只是运气好，随便投资的几部电影都赚了不少钱。以至于业内有些迷信的人，都喜欢跟他拉靠关系，跟着他做投资。

一些有头有脸的老牌艺人会过来寒暄几句，向投资商们敬杯酒，这在圈子里，也算是种脸面。

老牌艺人也都知道裴先生不爱与艺人打交道，所以敬完酒以后，就打算识趣离开，哪知道这次裴先生一反常态，叫住了几位在业内很有名气的实力派演员。

卢仁易就是被叫住的一员。突然被裴先生叫住，他有些紧张，心想难道是他平时有什么言行，得罪了这位大佬？

听说去年慈善会上，有个男艺人去敬酒的时候，裴先生半点面子都不给，连杯子都没有碰一下。他后来才知道，那个男艺人品性不太好，只是面上伪装得很好，一般人都不知道。

他越想越觉得害怕，自己好像没有干过欺男霸女的坏事吧？

"不好意思，我的女朋友很喜欢卢先生演的电视剧，不知道卢先生可不可以送我一张签名照。"裴宴对卢仁易淡淡一笑，"如果是你饰演的皇帝剧照签名，那就更好了。"

卢仁易听到这话，差点以为自己耳朵出了问题，看了看裴先生，又看了看不远处的经纪人，大佬的女朋友竟然对他有好感？

经纪人恨不得当场按住卢仁易的脑袋让他同意，只是有其他人在场，能做的事情只有微笑。

"能让裴先生您的女友欣赏，是我的荣幸。"卢仁易回过神来，"明天我就让助理把剧照签名送到贵府。"

"不用，我安排助理过去拿就行。"

"裴先生贵人事忙，这种小事哪能麻烦您的人。"卢仁易心花怒放。别说只是几张剧照签名，就算让他连夜签一百张不同的剧照，他也是愿意的。

慈善会还没结束，消息灵通的人已经得到消息，有名的投资商裴先生已经有了女朋友，而且为了女朋友亲自开口向艺人要签名。

堂堂投资商大佬，竟然为了女友向艺人要签名，这一定是真爱了。

"也不知道哪位女神能让裴先生动心。"一位女艺人小声道，"不过看来不像是圈子里的人，这样我心里平衡多了。"

赵霓坐在她身边，没有说话。两人是同公司的艺人，但因为发展路线不同，所以两人的关系还算不错。自从半年前，她穿着手工定制旗袍在红地毯上惊艳登场后，就得到了几个不错的合作机会。加上参与拍摄的网剧讨论度极高，她也勉强算个当红艺人了。

"霓姐，你上次介绍给我的那家蜀绣店，生意实在是太好了，我定制的绣裙，要明年才能取货。"女艺人小声对赵霓道，"我打听到消息，说店里的那位绣师，最近在跟国内有名的时尚设计师马克合作，如果能搭上她那条线，拿到时尚资源……"

"你靠着传统手工艺从业者，去拿时尚资源？"赵霓淡淡道，"天黑了，你回家睡觉的时候做梦比较快。"

女艺人："……"

赵霓叹了口气，那位蜀绣师算得上是她的贵人，真不想把圈内那些乱七八糟的事，牵扯到她身上。

不过她能与马克合作，肯定是个有能力的人，未来肯定会发展得越来越好。

人有悲欢离合，月有阴晴圆缺。

在花锦把份子钱交给陈奶奶的三天后，整栋楼的租户都特意起了一个大早。花锦特意把这一天空了出来，与邻居们聚在一起，洗菜择菜，为了中午的散伙饭忙碌。

住在一楼的老大爷，把自己舍不得喝的酒拿了出来。三楼的夫妻，把自己挂了好久的腊肉拿了出来。

花锦没有酒也没有肉，所以提前去买了一堆的水果与零食放在桌上。

大砂锅里炖着的鸡汤咕嘟咕嘟冒着气泡，花锦跟琴姐坐在小凳子上剥蒜，大家七嘴八舌说着彼此间的趣事，气氛很是热闹。

"花花，你的男朋友今天来吗？"平时喜欢喝两口的老爷子道，"我听陈老婆子说，你交了两份钱？"

"原来花花的男朋友今天也要来吗？"其他邻居听了，纷纷起哄道，"我还以为，要等你们办喜酒的时候，才能坐在一起吃饭呢。"

花锦笑："他不能喝酒，等下来了，你们可不要灌他的酒。"

"大老爷们的，不喝酒怎么行，人都还没来，你就先护上了？"住在二楼的一个中年男人笑道，"那怎么行？"

"爷们不爷们的，也不是看酒量。"花锦笑，"反正你们今天谁都不许灌他的酒，不然我就跟你们闹了。"

大家哄堂大笑，没有因为花锦的话生气，反而夸他们感情好，还问他们什么时候喝喜酒之类。

琴姐见花锦被邻居们打趣也不生气，小声问："你……认定他了？"

"嗯。"花锦点了点头，"这辈子就他了。"

"不改了？"

"不改了。"

"那也挺好。"琴姐笑着点头，"只是就算以后结了婚，自己的手艺也不能丢，谁都有可能靠不住，吃饭的手艺却靠得住。"

"我知道的，琴姐。"花锦对琴姐笑，"谢谢你。"

"谢什么。"琴姐移开视线，看向巷口，"来了。"

阳光下的青年，长身玉立，贵气不凡，即使站在破旧的巷子口，也仿佛跟他们在不同的世界。

有位没有见过裴宴的大姐，看清裴宴的模样后，连连感慨："这小伙子长得可真精神，难怪……"她想说，难怪琴姐给花锦介绍男朋友的时候，被花锦拒绝了。不过这话还没出口，想到会得罪人，她又咽回去。

"这就是天生一对。"琴姐装作不知道她想什么，用手肘撞了花锦一下，"你还不快去把人接过来？再被她们这么盯下去，我怕你男朋友会被她们的眼神吓走。"

花锦放下剥了一半的蒜头，在水盆里洗干净手，走到裴宴面前道："你怎么买这么多东西？"

"我帮你给他们准备了礼盒。"裴宴装作没有看到其他人的眼神，把买来的礼盒放到木桌上。木桌看起来有些老旧，不过一大早就已经洗过了，摆在屋前这片空地上等着晾干。

"这么冷的天，手勒着没有？"花锦抓过他的手，掰开他手指摸摸看看后，才大方地拉着裴宴去给邻居们打招呼。

邻居们善意调侃几句后，就让花锦带裴宴去屋子里坐一会儿，外面风大。

"没事，大家都在这里，在一起聊天热闹。"裴宴把礼盒分发给了大家，"多谢大家平时对花花的照顾。"

"客气个啥，邻里之间，互相帮衬一把又不是什么事。"陈老太见裴宴开豪车，穿高级西装，知道他家世肯定不凡，既高兴花锦找了个好男友，又担心有钱人花心，不能对她一心一意。

在场众人跟裴宴都不熟悉，加上看裴宴通身气派，不自觉便客气了几分，现场的气氛拘谨又尴尬。

花锦见大家都放不开手脚，拉着裴宴往自己身边的小凳上一坐："来，帮我剥蒜。"

裴宴看着小半盆泡过水，还没有剥的蒜，乖乖地学着花锦的样子剥了起来。

"你以前剥过吗？"花锦问。

"我剥过。"裴宴仔细回忆，"以前上大学的时候，跟朋友出去野餐，剥过几次，挺有意思的。"

花锦："……"

"你们有钱人的爱好，还挺特别。"

"和谐社会，人人平等，反对歧视有钱人。"裴宴把剥好的蒜头放进碗里，"对你男朋友好点。"

　　花锦笑着用肩膀撞了裴宴一下，两人靠在一起，嘀嘀咕咕说着话。

　　原本坐在花锦旁边的琴姐，见这对小情侣剥蒜都能剥出浓情蜜意，拿起自己的小板凳，起身跟其他邻居扎堆儿去了。

　　"怎么样？"女邻居见琴姐过来，问她，"我看这两个感情挺好的，真能成？"

　　"我看这位裴先生，对花花挺好的，在我们面前也不摆有钱人架子。如果不是因为喜欢花花，哪能做到这一步？"女邻居见琴姐没有说话，继续道，"以前我们都在想花花什么时候找男朋友，没想到她不找则已，一出手就是个极品。"

　　"我能看出什么？只是觉得两人感情挺好的。"琴姐理着桌上的菜，"你们少八卦一点，等下鸭汤里要放的酸萝卜准备好了没？"

　　"哎呀，我忘了。"女邻居站起身，"我去家里的酸菜坛子里取些过来。"

　　见她离开，琴姐松了口气。她这个婚姻不成功的女人，是真不敢说太多，怕自己乌鸦嘴。

　　"我没想到这栋楼里住了这么多人，还挺热闹。"大家聚在一起闲聊，做菜洗菜都一起干，这种体验对裴宴来说，是新奇的。

　　"大家都是天南地北来大城市讨生活的，能舍得租住在这里的外地人，已经算是经济比较宽裕的。"花锦见他对剥蒜很有兴趣，就把小半盆蒜都放在他面前，自己开始理葱，"这顿饭吃完，以后再想见面就难了。"

　　他们是租客，是临时邻居，聚在一起是缘分。但彼此都是这座城市的过客，要为生活奔波，很难再花精力重聚在一起。

　　这样的生活状态，裴宴恐怕是无法理解的，但花锦也不想让他理解。

　　裴宴担忧地看着她："你难过了？"

　　"有些舍不得，但人总是要往前走，往前看的。"花锦笑了笑，熟练地处理掉葱根处的外皮，留下白嫩嫩的根，"对于在外面讨生活的人而言，聚散离别是常态。"

　　"我是独自一人，你也是独自一人。"裴宴笑了笑，"但是我们走在一起，就成了一个家。从此以后，你不用颠沛流离，不管你去哪里，家里的灯都会亮着等你回来。"

花锦怔怔地看着他，忽然就笑了。

她的出生不受期待，明明有家，却活得像个外人。其实在外婆过世以后，她就没有家了。她是高姨的徒弟，高姨对她也很好，但徒弟就是徒弟，永远都不可能变成家人。

她不怕孤单，但现在有个人对她说，想要与她组成一个家。

他不是给她一个家，而是与她一起组成家。

"好呀。"花锦笑弯了眼，"如果可以，我想跟你拥有一个家。"

"等下吃完饭，我们就回家。"裴宴高兴道，"我们的房间……"

"等等。"花锦打断他的话，"在我们没有结婚以前，没有'我们的房间'，只有你的房间跟我的房间。"

"哦……"裴宴疯狂剥蒜的手，慢了下来。

午饭时间，大家把做好的酒菜端上了桌，还开了啤酒，给每人都满上了。在给裴宴倒酒的时候，花锦按住了他的杯子："说好了不灌他的，你们别闹。"

"没事，喝一点……"裴宴的话还没说完，就被花锦喝止住了。

"什么没事？你喝多了酒会皮肤过敏，你自己还不知道？"花锦瞪了他一眼，对邻居道，"他等下还要帮我搬东西，还要开车，酒我来喝就行。"

"开车不喝酒，你说得对。"听到裴宴喝酒过敏，大家也不瞎闹，跳过了裴宴，继续给下一个人倒酒。

裴宴默默看了眼花锦："……"

不，他什么时候喝酒过敏了？

"你不许说话。"花锦瞪了他一眼，在他耳边道，"你平时都不喝酒，一下子猛地开始喝，会伤大脑的。"

"我只喝一点点。"

"今天大家聚在一起，只要开始喝酒，就不能只喝一点点。你如果喝醉了，还怎么照顾我？"花锦理直气壮道，"今天是我的主场，你陪着我吃饭就好。"

"好。"裴宴失笑，用筷子夹了一些菜在她碗里，"你先吃菜垫一垫胃。"

他没有拦着花锦不让她喝酒，知道她今天是想喝的。他唯一能做的，就是时不时喂她吃两口菜，喝几口汤。

"我老家在北方，前两年我攒钱在县城里买了套房子，一年到头也住不了几天。不过有了房子，娃在城里念书，同学问他哪儿的，他也能抬起头来。"几杯酒下肚，大家的话匣子便打开了。

"我们在外面打拼这么多年，不就是图能让老小过上好日子？"说话的男人抹了一把脸，"来，我们走一杯。"

说到家里的老人跟孩子，左邻右舍都有话说，七嘴八舌十分热闹。琴姐要照顾孩子，所以没有喝酒。她偏头看了眼坐在身边的儿子，给他舀了一碗汤。小海喝着汤，给她夹了一个鸡翅："妈妈，你也吃。"

琴姐笑了笑，看着坐在她对面的裴宴正在给花锦剔鱼刺，笑意更加明显。

花锦平时不怎么喝酒，所以酒量不太好。她几杯啤酒下肚，脸颊就染上了红意。她张嘴吃下裴宴喂到嘴边的东西，朝裴宴露出灿烂的笑，双瞳里水光如星芒。

裴宴忍不住捏了捏她的脸颊："你醉了？"

晃了晃有些晕的脑袋，花锦笑："我清醒着呢。"

"嗯嗯，你很清醒。"裴宴把汤碗喂到花锦嘴边，"喝一口。"

花锦乖乖喝掉。

平时她哪有这么听话，分明就是醉了。

"有句话叫酒不醉人人自醉。"花锦用纸巾擦了擦嘴角，"裴宴，我今天……是高兴的。"

虽然有离别，有不舍，但她仍旧有种抑制不住的高兴。

"花锦，祝你跟裴先生百年好合，幸福美满。"一位女邻居举起酒杯，看着花锦跟裴宴道，"我刚搬来的时候，对这里不熟悉，你带我去买东西，带我去逛街。我生病昏迷，也是你发现我不对劲，帮我叫了救护车，我真的很感激你。"

"楼上楼下，不用说这些客气话。"花锦跟女邻居碰了杯，把杯里的酒一饮而尽，"我生病的时候，不也是你陪着我去医院缴费拿药？"

"是啊，在外面打拼，能遇到你们这些邻居，是我的幸运。"女邻居给自己的酒杯满上，又敬了众人一杯。

"以后啊，大家都保重好身体，钱是赚不完的，日子却要好好过的。"

"干杯！"

"干。"

酒一杯杯下肚，花锦的眼神却越来越亮。到酒尽菜残的时候，在座众人醉了一半。裴宴扶着花锦的肩膀，听着大家的酒言醉语，温柔地帮她擦干净嘴角。

宴席已经结束，可是没有谁先开口说走。

最后还是年纪最大的陈老太叹了口气，目光从众人身上扫过，低声道："大家都散了吧。"

众人都没有说话。

"我给大家做了些调味酱，每人都拿瓶回去吃。"陈老太站起身，敲了敲自己的肩膀，"走吧，都走吧。"

最先离开的是一对才在这里住了半年的夫妻，然后陆陆续续有人站起身，开始回自己屋子收拾东西。

裴宴扶起花锦，准备送她回房间的时候，忽然被一个中年女性叫住。

"裴先生。"琴姐走到裴宴面前，似乎有很多话要说，盯着两人看了一会儿，良久才吐出几个字，"好好照顾她。"

"我会的。"裴宴点了点头。

"那，再见。"琴姐牵着小海，"小海，跟花锦姐姐说再见。"

花锦睁开双眼，脑子犯晕，说话的时候，也没了平时的理智与顾忌："琴姐，好好照顾小海，他是个好孩子。"

"我知道。"琴姐笑了笑，"你也要照顾好自己。"

花锦摸了摸小海的脑袋："脑袋长得这么好，他肯定是个聪明孩子，以后有什么事不要闷在心里。小孩子跟家长最重要的不是赌气,而是沟通。"

小海小声道:"花锦姐,我舍不得你。"

"现在通信这么发达,什么时候想见面都可以。"花锦笑了,"你照顾好自己,照顾好你妈妈。"

"嗯!"小海重重点头。

裴宴扶着花锦上楼,发现花锦把东西已经收好了,几个大箱子工工整整摆在墙角,整个屋子空荡荡的。

"你现在就走吗?"裴宴扶着她在椅子上坐下,"有没有什么落下的?"

花锦摇头,伸手抱住他的腰不说话。

"我带你下去,顺便让人上来搬东西。你要不要再给邻居们说声再见?还有他们的联系方式,你都有吗?"裴宴怕她难受,轻轻地拍着她的背。

"不用了,我们这些在外面讨生活的人,来去之间会遇到很多的人。分别之后,就算有联络方式,也很少再联络。"花锦叹口气,"幸好我现在有了你,不然一定会难过。"

她拥有的东西太少时,失去一点点都会觉得痛不欲生。但是她现在拥有了一份完整的爱,在面对离别时,也变得释然起来。

"那你想我抱你下去,还是背你下去?"裴宴趁机揉了一把她的头发。

"楼里有小朋友呢,你抱着我下去多丢人,还是你背我吧。"花锦声音有些含糊,"小学的时候下雨,其他的同学都有家长来接。雨后的路泥泞难走,很多学前班还有一二年纪的学生家长,就会把他们的孩子背起来走。"

"可是我一次都没有被背过。"花锦噘着嘴,"一次都没有。"

裴宴低头吻了吻她的额头,弯腰把花锦小心地背在身上,小声道:"花小猪,你可真够沉的。"

"我不沉,是中午吃得太多了。"花锦搂着裴宴的脖子,"你该锻炼身体。"

"好，我去锻炼身体，争取在七老八十的时候，还能背得动你。"裴宴背着她走出房间，与赶上来的几位助理迎面碰上。

"裴先生……"助理看着西装笔挺的裴宴背着女朋友，愣了一下。

"东西在屋里，都搬下去吧。"装作没有看到助理们惊讶的眼神，裴宴背着花锦往楼下走。

花锦已经很醉了，但是心里很清醒，知道背着自己的人是谁。伸手揽住他的脖子，花锦放心地靠了上去。

"裴先生。"等在二楼过道上的陈老太看到裴宴背着花锦下来，"你们的车停在哪里，我送你们过去吧。"

"里面是一些酱料跟药酒，小花膝盖不好，下雨的时候，她用这种药酒擦一擦，会好受一点。"陈老太跟在裴宴身后，絮絮叨叨说着一些细碎的小事。

他们走到底楼，遇到一个等在楼下的助理，陈老太便把东西交给了他。

裴宴停下脚步，对陈老太道："多谢您对花花的照顾，您老多保重，再见。"

"你们要好好的。"陈老太抹了抹眼角，"你别辜负了她，这孩子不容易。"

裴宴点了点头，背着身上的人，一步一步，十分坚定地离开了这栋破旧的老楼。

"裴先生，花小姐怎么了？"司机见裴宴背着花锦出来，给两人拉开车门，"她是不是哪里不舒服？"

"没事，中午跟她邻居在一起吃饭，喝得多了点。"裴宴把花锦放进车里，喂她喝了两口水，"你等下把车开慢一点，直接回家。"他本来还打算带花锦去商场选一些室内用品，但看她现在醉成这样，还是早点回去睡觉吧。

"裴宴宴。"花锦睁开雾蒙蒙的醉眼，看裴宴正在给她系安全带，扭了扭腰，"不系，我难受。"

"乖，你不要闹。"裴宴把安全带扣上，"系上安全带，幸福你我他。"

花锦不吭声了，就在裴宴以为她已经睡着了的时候，忽然睁开眼睛："我现在……就很幸福。"

裴宴愣了一下，看向花锦。

"我遇到你，跟你在一起，很幸福。"她抓住裴宴的手，傻乎乎地笑了两声，"谢谢你。"

裴宴沉默很久，看着花锦，眼神温柔得像是把她揉进自己的心里："虽然你平时喜欢说甜言蜜语，但喝醉了后，嘴巴更甜了，你是蜜糖成精的吗？"

花锦仍旧是傻笑。

"你啊。"裴宴把她鬓边的碎发撩到后面，俯身在她嘴角吻了吻。

人生本来无趣，但是感谢有你。

花锦睡了很久，久到她做了一个很长很长的梦。梦里的她，蹲在玉米地里，有个人走到了她的面前。

"我带你走。"

她抬起头，看到了裴宴微笑的脸。

"我跟你走。"她紧紧抓住他的手，从玉米丛里站了出来。这一刻，她不再躲藏，不再害怕，也不再彷徨。

她的身后是黑暗，而他的世界，是一片光明。握住他手的那一刻，她仿佛把光明也握在了掌心。

睁开眼，窗纱在晨光中舞动，她看着窗外的太阳，轻轻笑出了声。

她去浴室洗了一个澡，换上衣服下楼。裴宴坐在沙发上看书，看到花锦，放下书："你终于醒了，睡了十几个小时，肚子饿了没有？"

花锦点头。

裴宴起身让帮佣把早饭端过来，拉着花锦在餐桌旁坐下："你以后少喝酒，酒量忒差了。"

"那我跟你在一起的时候再喝。"花锦喝了一口粥，"有你在，我就不用担心了。"

裴宴："……"

见他想要批评自己，又忍着不开口的样子，花锦忍不住笑出声："逗你玩呢，以后我会少喝的。做我们这行的，不仅要保证手的灵活性，对大脑要求也很高，我哪敢经常喝醉。"

"你知道就好。"裴宴摸了一下花锦脑袋上还湿漉漉的头发，皱了皱眉，拿干毛巾帮她擦了擦，"等下你去繁花那边，还是马克的工作室？"

花锦放下碗："我先去繁花。两三个月前，有位老大爷在我那里给他的妻子订了双绣鞋，后来因为老大爷生病，两人都没有时间来取。现在大爷病好了，我想把绣鞋亲自交到他手上。"

"那我送你过去？"

"不用了。"花锦道，"让司机大哥送我过去就行。中午一点左右，你来马克工作室楼下接我，我们一起吃午饭。"

"那好。"裴宴要去见一个节目导演，"中午我过来接你。"

花锦赶回繁花时，时间已经不早了，看见谭圆与新请的两名店员正在招呼客人。见到她过来，谭圆把客人交给店员，走到她身边小声道："你最近都忙得脚不沾地了，怎么还操心这边，身体不要了？"

"我今天过来，是要把几个月前的绣品交给客人。"花锦把手里提的袋子放到桌上，笑眯眯地看着谭圆，"顺便还有个消息告诉你。"

"什么消息？"

"我跟裴宴住在一起了。"

"什么？！"谭圆又惊又喜，良久后，才道，"你终于……看开了？"

"嗯。"花锦单手托腮，"这么好的男人，我不想把他留给其他人，所以只能紧紧地抓住他，死也不放手。"

"你能这样想就对了，好男人百年难得一遇，遇到了那就要死死抓着，谁要都别给。"谭圆道，"管他什么财富地位，先吃到嘴再说。"

说完，两人自己便先小声笑了起来。

花锦在店里等了没一会儿，老大爷便在一个年轻男人的陪同下过来了。两三个月不见，大爷看起来瘦了些，但精神还是一样好，看来身体已经痊愈了。

花锦把装着绣鞋的盒子交给大爷，对他道："大爷，您跟大妈要好好保重身体，活到一百九十九。"

"我活那么久，不成老怪物了？"老大爷笑着摆手，"小姑娘，谢谢你啊，这鞋子绣得真漂亮。"

"绣得不漂亮，我也不好意思交到您手上，这可是您精心为大妈准备的礼物。"花锦把赠品交给老大爷。

陪着老大爷一块儿过来的，是他的儿子。他身上穿着工整的西装，戴着眼镜，看起来就像是某个行业的精英。他对花锦礼貌道谢，对她的态度算不上热情，但是对老大爷却非常关心。

"老头儿，你怎么在这儿？"一声惊呼，花锦抬头看去，老大妈出现在店门口，身边还跟着她的老姐妹。

"你不是说，让儿子陪你去散步？"大妈走进店里，看了看花锦，又看了看自己的丈夫与儿子，"你年纪一大把了，竟然伙同孩子骗我？"

"妈。"儿子无奈苦笑，"我是陪爸过来的。"

大妈看向大爷："说吧，你怎么在这里？"

"那你怎么在这里？"大爷抱着手里的盒子，像是个做了好事却等着别人发现的小孩子，"你早上出门的时候，不是跟我说，要跟老姐妹逛街？"

"对啊，我这不是正在逛街？"大妈理直气壮道，"逛到这里很奇怪？"

"哼。"大爷把盒子塞到大妈手里，"拿去吧，你看了就知道我为什么要来这里了。"

大妈疑惑不解地打开盒子，看到里面躺着的绣鞋后，愣住了："这是……给我的？"

"还不是你天天念叨电视剧里的鞋子好看，不然我费这个劲儿干什么？"老大爷有些得意，"怎么样，你老公的审美是不是特别好？"

"好什么好。"大妈笑骂了一句，转头对花锦道，"小姑娘，把我订的东西也拿过来。"

"你也在这里给我订了东西？"大爷有些惊讶，怎么也没料到，还有这样的巧合事。

"你以为只有你记得买东西？"大妈扬了扬下巴，等花锦把盒子拿出来，就取出里面的红腰带，"你看看，这是不是很好？"

看到这条红腰带，大爷的脸有些红："我又不信这些东西……"

大妈没有理会他，抖了抖腰带，就往大爷的腰上一系，腰带上的五福图案绣得好看又精致，倒显得与外面那些机织品有几分不同："你瞧瞧，系上红色，是不是很精神？"

两人的儿子连忙点头："爸看上去年轻了十岁。"

"我就说，你爸这次生病，遭了大罪。"大妈一边念叨，一边给大爷整理腰带，仿佛她系的不是一条腰带，而是把寿命跟健康都系在了大爷的身上。

"谢谢你，请问尾款一共多少？"两人的儿子，看他们都很高兴的样子，悄悄走到花锦面前，"我替他们付。"

花锦报了价格，比他预料中要低。他付完账，疑惑道："人工刺绣非常费神费力，为何绣师的收费会这么低？"

"我跟大爷大妈以前见过面，所以这次是友情价。"花锦把发票开给他，"请问您还有什么需要的吗？如果今天购买，我给你九折优惠。"

年轻男人闻言，当真挑选了一件披肩，款式比较偏女孩子喜欢的。

"多谢惠顾。"花锦收了钱，把披肩包好递到年轻男人手里，"祝您跟您喜欢的人幸福甜蜜。"

"你怎么知道是给我喜欢的人买的？"年轻男人有些惊讶。

"可能因为你看这条披肩的眼神，太温柔了。"花锦笑道，"我们这些开店做生意的，必须眼神好，才能把店开下去。"

年轻男人忍不住多看了她两眼，道了一声谢，转身准备带爸妈离开。哪知道大爷大妈似乎并不打算马上走，还热心地问花锦，最近过得怎么样，有没有谈恋爱的打算。

"我已经有男朋友了。"花锦无奈笑道，"多谢二老的关心。"

见花锦哭笑不得的样子，年轻男人把两人哄走，临走前还多看了眼这家店的名字。最近几个月，上面的大老板成立了一个扶持传统手工艺的项目。这位店主手艺好，人又年轻，倒是可以向项目组申请，邀请她一起参与合作。

他跟在二老身后，听着他们的交谈，无奈又愉悦地笑了。

"老头儿，这小姑娘手艺可好了，我左挑右选才选了这家，你这几天可别忘了系上。"

"你可真啰唆，明天你不是要跟老姐妹一起去参加社区舞蹈活动吗？记得把我给你定制的绣鞋穿上。"

"这会不会太招摇了？"

"招摇？你老公买的鞋，你穿上去怎么就招摇了？"

送走大爷大妈一家，花锦就赶往马克的工作室。她到的时间稍微有些晚，大部分绣师已经到了。

"抱歉，我来晚了。"花锦在椅子上坐下，朝众人道了一声歉。她犯错以后直接道歉就好，找借口找理由并不会让别人产生好感。

"说好的十点半，现在是十点三十二分，还不算太晚。"严柯看了眼手表，语气淡淡。

"抱歉。"花锦又致歉了一次。

"各位大师都很忙，这次把大家再次请过来，麻烦大家了。"马克站起身道，"这次的会议内容不得对外公开，也不能有照片流出，所以会议途中尽量不要使用手机，请各位大师能够谅解。"

对于设计师而言，设计图样就是生命。如果设计图样提前流出，对设计师而言，就是巨大的打击。

众人也都纷纷表示理解，会议正式开始。

"经过各位大师这几个月的努力，所有待展出的服装已经绣好。我根据大家绣纹的特色，为每套服装都搭配了合适的配饰。离时尚大会还有不到半个月的时间，我把成品图放出来，大家看看还有什么需要修改的地方。"马克看了眼众人，示意助手把投影仪打开。

在座的绣师，各有负责的服装。虽然他们都是绣师，但是绣出来的风格却各有不同。这还是他们在座的第一次观赏其他绣师完成的服装。

第一张是湘绣大师与她助手完成的服装，暗青色的裙摆上绣着繁复华丽的花纹，与颜色极好地搭配在了一起。

花锦忍不住感叹，不愧是湘绣大师与设计大师的作品。这款套裙绣其他东西上去，可能都会缺少点味道。但这种复古华丽的纹路，让这条裙子在庄重之余，多了几分神秘与妩媚。

其他几条裙子也皆是美得各有特色，裙子的款式不是为了时尚而时尚，反而把美与时尚还有传统糅合在一起，美得神秘又高贵，让人忍不住幻想，穿上这种裙子的女人，背后会有什么样的故事。

严柯身为国内知名刺绣大师许岩的弟子，绣出来的作品，却不是完全的许氏风格。他的绣品中，有一种现代风格美。但这种风格用在他绣的那条裙子上完全不突兀，反而恰到好处。

难怪许岩大师会如此喜欢这个徒弟，甚至把他推荐给马克。他的这个绣品，已经证明了他的能力与天分。

听着各位前辈的称赞，严柯扭头看了花锦一眼，想知道，这位曾经在刺绣界籍籍无名，但却被马克先生亲自邀请过来的花绣师，绣图会是什么样子。

当成品图出来的那一刻，严柯整个人都呆住了。

成品图上的裙子很美，美到有些失真，裙摆上的图案，就像是华丽的鸟羽，与裙子完美结合在一起。他几乎可以想象得到，当模特穿上这条裙子，出现在站台上的那一刻，观众会是怎样的一种反应。

他们会惊叹，甚至会怀疑模特是飞鸟化人，不然怎么会有这么漂亮的裙摆？

"花绣师在鳞羽针方面，运用得真是炉火纯青啊。"湘绣大师凝神看着这条名为鸾的裙子，半晌后才感慨道，"江山代有才人出，有严绣师、花绣师这样的年轻人在，我们刺绣界也算是后继有人了。"

"绣图这么大，花绣师这几个月，难道一直在绣这条裙子？"严柯从震撼中回神，"你每天花了多少时间绣它？"

绣纹占了裙子很大一部分面积，而图案又如此精致，就这么短短几个月时间，不是普通人能够办到的。

"大部分时间都花在这条裙子上了。"花锦自我调侃道，"为国争光，义不容辞嘛。"

"你很了不起。"严柯郑重道，"我为之前的偏见而道歉。"

花锦："……"

许大师的徒弟可真耿直，不喜欢就摆在脸上，发现自己做错了，就当着这么多人的面来道歉。他能养成这样的性格，一看就是从小生活在幸福之中。所以他才不惧于表达自己的情绪，也勇于为自己犯下的错道歉。

事情说开以后，严柯在花锦面前，就不自觉矮了半分。以前只要与花锦的视线对上，他都面无表情地移开。现在不同了，只要两人视线交会，不管笑不笑得出来，他都努力挤出笑容，拼命想让花锦感受到他善意与友好的情绪。

会议开到将近一点才结束，马克看了眼坐在角落里的花锦，对众人道："辛苦各位老师了，我在附近餐厅订好了位置，希望大家赏脸吃顿便饭。"

这个时间点大家都饿了，所以也都没有拒绝。花锦对众人歉然一笑："抱歉，我男朋友在楼下等我，我就不跟大家一起了。"

"难得大家这次都有时间聚在一起，花绣师如果不在，反倒是遗憾。"马克看着花锦，合上文件夹，"大家合作这么长时间，彼此间也都熟悉了。要不……你把男朋友叫上一起？"

他也想见识一下，花绣师的男朋友究竟有多优秀，才让她如此死心塌地。

没想到马克会提出这样的要求，花锦有些意外。

他们彼此间是合作关系，参加饭局的时候，带上无关的朋友或是家属，是非常不合适的。以马克平时的行事风格，他不应该提出这种要求才对。

"花绣师面皮薄，不好意思，我们陪她一起下去邀请她男朋友。"马克的助理说了这么一句，几个年轻的工作人员，都开始起哄。

众人走进电梯，花锦看着站在她前面的马克，笑着道："我男朋友性格比较腼腆，不太喜欢跟太多的人一起吃饭，还是下次吧，下次我跟他一起邀请大家吃饭。"

"下次不会是你们结婚典礼吧？"湘绣大师笑了笑，对马克道，"马克先生，他们年轻人注重个人空间，我们这么多人下去，也不太合适。"

马克转身看了眼花锦："老师说得有道理。"

众人安静下来，电梯一层层下降，数字跳到负一层时，停了下来。电梯门打开，花锦看到了离电梯门几步远的裴宴。

听到电梯门打开，裴宴转头望过来，正准备说话，看到了跟花锦在一起的众人。他眉梢微挑，不动声色地走到花锦面前："下来了？"

"你等很久了？"花锦走到他面前，给他介绍各位刺绣大师。裴宴一一招呼过去，最后与马克的视线对上。

"裴先生好。"马克不等花锦介绍自己，就主动问了一声好。十一月十一日那天晚上，灯光晦暗，马克竟然没有认出，与花锦走在一起的年轻男人就是裴宴。

他忽然想起，几个月前他约花锦在咖啡店见面，咖啡喝了不到一半，裴宴就进来了。那时候他就觉得，裴宴对花锦可能有几分心思，但他见惯了有钱男人见一个爱一个的那套，而且以花锦的身份，也不可能让裴宴这样的人物在光棍节当天陪她在大街上玩闹。

可事实就是这样出乎他意料，裴宴不仅跟花锦在一起，还像个穷小子那样，陪花锦吃棉花糖，买路边小孩子卖的玫瑰花。

在这个瞬间，马克心中闪过无数的念头，最终化为一句："难得有幸遇到裴先生，没想到您竟是花绣师的恋人，还请您赏脸与我们吃顿便饭。"

花锦以为裴宴会拒绝，哪知道他看了她一眼，面色淡淡道："好呀。"

到了餐厅贵宾间落座以后，大家才渐渐回过神来。

"没想到马克先生与花绣师的男友认识，这也是缘分了。"湘绣大师是过来人，早就看出马克对花绣师有几分意思。她看了眼裴宴，不过花绣师的这个男朋友，人长得好看，对花绣师又温柔。马克先生那点心思，是不能说出口了。

"能与裴先生坐在一起吃饭，是我的荣幸。"马克把菜谱放到裴宴手里，看见裴宴转身递给这桌年纪最大的绣师，"长者为先，我吃东西不挑。"

注意到他这个动作，马克只是笑了笑。他没有说错，以裴宴的身份，是不太会跟他们在一起同桌吃饭的。看来花锦在他心里非常有分量，才让这位高高在上的裴先生，跟花锦陪坐在下首。

既然裴宴无意宣扬身份，他也不做那个讨厌的人。他本来就是擅长聊天的人，寥寥几句，就让屋子里的气氛变得和煦起来。在座诸人都猜到裴宴的身份可能不简单，可大家都装作不知道，谈些没有利害关系的话题，也不破坏气氛。

马克早有听闻，裴宴是个十分难相处的人，但是今天才发现，传言也未必是真。至少有花锦在的时候，裴宴是个言行近乎完美的人。

他能在短短几句话间，把几位刺绣界的大师哄得眉开眼笑，也能不动声色地化解别人的打探。

刚才他还有见识一下花锦男友的心思，现在却觉得自己三十多岁的人了，竟然还有毛头小伙子那种攀比心理，实在有些荒唐与可笑。

饭吃得差不多，马克的助理起身去结账，结果前台却说，已经有人付过了。他诧异道："付过了？"

"是的。"收银员看了眼签单，"是与你们同行的裴先生付的。"

助理明白了过来，道了一声谢，回到贵宾间，把这件事小声告诉了马克。

马克朝裴宴坐的方向看了眼，发现裴宴的位子空着，而花锦正在与湘绣大师说话。他起身对助理道："好好招呼他们，我去洗手间。"

走进洗手间，马克看到裴宴站在镜子前整理袖扣，走到他身边道："裴先生您太客气，怎么好意思让您破费。"

"承蒙大家对花花的照顾，应该的。"裴宴把手放到水龙头下洗了洗，抽出两张擦手纸，慢慢擦去手背的水珠，"离时尚大会还有半个月，预祝马先生在时尚大会上大获成功。"

"承您吉言。"马克整理了一下头发，"裴先生与花绣师感情很好？"

裴宴挑眉看他："我跟她是恋人，感情当然好。"

这句话说出口的时候，马克就意识到不对。他看着镜子里的自己，从头到脚无一不精致。很多女人都说，他有双能让人沉溺的眼睛。然而此刻，他在自己眼睛里，看到了几分愣怔与慌乱。

裴宴忽然嗤笑一声，没有多说什么，转身就走。

马克转身看着裴宴的背影，拉歪了身上的领带。

"我听说，"走到门口的裴宴忽然停下脚步，转身看了回来，"听说马克先生在进入时尚圈以前，名字叫马长生。我觉得这个名字挺好，比马克好听。"

一位马克工作室的成员，刚走到厕所门口，就听到了这一句，吓得转身就往回走。

他听说马克先生出身并不好，刚进入时尚圈的时候，因为名字太土，还被竞争对手嘲笑。为了发展得更远，先生付出了很多努力，连名字也改了，这些年已经没人敢在他面前提起马长生这个名字。

没想到裴先生竟然当着先生的面说，马长生这个名字比马克好听，这简直就是火上浇油。

马克眉头皱了皱，看着裴宴不说话。他不是不想说，是不敢说。

"很多人都知道，我这个人行事非常不讲道理。"看着马克阴沉的脸，裴宴反而笑了笑，"人生在世，做什么职业都好，就是不要做小三，马先生你觉得呢？"

"裴先生说得很有道理。"马克勾起唇角笑了笑。

"你明白这个道理就好。"裴宴脸上的笑容散去，"再见。"

"您慢走。"马克神情温和，仿佛什么事都不曾发生过。

裴宴知道马克是个聪明人。他回到贵宾间，见花锦正在跟一个年轻清秀的男人说话，大步走到她身边坐下："晚上想吃什么？"

"午饭才吃完，就开始考虑晚饭了？"花锦捧脸，"裴宴宴，再这么下去，我真的会被你养成猪的。"

"没关系，我不嫌弃。"裴宴当着年轻男人的面，把花锦的手握在掌心，"你如果真能胖成猪就好了，这样我还能少几个情敌。"

"哦，照这样说，我只能把你毁容了。"花锦看了眼裴宴这张好看的脸，"不然你这种有钱又帅的男人，会给我招来多少情敌？"

看着花锦跟她男朋友亲密打闹，严柯虽然情商不算高，也很识趣地往旁边挪了挪自己的椅子。

"你刚才去哪儿了？"花锦在裴宴耳边小声道，"怎么出去了这么久？"

"我去付账了，总不能让别人觉得我们俩在蹭吃蹭喝。"裴宴学着花锦的样子，也小声道，"顺便在洗手间打击了一下情敌。"

"什么情敌，你哪来的情敌？"花锦在裴宴腰间狠狠拧了一把，在他疼得龇牙咧嘴时，靠在他耳边轻声道，"我能看到的，能记在心里的男人，只有你一个，所以这辈子你都不会有情敌。"

裴宴怔怔地看着她，良久后握住她的手臂："你再说一遍。"

"我不说。"花锦擦干净嘴角，放下筷子，"吃饱了，犯困。"

"作为你唯一能看上的男人，你都舍不得多宠宠，再说一遍。"裴宴偷偷戳了一下花锦的手臂。

"我是一个有原则的女人。原则就是，有些话只说一遍。"花锦侧首朝裴宴眨了眨眼，"有些话，我只需要说一遍，只要你能明白我的心意就好。"

她反手握住裴宴的食指："所以不要不安，也不要担心其他。"

马克走进贵宾间的时候，看到的就是这样一幕。明明是在坐满人的饭桌旁边，可是那两个并没有太过举止亲密的人，仿佛自成一个世界——所有人都是模糊的背影，唯有他们是最闪亮的风景。

他的脚步慢了一拍，随即恢复了正常，笑着投入众人的交谈中。

　　吃完饭，花锦与众人告别，坐上裴宴的车，懒洋洋道："我只剩下半个月的时间了，可是披帛还没绣好，你送我回繁花那边吧。"

　　"你们工作室现在不是有好几位绣工吗？"裴宴道，"有事不能一个人扛着。"

　　"披帛上要加暗金纹，而且绣线是真正的金丝，绣的时候需要非常小心，才能达到最好的效果。"花锦叹口气，"整个工作室，只有我与另外一位有十五年刺绣经验的绣师能做到。"

　　"金丝？"裴宴惊讶道，"难道不是金色的线？"

　　"当然不是。"花锦得意地抬了抬下巴，"现在知道我们传统手艺行业，有多么博大精深了吧。"

　　裴宴失笑："失敬失敬。"

　　目送着裴宴的车开走，马克才坐进自己的车里。助理坐在驾驶座上，偷偷看了眼马克："先生，订好的花还送吗？"

　　"不用了。"马克缓缓摇头，闭上眼道，"回工作室。"

　　"没想到花绣师竟然是裴先生的女朋友，"助理小心翼翼地观察了一眼马克的脸色，"真是太让人意外了。"

　　马克睁开眼，看着他道："不用拿这种方式来提醒我，我心里有数。"从他努力往上爬开始，心里就很清楚，有些情感并不是必需品。

　　助理心虚一笑，闭上了嘴巴。

第十章 结婚吧

距时尚大会开始的时间越近，花锦的内心就越平静。她把绣好的披帛用锦盒包装好，锁进手提箱里，才坐上赶往马克工作室的汽车。

马克原本按照梦幻风格设计的这条裙子，甚至连名字都命为"梦"，后来经过多番修改，才变成了现在这样。而她手里的这条披帛，是她跟另外一位绣师费了很多心力才赶制而成的，不能出现半点意外。

到了马克工作室的楼下，花锦把手提密码箱亲自交到他面前："马克先生，打开看看，这条披帛是不是符合你的要求。"

注意到花锦眼眶下的青黑，马克开箱子的手顿住："花绣师，最近没有休息好？"

"我们绣金丝线的时候，需要特别小心。我的工作室里现在虽然有七八位绣师，但是能熟练掌握金线绣的，并不多。"困意上头，花锦说话也随意了很多，"你快看一眼，看完我就回去休息。"

"你辛苦了，谢谢。"马克道谢后，打开密码箱从里面拿出锦盒。为了营造出如雾如翼的感觉，花锦选的披帛的材质非常薄。她把想要的图案绣在上面，又不影响它的轻飘感，这对绣师而言，并不是简单的事。

更何况时间也不充裕，花锦为了完成这条披帛，已经连续一周没有睡个好觉，全靠浓茶与咖啡提神。

打开锦盒的那一瞬间，马克呆住了。

看到这条披帛，他终于明白，何为流光溢彩。

马克的助理也吓了一跳，仔细看着这条披帛，几乎不敢相信自己的眼睛，花绣师这是把阳光绣进去了吗？

"绣这条披帛，可能是我这些年来发挥得最好的一次。"花锦从椅子上站起身，"马克先生，还有三天就是时尚大会了，我祝你设计的服装在展会上艳惊四座，为国扬名。"

"谢谢。"马克把披帛小心地放回锦盒里，他站起身朝花锦伸出手，"我也祝花绣师越来越好，每一针每一线都是繁花盛放。"

花锦伸出手，与马克的手握在一起："再见。"

"我送你。"马克低头看了眼与自己握在一起的白嫩手掌，笑着松开自己的手。

"不必这么客气，我已经来过贵工作室很多次，哪还需要马克先生送。"花锦拿起包，对马克笑了笑，"三天后，时尚大会上见。"

"那，再见。"马克把花锦送到门口，直到她走进电梯，电梯门关上以后，才转过身回到设计室里，再次打开锦盒的盖子。

"先生。"

"它可真美。"马克用指腹轻轻摩挲着披帛，"你说对吗？"

助理顿住："是。"

马克轻笑一声，没有再说一句话。

把披帛交到马克手里，花锦整个人都轻松下来。她坐在车里，靠着椅背养神。司机不敢打扰她，把车里的音乐关掉了。

快到家的时候，花锦睁开眼，拿出手机看了一眼，裴宴给她发了几个消息，大意是会议下午才能结束，他中午不能陪她一起吃饭了。

花锦：你开会认真点，不要开小差。我回家吃点东西就去睡觉，晚上回来再叫我。

裴宴：好，我会尽快赶回来的。么么哒。

看到裴宴的回复，花锦笑了笑，转头发现大门外站着一个看起来有些眼熟的人。她凝神看了好几秒，才认出那是徐思。

在她印象中，徐思是个看似优雅实则傲慢的女人，与现在的这个人几乎无法完全联系起来。

发现了花锦乘坐的这辆车，徐思张开双臂拦在了车前。看到她这个动作，花锦忽然想起，徐思的爸爸跟叔叔，几个月前也这么做过。

她让司机停下车，打开车窗道："徐小姐。"

徐思发现车里坐的人不是裴宴，面色变了变，与花锦的视线对上，咬了咬下唇："怎么会是你？"

"对不起，就是我，让你失望了。"花锦勾起唇角笑了，后悔自己今天没有涂正红色的口红，不然笑起来应该更有气场。

"也对，毕竟你现在是裴宴的心头好，坐他的车，用他的司机，甚至住他的房子也不奇怪。"徐思讽笑道，"你终于住进豪门，是不是很高兴？"

"豪车大房子，还有个美男子……"花锦歪了歪头，看起来无辜又天真，"我当然是开心得不得了。"

徐思面色一白："那就祝你永远都拥有这些吧。"

"多谢，你的祝福我收下了。"花锦眨了眨眼，"徐小姐还有事吗？如果没有事的话，请你让开，我要回家。"

"是不是你的家，还不一定呢，不要炫耀得太早了。"徐思不甘的话，脱口而出。

"没办法，像我这种人眼皮子浅，好不容易住进豪宅，不炫耀一下憋得难受，多谢徐小姐送上门让我炫耀。"花锦不怒反笑，掩着嘴，笑看着徐思，"徐小姐从小被千娇百宠着长大，自然看不起我们这些普通人家的人。可是徐小姐……"

花锦放下手，认真地看着徐思："每个人生下来，都会有人在乎他。你有优渥的出身，这是好事。但并不代表着，你可以仗着这些，肆无忌惮地伤害他人。"

"金钱可以让你生活得更优渥，也可以让你见识到很多普通人见识不到的东西。它是你享受生活的依仗，而不是你欺辱他人的工具。"花锦看着徐思，"希望此事以后，你能学会尊重。"

"你不用给我讲道理，你凭什么给我讲道理？"徐思冷笑，"你们这些穷酸的人，说那么多，不过是嫉妒我而已。"

"可是现在的你，有什么值得我嫉妒的？"花锦反问，"你们徐家现在破产了，你再也不是风光的大小姐，是不是代表着以前那些被你欺负过的同学，可以反过来欺负你？"

徐思沉默下来。

"师傅，我们进去吧。"花锦不想再跟徐思多说，关上了窗户。

目送装着花锦的汽车开进别墅大门，徐思怔怔地盯着再度关上的大门，愣神了很久，久到双脚开始麻木以后，才蹲在地上哭了起来。

她不知道自己在哭什么，后悔？不甘？愤怒？

她只知道，这一辈子自己都不想再碰到以前的那些同学。

吃完午饭，花锦回到了房间。但不知道为何，她躺在床上，却没有了睡意。起身打开电脑，花锦忽然想起已经很多年没有登录的电子日记账号。

打开登录页面，花锦输入了密码。

密码曾是她的生日，后来改成了她第一次见到裴宴的日期。

翻看完一条条的记录，花锦笑了。

她没想到这个网站还在，曾经那些幼稚的言论，也都还在。盯着屏幕看了很久，她打下了一句话。

2018 年 12 月 7 日，晴。

我遇到了他，牵住了他的手。

　　国际时尚大会，每两年举办一次，以往国内媒体的关注点都在走秀的模特以及受邀参观的明星身上。去参加这个时尚大会的明星，都会拍一大堆路透放到公共平台上。

　　若是有国内的模特参加走秀，更是会引得无数关注，即便是对时尚不感兴趣的人，也要多夸几句。

　　但是今年不一样，因为这次的时尚大会，会有国内的时尚设计师参加。时尚大会还没开始，便有自媒体早早打上标题，什么"国内最天才的时尚设计师，将带着服装惊艳亮相国际时尚大会""年轻天才时尚设计师，会给国际时尚圈带来怎样的冲击""惊！国内时尚展品竟然是这样"。

　　作为参与制作的绣师，花锦拿着邀请函，坐在了第二排的位置。让她有些意外的是，坐在她后面一排的，是曾经在她这里定制过旗袍的赵霓。

　　赵霓的内心比花锦更吃惊。她怎么都没有想到，花锦一个年轻普通的绣师，竟然能受邀来这里，位置比她还要靠前。

　　坐在他们这个区第一排的都是大佬级的人物，比如说坐在这位年轻绣师前面的，就是有名的"散财童子"，一般人得罪不起的裴先生。

　　两人颔首示好，并没有交谈，因为走秀开始了。

　　首秀是位国际名模，身上的服装也是国际知名大师设计的。马克设计的服装在比较靠后的顺序展出，花锦也不着急，安安静静地欣赏漂亮的衣服和性感的美人。

　　坐在她前面的裴宴担心她无聊，频频往后看。哪知道花锦一直沉迷台上，根本没有时间回应他爱的注视。

　　这次时尚大会，很多国家都同时段直播，国内直播版权更是被裴宴入股的视频网站买下。

　　等前面几个国家的服装秀结束，终于到了马克设计的服装展出。

　　直播视频里，观看直播的观众把弹幕刷得密密麻麻。很多人都在说，千万不要大红大绿，或是什么龙凤茉莉花了。

　　当第一个模特出来时，直播观众沸腾了。

　　"美美美，这裙子太美了，这才是时尚与国风的结合啊！"

　　"你们看到裙子上的花纹没？模特每走一步，就像是鲜花盛开的过程，这是什么神奇的高科技！"

　　"啊啊啊，模特姐姐，你走慢一点，我还没欣赏够这条裙子！"

　　第二个模特出来，观众已经离疯不远。

　　"妈妈呀，这个设计师是神仙吗？这个模特从后台走出来的那一刻，我还以为千百年前的美人穿越时空，走到了展台上。谁说带着国风元素的衣服，外国人穿着不好看的？这个模特是典型的西欧长相，可是穿着这条国风裙子，实在美得让人想舔屏。"

　　当第三个模特、第四个模特出现在展台上以后，观众除了在弹幕上"啊啊啊"，已经没有其他反应。

　　最后一个穿着名为"鸢"的曳地裙的模特出来时，已经疯了的观众几乎惊呆了。

　　在灯光下，模特仿佛就是由漂亮的鸟儿化作的美人。她身上的衣服，就是她绚烂的羽毛。她手臂上搭着披帛，就像是神鸟偷了天上的彩霞点缀在了自己身上。

　　"这条裙子，真的是人做出来的？"

　　"设计师把神仙穿的衣服偷来了吗？"

　　"裙摆上的纹路，真的是布料，而不是羽毛做的？"

　　"听说这次我国参展的服装设计灵感，来自我国的神话故事。我觉得设计师做到了，这种神秘的美感，就像是我国几千年的文化，就算我们终其一生，也无法完全参透。"

　　"喵喵的，看一场时尚秀，竟然把我看哭了。这些年来，我们国家走到这一步，真是太不容易了。"

"你们有没有发现，现场那些外国观众，看这几套服装时，眼珠子都快瞪出来了？"

"我看到了，看到了。"

时尚大会的直播还没结束，已经有网络媒体把国内参展的服装照片发到了公众平台上，令无数网友沸腾。

经过这些年的经济发展，本国在时尚界的地位虽然不算高，但与十年前相比，已经有了一席地位。而国民的自信心也渐渐增加，国人不再盲目地崇拜国外。

自家做出一点成绩，大家首先想到的不是自谦，而是高兴。

对于很多普通人而言，时尚与他们没有多少关系。但是自家的娃做出了成绩，他们不管有没有兴趣，也是要跟着高兴的。

国内时尚设计师设计的作品惊艳整个现场，各大媒体网站都开始在各自的网络宣传账号上发布有关报道。

时尚大会还没有结束，来参加大会的国内明星已经收到了工作团队的消息，让他们在接受媒体采访时，一定要多夸自家的作品。如果能跟设计师合影，发到公众平台就更好了。

赵霓也收到了自家团队的消息，但是看了眼坐在第一、二排的大佬们，深知自己没有这个本事，也懒得往前凑。

时尚大会结束以后，她主动跟花锦打了个招呼，还与她合照了几张。花锦只是个不混娱乐圈的素人，赵霓挑了一张花锦最好看的照片递到她面前："花绣师，我可以发这张合照到微博吗？"

花锦愣了一下，忽然明白过来，赵霓是想帮她宣传繁花工作室，点了点头："当然可以，谢谢。"

"是我该向你道谢才对，您帮我绣的那条旗袍，帮了我很大的忙。"赵霓苦笑，"您绣的旗袍，让我从山寨礼服的舆论中挣扎出来。"后来她在采访中，又谈了一些支持传统艺术的话，让她好运地参与了国家台一档民俗风景宣传节目。这让她短短几个月内，在国内的人气提高了不少。

花锦不太懂娱乐圈的那些事，客气道："顾客满意，就是对我们工作室最大的称赞。"

赵霓与她的微博互关以后，才把这条微博发了出来。

赵霓：在时尚大会上，偶遇了曾经合作过的花绣师，开心 @ 繁花。

这次能去参加时尚大会的国内艺人加网红总共有二十多个人，在一众自拍或是与其他名人的合影中，赵霓的微博显得有些特立独行。

路人没看明白这是什么意思，赵霓的死忠粉却忽然想起来：几个月前，让赵霓惊艳红地毯的旗袍，好像就是一位年轻绣师做的，难道就是这位？

花锦并不太在意网上的粉丝言论，见赵霓还要去接受媒体采访，便笑着与她告别，带着裴宴一起去参加今晚的庆功宴了。

这天晚上，向来克制又礼貌的马克喝醉了。他举着酒杯红着眼睛道："谁说我们的时尚设计不行？我们国家有很多还没有展示出来的美，只是这些人不知道而已。"

在场的绣师们有所触动，不少人都红了眼眶。

花锦举起酒杯："为了马克先生设计的服装，为了我们绣的绣纹，为了我们国家的美，干一杯。"

"干杯。"马克举起酒杯，与花锦的杯子碰在了一起。忽然，另外一个酒杯插了进来，刚好放在了他们中间。

"干杯。"裴宴对花锦笑了笑。花锦笑着瞪他一眼，收回酒杯，放到嘴边喝了一口。

注意到两人的小动作，马克端起酒杯，把杯子里的酒一饮而尽。放在桌上的手机抖动个不停，他没有接，也没有看。

偶尔，他也要放纵自己，做一个礼数不太周到的人。

国内，谭圆跟她爸妈早早就守在电脑前，等着马克设计的服装展出。当他们等到以后，都被惊艳了。

时尚与传统的结合，原来可以碰撞出这样的美感。

在看到花锦绣的鸾出场那一刻，一家三口连眼睛都舍不得眨。直到模特走完全场，消失在后台，三人才慢慢呼出了一口气。

"花花的绣功又进步了。"高淑兰眼神激动，"青出于蓝而胜于蓝，她比我更懂得美。"

对于绣师而言，绣功十分重要，但是审美也同样重要，不然又怎么能成为一位了不起的刺绣师呢？

"花花说，鸾是一种能给人带来幸福的鸟。她绣这条裙子的时候，代入了情感进去。"谭圆盯着电脑屏幕，想在里面看到花锦的身影，可惜摄像机关注的重点只有台上的模特，偶尔扫到观众，也只拍坐在第一排的那些人。

"你说得对，这条裙子，绣出了情感。"高淑兰笑着看谭圆，"花花她，是不是有了喜欢的人？"

"你们还不知道？"谭圆瞪大眼睛，花锦没有告诉爸妈这件事？

"追花花的男孩子不少，我们怎么知道？"高淑兰失笑，"这条裙子，绣出来的感觉与花花以前的绣品不同。我记得四五年前，她绣过一条领带，虽然绣工比不上现在，不过感觉倒是有些像。"

"那条领带……"谭圆仔细回想了一下，"也被她送给现在的男朋友了。"

"看来这个男孩子一定很优秀，不然花花怎么舍得把珍藏好几年的领带送给了他。"高淑兰心情很好，"那究竟是哪一个男孩子？"

"就是半年前，曹亦来找麻烦，帮着我跟花花揍了他一顿的裴先生。"谭圆小声道，"裴先生对花花很好，你们二老不要担心。"

"你说的是那个家里很有钱的裴先生？"高淑兰见女儿一脸担忧的模样，失笑道，"我又没有说裴先生不好，你在担心什么？"

"我能不担心吗，花花又没有别的亲人，你跟我爸就是她最亲近的长辈。对她而言，你们对裴先生的肯定，比什么都重要。"谭圆勉强笑道，"虽然我有时候开玩笑说，你们对花花比对我还好，但是我知道，不管花花再有刺绣的天分，在你们的心中，我才是永远的第一位。"

"每年春节，我看到花花在我们家吃完年夜饭，又一个人回到出租屋里，就特别想对她说，留下来，住在这里，做我的亲姐妹。"谭圆眼眶红了，"可是我知道，花花不会这么做。她对我很好，对你们也很好，好到不想失去我们的地步。现在终于有一个人爱着她，护着她，甚至把她放到心中第一位，我真的特别高兴。"

她潜意识里没有把这件事告诉父母，也许是担心他们的观念，影响到花锦的选择。尽管她知道，父母对花锦很好，对她很关心。可她就是怕，怕父母一句话，就会让花锦放弃一些本来能够拥有的东西。

高淑兰与谭庆沉默了。良久后，高淑兰才笑着道："我们还以为，有时候我们多照顾花花一些，你会对我们不满。看来，是我们想多了。"

"什么啊，你们对我的心意，我又不是不知道。"谭圆揉了揉发酸的眼睛，"花花如果是个男人，说不定我就把她抢回来做你们的女婿了。"

"你呀。"高淑兰又好气又好笑，摇头道，"你去跟花花说说，看她跟裴先生什么时候有空，来我们家吃个便饭。怎么说，花花也算是我半个女儿，我这个做师父的，总要招待一下未来的女婿，要让这个女婿知道，花花也是有娘家撑腰的。"

"这个好。"谭圆高兴道，"等花花回来，我就跟她说这个事。"

时尚大会结束的第二天，花锦便与裴宴一起回国了。此时国内的报道，已经变成了"时尚与传统的碰撞，绽放出惊艳世界的美"等相关内容。

马克设计的这几套服装，刺绣的风格并不相同，但每一种都美得具有特色。官方媒体放大了裙子上的刺绣细节，引起了无数网友的惊叹。

还有媒体采访到了马克的工作室成员，把这次参与刺绣的绣师名单爆了出来。当网友们得知，最惊艳的那条鸾鸟裙上的刺绣是由一位年仅二十五岁的绣师绣出来的时，都震惊了。

有网友忽然想到了赵霓发的微博，把花锦与赵霓的合照放到了官媒账号的评论下，问这位与赵霓合照的漂亮女孩子是不是就是名单上的年轻绣师。

官媒回复得很快，给了肯定的答案。

无论什么时候，有才能又有相貌的人，总会格外受人关注。无数网友跑到花锦微博下围观，大家一边为花锦发出的那些刺绣照片惊艳，一边为"漂亮小姐姐为什么没有在微博上放过自拍"遗憾。

网友1：大家难道没有发现，这位博主，就是大半年前，为那个患癌妻子绣龙凤被的绣师？

网友们虽然总是被各种有热度的新闻吸去注意力，但互联网是有记忆的，大家很快就翻找出了以前的新闻，对花锦有了新的认识。

就在大家感慨花锦有才艺有容貌还有善心时，一个交警公众微博忽然发了一条微博，还特意圈了花锦。

××交警：八个月前，双眼已盲的郭女士突发意外，受到一位热心市民的帮助。待我们交警部门工作人员赶到以后，这位热心市民便不留姓名地离开。受到她帮助的郭女士希望能够报答这位热心市民，但多方寻找未果。今日经我部门工作人员确认，这位热心市民就是@繁花，感谢花绣师对我们工作的支持，感谢您对残疾人士的热心帮助。

交警为了帮郭女士找到恩人，一直保留着当天的执法记录仪。当日赶到帮助郭女士的那位男交警，也一直记得花锦的长相。他们怎么也没想到，要找的当事人，竟然是在微博热门里。

花锦回到家，打开微信，就看到自己加的老年传统手工艺微信群里，那些自嘲是做糖画的、玩针的、雕树根的老师，都给她发了一个指定红包。

红包上写着"热烈庆祝小花为传统手工艺争光"。

花锦把红包一一收下，又在群里回了一个大红包。

这些年纪加起来已经近千岁的老师，兴高采烈地抢着红包，再顺势热情地夸了花锦一番。

看着群里犹如过年一般的气氛，花锦笑出声来。

就在这时，谭圆的电话打了进来，花锦一按接听键，谭圆的声音传了进来。

"花花，咱们店里的东西，被抢购一空啊啊啊！"

"还有好多媒体跑来采访，你再不来，你可爱的圆宝宝就顶不住了。"

"怎么了？"裴宴刚脱掉外套，听到手机传来尖叫声，以为发生了什么事，"遇到麻烦了？"

"没有。"花锦摇了摇头，笑着道，"我们店里的东西，被抢光了，还有媒体等着采访。"

裴宴看到了她眼底的亮光："你很高兴？"

"嗯！"花锦重重点头，"当然高兴。"

裴宴笑了："你高兴就好，至于媒体采访这件事，你先不要担心，由我来安排。"

花锦乖乖地点头，心里清楚，现在一些媒体，为了话题，写报道的时候容易断章取义。她怕自己说的话被人歪曲了。

但现在是一个让更多人了解传统手工艺的好机会，她又不想放弃。让裴宴来帮着她安排，她就再放心不过了。

人人都爱锦上添花。

时尚大会的成功，不仅让马克名扬海外，也让国内扬起了一股传统手工艺风。无数网络商店卖家，趁机推出自己的手工作品。

有媒体报道了一些腿脚不便的人靠着自己的手艺积极向上地生活的事情；还报道了一位头发花白的老太太，用坚持了一辈子的手艺做出来的成品让人惊叹。

传统手艺，以网络传播的方式火了。尤其是在新闻报道后，就有人投入大笔资金，成立了传统手工艺扶持项目，这更是让网友们热议，传统行业，有很多手艺已经陷入后继无人的尴尬境地。

　　这并不能怪谁，因为人活在世上，总是要吃饭穿衣的。但如果有人愿意掏钱扶持并且开发这些项目，这些手艺就能有迎来春天的机会。

　　花锦接受了一个电视台的采访节目。当记者问到她会不会继续坚持刺绣时，她对着镜头点了点头。

　　"刺绣对我来说，已经是生活中必不可少的习惯。对于很多人来说，绣出来的图样，只是惊艳他们一时的产物。但是对于我而言，这是生活，是坚持，是信仰。"花锦笑了，"我有幸与马克先生合作，让大家看到了我的作品。但是还有很多比我优秀、绣功比我精湛的绣师，正在默默无闻地坚持着他们的手艺。"

　　"你现在才二十五岁，绣出来的作品已经让世界惊叹。对于你来说，未来还有无数可能，得到这样的成绩，你有什么样的感想？"

　　"既骄傲又开心吧！骄傲于我们的文化，能让世界惊叹，同时也为自己开心。"花锦俏皮一笑，"毕竟大家喜欢我绣的鸳鸟纹，也是对我的一种肯定。"

　　"马克先生说，是你跟其他的绣师成就了他这次的成功，你怎么看？"

　　"我并不赞同他这种说法。"花锦摇头，"马克先生的设计天分有目共睹，在没有与我们合作以前，他已经是国内知名设计师。这次的成功，是他多年的努力。而我们传统刺绣为他的设计增添了几分色彩，最多算得上是融合共赢，但绝对不是我们成就了他。事实上，我很感谢他，他让更多的人看到了刺绣的美，看到了传统手工艺的美，是他成就了我们。"

　　记者没有想到花锦会有如此谦逊的想法，她年轻、理智，还有坚持手艺的决心。这样的人，无论从事哪个行业，或许都能大获成功。

　　电视台为了赶上最近这波热度，这个采访在几天后就放了出来。

　　播放节目的那天，花锦靠在沙发上捧着碗靠着裴宴吃水果，看着镜头里的自己，对他道："我发现自己挺上镜的。"

　　"嗯，你在我心中是最美的嘛。"裴宴一边说着，一边伸手去拿花锦碗里的水果，被花锦敲开手。

"你又抢我的。"

"我人都是你的了,吃一块你的水果怎么了?"裴宴把花锦搂进怀里,作势要伸舌头去舔。花锦心急之下,轻轻咬了一下他的脖子。

"唔……"裴宴捂着脖子,瞪着花锦良久说不出话来。

"咬疼了?"花锦见他不说话,有些后悔,伸手去拉他捂着脖子的手,"给我看看。"

裴宴拿过抱枕放在自己大腿上,红着脸扭头道:"我没事。"

"你真没事?"花锦把装水果的碗递到他面前,"喏,拿去。"

"花小锦,你不要把我当小孩子哄。"裴宴瞪眼,背过身不理她。

"你这么小气?"花锦咬起一块水果,不打算哄他这个小毛病。哪知道裴宴忽然回过头,在她嘴上重重亲了一口:"我现在不想吃水果,想吃你。"

花锦眨了眨眼,半晌才道:"吃人犯法。"

裴宴看了她一眼,叹口气不再说话。花锦从沙发上坐直身体,转头看向窗外:"天越来越冷,是不是快要下雪了?"

"等过完年,开春以后,我想带你去一个地方旅游。"裴宴转头看花锦,"好不好?"

对上裴宴的双眼,花锦愣了愣:"好呀。"

听到肯定的答案,裴宴瞬间笑开,把花锦搂进怀中,小声道:"花锦,我真的很想跟你过一辈子。"

花锦听着他的心跳,闻着他衣服上的清香,笑了:"我也想。"

第二天早上,花锦醒来的时候,窗外已经飘起了大雪。她伸手在玻璃窗上,画了一朵雪花。水雾凝结的水珠落下,弄湿了她的手。

隔壁房间被裴宴特意弄成了绣室,花锦这段时间为了避开媒体,就在这个房间里绣东西。她推开房门,看到里面挂着一幅国内知名刺绣大师绣的仕女图。花锦每次想要偷懒的时候,就抬头看一看这幅仕女图,绣功上的差距让她瞬间清醒。

雪下了整整两天都没有停，花锦带着裴宴，拎着大包小包去拜访了谭圆一家。谭圆的家在一栋老式居民楼里，楼里没有电梯，但是收拾得很干净。

裴宴送花锦来过这个小区好多次，但还没有真正进去过，见花锦准备敲开一户人家的门，便理了理身上的外套，挺直了背脊。

花锦回头看了眼有些拘谨的裴宴，忍不住笑出声："放心，不要紧张，你已经很好了，他们都会很喜欢你的。"

"谁紧张了？"裴宴放下整理领结的手，指了指另外一只手，"快敲门，这么多东西，我快拎不动了。"

"谁叫你买这么多的？"花锦一边笑，一边敲门。刚才下车的时候，她本来想帮裴宴分担一点，哪知道他死死拽着礼盒不撒手，就只能由他去了。

门被打开，谭圆看到裴宴与花锦，笑着招呼他们进来。

"拖鞋是新买的，还没有人穿过，你们换上吧。"谭圆拿了两双拖鞋出来，一双蓝色，一双粉色，花纹却一样。她朝花锦眨了眨眼："花花，你带裴先生去坐，我到厨房去帮忙。"

说完，就小跑进了厨房。

高淑兰从房间里出来，未语先笑："这位就是小裴了吧，快进来坐。"

看到裴宴手里拎着一大堆礼盒，高淑兰无奈道："花花，你怎么能让裴先生买这么多东西？自家人哪里用得着讲究这些。"

"可不是我让他买的，高姨，你可不能冤枉我。"花锦换好拖鞋，脱下身上的厚外套，吸了吸鼻子，"高姨，谭叔炖了什么，好香啊。"

"炖了只老鸭子。"高淑兰招呼着裴宴坐下，看着那一大堆的礼盒，哭也不是，笑也不是，只好拿了瓜果出来，陪他们坐在一起看电视。

裴宴以为自己会被打量一番或是拷问一番，哪知道花锦的师父一家人对他非常随和，好像他不是第一次上门，而是已经来过好几次一般。

看到厨房里谭圆的父亲忙来忙去，裴宴有些不好意思，提出要去帮忙，被高淑兰拦住了。

"你别去，他一个人忙得过来。你难得过来一次，哪能让你做这些。"高淑兰笑着道，"陪我跟花花在这里说会儿话。"

一看这位裴先生的样子，也不像是会下厨的料，她就不为难他了。

高淑兰为人直爽。裴宴跟她聊了一会儿后，就明白花锦为什么会如此喜欢这个师父了。

为了欢迎裴宴，谭庆做了一大桌子菜，还特意买了瓶上千块的红酒。听说裴宴不喝酒后，他笑着连连点头："不喝酒好，喝酒伤肝。"

"谭叔的厨艺真厉害，竟然能做这么多菜。"裴宴吃了几筷子菜以后，忍不住夸赞，"难怪花花喜欢来您家里吃饭。"

"那可不，我当年就是凭借着这门手艺把你高姨追到手的。"谭庆扬扬得意道，"当年我如果不做漆器这一行，就转行去做厨师了。"

"行了啊，你仗着小辈们不知道，就在他们面前吹牛。"高淑兰瞪了谭庆一眼，转头对裴宴道，"小裴啊，花花虽然不是我们的亲生女儿，但我们已经把她当成了自己的孩子，其他话我们也不多说了。以后你跟花花常来我们这边玩，但是像今天这些东西就不要买了。买什么，都比不上你对花花好一点。来，今天是元旦节，我们为节日干杯。"

"干杯。"裴宴举起饮料杯，与大家的杯子碰在了一起。

吃完饭，一家子人坐在地毯上玩牌，输了的就贴纸条。裴宴本来是想陪花锦随便玩一玩的，哪知道玩到最后，竟然被贴了满脸的纸条，笑得在地上打滚。

直到离开谭家，他手里捏着高姨跟谭叔给的见面红包，脸上的笑意都没有散开。

"你今天……很开心？"看着裴宴脸上还没有散开的笑意，花锦伸手戳了戳他的脸，"谭叔让我们一起去他们家过年的时候，你竟然答应得那么干脆。"

"我没有长辈，你又喜欢谭叔与高姨，那当然是陪你在他们这边吃年夜饭。"裴宴抓住她的手，"难道你不想在这边？"

花锦怔住，良久后她笑了："想的。"

"这就对了，他们喜欢你、关心你，而你也喜欢他们。大家在一起过年，就是最好的选择。"裴宴揉了揉花锦的发顶，"看到他们对你这么好，我心里很开心。"

至少你在没有我的岁月中，还有人关心着你，爱着你，让你的生活没有那么寂寞与孤单。

离春节还有几天的时候，又开始下起雪来，花锦拉着裴宴去超市买东西。超市里人山人海，很多商家以恭贺新春的名义，进行促销活动。

裴宴推着购物车跟在花锦身后，见她正盯着一个坐在购物车里的小孩子看，小声问："你也想坐？"

"我又不是三四岁的小孩子。"花锦瞪了他一眼，"我是在看购物车里的那个玩偶猪，不知道在哪儿买的。"

"想要？"

"嗯。"

"我陪你去找。"

两人在超市里绕了一大圈，终于找到了放玩偶的卖区。裴宴见花锦只拿了一只，又拿了一只放到购物车里。

"你也喜欢？"花锦不解。

"新年新气象，就算是只玩偶猪，也应该有个伴儿。"

那对买回来的玩偶小猪被花锦放在了窗台上。它们靠在一起坐着，憨傻得无忧无虑。

裴宴换好衣服下楼，见花锦盯着两只玩偶发呆，道："你不是说好，去高姨家吃饭？这么喜欢两只小猪，我们就把它们抱到车上去，回来的时候，再带它们回来。"

"胡说八道。"花锦笑着伸手去打他，被裴宴抓住手，塞了一条围巾到手里，"再不出门，我们俩就要迟到了。"

高姨与谭叔原来都是蜀省人，所以把大年三十这一天的中午饭看得很重要。对于他们而言，中午饭不好好吃，这个年算是白过了。

花锦到的时候，各种肉菜已经炖上了。她与谭圆坐不住，竟然穿上外套帽子，跑去楼下小区堆雪人。

谭庆看着两个女孩子叽叽喳喳跑下楼，对裴宴笑着道："这俩孩子……"

"挺有意思的。"裴宴从沙发上站起身，对谭庆道，"谭叔，我下去看看她们。"

谭庆笑着点了点头："你们别玩太久，十二点就吃午饭了。"

"好。"裴宴迈着大长腿出了门，不一会儿脚步声就在楼道里越来越远。谭庆无奈失笑，转身见老婆正看着自己。

"你这是啥表情？"

"没啥。"高淑兰走到谭庆身边坐下，半晌后道，"花花跟裴先生，能成吧？"

"成不成，我哪儿知道？"谭庆叹气，"我看你这就是瞎操心。"

"什么叫瞎操心？后辈的事，不操心能行吗？"高淑兰叹气，"你知道什么？"

谭庆闭上嘴，不敢再质疑他老婆的权威。

高淑兰起身走到窗户旁，看到裴宴踩在雪地上走到了花锦身边。不知道听花锦说了什么，他开始弯腰帮花锦团雪，动作看起来十分笨拙。

她收回目光，转身走到厨房，对正在洗手准备切菜的谭庆道："老头儿，我觉得吧，事能成。"

谭庆："……"

"老婆说得对。"

"花花，你说你针拿得那么好，做个雪人怎么丑成这样？"谭圆嫌弃地看了眼花锦做的雪人，但是当看到裴宴做了个雪人与花锦做的雪人放在一起后，闭上了嘴。

此时的她，应该待在屋里，而不是站在这里。

"妈妈，你看楼下有三个傻子，这么冷的天，还跑去堆雪人。"

三个"傻子"齐齐抬头看趴在二楼窗户上的熊孩子。

"胡说八道什么呢？"孩子妈妈把他拖走，探头往外看了一眼，不好意思地干笑道，"是圆圆啊，不好意思，这孩子不会说话，你们慢慢玩，新年快乐。"说完，赶紧把窗户关上。

大过年的，她不能因为家里的熊崽儿跟人吵架。

花锦把手揣进外套口袋里，笑出声来。她呼出一口热气，笑看着裴宴："走，我们回去吧。"

对于裴宴而言，谭家的团年饭并没有他过年时吃的讲究精致，但是他这一天吃得却格外多。晚上吃完年夜饭，他们坐在电视机前看着春节联欢晚会，嗑着瓜子吃着糖，聊一些家长里短。

守到半夜十二点时，花锦与裴宴起身准备离开，收到了谭叔与高姨给他们俩一人一个的红包。裴宴不好意思收，但是见花锦收下了，只好红着脸收下来。

走下楼以后，裴宴牵住花锦的手："地上的雪太厚，你小心点。"

"哦。"花锦乖乖让裴宴牵着，两人一步一步往外走，雪在他们脚下发出咔嚓咔嚓的声响。

"我们这么大的人了，竟然还收压岁红包。"

"高姨老家那边的风俗就是，还没有结婚的人，代表着没有成人，家里条件比较好的长辈，还会继续给红包的。"

"看来，我们明年就不能领红包了。"

花锦微微一怔，瞬间明白了过来。她看着裴宴笑了笑，没有说话。

裴宴也没有追着问，小心地握着花锦的手，与她走出了满是积雪的小区。

谭圆趴在窗台上，看着两人越走越远，慢慢拉上了窗帘。

花花终于不再是一个人离开，她很高兴。

这个新年，很好。

除夕一过，花锦开始陪着裴宴去拜访他家的亲戚。几天下来，花锦被各种复杂的亲戚关系弄得头昏脑涨，干脆回家画了一张亲人结构图。

裴宴看到了，便笑着道："你弄这个干什么，不认识就不认识，以后慢慢再记。"

"那些是你的亲戚，你为了我迁就了很多，我也想为你做些什么。"花锦把画着关系谱的笔记本放到书架上，"很多时候，我也想多宠你一点。"

"你既然这么宠我，等下个月天气回暖，我们就去旅游吧。"裴宴揽住她的腰，两人的额头触在一起，"这是你早就答应我的，嗯？"

"好。"花锦笑，"自从马克先生的服装设计扬名海外后，我跟谭圆的那个工作室，又多请了几位绣工。现在工作室有十几个绣工，有谭圆在，我就算出去十天半个月，也不会影响工作室的运转。"

"就算是老板，也有放假的资格。"裴宴拦腰抱起花锦，"不过，你亲爱的男朋友，在听到马克这个名字后，心情忽然变得有些糟糕，需要你安慰一下才能变好。"

"你想怎么安慰？"花锦反手揽住他的脖颈，仰着下巴看裴宴。

"当然是想……"

寒夜风凉，屋内却温暖如春。

三四月后，大地回春，万物复苏，花锦完成一件绣品后，就与裴宴踏上了旅途。

他们一起去看过山，看过大海，看过热闹的市集，还去裴宴的老家给长辈上了香。

去一个民俗风情旅游胜地时，因为人太多，花锦竟然被一群体力很好的大爷大妈挤得东倒西歪，再抬起头时，早已经找不到裴宴的踪迹。

她伸手去摸手机，才想起刚才自己嫌走路太累，把小背包扔给了裴宴。现在她两手空空，什么都没有。

花锦在四周找了一圈，发现四处都是人，只能无奈地放弃。她坐在石阶上，准备向别人借用一下手机给裴宴打个电话。

恰好此时有对情侣走了过来，她厚着脸皮上前借手机，女孩子很好说话，当即便把手机借给了她。

花锦连连道谢，刚拨通裴宴的手机号码，就听到身后传来急促的脚步声。

"花锦！"

手腕被握住，花锦回过头，看到面色潮红、喘着气的裴宴。

"我真该弄条绳子把你给绑着。"裴宴盯着花锦看了好几秒，也舍不得说重话，把她一把搂进怀里，"你想吓死我吗？"

"吓什么？"花锦笑了，"你不是说过，不管走到哪儿，都能找到我吗？你看，你现在找到我了。"

裴宴没有说话，只是紧紧地抱住她。

坐在石凳上的情侣看到这一幕，偷偷收回自己的目光，但女友激动地拧了拧男友的手臂："这对情侣颜值好高，看他们抱在一起，就像是在看电影。"

男友看了看裴宴的脸，摸了摸自己的脸，识趣地沉默。

裴宴抱了花锦很久，久到过往的行人都在偷偷看他们，才放开花锦，然后解下自己的领带，把两人的手绑在一起："能把自己走丢的花三岁，这样你就丢不了了。"

花锦把手机还给借给她手机的情侣，小声道了谢，假装没有看到他们兴奋的小眼神，拽了拽裴宴的袖子："我们走吧。"

"后天是我们这次旅游的最后一站，你猜我们去哪儿？"

"去哪儿？"

"先不告诉你。"

花锦："……"

没想到浓眉大眼的裴宴宴，也学会了卖关子。

第三天早上，在花锦收拾好一切后，裴宴带她到了一座小机场，坐上了一架直升机。

"我们要去哪儿？"花锦看着直升机离地面越来越高，疑惑地看向裴宴。

"我们去一个好地方。"裴宴掏出一块花锦为他绣的锦帕，蒙上了花锦的眼睛，"你不要着急，很快就到了。"

"你该不会是想给我什么惊喜这种老套路吧？"花锦没有扯去蒙住眼睛的手帕，"我记得这边很多地方都是沙漠，你是想去看大漠孤烟直的盛景？"

裴宴轻笑出声："再猜猜。"

"不猜。"黑暗中，花锦一把抓住裴宴的手，"反正你早晚都要给我看的。"

裴宴："……"

他有些担心，花锦的反应跟他想象中好像有些不一样，计划能不能成功？

半小时后，裴宴忽然道："花花，我想过送你宝石，送你鲜花，送你别墅豪车，甚至是漫天的烟花。可是宝石常见，鲜花易枯，我的别墅豪车都是你的，燃放烟花又太污染环境。我想了很久，才想借用它们来表明我的心意。"

裴宴解开了蒙住花锦眼睛的锦帕。

花锦睁开眼，看到下面一片沙漠中，有很大一片树林，这片树林刚刚泛着绿，但却是这片沙漠中，亮眼的色彩。

飞机升高，花锦渐渐发现，这片树林竟然是心形。

"在我发现喜欢你的那一天，我就开始让人栽种这片树林。"裴宴见花锦看着树林不说话，放在西装外兜的手有些发抖，"花小锦，如果我的心是一片沙漠，你就是沙漠中的森林，我的心，因你变得有生机。"

花锦转身看向裴宴，想笑一笑，但是弯起嘴角时，眼泪却流了下来。明明是裴宴的出现，才让她生命中，出现了充满希望的绿洲。

裴宴单膝跪在了花锦面前，举着戒指的手，颤抖不停："花花，我们结婚吧。"来之前，他想了很多求婚的甜言蜜语，可是此时此刻，脑子里却想不出更多的话来。

抹去脸颊上的眼泪，花锦弯腰抱住了裴宴的脖颈。

他手足无措地反手抱住花锦，听到花锦抽泣的哭声，连忙轻拍着她的背："别哭别哭，你如果不想太早结婚，我们也可以……也可以……"

"也可以不结"这几个字，在嘴里转了好几圈，他也没有完整说出来。

"我答应你。"花锦笑了又哭，哭了又笑，松开裴宴的脖子，看着他傻呆呆的模样，又重复了一句，"我答应你。"

裴宴哆嗦着手，把戒指戴在了花锦的手上，眨了眨眼："花小锦，我真的不是在做梦？"

她弯腰在他唇上亲了亲："你觉得，这是梦吗？"

裴宴摸着唇，半晌后摇头，把花锦捞进了怀里。

花锦扭头看向窗外，地上那片已经长出绿芽的树林，在风中轻轻摇曳。也许不久以后，它能为身后的土地挡住风沙，为更多小动物带来生的希望。

她忍不住想，真好看啊，这片树林。

"裴宴宴，这片树林叫什么名字？"

"繁花盛宴，有你有我。"

"嗯，这个名字不错。"

"花锦，我很高兴。"

"我也是。"

2019 年 4 月 8 日，晴。

他向我求婚，我戴上了他送我的戒指。

他不知道，我那么爱他，只要他拿出戒指，我就会答应他。

这片刚长出绿芽的树林，是我人生中见过的最美风景。

（正文完）

番外篇

近来一些能在裴先生面前说得上话的导演有点不畅快，因为裴先生这位"散财童子"，已经好久没有来参加影视行业的活动了。

时间久了，甚至有人开始怀疑，裴先生是不是散财太多，把自己弄破产了？不过大家都没有得到过消息，所以不敢乱说话得罪人。

近来比较风光的女艺人里，赵霓绝对算得上其中之一。去年底的时尚大会上，她误打误撞与当时还没出名，后来却成为国内知名青年传统手艺人的花绣师合影。她就在很多人眼里，成了关注传统文化的艺人，甚至借着这股东风，参与拍摄了国家台投资的宣传电影，在普通观众面前，风风光光地露了一回脸，彻底把以前闹出来的负面形象洗得干干净净。

赵霓非常感激花锦，不仅在公开场合穿了几次繁花工作室的刺绣服装，还向一位准备拍摄大制作的古装剧组推荐了花锦。这部剧里有好几个突出刺绣的镜头，等剧播出之后，剧组在宣传道具的时候，肯定会顺带宣传一下花锦。

处在这个圈子，赵霓比谁都清楚名气的重要性。虽然时尚大会的成功，为花锦带来了一定的名气，但人都是健忘的，加上手工刺绣本来就不是大众消费产品。再等个三五年，还有谁能记得她？

为了能够推荐花锦，赵霓不仅去找了道具统筹，甚至还去找了导演与制片人。

导演有些意动，时尚大会上的那条名为"鸢"的裙子，几乎艳惊世界。如果剧组真能与这位年轻的绣师合作，等电视剧播出的时候，也是一个很好的宣传噱头。

但问题是……剧组缺钱。

为了拍这部电影，他把自己大半身家都投了进去，每一笔钱都想花在刀刃上。

"如果能再从哪里拉到些赞助就好了。"导演浏览完花锦微博里有关刺绣的东西，愁得本来就没有几根头发的脑袋更秃了。

他左思右想，还是把花锦列入合作计划中。第二天一早，他就抱着各种策划蹲在了裴先生办公楼下。他从早守到晚，也没有见到人，最后厚着脸皮追问裴先生的助理，才知道裴先生外出，不在本地。

他以为这是助理的推脱之言，第二天天还没亮，就蹲在了办公楼下。就这样，他足足蹲了近十天，才在某天早上看到喜意盎然地从车上下来的裴先生。

"裴先生，您终于回来了。"

裴宴抬头看向冲向自己的秃头男，微微沉吟道："孙导演？"

"没想到裴先生还记得鄙人，这是鄙人的荣幸。"孙导讨好一笑，"不知道裴先生您今天有没有时间，我这里有个很好的剧本，保证收视率，您看……"

裴宴大步往办公楼里走，导演见办公楼下的保安没有拦住自己，便厚着脸皮跟在裴宴身后，不断地介绍剧本的优点。

"这部剧不仅剧本优良，还有观众缘高的视帝视后加盟。为了拍出来的道具更有历史感，我们还拟用知名青年绣师花锦女士……"

"你说准备请谁？"裴宴停下脚步，转身看赔笑的导演。

导演以为裴宴不知道花锦是谁，为了突出剧组的高级感，连忙介绍起花锦的身份来："花锦女士是现在国内最知名的青年刺绣师之一，不仅精通蜀绣，对其他绣派的针法也颇有涉猎，被知名刺绣大师许岩先生誉为刺绣界下一代的希望。年前时尚大会上，惊艳海内外的鸾裙，就是她参与绣制的。"

"我明白了。"裴宴点了点头，对助理道，"你去安排。"

导演眼巴巴地看着裴宴走进电梯，转头赔笑着看助理："请问，裴先生这话是什么意思？"

"孙导请跟我来。"助理接过导演怀里那厚厚一叠资料，"我们老板的意思是，贵剧组邀请青年传统手工艺者这种想法很好，可以继续保持。"

导演有些糊涂，重点不应该在剧本与演员上面吗？

有剧组愿意与传统刺绣合作，对于花锦而言，是个非常好的消息。看完剧组的合同，条件好得让她怀疑这个剧组的人是不是对刺绣都有着特殊的情怀。

虽然她在刺绣界已经有了不小的名气，但是这次合作她没有收剧组的高价。因为听说是赵甍推荐了她，再加上她也想借着这个机会宣传刺绣，所以给剧组开了友情价。

导演非常高兴，转头就开始进行前期筹备工作。有了足够的资金，他拍起来也能少一些压力。

导演高兴了，裴宴却有些小郁闷，因为花锦最近又开始忙起来，有时候甚至连饭都没有时间回家吃。他只能拎着饭盒，送到工作室去。

工作室里几位坐班绣工见到裴宴进来，而还没有被花锦发现，忍不住偷笑。花锦见他们表情不对，回头才看到裴宴来了。

"你怎么过来了？"花锦放下针，拉着裴宴在角落里的小沙发上坐下，"想我了？"

"没办法，我的未婚妻日理万机，我这个做未婚夫的，只能当她背后的男人了。"打开饭盒盖，裴宴把饭菜都拿了出来，"你这几天嗓子不舒服，中午点的外卖，肯定没吃多少。"

"还是裴先生了解花花。"谭圆走过来，笑眯眯道，"她刚才就喝了小半碗汤，盒饭里的米都没动几口。"

花锦："……"

"这些菜都是家里厨师做的，应该合你胃口。"裴宴把汤盅塞到花锦手里，"你先喝点养胃汤。"

没有听到他抱怨自己不顾及身体的行为，花锦反而有些心虚，捧着汤盅喝了几口："明天我就在家休息，这边忙得快差不多了。"

"还知道休息就好。"裴宴舍不得说她重话，"身为非物质文化遗产继承人，你不健健康康活上一百岁，对得起学的这门手艺？"

"我活一百岁，那你要活一百零三岁才行。"

"为什么？"裴宴问。

"因为你比我大三岁。"花锦看着裴宴笑道，"难道你想留我一个人？"

裴宴伸手揉了揉她的发顶："我不留你一个人，你也不要留我一个人。"

生不同时，死同穴。

剧组开机日，主演都换上戏服。接受采访时，男主演笑着跟记者介绍道："我穿的这套戏服，绣纹全是刺绣大师手绣出来的。刚才喝水的时候，我都是小心翼翼的，怕弄脏了这么好看的绣纹。"

"手绣？"记者们纷纷好奇，镜头对准了男主演身上的衣服。衣服上面的绣纹果真精致得找不到半点瑕疵，而且带着一股外行都能看出来的灵活劲儿。

近来正流行传统手艺，现在竟然有个剧组愿意花这么多精力在服装与道具上，记者们当然要多关注几分。

现在大大小小剧组那么多，就算他们想帮着剧组宣传，那也要有值得报道的点才行。不然就算他们拿了宣传费写通稿，观众也不爱看啊。

"不知贵剧组总共邀请了多少绣师参与合作呢？"

　　"剧组总共邀请了三个刺绣工作室，由知名的青年刺绣大师花锦女士担任刺绣指导。我们剧里男女主大婚穿的吉服，还有今天两位主演身上穿的剧服，都是由花锦女士及她的工作团队绣制而成。"导演接过话筒道，"等电视剧开播，我相信这些漂亮的服装，一定能让观众眼前一亮，大饱眼福。"

　　记者们没有料到，剧组竟然这么"土豪"，连衣服上的绣纹都这么讲究。一些娱记界的老油条偷偷一打听，发现原来是裴先生给这部剧加了一大笔投资，难怪这个剧组做事这么有底气。

　　裴先生是业界有名的"散财童子"，偏偏还是个运气好的"散财童子"，只要他参与投资的电影电视剧，还真没有一部是扑得连水花都没有的。于是这部剧还没有开播，在一部分人眼里，已经有了收视保障。

　　就在大家以为这部剧运气很好时，没想到这部剧的运气还能更好。几个月后，剧组刚发出杀青的消息时，忽然有媒体爆出，知名投资人裴宴婚期将近，不少社会名流都收到了他的婚宴邀请函。

　　裴宴是谁，普通人并不太清楚。但就在记者列出他名下的产业，爆出他的照片后，网友们纷纷捧起了好奇的瓜，他们非常想知道，这么有钱还好看的男人，喜欢的女孩子是什么样子。

　　记者们没有辜负网友们的期待，很快就有知情人爆料：裴宴的未婚妻，就是绣出鸾裙的蜀绣派刺绣师，花锦。

　　听到这个消息，导演惊呆了。他打电话给赵霓，问她是不是知道花锦是裴宴的女朋友，所以才推荐的她。

　　赵霓比导演更惊讶，怎么都想不到，花锦竟然与裴宴是情侣关系。挂了导演的电话，她忽然想起时尚大会那一天，裴先生似乎就坐在花锦前面，那时候裴先生频频往后望，她以为他是看上了哪个漂亮的女艺人。现在想来，他看的人，应该就是花绣师吧。

　　这时，经纪人的电话打了进来。她刚按下接听键，经纪人激动的声音就传了出来。

　　"赵霓，没想到你竟然抱上了这么粗的大腿！"

赵霓："……"

不，是她旁边有大腿，她都不知道要伸手去抱。

这，都是命啊。

几天后，赵霓收到了一份结婚请柬，邀请人那里写着裴宴与花锦的名字。她盯着这份烫金请柬，忍不住伸手多摸了几下。

蹭一蹭喜气，说不定她就大火特火了。

她打开微博，发现一位多年不发微博的知名影后，特意发了一条收到裴先生请柬的微博。

赵霓盯着影后微博看了几十秒钟，怎么看怎么觉得，这位影后是在炫耀她跟裴先生有交情。

她拍下请柬，把照片发上了微博。

当谁不会炫耀似的，当谁不会只提夫妻二人其中一个似的。

大半个圈子都在炫耀跟裴先生的交情，她必须为花绣师撑场子。

赵霓：祝 @繁花与她的爱人百年好合，幸福一生，白首不离。

因为国际时尚大会，花锦在佚名县出名了。尤其是在花家沟，他们只以为花锦在外面发达了，又找到一个有钱的男朋友，所以才能有钱来家乡投资。

没想到她竟然会刺绣，而且还绣得这么好，还上了国家电视台的采访。

自己的县里出了名人，大家都很高兴。县里与市里的电视台，特意做了一期与花锦有关的节目。节目中，记者不仅采访了花锦的同乡，还采访了她以前的老师与同学。

这档节目将花锦的勤奋好学、热心助人、绣技了得都展现得淋漓尽致。她因为父母双亡，才不得不辍学，去大城市打拼。在她事业成功后，却没有忘记自己的家乡，为家乡做了投资。

高中同学群里都沸腾了，有人感慨：当年花锦没有参加高考，班上不少同学为她感到遗憾，没想到七八年过去，她还是混得最好的那一个。

学霸就是学霸，不管混什么行业，都带着王霸之气。

周栋看完同学群里的聊天记录，就看到有同学在问，他跟花锦在同一个城市，是不是有她的联系方式。周栋也没有回复。

关掉聊天群，他打开微博，看到微博上漫天都是对裴先生的婚礼祝福。他点进名字叫作繁花的微博下，打下一串字，反复删删改改好几次，最后只留下短短几个字。

恭喜，祝你余生幸福。

婚礼正式开始前的几天，花锦已经开始一遍又一遍地试婚纱、宝石头冠，还有裴宴特意为她定制的鞋。

身为"娘家人"，谭圆很多时候都陪着花锦。从一开始看到婚纱上竟然点缀了不少钻石，都忍不住"哇"，到后来看到硕大的钻戒都能面无表情，谭圆觉得自己好像升华了。

婚礼当天，谭圆看着站在镜子前的漂亮准新娘，拿起手机，拍了一张背影，发到了朋友圈。

汤圆：今天，我最爱的姑娘，终于穿上了漂亮的婚纱，即将变成别人的新娘。

她与花锦不是姐妹，却亲似姐妹。

她记得第一次见到花锦时，自己背着新买的包，兴高采烈地推开了店门。花锦就坐在角落里，学着最简单的针法，见到她进来，立刻偏头微笑着看她："您好，请问您有什么需要的吗？"

花锦很瘦，瘦得手骨凸出，眼窝深陷，面色也是不健康的白，看起来就像是受过虐待的小白菜，但是一双眼睛却亮晶晶的，很好看。

"这是我的女儿谭圆，你们年龄相差不大，在一起多聊聊。"

那时候谭圆才知道，这是妈妈新收的徒弟，严格算来，这就是她的师妹。只可惜她更喜欢做漆器，以后恐怕只能继承她爸的衣钵。

随后她就发现，这个叫花锦的小白菜，有条腿不太好，需要拄着拐杖才能走路。花锦性子稳重，再挑剔的客人，在她三言两语下，都不好意思再闹下去。自从有了这个徒弟以后，妈妈总是念叨着花花如何有天分，花花如何有耐性，谭圆一开始是有些不满的。

但是那天晚上，她与男朋友吵架，无意间来到繁花门口，发现花锦还在埋头刺绣。那时候已经是晚上十点多了，店里根本没有客人。

她看着柔和的灯光洒在花锦身上，心里的那点小偏见顿时消失得无影无踪。那天晚上谭圆偷偷回到家，听到妈妈在偷偷对爸爸说，她近来眼睛好像出了问题，看东西总是有重影，繁花可能开不下去了。

在这个瞬间，谭圆心里非常难过。她知道妈妈为蜀绣花了多少心血。很多蜀绣师，一辈子都在跟针线打交道，妈妈还这么年轻，繁花如果真的开不下去，一定会伤心难过很久的。

为了繁花，妈妈又坚持了一年。在她大四那一年，妈妈视力越来越不好。医生说，她不能再长时间刺绣，不然会有失明的危险。

妈妈很难过，对她跟花锦说，要关了繁花。

"我可以。"在那个瞬间，花锦紧紧握住她跟妈妈的手，"我可以努力地把繁花继续开下去。高姨，我是您的徒弟，有事弟子服其劳。繁花是您十几年的心血，我想试一试。"

在那个瞬间，她忽然明白，自己没有花锦的勇敢与坚定，甚至没有她的毅力。

从那以后，花锦的绣功越来越好，店里的老熟客越来越多。但不管谁叫她老板，花锦都会说，她只是二老板，大老板姓谭，做的漆器特别漂亮。

在花锦的努力下，繁花开了下去，生意比妈妈做老板的时候还要好。为了繁花，她把自己的微博名、微信名都改成了繁花；为了让顾客满意，她可以熬夜到凌晨。

大学毕业以后，谭圆以为自己在漆器这条道路上熬不下去，可是跟花锦在一起久了，反而越来越能沉下心，甚至在男友劝说下，也没有改变自己的决心。

夜深人静的时候，她忍不住想，如果没有花锦陪着，自己是不是还能在传统手艺这条路上走下去。

花花说，遇到他们家很幸运。其实他们一家三口，能遇到花花，同样是一种幸运。

谭圆站起身，从后面搂了一下花锦的腰，痒得花锦忍不住笑出声："汤圆，你这是在趁机吃我豆腐吗？"

"是啊，准新娘的杨柳腰抱一抱，好运就来到。"谭圆退后一步，笑着道，"亲爱的，你一定要很幸福很幸福才行。"

"会的。"花锦反手拥住谭圆，"等下我要把代表新娘子喜气的捧花送给你。"

愿你日后无论是否需要婚姻，都有好运相伴。

两个好姐妹四目相对，同时笑了起来。

愿你余生无忧。

"新郎来啦！"

她已经很久没有见过他，没有想到再见之时，他坐在跑车上，轻佻得像是不正经的坏男人。

片刻的失望后，她又松了口气，能够无忧无虑地做自己想做的事，足以证明他的生活是畅快的。

这样挺好的。

她想，真的挺好。

再次在医院里相遇，她故意把巧克力放到他的掌心。看着他发红的耳尖，她忍不住想，也许很久很久以后，会让他偶尔想起，曾经有个脑子不太正常的女人，送了半块巧克力给他。

虽然他肯定不知道，这块巧克力有个广告语，叫"把它送给最爱的你"。

但那不重要，重要的是，她送出了那半块巧克力。

如果世间有巧合的话，老天肯定把她这辈子所有的巧合，都用在了与裴宴相遇。她与他一起走在古镇的青石路上，还厚着脸皮让他为她拍照。他明明不情不愿，可是最后还是答应了她。

　　他真的是世界上最心软的男人了。

　　她偷偷把位置共享发给了谭圆，然后截了图。

　　这是他们一起来过的地方，等她老了，再回来这个地方，拿出这张截图，还要在这里拍几张漂亮的照片。

　　唯一不太妙的是，他发现了她在给别人位置共享。

　　她有些烦恼，他会不会误会她把他当成了坏人？

　　跟他在一起，她拍了很多照片。她拍了他老家的山、他老家的水，还有他的背影。

　　她把照片存了很多地方，甚至还洗了出来，这样就不用害怕照片会在时光流逝中消失。

　　她总是对自己说，不去打扰别人的生活，就是最好的报恩。她买他家的产品，给他的直播打赏，有时候还会攒钱去住他家开的酒店，吃他家开的餐厅，却不敢以报恩的名义，走到他的跟前。

　　她送出那条满是祝福的领带，也许是最大的打扰。

　　她越是与他相处，就越能发现他的好。他为她赶走闹事的曹亦，给她送吃的，带她去看展览。

　　他总是说着别扭的话，却做着心软的事。这样的人太好了，好得她不忍心太过靠近他，却又忍不住想要多跟他说一说话。

　　她能做的，就是静静地看着他离开的背影。

　　直到那一天，他说他喜欢她。

　　她录下了视频，等日后两人分离，这段视频就是最珍贵最美好的回忆。

　　至少它可以证明，她的一生，也曾拥有过最美的东西。

　　可是他向她求婚了，说要与她永远在一起。

　　这一天，她穿上了最漂亮的婚纱。他敲响了她的房门，单膝跪在她面前，为她穿上了漂亮如水晶般的高跟鞋。

　　谭叔把她的手，放在了他的掌心。

　　"裴宴先生，您是否愿意与花锦小姐成婚，从此与她不离不弃？"

　　"我愿意。从今天开始，我会爱护她，保护她，成为她的家人、她的爱人、她的伴侣、她心灵的港湾。我要与她生死不离，携手到白首。"

他握着她的手，手掌在轻轻颤抖。

"花锦小姐，您是否愿意与裴宴先生成婚，从此与他恩爱到白首？"

她笑了。

她愿意。

她想与他恩爱一生，与他春天看花，夏日纳凉，秋天看落叶，冬日赏雪。

"英俊的新郎，你可以吻最心爱的新娘了。"

他弯下了腰，眼里满满都是她。

她看到阳光洒落，他周身都是耀眼又美丽的光芒。

花家沟最近有些热闹，不仅跟大公司签下了农产品销售合同，还当选了先进发展村。

但是最让花书记高兴的不是这件事，而是他收到了一份快递，里面不仅装了喜糖，还有一张机票跟喜帖。

花金娃要结婚了，还特意请他去参加婚礼。

花书记犹豫了很久，担心自己没有见过太多世面，万一参加婚礼时做出失礼的行为，让男方那边的人嘲笑花金金的娘家人都是穷亲戚，岂不是让花金金以后都抬不起头来？

接到喜帖的这天，他在床上翻来覆去睡不着。他老婆忍无可忍："大半夜的，不好好睡觉，干啥子嘛？"

"我是在想金娃的婚礼。"花书记叹气，"我如果去了，恐怕不是个好事。"

"我说你一天，脑壳就没清醒过。我们村子能发展得这么好，金娃可是费了不少的力。人家现在不仅寄来了喜帖，连飞机票都替你买好了，你竟然还不想去。"花书记的妻子翻了个白眼，"你说你这种行为，跟忘恩负义有啥子差别嘛？"

"我不是不想去。"花书记被老婆挤对得只能说实话，"哎呀，你又不是不晓得，跟金娃结婚的那个男的，家世非常了不得，像这种家庭的男孩子，一家子亲戚肯定也都不普通。我们这些乡下穷亲戚过去，那是在给金娃丢面子。等以后两个人在一起，金娃在男方亲戚面前，哪里还说得起硬话？”

“我说你是个猪脑壳，你还不承认。”花书记妻子在他背上拍了一巴掌。花书记疼得往床里面缩了缩：“你个死婆娘，打轻点嘛。”

“不打重一点，你脑子转不过弯。”花书记妻子白眼翻得更厉害了，“我们不吃他们的，不穿他们的，你怕个啥？”

“金娃娘屋头那两个叔伯是啥子人，你又不是不晓得。你不去，在别人看来，那就是花金娘家没人了，以后别人想欺负就欺负。但如果你去了，就代表花金是有人想到念到的，以后有个啥事，还有个娘家可以靠。穷亲戚又怎样，那也比没得亲戚强。再说了，我们家有土地有良田，靠本事吃饭，还怕人家说啥？”花书记妻子越想越觉得是这个道理，“去，你必须去，明天我陪你去买两套巴适的衣服，你去参加婚礼的时候好穿。”

事情定了下来，花书记也不再胡思乱想，安心做临行前的准备。

临出发的前一天晚上，他跟妻子正在家翻看要带的行礼，听到院子里的狗叫了起来。他出门一看，是村里几个说得上话的男女。花书记以为村里发生了什么事，连忙招呼他们进门。

“村里这几天的事情，暂时让刘主任多费心，我这几天在镇上请了假，要出个远门。”花书记给他们倒了几杯水，几个人在长条凳上坐了下来。

“书记，我们今天来找你，不是为了村头的事。”几个人有些不好意思，“花金要结婚的事情，我们都晓得了。这几天，我们私下里商量了一下，想让你帮我们随个礼。钱虽然不多，不过也是我们的一点心意。这一两年里，村子能发展起来，多亏有金娃帮着牵线搭路，不然我们日子也不能过得这么好。”

说话的人，是花家村的一个老辈。他把一个鼓鼓囊囊的大红包放到花书记手里，红包背面写着十几个名字。

“你们的心意我明白，我会把红包带过去的。”花书记看着这个大红包，点了点头。

"当年因为我们不敢得罪人，没去管花金，这几年心里也有些过不去。"老人苦笑，"幸好她现在日子过得还不错，不然……"

当初花金被她大伯花成忠锁在家里，不能去参加高考，他们是知道的，也劝过几句。但他们被花成忠老婆骂过以后，就选择了沉默。

论起来，整个村子往上数几辈都能扯上些亲戚关系，不然怎么都姓花？

当年他们没替花金金做过什么，花金金却还是愿意为村子做出贡献，大家私底下聊起来，心里都不好受。

只是时光无法重来，他们现在除了感慨几句，什么都做不了。

送走这些村民，花书记一个人在木凳上坐了很久。当年他发现花金金躲在玉米地里，最后选择了沉默，大概是这十几年来，最正确的决定。

他把村民们送的红包小心收好，准备睡觉的时候，听到狗又叫了起来。

"谁？"这都快十二点了，村里的小路又不好走，谁还会过来，难道是小偷？

"花书记，是我。"一个男人在院门外小声应了一句。

"成国？"花书记没想到花成国会在这个时候过来，披上外套，开门让花成国进来，"这么晚了，你有啥子事？"

"我听说你要去参加金金的婚礼，想让你带点东西给她。"花成国把一个包放下，里面放着自家养出来的蜂蜜跟做好的腊肉，"我知道你出门不方便，所以没装太多。我不知道金金的住址，除了让你帮着带过去，也没其他方法了。"

"现在知道对不起金金了，早些年干吗去了？"花书记忍不住刺了花成国两句，"当年花成忠把金金锁在屋里，不让她去参加高考，你这个当二伯的，做啥子去了？"

"我知道，可是我当年也没办法。"花成国点燃一支烟，猛吸几口，"可是如果再来一次，我还是没法管。当年我家里两个孩子在读书，那几年为了给娃儿省下学费，我跟娃儿妈好几年都没穿过新衣服。金金爸妈留下来的东西，我半点没沾，全被我大哥大嫂拿去了，我哪有钱供她上大学？"

有时候，贫穷让人没有多余的同情心，也不敢有多余的同情心。花书记看着地上的东西没有说话，良久后点了点头："行，我给你带过去。"

"谢谢你，花书记。"花成国在衣兜里掏了掏，掏出一个红包，"这个，也拜托你帮我一起带过去吧。"

花书记沉默接过，"你有什么话想让我带给她吗？"

花成国摇头："没什么可说的，我这个二伯对不起她，也没脸见她，她过得好就行了。"

"行，你们三兄弟一堆烂账，我也管不上。"花书记道，"花成忠屋头的老大，犯事被判了几年？"

当年花成忠想把花金金嫁了，就是为了拿笔礼金回来给儿子娶老婆，结果他儿子老婆没娶上，日子也越过越浑，一年之内被抓进去两次。这次他儿子犯的事比较大，没有十年八年是出不来了。

他们做人算来算去又有什么意思，到最后谁也不知道会得到一个什么下场。

把东西都交给花书记后，花成国打着手电筒往回走，一路上他想了很多，但又好像什么都没有想，推开门看到正屋里等他回家的老婆，咧着嘴角笑了笑。

"东西都送过去了？"花成国老婆打了盆热水过来，让他泡脚。

"嗯。"

"那你有没有告诉花书记，当年偷偷帮金金开了锁，让她能从老大屋头逃出去的就是你？"

花成国缓缓摇头："没必要了。"当年他没站出来劝住大哥，让金金去参加高考，现在有什么脸再提当年那点小事。

花成国老婆见他这样，愣怔许久，叹气："行了，擦干脚睡觉。"

月上西头，花成国一家关了灯，整个花家村陷入安宁之中。

此时此刻，另一座城市中，一个即将踏入婚姻殿堂，兴奋得无法安睡的男人，正趴在床头翻看宴客名单，反反复复看了好几遍，都没有睡意。

"再不睡，都要天亮了。"花锦迷迷糊糊从睡梦中醒来，看到裴宴竟然拿着婚宴宾客名单傻乐，吓得瞌睡都跑了一半，伸手拉了拉裴宴的睡袍，"熬夜令人变丑，你想顶着一张丑脸跟我结婚？"

裴宴一听，赶紧缩进被窝躺下，顺便把花锦搂进自己怀里。

花锦见他终于消停了，放心地闭上了眼继续睡。

一分钟后，裴宴开口："花小锦，你老实交代，你究竟是喜欢我这个人，还是喜欢我的这张脸？"

花锦一把捂住他的嘴："亲爱的，我最喜欢你肉体里的灵魂。"

所以，咱能好好睡觉吗？

裴宴对这个答案很满意，在床上翻来翻去，终于美滋滋地睡了过去。

何怡是一个在校大学生，最近两天，心情有些不太好。因为在抢选修课的时候，她因为手脚太慢，没抢到喜欢的课程，最后为了学分，不得不挑了几个冷门课程。

什么文学欣赏、舞蹈欣赏、刺绣艺术之类。

尤其是刺绣艺术，她从小到大连针都没有拿过，哪里懂得欣赏刺绣这种艺术。但是听说这门课的老师，是一位十分严格的老教授。爱好诚可贵，学分价更高，她不敢逃课，老老实实上课去了。

接下来的一段时间里，只要到了上刺绣艺术课的时间，她就觉得头大。她真的对什么织布机，哪儿的刺绣有多少种针法，一点兴趣都没有。

这天又是刺绣艺术课时间，教室里坐着几十个有气无力的学生。何怡运气不太好，来得有些晚，后排位置全被其他同学占了，不得不坐到前排。

没过一会儿，头发花白的老教授进来了，跟在他身后的，还有一个长得很漂亮的女孩子。何怡好奇地想，老教授向来讲究自己的事情自己做，连学校给他安排助教都拒绝了，今天怎么带了助手来？

今天的课是讲蜀绣，老教授讲了二三十分钟，便停了下来。

"为了让各位同学能够更加直观地感受到刺绣的美，这次我特意邀请了知名的青年绣师花锦女士，来为大家讲解有关蜀绣方面的美与艺术。"

同学们纷纷鼓掌，尤其是那几个趴在后面偷偷睡觉的男生，看到漂亮的女性恨不能学狼嗥。

"谢谢各位同学，听说贵校开办了有关刺绣艺术的课程，我感到非常高兴，并且很感谢大家对刺绣的支持。"年轻女子站在讲台上，带着几分温婉与坚韧的美，"我先做一个自我介绍，敝人姓花，名锦，大家叫我花锦就好。"

何怡有些脸红，毕竟他们很多人并不是因为对刺绣感兴趣，才选修了这门课程，而是为了学分才坐到这里。

"刺绣不同于音乐或是画画，可以在短时间内，给大家现场展示它的魅力。"名为花锦的女人打开幻灯片，在大屏幕上放出一张刺绣成品图，"不过刺绣的美，恰恰就是在一针一线中汇集而成。"

屏幕上，是一条非常漂亮的宫裙，只是看起来有些年头，所以色彩有些黯淡。

或许是年轻人之间的交流，更加自由平等一些，何怡发现，自己在不知不觉间，竟然认真地听了半节课，再看其他同学，他们的反应跟自己也差不多。

"漂亮小姐姐，"在提问环节，一个同学举起手来，"请问，我们可以欣赏一下你的作品吗？"

"本来我是个很吝啬的人，不过看在你叫我小姐姐的分上，我就大方一点。"她这句调侃，引得同学们发出善意的笑声。

但是很快，大家就笑不出来了。他们看着幻灯片里美得不似真物的绣屏，差点移不开眼睛。

看多了电视剧里一些粗糙的刺绣道具，他们以为国内的刺绣，大多就是这种水平，没想到会有这么漂亮的作品。

花朵上的露珠，究竟是怎么绣出来的？看起来好像真的有露珠凝结在那。

在这个瞬间，何怡真正感受到了美，这种美无法用语言来形容，但它是震撼的，同时又让她有些骄傲。

因为这是他们国家的传统手艺，即使经过千百年的历史变迁，也仍旧保持着它独有的美。

漂亮的刺绣图激起了大家的热情，同学们纷纷举手发言，恨不能花锦能多说两句。

"小姐姐，在你看来，哪个绣派的绣品，是最难也是最好看的？"

"同学，你这个问题似乎有挑拨离间的嫌疑。"

何怡听到同学们再次哈哈大笑出声。

"每个绣派的刺绣，都有其独特的优点，但是经过时代的发展，以及人们审美的改变，我们绣师也会取别家之长，让自己的绣品变得更美。在我看来，每幅带着绣师心血的作品，都是独一无二的，也是最好看的。"

何怡忍不住鼓起掌来，随即把手高高举起，希望对方能够回答自己一个问题。

"这位同学，你有什么问题？"她果然看到了自己，还露出了一个好看的笑容。

"我想请问，您为什么会选择刺绣这个行业？"何怡从座位上站起来，"我听说有很多从事传统手艺行业的人，收入并不高。您这么年轻，当初从事这个行业的时候，有没有担心过经济方面的问题？"

"有。"花锦笑了，"毕竟人是铁，饭是钢，一顿不吃就饿得慌。"

何怡以为对方会说，只要有爱就能克服一切，没想到竟然会得到这样的答案。

"刚接触刺绣的那一年，是我人生最低谷的时候。后来我的刺绣老师眼睛变得不太好，我就跟老师的女儿一起维持着刺绣店。维持一家店，非常不容易。"花锦举了几个奇葩客人的例子，惹得大家笑声不断后，话锋一转，"不过咬牙坚持下来以后，我就赚了不少的钱。"

"哦！"同学们齐声喝彩。

"赚钱并不是羞于启齿的事，我说这些，只是想让大家知道，其实我们刺绣行业的前景还是很乐观的，有对刺绣感兴趣的同学，可以来找我了解一下。"说到这，花锦特意补充了一句，"这可不是在打广告哦。"

何怡想，这位花锦女士，真是个有趣的人。

这节课结束以后，不少同学开始用手机在网上搜索一些有关刺绣方面的小知识。何怡回到寝室，打开搜索引擎，打下了"花锦"两个字。

很快，有关花锦的消息都跳了出来。

什么知名青年蜀绣师，什么人美心善、绣技精湛，等等，甚至连前两年轰动过全国的漂亮裙子，上面的绣纹竟然也是出自她手。

她继续往下看，有文章介绍了花锦的生平。原来花锦女士出生于贫穷的山村，不到十八岁就北上讨生活，拜师到一位蜀绣师门下后，展示出了惊人的刺绣天赋。在她二十四岁时，因绣了有名的绣裙"鸾"而一举成名，而她的刺绣工作室里，有很多员工是行动不便的残疾人。

二十六岁那年，花锦与深爱她的男人结婚。她的丈夫，为她建立了扶持传统手工艺的基金会。

这样的人生，就像是最圆满的电视剧，努力认真的人，最后总能得到她的幸福。

想起花锦站在讲台上时自信风趣的样子，何怡心满意足地关上了网页。

这样的人，本就该拥有美好的人生。

愿她一生幸福。